一生由你

洪佩印 著

时代文艺出版社
SHIDAI WENYI CHUBANSHE

图书在版编目（CIP）数据

一生由你 / 洪佩印著. -- 长春：时代文艺出版社，
2024. 9. -- ISBN 978-7-5387-7545-7

Ⅰ. I247.5

中国国家版本馆CIP数据核字第2024Y40N40号

一生由你

YI SHENG YOU NI

洪佩印　著

出 品 人：吴　刚
责任编辑：杜佳钰
排版制作：方家明

出版发行：时代文艺出版社
地　　址：长春市福祉大路5788号　龙腾国际大厦A座15层（130118）
电　　话：0431-81629751（总编办）　0431-81629758（发行部）
官方微博：weibo.com/tlapress
开　　本：710mm×1000mm　1/16
印　　张：27.75
字　　数：480千字
印　　刷：北京荣泰印刷有限公司
版　　次：2024年9月第1版
印　　次：2024年9月第1次印刷
书　　号：ISBN 978-7-5387-7545-7
定　　价：98.00元

图书如有印装错误　请与印厂联系调换　（电话：0312-3703485）

写在行文之前

浮华尘世，需要一份坚守，一份执念。

我曾想，一个人的意义何在？我问大山，只有沉默不语；我问河流，只见奔腾不羁；我问人群，只剩满眼匆匆。

也许人生的意义在于无法定义，诚如仁者见仁，智者见智，不一而足。世间风景万千，于己而言，何谓风景，过往皆是，无关风雅，不论成败。漫漫人生路，我们都在苦苦寻觅，那些事，那些人，可是当有一天驻足回眸，会发现最美的遇见就在身边。生命里刻画过的人和事，永恒亦永痕。

文学作品，浩如烟海，此类华文豪章亦有之，昭示了这个群体的特点，大爱无疆，大象无形。只是现今的社会，或多或少夹杂着躁气、戾气，以偏概全者不少，吹毛求疵者也有，但每个群体和个体既有造诣深厚的一面，也有历尽千帆而保持不变的初心。

这是一部具有年代感的长篇励志小说，全书分上、中、下三个篇章，分别为求学、立业、逐梦。书中四个主要人物各自的情感、命运交织，不惧困难，挑战命运，最终实现自己的人生价值。聚焦中专生这一历史特定群体，以周一和宋诗旎的情感交织为主线，涵括了教育、扶贫等当下发展中涌现的社会问题、人性探讨、生命意义，塑造了在社会激荡中坚守理想、追寻梦想的主人公形象。

关于书名，最初考虑的是《守》，守心、守行，可是时代终究是滚滚向前，岂可一守了之，况乎，既然守是为了更好地出发，何不一直在路上。书中的地名，则做了虚化处理。

以《一生由你》为书名，其一是组合自书中四个主要人物的名字谐音；其二，一生未必有你，由你便是我一生，无论时空如何转变，追寻梦想是永恒的话题。

"你"，既是具象的人，也是抽象的一个符号，不同的人生阶段和境遇，每个人的解读或许不一。

一代人记忆，记忆一代人，故事虚虚实实，情是真真切切，我们终其一生，不过是由着"你"，又有几人是为己而活。每个人都有一个梦，哪怕囿于一方小天地，无论你是何种身份，抑或处于什么年龄段，诗和远方总是埋藏在心底不曾改变，时光只是暂时的将其封存。

苍茫大地，向往快意洒脱，一如我们的诗意人生，纵使你我不再青春年少，但热血沸腾。在人物情节设定时，更多以人性推动故事发展，在命运抉择时彰显人物品质，讴歌了奋进、奉献的时代精神。主人公一心想走出大山，最终又回到大山，看似走出实则回归，终点又回到起点，兜兜转转就是人生。在感情渐趋淡薄的时代，真、善、美是稀缺品，每个人都有自己的活法，只是主人公真挚的情愫，是我们理想的现实，而不应是现实的理想。人生一辈子，谁不曾在身体的流浪和心的流浪之间徘徊过片刻，谁又不曾遇到过几座大山，身体的走出哪抵灵魂的到达。

思者无疆，读懂了故事，充盈了泪光，便是成长。为梦想呼声，为纯真正声，为坚守高声，这时代的一声，便是个人的一生。

不曾忘记，参加工作那会，刚满二十，分配在茫茫大山，守着三尺讲台，便是自己的人生大舞台，幸有白云流水知君意。山村的夜，黑得早，暗得深沉，唯有青灯黄卷相伴，既解孤寂之苦，亦有书香清心。俗世红尘里，那是一段随性、随心的忘忧时光，心香一瓣，自流芳。

"吟安一个字，捻断数茎须"，创作不易，文学之路从来就不是坦途，大凡文学之路总是伴随着孤独，伏案写作至星河晓坠，随四季更替掩卷冥思，不追寻什么，不证明什么，只为记录自己的心路历程，留下曾经的澎湃，何忧何惧。

人生"三作大山"，读书时代停留想法未付行动"想作"，刚工作笔浅墨少青涩"写作"，如今历尽千帆后本朴"创作"。荆棘丛生的过往岁月里，有幸拾掇一些省内外奖项，是奖励更是勉励，以前舞文弄墨有期盼，现在是陪伴，陪伴自己的内心。坐下来，沉下来，感受笔尖淌过的岁月静好，希冀今后自己能取得新的进步，方不负众爱。不奢望诸君从本书汲取到什么，但求能随主人公开启心灵之旅,足矣。

　　有你幸运,由你方为本心!

　　谨为序。

目录 DIRECTORY

下篇 逐梦

上篇　求学

一　古校新生

夕阳江边走，余晖如粉似漆泼满了三江水面，倏地金光粼粼。码头边远航归来的几条挂机船犁浪而行，犹如裁缝挥剪裁割着金毯子，零零碎碎，斑驳支离。千年古镇，老街牌坊，翘檐拱角，在夕阳之下金碧辉煌。

"苍山如海，残阳如血。"伫立城墙头，凭栏远眺，周一面对斜阳不禁叹道。

水含笑，风含情，徐徐江风，撩拨着江畔行人的发丝。周一平展双臂，时而颔首低眉倾听江涛拍岸声，时而微扬下巴顶着光晕，似乎要把泛黄的暮色当成一件风衣披在身上。

周一觉得自己就是黄袍加身的王，睥睨一切。他又一次迎风张臂似乎要把一切揽入怀中，就差一句"都是朕的江山"。

水天一色，正当他感觉慢慢沉浸于这一切，人也变得空灵起来，整个身体随之向前倾，似乎要江人合一，一阵风铃般的脆声从脑后飘入耳中。

"小小年纪，青春正美好，别想不开啊！"

听着戏谑的语调，他头也不回接道："朕在指点江山，爱妃别误会，不会跳江！"

"想什么呀？美景，美食？"

"美人，远在天边近在身后。"这声音似曾相识，他决定逗她一逗。

"谁是你的美人，我又不认识你。"

"那你这么关心我。"

一阵打趣，被夏风吹散在岛岛礁礁，角角落落。

周一转过身，两人不约而同道："是你！"

原来眼前这位身材小巧玲珑、五官精致又不失灵气的女孩是他的新同学，冤家路窄也。这话得从头说道说道。

周一，姓周名一，常有人误为他意。三代单传，家人希望他命理一生顺遂，学业一鸣惊人，事业一帆风顺，故取此名。他是邻县永安县中考状元，喜欢文学，常琢磨些文言拗句，爱运动，擅篮球，另外身为农家孩子，上树掏鸟窝，下河摸鱼也是一等一好手。虽说生在山沟沟里，但质朴憨实之下蕴藏着一颗驿动的心，从小他就无数次对着门前的青山大声呐喊过："我要走出大山，我要闯出一片自己的天地。"在那个年代，别人梦想成为深明大义的令狐冲、逍遥遁世的云飞扬，而他却崇拜快意人生亦正亦邪的叶开。

三年初中苦读，他考取了邻县明德县三江师范学校。

明德县东，青龙山北麓，有一座历史亘远的千年古镇，曰三江镇。它三面靠山，一面毗水，风光旖旎。古时，三江齐聚于此，水路四通八达，白帆点点，商贾往来，盛极一时。

悠悠古镇千古情，只见当年月当空。镇南隅有一所中等师范学校，名三江师范，专门招收浙海省滨州七县市域内的应届初中生，普师专业学制三年。校史百年，多有辉煌，在20世纪80年代至21世纪初叶，为周边县市培养和输送了大量教师人才，被称为"浙西山区教师的摇篮"。

学校规模，大说不上，小也不见得。标准跑道、琴房艺术室、室内球场，大学校的标配一应俱全。草木葳蕤，兰樟馥郁，你可以在荷花池边放声朗读惊不起鸥鹭，也不会扰乱别人清修。那棵碗口粗的紫藤在这架上已经盘桓了数十年，那傲然凌霜之气让人津津乐道。比起大学院校它是尴尬的存在，最好的学生拿的不是最高学历。那个时代，刚改革开放，国家建设急需大量人才，是特定的历史条件下的应急之措，那时先招取中专，再录取高中，一流学生读中专，二流学生考大学，中专院校相当于现在985、211般的存在。

中师生，是一个特殊的群体，因为读书时国家会发粮票给予生活补助，毕业后包分配，受到了许多农家子女的青睐，是贫困家庭的首选，可以减轻家里负担，早点毕业跳出农门拿工资反哺家庭。当然也不乏有些书香门第、名望世家的孩子慕百年老校的底蕴，涵养情操，习得文化精髓，以传敦厚家风。

一帮十七八岁乳臭未干的毛孩子过早地承载了家国重任，经过三年的淬炼，他们犹如蒲公英般散落山乡大地开启新篇章。

三江水奔流不息了多少年，流走了青春，留下了多少故事。多少浪花激荡就有多少个传奇，多少岁月蹉跎就有多少传说。

明天就是新一届学生报到的日子。校内彩旗招展，横幅醒目，荷花池里的蛙声异常聒噪,似乎在欢迎新同学的到来。据说,昨晚子时,镇东南方向万道金光霹雳,好像神仙打架,须臾雷声大作,紫气垂野,有人说吉相,曰紫气东来;亦有云凶兆,子时昼夜行将颠倒,阴气极盛,阳气未聚,还伴有四颗流星先后划过天际,几十年未有之壮观,引得镇上居民驻足翘望。人们议论纷纷,说是有四颗文曲星下界,因为落下的方位就在三江师范学校那端,堪舆先生曾说那文脉厚润,事实也证明这所学校的许多学生毕业后除了从教成为名师,也有不乏后来从政从商者成为当地的领军人物,都是各行各业的翘楚。

依往常,这个点街上应是冷清空幽,仅剩江边的几簇渔火,星星点点,忽明忽暗。只是今晚特别闷热,热得像后街"包好"包子铺里刚出屉的热包子,热气腾腾。加上一年一度的饕餮盛宴"渔村文化节"盛大举行,人们意犹未尽,久久不肯散去,未想欣赏到了这一异象。老辈人讲,天有异象,必有异事。

二 开学礼包

每年开学季,百年老校都会焕发生机,校园内熙熙攘攘,热闹非凡。

"哇,这校园,比我们村金塘畈所有的田还大。"周一的父亲叹道。

父亲瘦削的脸庞,黝黑的皮肤,典型的勤作之人。一辈子和泥巴打交道,与汗水周旋,县城都没进过,遑论出县市。虽说是农家之人,但对于读书哪怕砸锅卖铁也支持。这次送儿子来读书,也是第一次进城。

"爸,我带你去转转吧!"刚报完到的周一,把行李放在寝室门口的小传达室桌子下。因为父亲还要急于赶回去,所以周一决定先带父亲转转校园开开眼界,再去寝室安顿铺盖,反正这么大了这些内务活都已经熟稔。

转悠了约莫半个时辰,到了父亲返程的时间。

"儿呀,在家千日好,出门一时难。往后要学会自己照顾好自己,别让你妈和我挂念。"周一父亲伸出枯瘦的手拍拍儿子的肩膀。

阳光透过厚厚的桦树叶斑驳支离似张网披在了即将分别的父与子身上,似乎有点伤感。这并不符合他们平时相处的气氛和方式。父亲开明,儿子活泛,平时的相处也比较轻松活跃。

"爸,放宽心吧,你儿子就像田沟里的一条鳅,水干了还能蹦跶几天。"说完,周一两手两脚并拢身体僵直倒向地面,快触地时,两掌疾速击地,借助反冲力顺势弹直了身体。这是他小时候常玩的"倒大树"游戏,需要超好的协调性和反应力,对周一来说不过是小菜一碟。

直至父亲一步三回头的影像渐渐模糊,周一才返回校园。

九月初的阳光依旧威力十足,秋老虎发威人颓废。宋诗旎拎着行李急匆匆走进校园,由于车子路上出了状况,耽搁了时辰,到这个点才赶到学校。看到周一,她气喘吁吁问:

"这位同学,打听一下,收费报名处哪走?"

"那边!"周一还沉浸在刚才和父亲分别的场景,也没多想就往刚才出来的位置顺手一指。

"谢……"话音未完沾地,宋诗旎就匆匆顺着他刚才指的方向走去。

"糟了。"刚才指的是反方向,应该走右边的道,周一拍拍自己的脑袋。都怪自己刚才恍惚了,不过此路也通,只是距离远点而已。

奇怪,按说今天开学,校园里应该热闹非凡,这一路上怎么一个人影也不见,宋诗旎边走心里嘀咕。她隐约听到前面有声音渐渐清晰,便决定继续再走走。

七弯八拐,沾花带香,终于看到了报名处。只不过排队等候的人还挺多,一时轮不上。她想起还有一个包放在大门口,决定先去拿来再说。四下撒目,报名处旁边刚好有小传达室,这是专门为保卫寝室安全而设立的。

宋诗旎走进去准备寄存自己的行李包,一个一模一样的行李包映入眼帘。不足十平方米的传达室,除了睡床还堆满了其他杂物,唯有桌下还有一点空位。为了不混淆,她把自己的行李包和原本就放在这里的包里外并排放好,看到桌上有本书就拿来放在自己的包上以示区别。

宋诗旎前脚刚走,保安刘大爷披着半褂子,掀起衣角边扇边走进来。今天开学人来人往,他要帮着维持秩序,加上本身有点胖,挺着啤酒肚,闷汗直冒。他想起桌下有把蒲扇,就进来拿扇子驱热。

他看见扇子被里面的包压着，就弯腰把包拽出来。拿起扇子顺手把外面的包移进去。再把前面拽出的包也拉进去。刚起身，看到包上的书，他想这可以给保安老张当扇子，想着就拿起来，可转念一想，不行，堂堂学府怎么能随意亵渎书本呢？又放在了外面的包上。

周一看到道两旁的宣传栏里张贴着许多学长学姐的书法、美术作品。那字潇洒飘逸，那画灵动逼真，引得围观的同学啧啧称赞。周一也不由得驻足欣赏起来。他觉得自己就像老家门前小溪里的一条"吸把子"鱼游到了大海，眼界顿时开阔了起来。他告诫自己，今后得好好学点真本事，也能在人前显露显露，长长脸。

宋诗旎第二次来到报名处时，人已经稀稀拉拉了。她报完到，就进小传达室里把之前寄存的行李包拿出来直接往女宿舍楼走去。

男生宿舍楼正对小传达室门，左手隔开三十米距离就是女生宿舍，一门二楼，便于管理。当然，毕竟男女有别，所以两幢楼之间封了一堵一人高的围墙作为隔断，留出一扇圆拱门供进出。

也就前后脚的事，周一从小传达室提取行李包来到寝室。天色暗淡下来，自己的床铺也得整理，物品也需摆放好。

他坐在床沿把行李包拉开，好家伙，净是些裙子、手绢、花衬衣还有一些女士专属用品，不对呀，这不是自己的物品。

旁边几位室友都在摆弄自己的物品。看到周一的反应，都来围观，看到现场后，都忍不住捧腹大笑，"哈哈，你来错地方了。隔壁女寝室在召唤你。"住在他上铺的一位，冲着他嘿嘿地笑道："周小姐好……"周一扬起手就要揍他，这家伙刺溜一声像乌龟一样缩回头去，打了个空气。

原本因为大家来自不同地区，还比较拘谨，气氛也沉闷，现在好了，整个寝室热闹非凡。

看热闹不嫌事大的王利军同学，拿起裙子套在身上，来个甩裙舞，双腿半蹲，翘着兰花指，对着一干室友娇滴滴道："众位哥哥，小女子美吗？"说罢，眨巴着双眼。周一被他们揶揄到没了脾气。

翻遍包里包外，也没有片言只语、一字半图。看来这位女同学应该还有一个随身携带的小包，证件之类的重要物品在那包里。

周一清了清嗓子，大声问道："众兄弟，接下去如何是好？出个主意让兄弟物归原主。"

他上铺的同学幽幽地又来了句："都说内衣最懂女人心，最能精准反映女人的身材，哈哈，你一个一个试过去不就晓得了。"

周一知道，跟这帮家伙是扯不清了。还好，他看到包里的银手镯上刻了一个"宋"字，按民间风俗，这应该是宋姓同学的。

他提着包来到圆拱门边，又不好意思进去。毕竟晚上了，有些学生已经开始洗漱了。他只能对着新生那层楼喊道："宋同学，宋同学……"旁边几个高年级的女同学世面见得多，胆子也大，过来搭讪道："送同学啥？啥送同学？同学送啥？是这个包吗？"唉，这些个机关枪学姐，问得周一哑巴吃黄连，明明是被她们调侃了。

周一忙不迭改口道："宋姑娘，宋姑娘……"一声大过一声。二楼三楼的学姐们倒是又先听到了，看到这位学弟帅气又带点稚气，决定调戏他一番，探着身子齐声道："这位公子，找哪位姑娘？姑娘没有，老娘不少，看中哪个？"周一一看，形势不对，再这样下去非得"壮烈牺牲"，赶紧像落败的公鸡逃回寝室。

话说宋诗旎，刚刚也听到了嘈杂声。之前她拉开包也是惊讶之极。经过一阵的手足无措，幸好她看见包里的身份证，上面的信息显示这个包的主人叫"周一"。她叫了两个女同学一起陪她去还包，不，是唱一出"调包计"。

她们刚走出圆拱门，就碰上一个男同学，上前问道："这位同学。你知道周一同学住哪个寝室吗？"

"邹祎，哦，在二楼202寝室。你们上去吧，现在应该在的。"她们道完谢就赶快上去了。

202寝室正在醋歌四起。一帮情绪无处释放的小伙子，只能通过歌声来宣泄自己。

只听得里面叫唤着："邹祎你给大伙来一首。"

邹祎拿起吉他边弹边唱："对面的女孩看过来，看过……"门突然开了，三个仙女级别的姑娘飘然而至。

"哇，这神了，唱啥来啥。"寝室的其他几位男同学个个眼睛瞪得如狼似虎。

宋诗旎三位同学觉得尴尬,赶紧说明了来意。没想到邹祎说这不是他的包。宋诗旎的同学不信还把身份证给他看了,才知道两个名字是同音,闹了个李逵对李鬼。

她们赶紧下楼,说来也巧,碰到了站在圆拱门边进退维谷的周一。他觉得今晚不把这开学大"李"包送还主人还有得折腾,所以在三位女同学上楼时他正巧从寝室里再次过来。看看手上的包,两人一对视,立刻明白了眼前这位就是刚刚跨越千山万水要找的主。

"好你个骗子!"宋诗旎嚷道,"白天瞎指路,害我白走那么多冤枉路,你成心的吧?"

周一刚要解释,熄灯铃骤然响起。这误会,看来,来不及洗也洗不清了。

楼上202寝室并没有随着她们下楼而消停。几位室友正对邹祎说:"赶紧唱,看看还能来什么。"

"唱天上掉下个林妹妹……"

也不能怪这帮毛头小子情绪激昂,激动万分。这幢宿舍楼分四层,楼层越高和女同学相遇的概率反而越低,在那些学长们口耳相传里是这样说的:

一楼赛江南,水灵姑娘眼前过;
二楼是戈壁,妹子偶尔来闪烁;
三楼像沙漠,美妹少得像骆驼;
四楼如地狱,只剩视野最开阔。

三　卧虎藏龙

虽说经过开学一天的折腾,但同学们对新校的布局和各项运作还是感觉十分新奇。一大早就有同学在校园里溜达了。

早饭后,就是升旗仪式。仪式结束后,二、三年级就各回各教室。新生单独留下进行始业教育。这一级学生共有八个班,班额46人,周一分在96级7班。

主持人是政教处一位姓程的主任,操着一口标准的普通话,特别是儿化音很有特色,绵软清润。刚刚还有点躁动的队伍安静了许多。在他的串讲下整个流程井然有序。

教导主任:"……未来的社会是知识型社会,这三年的学习将为你们今后的工作夯下坚实基础。你们都是各个区县成绩拔尖者,希望你们焚膏继晷,继续发扬刻苦学习的精神再创佳绩……"这话不错,不能因为考上学校就懈怠了,知识如城门前的三江水绵绵不尽,也学之不尽。来之前就听说有奖学金,周一暗下决心,一定要拿到它。

最后出场的是校长,据说每年就讲一次话,就是像今天这样的场合。"同学们,摸摸你们的肩上有什么?"虽说他的头发有些许花白,但精神矍铄,中气十足地向同学们问道。

大家面面相觑,这有啥好摸的,不是啥也没有吗?

只见校长笑笑,"其实你们每个人身上都有一副沉甸甸的担子,你们肩负着共和国的教育事业,这是太阳底下最光辉的职业,你们是灵魂的工程师……"校长高屋建瓴,引经据典"一口"气讲了个把小时。讲完话向大家鞠了个躬,还微笑着招招手,校长变"笑长"。

周一听完觉得自己高大上了许多,似乎与太阳同辉,自己就是天之骄子。其他同学听完也个个像打了鸡血一样,群情慷慨激昂,似乎上阵杀敌都没问题。

这校长厉害,一年讲一次,一次管一年。

集会结束,大家都回到班里继续进行一些常规教育。

班主任叫黄依依,名字好听,人也年轻,款款盈盈而来,同学们尤其是男同学个个开心得嗷嗷直叫。那个时代小学、初中里的女教师很少,不比大熊猫多。周一记得也就初二来了位女教师,当时整个乡都轰动。为此好多家长来校看孩子的频率都增加了好多。

黄老师并没有过多地开展说教,而是和同学们聊起了家常,道起了自己的心路历程。她没有架子,善解人意,就像邻家姐姐一般,学生们刚开始还有点局促,现在师生之间的距离拉近了好多。像周一这样十七八岁的孩子,对外面世界充满着好奇,面前有许多条道,阳关大道、羊肠小道,而黄老师更像是心灵的引路人,也像村口的那棵香樟树伸出的粗壮树枝,呵护、包容一切。周一对这位像姐姐一样的老师充满了好感。

老师介绍完了,接下来就是同学们的自我介绍。黄老师希望大家有个性地介绍自己。同学们一听来劲了。

第一位站起来自我介绍的同学,个子高高,头大大的,他叫"高马大",哎,再怎么高大,终究缺个"人"。不过,开起腔来却让人大跌眼镜,那声音嘤嘤嗡嗡,嘴巴张了半天,大家也没怎么听明白。倒是最后几句听了个真切:"我来自长安县,中考总分全县第二,希望接下来能和同学们相互学习,共同进步。"不错,成绩好,有目标,这倒是匹千里马,这自然得到了不少掌声。掌声更多的也是给自己的一种激励。作为学生谁不想成绩顶呱呱呢? 榜样有了,追赶目标也在上面,往后的学习竞争肯定激烈。

高马大刚入座,只见又一位男同学兴冲冲上台了。不知是紧张还是激动,讲台高出一截的台沿没踩稳,他哐的一声拜倒在地。刚见面就给大家拜年,这出场方式惊艳,惹得大家哄堂大笑。只见他晃悠悠站起来,拍拍身上的灰尘,平起双手示意大家静静,清清嗓子,开口道:"我叫阳伟……"他没说完,大家已经笑得前仰后合,哈哈,叫阳痿,自己叫自己阳痿,有病吧。这位同学看大家有点误解,急切解释道:"我是甄阳伟……"

"你是真有病吧!"几个调皮的男生已经快笑翻在地。

大家心中的女神老师黄老师,看这场面有点失控,但也没愠色,依旧温柔地对大家说道:"还是让我们欣赏下这位同学的才艺吧,我可是看过大家的档案哟,你们的看家本领我门儿清。"

刚才这位同学,返回座位拿起篮球进行了一段街球表演,胯下运球,背后滚球,技术娴熟,看不出话不利索,球技倒是个练把式。

小黄老师继续道:"希望这位同学今后能阳光伟岸……"有水平就是不一样,这话多中听。

两个男同学暖完场,女同学闪亮登场。

"大家好,我叫贾小柔,从小喜欢唱歌,我给大家现场来一首吧,希望大家喜欢。"

"蓝脸的窦尔敦盗御马，红脸的关公战长沙……"唱起歌来的小柔同学一点也不柔。那唱腔圆浑、气势如虹，中间男腔女声切换自如，大家听得如痴如醉，一人足以撑起一台戏。唱毕，拱手作揖道："谢谢大家捧场。"在大家如潮般的掌声中她落落大方地回到位置，看不出她脸上的起伏变化，看样子是台上的常客，大场面见过的。

有酒有菜才有滋味。歌有了，哪能少得了舞呢。

"大家好，我来段舞蹈吧！"只见这位女同学，身姿婀娜似柳条，云袖漫展如叶飘，赶得上杨丽萍的孔雀舞，大家看得云里雾里，最后她把脚侧提到耳尖，以一个劈叉收功。大家还没回过神，她又说道："我叫柳叶舞，从小喜欢跳舞，希望和各位能交个朋友，谢谢！"柳叶舞，好有诗意的名字。

谢啥谢，谢你还差不多，刚才属于视觉饕餮盛宴，大家等于免费一饱眼福，不收钱都算好了，已经很慈善了。周一想，前几个都是名不符实，至少名字跟性格完全不搭界，顾名思义有时也不对。柳同学倒是人如其名，身材纤细又高挑，像柳枝柔韧性很好，皮肤白皙，声音柔润，到哪都是焦点。这哪是自我介绍，分明是才艺大比拼，又像在竞选班干部，都拿出了看家本领。班里藏龙卧虎啊，刚才两位可以说是文娱委员的最佳人选，周一叹道。

正当周一还沉浸在刚才的舞蹈中，小黄老师钦点他来介绍自己。

周一想，这不是为难人吗？想想自己也没啥才艺，读书时代音乐、美术等技能课缺少专业老师教，大部分时间也是被语文、数学老师占用。尤其是唱歌这项，别人唱歌要钱，我唱歌要命。

看样子只能剑走偏锋了。周一心想你们都有才艺，我只能另辟蹊径了，要扬长避短，"吾乃永安人士，于世虚度十八春秋。生性豁达，喜交天下才俊是也。虽无王勃曹植之才，然吾有坚毅之心，青云之志，假以时日终有所得。今日交心，盛况空前，路过宝地，并非打擂踢馆，仅属切磋交流，望诸君大侠赐教，幸也！"

说完还学古人假装摸摸胡须，甩甩袖，又云："鄙人命数带一，恭祝美女同学一尘不染，女神老师一顾倾城，男同胞一表人才。唯愿自己：一心为学，二手实干，三观端正，四季如春，五指合力，六神专注，七步之才，八仙过海，九天揽月，十分用心。"

这耳目一新的介绍获得了最久的掌声。掌声有时能代表一切。

最后小黄老师进行了总结："我们967班人才济济，今后我们同乘一艘船，扬帆起航，只有和衷共济才能走向成功的彼岸。由于时间关系也不一一介绍了，来日方长，希望在今后的学习中大家互相积极交流，深入认识彼此。下午半天时间大家自由活动，可以到街上走走，了解一下古镇的历史文化。"

大家高兴得就差喊"老师万岁"了，不过这音量有点奔"万碎"去了。

周一估摸着，刚才也就三分之一的人进行了自我介绍。不过，他讲完下台瞥见了坐在角落里的宋诗旎，她也在盯着他。没想到啊，居然是一个班，真是大水冲了龙王庙——一家人不认一家人哪。

周一很想过去和她攀聊几句，等他整理好位置，这位同学已经不见了踪影。

晴空万里，天上没有一片云彩，苍穹如镜照着世界，似乎想要映出尘世的熙熙攘攘。刚开学彼此都不是很了解，周一起先和几位室友三三两两在街头瞎转悠了一番，临近傍晚有的室友回去了。周一早听说城楼边江景绮丽，于是他又折回往那边走去。

没想到本文开头的一幕就这样上演了。误会还是机缘，冥冥之中自有定数。他们不曾想到，多年后，彼此的命运会如此紧紧地纠缠在一起。

四　军训难驯

"有枪吗？"

"解放军战士来吗？"

"我要当狙击手……"一言不搭一言，一声紧似一声。学士都不想要了，只想当战士。

这两天气氛异常热烈，对军训讨论的热度比六月六的温度还高，既像农民期待秋收那般虔诚执着，又像香客抽签，虽明知有运气成分使然，更多的还是预定了内心的期许。

两天后军训正式开始。

没有枪，没有炮，也没有敌人给我们造。俗话说得好：希望越大失望就越大。每天都是练站姿、走姿、跑姿，要领倒不复杂，只是要整齐划一确实不容易。遗传与变异，发育有先后，导致高矮胖瘦不一。班里最矮的可以给最高的当"搭柱"（农村挑担子半路换肩歇息时支撑的木棍），最胖的可占最瘦的两个身位，一眼望去参差不齐，有点像临时搭建的草台班子。

周一他们班的教官，是东北人，黑黝黝的脸可以媲美教室里的黑板，名字也响亮，叫"杨大猛"，威猛高大，像棵杨树立在那里。说起话来，像高压锅里乱蹿乱爆的玉米花，嘭嘭嘭的炸裂声就像在头顶回荡。大家私下叫他"杨嘭嘭"。

杨嘭嘭的口令喊得与众不同，比如向左向右转时，表示方向的那个字总是像京剧里那样拖得悠扬起伏，又带点颤音。周一每每听到总是忍不住发笑。这声音很像他父亲在驱牛犁田时转弯、掉头的调子"起翘—转—吁—"。喊"稍息"像农村赶晒粮时偷吃的鸡"喔—嘻"，这次周一没忍住笑出了声。结果被杨教官发现，"这位同学，出列，为什么笑？"

"报告杨教官，我刚才说你比八班的教官帅！"说毕，周一煞有介事地挺挺胸，敬个礼，向那边随便挑了个替死鬼指指继续说道："他可以证明。"

教官顺他的手指，看向那位同学，眼神分明在问"是吗"。周一赶紧趁机向那位同学眨眨眼。

那同学看教官走过来，立马出列说道："报告，羊倌，不不不，是报告杨教官，是的，你最帅，全国最帅。"

其他同学也知趣地喊道："杨教官，你最帅。杨教官，我最爱。"

都说爱哭的孩子有奶喝，其实嘴甜的孩子有好奶喝。杨教官破天荒让大家多休息了十分钟，惹得其他几个班羡慕又嫉妒。

起初的憧憬、兴奋在每日的走跑站的训练中渐渐消磨殆尽。尤其是练站立，一站就二十分钟起步，"一不许动，二不许笑，三不许露出小白牙。"我们都是木头人，也是小黑人，只剩牙是白的。为什么要二十分钟起步呢？原来二十分钟后就开始有人"动""摇"了。961班和962班最惨，他们的地盘在操场正中间，他们迎接了第一缕阳光,也目送了最后一抹夕阳,他们是不折不扣的太阳神之子。起先他们俩班倒下的人最多,到了后半程站立的最多,而其他几个班刚好相反,看来人的适应能力取决于外界环境的恶劣程度。

周一班里最先倒下的还是那个叫高马大的同学。不知是全班海拔最高吸收了大部分紫外线,还是体态最宽厚吸收更多的热量,总之这位全班第一个上台自我介绍的同学,保持了又一个第一——第一个倒下。"扑通"一声,他结结实实扑倒在地,大家挣扎着眼皮瞧过去,惊魂未定,"啪哒"又是一声,丈把远的那棵老樟树上掉下了手臂粗的枯枝丫。高马大啊高马大,你倒下就倒下吧,关键是还折腾出了大动静。大家刚把他扶到阴凉的地方,女同学就像传染一样,如多米诺骨牌般一个个倒下了,不到三十分钟,就只剩一半人在硬扛着。

烈日炙烤之下,队列里的周一时常把目光投射到远方逶迤隐约的青龙山上,想象着自己像小时候一样,在林中越过山峰抓小兔,躲靠山松下避阴睡懒觉,注意力的转移有时也能有凉意阵阵。皮肤曝晒在骄阳之下,周一清晰地感受到,一颗汗珠从额头流过脸颊,顺滑胸腹,被一圈裤腰带阻截。汗珠越渗越多,越积越多,最后成条水线淌落在地。

军训的好处就是磨炼意志,或者激发出斗志。队列练习对大多数学员来说都轻而易举,但是对于宋诗旎而言就有些勉为其难。之前她脚骨折并未好利索,在做转体、踢正步时总是会慢一拍,有时咬着牙较着暗劲才勉强跟上大家的节拍,时间一长肯定会红肿、酸疼影响到训练。但她天生又是个倔强的孩子,不肯轻易向困难认输,也从不向人提起。一天训练快结束时,教官会例行小结。先是指出了大家的不足之处,并做了讲解示范,然后又给予大家鼓励。最后他扫视了一下全班同学,说:"宋诗旎同学不太跟得上大家的进度,解散后留下强化训练。"大家看向宋诗旎,只见她脸上红一阵白一阵。

"报告教官,我也想留下强训。"

"三天训练,你已经获得两次每日之星,给别人留点机会。"教官一口回绝。

"中午吃撑了,我想训练消化,消化训练。"周一吐吐舌道。他知道杨教官是个面凶心慈之人。

"好你个周一,一条道走到黑了。好,成全你。先跑五圈拉练,再给宋诗旎当陪练，不然提头来见。"说罢，挥挥手示意大家就地解散了。

"保证完成任务！"周一马上接过话茬。

夕阳越过树梢染红了他们的脸，在地上拉长了两人单薄的身影。偌大的训练场一时间空荡荡的，他们就像茫茫大海上两只追风逐雨的海燕。"你为什么这么做？"宋诗旎率先打破了沉寂。

"因为只有我最了解你。"

"你了解我什么？"宋诗旎追问。

"你别忘了，开学时你可是送过我'大李包'的。"

"你是哪壶不开提哪壶。"宋诗旎一边嗔怪道一边害羞地把头扭向一旁。感觉自己在周一面前是个透明人，隐私荡然无存。

"你别误会，"周一继续道，"我看见你包里有许多治疗骨伤的药，我小时候也有类似经历，所以知道你脚受伤了。你不像其他女孩那样娇滴滴，这恰恰是你让我佩服的地方。"

宋诗旎觉得这位新同学虽嫌莽撞，但还算暖心又细心，顿时增加了些许好感。

她在他跟前做了几个队列动作，问道："你看我这动作怎样？标准吗？"

"你想听真话还是假话？"

"看你狗嘴里也吐不出象牙来，假话吧。"

"假话就是难看。"

"那真话呢？"

"真难看。"

宋诗旎白了他一眼，也不练动作了，直接对着周一开踢。周一顺势滚在地上，大喊着姑奶奶饶命，逗得宋诗旎哈哈大笑。

"其实你笑起来挺好看的，笑一笑，十年少。"

"还不是被你气的！"

夜色完全淹没了整个校园，他俩各自回到了寝室。月色如水银泻地，宋诗旎望向窗外一时难以入眠。她知道周一之前的举动明显是为了照顾自己的面子，不想自己一个人难堪。何况开学那件事错不在他，是自己疏忽所致。一个大男孩能为他人考虑本身就值得钦佩，比起初中里那些成天想着捉弄别人的男孩儿强多了。她记得读初中时有些男同学把青蛙放在她书包里，把毛毛虫藏在她文具盒里，把她吓得哇哇大哭，所以对男生她素来无感。可她却觉得这位同学身上有股特别的气质，像一泓深邃的泉想让人探个究竟，又像一道悬崖让人望而却步。若即若离，如梦如幻，这注定是迷迷糊糊的一个晚上。

第二天，大家听到消息说接下去几个晚上会进行一次紧急集合训练，要求在最短的时间里到操练场集合。

对于这帮少男少女来说，一天的训练结束了，疲惫也就消失了。寝室里又热闹起来。为了应对半夜的紧急集合，寝室里正讨论得欢。

吴天明拍拍床沿吆喝道："我们大家分下工，前半夜你们上铺的兄弟轮守，后半夜我们下铺的警戒，大家意下如何？"

"要得，只要你不一觉到天明，我们保证不出差错。"黄自强接道。

到了半夜，学校大喇叭里传来了嘹亮的通知："今晚紧急集合……"与此同时，吴天明大声唤醒室友，这些室友一听集合了，如同跳脚虾入油锅个个跳起来，抓起衣服裤子边穿边跑向操场。啥情况，这帮人反应也太慢了吧？过去十分钟了，操场上还不到一半人。吴天明对着旁边一直打着哈欠、来不及穿另一只鞋的陈管说道："兄弟，还好我机灵吧。你看到现在也没多少人，我们总算是拿第一了。这下我们要受到大大的表扬了吧。"

只见教官们来到队伍前扫视又鄙视一番，对着稀稀拉拉的队伍训斥："要是上战场你们估计连敌我都分不清……每人罚跑二十圈再回去。"这帮新兵蛋子，跑完才知道广播里的通知是"今晚紧急集合，不举行。"教练们知道这帮学生都枕戈待旦，就等一声令下，你有张良计，我们有过墙梯，所以反其道而行之。可怜的娃，被教官们摆了一道。

日子有时就像票子，用得飞快。军训结束，班里举行了简单的欢送会。几个流程后，是杨教官最后的告别感言，概括起来就是他是粗人，羡慕学生们能好好读书，希望彼此间的友谊天长地久。大家一时间眼泪汪汪，好多人开学刚刚和家人别离的场景历历在目，现在又泪眼婆娑。其实对于他们来说，今后除了生离死别，这样的场景将会如影随形，家常便饭一般。

五　学普通话

军训一过，大家便投入到紧张的学习中。周一发现师范学校的课程与中学里相差不大，只是更细化、专业化、实用化。比如语文就细分成了文选、语基、口语，文选重文学作品熏陶，语基侧重于语法规范，口语则强调口语表达训练，好似一母三胎，各有千秋。周一觉得比较可惜的是英语这门课已经没有了，原因是小学里不上这门课。

万事总是这样有得有失，师范学校的很多技能课还是"真刀真枪"地开展起来。劳技、主持人、篮球社团、艺术体操、琴棋书画以及许多沙龙活动，眼花缭乱，精彩纷呈，对于这些，周一都想参与一下。特别是开学那天在书画长廊里看到的作品深深触动了他，连空气中都涌动着厚重的文化底蕴，在这里还是能学到一些真本事的。

一堂口语课下来，又是咧嘴活动面肌，又是饶舌训练灵活度，大家如同一只只土拨鼠抻着嘴这里嗅嗅，那里拱拱，场面一度热闹又混乱。教室前排的张宽和刘一道两位一鼓一噏着嘴斗法，怎么看都像欧阳锋在练蛤蟆功，旁边的吴天明领着一众同学起着哄在"咕呱咕呱"学青蛙叫。陈管奔拉着脑袋拉着长长的舌头追着同乡柳叶舞，要和她比谁的舌头长，王梅看到了拿把剪刀向他晃晃，吓得陈管赶紧把舌头缩回去，却一时没接上气，捧着肚子蹲在地上一阵猛咳。王小海和王利军在挑战"舌头碰鼻子"，贾小柔当裁判，拿着直尺丈量谁的距离最接近，输的是"王"八蛋。口语课上嘴形练好，普通话才能说标准，而且普通话测试要达到二级乙等才能毕业，二级甲等才能教语文。为了普通话，大家也够"拼"的，只是拼得没在点上。

学好数理化，走遍天下也不怕；练好普通话，被拐也能回到家。

对周一而言，文化课自然是小菜一碟，不过技能课与别人比还是有些距离。尤其是这普通话，一点都不普通，他的方言味比较重。这与他的生活环境还是有很大的关联。永安县处浙皖赣三省交界，被群山密林包裹，典型的鸡鸣三省闻之地，是库区，也是革命老区。当地居民平时都用方言交流——

"侬好窝拉"指"你好聪明";

"根呢天公哈衣样"意思是"今天天气怎么样";

"侬齐达注他里"是说"你在干什么"。

三里不同调,十里不同音,周一从小到大耳濡目染,自然是永安"普通话"说得溜。迎难而上、遇强则强是周一的行事风格。对于普通话,他相信世上无难事,只要肯动嘴。

饭后教室里空荡荡的,为数不多的几个人在做着自己的闲事。来自阜阳、天杭的几位同学聊得正欢,其中一个个子最矮,音量最高:"我最喜欢史泰龙……"

"屎太浓?"周一边疑惑边准备推开椅子落座。刚才说话的人看到他,过来说道:"这位兄弟,史泰龙,你喜欢吗?"

"不喜欢,"他俯下身捡书本,空间狭小,压迫着胸腔,一下直不起身,又要马上答话,气没喘顺道:"太——臭"后一个字明显发音力道不够,变成了颤音。

"太丑?不会吧,你看他,多有型,远远就能嗅到不一般的气息。"

"它是有形,一坨一坨的,那么浓当然能闻到。"

"你这词用得好,我还想着用一块一块来形容。"

"一堆一堆也行。"周一对这个喜欢屎的人,没啥好感,只能继续揶揄。

陈管刚从门外进来,听到两人对话就接话问:"一堆一堆的什么?"

"肌肉""屎"两人几乎同时发声,又面面相觑,心里都明白刚才原来是鸡同鸭讲。

还是这位同学先开口,只不过带着鄙夷的神情:"呦呵,连美国动作大明星史泰龙都不知道。他可是演过《金蝉脱壳》《第一滴血》,还屎太浓,他的屎都比你的香。"

"香不香,谁吃谁知道。你说香,看来你吃过?"

"你这个乡巴佬,懒得和你理论。你们永安人,普通话连屁都不如,叫清楚了再来张口说人话,还屎太浓,没看到他肌肉多么发达,扫兴。"

眼看着两人火药味越来越浓,刚进来的同学连忙把两人分开。

个人攻击上升到地区歧视,这是他不能容忍的。改变是最好的反击,在此之前无须多言,周一深知接下来要攻克普通话。

待他们离去,周一拿起普通话训练册,一边揣摩老师讲的发音要领,一边哼哼呀呀地读起来。

"上海、北京、灵波……"周一刚要继续读下去,从后门进来的宋诗旎走过去拍拍他的肩道:"周兄,是宁波,不是灵波,你老把自己当皇帝想着分封国土。"

"林波。"周一张口就来。

"不对,现在连前后鼻音都不分了,越读越混了。"宋诗旎继续道,"我们永安人确实基本上'n'和'l'不分,你看我发'n'发音时,舌尖抵住上牙床,气流从鼻腔通过,同时冲开舌尖的阻碍,声带颤动。而发"l"音时,嘴唇稍开,舌尖抵住上牙床,声带颤动,气流从舌尖两边流出。一个是通过鼻腔形成鼻音,一个气流通过舌侧形成边音。你再试……"

"看什么看,没见过美女啊。按我的方法再练。"她把他拉回了现实。刚刚周一看着宋诗旎训示的模样跟他小学老师太像了,不由得走了神。

"宁波。"周一总算读对了。

"这个词读一下,"宋诗旎指着"饮料"继续说道,"读的时候注意气流。"

周一清清嗓子,开口道:"饮尿。"

"啥,哈哈,饮尿都出来了,周一,你真是独步古今第一人,高,实在佩服。""难怪你能当学霸,窍门在此,独门配方呀!"几个闲人你一言我一语,整个教室差点笑翻天。

一旁来自天杭县的吴天明嚷道:"让本少侠来露几手,我们靠近滨州市普通话比你们标准多了。你们好好听着、学着。"

他抓过周一的练习册,往下看了下是四字成语,这也合他胃口。

"怀才不孕,满腹痉挛……"他读第一个成语的时候,大家一脸蒙,丈二和尚摸不着头脑,读第二个大家就知道了,这是一个韵母"un、ü、an"不分的主,把"怀才不遇,满腹经纶"读岔了。大家笑得真差点满腹痉挛。

普通话以北京语音为标准音,以北方话为基础方言,以典范的现代白话文著作为语法规范。南方人学普通话都有一部血泪史、笑话史。来自阜阳县的孙侯,大家都叫他孙猴子,鬼点子贼多,也不知哪里看来的笑话,经他一演绎笑料更足:

话说，一南方商人来天津做生意，走进一家小吃店，对女服务员说："睡觉一晚(水饺一碗)多少钱？"

服务员一听，神色大变，尖声道："流氓！"

南方人大喜，说："六毛，好便宜，来一晚(碗)。"

普通话不普通。中国地大物博，地域差异大导致语系众多，虽说是母语但想说爱你不容易。这个时候终于知道了有时动动嘴也不容易。

六　组建班委

"风吹银铃丁零零，小琳琳，爱银铃，琳琳用劲摇银铃，银铃的铃声真好听。风吹银铃丁零零，小琳以为铃失灵，银铃笑琳琳真是不机灵！"

周一在座位里练习绕口令。他给自己定了一个目标，要在一个月内让自己的普通话水平如火熨冰般肉眼可见地提升。

"别琳琳琳…爱爱爱的！绕来绕去头都晕了。"后座的吴凯晃晃周一的头，神秘兮兮道，"都说天机不可泄露，看我们有缘，老衲就冒着折寿两百年的风险向你透露，三天后选举班委，到时候我投你一票当班长，你请我吃一顿就好了。阿弥陀佛，上菜，上菜。"

吴凯来自青庐县，和永安县中间隔了个明德县。虽然仅开学了三周，但是周一觉得他是个很会来事的人。周一白了他一眼继续读：

"会炖我的炖冻豆腐，来炖我的炖冻豆腐，不会炖我的炖冻豆腐，就别炖我的炖冻豆腐。要是混充会炖我的炖冻豆腐，炖坏了我的炖冻豆腐，那就吃不成我的炖冻豆腐。"

读罢，周一做了个捋须动作，转身对着吴凯："老夫夜观天象，见紫微星东移，掐指一算，有贵客驾临。为表盛意，请君入席，品鉴冻豆腐，开怀大吃一顿。"

切，吴凯甩甩脖子到其他同学那里兜售去了。

小道消息因为抄了小道,所以比正道消息传播快。中午,班主任黄依依就宣布了,希望大家踊跃报名,利用三天时间积极准备,展示自我。

选举那天,小黄老师看上去脸色有点不太好。原来三天过去了,没有一人主动到老师那里报名。

黄老师:"师范学校里不仅要学好知识,也要培养、锻炼自己的能力。以后你工作了,不仅面向学生还要面对家长,和应对形形色色的社会人,这一切都要求你要具备超强的能力,要把自己变成超人。当好班干部,在小舞台为班级服务,长大了你也能在大舞台发挥自己的能量。现在想报名的还来得及,请高抬贵手。"

刷刷刷,46位同学中有45位举手了。

黄老师看看又摇了摇头,这帮孩子顽劣性还很重。在孩子眼中,以前班干部就是搬干部,有事就把老师搬来,没事就是扮干部,装扮而已,哪想得这么长远。

本来的设想是由多人竞选一个职位,候选人进行演讲和才艺表演,全班同学根据现场表现进行投票。既然情况有变,规则也简化了。小黄老师把班委的7个职务写在纸上人手一张,大家根据近一个月的相处情况,把合适的人选写在相应的职务后面。

投票结束,经过统计每个职务得票数最高的同学担任。宋诗旎是宣传委员,负责班级宣传报道和两周一期的黑板报,因为她的书画俱佳,是当仁不让的人选;文娱委员是柳叶舞,舞姿歌喉俱佳,浑身上下充满艺术与青春气息,众望所归;贾小柔是组织委员,能说会道人热情;劳动委员是张宽,心地宽厚,任劳任怨;学习委员是周一,天赋异禀,过目不忘,妥妥的学霸;生活委员王梅,自理能力强,篮球赛上王利军裤子破了打算扔掉,是她像慈母手中线一样密密缝,技惊四座。

班长是秦泽猷,得票数23,刚好一半,是所有班委成员中得票最少,却是这一职务中得票数遥遥领先者。周一极力回想着校园生活中有关秦泽猷的片段,除了空白就是苍白,交集不多。周一想,既然大家推选他,说明他有过人之处。像刚才全班只有一位没举手,就是他,看来这位同学有自己的思考。而且刚才教室里闹哄哄的,但是他处巧若拙,处明若晦,处动若静,看上去表面冷峻,却给人以稳健、踏实的印象,这人值得会会,周一暗想。

班干部产生后,小黄老师让每位班干部作了表态发言,仅限一句话。

班长第一个表态："我希望我是启航时站在船头第一个迎接风雨的人，也是到岸时最后一个上岸的人。"身先士卒，躬先表率，是个好领头羊，报答他的是海啸般的掌声。

班长讲完，该轮到二号人物学习委员表态了。周一两手按按腿刚要站起来，旁边的孙侯拉拉他衣角小声嘀咕："你就表态把作业给大家抄抄，你是周大善人……"没等孙猴子讲完，周一起身拱手："作业作业，作孽作孽。我希望所有的作业我会的，你们好；我好的，你们优；我优的，你们精。"

"看来今天周一比较激动。"教室倒数第二排的黄自强对旁边的一个同学说，"刚才老师不是说一句吗？他好像说了两句，我刚才仔细数过。"

"周一变周二了呗。"旁边的同学附和道。

"那边的同学请小声点。"班主任黄依依连批评一个人也是轻轻柔柔的，但每次效果都很好。大家都会自觉以她的音量为准，再降一个维度继续聊废话，当然这就不会影响到别人，自然也不会殃及池鱼。

生活委员王梅："我愿是你夏日里一抹清凉，冬日里一抹暖阳，以我的暖心换你的真心。"其他几位班干部也都做了精彩的表态，窗外那棵百年老树上几只黄鹂叽叽喳喳唱着歌，似乎也想进去施展拳脚。

大家感受到这"班"船将会扬帆起航，即使遇到各种困难也都能迎刃而解。

七　误解无解

双休日没有学业任务，自然也就没有作业可做，虽然大家可以自由安排活动，但学校还是提倡同学们能跟平时一样有规律地学习和生活。睡懒觉是这帮少男少女的忧点也是优点，怎么说呢？基本上一天两餐就能打发，因为不到中午他们也不爬起来，早餐基本免了，倒也算是为国家节粮做了贡献。

周一喜欢运动，再加上自己又是刚当选班干部，觉得自己应该起带头作用。他想即使带动不了别人至少自己得到了锻炼，一举两得之事，何乐不为呢？

来到操场上慢跑三圈，又变速跑一圈，他已浑身汗涔涔，气喘吁吁，但是心率还正常。来到球场边他又投了一百个三分球，两百个两分球，觉得今早的运动量基本到位。

想起昨晚还有一件领褂忘了带回寝室，他又折返到教室。刚推开门，几乎同时后门一条黑影闪出，是谁没看清，但人是肯定的。周一朝自己的座位走去。学期近半，班主任对座位进行了调整。周一和宋诗旎成了前后桌。

教室里空荡荡，周一走向自己的位置，余光看见宋诗旎位置下有本子、书签散落，过去捡起，封面是四大天王之一的刘德华，潇洒英俊，那是万千少女的偶像，俘获了无数芳心。翻开一看原来是日记，配着精美的插画，字迹娟秀如本尊，他把书签重新夹入，刚要塞回去，门吱呀一声又开了。

进来的是宋诗旎，面带愠色的宋诗旎。

"周一，你干吗乱动别人的物品？"声音如一把利刃切开了秋雾弥漫的清晨。

"不是，我看到你的物品掉落地上，帮你整……"周一忙解释道。

"少唬人，昨晚我理得好好的。"她打断他，"你是看别人的隐私上瘾了吧。"

"我对着太阳发誓，我说的都是……"

"得了吧，你看看外面有太阳吗？"

起床那会，天边只有几片祥云在散步，可爱的阳光把十一月的校园染得怦然心跳，现在乌云密布昼如夜，雨蓄势待发。

"看你也算七尺男儿，敢做不敢当，太让人失望了。"

"那个，宋小姐，宋大侠，你听我说！"周一拍手急辩道，"前面我在操场上锻炼，感觉天有点冷，所以来教室拿昨天穿的那件领褂。"

"那你的领褂呢？"

周一绕到自己的座位，看看没有，找找不在。

"你看看，撒谎也不找个靠谱的理由。一大早潜入教室一定心怀鬼胎。"

周一知道自己是百口莫辩，背了黑锅，但他心里明白一定与刚才的黑影有关。

宋诗旎一把夺过日记本合上，转过身整理起座位。周一怔怔的，觉得还是三十六计走为上，才能化解尴尬。

返寝路上，他突然想起昨晚好像叫隔壁寝室的刘一道帮忙把衣服带回去了。怎么又把这茬忘了。

半路碰上了"运输"大队。有些寝室赖床的人多，就叫其中一个人给大家跑腿买早点，打开水。这个天选之子产生的方式也五花八门。比如正统派，姓氏笔画由少到多排或者上下铺轮流；随机派，临时通过黑白配、剪刀石头布或抓阄产生这一"天之骄子"；邪魅派，晚上打牌输的或者讲冷笑话第一个笑的人；文学派，对对子或背古诗接不上的人；还有些比较特殊，喜欢跑腿免单或者依附于有影响力人物、团体而受之庇护得点小便宜，统称为蛋黄派吧。有人就有江湖，学校也不例外。

运输方式也是千奇百怪。用水桶提，稀饭、馒头、油条等干的湿的混一起，似乎走向的不是宿舍而是猪舍；用脸盆端，馃、包子、糯米饭堆砌，室友们不露头只伸手像狱友，分到啥吃啥也没啥好挑剔。也有些充分发挥人体的组织器官协调功能，左手拎着馄饨，右手抓着麻球，嘴叼着一袋豆浆，头顶葱饼，跌跌撞撞、摇摇晃晃完成这一项光荣而又艰巨的任务。

周一来到隔壁宿舍，看见刘一道压着枕头在呼呼趴睡，那口水飞流直下三千尺，嘴里还喃喃着不知道在做啥春秋大梦。

看见领裆放在床桌上，他拍拍刘同学道了声谢，拿起刚要转身走，只见一道同学两脚乱踢，双手半空乱抓，嘴里大喊道："别杀，别杀我，我招，我全招。"一道像一道闪电消失般寂然。这家伙定是武侠小说看多了，周一摇摇头走了。

换洗好后，周一哼着刚学的歌迈着轻快的步子往校门口走去。

远远地看见有人在林荫小道前面向他招招手，示意过去。他走近一看，原来是宋诗旎。

"拿来。"只见她摊着手伸过来。

"什么拿来？"周一满脸狐疑。

"书，拿来。"

"叫我叔也没用，不是，你到底要啥？"

"哎呀，你这人怎么不讲理！"宋诗旎跺跺脚，"早上你从我座位拿去的《青春之歌》这本书。"

"我没拿,当时不是跟你解释过了吗?"

"你走开后我在座位里没找到,而且我去之前也只有你在。你敢说你没嫌疑?"

这真是比窦娥还冤,六月要飞雪,飞来横祸,就是跳到城外的三江里也洗不清了,周一欲哭无泪又无奈,心里发誓一定要把早上看到的黑影揪出来。

"下周一之前给你答复,你看今天都周六了,莫急莫急。"周一决定采取缓兵之计先送走她再说,毕竟锻炼过后消耗太多能量急需补充。

"好,暂且信你一回。"宋诗旎说完消失得无影无踪。

"周兄,早饭吃了没,我这鸡蛋饼要不?"同寝室的陈管蹦跳着过来。这家伙平时人小鬼精。今天倒大方得很,有情况。

"不吃,都气饱了。"周一忿忿道。

"毛病,不吃就不吃,好心当成驴肝肺。"见形势不对,陈管又蹦跳着离开了。

我得罪谁了我,这横竖不是人啊,走霉运喝凉水都塞牙。"天将降大任于是人也,必先苦其心志,劳其筋骨,饿其……"想到饿,周一还真有些饿了。人是铁,饭是钢,先吃个精光光。

八 衰神下凡

早饭后,周一决定到校图书馆借书看。他最近迷上了汪国真的诗,确切地说不是他一个,支持者有许多。他喜欢汪国真的《热爱生命》:

我不去想是否能够成功,
既然选择了远方,
便只顾风雨兼程。
我不去想能否赢得爱情,
既然钟情于玫瑰,

就勇敢地吐露真诚。

……

生命里总会有一首诗是属于自己的,凄婉哀怨,壮志豪迈,都是岁月里的刻骨铭心。周一读起《热爱生命》这首诗就会内心澎湃。有人从诗中读到了爱情,风雨兼程就能守得花开;有人读到了坚韧和不屈,成功的道路有千万条,但是捷径只有一条,那就是努力。

告别故乡,背上行囊,走在茫茫的求知路上。贫瘠的岁月,考上好学校跳出农门是父辈的希望,也是当时唯一的出路。求学的艰苦程度,除了可以吃得饱以外,与《平凡的世界》里孙少平当年上高中时无异。物质的贫穷不可怕,怕的是精神的荒芜与贫瘠。在那个艰苦的年代,汪国真的诗给周一的精神带来巨大的抚慰。

曾经年少爱追梦,周一庆幸自己在青春的雨中奔跑过、追逐过。周一记得初中时就背过他的诗,悲过他的诗;送过他的诗,诵过他的诗。只为那些事,那些人。

"没有比人更高的山,没有比脚更长的路。"周一念叨着汪国真的诗,朝图书馆走去。

图书馆在教学楼对面,学校大门进来右拐即达。周一清楚地记得以前读小学初中时学校里的图书室,只有五六平方米。里面的书基本上以小人书为主,而且也不对学生开放。这里有整整一个教室的书,旁边门对着的是阅览室,可这里借那里看。阅览室也有一些书,不用履行借还手续,可随看随还,但不可外带。

对于书籍,周一内心是虔诚的,就像谷物在农民心中一样神圣,如果哪个孩子糟蹋粮食,免不了被家人痛斥为不肖子孙。同学们评校园十景,莲花池、藤廊、植物园、艺术楼这些地方得票高,人气旺,可在周一心中,图书馆才是最神圣的地方,也是校园最美之地。这里陪伴了他许多个周末,排解了内心的孤独,每次来就好似跟圣贤畅聊了一番。

今天啥日子,图书室里借书的人比平时多了些,刚才登记的地方还排着队。周一找到上次的书架,那儿有本书未看完,主要是《汪国真诗集》也在那儿。他走过去看见本班的王利军也在那儿。他手里拿的是《钢铁是怎样炼成的》,苏联作家尼古拉·奥斯特洛夫斯基写的。主人公保尔·柯察金敢于向命运挑战,自强不息,奋发向上，是值得学习的榜样。中学时代，周一就废寝忘食读过，保尔是他的偶像之一。

"可以呀，成文艺青年了。"周一打招呼道。

"没钱脸上贴金，只能增加内涵了。"

"书中自有黄金屋，好好找。"周一接道。

"书中还有颜如玉，给你也找个？"王利军打趣道。

"得了吧，你自个儿享用吧。"

反正今天人多，本就有些许嘈杂。他们两个聊天也少了往日的顾忌。

"哎哎，周一，学期也过去大半了，"王利军眯着眼，对周一扬了下头，"你觉得谁是我们班的女神？"

"柳叶舞咋样？"见周一没反应，他又吧嗒着嘴，似乎柳叶舞就像洗干净的水蜜桃一样在他面前待啃。

"女神我不懂。女神经倒有几个。"

"谁呀？快说，快说。"王利军来了兴致。

周一刚接话，听到对面平行书架有响动，他望望，说道："宋诗旎……"

"啪"，那边书架背面有书掉落打断了周一。他循声而至书架边，把几本遮挡视线的书拿下来。对视的是宋诗旎，正瞪着眼，噘着嘴立在面前。

周一晃了下神，怎么哪都有她，阴魂不散。再看时，宋诗旎已经绕过书架，复又回头瞪了他，那眼神分明在说："你等着……"

王利军过来说："继续刚才的话题，你还没说完。"

"我刚才是想说'宋诗旎排除在外'。你看人家一天到晚捧着书，哪像其他女同学只爱梳妆，不爱书妆。"

"我也这么觉得，不过刚才宋诗旎在时，你没说全。她一定认为你说她女神经，你没看到她刚才杀人的眼神。天下唯小人与女子难养也，你惨了。同情你一万分。"说完幸灾乐祸地扬长而去。

别人事不过三，我是接二连三，衰神下凡，周一仰天叹道！

九　何方神圣

深秋的风呼啦啦,似乎被谁惹恼了,扯着嗓满世界骂街。

今天是周一,每到这天他都精气满满,毕竟都是周一,一元复始,周而往复。周一走进教室,看见王利军在涂涂画画。近看,吆喝,原来在鼓捣国画,高雅有品位。这小子最近怎么啦?真开始走文艺风了,又是借书,又是学画。前几天还在说一生最大的梦想就是吃尽天下,天下吃尽,也没看出多少豪情与壮志。看来这世间唯一不变的就是变化。

周一绕到他背后,"你这画意境功力,上可达黄宾虹,下可胜徐悲鸿。可惜啊可惜,这花上只画了一只蝴蝶。"

"那依你之见,该当如何?"

"再画一只呗。刚好成双成对,梁山伯与祝英台。"旁边的同学都哈哈大笑。

宋诗旎迎着笑声进得门来。看见周一,远远地问:"我的书呢?"

本就没把这事挂心上,当时周一不过是缓兵之计。现在咋整,债主上门了,逃得了和尚逃不了庙。他眼珠转转,"你问王利军拿。"

"你怎么牵扯别人,敢作敢当。"

"我当时怎么说的。"

"周一之前给我。"

"那不就结了。你看我之前是谁?"周一点点自己,"王利军。"

"好你个泼皮无赖,又开始耍嘴皮子了。"宋诗旎喊完,就要过来抓他。等她下来,他又绕到前边。宋诗旎复上前,两人就像闹钟上的时针追分针,几个回合下来还是那段距离。宋诗旎站在讲台边,周一闪到了门边。

一看距离近了,宋诗旎拿起粉笔头向他砸去,他一个闪躲,粉笔头直奔门外去。周一借助墙体掩住身体,只露出头来向宋诗旎又是挤眉又是弄眼,挑逗又挑衅。她抓起一支又扔过去,谁想到那一瞬间班主任黄老师出现在门口,粉笔头稳稳当当击中了她。

"宋诗旎,你打算欺师灭祖,还是要自立门户,竟然暗算为师。"小黄老师假怒道。

"徒儿不敢,只怪周一这泼猴欺人太甚。"

"猴哥在此,休要伤及无辜。"孙侯一边把手掌举到眉头,左探探右甩甩,拿着铅笔指着宋诗旎,"好你个白骨精,吃俺老孙一棒。"孙侯孙侯,哪有热闹哪里凑。

这帮人真该去学表演专业,个个戏精附体。黄依依深知孩子们这个年纪也是爱玩闹的阶段。所以平时人文关怀为主,管理为辅。孩子们也挺争气的。在之前的几次测验及校内活动中表现优异,整体素质也比别班要好。只是班里个性鲜明的孩子比较多,有时总会制造些惊喜和惊吓。比如一个月前足球赛,黄自强一脚,足球飞出球场,越过艺术楼顶直奔副校长室玻璃窗而去,一脚成名,校史流芳,人称"黄毛腿"。两周前,王小海同学,海潮澎湃,半夜三更披着毛毯,对着月亮唱"月亮代表我的心",远远地只看见毛毯飘动,闻声不见人,害得宿管大爷以为见到鬼了。

黄老师望望窗外,花坛里的月季依旧开得热烈奔放,空气里还残留一丝桂香最后的留恋与倔强。她常想,这些孩子正如春花般娇艳,未来可期,更应该让他们自由、自信成长,而不是一味压制、打击,才能实现自主、自我管理。

黄老师的文选课深受学生们的喜爱,她的课总是让人入情入境,这也是学生们为数不多会感觉下课铃声不再那么亲切的课程。

下课后,宋诗旎在座位上整理下堂课要用的物品。她转过头看见窗外有个男生向她招手。来到走廊,看见对方手里拿的正是她失踪已久的书。正在纳闷,男生率先开口:"真是不好意思,要向你道歉。我也是今天才知道这本书是你的。"

宋诗旎更糊涂了,虽然这本书上没写名字,但你拿了别人的东西,装得好像失忆了一般,正想着该怎么反问,对方道:"事情是这样的,我有个小跟班,也算是兄弟,他前几天早上路过你们班,无意间从窗户里看见你座位那有这本书,而他知道我早想看此书,于是就进去把书拿出来放我桌上。我看完了,问他哪里买的,他才对我说实话。这不,我就立马过来还了,实在抱歉,是我'管教不严',请你接受两份道歉。"说完用真挚的眼神望向她。

所有的谜团,总算是解开了,可又有新的疑团随之而来。眼前的这男生身高近一米八,伟岸英俊,坚毅的脸上透着真诚,远之,恰华茂春松,近之,让人如沐春风。可是小跟班是怎么回事呢？怎么看他也不像校园恶霸、地痞。宋诗旎觉得这里面有故事。

"没关系，还回来就好。正好最近忙我也没时间看。"

"谢谢你的宽容，你的心和外表一样美。"男生拱拱手向968班走去。

目送他离开，她转身到座位开始读背。因为下堂课是哲学课。这位张老师，有个特点，每次课始三分钟都会抽同学回答上堂课学过的内容，答不出来就要站一节课。都是十七八岁的少男少女，站一节课体能没问题，也许站站还能再长高。可是要当着四十来个朝夕相处同学的面，答不出来面子挂不住。况且到现在为止，还没有同学以身试法，谁也不想当这样的第一个。

他是谁？叫什么名？心中的疑团如雪球越滚越大，在五脏六腑来回翻滚颠倒，似乎要滚出嗓子眼。这堂课她明显心不在焉，幸亏老师没点到她。

一〇　隔壁唐少

96级有八个班，7班、8班在四楼，其他六个班在三楼。由于是隔壁班，两班之间的走动交流就会比其他班多些，自然多份亲近感。不过宋诗旎对于这些并不太关注，虽不至于两耳不闻窗外事，但她更多的时候还是能褪去青春英气里杂糅的躁气，静心学习。

作为成绩佼佼者，她性格朗明，自然受人待见，外加形象好，脾气好，人缘好，这类三好生永远是校园宠儿。

刚出楼道，看见8班门口有几位学生在走廊里享受日光浴，其中一位正冲她招手。

那人叫王蔓，是明德县人。她为人豪爽，剪个短发，远看像半个掏空的西瓜反扣在头上，加之行事干练不拘小节，在一众女生中特别醒目，有个性。大家有时开玩笑叫她"王爷"，她也是哈哈一笑了之。宋诗旎和她也合得来，毕竟这样性格的人心事都写在脸上。

见她招手,宋诗旎也刚好有事问她:"王蔓,我向你打听个人。"

"谁呀,一嘴两眼哪怕三头六臂的人都没问题,除非……"

"好了好了,远在天边近在眼前。"

王蔓裹裹衣服,两手抱在胸前向后靠靠,"不会吧,你除了了解我外表,还想了解我内心?"

"得了吧。"宋诗旎看见昨天那位男生在靠窗位置,"就是那位。"她朝他那个方向努努嘴。

"他呀,我班四大神人之一。"

"啥意思?"

"这样跟你说吧,我班有四大神人。睡神,邵一天,能倒头睡,可站着睡,擅眯眼睡,睡睡平安。那次专用教室上物理课,得到了老师表扬,说他全班唯一一个45分钟眼睛对着老师,眼神最专注,号召大家向他学习。下课了,师生都返回教室,就他一人还在那里神游,从此诞生"睡一天"的外号。歌神,江婉清,高八度不在话下,教室窗外的"美国山核桃树"树上常有乌鸦、麻雀、百灵叫声流啭,唯有她开喉,真正做到了鸦雀无声。食神,包有范,一餐能啃八个包子,关键是体重不过百,引得女同学们那个羡慕啊。"

王蔓停了停,喘了喘,似乎刚才的三神成了山神压得她透不过气,"财神,就是你刚才说的那位,就像'财'字,有钱有才,上天没给他关上一扇门,却又开了一扇窗。他来自啸山县,交通便利,经济发达。据说家里开公司,几个男生叫他'唐少'。"

王蔓的语气里倒没有不屑与羡慕,显得平静又平淡,看得出来这位唐少人缘不错。一般而言,条件优渥的人往往举手投足间自带优越感,自然让人产生距离感。

"那他叫啥名?"

"唐生。"

"唐僧?"

"翘舌音,不是平舌音,学生的生,是我普通话不好,还是你耳朵不好使?"说完用指尖点点宋诗旎鼻子。

"这名字容易让人想歪。唐生唐生，唐朝出生还是向往唐朝生活？"

"人前不说鬼，背后不说人。你们这样乱嚼舌根不好吧！老实交代，还说了哪些坏话。"两人向后转，唐生已在眼前。刚才两人只顾聊，全然未觉。"本人业务繁多，想采访我一般要付咨询费还得提前三天预约。看在你的书曾借我三天分上，钱就免了，毕竟书是精神食粮无价。你看那边的荷花池，环境清幽，以池水代茶水，边聊边赏。"

唐生说话既有调侃味道也有顶真成分。你说霸道吗？没有，恳切呢？也不至于。总之，他的一举一动不像纨绔子弟那般让人生厌。

"好呀，我倒要看看你是何方神圣。"

"神圣谈不上，凡人也。"

说毕，两人来到荷花池边落座。

"人以群分，物以类聚，和我聊天还是有门槛的，我现场作首诗，你接得上，接下去你问我答，接不上，立马走人。"

"好，奉陪到底。"宋诗旎想，毕竟我也是有才女光环加持，每次古文考试还从未扣过分。

"我就喜欢你这脾气，听好了：鱼游池边池游鱼。"

唐生瞄了眼荷花池，继续道："请接下联！"

这不是回文联吗？好家伙一开始就放大招，我也得拿出真本领，不然真要被他瞧不起，抬头望望天空，一行秋雁南飞而去，染黄的梧桐叶飘然而至。有鸟有林，刚好，便脱口道："鸟飞林间林飞鸟。"

鱼对鸟，游对飞，对仗工整没问题。师范学校的古代汉语课程虽说深奥难懂、枯燥无味，但是正如老师常教诲：经典能传承文明，雅文可滋养人生，校园里的古汉语学习氛围还是不错的。大家时不时也吟风弄月，附庸风雅对对"对子"。唐生手指哒哒敲桌，那就来首拆字联："火烧虫成烛，火烧土成灶，火火火，炉烟灼灼。"

向她点头示意接对。

宋诗旎起身离开座位，凭栏向池，扭扭脖子，弓弓腰身。对对子，需要深厚的古文积淀，也要有灵感。大家能到这儿就读，都是有两把刷子。她正烧脑之际，看见唐生的小跟班朝这边拐来。他个头不高,体形偏胖,圆嘟嘟又憨憨的。她灵机一动,打破了短暂的沉闷:"月之长则胀,月之半则胖,月月月,肝胆朗朗。"

唐生也看到了小跟班,顿时明白她不仅对出下联,而且也很应景。他挥挥手示意小跟班不要过来,转身拱手道:"君子一言,驷马难追。小生才疏学浅考不倒你,请赐教!"

"赐教不敢,还是履行之前的约定吧。我倒是对一事好奇,你的小跟班是咋回事?"

"其实也不算是小跟班,他叫李志强,是我初中同学。他家条件不太好,从小又得了甲亢。得这病的人身体代谢亢进,系统兴奋性增高,脖子粗,烦躁,按说人应该消瘦,但他偏偏血液里缺少了一种消化酶,所以不瘦反胖。他自卑,同学也常欺负他。"唐生眼神犀利,握握拳头继续道:

"读初二那年冬天,滴水成冰,有几个调皮的男孩看到李志强走过来,走到那棵龙爪树下时,趁其不备,剧烈摇晃那棵树。顿时枝叶上残留的冰雪掉到他领口,冻得他直哆嗦。我打抱不平,过去就是一顿抱摔狂揍,他们被我修理得头破血流,鼻青脸肿。我扬言,今后谁再欺负人我必定打废他,李志强是我兄弟。"唐生说着,叹叹气:"他也是可怜人,家里条件不好,还摊上这病,没少遭受歧视、白眼。我帮了他后,他心存感激,加上那时古惑仔电影流行,他就称我大哥。我也乐意,因为这样对他也是一种帮助。他还有个妹妹在读小学,我家还算有点钱所以也常资助下。在我的激励下,他成绩也不错,考到这里,也算对得上他名字,身残志强。"

宋诗旎从他眼神里读出冷峻也读出温良的意味。他的举手投足就像风卷云雨般写意,又像清风拂柳般飘逸。都说救人一命胜造七级浮屠值得歌功颂德,于他而言助人是一种纯粹的本能,无须刻意宣示,同吃五谷杂粮,世间人却不同样。

宋诗旎觉得他身上的未知就像漩涡能把万物牢牢吸进去。她欲言又止,因为一个女孩打听太多会让人觉得掉价,不合时宜。抬首间,看见周一抱着篮球路过,她遂招呼他过来。对周一误解挺深的,她觉得很是过意不去。待其过来,解释了那本书失而复得的来龙去脉,向他做了人生第一个道歉,并引荐了唐生,因为她觉得他们两一定会投缘。

唐生提议道："看你也是篮球爱好者,我们可以约个时间切磋下。"

"择日不如撞日,明天有联谊赛,我们同时上场比划比划。"

两人出拳碰碰,事情就此说定。

一一　球场较量

清晨,叫醒校园的不一定是铃声,同样唤醒一个沉睡灵魂的可能是一种吸引。天刚放亮,操场上自由锻炼如火如荼,校园活力已经点燃。

作为农家孩子,周一却不见得有多结实、健硕,相反有点像八月豆角,细长干巴。幸好,师范学校的体育课节节都能正常开展,所以看上去人很精神,身手敏捷,脚步轻盈。

由于是普师,要求啥都学啥都会。就拿体育课来说,要会准确喊口令:左转弯、齐步走,动令、停令落脚点要正确,立定、立停切换要明确,各种原地、行进间口令要了然于胸。哨子吹得要有节奏感,长短、快慢要有变化。单双杠、引体向上、跳马、铅球不仅自身要达标,还要熟知动作技术和步骤要领,便于今后的教学。

不过对于周一和多数男同学而言,最喜欢的还是篮球。读初中那会就好篮球,不过那是瞎玩,不得要领,靠匹夫之勇去拼抢。

现在经过专业老师的指导训练,已经由篮球新手变成高手。胯下运球,交叉步过人,转身后仰,急停干拔,空中变向,他的技术在同龄人中已经超一流,球风似《灌篮高手》里的"流川枫",视野开阔,技术娴熟,攻防兼备,场上各个位置均能胜任。

三江师范学校不仅关注学生的文化知识教育,也注重培养他们的文体兴趣,各种比赛接连不断,篮球联谊赛、春之声卡拉OK赛、书画现场展示精彩纷呈。最近年级内的篮球联谊赛激战正酣。967和968班今天捉对厮杀。周一想着唐生昨天的邀请,于是赶早来场上练练手感。

刚投了几个球热身,后面传来了熟悉的声音:"身手不错,有流川枫的影子。"

周一应声而转,果然是唐生,啧啧,到底是富家子弟,护腕、护膝、头带、全副武装。他接过周一传来的球,勾手、跳投、挑篮,一番热身,两人一对一来了四组二对二平,逐点走圈各十投八中,两人势均力敌,棋逢对手,看到来训练的人多起来,两人来到球架下歇息,把场地让给别人。

"说说看,喜欢灌篮高手里的哪个人物?"周一推推唐生道。

"你的球风和流川枫很相似,不过我还是喜欢仙道这个角色。因为他超然脱俗,喜怒不形于色,不显山露水,深不可测,更重要的是他享受比赛过程。"

"我喜欢流川枫是因为他骨子里有不服输的精神,血液里流淌的正是篮球精神,还有关键时刻的创造力,对比赛的理解能力是顶级的。"

男孩子之间的话题都是题外话,聊完篮球就岔到了十万八千里外,天上飘地上跑,空中飞水中追,天文地理,无所不谈,古今中外,无所不论,知音难觅光阴短,高山流水付平生。

"时间也不早了,我们回去各自准备,下午正式比赛场上见。"唐生提议。

"OK,古有煮酒论英雄,今有约球称弟兄。"

说完,周一兜起球先行返回。运动过后,神清气爽,一路上他还琢磨着几个从唐生那里新学的动作,指尖转球,头背手转移球,边想边练,悟性好,学得就是快,他已基本掌握要领。林荫小道上经过的人看着他忘我的"表演",还以为是杂技团来卖艺的,也有些给予掌声,周一连连拱手道:"献丑了,献丑了。"

生命如果有颜色,那年轻就是金色,耀得你睁不开眼。

等他一番洗洗涮涮,似乎又从体育生变成了文科生,回到教室已经人潮汹涌。班长秦泽猷正召集一部分同学讨论下午篮球赛的事宜。师范学校很多活动,班主任一般不过问,放手让学生摸索锻炼,容错机制也完善。

"周一,你来得正好,你再不来我们要八抬大轿请你了。后勤保障已经让生活委员王梅去准备了,你有什么需要特别强调的吗?物品保管王梅已经落实到人了,饮料也采购好了放在传达室去提即可。"

"打球毕竟有对抗,难免有损伤,最好能备点跌打扭伤的外用药,以备不时之需。"

"嗯，还是周一考虑周到，我等下就安排人去采购。队员安排及战术制定你现在重点布置下，你比我们有实战经验，你可是我们班的篮球明星。"

周一看看周遭，平时几个玩球的也都在了，其实他心里明白，班长也就是谦虚而已。在之前的合唱、运动会等活动中班长的组织协调能力大家有目共睹，迄今967班也是获得奖状最多的班，羡煞其他几个班。

"班长，你半截篮中投最稳定，还有三分定点投篮命中率是最高的，你出任得分后卫可好？"周一望向他。

"可以的。那组织后卫和小前锋你选哪个呢？"

"我是这样想的，甄阳伟镇守篮下禁区，中锋位置他最适合。他有身高也有二次进攻能力，毕竟离篮下越近威胁越大。前锋由黄自强司职，他技术精湛，脚步灵活，攻防轮转迅疾。篮下罚球时可换上高马大，能保证篮板，下快攻时能长传。我来组织控场，当然看场上形势，如果内线失守我可以客串前锋。"

"好主意，还需要变阵，不然一场球下来，套路也就被他们摸透了，知己知彼，百战不殆。吴凯、孙侯他们几个当替补还是合格的。"

"班长大人，"孙侯插话道，"还有一项重要人事安排，你没有考虑到。"

"啥重要安排？"秦泽猷摸摸头实在想不出。

"啦啦队啊，你看NBA比赛都有啦啦队助阵、助兴。特别是芝加哥公牛队的啦啦队，身材火辣、劲爆，难怪乔丹今年又拿到了冠军。如果我有……"

还没等他慷慨激昂完，班长打断道："看来要给你配一支专属啦啦队，让她们穿上泳装，你一激动还可以扣篮。说说需要哪些队员，我给你物色。"

班长奚落了他一番，看见宋诗旎过来了，"你来得正好，宋诗旎你是组织委员，下午比赛时可以叫几个同学来助助威，鼓鼓劲，我们大老爷们儿能否拿下比赛靠你们了。"

"没问题啊，我叫上柳叶舞等几个同学一起过来，你们可要卖力表现。

"那没问题，全力以赴。赢了请你们吃饭。"

"输了，我们吃饭，你们罚站。"宋诗旎调皮道。

"这买卖你们稳赚不赔，谁娶了你，可要发家致富了。"周一打趣道。

宋诗旎瞪了他一眼，"谁要嫁了。"说完红着脸要踢他。

流光容易把人抛,红了樱桃,绿了芭蕉。人生如船,总会遇到风雨飘摇,这些离乡求真知的学子却没有满怀羁旅的春愁,只梦想着岁月的秋收。

一二　一战成名

夕阳挥洒着古铜色的光辉,整个校园如同古战场,比赛如约而至,场上人声鼎沸。

8班同学已经在场边活动开了。他们从头到脚统一着装,球服、护带、鞋子一应俱全,这些都是唐生个人赞助的,有钱就是任性。对手的平均"海拔"也明显高出7班一大截。相比而言,7班成了"乞班",寒酸多了。没有一样是统一的,球服也是五花八门,业余队遇上了专业队。

周一把自己的队员叫来互相击掌鼓劲。唐生也把队员叫去手搭肩围成一圈面授机宜。大战之前的剑拔弩张总会让人血脉偾张。

开场跳球,8班夺得球权。唐生控球刚过半场,手一扬,球在空中画出一道优美的弧线,7班同学还没落位,球已稳稳当当入筐,三分,8班率先拔得头筹。场下赞声不绝。

周一看内线有机会,就把球吊给了中锋,没想到甄阳伟刚触到球,被唐生飞扑而来抢断了,对方后卫顺下一条龙。几个回合,8班已经领先10分了。7班身高体格都不占优,在场面上已明显落下风,哪怕宋诗旎、柳叶舞声嘶力竭呐喊助威似乎也无力回天。上半场唐生简直是开启了个人表演,胯下运球,欧洲步,拉杆上篮,空中变向,让人眼花缭乱,独领风骚。

中场休息,易边再战。秦泽猷把周一叫到身边,"孙子兵法云,兵者,诡道也,我们要改变战法。对方虽然有身高优势,但是我们可以发挥灵活机动的特点,尤其是你要站出来,发挥你速度和脚步的优势,是时候展示你的个人能力了,我们四个给你掩护。"

周一就像临危受命的将军,虽人困马乏,但千钧在肩,只能向死而生。

他持球向左路突进，对方前锋张扑而来，周一穿花蝴蝶般闪过，又一个背转身晃过补防人员，眼前如大海般开阔，挑篮成功，分差8分。

黄自强抢得篮板，秦泽猷给周一一个无球掩护，周一已经杀到篮下，刚跃起，对方中锋一招劈天神斧而至，说时迟那时快，只见他一个后仰漂移，压腕球进，分差只剩6分。

看见分数迫近，对方也有了紧迫性。只要周一持球对方就联防外加一人贴身逼迫，周一向秦泽猷使了个眼神，眼到球到，班长溜底线反手上篮，还落后4分。

对方明显乱了阵脚，刚刚高马大在防守时抬肘犯规，对方取得两次罚球可惜都没进。时间还剩两分钟，战局已经白热化，大家神经都绷得紧紧的。7班所有的得分都直接或间接与周一有关，双方都深知这一点，所以对方防守如铁桶般围过来。

更要命的是，现在只要周一一接球，唐生就会第一时间如大山一般横在面前。他们俩就像冷兵器时代列于各自阵前的将军，持长矛，跨战马，攻可横扫千军，守可一夫当关。而周一更像是杀伐果敢的枭雄，激起了魔性，已经杀红了眼，遇神杀神，遇佛杀佛。唐生一招黑虎掏心要切球，刚猛劲道。周一一式长河落日盘球，绵柔厚长。唐生再使二鬼拍门，周一不予纠缠，人球分过，偷师足球，技惊四座。一番闪转腾挪，过关斩将又杀到禁区，面对回防，一个折叠上篮，仅差2分。

双方都叫了一个暂停，布置最后一击。秦泽猷是队员也兼教练，"刚才我们都打出了精气神，现在对方一定会对周一严防死守。我们要布置一个战术，让周一摆脱对方。我来控球，周一你到内线，我突进去，你反跑，伺机出手。"大家嗷嗷两声表示心领神会。

打到最后，双方都掀了底牌。周一按既定战术反跑出来，班长一个击地，周一接球、起跳、出手一气呵成。电光火石间，唐生似神兵天降，紧接着一个大盖帽，周一连同刚要离手的球一同被撞，飞向了观众席，就在落地前一刹那，周一把球推射出去。球直奔篮板而去，撞击后反弹到了筐沿颠了两下滚进网内。"球进了，三分，压哨三分。""7班领先1分获胜。"场上爆发出了海啸般的呼声。

周一幸好有超强的滞空能力，才能把球从近乎地平线的角度推射出去。最后一个空中翻体想调整姿态落地，却还是不偏不倚压向了人群。奇怪怎么一点也不疼,还柔柔滑滑的? 周一定睛一看,压在下面的是宋诗旎。

只听得一声怒斥:"变态!"

周一想爬起来却徒劳,刚才为了最后那一制胜球拼尽了老命,脑袋还有点儿晕乎乎,嘴里却不甘示弱:"你怎么骂人,我是功臣。你才是完全变态,我顶多不完全变态。"

"快把你的爪子拿开!"

周一低头一看,自己的手正死死按着宋诗旎的胸脯。"男女授受不亲。"何况是敏感部位,他们学的是圣人之道。尬,窘迫,无所适从,不知所措,他刚想道歉,一帮队友过来抬起他往空中抛。宋诗旎脸泛红晕心里默念道:"快,快,快把他抛出大气层。"

虽然球输了,唐生还是很有大将风度,率领一帮队友和他们一一握手祝贺。他和周一交换了球衣,摘下头带帅气地扔向了观众席,好巧不巧,落到了柳叶舞怀里。她捡起来向唐生挥挥,表示谢意。

周一一战成名,受封战神,而唐生则在众女生心中落地开花,充盈了她们所有的幻想。

战场有胜负,比赛有输赢,人生只有成长。

一三 夜色难寐

造物主真的很奇怪,明明太阳光芒万丈,给世人恩泽,却注定一生孤孤单单。夜色暗淡,一轮冷月却有星辰做伴,享受众星拱月的高贵。

夜深人静,窗边的周一望着月空,思绪澎湃。哪怕如今天这么激烈的赛况,周一躺在床上依然精力充沛,难以入眠。

曾几何时,离乡求学的他无数个夜晚总是会想家,平凡而又温暖的家。母亲常年裹着头巾,那是自己出生那天母亲大出血差点难产而死,从此就落下病根。自己小时候体弱多病,经常半夜莫名啼哭,父母亲白天劳作,夜晚不得安眠,日渐苍老。老实本分的双亲,没有给予太多,但培养了他乐观、上进的品质。

今年考上师范,本来是件值得开心的事,却没承想当地遭遇了五十年一遇的洪灾,洪水退去,家里的一亩半良田被厚厚的砂石覆盖,成了戈壁滩。家庭条件本来比上不足,但温饱无虞,遭此一劫,他的学费还是一些亲朋好友东拼西凑而来。父母都是深明大义之人,也是舐犊情深,吃、穿、学上从来没有亏欠过他。90年代中后期,东部沿海开放城市经济发展如同脱了缰的野马疾速飞奔。读书无用论开始泛滥,身边辍学打工的例子比比皆是,周一也一度流露出南下闯荡的念头,被父亲知道后,按在地上用篾刀一顿拍,这也是唯一一次被父亲打。周一从父亲眼里读出了恨铁不成钢,从此再也不敢懈怠。父亲说就是砸锅卖铁也要把他供出来,对农民而言培养出一个文化人,意味着光宗耀祖,啃石咽土都有劲。"独在异乡为异客,每逢佳节倍思亲。"思乡怀亲是植根于国人内心深处的幽幽乡愁。

后来他喜欢上了文学,白天忙于学习无暇吟弄,一入夜,满天星河,让自己变得空灵,思维也异常活跃起来。作古的那些诗人似乎和自己对话:

"周老弟,来来来,吾有一壶浊酒与君鉴。"江边老者仙风道骨着一袭白衣长袍,分明就是诗仙李太白,把酒临风曰:"世人皆醉我独醒,与君痛饮岁月长。酒助诗兴千百篇,留得清名万古芳。"诗毕,李仙人姗姗而来,玉壶刚递于手,便幻化无影。

一道闪电一道光,周一一个趔趄在地,环顾四周,林深处有一茅屋在秋风中瑟瑟,屋内烛光幽微,一老者在枯灯下著诗,边书边吟:

八月秋高风怒号,卷我屋上三重茅。茅飞渡江洒江郊,高者挂罥长林梢,下者飘转沉塘坳。

南村群童欺我老无力,忍能对面为盗贼。公然抱茅入竹去,唇焦口燥呼不得,归来倚杖自叹息。

……

这不是诗圣杜甫的《茅屋为秋风所破歌》吗?诗圣悲天悯人,直抒忧民之情,情绪激越轩昂之处竟捶胸顿足,忽又掩面而泣。如此沉郁顿挫的情绪变换,他也听得真切悲戚。未几，听得屋内声又起："周居士，何妨入内小憩。"周一推门而入，未见人影，独留一行小文：小友天资禀赋出众，宅心仁厚，在文坛定能声名鹊起。周君生逢盛世，前途璀璨，今赠《诗心千年》于尔，聊表慕意。周一方捧书落座，一阵骤风袭来，天旋地转，已至三江城楼。

堤上见一书生，眼戴圆镜，脖围方巾，对着滔滔江水诵着《再别康桥》。这不是民国新月派诗人徐志摩吗？韵律谐和，神思飘逸，可与流云、飞浪对话，诗人儒雅、写意，世人推崇备至。周一上得前去，徐大诗人笑靥相迎，如失散多年兄弟相逢。两人品茗论诗，笑看风云，偷得浮生半日闲。品诗论道犹未尽，徐大诗人业已随风而去，有缘再会。

梦境虚缈，却又那么真实。天上星闪闪烁烁，周一觉得自己的磁场和星空总是有着道不清的联系，能感受到心语星愿。月朗空悬，今晚注定又是不眠夜。白天球场发生的事，始终挥之不去。

如果说之前是单纯因为幻象占据思绪，那现在一定夹杂着复杂的现实情绪。就像人字，一撇是自己，这一捺一定是与别人关联。宋诗旎吗？一定是，不然怎么三番五次和她有交集。开学行李掉包，后来寻书，如今更是亲密接触，可这一些无心之举，仅仅是巧合吗？难道不是冥冥之中上苍安排好的剧本吗？

女娲抟土造人，创造的男女缤纷了世界，也带来了烦恼与思念。男生的世界总是单调的，打打闹闹，玩玩吃吃，等待第二天的太阳。可是今晚他发现自己走入了一扇门，发现了新的影像，之前的世界如果非黑即白，现在却是多彩的，就像一张白纸上开了花。无极生太极，太极生两仪，阴阳化合而生万物，女娲造人蘸的水一定是生情水，不然长夜漫漫梦里怎会有她。

是她，难入眠，辗转反侧，这算长大吗？月光如水，她就像月亮之神，清婉可人，她的一颦一笑、一嗔一喜，似乎透过朦胧月色，落于眼前。"远而望之，皎若太阳升朝霞；迫而察之，灼若芙蕖出渌波。秾纤得衷，修短合度，肩若削成，腰如约素。"每个人心中都守着自己的洛神，也许她就是生命里的一首隽永诗。

夜深，人未静。

一阵窸窸窣窣扰乱了周一思绪的深渊。他侧耳倾听，遥远又近在咫尺。

"谁？"周一试探道。

"别大声，是我。"上铺的吴天明接道，"我在看《倚天屠龙记》，周芷若描写得太漂亮了，好似仙女下凡。"

"那还是赵敏仙点儿，古灵精怪又心地善良，与黄蓉有一比。"周一刚要接话，下铺的黄自强抢了话题。这帮夜不休，个个清醒得很。

"书上再貌美如仙也是水中月，镜中花，我们自个班里不是就美女如云吗？大家说说自己心中的班花。"孙侯像半路杀出的程咬金。看来女人是男人永恒的话题，把这些夜幕遮蔽下的夜猫子一个个炸出来。

"柳叶舞身材曼妙，多才多艺，班花非她莫属。"陈管也加入到了讨论大军。

"宋诗旎，我选她。"一向沉默的李学文，今晚也破天荒开了腔，"长得好看又善良，一双美丽的大眼睛，辫子粗又长。"

"你说的是歌词里的小芳吧。"

大家你一言，我一语，声量分贝也从毛毛雨转场到暴风骤雨。有人以颜值为标准，毕竟不会跳过五官仅考虑三观，也有以性格为准绳，多数两者相权衡。

好事者孙侯把大家的意见进行了统计，最终柳叶舞、宋诗旎票数一样多。文无第一，武无第二，选美关键还得看标准，孙侯又发挥了他看戏不嫌闹的特性："经本宫统计最终入选本届选美大会前二的是柳、宋二位美人，现着众卿进行量化打分，90分起打。钦此！"

"周一，你名字带一，你第一个说。"看一下没动静，孙侯下旨意了。

"小和尚下山去化斋，老和尚有交代：山下的女人是老虎，遇见了千万要躲开！弟兄们，母老虎来了，赶紧躲被窝。"明明上一秒还在白天事件里沦陷、煎熬，下一秒已经学会了掩饰，当嘴上和心里不一致，人已经复杂地成长。

也许太激动了，话题热度已经排山倒海般溢出宿舍，宿管老师已经手电扫射而来，刚刚还群情激昂的众"英雄"都已成缩被狗熊了。

夜太魅，累累累；人难寐，泪泪泪。

一四　琴声悠扬

"咪——咪——咪——""嘛——嘛——嘛——"

琴房那端袅袅而来的练声氤氲着菁菁校园。校艺术队的成员们正在发功备战市春兰杯声乐大赛，往届都折戟沉沙，本届学员从一进校就开始选拔训练，冠军势在必得。

那叮叮咚咚的钢琴声，就像泉水在心间流淌。昨晚一夜未眠的周一沐浴着琴声又元气满满。

今天轮到他们班到艺术楼练琴。艺术楼分两层。一楼是琴房，中间一条过道把它一分为二，左右两边各有六架钢琴供大家练习。二楼是舞蹈室，压腿杆等器材也一应俱全。由于人多琴少，学校做了统一安排。中、晚饭后，按年级、班级分批去练琴。967班排在一、三、五中午，从12：00到12：20，有二十分钟时间练习。周一非常享受这个时间段，琴声总能表达自己的内心。

书法课的三笔字（钢笔、毛笔、粉笔），绘画课的水彩、水粉、国画，周一所掌握的技巧和技法在班里已属前列，现场比赛他得过一等奖，这也算是他平时勤于练习的回报。

乐器类他自修了箫。箫，音色浑厚苍远，带着禅意让人遐思飞渡，这是他中意的民族乐器，与古色古香的文言文相得益彰，算是天作之合。钢琴属于学校规定的必修乐器，周一感觉自己最近总是难以入境，弹出的曲子缺少款款情愫、如水倾诉，他想也许通过勤加练习让自己的音乐细胞活跃起来。

他穿过操场西北角向琴房走去。看见陈管在那里随风摇摆，近前打招呼道："今天这么妖娆，埃及艳后非你莫属。"

陈管也不搭话，示意他朝前看。原来校艺术体操队在热火朝天训练，修长的身姿，穿着紧身衣，勾勒出凹凸有致，胜过万千景致，"风景这边独好。"陈管忍不住叹道。

"你戴个假发，涂个口红，也可以加入她们。"

"那不行，我只有凶器，没有胸器。"

说罢,陈管摆正扭曲的身体,近前对周一说:"明晚轮到我们班组织钢琴沙龙活动,你可要好好表现,到时我组织女同学给你献花。"

"得了吧,到时候我们来个琴伴舞,我弹你跳。你赶紧向这些仙女们现学几招,不要只会搔首弄姿。"

说完,周一小跑进一楼琴房,刚好宋诗旎从里面出来,速度太快等看到对方时已经来不及调整脚步卡在门上进退不得。两人目光短接,似触电般又迅速挪离,各自向后退了一步等对方先过。

周一心想毕竟她是女孩,女士优先,让她先走。可是宋诗旎也在想,冤家路窄呀,这冒失鬼哪都有他,惹不起,躲不起,那就让他先走。

静默,两人如雕塑僵在那;静待,两人如狙击手等待对方先出击。

他觉得既然对方不走那我走,月亮走我也走。刚跨出一步,宋诗旎也抬脚过来,两人又在门边堵住。看来设计这门的一定属狗,狗洞钻多了,才把门设计得这么狭小,周一心中愤然。

周一后退几步弯着腰,双手向门外托伸如宾馆门口的礼仪生。宋诗旎见状,昂首而去。

他进去一看还剩一间空着,立马进去开始练习明晚要展示的曲子《秋日私语》。这是理查德·克莱德曼的经典曲目,描述的是秋天里的温馨烂漫。周一每次听到琴声响起就有唯美的画面在脑海浮现,如嫦娥在月下翩然起舞,心境随即得到升华,琴止再次回味,依然如此令人着迷。

叮叮咚咚,一节弹完,响起了敲门声,打开一看是宋诗旎,她指指琴盖上的书,"我来拿下书,刚刚走得匆忙忘记了。"周一点点头准备继续弹,她拿到书刚要转身走,一只蜂从窗外袭来,直冲她而去,她连连后退,只听得"哐当"一声,门关上了。蜂振翅悬停着,弓起尾针似乎在寻找最佳攻击路线,宋诗旎见状借助手里的书本左右拍打着,蜂好似通了灵性上下躲避,未伤毫分。见蜂又逼近,情急之下,她把书甩过去,目标没击中,却砸在了周一脸上。哎哟一声,他赶紧捂着脸,朝她瞪眼,也不敢多发出声响,毕竟这只蜂挺着刺刀横在两人之间。宋诗旎也急,又不好过去安抚。蜂疯了,又冲宋诗旎而去,琴室本来就没多大空间,她已退无可退,只能双手交叉护着头等待着末日降临。

嗯,怎么没扎痛的感觉呢?她慢慢挪开手臂,从臂缝里看见周一正在抓捏衣服,嘴里喊着:"叫你横,叫你横……"原来情急之下,他脱下衣服,罩住蜂,使她免受皮肉之痛。

她走过去,好家伙,这只蜂的蜂针很长,就像纳鞋底用的锥,这要是扎到,怕不是骨头都能刺穿。抬头看见周一左额上还有被书本擦到伤痕、血迹。实在过意不去,她探身去用纸巾清理血迹。

"别动,我再擦一下。"宋诗旎刚说完,只听得啪嗒一声,门开了。

门口黄自强、吴凯、孙侯等一帮同学立在那里。"哇哦,你们这是真正的弹琴,谈情说爱。"他们嘻嘻哈哈道。

"你们别误会,刚才有只蜂进来,我们在抓蜂。"

"你们是在疯抓,动静太大招蜂引蝶了吧。"

"可能是我弹得太美妙,它们闻声而来。"

"别解释了,你连衣服都扒了,不会弹的是六指琴魔吧。你们继续,我们先撤。"说完,门又啪地关上了。

前面闹得动静那么大,他们不想偏才怪了。其实他又何尝不知道呢?有些早熟的同学喜欢约在这里,弹弹琴,谈谈情。何况两人也算是郎才女貌。虽说这些学生即将跨入十八岁成人年龄,但学校对于谈恋爱方面一直管理严格,集会上也三令五申。有些相互爱慕,又情到深处的也只能转战地下,琴室就是他们的秘密基地。

"现在怎么办?别人都说我们在谈恋爱。"宋诗旎低着头,跺着脚。

"诗人但丁说过:走自己的路,让别人去说吧。"

"也是,我们身正不怕影子斜。"

"择日不如撞日,正好,我还想请教你《秋日私语》里有几个指法,我一直处理得不好。"

"可以啊,毕竟刚才我们一起并肩作战过。"

……

第二天晚上,月光幽幽,气氛融融,沙龙由贾小柔和秦泽猷主持、串场,整个活动轻松愉悦,还吸引了高年级几位钢琴爱好者。尤其是中三年级那位叫宋卫华的学长,落座后并未直接开弹,而是平起双手,微闭双眼酝酿着情绪。大家也被带入到情境中,听得缕缕琴声似乎从天边悠悠扬扬而来,与荷塘和鸣,沧沧浪浪,如泣如诉。随着他整个身体的移摆,情韵情绪交织,令人荡气回肠。大家恍若置身夏雨过后的江边,是经历繁华后的澄静,每一个音符下,都蕴含着一颗柔软又坚韧的心灵,是过尽千帆之后的通明。学长是个有故事的人。

周一也当仁不让。一曲《秋日私语》娓娓道来,在初冬的夜晚让人感到温馨、温暖。指尖流水般拨动,往事依稀,他对钢琴的神往,起初只能从台下远观,到近而学之,如果是匹野马,如今在汗水的喂养下,终能驾驭。言为心声,琴为情声。人,琴,心灵的交汇,诉尽无限,斑斓、缤纷,似秋虫呢喃,带你入梦、入眠,酣畅、淋漓在琴韵缭绕中升华。

最为出彩的当属柳叶舞,衣袂翩翩,一身仙气十足,纤纤玉指上下翻飞,让人眼花缭乱,如痴如醉。琴声时而如秋水娴静,奏出心中最柔软的呓语;琴声时而如涧溪,凿壁而出,百转回肠。琴声不经雕琢,天然带着恬然,温玉柔润,诠释着内心的波澜与心路。身形浸润在声域,这是音的盛宴。

曲罢,掌声雷动。唐生上去给柳叶舞献花,如王子献给公主,"今晚的你让人不敢直视。"

"为什么?"

"光彩夺目。"

"谢谢你的夸赞。"

"应该是谢谢你才对。此曲只应天上有,人间哪得几回闻。天音弹于天人,让我们也享受一回神仙福利。"

柳叶舞接下花,向大家鞠躬。宋诗旎在台下叹道:"二人真乃天仙配!"

黄自强靠过来,"你看我们俩什么配?"宋诗旎白了他一眼,没理他。

"野兽配美女。"收拾场地的王梅说着就把笤帚往他身边扫去,吓得黄自强立马溜之大吉。

夜终将落幕,而琴声依然悠扬。

一五　备战联考

墨梅经霜彻，始得香溢远。随着天气愈冷，岁月老人坚实的脚步又向前一截，师范学校的第一个学期也行将结束。学校每届都有一个保送大学的名额，而保送的条件之一就是三年期末考试成绩总分要进入年级前五，校领导再综合品行、素养最后定夺。如果成绩不够优秀，连入选的资格都没有。

周一从小就向往城市生活，当得知有这么个机会可以改变命运，当即立下目标要拿到名额，进入更高等学府。当初中考的分数也远远超过重点高中分数线，苦于家庭条件只能读中师，以减轻生活负担，眼下这个机会，就像落水者的救命稻草，会紧紧抓住，这也算是"曲线救国"了吧。

对于这些十七八岁的孩子而言，平时虽然有点顽劣，但是一到关键时刻，他们还是能迅速进入备考状态。特别是这次联考关系到学校排名，排名靠后的声誉会受影响，也间接影响了次年招生。浙海地区同类学校共有四所，这次统一命题、阅卷，交叉监考，被学长们称之为史上最严联考。

学校专门召开了年级动员会，希望大家拿出中考的劲头全力以赴考出优异成绩。难得的是，一般只开学亮相的校长这次也做了深情又激昂的讲话。学校为了激励大家还专门设立了奖学金五百元，这不是笔小数目，抵得上那时代一个同学半个学期的生活费。

学校也是个小型社会，自然也分个三六九等。学校既然是学字当头，按成绩标准划成分算是天经地义。成绩拔尖的属于上等，次为中，末为下。除了个体的，区域差异也有，比如有的县入学分数普遍低一档，在学校里考试成绩相对而言会差些。以艺术特长归类，精艺者人气高，怀艺者弱之，无艺者寡。以家庭条件为参考，家有矿捧者众，家一般多独处，这也有群体差异，像啸山、天杭两县距离市区近，受其影响工业发达，人民生活富庶，故喜欢呼朋引伴、请客吃饭。这些同类合并项也具时效性，考试期成绩好的就比较出彩，艺术竞赛活动中有才艺的就出挑，家境富裕的平时出息。每个人都有自己的定位和展示的平台，而像唐生这样三者兼具就属于独一档，也有更多的机会在聚光灯下，从而成为风云人物。周一，理所当然成为敢于挑战和改变命运的励志楷模。

中国人常说英雄不问出处，这次联考就是当英雄的机会，个个使出浑身解数，人人都想傲视群雄。

阅览室成为首选。人一进去就会条件反射般沉下心，静静看书。疲劳了可以借阅其他书籍调节和放松中枢神经。这儿就像风水宝地，常常人满为患。有些去得早的同学会帮去得迟又要好的同学占个位子。有几个调皮而成绩也不赖的男生会多腾出精力占几个位子，看到漂亮的女同学过来，把书拿开，请她们入座，有时还能博得一阵感激。吴凯就喜欢干这行当，他不喜欢守株待兔，而是主动出击。比如十来张桌子，都会放一本书，然后站在书架边佯装翻书，两眼贼溜溜瞄东瞄西，一番比较后漂亮的同学在哪桌就过去坐那桌。他常说："书香伴花香，真是'香得一丈'。"待到山花烂漫时，她在丛中笑。

荷花池、藤廊，在教室的斜对面，平时比较清幽，考前也被占领了。池里只剩几根残荷傲然挺立着最后的倔强，不舍一夏尘世。琅琅书声也能引得几尾锦鲤翻腾。陈管是个好惹事的家伙。看大家安安静静看书，他却不本本分分，一块碗大石头砸入池中，溅起水花湿了书，围池而坐的同学向他围去。他见形势不对，事情搞大，赶紧落荒而逃，只是脚没踩稳摔了个四脚朝天。"真是闹得有多欢，摔得有多惨，都是报应啊。"看书的、背书的都变成看戏的。

麦冬草坪，玉兰树下，也有三三两两在复习探讨，累乏了，或倚或躺，千姿百态。

夜晚，挑灯夜读者重现江湖。躲在被窝里照着手电复习，只差凿壁偷光。仗着年轻，看书到天亮，可谓是焚膏继晷，第二天依旧生龙活虎。

欢腾的球场沉寂了，悠扬的琴房清幽了，静、竞成了主旋律。对于多数学生而言，考前强记，就像雷雨前抢收门前的谷子，有几粒算几粒。个别抱着六十分万岁、多一分浪费想法的同学也被传染了似的准备起来。也有我行我素、泰山压顶不弯腰的主，艾宾浩斯遗忘曲线揭示遗忘的特点先快后慢，也成了考砸的借口。

经过中考的洗礼，大家能到这里就读，说明接受能力都是不错的，也都站在同一起跑线，接下去就是比学习意志。天道酬勤，付出总有回报。数学上的三角函数与三角恒、平面向量、微积分，物理力学章节中的曲线运动、牛顿定律、匀变速直线运动等知识都是难点；生物课不仅仅是识记知识，基因遗传学中的染色体ＸＹ、变异学中隔代遗传、交叉遗传晦涩易混淆；语基课里的根据逻辑找真假话，没有好的抽象思维难以理解吃透，所以平时测验不及格的如江畔的螺蛳一样多。周一把课上的笔记、易错题全部誊抄在口袋大小的纸上，随身携带，方便休息、吃饭时取出来温习巩固印象，平时勤一点，考时易一点。当别人考前抱着一大叠书本资料，淹没在题海中，他只需一本即可，称之为一本通。平时做加法，把各科易错题收集起来，有时间就继续练习巩固，学会的又重新划掉。到了考试前做减法，厚厚的错题集已经越来越薄，错题先加后减，分数只增不减。天才就是百分之九十九的汗水加百分之一的灵感，在校园里得到充分的证明，这也是唯一不需要证明的证明题。

考试结束，分数没几天就出来了。周一和宋诗旎总分相同，并列年级第一。不过具体到科目得分差异很大。周一的文选分数最高，而宋诗旎则是几何得了最高分，男理女文在他们身上失灵了。唐生、秦泽猷、高马大分列三到五名。这次考试，7班和8班包揽了前五，着实扬眉吐气了一番。分数在校园里既是一种硬通货，也是软实力。

一六　寒假见闻

这次联考，三江师范获得总评第二，两个单项第一，成绩超越了前几届，校领导特别满意，除了兑现奖励外，还破天荒对学生开放了植物园。里面的蜜橘、柑散发的味道诱惑了同学们好长时间，现在可以自行采摘品尝劳动果实。学校想表达经过自己劳动而得的果实最甜美。

联考结束后一周，假期正式到来。周一去草莓基地采摘了两斤打算带回家。明德县的草莓远近闻名。利用大棚技术，在年前就能上市，新鲜欲滴，加上反季节销售，所以价格较贵，每斤十五元之上不等。小时候周一只吃过屋后长在山垄上的野草莓，茎叶矮小带刺，果子粒小味酸。大棚种植的草莓只在城里的水果店里目睹过，红艳艳，就像城里的娃娃洋气着。想着父母亲一年辛勤劳作，周一觉得刚发过奖学金，买点新鲜的草莓让他们尝尝表表孝心。

离校的头一天，他和要好的同学去逛了城东小商品市场。市场里货物琳琅满目，种类齐全，款式新颖。他知道母亲喜欢咖啡色，他就买了条绒巾，可以替换那条褪色的旧蓝布巾。父亲有类风湿，这里的护膝刚好可以派上用场。回校路上看到烧饼铺子，酥香脆口的烧饼也买了几斤。状元楼边上的百货商店里有双篮球鞋，以前光顾过几次，他又回望了几眼，决定还是放弃。

第二天，几个家更远的同学天未亮就起身赶车去了。七点多，周一吃过早点也急匆匆去赶班车。一学期未见家人，此刻都归心似箭。

"少小离家老大回，乡音无改鬓毛衰。""近乡情更怯，不敢问来人。"乡音无改，古人对家乡的思念一定是刻在骨子里的，近乡情怯，道出了多少游子内心的辛酸离愁。周一站在渡轮上望着万顷碧波，慨由心生。

到码头后，换乘了县城到乡下的汽车，经过近三小时的颠簸终于到家了。父母亲知道周一今天放假回家，就特意把年猪留在今天杀，顺便叫来亲戚、邻居一起吃年猪，热闹热闹。晚上，大锅猪肉烧好盛入大盆，十几个人围着桌子吃肉、喝酒、聊天。当地流行喝沱牌酒，醇香，价格也实惠，而父亲觉得太淡，习惯喝自家酿的土烧，虽然性烈，但舒筋。

大家吃好散去，周一帮母亲收拾碗筷。灶头灯火映照下，周一觉得母亲又苍老了许多。

"妈，平时农活你和爸省着点，别累垮。"

"我们晓得的，娃，你咋又瘦了？学校伙食不好吗？"

"没瘦，长高了见瘦。"说着，弹跳起来碰了下天花板下的灯泡，"我这次得了奖学金，给你们买了些礼物，还有几百等下给你们。"

"不用，你留着买学习用品。娃出息了，我们想着都高兴。我们心里还是觉得亏欠，你想读高中考大学，只是咱条件不允许。"说着就用褂角拭眼泪。

"你别自责，妈，我已经长大了，能想办法，这是我的梦想，一定会努力实现。"

收拾妥当后，一家人围在炭炉旁。炉火里番薯的糯香已灌满整个房间。小时候，一到了冬夜，周一最喜欢用小钳划开一道火口，挑个拳头大小的番薯，放躺后覆上旺火，直到香味沁出，即可拨出来吃，咬一口满嘴生香，那是童年的味道，成长的味道。

母亲在纳鞋，父亲抽着旱烟，火光在他们脸上跳跃，暖意融融。待到周一剥吃好，父亲点点烟灰，说："这个假期去看下你的小学王老师，上次碰到他还问起过你。"

周一点点头，父子间又聊了些其他家常，不觉间，天上仅存的几粒星也游走了，一天就过去了。

天刚擦亮，周一到村头的百亩田畈里绕跑了三圈，到家，隔壁的发小郑文康来找他玩了。发小成绩很优秀，也是读高中的料，只是家境和周一差不多，因供哥哥读了大学，他只好选择读中专。两人坐在门口，沐浴着暖暖阳光，说说自己就读的学校里奇人轶事，谈谈在外求学的经历。天马行空聊得正欢，另一位发小郑世名路过，打声招呼就加入到队伍里。三人又来到小时候常玩的河滩"漂碗"。捡块小圆石用力甩出去，看谁在水面漂出的圈数最多。一圈代表一碗饭，周一每次都能漂出十八碗以上，就像《水浒传》里的武松上景阳冈，要十八碗。

下午，父亲拎着两盒早已买好的瓶装酒，再三叮嘱他一定要给王老师带去，不能空手，这是心意更是礼节。他带上东西骑着永久牌自行车到隔壁村王老师家里拜访。王老师正在家里看《人民日报》，见周一来了也特别开心："当年我的得意门生，现在成帅小伙了，前途无量啊。"

"都是老师教育得好，老师的教诲我谨记在心没齿难忘。"

师徒二人天南海北聊起来。王老师也是三江师范毕业，而且是最早一批普师生，学校里的一草一木还是记得灵灵清清。老师当年也是学校里的风云人物，琴棋书画样样通，周一非常佩服，立志要成为老师那样的人。王老师对待工作以严谨著称，但是课后对待学生还是非常和蔼的，师生间也没有距离感。读书期间他常到老师房间翻阅报纸杂志，也获知了许多同龄人不知道的山外世界和故事。他获悉了苏联解体，看到北京亚运会成功举办，还了解到社会主义初级阶段的基本路线，虽然有点晦涩难懂，但似乎想对远方的神秘一探究竟的愿望越发强烈。老师还给他垫付过学费，当年老师家里其实也不富裕，也有两个孩子要培管。这一切他铭记在心。相谈多快意,只叹时光瘦,从老师家回来已经暮意沉沉,但是周一感觉自己收获颇多。

寒假学校没有布置书面作业,只有一项社会调查实践作业:寻找当地文化根脉,督促未来的人民教师走进社会,亲近生活。教师属于文化人,当然少不了跟文化打交道。周一从小就听奶奶说起过,其家族移居前生活在云安江畔,后来造云安水库,在铁帽峡截流蓄水成了现在的秀水湖,他们才移居到此。这是一条兼具灵韵与沧桑的湖泊。其植根于云安江,发源于邻省怀翠山脉,一路向东,百转柔肠,至永安境内出落成风光逶迤的一代名湖。永安县,典型的南方丘陵地貌,域内河流众多。一湾湖水,把连绵叠嶂割裂成千百个岛屿。美妙绝伦,商贾走卒倾心于如诗如画的美景;声韵空妙,文人骚客醉心于鸟鸣山涧。

周一觉得自己可以挖掘云安文化作为课题完成此项作业。他到镇上的文化专管员那里借阅了《永安县志》,里面文化板块里翔实记载了他所需的内容。他还走访了周边几个村的移民家庭,了解淹没前的风物习俗。回来后他连夜整理资料,一一标记出处。从文脉溯源、风物风俗、移民文化、传承发扬等方面架构实践调查研究。有些想法或拿捏不定的还请教了大学生郑武康,得到了专业指导受益匪浅。

通过这次实践活动,周一感慨万千,被泱泱中华文化震撼。虽然放假但是依然学到了许多知识,他明白要真正实现自己的梦想还要钻研博大精深的中华文化,时不我待,只能放假不放学。

匆匆寒假,虽然只有二十来天,但是帮父母做了很多农活,也见到了很多老同学,周一过得还是很充实。被大水冲毁的良田,经过他和父亲垒垄夯基,又能满载绿色的希望。挖冬笋、吊松鼠,荒废了的技艺还没生疏,年夜饭虽不能说是豪华大餐,但也有山珍野味,家乡的味道就是年味。

一七　铁门森森

假期结束返校第一天,很多同学都扛着大包小袋,似乎放的不是假而是一个采购会。周一交完作业,看见校门那人流进进出出,异常拥堵,便过去协助保安大爷维持秩序。

从长途车站到校门口还有半里路,女同学带的东西多需要叫上人力三轮车,每趟一元。周一帮她们从车上拿下来,放到校门内空道上。有些确实娇弱,周一干脆送佛送到西,帮她们搬到寝室门口。回报他的有番薯干、山核桃、吊瓜子、烤鸭、肉酱,女孩会吃还真不是谣言。有人说校园半夜三更嘴不停——男同学话不停,女同学吃不停。她们的"弹药仓库"如此丰富可想而知有多会吃。

周一在校门口忙得不亦乐乎。孙侯从旁边斜穿过来,和他笑谈起来。一个假期没见,孙侯好像胖了一圈,周一心想:"这孙侯不知吃了啥,快成孙猪了,大师兄变二师兄。"但又不好当面问,怕驳了面子,只好闪烁其词问他:"西游记里最喜欢哪个人物。"

"还用说,当然是孙悟空,神通广大。"

"猪八戒你不喜欢?"周一反问道。

"当然不喜欢,又懒又胖。"

"看来你还有正常审美。"

"那是当然,古典四大美女都入不了俺法眼。"

孙侯说完,又急切地用手推推周一,"快看,仙女来了。要是能牵一下她的手,折寿都愿意。"

周一往前看,原来是柳叶舞返校了。周一心想真是萝卜白菜,各有所爱,他倒是对宋诗旎有一种莫名的感觉。一个假期孙侯原来心里装了一个喜欢的人,难怪胖一圈。周一打趣道:"那你应该主动去表明心意,对她唱:你是小鱼我是溪,天涯海角陪你嬉。"

"我可不敢,看到美女我会结巴,紧张到话说不利索。"

"你平时不是巧舌如簧能言善辩的吗?看兄弟我的。你信不信我能抱她。"

"我不信,你有本事做给我看。"孙侯不屑地说。

"如果我抱了,打什么赌?"

"真这样,你是好汉,请你吃饭。"

"那就一言为定。"

周一迎上去,站在她面前一番稍息立正像个酒店侍应生,然后笑容可掬地说道:"欢迎我班的班花回到组织里来。你看今天校园里茶梅怒放,一定是欢迎你这位花仙子的到来,"说着上去握握手,给她一个拥抱,"但愿刚才的拥抱能让你感受到集体的温暖。"完成后周一向孙侯眨眨眼,比了个OK手势。

这言语动作合情合理,顺势而为,无可挑剔。孙侯佩服得目瞪口呆,就差跪下来朝拜了。

周一过来怂恿道:"现在给你预热好了,大餐留给你。赶紧上去表示表示你的慕意。"说完往前一推他就像木舟被推离岸滩拐入江一样,孙侯跌跌撞撞到了柳叶舞跟前,刚要张开双臂来个深情拥抱,一个包塞过来,"小猴子,你来得正好,帮我拿下包,谢谢了。"

"哥哥有泪心中流……"这歌一定是为孙侯而唱。周一看着跟在柳叶舞后面亦步亦趋的他像被牵着的猴子,只能在乍暖还寒的风中凌乱。

中午过后,校门口人影就稀疏了。第二学期不比第一学期忙乱,有好多规章制度都沿用上学期,调整的内容很少,大家都熟门熟路,所以门口又恢复了往昔的秩序。

周一把前面助人所得分给了保安大爷,害得他感动了好一阵。大爷玩笑道:"你哪天半夜回校不用翻墙,我给你开门。"这谈不上权力,但也算是一种福利。这个世界就是这样,有需求就会有市场。

街上新开了家网吧,里面都是新机子,而且游戏也是最新款,24小时不打烊。开业那几天,附近几所学校请假的学生特多。什么头痛、脚痛、全身痛,甚至连痛定思痛都成了请假理由。师范学校有像周一这样上进有目标的人,也有打算熬过三年混张文凭的学生,反正没有了升学压力潇洒每一天是他们的人生真谛。白天不显山不露水如病猫,晚上则生龙活虎似猫头鹰。他们趁着校门关闭前,编织各种理由潜逃出去。待游戏人间到半夜回校,一道铁门横在前,不过这并不是不可逾越的天堑,门上装饰的不锈钢条纹网格刚好适合踩踏攀爬,只是上了年岁的铁门总是会发出吱呀声刺破宁静的校园,引起值周人员的警觉。

不知什么时候起,铁门刚发出响动,传达室大爷就会出来开启小门,左顾右盼一番,又进去喝几口茶再来锁门,嘴里念叨着:"又是哪只夜猫子。"几次后,学生们也摸透了大爷的习惯。每次趁他进去空当，就三三两两溜进去。

其实这位大爷也是有江湖名号的人物。他是一位初中退休教师，曾经当过校长，本可赋闲在家颐养天年，奈何喜欢校园的热闹与活力，所以来三江师范看门，学校的植物园也交与他打理。门上四季鲜花不断，都是他所培植。由于低调，除了校领导很少有人知道他辉煌的过去，所以大家印象中大爷就像大家的爷爷。

白天，有时碰到夜逃出去玩游戏的同学，他总隐晦曲折道："如今没有周扒皮，半夜照起玩游戏，世道变喽。"大家一听就明白了，半夜溜进溜出他都一清二楚。他就像《天龙八部》里的扫地僧，洞悉周围一切，却又看淡一切，所以故意留出时间让学生返入校门。他做过管理，了解学生的内心世界，如果任由学生翻墙进出带来的危险伤害更大，即使报告学校同学们也会想其他飞檐走壁的法子。在不能触及他们灵魂前，关得住人关不住心，疏比堵更好。也许徐志摩给出了答案："悄悄的我走了，正如我悄悄的来，我挥一挥衣袖，不带走一片云彩。"不留痕迹，也是一种境界。

电子游戏对于大多数男同学还是有吸引力的，这方面周一却是另类，他更喜欢和文学打交道。至于大爷给的优待他自然也是束之高阁，几乎派不上用场。

铁门森森，防君子不防小人。

一八　郊游放飞

春路雨添花，花动一山春色。

柳吐芽，花含香，正是出游好时节。"本周六郊游，我们和3班一起在江边野炊。"班主任黄依依微笑着向大家宣布了好消息，同时告诉大家这也是为了培养和锻炼大家动手能力，增强互帮互助的团队意识。同学们的活力覆盖了老师要求的能力。掐着时间期待成行，关键是和3班一起活动还是第一次，可以交到新朋友了。

三月雨，细绵绵。

到了周六居然放晴了，许多同学悬着的心终于放下了。雨倒是停了，大家激动得眼泪哗哗又似雨下，绵绵无绝期了。

青春期，一群感性的人期待着理性的事发生。

"我们的队伍向太阳……"男同学扛着锅，女同学挎着篮，踏着欢歌，浩浩荡荡而去。

野炊的地方，选在江边一处湾坳里，适合避风生火。老师给大家简单分了组，强调了安全事项，接着各就各位准备去了。

王梅不愧为生活委员，菜丝削得有棱有角，肉片也切得薄如雪片，"好刀功，三江师范第一刀。"周一过来称赞道。

"过奖了，在家里做得多，习惯了。"王梅边剥蒜边接话。

"你看我火攻怎样？表扬砸过来！"正在生火的吴天明抬头讨喜道。

周一吓得往后一跳，只见吴天明满脸"烟熏妆"，黑脸黑眼黑头发，黑得发亮，"你乃包公转世。"说完赶紧逃离，只剩一群女同学在哈哈大笑。

"周一你过来搭把手。"宋诗旎一组的王晓雅朝他使唤道。

"哎，小姐姐，你们这是在玩烽火戏诸侯吗？看这狼烟滚滚的。"

"风烟滚滚唱英雄……大家一起唱起来。"孙侯卖力唱着，手里拿着烧火棍跳到石礅上陶醉地挥舞着。周一过去夺过棍子，把石灶里积压的烟柴头挑空，吸气鼓腮，对着星火吹，火旺起来，锅子嗞嗞热起来。

"柴禾还是有潮气，谁跟我去再捡点？"

"宋诗旎，你跟着去打下手。"王晓雅提议道，因为她觉得宋诗旎干活不够利索，平时在家肯定很少在灶头沾水拌粉。

宋诗旎扑闪着眼睛望着周一，阳光下更加闪亮，如江水澄澈，映出蓝天白云。似曾相识的情景在周一梦里多次出现，他心里甚是喜欢，可表面不动如桩不具声色。

周一引着她来到一棵枯松下。"在我老家，松柴是主要的燃料。它里面有松脂易燃，我爬上去折几段下来，你在树下收集就好。"见她没异议，周一来到一抱粗的树下，双手箍紧树干，借助一个箭步的冲力，几下交叉步就上了顶，拉折下了一堆松枝，才像猴子般快速顺下，可是下得太快树枝钩住了衣领，脚没踩稳往下扑去,顺势把宋诗旎带倒在身下。

"你们二位可真是激情四射啊,再抱团取暖吧。我说怎么候了半天,也没见你们带一根柴禾来。原来你们就是干柴烈火。就当我啥也没看见,我自废武功。"说着王晓雅用两根手指戳戳眼。

"不是你想的那样,晓雅。"

"看你都急了,被我言中了吧。不过话说回来,你们也够能耐的,这么一堆柴火,烤个全羊都够用了。"

宋诗旎转身对着周一,"这堆柴火都是你的功劳。你属猴的吧,窜上窜下不带喘气。"

"属羊,三羊开泰。"

宋诗旎拍拍身上的尘土接道:"那等下就把你烤了吧,来个全羊宴。"

"不会吧,我帮了你们忙,却要烤了我,那还是卸磨杀驴好,至少留个全尸。"

"先杀后烤。"她们二人异口同声,步调一致。

树下杂草里传来窸窸窣窣声,周一小声道:"嘘,别出声,有大货。"他从小山里长大,学会了听声辨位,听声辨物。他顺手捡起碗口大的石头,循声向树丛小心靠近,待声再起,用力砸去,一只山鸡扑腾了几下又摔落在地。周一跨过去,拎起掂掂足有三斤毛重,赶得上家养鸡了。

"今天可以加餐了,晓雅这下可以堵你嘴了吧。"

"可以可以啊,跟着周哥有肉吃。"

等他们出现时,其他同学看到都兴奋起来,这可是正宗的野味。3班的同学给他们拿了些蘑菇来,刚好可以来一道山鸡炖蘑菇。一番褪毛清脏,添火炖煮,香气已经弥漫开来。

这么多人,要每人分一杯羹,只能靠佐料变成"蘑菇炖山鸡",满满一锅,只是山鸡由主角变成配角。

周一先舀了一勺给班主任端去,剩下匀一半给3班。

"周一你偏心,你看我只有蘑菇没有肉。"王晓雅抗议道。

"姑奶奶,本来就菇多肉少,你就将就下吧。"

"才不是呢,大家看,宋诗旎碗里肉就比我多。"

"是哟,周一解释下。"其他同学似乎也发现了端倪。

"以前她教我普通话也怪辛苦的,所以多舀了点而已。你教我也会享受这待遇。"

"那她是你的师傅,这也算人之常情。"

"我才不是师傅,这多显老。"宋诗旎红着脸抢道。

"那就叫姑姑,杨过小龙女也是这么叫的。你们也很般配。"几个女同学起哄。

"既然是姑姑,那倒是肉要多点,何况本来就像仙姑,不缺菇。"男同学也不含糊。

周一追过去,"你们这帮重色轻友的家伙,菇不吃,就只剩磨了。"说完他伸手开始磨的动作。

这边打打闹闹声此起彼伏,江边柳叶舞坐在石头上欣赏着风景。等她转过身,后边已经排起了长龙堪比加强连。他们都是3班男同学给她拿好吃的,江面碧波荡漾,他们春心荡漾。

孙侯见这场面不无感慨:"能文能武,不如柳叶舞。下辈子也当女人,不愁吃不愁穿。"

"做你的春秋大梦吧!快收拾餐具。"王梅过来就给他一拳。

"母老虎,老虎母,母虎老……"孙侯哼唧唧嘀咕完还是乖乖照做。

班主任黄依依大部分时间在照看3班。他们班主任叫杨柳青,也是刚毕业参加工作,这次有事外出,所以让黄依依代班。其实他也有私心,就是想制造机会和她多接触。下次来了,正好可以光明正大请她吃饭看电影表示感谢,也就有了单独见面的机会。

陈管对还在啃鸡腿的吴凯说:"你看我们两个班组合在一起叫什么合适?"

"一个3班,一个7班,就叫三七组合,好记,关键是好用,名药。"吴凯撕扯着鸡腿,话也不利索了。

"三弃组合……"孙侯垂头丧气地走过来。餐后自行组合表演节目,他想着多认识些3班同学,就过去邀请女同学唱歌,却没人响应,跳舞也没人睬他,说相声又没人听,三邀三弃。反观周一身边,可以说是花团锦簇。他在吹箫,新学的《阳关三叠》曲调悠长细腻,恬静抒情,其他同学随着箫音载歌载舞。

"三妻四妾组合，你们看，周一占尽春光，我们只有羡煞的份……"陈管伤感道。

一九　化学反应

草长莺飞满园春，一片丹心育桃李。郊游结束，大家又投入到紧张的学习中。因为过两周将会有化学实验操作考核，如果成绩不理想会影响到能否顺利毕业。

"哦，我的春光，来不及发春便光了。"孙侯诗魔附体，开始无病呻吟。

"哎，我的青春来不及青便黄了。"吴天明一副生无可恋的样子。

"啊，化学，我来不及学便化了。"陈管像面筋瘫软，表示融化。

这是班里新组成的三剑客，人称"三贱客"，搞笑担当，是枯燥学习生活中的一味调味剂。

学高为师，身正为范。要当个好老师不容易，别人不会的你要会，别人会的你要精。化学实验首要保证安全，必须规范科学操作实验，将来当老师才能不误人子弟，所以现在必须打下扎实的基本功。自制切片，在显微镜下观察细胞壁，要求学生两眼都睁着，一眼观察，一眼记录。也有几位不按套路，喜欢睁一只闭一只，结果那段时间眯眯眼、独眼龙司空见惯。

由于器材较缺，为了让同学们尽快熟练操作，顺利通过这次考核，一是平时开放实验室，二是分组练习。周一和宋诗旎一组。得知这消息，周一心里比吃了蜜还甜，比吃了人参还精神。

新学期以来，阳光明媚，雨水也丰沛，滋养万物，宋诗旎更加出落得亭亭玉立，像溪边的水芹灵润。那胸脯高耸像城外的两座塔，双塔齐云。周一每次走近她就会有心跳加速的感觉。擦肩而过总忍不住回望远去的身影，也许这就是欢喜、吸引。其他男同学化学实验做得不咋地，可是充分具备了化学领域的探究精神、献身精神。刘一道暗恋贾小柔许久了，忍不住对着她的倩影念叨着化学元素："Os（锇）At（砹）Nb（铌），H（氢）At（砹）Tc（锝）。"意思是：我爱你，亲爱的。自从王梅给王利军缝补了衣服，让他感受到了母亲般的关爱，王利军给她写纸条："对你的喜欢像是硫酸根和钡离子的结合，终会有幸福的沉淀。"可惜他们的化学反应都不属于化合反应。如果能改变一切的是时间，那么也许是碳14的半衰期。

因为前面教室里宋诗旎对周一说饭后一起做实验，所以他狼吞虎咽风卷残云般完成了食补，早早来到实验室练习操作。等来的却是王晓雅，她说道："我还有几个实验不熟练，你帮忙指导一下，可以吗？"

"愿为夫人效劳！"话出来，他就后悔了。最近《包法利夫人》看傻了，也就顺口而出。

"还夫人，我有那么老吗？"

"这是尊称。你看'夫'字由'二、人'组成，就像我们现在的状态。也可以由'一、大'组成，一个大人物，说的就是你。"这解释也不知她满不满意。说漏了嘴，害得自己费了好大劲才圆过来，周一懊恼着。

"算你有理，夫。"

"你可别乱说，别人听了误会。"

"好啊，太虚伪了，刚刚还说什么大人物，二人世界来着。"

其实刚才，宋诗旎在门口听得真切。

王晓雅看见宋诗旎进来，对着周一娇滴滴道："这试管塞子我拧不紧，人家力气小，你帮下下。"

周一放下刚打开的酒精灯，过去指导她如何做好试管的密封。周一耐心地讲解引得后来的同学都过来观摩。宋诗旎见二人如同周瑜打黄盖，只能在旁边待着。

"不好意思，借你的搭档用下。"王晓雅向宋诗旎傲娇道。

"没问题，借了不用还，用完就扔了吧。"宋诗旎应付道，只是语气也不太友好。本来就是啊，每个组都是分好的，还明知故问，装疯卖傻。你可以聪明，但也不能把别人当傻子。

周一也憋屈啊，答应一起练习，结果王晓雅横插一脚。而王晓雅心里也有本账，像周一这样品学兼优，又不失幽默，关键人也帅气，不说是许多女孩的白马王子，至少成为蓝颜知己也是幸甚。

第二天周一和宋诗旎二人不谋而合都迟去,结果人满了,只能候场。

王晓雅过来对周一说:"今天继续帮我练习,昨天我们配合得天衣无缝,谢谢喽。"

"可是今天也没有多余的仪器设备,爱莫能助了。"

"你看我手中的是啥?"说着向他晃晃。角落边那套设备闲着没人用,是因为少了一个铁架台固定夹,却在她手中。

原来昨天她多了个心眼,把铁夹子拧下来带走了,所以别人用不了,迟来也没关系。周一只得过去,单留宋诗旎站也不是,坐也不是,尴尬之余只能回去,算是给别人做了嫁衣。宋诗旎当然也知道周一深得女同胞好感。哪个少女不怀春,哪个少男不钟情,中和反应不强烈,置换反应不明显,但异性相吸的物理规律有迹可循。

二〇　换桌风波

在这次实验操作考核中7班同学全部达标。听说4班有一位同学未通过,加上之前有一门文化课补考也不合格,所以学校根据有关条例给予了他留级处理。这消息如千斤巨石砸入深潭,响彻山谷。大家明白学校之前有关学业考核的条例不是看看的,要动真格,促使大家学习不懈怠。

班主任黄依依为了奖励也为了后续的学习同学们能再接再厉,允许大家可以自己选择同桌,但有个条件,要双方同意,即两相情愿方可。教室里一时气氛火热,只是谁也没有第一个站起来向老师申请。男同胞里几个早熟品种,平时幻想着同学同靴,同窗同床,只是机会到了,权利来了却不敢争取,妥妥的语言巨人行动矮子。正当大家审视着周围的变化时,没想到吴凯第一个站起来向老师申请要和贾小柔同桌,急得刘一道直冲他挤眉弄眼,幸好心仪之人拒绝了吴凯的申请,让他碰了一鼻子灰。

就像河堤决了口,后面为自己争取心仪同桌的前仆后继,英勇无畏,不过好多同学的申请都被打回了。什么奇葩的理由都有：老乡亲切、生辰八字、养眼顺耳，冠冕堂皇的如方便请教，只是虚假的借口成了真实的理由。倒是柳叶舞没有男同学申请和她同桌，可能觉得自己不够优秀，怕淹没在她光芒之下。

既然放开让你们自己选择没有默契，黄老师索性提供了另外两个方案。一是老师根据学习和其他方面的表现调配；二是抓阄，一次抓俩，抓到的作为同桌。大家都同意第二种方案。既然不能和心目中理想的人同桌，那就随缘，也好看看自己的有缘人是谁。

不过黄依依还说秦泽猷、宋诗旎、周一三人可以抽签决定自己的同桌，因为这次实验考核，他们三人年级前三，大家也都无异议，毕竟学生学字当头，成绩是校园里的优待证。其他人的"另一半"由老师当场随机抓阄决定。

秦泽猷抽到的是贾小柔，周一抽到的是宋诗旎。按说宋诗旎不用抽，但是她向老师提出申请，希望利用好自己的权利。老师同意了，不过让人大跌眼镜的是她也抽到周一。心有灵犀还是上天注定说不清道不明，自古同桌是冤家，但胜过苦命鸳鸯。

虽说周一内心对于能和宋诗旎同桌是期许的，像杨柳渴望春风的吹拂，可是美梦成真反而有些茫茫然。和多数同学一样，放在心里的喜欢，一般不会轻易说出口，爱之切，藏之深。

周一刚落座，宋诗旎，便用笔在桌中间画了一条红线，并约法三章："不准过线，线过讨打，打必肉疼。"谁让他化学课放她鸽子，女人心海底针，果然不假。

"打是亲骂是爱，打打骂骂进一家，你不会没听过吧。"旁边的王梅插话。

周一向她伸伸大拇指，感谢解围。

"你可别谢我，我是帮理不帮亲。"王梅补充道。

"王梅同学最通情达理，哪像有些同学小肚鸡肠，记仇不记恩。等下我唱'一剪梅'送给你。"周一对自己的歌声还是有些许自信的。

"'一剪梅'小心一剪就没，王梅你可别花痴了。"

"那也比白痴好。"说着王梅去撩扯宋诗旎，闹完继续道："周一，歌就不听了，要不你教我如何吹箫，艺多不压身。"

"我也要学，我喜欢箫声的绵远悠长。"王晓雅挤过来。

周一就像个明星,走到哪都有崇拜者。他向宋诗旎挤挤眼似乎在说有魅力,不可挡。

本来不愉快就是因王晓雅而起,现在还来凑热闹,宋诗旎站起来张开双臂,像护着小鸡一般道:"大家别急,一个一个来,先到我这里预约登记。每人先交十元过境费和拜师费,不交别从我这里过去。既然我是他同桌,一切由我全权负责打理。"宋诗旎好歹也要发挥一下近水楼台的优势。

咦,大家鄙夷地散开,他、她终落个清静。

也不知正月里是不是拎猪头哪里去拜过了,还是走了狗屎运,孙侯这小子居然和班花柳叶舞坐了同桌,一时间成了许多男生的公敌。每次见到男同学他都提前拱手作揖:"承让了。"心想事成,异想天开,只要敢想一切还真有可能。班长还是稳如泰山,无论坐哪都波澜不惊,如秋水无痕。班级事务,事无巨细他都处理得四平八稳,他的眼界不在身边局部,而是远方全局。哪怕旁边坐的是妲己妖媚也不能乱其心智。黄老师这一招真有效,好多同学也开始洗心革面奋发学习,以期下次也能掌握主动权和心仪同学同桌。刘一道同志还剃了个光头,发誓从头来过,为此还从学生处领了一张违纪单,大家都替他叫屈,缘由是学生管理条例上规定男同学不留长发可没说短到何种程度。

每次看到红色的"三八线",周一都觉得分外刺眼,虽然宋诗旎还没有因越界而执行"家法",但总感觉如鲠在喉。"你看这道题如何解?""这本新入手的书借你。""你这么严肃是不是盐吃多了,要多吃糖,才能甜甜的。"周一找着各种理由跨过三八线,有时有理请教,有时属无理取闹,真真假假,这红线也就成了摆设。虽然时空上的距离近了,可是心灵上未近分毫。就像农村隔壁邻居,开门推窗相见,矛盾自然就多。教室相当于村寨,而同桌就像缩小版的邻居。幸好周一会自嘲也能玩笑。

有些同桌三天新鲜劲过了就开始相看两厌。孙侯倒是变化有点大,平时闹腾少了,尤其是同桌在场安静了好多。他很充实,净琢磨如何为人民服务了,主要是为同桌服务,比如帮她杯里续水,交交作业,同桌总是对他一笑了之。这让他很受用,就像台上的猴子听到鼓点闹得欢。上个学期同性别的一桌,这学期新调整后基本上男女混搭。和孙侯一样,许多男同学在同桌面前斯文了许多,不过等她们不在现场,个个又都现出了原形,斯文败类指的就是他们。陈管和刘一道是全班仅有的两个男同胞一桌,他们自诩为"双节棍组合"。

二一　男人尊严

天气渐热,许多女同学穿起了小花裙。宋诗旎白格子连衣裙一穿,就像出水芙蓉,光彩照人。周一发现和女同学同桌最大的福利就是可以养眼。书看多了,看看貌美如花的同桌,多巴胺激增,进入另一种解压模式。

"这题何解,你再教下嘛。"一阵熟悉的声音传入宋诗旎耳中,今天已经第五回了。王梅没花痴,王晓雅可要花癫了,白占一个"雅"字。

不胜其烦,脾气再好也禁不住反复叨扰。这不是明摆着借由头来看周一吗?你看归看,音量可以小点,整得满世界都知道,好像是你的私人领地,也惹了其他女生的众怒。周一也不好说什么,毕竟他是学习委员,找他的理由还是成立,也只能知无不言言无不尽,就差手把手教她了。有人说恋爱的人没有理智,暗恋的人没有头脑。看着这对痴男怨女,宋诗旎提醒道:"我说两位,你们音量小点,我这里划过线的,人不能越界,声音也不能过雷池。"

"不过就不过,我飞行了吧。"周一倔劲也来了。

"说到做到,不然是小狗。"

"好的,做不到不是小狗就是小丑。"

那几天,周一只能趁着宋诗旎离开的空隙走出位置上个厕所喝个水,其实水也没多喝,尽量减少进出座位的频率。男人要面子不要里子,他觉得不是为了个人尊严,而是为男人荣誉而战。他和几位朋友夸下了海口:敌动我动,敌静我静;周一周一,耗她精力,鹿死谁手,还不一定。也不知哪个损友把这大话传给了宋诗旎,这下他惨透了,可他还蒙在鼓里。

数学课结束老师扬长而去,同学们压抑了一节课凑在一起吹牛瞎掰好生热闹。周一看同桌没有离位的意思,也假装继续看书,不能在她面前落下风。几个男生走过,向他伸伸大拇指似乎在说你真牛,周一更来劲了。

"周一,这是我最近写的诗,你帮我润色润色。"贾小柔过来虔诚地向他请教道。他从诗的意象、韵脚认认真真、仔仔细细地向她讲析。

贾小柔柔柔萌萌地感激道:"听君一席话胜读十年书。小女子没啥好感谢,要不以身相许?"

周一望望光头刘一道,哪怕开玩笑嗯一声,也不会有好果子吃。何况他知道这是戏语,"不用了,我也是卖艺不卖身。"

"周哥哥,周大善人太让人感动。你就像那冬天里的一把火……"

"别扯了,接下去我就要燃烧自己照亮别人了。"

"小女子无以为报,这里有瓶新出品的饮料送你,你不喝可是折煞奴家。"

接过饮料,见上面印着健力宝三个字,他说道:"你看今天也不热,下次再喝,谢谢了。"

"那可不行,你不喝就是不给面子。我要看着你喝,如果怕有毒我先喝。"贾小柔又一阵柔柔软软腔调。

这腔调也不知道哪里学来的,周一总觉得她有点奇怪。不管了,常言道牡丹花下死做鬼也风流。拧开盖,一阵气吞山河,总算把她打发走了。贾小柔走了,向几位女同胞使使眼色,得手了。

课上了一半,周一感觉想上厕所了,原来500毫升进水量现在已经有反应了。周一终于察觉到贾小柔是在帮宋诗旎捉弄自己。女人不可信,漂亮的女人更不可信,电影台词童叟无欺。

这一堂课他啥也没听懂,净顾着"大禹治水"了。

好不容易挨到下课,宋诗旎仍旧没有离位的意思,这下惨了,再扛着要湿身了,他把手插进裤兜拧着腿扭着身似乎要把内循环堵住。

宋诗旎似乎也感受到了他的局促。站起来又坐下,周一跟着几个来回更难抑制了。趁着她转向旁边,把她的书扔到地上,"你书掉了。"

宋诗旎离座去捡,周一霍地站起跑向厕所。那速度惊人,流星一般,死要面子活受罪。

二二　不翼而飞

"这还了得,良心被狗吃了。"

"这也下得了手,救命钱哎。"

"把贼揪出来交给警察。"

"不用这么麻烦,不是有荷花池,直接'临池'处死。"

也不怪大家群情激昂。前几天调座后黄老师告诉大家一个沉痛的消息:"在我们的兄弟学校湘江师范有一位花季少女正饱受病痛折磨。假期里,家中突遇大火,老屋被烧塌,她也被烧成重伤,命悬一线。后续治疗费用巨大,学校团委发出倡议,希望同学们伸出援助之手,尽绵薄之力……"

听着黄老师悲伤的话语,同学们感同身受,好几个女同学眼圈都红了。是啊,十七八岁的年纪,如同一张美丽的画卷,可以有无限的美好,遭此厄运可以说是人生至暗时刻,可惜上苍不垂怜,徒叹奈何。

同学们纷纷慷慨解囊,五元,十元,二十元,多多少少是份心意,悲伤的气氛总让人共情。

"你捐了多少?"陈管问孙侯。

"二十,你呢?"

"五十,你太少了要不多捐点?"

"我也想啊,人落难帮衬下也是积德的好事。我已经把本周的活动经费都捐了。"

"我这里还有五十元,给你四十,还有十元我再捐。"

"好兄弟,我下次还你。"

在他们二人的带动下,整个班踊跃捐款最后共得善款近五百元,是全校最多的一个班级。黄老师让宋诗旎暂为保管。

谁知道全部款项竟在一夜之间不翼而飞,宋诗旎急哭了。很多同学为自证清白还相互检查书桌,只是钱依然不知所踪。黄依依并没有上报学校,她知道这位学生一定遇到了什么事才会出此下策。她决定冷处理,希望这位学生能主动归还。

罪魁祸首不找到，大家都有嫌疑。同学之间互相猜忌，看人的眼光都有些异样。有几个具侦探潜质的同学在那里头头是道、抽丝剥茧地分析研判起蛛丝马迹：窗上勘验脚印指纹，最近谁大手大脚花钱。只是术业有专攻，世间事不可一味凭热情就有结果。

"头晚最后一个离开的是谁？"

"我记得交了作业给周一，我离开时除了他没别人。"吴凯突然想起来。

"而且他和宋诗旎是同桌，钱就在他眼皮子底下，当然他比谁都清楚钱放在哪儿。何况他还坐过她座位，拿错过她东西。"一人接话。

"何止这些，前两天他们二人还闹过矛盾，很可能借机报复，真看不出来，人面兽心啊！"又一人插话。

几个人慷慨陈词，越说越激动。看见周一在看书，他们过去把刚才的疑惑向他和盘托出。周一听了心里自然十分不快，斥道："你们无凭无据，纯属臆测，完全是无理取闹。"说完继续看书，不予理会他们作何反应。他明白只要不揪出真凶，他无法洗脱嫌疑，他暂且只能隐忍压制怒火，本想逐条驳斥看来也无必要。

虽然那晚他是最后一个离开教室，具有作案时间，可也仅仅是履行学习委员职责收完作业就离开了，并未有其他不法之事。可是看同学们的阵仗似乎认定他了，这是他所不能容忍的。

加上他来自永安县，经济条件也不甚好，似乎更有理由证实。可是他从小就受仁义礼智信、温良恭俭让的教化，也从未干过偷鸡摸狗之事。虽然有同学怀疑自己，他也能感受到有些同学异样的眼光，可他不在乎，清者自清，问心无愧即可。

整理好教室里的作业本，周一回到寝室，其他同学已经入睡了，门也被反锁。他敲了三遍才有室友来开门。进屋也没人和他打招呼，要是往常不说嘘寒问暖，击拳拍肩兄弟礼少不了。他明白大家真认为钱是他偷的，这可是不祥之兆啊，要兄弟内乱。简单洗漱后他也钻入被子蒙头睡觉。只是树欲静而风不止，挑衅的就来了。

有室友模仿着电视里的调调："小心火烛，天干物燥；小心盗贼，家贼难防。"只是家贼难防说得特怪异，明显就是冲着自己的。说一遍周一也忍了，可是连说三遍,还真要来个单曲循环。周一跳起来,走到发出声音的床位,把他被子掀飞,抡起拳头对他怒道:"再胡说八道打到你半死。"

对方也不示弱,"我说你了吗?你是自己对号入座,说明你心虚。还跟我来横的,我知道你练过散打,别忘了有理走遍天下。"

"都是同学、室友,何必大动干戈,赶紧睡觉,不然班里又要扣分了。"有人劝解,周一也借台阶回到自己床上去睡。

二三　守口如瓶

每月底父亲会汇一笔生活费来,这是事先就约定好的。因为他母亲旧疾愈深家里用度紧张,一次性拿不出多少钱,只能每月汇来,不显手重。

今天是本月最后一天,他拿上取款单前往长途车站旁的邮政储蓄。

明媚的阳光透过白杨翠枝嫩叶投射在马路上,像舞池里的五彩滚球映射出斑斓的影像。邮政储蓄旁边的水田里稻香沁人心脾,围城里待多了惶有不知今夕是何年的意味。虽说山明水朗,清风和润,可是周一无心感怀,被人误解总让人黯然神颓。

走进门厅,看见一个身影很像班里同学,上前细看,原来是余若男,她正在汇款。周一知道这位同学家里条件也不太好,平时穿得朴素,而且食堂打饭点菜也是最便宜的一类,肉也没怎么看她打过几次。平时说话弱弱微微,缺乏自信,似乎一阵大点的声响也会把她震碎。

周一过去友好地拍一下她肩膀。余若男转过来看是周一,顿时浑身颤抖,脸刷一下白了。手中的钱掉在地上,足有好几百元。她慌忙蹲下去捡,她这反应也太大了,尤其是那双眼睛毫无生气却又死盯着自己,这很不正常。

突然,一张十元面值的纸币映入眼帘,这不是一张普通钱币。因为正面右上角有指甲大小的红墨水汁,这是吴天明捐的。当时他说过一句话:"这点红墨水象征着我有一颗火热的红心。"所以周一记忆犹新。

周一审视着余若男。她慌忙垂下眼帘，转移视线。

"说说为什么这样做。这严重后果你考虑过吗？"他拉她到角落里问道。

一阵沉默后，她抽泣着说："其实我也不想这样，实在没辙了。"边说边擦眼泪，"我家有四个小孩，以前同学都嘲笑我的家庭是大蒜组合——一根茎上多个蒜瓣。我是老大，还有两个妹妹一个弟弟。父亲重男轻女，一直要生个男孩，连我名字都取了"像个男孩"的意思。最近他来信说弟弟病重要好多钱，叫我辍学回家。我不想回到那个压抑沉闷的家，也舍不得这里的老师同学，舍不得这里自由快乐的环境。弟弟治病还要五百多块儿，我向父亲保证会想办法把钱汇去，只求能继续学业。本来我想打点零工赚些钱寄回去，但是病情不等人。那天晚上我就躲在卫生间，等你关灯回去，我就潜回教室拿了善款。"余若男捻着衣角又低下了头，似乎等待着她预期的怒火。

"你知道我承受的压力有多大吗？说是成了孤家寡人也不为过。"

"让你蒙受不白之冤，实在抱歉。还请你网开一面，我会想办法把钱还给大家。"摊上这样的家庭也是不幸。周一倒觉得自己挺幸福了，至少一家人相亲相爱、风雨同舟。

"你把钱还回去，给你弟弟治病的钱我和你一起想法子，有我在。"周一像一家之主拍板决定了。余若男不胜感激却无法溢于言表，望着眼前瘦弱的周一，却觉得他如大山一样伟峻。从小父亲的负面形象在她心里扎了根，觉得世间男人皆恶人。这次同桌换成男生，她内心其实很抵触。然而周一的体谅、担当给了她踏实、自信，让她内心激荡澎湃。

二人约定晚上把钱悄悄退回去。余若男非常过意不去，因为周一仅作为同学并没有理由蹚这浑水。她知道周一是个善解人意的人，他这么做完全是在维护自己的自尊心。她也想向大家坦白，只是勇气难鼓。

等待是煎熬的，就像挂盐水数着点滴，时间很长滴数很少这种反差噬心。教室里余若男焦躁不安，频频回头看周一，他翻着书，整个人定如磐石，这让她也舒缓了些许。刚刚还有同学在她面前嘀咕，把周一贬得一无是处、一文不值。她明白这怒火本该她自己承受，她没勇气坦承，只能尴尬地赔笑。要怪只能怪自己命不好，出生在这样的家庭，人无法选择自己的出身。可她又是幸运的，遇上周一，至少能改变未来的选择。

由于各班下课有时间差，所以教室外陆续有人路过，为了保险起见，他们在操场猫着等教学楼全部熄灯了再潜回去完璧归赵。

北斗阑干，万籁消弭。二人摸回教室，余若男把一包钱重新放到宋诗旎座位里。那一刻，她有种重获新生的感觉。

"啪"的一声刺破了沉寂的夜色。不好，刚才转身时不小心碰到了旁边的桌子，搁板砸到地上了。这是她自己的桌子，开学初搁板就松动，一直没有维修，没想到今晚寿终正寝了。与此同时，一束光透过玻璃斜射进来，随之脚步声也从那头传来。怎么办？值周老师被刚才的响声吸引过来了。糟糕，要是被发现，黑灯瞎火孤男寡女一定说不清道不明，少不了挨个处分。完了，要是挨了处分他的保送资格就没了，大学梦就要胎死腹中。此刻，周一还真有点心急了，手心全是汗，可不能就这么折了，他暗自叹道。

"踢踏、踢踏"鞋钉击地声清晰可闻，已到门边。周一急中生智，一把推她到门后，顺势把门半掩。一道光也随之从门外直射进来。值周老师跨入门内一步，用手电筒扫射了一番。门后的周一紧贴着余若男，零距离说的就是当时的情形。万幸周一大脑转速快，把门虚开一半，否则老师推门而入，十有八九把门深推到底，那两人就合二为一成纸片人了。看不清对方，但是她能明显感受到他的心跳，怦怦怦，那么有张力就像火苗跳跃，只要燃烧就会一直持续。尽管黑幕压身，可她依然能透过重重黑嶂看到他澄澈如潭的眸子，那潭里有自己卸下疲惫松弛的影姿，不，那不是潭水，而是自己苦苦寻觅的一片港湾，那么宁静，那么温馨。她感觉自己就像一朵追月的彩云，身披霞彩不是华章，云遮月才是终章。他带来的安全感，让她失去抵抗力。

手电筒的光线移动到被风吹晃的玻璃窗扇上，老师留下一句"学校里的野猫是越来越多了"转身离开。在那么紧张的情形之下他还是能感受到她的温热，她的芬芳。她矮他高，头深埋在他胸膛，恰如失散多年的恋人相逢一刻。脚步声渐远，两人弹开后，沉默一直保持到回寝。

惊心动魄的一刻，今晚注定又多了两个不眠之人。

二四　出双入对

钱被偷之后,班主任黄依依已经用自己的工资补上了。人可以有过错,但不能错过,一旦错过了连过错机会都没有。作为成长中的人,有过错,正常,可是错过教育就遗憾了。所以黄依依欣赏慢教育,尤其是身边这批花季少男少女,就像一条条河这里撞击,那里碰触,最终成为大江大河。慢慢等待,孩子们经历了也就成长了。

钱回来了,可是周一发现他的处境仍旧很微妙,别人都不愿意主动和他交流。他知道别人定是认为自己不堪舆论压力才将钱归还。顾不了那么多了,眼下还有更急的事去办,就是如何兑现给余若男家里寄钱。她弟弟的病也是火急火燎,钱不寄回去,她真有可能辍学。告诉老师的话,怕伤了她自尊,这个年纪的学生自尊心都很强。

对,有一个人可以请出来了。他找到了唐生,希望能借给自己五百元钱。

"这钱对我来说是小数目,但用在该用的地方就不会是小作用。借你没问题,你也不用急着还。"

"你怎么不问问这钱拿来做何用?"

"不用问,你自然有你的道理。我不相信什么眼见为实,只相信自己的判断。"

"说的也是,耳听为虚,眼见也不一定为实,要相信自己的判断。等我有了钱,马上就还你。兄弟,谢了。"都是读书人,必要的礼貌之后,周一找到余若男让她赶紧把钱寄回家。

亲兄弟明算账,周一盘算着如何尽快把钱还给唐生。余若男找到他,她想利用周末和节假日打零工赚点钱,积少成多。周一觉得这可行,两人一合计,可以到三江饭店去试试运气。三江饭店是明德县最有名的饭店。一道"三江清鱼",就让许多外地游客慕名而来。饭店生意红火,餐饮、住宿、休闲业务领域拓展多、广、深。

周末二人来面试顺利通过。余若男虽然穿着朴素,但难掩她出众的气质,就像翠峰染素雪,丹凤眼、樱桃小嘴这类夸赞美女外表的词语也难刻画她三分神韵。

餐饮经理安排她当服务员,给客人端菜倒酒水,食色亦餐也,这样有助食欲。周一身材虽不魁梧但是精干,本来安排在住宿部捆包卸物,但是一次工作中随意吆喝了几嗓子,被文艺部的经理听到,这音域宽厚,声线很有辨识度,让人过耳不忘。经理还让他到演艺厅试唱了几句,效果很好,不比驻唱的歌手逊色,就让他来客串,主要是客人点歌他唱。

《祝你平安》《小芳》《我是一只小小鸟》都是客人常点的曲目。有时周一也会唱自己写的歌曲《青春之火》,旋律轻曼悠扬,歌词奋发上进:

早春仲春暮春
不如青春
烈火灯火烟火
青春之火
火火火
燃烧燃烧燃烧
燃世间魑魅魍魉
弹一曲琴瑟琵琶
青春之火
何惧风雨雷电
……

为了提高他的知名度,经理给他取了艺名"八歌"——一气能八首歌连唱,不喘不断,还能像八哥鸟那样模仿各种明星风格。一时间来用餐住宿的人都要点名看周一表演。虽然每次在这里串唱只有几十元,但是通过自己的劳动赚到的钱最有意义,体现了自己的价值。余若男干服务员工作也很快就驾轻就熟了。每次她在场,餐厅客流量明显增加。工作间隙她常给周一泡上一杯菊花茶,这对他的嗓子是一种保护。她是家里的老大,早早就懂事,从来就没有撒娇被溺宠的感觉。可是在他面前,体味到了当妹妹被保护的幸福。

饭店收场夜已深。穿过长长的街巷,赶到学校基本早已是铁将军把门。保安大爷认得周一，每到周末校门都会迟些关闭。

"号外，号外，特大新闻，特大新闻，三江师范第一才子——周一——恋爱了。"一大早教室里炸锅了。吴凯发现一到周末，周一和余若男二人经常同时出校门，而且回校基本上也同时，这不是典型的出双入对吗？平时二人经常接触，有时还嘀咕商量着什么事。经他这么一说，其他同学也恍然大悟，还真是这么一回事。

闲言碎语，一传十，十传百，当然也传到了二位当事人耳中。林子大了什么鸟都有，恶意中伤、隔岸观火者为数不多，但也有一部分。对于这些周一看得很淡，真的假不了，假的也真不了。仁者善心，天地可鉴，周一相信轮回，自己认准的事不会轻易动摇改变。

二五　江湖凶险

和往常一样，到了周末二人结伴去三江饭店。

"你来我办公室一趟。"演艺部的苏经理对正在帮忙清除房梁上蜘蛛网的周一说道。周一停下手中的活，向经理室走去。

苏经理是外省人，叫苏醒，长不了周一几岁。皮肤白皙，面容清秀，尤其是那双眼睛水汪汪的，比三江水澄澈，说话声音甜甜的，如夏晚雨后山风清清凉凉动听又舒爽。她对这位弟弟般年纪的周一，有种他乡遇故知的亲切感，所以对他照顾有加。知道他现在缺钱，时常安排他力所能及的事务。驻唱的时间段安排得比较合理，这些周一其实都看在眼里记在心中，为此每次见到她都叫她苏姐。

"苏姐，你找我有事？"周一推门而入，看见她养的花有枯叶顺便挑了出来。

"是这样，有件事想和你商量。"

"没事，你说。用不着商量，你把关就行，我信你。"

"你的歌确实唱得不错，嗓音很有特点，听你的歌是享受。这是从顾客那里反馈来的，大家很愿意听你唱歌。店里想给你加点工资，由原来三十元增加到五十元。前几天餐饮部做了升级，推出了'音乐晚餐'，就是在就餐的地方搭个舞台,需要你去撑场子。顾客边听音乐边吃饭,胃口、情调会更好。"

"反正都在一幢楼,也就多走几步路的事。感谢您为我争取的福利。"

"别见外,我也是惜才。可惜我没有你这么好的运气。"说着眼圈泛红。

"苏姐,您怎么了,有什么事可以跟我说,别把我当外人。我现在散打七段,能保护您。"周一觉得她一定经历了什么,只是无法一吐为快。

见苏姐没有继续话题的意思,他起身告别。按苏姐说的先到餐厅驻唱。这个厅好大,可容纳千把人。桌之间用屏风隔开,但是排列摆放又很讲究,座位大多朝着舞台一侧,又不互相遮挡观看视线。

按惯例,他唱了自己写的歌,剩下七首则由大家随机点。唱多也不行,其他驻唱歌手就砸了饭碗,会产生不必要的矛盾,生易活易,生活不易,这话是有道理的。

今晚来的人特多,本来十人一桌,加椅到十二三人一桌。人多对于唱歌来说增添了热闹,气氛反而更好。

只是余若男穿梭在各桌之间,端菜倒酒辛苦多了。幸好她学得快,掌握了要领,加上青春活力,配上甜美无敌的笑容,客人甚是满意。有些看她学生模样,顿生怜惜,还给了一些小费。

"给我一杯忘情水,换我一夜不伤悲……"周一在模仿刘天王的歌声。台下余若男莲步生辉,她觉得"生活的本质就是遇到坎,也要生生地活下去"。周一是她的幸运星。

"哐当"碗掉地碎裂声盖过了台上的歌声。大家都望向那里。余若男手中的碗不知怎么滑脱,碰到桌沿又弹到地上。关键是碗里的汤水溅洒在一位女客的白连衣裙上。就在那位女客站起来扬手要扇向余若男时,周一从台上快步冲了过来并擒住了女客的手。

"还敢拦我的手,我这套衣服是省城买的最新款八百一件。现在弄脏了,打个对折,赔我四百就算啥也没发生,这还不算惊吓造成的精神损失费。否则没完。"她气焰嚣张地嘶吼着。

余若男在一旁垂着头一个劲地啜泣着。周一上前安慰了一番,救星到她方才好点。她是个心灵手巧的人,而且也不是第一次干这活,怎会失手呢? 这里面一定有蹊跷。

周一捡起破碎的碗，发现碗底沾着黄油，这明显是有人动了手脚，所以才会出现刚才的情况。余若男想起来了，这碗是一个叫吴桂香的服务员端给她的。她原先是服务员里最受欢迎的一位，自从余若男来了后她地位就下降了，小费也少了好多，触碰了她利益，所以才想出这毒计。

他们把这情况向餐饮部的负责人反映，他态度很冷淡，仅表示知道了就把二人打发走。周一还想据理力争，余若男拉拉他衣角示意算了。她明白，这里是讨不回公道的。这位负责人早就觊觎她的姿色，好几次都暗示要和她交往，只要答应就给她许多好处，她都没搭理。有次在后厨换工作服，他突然闯进来抱着她，现在想起来仍心有余悸。那天她结束自己的工作后，想起后厨地面有水渍，便拎着清洗桶、拖把到后厨，等换好衣服再清理。不想换到一半，他强闯进来抱住她，她拼死挣扎，踢倒了清洗桶，立在上面的拖把打到了他的秃头上，趁他松开爪子护头之际她才逃出来。他不死心爬起来还要追，却踩到了水渍又重重摔倒在地，后来听说下巴磕在地上还缝了八针，这算是天意，善恶终有报。

每次见到余若男，这位负责人眼里都充满了敌意。现在出了这事，他支持顾客的索赔，表面上说什么顾客是上帝，其实纯粹是借机报复。

幸好苏醒通情达理，她把这事上报了总经理，希望能惩治罪魁祸首。然而结果出乎意料，处理决定有三：一是给顾客免单，并延长一年贵宾卡有效期；二是肇事员工内部教育处理，减少负面影响；三是劝退余若男，稳定军心营造和谐氛围。

对于这样护短的处理结果，周一很不满意。既然余若男不在这里工作了，他也没必要继续留下，所以提出了辞职。

"你能否再考虑一下，毕竟你有一定的知名度，前途还是光明的。"

"苏姐，我知道您是为我好。我呢也很敬重你，这段时光我也很充实，也锻炼了自己的社交能力，只是这里的公司文化不敢苟同。我也希望您能找到更好的工作，这儿太屈才了。我们后会有期。"

"我也知道留不住你，这是我的名片，你收下，有事可以来找我。"

造物主真的很神奇，世界分阴阳，人间有善恶，周一庆幸自己所遇所为，都是鞭策自己更好成长。

二六　再入虎穴

送佛送到西,帮人帮到底。本来一切顺风顺水,没想到好事多磨。周一内心多少有点失落,懊丧之际,余若男提议道:"我看到校园外的电线杆上有许多求家教的贴单,上面有住址,我想去试试。"

周一表示赞同:"我们读的本就是师范学校,将来大概率也是当老师,做家教也算是专业对口。还可以提前熟悉业务,我觉得也是一个可考虑的选项。"

"有你的支持,我就有信心多了。那我们说好周末一起出去试试。"

到了周末,他们二人看了下电线杆上的招聘信息有几十张。其中有几张都是同样的内容,除了贴在这里,还有的贴在校门旁的墙面上,校门对面的店铺门上也张贴着。这么做无非是更易引起大家的关注,看来这位家长还是有迫切的需求。地址在府前街995号,靠江边地段不错,只是那块区域的房子有点老旧。本来要拆迁整治,因为墙的外立面古朴雅致,建筑雕梁画栋、钩瓦翘檐,所以纳入政府古建筑群落保护计划。

二人决定先去这家探探虚实。穿过一条前门街,挤过两条羊肠小巷,听得几阵江水滔滔,就找到了这户人家。虽然是老旧小区,但门牌挂得很规范,不费吹灰之力就找到了。

门口院檐下晒满了一杆衣裤,有大人的也有小孩的,不过全是男式的。

"这儿晒着的怎么都是男人的衣物?"周一警惕地观察着。

"真没看出,你有这嗜好,喜欢看女人的。"

"你想错了,我只是说了我观察到的情况。看来这位东家是位男士。"

咚咚咚,一阵敲门声后,门被打开一条缝,探出一个男人脑袋,戴着方块眼镜。

"你们找谁?"

"我们是来应聘做家教的。"周一抢先说道。

"我只需一位。"

"那就我吧,我成绩比她好。"周一继续抢话到。

"我只聘女老师,你不合条件。"男主有点不耐烦。

"可你招聘信息上不是也没说。"

"现在说也不迟,我认为女生比男生更细心。我家小孩儿调皮,需要耐心,你不能胜任。"语气似乎带点生气。

余若男见状,过来解围道:"那我来应聘,您看符合条件吗? 可以出题考考我。"

"这位姑娘举止优雅,知书达理,把孩子交给你让人放心。"

"那我见见孩子,和他闲聊几句。"

男主人领二位进入家门。家里倒是干净、敞亮。墙上挂着毛主席语录,还有十大元帅的画像,看样子政治觉悟很高,还有革命情怀,让人一下就生敬意。

余若男和小孩聊得很愉快,还做了几个小游戏,小孩儿都好哄,一下就喜欢上了这位新老师。男主告诉余若男小孩儿平时调皮捣蛋,与自己过分宠爱有关。他在公司里负责的业务比较多,平时比较忙。小孩儿的母亲在外地工作,两地分居很少回来。看到孩子和老师相处得比较融洽,他很开心,愿意出双倍的课时费,每周补半天。余若男觉得这些条件可以接受就应允了。

回来的路上,余若男不解地问:"你今天的表现,不太像你的风格。"

"是吗? 我觉得这位男士总像是有什么问题。刚才进院时,他和我说着话,眼睛却一直往你身上瞟,两眼透着色。所以我总是抢在你前面,看他怎么选,结果也印证了这点,不是能力的问题,而是性别的缘故。"

"小孩是挺可爱的,大人我没怎么关注。要是你的判断是真的,我就辞了吧。"

"那倒不必,你下次去他家自己留个心眼。"其实周一也说不出具体哪儿有问题,反正直觉不好,所以还是善意地提醒她。

"这样吧,下次去,我也跟着去。你进去,我在院外候着,万一有事你大声喊就可以了。"周一觉得自己做这些事不是出于怜悯,而是天性使然。

出乎意料的是连着几周都相安无事。周一心里的那块石头终于可以落地了。只是他们不知道的是,周一在院门口,这位男主人看得一清二楚,当然没有轻举妄动。

又到了周末,周一对余若男说:"今天我有事就不陪你去了,万事小心。"

"已经很感激你了，我会注意的。"话是这么说，可心里还是期盼周一能不离左右，至少心里踏实。待周一转身离去，她还痴望着。

每次上课，除了指导小孩完成作业，余若男都会对前一周的知识复习归纳，有时间的话再对新一周的要点进行讲解。这段时间小孩的成绩进步明显。今天课辅导了一半，男主人让小孩到院子里玩一会，把孩子支开，他顺手把门关上。他拿出一百元钱说是酬谢她最近辛勤的辅导。两只粗壮有力的手伸过来钳着她的手，没有松开的意思，余若男手往后抽了抽，却无能为力。

男主人一会儿说和妻子感情不和，一会说仰慕余若男的才华与美貌，第一眼看到就喜欢上了，希望能成全他。余若男看他咽着口水，说话越来越急促，知道大事不妙。刚想大喊，嘴却被他用手死死捂住，另一只大手把她拦腰抱起，扔到了旁边的床上就扑上去。娇弱的余若男手脚踢打着他，可就像一只小鸡被人捏着脖子只能无力地扑打着双翅。他如饿狼一般，撕扯着她的衣服，就要得逞之际，门外一道黑影闪进，提起他的衣领，加一个扫堂腿，他就重重摔在地上，刚要挣扎起来，一拳又招呼过来，脸上开了染缸，只能捂着脑袋在地上打滚。余若男像只受到惊吓的小猫蜷缩在角落，头发凌乱，衬衣撕破，周一扶起她往外走去。

他们没有直接回学校，而是来到了三江边上。她抱着他痛痛快快地哭了一顿，这哭声里有多少委屈，有多少伤心，周一自然能体会。也许这就是成长，就像眼前的三江水，碧波似翡，风清鱼欢，可谁能想到几刻钟前，江面狂风大作，摧杆折桅，如末日般凶险，唯愿风雨后守得云开月明。

幸好今天有惊无险，周一也少了份自责。原来今天学校有个诗歌朗诵会，他接到了邀请。他觉得机会难得，可以多学习多提高，就参加了。后来活动进行到一半，他觉得余若男一个人去实在不放心，于是中途请假离去。等他快到时，看见小孩在街上玩。小孩告诉他，爸爸和老师在谈事情让他出来玩，他觉得无聊就来到街上溜达了。周一觉得大事不妙，立马赶去，所幸及时赶到，救她于魔爪之下。

待她情绪平复，二人返回学校。在古城墙边看到一位老妇人仰躺在地，脸色惨白，气息微弱。周一见状，赶紧背起老人往附近医院跑去，经过一番抢救老人总算病情稳定，医生说幸好抢救及时，否则有性命之忧。余若男把一百元钱也替老人交了住院费，见她病情无碍，二人就匆匆往学校赶去。

二七　真相大白

　　周一坐在座位上写着诗文,上次的诗歌朗诵会虽然短暂,但还是给了他不少启发。有几位学长不仅朗诵时激情澎湃,更可贵的是他们还经常写诗发表,有两位已经接到了诗刊的约稿,周一觉得应该向他们看齐,平时经常涂涂写写也可以陶冶情操。今天早上天微亮就听到窗外泡桐树上的喜鹊在叽叽喳喳叫个不停,惹得他毫无睡意,梦境里的那些诗人总时不时出现,缥缈而又真切,写诗的灵感、冲动也就有了。虽说之前也断断续续写了不少诗歌,但投稿很少,更多的是孤芳自赏。他觉得很多时候要遵从自己的内心,写几首符合自己心境的诗,妙不可言。就像一场细雪后,人过留两行浅印,不能永续存留,却有永恒回忆。

　　诗兴阑珊之际,一阵疾步声打断了他的思绪。"周大才子,班主任让你去她办公室。"孙侯转达到了老师的旨意就先行离开了。

　　"你是不是惹什么事了? 我们班主任很少请学生去办公室。被请去的不是接受教育就是得处分。"宋诗旎同情地问道。

　　"是福不是祸,是祸躲不过,我不下地狱谁下地狱。这位女施主,请让让,以便贫僧上路。"

　　合上本子,周一起身悲壮地向"刑场"——办公室走去。

　　"一路走好……"

　　"您永远活在我们心中……"身后几位女同学俏皮的声音清晰可闻。

　　来到办公室,周一看到老师和几位陌生人在场。黄依依对其中一位看上去比较和善的中年男子说:"这位就是周一,是我们班的才子、学霸,品学兼优。"

　　中年男子起身过来和他握手,"小兄弟,感谢你啊! 你是我家的救命恩人! "说完拉他到身边的椅子坐下。男子见周一有点茫然不知所为何事,就向他解释。

　　原来,周一和余若男路上救的老妇人是这位中年男子的母亲。那天天气虽然不错,但她年纪大了,加上有心脏病,所以突然不适晕倒在地。那他又是怎么找到周一的呢? 当时并没有留下任何信息,做好事不留名是整个社会的风气。

黄依依的话解开了谜团："都是余若男这日记本提供了线索。那天你们走了后，本子掉在医院，不然茫茫人海寻无可寻。本子上记录了你们最近的一些事。"

中年男子在镇政府工作，是位副镇长，今天专程来看望和感谢周一。临走前再三叮嘱周一："今后有事或遇到困难一定要去找我。"

"也感谢贵校培养了这么优秀的学生。"老师们恭恭敬敬送走了副镇长，得到这句褒奖，老师们也都觉得无上光荣。黄依依把一个红包交给了周一，说是刚才这位副镇长要她转交的。

坐下后，黄依依打量着周一，看得他心里没底，不知道老师葫芦里卖的什么药。

"开始学越王勾践，会隐忍了。"黄老师边说边把日记本递给他，"上面清清楚楚记着你们最近的行为。这么藏着掖着，只为替别人着想，也是难为你了。"

翻开日记本，上面娟秀的字迹就像地里一垄一垄的菜，规规矩矩，整整齐齐。他随手翻了一页，上面写着：

何为幸运，不幸中往往蕴含着好运，相生相随。我常恨命运不公，有些人可以含着金钥匙出生，而我要在困苦中挣扎。也恨父亲的冷漠，只管让我寄钱回家，却对我挣钱方式不闻不问。可是我又何其幸运，遇上了周一，就像大哥哥一样保护我，宁愿自己受委屈。还有笑容可掬的老师、同学总是让人如沐春风。我很自责、惶恐，多想向大家坦承，可是又怕失去在同学们心中的美好形象，从此受尽白眼、嘲讽。希望上苍可以原谅我的过错……

余若男平时话不多，可也是一个心思细腻、内秀的女孩。生活总是有或多或少的不幸，让人早早成长，又何尝不是一种幸运呢！

"你就是太个人英雄主义，要相信老师、同学，我们都是坚强的后盾。一方有难，八方支援，我们要一条船一条心，和衷共济。你看你，之前饱受同学们的无端猜忌，选择了隐忍、沉默，当然从另一个侧面也说明你有担当，善解人意。但作为老师，更希望每位同学都能敞开心扉，就像小溪汇入大江大河才会奏出最美强音。"

"黄老师，一个落水的人自然期待赶紧上岸，可是如果一定要有另一个人替换下水,我宁愿水中之人还是我。我相信感化,是世界上最神奇的力量。"

"你这个年龄有担当,确实让人刮目相看,不愧是我教育出来的好学生。学校已经研究过,将对你的事迹广为宣传,弘扬正气,展现青春力量。祝贺你。"

"谢谢老师。那余若男可以不受处分吗?"

"当然不会,她其实也是上进的孩子,只是成长路上缺少阳光,相信她能逆风飞扬。学校已经考虑到她的特殊情况,将会减免部分学费,或许能给她雪中送炭。上次善款被盗,就算是她成长中的一段插曲,让它自然消融好了。"

等周一到班里,看见许多人围在讲台边。他也凑上前去,看见黑板上贴着一张《忏悔书》落款是余若男。《忏悔书》上写了上次捐款失窃事件的来龙去脉,恳望大家能原谅,给她改过机会,言辞诚恳,情真意切。她身边也围了好多人,拉着手和她聊天,高马大人最高,觉悟也高,把自己的学习摘要送给了她,美美与共,气氛融洽,看得出大家真心原谅了她。人生就像一棵树,向上向阳是主旋律,而旁逸斜出只是一段插曲。

黄老师转交的红包里有六百元钱。周一拿出五百还给唐生,只是他没有收,他知道周一班里发生的这些事,把钱捐给了余若男。因为老妇人病情很凶险,人虽已抢救过来,但还需在医院观察静养,周一约了余若男拿出二百元钱周末买了营养品又去探望了她,他觉得这样才算圆满。

二八　招兵买马

六月似火,岁月流金。

1997年对于国人来讲是值得铭记的历史性时刻。香港回归,百年屈辱,今朝雪耻,为了庆祝这一特殊而具非凡历史意义的事件,学校将举办庆祝香港回归大型文艺汇演活动。表演的形式不限,歌舞、相声、小品、舞台剧均可,表演分设集体和个人两个奖项,获一等奖的可以作为保送加分项。

近一段时间周一看了许多文史类书籍,知道了西安秦始皇兵马俑,了解了藏区高原气候,探索了热带雨林秘境,他走出大山小镇的想法更强烈了。

他知道这次的文艺汇演学校十分重视,宣传发动,舞台布置,嘉宾邀请,都经过精心策划。届时参赛的高手如云,歌舞类竞争最激烈,特别是高年级厉害的人物,两只手都数不过来,还有同班的柳叶舞等,也是星光璀璨。舞台剧倒是可以突破,在以往几次活动中都没怎么有人表演过,冷门的往往能爆发相当大的热量,当然这准备起来也是耗时耗精力。不过这次的大型庆祝活动,采用这种方式才能情景式展现祖国的强盛和华夏民族的不屈不挠。

可是剧本在哪?人员配置几何?这些问题还真困扰着他,饭不思,寝难安。"有梦想就要去实现。""要做就做最好。"以前老师的教导他始终铭记在心,当然也一直付诸于行。要想突出重围拿到一等奖,凭一己之力难以成功。唐僧西天取经还找了三个帮手,古话说一个好汉三个帮,诚不欺我。

"怎么又在想入非非?"宋诗旎边坐边擦汗,她刚刚从运动场打羽毛球回来,已是香汗淋漓,看他沉思调侃道,"在想天鹅还是嫦娥?"

"鹅鹅鹅,曲项向天歌,都向天歌了,当然是嫦娥呀。"

"看来你要飞天喽。"宋诗旎边翻书边应付。

"还是'骑鹅旅行记'靠谱。"见她又爱理不理,周一长吁短叹道,"我本将心向明月,奈何明月照沟渠。"

"照沟渠就对了,天鹅在水里游,这不,我们学校就有荷花池,你快去找找。"

"言归正传,我还真要去找,你愿意助一臂之力否?"

"那要看理由充分不。"

宋诗旎进教室之前,他就在盘算舞台剧,雏形基本形成,适合角色的人选之前还没半点眉目,眼前人正是现成的不二人选,"这次汇演,我想邀请你一起参加,不知意下如何?"

"哇,那我这不是要成大明星了!感谢周大导演。"宋诗旎放下书,双手胸前合十,激动地扑闪着双眼,只是这表情略显夸张。

"别逗了,我是正规的。"

"你逗我还少吗?好吧,愿闻其详。"

见她一本正经,周一和她交流了自己的想法。故事内容讲述的是1840年鸦片战争后，英国殖民者通过不平等条约侵占了香港。元朗郊区有一对夫妻育有两儿，以养殖鸭、鹅为生，生活安逸幸福。有一天两夫妻携孩子行走至桥边，迎面一队英国兵骑着高头大马，气势汹汹狂奔而来，把母亲和大儿子撞飞桥下。万幸的是二位落水后被冲至内地深圳一边，奇迹般活了下来，但是香港与深圳交界处洋人开始戒严，拉上电网设立检查站，母子已经回不去了。自此一家人在深港两地后代赓续血脉，互相之间从未放弃寻找，血脉浓情跨越几代人，今朝梦圆，题目也叫《回归》。

"整个故事线完整，也契合主题，只是这个题目值得商榷。"

"说说你的高见。"

"我不比你高，所以谈不上高见。你看啊，这故事讲述的一家人其实血脉亲情从未分离，一般而言回归适用于国体，而这里讲的是个体，另外国人重情讲团圆，用《团圆》为题，说明香港其实一直在中国的怀抱里成长，只是曾经走失，但是历经劫难情感一直在延续。"

"在理，我们通过一家普通民众的赤诚之心来浓缩见证国家的变化发展，能拉近距离唤起共鸣。"

"舞台剧主要特点采用'演唱+舞蹈+对白'的形式，也就是说演员扮演具体人物、当众表演和展示故事情节，这对演员的功底要求比较高，你人员都物色好了？"

"女一号就是你了，当仁不让，至于男一男二男三，先看看本班有无合适，没有就到别班招兵买马。"

"何必骑驴找驴，你们舞台剧算我一个。"声音干净、利落，像串珠被斩断绳子，玉珠击地的清脆声。来人正是班长秦泽猷，"不仅我加入，还给你们推荐一个人。"

"谁？"

"唐生，你看他气质、形象也符合港台气质，他对舞台的感觉也不错。听说他的梦想就是拥有一支乐队，像零点乐队一样万人崇拜，况且这次可以跨班组合。"

班长的提议，宋、周二人觉得可行。他们三人一合计，这事得趁热打铁，就马不停蹄去找唐生。

世上事就是那么巧,好比你瞌睡了有人递枕头,口渴了旁边就有泉眼。他们仨刚到门口,唐生出来撞了个正着。唐生听完来意欣然应允,便提议到荷花池边继续对故事进行打磨。"故事还是有点单调,尤其是情节不够曲折,最好能反转才更振聋发聩。不过台词情节还是要符合我们的特点,不然表现不出来,效果会大打折扣,可以在后面排练过程中逐步完善。现在摆在面前的是剧本和舞台布景有点棘手,我们可以说是一穷二白,两眼一抹黑。"唐生提醒道。

宋诗旎表示舞台剧本她可以找资料先学起来,至于需要几幕大家可以根据剧情发展再斟酌。而舞台布景和其他部分道具可以利用周末到青龙山附近去寻找。

二九　桃园结义

青龙山,明德市第一高山,林密草深,山势巍峨。其半山腰藏有一百年古刹,寺名清泉。寺内禅音袅袅,醍醐弥漫,礼佛香客络绎不绝。山脚良田稻飘香,果园桃李满枝,瓦舍相连,阡陌纵横。古有云,道观、古刹占尽天下独胜,果然不假,若说百年前,此处得天独厚,定是隐士、游侠上选之地。

四人午饭后结伴到此。走在队伍最前的是周一。只见得他,东张张,西望望,像个孙行者探通往西天之路,忽然蹦出一句:"一山一寺迎四客。"这是诗兴起了,其他三位等着后几句,他又闭口不言,看样子是要别人接下去。

"清泉作酒松为筷。"秦泽猷接得下句。

唐生背倚青龙山,回望山下,三江城尽在此君眼中,他飘来一句:"人在山中城在眼。"

"山抱古寺佛在心。"宋诗旎若有所思地朝清泉寺拜拜。

"谁来给诗加个标题?"周一提醒着。

"来者不善。"宋诗旎补上。

"你这一好好姑娘,词库中怎么净是些贬义词,"周一叹道,"你就算言不由衷也可以。"

"你不知道我们这次来的目的是什么？'打家劫舍'。这里的稻谷、果树给我们布置舞台是量身定做。"

"以前有土匪下山之说，现在我们把标题改为'强盗上山'。哈哈！"阵阵笑声惊起一群飞鸟。

"我们算是自娱自乐，四句诗押不上韵，平仄也没有，穷开心。"秦泽猷给大家激动的心降降温。

"班长，你看果园里的水蜜桃诱人得很，要不我来个猴子摘桃孝敬你？"果园旁边有一简易棚舍，应该是看守果园的人临时搭建避风雨，周一上去见久未有人开，估摸着外出了，所以向班长提议道。

班长也不是古板之人，虽然平时班级管理有点循规蹈矩，但今天在外，到哪座山唱哪首歌他还是明白的，"不管了，我们先斩后奏，你挑几个又大又红的给宋诗旎。"

"得令！看不出我们班长也懂得怜香惜玉。"

宋诗旎在和唐生挑选稻谷，株型粗壮的挑剪了好几把，到时候台上一摆放效果绝对棒。方才听得二人斗嘴，她提醒道："别贪多。"话音刚落，远处一老农提着扁担朝这边追打过来。唐生眼尖，赶紧提醒大家快逃。四人手中仅有的成果舍不得扔掉，带着就往江边跑去。

一路狂奔，加上炙热的阳光，四人已是大汗淋漓。岸边，草绿浪碧，空气中夹杂着潮湿，让人不由得深吸几口，抚平了些许焦躁。在家乡，宋诗旎每到夏季就会到水库里游泳，一为纳凉二为健身。今日觅得这一宝地，勾起了她下水亲近清凉的欲望，只是碍于这随行的三位男士多有不便。

"我们学校着力培养五心学生，你们的善心、用心、诚心、信心我都感受到了，只是恒心还无从知晓。"

"那你可想试试？"

见周一接话，宋诗旎就知道他已落入圈套。

"你们看那边山脚梅林茂盛，阳光下有疏梅弄影的意境，就像一幅水墨画。你们仨站成一排，望向那里看谁保持不动的时间最长。"

"那赢的人有何奖励呢?"又有人入坑。

"你们啊,天上的大雁没打下来就着急讨论怎么个吃法。"

"我们就怕到时到嘴的鸭子飞了。"三人异口同声道。

"听说你的人物画很传神,我胜出你就送我一幅你的自画像。"班长率先提出。

"我赢的话,你到时候给我画一幅我所喜欢的人画像。"唐生接着。

"我最简单,你给我当模特我自己画。"周一本想一马当先,结果被他们抢了先机。

成交。三人规规矩矩地站成一排,就像列兵望向远方。而后方,宋诗旎悄悄褪下衣物,潜入水中如鸭戏水、畅游。

三人听到身后击水声,知道刚才上了当。身后的仕女洗浴图可比眼前的万里江山图有看头。君子守承诺,既然前面打了赌,就不能贸然毁约,而且三人互相监督都不能偷看。

周一开口道:"二位仁兄,我最近在练头手倒立,我向你们展示下。"不等他们接话,好家伙,只见他手撑地脚顶天,脸正对着江面,倒立的影像中宋诗旎如同仙女在银河碧波里漂游。

"我最近看到一个词叫'回眸一笑百媚生',现在就演给你们看。"唐生步周一后尘。

班长默默地掏出一面镜子:"前面在桃林我这英俊的小脸蛋被树枝划了好几下。我看看伤得怎样,毁容了没。"他高举镜子,江面一览无余。古有三人行必有我师,今有三男比演技。

转眼间,宋诗旎已经着好装从芦苇荡钻出来。湿漉漉的秀发披在肩上,两腮挂着水珠,胜似出水芙蓉。

刚才宋诗旎从芦苇荡出来时惊起了数只野鸭飞向江面,他们敏锐地捕捉到了这一画面。舞台剧上刚好需要这一道具,效果会更逼真。毕竟是活物,只能等到正式演出前来抓。

城郊的几户农家已经炊烟袅袅,似乎在呼唤外出的人回家。唐生提议到江边的一家酒馆小聚,由他来做东。

"既然唐生请客，我们今天就大快朵颐，等会儿往贵里点。"周一不客气道。

四人落座，每人各点了两个菜，不多时，菜上齐。因为碍着学生身份，没有要酒，一人一碗茶，学着古代清雅人士以茶代酒。

茶过三巡，宋诗旎说："你们三位让我想起了书中的人物，刘关张，而且白天我们还真的去过桃园。"

"看来这是缘分，只不过我们是从那里逃出来的，我们也来个'桃园三结义'可好？"周一提议道。

"我们今天有四位，也可以叫义结金兰，只是谁当老大？"问完秦泽猷呷了口茶。

"古人以年龄长幼作为天然排位的办法，我们今人就不落俗套。你们看四个人四个姓四个朝代，何不按朝代分，按朝代的实力分，我姓唐，唐朝是中国历史上最强盛的时期之一，唐诗也是中国文化艺术的巅峰，所以我来当大哥。"唐生都开始拱手承让了。

"要你这么说，周实行分封制奠定中国版图雏形，统治时间八百多年，应该由我来当大哥。"周一提出异议。

"秦乃中国封建社会第一个统一的朝代，万里长城永不倒，我来当大哥最妥。"班长言之也有理。

"宋，文化艺术水准高，社会文明程度高，宋词文学新高度，看这三高，老大位置由我来最合适，而且我是唯一一女的，你们自当众星拱月。"既然你们都不谦虚，那我也来骄傲下，宋诗旎心里想着。

老大位置之争无果，大家觉得既然不是同年同月同日生，那也没必要同年同月同日死，要比谁活得最长最有意义。歃血为盟，喝酒摔碗，这些影视作品里的镜头虽没有再现，但是他们把自己的名字里各拿出一个字，以谐音组成了"一生由你"组合，他们希望这组合能威震江湖，尤其是接下来快要举行的庆回归活动。

三〇　排练合成

"一哒哒,二哒哒,三哒哒……"操场边上六班的几男几女在排练节目,其中一个正在给他们打节奏。

"东方之珠,我的爱人……"老槐树下,一位高年级男同学在引吭高歌,声情并茂的歌声似乎飘到香江畔。

随着活动的日期日益临近,同学们在紧张忙碌地排练着。"一生由你"组合的四位成员也在荷花池边排练起来。剧本的简稿宋诗旎已经完成,由分离、托孤、苦寻、团聚四幕组成。

第一幕

【地点】

郊区农宅

【人物】

父亲(周一)、母亲(宋诗旎)、少年一(唐生)、少年二(秦泽猷)、英兵数名、翻译官(孙侯等同学客串)。

【道具】

稻穗、篱笆、鸭、果枝

【情境】

父亲(望向绿油油的庄稼,喜上眉梢):孩子他妈,你看这长势今年收成肯定不错,温饱无虞了。(说完,做抚摸稻穗动作)

母亲(向身边的鸭子做了个撒粮动作):看,这几只鸭子多活泛,再过几天养肥了给俩娃补补。(说完望向父亲)

两少年从院外跑进来,少年一向母亲说今天的学习情况;少年二向父亲跑去帮忙除草。正在一家其乐融融之际,一队英兵气势汹汹闯进来。(叽里呱啦说着嘈杂的英语)

兵甲(凶巴巴):今年的地税可以交了。(翻译官趾高气扬翻译)

父亲:官爷,稻子还青,等庄稼收割了再交,宽限些时日。(祈求的眼神)

兵乙(走近,厉声嚷叫):今天不交,放火烧房。(翻译官狐假虎威传声)

母亲(义正词严):这土地是我们老祖宗留下的,千百年来我们就在这里耕耘生息,你们这些强盗还有没有人性?

兵头骑着马冲过来。(一位同学扮成马,戴着马头道具)

眼见形势不妙,少年一拦在母亲前面,结果两人都被撞落海里。

第二幕

场境一:

【地点】

深圳

【人物】

母亲、少年一、当地夫妇

【道具】

半块玉佩、板凳

【情境】

跌入海里的母子,被幸运之神垂怜,二人被海浪冲到了内地这边,大难不死,母亲受重伤。

二人(步履蹒跚)来到交界地带,发现已被铁丝网拦住无法回到香港去。

母亲(强忍泪水):夫啊,儿啊,你们在那头好吗?

几天后,母亲伤愈重,二人来到破庙。

母亲(勉强坐在凳上靠着墙):儿啊,妈深感大限已至,不能陪你长大了。(说着伸手深情地摸摸孩子的头)

少年一(跪地上泣不成声,情绪稍平复):妈你一定会好的。你说过还要带我和弟弟去香港最豪华的酒店吃大餐。

母亲(气息微弱地):儿啊,在那头还有你的亲人,你长大了要想办法去找,血脉骨肉不能分哪。这半块阴阳八卦玉佩你带好,还要传下去。(说完停止了呼吸)

母亲之前已经把他托付给了当地的一对农民夫妇。他们将他抚养成人。

场境二：

【地点】

元朗郊区

【人物】

父亲、少年二

【道具】

半块玉佩、竹椅

【情境】

骨肉分离,积郁成疾,父亲已到弥留之际。

父亲(躺在竹椅上,目光呆滞):这半块玉佩好生收着,希望你日后有机会能和你母亲、大哥团聚,为父先走了。

父亲没了,家散了,房子也被英兵烧得差不多了。

少年二(仰天长呼):天大地大,何处是我家?

齐诵:遥知兄弟在别处,街头流浪多一人。

第三幕

场境一：

【地点】

深圳

【人物】

少年一(唐生)、少年一儿子(第三代,周一饰)

【道具】

茶几、果品、家训字画、轿车

【情境】

一晃几十年过去,新中国已经成立,在内地的少年在一农家夫妇的悉心培养之下,读了大学,毕业后经过商场打拼,成为了一家著名企业的老总。

进入耄耋之年的他把孩子叫来:儿啊,这是祖传玉佩,这里面还有一部灾难深重的故事。(父亲把当年发生的事告诉了儿子)

儿子:父亲放心,我一定谨遵祖辈遗训,找到失散的血脉亲人。

一晃又多年过去,孙子也长大了继承了祖业。

场境二:
【地点】
香港贫民窟
【人物】少年二(秦泽猷)、少年二女儿(第三代,宋诗旎饰)
【道具】
稻秆、破椅、旧衣物、废船
【情境】

少年二家破流浪,由于处于英国人控制之下,无法读书,无法就业,吃不饱穿不暖,只能在码头干苦力勉强维生。后来在好心人的牵线下与贫女结为夫妻生了个女儿。

到了生命最后时光,他把女儿叫到身边:孩子,这是祖传下来的半块玉佩,另一半也不知在何处。日后有缘得见你到坟头告知一声。

全场诵起陆游诗《示儿》:

死去元知万事空,但悲不见九州同。

王师北定中原日,家祭无忘告乃翁。

(苍凉、悲远笼罩整个剧场)

第四幕

【地点】
香港豪华大酒店会议厅
【人物】
儿子(少年一儿子,周一饰)、女儿(少年二女儿,宋诗旎饰)、双方代表数人、

服务员

【道具】

欢迎横幅、高档酒杯、会议记录本

【背景】

中国大陆改革开放，社会气象更新，大地已是生机勃勃，经济已经跃居世界前列。儿子开拓进取，求真务实，已经是商界精英，香港回归前夕他代表公司到香港洽谈一笔业务。

【情境】

会议休憩期间，一位女服务生给他添茶水，不小心茶水洒在了他衣服上。

女儿(惊慌、踌躇)：先生对不起，让您受惊了。

(儿子刚要接话，香港方代表怒斥：怎么这么不小心，这是我们的贵客，要是签不成约立马把你开了。(说完低头哈腰向儿子赔笑着。)

儿子(彬彬有礼)：没关系，她也不是故意的。我有一个至亲在你们这里，当年因为种种原因失散了，如果没意外的话，年龄跟这位女士相仿。

香港代表(惊讶)：这还是第一次听您说起，如果有需要，我们可以帮忙寻找。

儿子：这次洽谈会结束，有时间的话是有这个打算。(说完掏出领口里的玉佩用手帕擦拭。)

服务生(神情激动，眼噙泪花)：您怎么有这半块玉佩？

儿子(神圣地端详着)：这是祖传的，里面包含着许多辛酸的故事。

服务生(颤抖着双手从怀中掏出半块玉佩)：我也有半块，你的是阴阳八卦的阳面，我的是阴面。

两块合一，严丝合缝，眼前人就是跨越千山万水要找的亲人，一时间二人相拥，喜极而泣。

旁人纷纷祝福、祝贺：这是双喜临门，香港就要回归，你们一家也团聚了。(掌声响起)

全场音乐渐起。

看了剧本，大家提了些自己的想法，宋诗旎做了部分修改。虽然整个故事跟之前周一想的有点出入，但故事更恢宏，有感染力，他还是比较赞同。排练也基本顺利,大家总归年轻,几遍下来台词也就记得八九不离十了。

周一对着唐生上看下看,"儿啊,快给老爸我打盆洗脚水来。"顿了顿左看右看道:"爸,快给我买瓶饮料。"

唐生回道:"啥情况,你错乱了!"

周一:"那你怎么一下变成我儿我父。"

唐生:"这是演戏,你入戏太深。"

这边在打闹,秦泽猷说道:"开头一部分讲一家人恩恩爱爱,从哪里看出来?我觉得可以适当改动下。"宋诗旎接道:"怎么改好,说说看。"

周一:"母亲说完走过去,应该深情地挽着父亲,才能体现出恩爱。"

唐生不怀好意地走近轻笑道:"那你是打算要宋诗旎搂着你喽,你那点心思月球人都知道了。"

宋诗旎:"要这么拼吗?到时候大庭广众下多难为情。"说完瞪了周一一眼。

秦泽猷:"香港人接受的是开放文化,所以挽着才更符合实际。"

周一高兴了,"谢班长,我请你吃火腿肠。"

周一暗自开心,哈哈,我算是公私兼顾。

"题目也可以改为《半块玉佩》,这是整个故事的主线,起到推波助澜的作用。"

大家也觉得有道理。

刚才有点沉默的唐生开口道:"舞台剧唱也挺重要的,刚才的剧本里这个元素太少了些,感觉舞台表现形式还是单调。我有个想法,你们看行不?"

"你先说说看。"

"我们在最后增加一个场景,二人相认不是在会议室,而是改在演唱会现场。洽谈会议结束后,香港方请他们观赏演唱会。因为香港的音像、演艺很发达,这也合情理。关键是我们四人乐器、声乐都拿得出手,说说唱唱跳跳氛围就起得来,而且整个剧本太压抑,这样先抑后扬会好点吧。"

"这样的话,我们四个人角色客串有点多,吃得消吗?"

"没问题,为了一等奖,豁出去了!"宋诗旎一锤定音。

青春无极限,咋整都大片。

三一 四星下凡

大街小巷已经挂起了国旗、香港紫荆花区旗。国人的心和六月的阳光一样炽热、沸腾。千年古城，就像上了岁数的老人，总是那么安详、平静，可是遇上了可喜之事又能唤起记忆焕发容颜。

还有一天，就到了普天同庆的日子。"万事俱备只欠东风"，对于周一他们来说，这东风就是上次青龙山之行看见的几只野鸭(野鸭受保护，只是他们并不知情)。这些野鸭，野性十足，鬼灵得很，白天要想捉住很难，想成事只有等到夜间行动。

女孩子夜间出行总是不方便，也不安全，宋诗旎想去但是大家不同意。唐生因为班里有其他事务抽不开身，只能秦泽猷和周一一同前去。

黑夜如同蒸笼罩着大地。今晚天色暗得出奇，一丝月光也没有，路上行人寥寥无几，似乎都早早睡去养精蓄锐，待到明天好好庆祝、释放。二人出发前还专门到小店里多买了两对电池备用。

虽说是盛夏，但江风挟着水汽，吹在身上还是有点阴冷。芦苇荡在风的邀请下狂欢般舞动，远处闪烁的渔火，像极了86版聊斋的开头篇。据说那部片子刚播出时还吓死过人，与今晚场景无异。

由于怕惊动野鸭，在靠近芦苇荡时，两人放慢、放轻脚步，悄悄摸入。电筒不能打开，否则它们会惊飞。到了芦苇荡内，二人停下脚步，保持静默，耳朵警惕地捕捉着周围动静，只要哪里有异响，摸黑抵近，以迅雷不及掩耳之势抓扑目标，这是他们的战术。

"沙沙沙，沙——"周一旁边不到十米处有声响传来，这应该就是今晚的猎物。周一碰碰秦泽猷，二人向声源移过去。大概抵近了，周一张开双手就扑抓下去。"不对，怎么感觉凉凉的。"周一正纳闷，秦泽猷打开电筒。不好，手上抓着一条大青蛇正朝他吐着芯子。周一赶紧把它甩到了旁边的石堆里，二人逃出了芦苇荡。

半小时过去了，二人仍旧惊魂未定。前面来时，呼呼的阴风，他就有不祥的预感，未想，还真灵验了。就这样回去吧，心有不甘，毕竟这次的演出评奖含金量很高，尤其是对于保送有分可加。不回去吧，怕又遇到什么危险的东西。秦泽猷倒是很淡定，不愧是见过大世面，"何去何从，你来定，我舍命陪君子。"这话很干脆，如锥子似乎可以把黑漆的夜空凿透。

有兄弟作陪，包赚不赔。他决定留下来完成任务，只是刚才的动静吓走了许多野鸭，二人只能重新回到芦苇荡深处等待机会。

天上的银河慢慢璀璨起来，光线也稍稍明亮了些，倒映在江波里，美轮美奂。这么美的景致，二人欣赏有点奢侈，这也消淡了前面的惊魂。时间如江水流逝，不知不觉间大半夜过去了，天似乎快亮了。正在迷糊间，"咕咕，嘎嘎"窸窸窣窣的声音传入耳中。这声音与之前的有点不同，短暂、零碎，先前蛇长长的身体发出的声音又长又拖。这应该是目标出现了，二人似乎打了强心剂，立马精神抖擞。据研究，突然的强光照射会对鸟造成暂时性的失明，为防万一出现上次的情况，这次两人战术配合，等电筒打开瞬间，周一第一时间扑抓。天遂人愿，也有可能是夜闯芦苇荡感动了老天，这次抓到了两只，一箭双雕。

秦泽猷拿出袋子正要把鸭子装进去，周一赶紧制止，这样会把它们闷死，到表演时就不是在养鸭，而是成卖烤鸭了。周一捡来两只破球鞋，用鞋带系住鸭脚，既能飞腾，也不会逃脱，舞台效果肯定不错。一番折腾，天也大亮了，周一让他先行回去，自己随后就来。

周一没有跟秦泽猷解释为什么等会儿再走，因为他也不能确定自己的举动是喜欢还是本性使然，抑或二者兼具。周一想起宋诗旎最近常说眼睛干涩，视线模糊，而书上讲吃蛇胆可以明目。昨晚那条蛇被他用力甩在石堆里，应该没有游走，他凭着记忆去找。

江水涨落，石头露出水面的地方青苔湿哒哒的，周一一不留神踩了上去，呱唧一声仰面朝天了。小腿肚被刀片石划开了一道口子，血成线般下流，他简单处理下继续找寻。就在失望之际，看见前面石缝里卡着一条蛇，已经气绝。他取下钥匙串上的小剪刀，对准部位划开，取出蛇胆，用桐树叶包叠好。

看看太阳早已越过树梢，演出马上就要开始了，他赶紧返回。前面被石片切划时，又麻又痛不觉得太疼，现在麻劲过了，只剩钻心痛感。没办法，演出要开始了，时间不等人，他只能一瘸一拐往回走去，虽说步履维艰，但是痛感稍减弱些，他就小跑前进,要是赶不上,那就是人生憾事,得不偿失了。

男:"紫气东来,祥光萦绕。"

女:"紫荆花开,香港回归。"

男:"一百多年前,香港你从祖国怀抱被生生夺走。"

女:"如今,国运昌盛,民丰物阜,祖国暖暖的怀抱欢迎你。"

合:"欢迎游子回家。"

……

主持人激情澎湃的声音已经从远处传来。领导讲话,嘉宾介绍,评委就座,经过一系列标准而又烦琐的程序,文艺演出正式开始。台边的宋诗旎他们仨着急呀,因为周一还没现身,前面八个节目即将结束,下一个就是他们的。

主持人报幕前到候场区问他们人员道具准备好了没有。宋诗旎只能摇摇头,希望能把节目往后挪。主持人表示台下有许多领导,而且这是大型演出一切只能按部就班,不然后面很难衔接,到时会出乱子,谁也兜不住。取消表演倒是可以,领导也不一定知道具体有哪些节目,只要台上看起来顺当,不冷场就行。宋诗旎几次望向大门都不见那个充满青春活力的身影,现在杀了他的心都有。平时做事那么靠谱的人,怎么会犯这么低级的错误。枉费之前慢慢累积的好感,排练这么久花了那么多心血,最终浪费了大家的情感。哪怕上台表演没有获得好名次,也比现在一腔热血付之东流要好。没办法,可惜归可惜,懊丧归懊丧,规则摆在那里也是事实。主持人只能上去解释说明:"各位来宾,不好意思,刚刚得知,因为有特殊……"主持人"的情况"三个字刚要蹦出口,瞟见候场区的宋诗旎举着纸板拼命在左右晃动,上面写着"人齐了"三个红体大字。心领神会,她马上改口:"的一批客人来到现场,他们将会带你们穿越百年前那段烽火岁月,让我们开启时光隧道,一起见证尘封的记忆……"

主持人在台上串讲,尽量给幕后的他们争取一点时间布置台景。多亏了主持人才思敏捷,临场应变做得滴水不漏,不然真要触霉头。大幕徐徐拉开,大家都被这逼真唯美的舞台深深吸引,一声未开,已经博得了满座喝彩。

一切按照剧本有条不紊地进行着,尤其是周一昨晚夜闯芦苇荡,战鸭斗蛇,已是疲惫至极,黑眼圈,肤色暗沉,演农民,活脱脱的本色出演。

现场气氛热烈,演到后两幕,周一反而适应了节奏,精神也抖擞起来,角色切换更加自如。

台下许多观众看得热泪盈眶,连陈管这么一个一天到晚嬉皮笑脸,没有正经样的人也被感动得稀里哗啦,"太感人了,三江水我的泪……"话还在嘴边就把头往身边的王梅身上埋。

"你一个大男人好意思吗,有本事去宰了这帮该死的英国佬。"王梅不含糊。

"杀人偿命,还是等我英语学好,骂他们祖宗十八代……"见王梅开口,陈管乖张变乖巧。

第四幕,故事的高潮,剧的核心,也是最考验和展示他们演技与才艺的时刻。大幕再次拉开,一套别具一格的乐器让大家忍俊不禁。这套乐器组合可谓是全球限量版——只此一套,走过路过千万别错过。水桶、铝脸盆,上面印着"三江师范96709",这编号是周一的学号,学校统一配发的,现在有了新的身份,人称"架子鼓"。镲、钹由瓢羹、铁碗这些吃饭的家伙担当,好比叫花子进城有了新的身份。四个人戴着的黑眼镜,由铁丝框和胶片拼接而成,看着也是酷酷的港台范。《光辉岁月》《红日》《爱拼才会赢》粤语也很溜。班里四十几位同学手持电筒把光投射到舞台上,忽明忽暗,呈现的效果就像舞池里跳迪斯科时球形镭射灯发出的一样,不差分毫,甚至更梦幻,更符合这舞台剧的意境。

等他们谢幕,全场的掌声似乎真能把天花板震下。唯一没算到的竟是那只鸭子,不知是被热烈的气氛感染,还是不甘当平庸的配角,受了刺激也要飞黄腾达,它突然向评委席扑飞过去,结果刚越过头顶,一只系着的鞋子松开掉到了其中一个光头评委头上,好像秦始皇戴的冕旒。那评委愤怒、扭曲的脸,就像拐个弯撞到挑着大粪的人,嗯——擒屎皇是也。这个评委也不知是聪明绝顶,还是搞艺术要标新立异,反正光头锃亮如灯泡。听介绍是音乐学院最权威的教授。幸好,幸好,这打分是除去最高分和最低分,再取平均值,97.71,刚好一九九七年七月一日,很吉祥应景,也是全场最高。

这鸭子长得不肥胆儿肥,强行加戏,也不飞走。它直接落到学姐那里,开始啄她的爆米花。台上消停了，台下炸锅了。

周一收拾好道具，上前跟宋诗旎打招呼，可是她两眼瞪瞪他，也不说话，看来还是在生他差点误场的气。

周一只能强行拦下她，又耐心地向她解释之前发生的事情，说着把那颗蛇胆递给她。宋诗旎望望他，心里也明白，也不能完全怪他，毕竟人家也是一片好心。只是凡事有个轻重缓急，总不能耽误正事。其实她不知道的是，在他心里，她就是正事。

她多少还是有恻隐之心的，因为前面主持人刚上去，周一就到了。该怎么提示主持人呢？周一看见旁边有块纸板，却找不到笔，急中生智，他咬破了手指写上了前面看到的三个鲜红大字，为了这出戏，为了保送名额，他真下血本。

这次演出活动，他们组合得了一等奖，四颗校园明星冉冉升起，也许他们就是入学时的四颗流星。柳叶舞最可惜，不知什么原因她今天没到现场。她指导过的同学得了一等奖，要是她来冠军非她莫属。

生活就是这样，有苦有甜，你不一定会成为明星，但只要付出努力就会铭心。

三二　入学生会

暑假一过，新的学年如期而至。同学未变，老师未变，校园未变，一切未变，一切又似乎都变了。有人调侃三年前后的变化：刚入校的中师一年级土里土气，穿着朴素，满脸稚气；中师二年级秀里秀气，特别是女同学会打扮了，"土"变成了"涂"；中师三年级流里流气，男同学发型流行三七、四六、中分又称汉奸头，只要风度不要温度。对于周一而言，依然是《涛声依旧》，歌词就是为他量身打造。中师二年级可以竞选学生会干部，这也是他的目标，理由还是那么简单，在相同条件下学生会干部可以优先考虑保送名额。另外入选学生会，接触的人多了，对于自己也是一种能力的提升。

招贤纳士的海报已经张贴在林荫道旁的宣传栏。竞选内容为演讲和才艺展示，职位大大小小也有十几个。他们私下一般把学生会主席、副主席称为大。这两个职位一般由高年级的学长学姐担任，套用一句话，毕竟他们走过的桥比你走过的路还长，能力是首要。其他诸如宣传部长、文娱部长、体育部长……主要根据个人特长来选拔。

像"一生由你"组合中四人竞选个部长还是有机会的。只是唐生潇洒惯了，不想被俗事、案牍缠身，所以他没想法也就没报名。其他三人倒是不出意料都报了名。经过初选，淘汰了一部分，剩下的都是有两把刷子的，三人也无惊无险通过了初选。

这次竞选活动相较以前还是有变化，在演讲和才艺展示环节结束后有一个现场投票环节。基本规则是，所有选手展示结束站成一排，每人前面放置着职位盒子，现场观众手上的意向票，放到自己认可的候选人盒子里，最后统计各个职位票数最高者担任。

因为大家都会精心准备，所以现场一定会火花四溅，另外平时的知名度和场外的拉票也必不可少。赛场如战场，兵马未动粮草先行，场下的较量已经打响。

《茶花女》是法国作家小仲马的代表作，故事讲的是一百多年前的巴黎上流社会一位交际花的凄婉爱情故事。周一对于这部作品早有耳闻，他也是昨日方借到一阅。茶花女的命运牵动着周一的心，眼前的荷花池里已是肃杀后的萧瑟。他触景生情："残荷衰叶风里殇，一池心声诉与谁？"

"你也好雅兴，一个人到这里修身养性。怎么还没动起来？"说话者是吴凯。手里抓着葱油饼正往嘴里塞，因为嘴大，又好说大话，故得外号"吴大嘴"。他见周一在荷花池边看书，便过来和他闲聊。

"前面就动过了，投了一百个篮，还练了散打基本动作，要不要切磋切磋？"

"我说的不是这个动……"吴大嘴咽下口中的食物，刚才的接话差点被噎住，"你要竞选学生会干部，赶紧去拉拉票，别人都在活动。"

"拉倒吧。拉什么票，我靠实力，不靠实惠。"

"我可以帮你拉票，为朋友我两肋插刀。"

"到时候我又请你吃饭？这招上学期你使过。"

"这次不一样，竞选校干部，我们兄弟阋于墙，但枪口一致对外。"

"这买卖,你不亏?"

"不会,我请吃饭,你付钱就好。"

"那还不是一样。"

"当然不一样,你看,我请你吃饭属诚意邀请,你付钱礼尚往来,一件事两个人都做了好人,一举两得,各取所需,不是皆大欢喜?"

"就你这大嘴会叭叭叭,赶紧到其他地方去兜售你的致富经。"见周一要使出散打绝招"腾空踹腿",吴凯赶紧逃到池对面。

被这小子耽误了好多黄金时间,刚看到哪了? 正烦着又听得有人在后面叫:"这位同学,打扰一下。你们年级的周一认识吗?"这声音硬如石,糙似砖。

抬头看见两位高年级男同学站立眼前,说话的那位个子稍高,长得不丑,但也只是勉强算得上没有影响市容,三角眼浑浊,就像校旁纳污的臭水沟。

"认识,但不熟,"周一隐真示假,"找他有事?"

"听说他实力很强,也竞选学生会干部,我们来了解他的特长,或者有什么兴趣爱好,知己知彼百战不殆。"

来者不善,善者不来,既然不认识本尊,那就耍耍他们,"你们看,对面那个人就是你们要找的人。"周一指指对面刚要离开的吴凯指鹿为马。

"这家伙,大腹便便,像个弥勒佛,有大家传得那么厉害吗? 看他上个台阶都吃力,台上还能整出绝活?"

"兄弟,你现在可放心了,对手也是浪得虚名。不过拉票还是要继续。"另一位同学提醒道。

高个拿出五元钱给周一,让他在竞选时投票给自己。天上掉不了馅饼,地上倒白捡了钱。要是天天有竞选活动,白拿白吃也挺好的。

竞选那天,人头攒动,黑压压的把舞台围得水泄不通,很多选手都拿出了自己的绝活和终极武器。演讲环节只是开胃小菜,才艺表演才是看点。有些先天身体条件好的,又唱又跳,充分挖掘自身资源;先天不行后天补,后天学会的技艺,琴棋书画,全景展示也能博得满堂彩。

早就预料到竞争会激烈,所以周一为本次的才艺展示做了些功课。他向学校教书法的周老师请教现场书法表演技巧,那段时间方寸书法室成为他闭关修炼的好去处。这老师不抽不喝，不麻不牌，也无其他不良嗜好。一年四季他就穿一件褪了色的中山装，但是身上闻不到怪味，不知怎么做到的。无论春夏秋冬、风霜雪雨，他花白板寸头上都戴一顶鸭舌帽，也不知起什么作用。据说他艺术造诣很高，经他指点的弟子获过很多大奖，只是脾气有点古怪，一般不轻易收徒弟，要是被选上只能说是有缘。原来有个学生平时也不见得一笔字有多好，只是看见周老师打了一段太极就被收为关门弟子，后来连获沙孟海、兰亭书法赛大奖。大师看人眼光就是不一样，独具慧眼。周一也不知道他为什么肯指点自己。第一次去见他，书法室无人，看见讲台上的盆景有些枯枝，周一根据在农村耳濡目染的生活经验，对它适当地修剪一番，还从江边堤岸上采了些青苔铺在根部，显得生机勃勃。第二次去，老师就倾囊相授。为了让周一习得精髓，周老师破天荒带他喝本镇产的五加皮，微醺下体会飘飘摇摇，乾坤倒置，以神写形，以意带气，方能字有形，意无边。又到江边划独木舟，以桨为笔江作墨，恣意纵横之下翻滚浪纹如书如字。

怪师出奇徒，只见现场灯光照射在周一身上，那模样身形就如周星驰版《唐伯虎点秋香》里的唐寅。两张长宣似水袖飘展而开，短宣搁在两顶端，随后他从身上抽出一支笔，笔落惊风雨，联成泣鬼神，正可形容当时的情形。横批用篆书写，上联行书，下联隶书，以三种不同字体呈现。篆书厚敛古茂、绚熳多姿；隶书遒劲方拙，蚕头雁尾；行书行云流水，仙袂飘逸。观众被他的技艺深深折服。

不出意料，投票环节他票数最高。他自己的意向是竞选学习部部长，但是大家都投他学生会主席人选。最后竞选委根据惯例及综合其他因素任命他为学生会副主席，主席一职还是由高年级学生担任。宋诗旎不出意料竞选宣传部长成功，秦泽猷本想竞选学生会副主席，不过大家投他学习部长票数最高，也就顺理成章担任此职位。

三三　生为师媒

学生会干部竞选，这次967班可以说是大获全胜，三人出马，均如愿以偿。原先一个班平均有一位学生会干部,当然也会有颗粒无收的。所以这次算是超额完成任务,说明班里学生能力得到了锻炼提升。

这次的结果黄依依也十分高兴,虽然她初为人师,但是和孩子们交交心,无距离感,化刚为柔,自然水到渠成。

"告诉大家一个秘密……"孙侯耐不住寂寞,又在那里蛊惑人心。

"有话快说,有屁快放,别卖什么关子。"王梅最见不得他一副欠揍的模样。

孙侯把大家招呼过来,见被大家围在圈里,悄声说:"我们班主任谈恋爱了……"这是好事,搞什么神秘,大家激动地叫他赶紧说说具体情况,"具体我也不知道,但是我看到过两个不同男人给她送花。"

"什么情况,三角恋,琼瑶小说现实版?"王晓雅惊得捂住了自己的嘴。

"什么跟什么,我们班主任多么单纯的一孩子,肯定是太优秀招引来了太多的蜂蝶。"

"我更正一下,是吸引,不是招引,别乱用词破坏小黄老师在我心中神圣的形象。"刘一道补充道。

"大家都别瞎猜,其中一个男的我知道,是963班的班主任杨柳青老师。我觉得他们挺般配的,'杨柳依依'多好听。"周一接上话,平时他不屑凑热闹,总觉得聒噪,跟村头围一起说长道短的大姑大婶无异。

大家像农村夜里放的田水一般,又向周一围漫过来。"我已知无不言言无不尽,关于小黄老师的终身大事,我也只知道这些。"

"还有一个好像是校外人士,我记得几周前,看到过小黄老师在校门口被人骑摩托接走。"王利军若有所思。

"我们可以到963班去打探情报。小黄老师的幸福就掌握在我们手中。"

"说我什么坏话呢?"黄老师推门而入,大家见状,呼啦一声都飞到了自己的位子上。看大家神秘地笑,黄老师问:"看你们一脸坏笑准没啥好事。"

"小柔,你来说,为师平时待你可不薄。"

"师傅啊,冤啊,徒儿没有参与啊。三江水的清啊,就是我清白的清啊。"贾小柔自然不会走漏风声。

"徒儿啊,好啊,为师看走眼了。三江水多深啊,你伤我心就有多深啊。"这一对"啊——啊——"师徒让课堂愉悦了不少。一堂课结束,大家又回到之前的态势:要探到有价值的情报,还得旁敲侧击。

陈管管来劲了,"我们还是按前面说的到963班去打探,不入虎穴焉得虎子。"几个"媒公媒婆"就真去了。

看见963班几个同学在教室里,陈管和周一他们说明了来意,只见其中一个说:"你们这帮迎亲队伍真不赖。可惜,我们班主任没有机会喽。"又一阵叹息声。

从他们口中得知,杨老师遇到了竞争对手。对方是个富二代,而他们班主任只是一介书生,自然没有吸引力和实力。为此,杨老师还消沉了好一段时间,一天到晚愁云惨淡,难觅一笑。问世间情为何物,直教人生死相许,至理名言。

说来也巧,刚好有位同学进来说捡到了一只BP机,大家看了里面保存的信息,失主恰好是黄依依。大家翻开了里面保存的信息,记载了她和校外追求者的对话,大意是邀请黄依依本周末去镇上一家新开的茶室喝茶聊天,小黄老师婉拒不成只好勉为其难答应。其实黄依依本就不是贪财恋势之人,只是经人介绍怕驳了面子。"山重水复疑无路,柳暗花明又一村。"看来杨老师还有机会,大家也未免以小人之心度君子之腹,黄老师在大家心中依然完美无缺。同学们想为两位老师牵线搭桥,只是成年人的世界,他们又怎知其中的深浅呢?

古镇的周末,因周边村镇的乡民会来镇集市上交易、采购,人来人往古街变得热闹非凡。学子们也会利用这个时间段逛逛集市,挑挑自己喜爱的小物品。周一和秦泽猷就是其中的常客。集市上有农民卖松管糖,选用优质糯米浸透柴火焖熟,在石臼中趁热捣匀,做成条状,晒干,刨切片状,入锅油炸,拌以芝麻和红薯糖浆即成,酥脆香甜,吃起来有家乡亲切、温暖的记忆。秦泽猷喜欢这里的盆栽,都是当地农民从山上挖来的老根老干,种植在瓦罐里,显得古朴,也有种返璞归真的感觉。买几盆摆在教室里绿意盎然,增添了些许生机。二人也不完全是逛街购物,也有买卖。学校劳技课上,将易拉罐、塑料瓶、竹青篾,制作成工艺品,美观也实用,不需要他们怎么吆喝就基本上抢购一空,所得款项作为班委费,有时他们留一部分接济余若男。今天就早早清仓,他们也有时间可以多逛逛。

"班长,你看那一对青年男女。"

"有啥好看,勾肩搭背,搂搂抱抱,一看就是不良青年,不感兴趣。"

"那男的就是追小黄老师的校外青年。"

班长听这么说,也睁大眼睛细瞧一番,"还真是,这也太不是东西了。一边追我们如花似玉的班主任,一边在外沾花惹草。"

"就是,吃着碗里的,看着锅里的,我们要治治他。"

二人想起上次看到的短信留言,今天就是这厮约小黄老师喝茶的日子。机会难得,让小黄老师知道这人的真面目——披着羊皮的狼。二人跟上目标,距离不远不近,刚好能听到他们的对话。男青年好像让女孩自己逛下回去,他有业务要谈。这谎编得面不红心不跳,一看就是个情场老手、惯犯。

男青年骑上摩托车向那家茶室而去。因为街上熙熙攘攘,交通有点堵塞,骑车倒不如走路来得快些。

如竞走运动员般扭闪过几条街,周一居然更先到达茶室。看见门口有人在卖花,周一把它全包了。他猜这青年一定会买花献殷勤,因为电视里都是这么演的。他打算把花扔到垃圾箱去,看见一只黄蜂在路边丝瓜花上摆尾粘粉,想起上次在琴房差点被蜇的事。有了,周一想到一个好主意,他把蜂藏进了花中,等一下那青年献花时,蜂飞出来蜇到人,哪怕误伤到小黄老师,也会怪罪到献花人身上,那他的阴谋也就无法得逞。

果不其然,男青年骑出人群,停好摩托,径直过来买花。

而原先和他一起的女孩还在逛街,兵分两路,秦泽猷上前对她说:"看这位姑娘,桃红满面,只可惜桃花一簇开无主。"

"何出此言,我们认识吗?"

"你认识这个吧。"秦泽猷向她晃晃刚前面那男青年丢的玉戒指。

"这是我男朋友的,怎么会在你那里?"

"还男朋友,快变前男友了。"

见她将信将疑,便带她去见证。这女孩家里条件其实也不错,脾气也不小,眼里哪揉得下沙子。

噔噔噔,拍门而进,眼前一幕让她怒火中烧,冲过去质问:"好你个脚踏两只船的东西!"说着就要甩耳光过去。

男青年赶紧把那束花转递过去,刚巧黄蜂钻出来狠狠蜇了女孩一下,她惊呼道："呀，痛死我了！"女孩摔门而去，男青年赶紧跟去。周一、秦泽猷的出现，就像救星帮老师化解一场尴尬。

老师的校外危机解除了，周一、秦泽猷被大家捧上了天。同学们希望能继续促成两位老师的百年之好。

"船上人不出力，我们岸上人喊破喉咙也没用啊。"周一说得也在理。

"嗯，对。皇上不急太监急。"

"你这比喻怎么听着这么别扭啊！"宋诗旎不满孙侯刚才的话。

黄依依年轻漂亮，教育教学、为人处世都有口皆碑，杨老师文质彬彬，举手投足间皆有学者风范，如果两人结合犹如神仙眷侣，必是一段佳话。虽说两人工作中也有交集，但直抒胸臆、互表慕意似乎还有一段距离。常言道：郎有情，妾有意，两相依，两人也能感知对方的情愫，却是谁也不主动。

"两天后是小黄老师生日，我们做个局邀请杨老师也来参加，大家想想能不能做些文章。"周一提醒大家。

一石激起千层浪，大家也都打开了话匣。

浪漫派王晓雅："生日那天让杨老师单膝跪地献上玫瑰花，最后奉上8克拉大钻，那画面想想都激动。"大家觉得不妥，这是电视剧场景，一个人民穷教师哪有这些奢侈品；第二这只是制造他们在一起的机会，又不是求婚，这也发展太快了吧，有点"朝辞白帝彩云间，千里江陵一日还"的虚幻。

小说派刘一道："大家把气氛搞起来，越热烈越好，待到夜黑风高，再让杨老师送小黄老师回去。半道上安排两位男同学戴上鬼面具跳出来，黄老师一定会吓得扑到杨老师怀里，这样就能点燃他们爱的火花，照亮前行的路。"小说入迷的刘同学侃侃而谈，大家却觉得像天方夜谭。

艺术派柳叶舞："杨老师歌声很美，而且乐器也拿手，让他展示才艺说不定能打动芳心。"刚说完，陈管几个暗恋她的人拍掌叫好，叫的不是法子好，而是出法子的人，也就是爱屋及乌。

陆陆续续，前前后后，说了很多牵线法子，觉得都不完美，但又想不出更好的，大家只好看情况见机行事。

那天晚上，两个班的热心同学事先布置好了场面，杨老师也如期赴约。他西装革履,扎着领带,如同参加政要会,有点像领导要发表讲话的架势。同学们怂恿杨老师主动去套近乎,可他像个害羞的姑娘干坐着。周一见要冷场,悄悄让大伙提前离开,单独留下两位老师,这样两人更能打开心扉。同学们刚要溜,小黄老师叫了几个女同学留下,师命难违只能照办。

刘一道刚要走回去,周一上前拉住,要启动第二套方案,"扮鬼促成双",这是他们制定的行动代号。

第二天,班长问大伙进展怎样。"别提了,杨老师太木讷了。你们离开后也没聊什么实质性的,倒是仗着自己是化学老师,只顾着跟我们班主任聊一些蛋糕的制作流程、化学分子式、营养成分。"宋诗旎摇摇头,轻叹道。

"不是说,他之前还送花给我们班主任了吗?"

"曲解了,后来了解到,是学校购了一批花送给女老师。让杨老师送,是为了给他创造机会,可惜他没利用好。"

"我更惨,差点见不到今天的太阳。"刘一道从门外进来,脸上贴着花三毛钱买来的创可贴。

"你来得正好,快说说第二方案。"周一急切想知道昨晚分开后的事。

刘一道声泪俱下,一个字惨,两个字很惨,三个字相当惨。

昨晚分开后,本来是他、孙侯和陈管一起行动,只是孙侯临时有事没有参加。他和陈管躲在老师必经的道上,戴上事先准备好的面具,等两位老师快到时,跳出来吓他们。没料到,小黄老师袖子一撸,二话不说,上来就把他们二人一顿暴揍。没想到语文老师成了哲学老师——无神论者,一点不害怕。幸好我们及时发声才保全一条小命。听得大家哈哈哈大笑。

三四　实习安排

光阴于人生而言,无法丈量短与长,恍恍惚惚中品尝了酸甜苦辣,懵懵懂懂间品味了爱恨离愁。成长,才算人生的长,哪怕一生的时间很短暂。

三年读书时光,转瞬即逝,不过是一片树叶从梢到根飘落的区间。学习的脚步已经到了最后一个学期,按照惯例,该学期入学前先要到自己县里的学校进行为期一个月的实习。三江师范有一所附属小学,也可以实习,不限定籍贯,自主报名就可以,由学校最后调剂。

　　永安县教育局安排了两所学校来对接本届实习的学生。周一、宋诗旎、秦泽猷再加上其他几个班一共八位四男四女选择在翠山完小实习,还有一部分学生在临水中心小学实习。周一考虑的是可以离家更近些,有时间可以骑车回家,田间地头可以搭把手,因为最近母亲的身体,让他常挂心头。宋诗旎生在县城,长在农村,骨子里对农村天然亲近,直到读小学才回到父母身边,童年快乐记忆也都是留在农村。秦泽猷的爷爷当年在这一带当过书记,仕途也是从这里起步,后来调到县城机关工作。退休后,常念叨当年和老乡一起战天斗地的生活,还常带上秦泽猷到此转转,和老乡拉拉家常,听听民声。这儿淳朴厚实的民风,让人难忘怀。

　　实习报到那天,等周一赶到,其他七位同学都早早到了,连离此一百多公里外,乘船加坐班车共计花四小时的5班一位同学也比他早到一步。学校规模很小,三个“一”组成:一幢两层教学楼、一栋师生宿舍、一间食堂,建筑物呈弧状摆开,如张开的怀抱,前方就是半亩操场。

　　校长姓许,很是年轻。在当地有许多学校的校长年纪都偏大,而且还是民办转公办身份。这位校长其实也是他们的学长,大五届。他一毕业就分配到这所学校,刚来时学校就他一位年轻的教师,年长的教师年纪基本接近退休。几年后,老教师们悉数到龄,年轻的教师一拨一拨分来,经过大换血,学校已是年轻教师的天下。当初,因为年长教师多,空缺少,偶尔分个年轻教师来,没有共同话题,找不到归属感自然留不住。没有新鲜血液,学校教学质量滑坡,名声也差,优质生源流失,学校发展陷入了恶性循环。倒是周边其它几所学校师资配置老中青代序衔接,梯度分明。如今,翠山完小一步到位,许校长已是元老级别。由于工作务实勤勉,也善于人际沟通,成为一校之长,而且是全县最年轻的两位校长之一。学校教学有特色,知名度也越来越高,一扫几年前的颓势,所以教育局安排来此实习,也是有意为之。

　　小学校本来房间就紧张,所以只能安排两人一个房间。周一和秦泽猷一间,宋诗旎和2班的女同学童芯一间。床铺也简陋,就是和学生一样的上下铺,刚好也习惯,毕竟师范学校也是如此配置。

因为是开学第一餐,所以晚上学校安排会餐。十二位老师加八位实习生,刚好两桌。炊事员是当地村里的一位大婶,平时在学校里给大家蒸饭,菜主要是老师学生自带,一般不用准备。过了饭点,她可以回家做些农活,工资也就是象征性发点。剩菜剩饭她可以带回家,每年有好几头猪可以宰了卖钱。

女教师和几个实习女生一起帮忙洗菜、烧菜,不多时两桌菜就上齐了。都是年轻人,也没什么代沟,没怎么客套,气氛就活跃起来。一般吃饭不谈工作,谈工作不吃饭,大家熟络了也就不拘泥形式。许校长说了一番感慨话,离开校园已久,希望在座的学弟学妹能带来些新东西,尤其是教学理念。教导主任把实习对应班级安排说明了一下。宋诗旎和周一同组,秦泽猷和童芯一组,其他几组也是一男一女搭配,看来真是应了一句话:男女搭配干活不累。本来按要求,本次实习分两个阶段,前两周跟指导师傅学习也叫见习阶段,后两周上台讲课,由师傅问症把关。由于有两位教师做产在家,学校教师紧缺,所以直接跨入第二阶段。领导们希望实习生放开手脚,开拓创新,为下半年走上讲台夯实基础,生活上教学上有什么困难都可以提。这么融洽的氛围,实习生们感动啊,特别是5班的一位同学一激动喝了两杯老白干,会餐没结束,他已经吐得天昏地暗。

些许是赶路累了,散席后,大家简单洗漱安顿一番,就伴随着漆漆山村一同沉沉入睡了。

三五 杂而未乱

学校教学生活是忙碌的,也是充实的。天刚放亮,一阵急促的铃铛声摇醒了校园,出操、早读拉开了一天的序章。实习生们合着节拍,上紧了发条一般投入到准教师行列。实习不是演习,也要学着备课、上课、批改、辅导等流程环节,度过了刚开始几天的疲于应付,大家也都适应了节奏,总体来说杂而不乱。

早上，周一组的指导师傅吴老师去县城开会，临行前对他说班里有个学生没来上学，需要两人去家访了解情况。周一看见宋诗旎在办公室，把吴老师的意思告诉她，想讨论下家访的事宜，毕竟这是头一遭，需要考虑细全。

　　"事不宜迟，现在就去吧，我们刚好都没课。"

　　"我看了学生信息，这位学生叫张晓刚，就住在学校所在村。"

　　二人穿过小径，一路上转弯抹角，问询了当地老乡，终于到了目的地。远远就看见这位学生在门口玩耍。等他们走近，一位老人家从屋内出来，小刚同学叫了声奶奶，转身看见老师来了赶紧躲到家里去。二人向他奶奶说明了来意，他奶奶叹了叹气，"这孩子玩心重，不爱学习，今天就是想落学，说死也不顶用，打又下不了手。"

　　"奶奶，您别急，我们也是来了解情况的。"宋诗旎牵着老奶奶的手继续和她攀谈。周一转了转房前屋后，家也是挺简陋，窗户上连块玻璃都没有，用尿素袋里面的薄膜蒙盖着，作为遮风和采光。厨房里有口大水缸，齐胸高，两人抱，一看就知道这是以前大户人家用具。只是缸里没多少水，旁边还有一副担水桶，洒落的水渍还很清晰，可想而知一个老人挑着水桶蹒跚的身影，周一心里也沉重起来。

　　这边，宋诗旎和老奶奶两人聊得很亲切，看得出来，这位老人许久没有如此开心过了，似乎把宋诗旎当孙女了。从聊天中得知，这一家也是多灾多难。她的老伴大前年脑溢血离开人世，唯一的儿子前年在山上砍树时被倒下的树压亡，儿媳去年外出打工至今未回，只留下祖孙二人相依为命，真是福无双至，祸不单行。

　　屋内张晓刚同学在摆弄自己的玩具——木匠师傅做家具锯割下来的边角料木块。墙上的年画还剩半张，"农业学大寨"几个字还算清晰。空气中的霉腐气味直冲鼻腔。宋诗旎也进来和小刚聊起来："今天怎么不去上学？大家都盼你去。"

　　"其实我也想去，只是早上看到奶奶摔倒了，崴到脚，她一个人在家我不放心。"

　　怎么也没想到，张晓刚同学并不是贪玩而落学。宋诗旎一时不知怎么接话，望着眼前瘦弱的孩子，从小就要担负比年龄还要大的责任，眼圈似乎有点红湿。

　　"如果真为奶奶好，就要听奶奶的话去读书。"周一进来接上话。知识能改变命运，这也是治愈贫穷最好的良方。但是跟这个年纪的孩子探讨这些，太过沉重，同学余若男的影子在眼前忽现，相信时间能给出最好的答案。

说话间，老奶奶进屋来，靠着墙慢慢挪到凳子上对着孙子说道："侬戳(看)这两位老师多好，专程来劝你。快去读书，家里不用管，虽说奶奶年纪大了，但是这把老骨头还是能撑几年。"说着咳嗽起来。

"您快别这么说，您老硬朗着，可以长命百岁。"宋诗旎过去宽慰老人。

"这小姑娘真会说话，我看你们俩挺般配的，长命百岁不敢想，能看到你们喜结良缘就心满意足喽。"

老奶奶一番话，说得周一心里乐滋滋的，他看了一眼宋诗旎，她也正看向自己。宋诗旎连忙低头对老奶奶说："您见笑了，我们还是学生，毕业以后的事早着呢。"

"老婆子是年纪大了，但是心里澄明得很。你们女慈男善，日明月清，我不会看走眼。"

从老奶奶家出来，路上没怎么碰到行人，张晓刚同学答应明天来上学，悬着的心终于放下了。二人沿着田埂往学校走去，一路上兰铃已开出蓝色小花，让两人压抑的情绪得到了缓解。

"你……"俩人几乎同时开口。

"你先说……"又是几乎同时。相视一笑，继续往前走去。轻柔的阳光投射到路边的水沟里，光线又反射到两人的脸颊，红扑扑似乎映出了两人的心思。喜欢一个人，却羞于表达，总要靠对方自带磁场感应。

"你再给我讲讲东汉历史……"二人刚进校门，就看见童芯正缠着秦泽猷。宋诗旎当然明白个中意味。两人睡前也会经常聊些少男少女话题，特别是童芯还保持着童心，心里有啥嘴上说啥，有时心里刚有念头，嘴上就溜出来了。她喜欢秦泽猷，喜欢他的文质彬彬，和他广博的学识，只是她的喜欢来得热烈直白，干脆利落，像六月的骄阳又热又辣，不像有些女生含蓄矜持。可惜她几次主动示好、接近，秦泽猷却像榆木脑袋不开窍。小姑娘发挥锲而不舍精神，给他洗衣刷鞋，看同类书籍找共同话题，可惜结果终究是"落花有意随流水，流水无心恋落花"。

树上的鸟儿成双对，可怜的人儿树下睡。而宋诗旎也苦恼万分，这学校有位吴老师三十出头，算是大龄青年了，还是单身一人。听说谈了好几个，一到谈婚论嫁就谈崩了,据说是性格不合。这吴老师也是精神可嘉,自己亲自烧菜给宋诗旎端去,夜深人静在她窗外唱最近流行金曲《窗外》。宋诗旎本想向学校反映,可是人家只是表达爱慕,并没有出格之举,况且也会给整个实习组带来不必要的负面影响。这不,吴老师又挎着吉他来深情献唱了,宋诗旎见周一在旁边,看来要他死心只能借力打力了。她就对吴老师说自己有喜欢的人,吴老师表示不信,从未听人提起过。宋诗旎指指周一,这就是答案。当然,这对于周一来说是天大的好消息,内心的欣喜如风过麦浪一浪接一浪,可是表面上只能若无其事道:"那我得考虑下,人家吴老师老实又结实,怕敌不过。"宋诗旎瞪了他一眼,周一连忙改口道:"宋小姐青睐,是在下三生有幸。"既然名花有主,吴老师也就不再来打扰了。

月出空山,一辉盈万川。月下,周一正在轻吟着自己写的歌词《岁月里的月》:

月清幽,胜似酒

一杯解千愁

唐诗宋词里绘就

添香红袖,云水出岫

我困成囚

唯卿春芳依旧

对月当歌,声不朽

人生几何,抵不过一樽月下酒

清月如清酒

岁月温岁酒

那年那月那柳

春水东流

伊人独坐西楼

何人可留

明月一轮,耀千秋

……

"万里江山多锦绣，天长地久少喝酒。"不知何时，宋诗旎也来到外面。见周一如此雅兴，还吟诗诵歌，她也即兴接续，"你这月囚，太过沉重，题目也应该称'月来月好'。"夜已幽，偌大的村子，也只有此二人在外诗兴大发。空荡荡的校园，洒满银辉，不再空洞空邃。

"你白天说的话作数吗？"周一明明能感受到，却偏偏要问个踏实。这样的问题如何回答，何况是位女生。宋诗旎见凉意来袭，还是三十六计走为上。其实当时的情形一半是为了打发吴老师属于碰巧，另一层也确实对他有天然的亲近感。他，虽说家境一般，但人好学上进，心地善良，现在他直白突兀的问题反而让她难以接招，要说是近到心上又感觉差点。

慢火炖好粥，他懂。有些内心的世界只有等到机缘巧合才能敞开示人，操之过急也只会犹未及也。有些喜欢也是掩藏不了的，眉目也会传情。翠山完小年轻教师多，大家在工作生活中互相帮衬，建立起了革命友谊，碰撞出了爱的火花，学校有四对教师领证结婚，成了名副其实的夫妻学校，当然教学质量也是远近闻名。即便是这位吴老师，也并不像传闻中的那样不堪，其实他的故事如校门前的小溪蜿蜒流长。几天前周一正在练书法，吴老师便过来和他聊起来："小兄弟，你可要把握好机会啊，我看你和宋诗旎挺般配的，不要像我徒伤悲。"

冯唐易老，不负韶华。吴老师读师范时喜欢班里一位女同学，可是直到毕业也没向她表白。工作了再见面，终于鼓起勇气向她吐露心迹，可是她已为人妻人母。她告诉他，当年的他弹得一手好吉他，她被他浑身散发的艺术气息深深折服，他就是心中的白马王子。可是她自惭形秽，缺乏自信导致退避三舍，只能在心中珍藏对他的爱慕。如果当年他不那么光环耀眼，或者两人哪怕一个主动，结局都会不一样。

如今看到周一他想起了自己曾经的点点滴滴，不希望周一重蹈覆辙，而且他发现宋诗旎看周一的眼神里也有欢喜的意味，这和当年自己的经历如出一辙。所以他去缠，去当恶人，为的就是给他们创造一个机会，给青春年少一次正名，这样的嫁衣他愿意为他们去作。

三六　优秀学员

　　周六半天课结束开始放假，到礼拜天傍晚赶到上晚自习，就是一个完整的周末假期。这里的公交车不多，几位家比较远的实习生就回不去了，因为回家一趟至少得转两次车。先坐四卡车到临水镇，换乘大巴到永安县城又上四卡车才能到家，一波三折真正到家已是傍晚时分。这还不算，第二天最晚也得中午就要返程，还要考虑到中途班车衔接的是否顺利，能提早坐车才是保险。为了免于途中倒腾的烦琐，有时候实习生就不回家，假期也在学校度过。

　　学校老师基本是本地人，自然都得回去。校领导考虑到几位留下的实际情况，尤其是吃饭问题，就把厨房钥匙交给他们，可以自己动手丰衣足食。还特别提醒，烟囱上挂着熏制的腊肉。本来周一也打算回家，只是天空已经飘起了小雨，只好作罢。现在时节虽然已经是三月份，但农历还是二月里，古话讲：正月里玩过，二月里坐过。意思是说正月里大家走亲访友吃吃玩玩，二月里来一般春雨绵绵只能坐在家里打发日子。窗外飘落的雨似乎又小了，见雨有歇力的迹象，周一叫上几位实习生到学校后山采蕨菜。雨后的蕨菜水嫩嫩的，口感丝滑，还有一定的药用价值。小时候常听奶奶说起，它是饥荒年代熬饥果腹的上品。每年春季，村里人到山上一筐一筐采来晒干，以备食物短缺时应急之需。到了90年代，离小康生活还有点距离，但温饱无忧。有时精细、鲜腴吃腻，蕨菜更多是用来打牙祭换口味。

　　后山那块新烧荒的坡地，前几天日光好，长势快，已经有筷子长，细长的身子顶个爪头，像苗条的姑娘在向人们招摇。童芯很活跃，嘴里哼唱着："采蕨菜的小姑娘，背着一个大竹筐……"一个人不过瘾，还逗秦泽猷接唱。山锁雾，泉生烟，秦泽猷浸润在水墨山林画里，有点诗兴，被她一搅和想发作，可是看她满脸无辜，只好隐忍不发。女生不讲理也带撒娇，男生不讲理只剩撒泼，没办法这是女性天然优势。幸得周一来解围："要不你们二人来个情歌对唱，一人一个山头。"

　　"少转移话题，你们二人月下卿卿我我，就差合奏月光曲了。"童芯一针见血。

　　"你可别误会……"宋诗旎知道童芯的嘴没把门的，当初真不该和她吐露心扉。

"我可没瞎说,这叫睁眼说真话,宋诗旎喜欢周……"还想说,已被宋诗旎捂住了嘴。

"周什么,快说快说。"显然其他人的兴趣也被勾起。

"没什么,喜欢周末,你们看周末多好,大家现在还可一起游山玩水。"宋诗旎抢着答道。

"你看都到周末了,再怎么着也该轮到周一了。"周一不甘示弱,既然话赶话到这个节骨眼。

"想得美,胆儿肥,除非你能飞。"要煞煞他的锐气,得了便宜还卖乖,那晚说得还不明?

"给我一杯忘情水,还我一夜不伤悲。"秦泽猷说谨以此歌献给周一同学。

斗斗嘴,瞎吹吹,清风花香惹人醉。不多时,一筐蕨菜已大功告成。晚上就是一蕨三吃:葱炒蕨菜吃了聪明绝顶;蕨菜肉骨喝了千古绝唱;凉拌蕨菜尝了拍案叫绝。剩下吃不完的在沸水里焯一下晒干又是另一种味道。平凡的日子只要用心经营,也能生出花。

操场上周一和几个男实习生正带着学生们在打篮球,另一边几位女实习生正在备课。

"那位实习老师在哪里?"张晓刚奶奶问正在给宋诗旎指导汇报课的校长。

"哪个实习老师?我们这里有好几位。"

"人瘦瘦高高,看上去很精神的小伙子。"

"想起来了,您说的是周一。找他有事吗?"

"给他拿了几个鸭蛋来。"

这老奶奶家,宋诗旎去过,知道家里穷得快揭不开锅了,哪来的鸭蛋?

"学校有规定,不能收取家长的物品和钱财。"校长劝道。

"前段时间我腿脚不方便,家里那口大水缸都是他负责挑满。有次挑水他抓回来一只野鸭,说是炖了给晓刚吃,可我家孙子不让宰,后来一直养着,现在倒生蛋了。"老人的眼里充满了感激。

"眼善心慈,帮助弱寡而且做了好事不留名,确实值得称道。"送走老奶奶,许校长看着这些实习生心里很欣慰,他们身上总是能看到自己的青春痕迹。而且他发现周一看问题跟别人不一样，有自己的独特思考。上次家访回来后他向自己说明过张晓刚落学的特殊情况，不但不应批评反而要大力表扬，树立典型。最近一段时间张晓刚好像是被重新唤醒了，学习特别用心，人也开朗许多。能走近和走进学生是一个教师优秀的品质，这帮准教师们显然已经具备了潜质。

燕子衔泥筑巢，麦子拔节孕穗，乡村到处呈现一派勃勃生机。实习生活也已到了最后的时光。为了给实习期画一个圆满句号，这天学校请来了县里的学科教研员来给实习生们做专业的评课指导。宋诗旒的音乐课堂气氛活跃语言很有亲和力，秦泽猷数学课思路清晰严谨，周一能把生活中的知识渗透到课堂上体现了大语文观，童芯的美术课有童趣童真童画，教研员们也对他们今后从教提了许多宝贵的建议。

临行前，语文教研员把许校长叫到身边，"你们学校什么时候招了个英语老师？"

"没有英语老师，就这么几个老面孔您还不知道。"

"不会吧，那你们学生英语怎么说得那么好。别告诉我是天生的。"

许校长拍拍脑袋道："噢，原来是这个呀。不瞒您说，前段时间我让几位实习生根据自己的特长每周给孩子们上一节兴趣小组课。其中有个叫周一的实习生开设了英语兴趣小组课。您今天听到的就是他教的。"

"这可是宝贝啊，教育局在考虑城镇上的学校要先开设起英语课然后逐步推广到农村学校，像滨州、深圳、北京、上海这些大城市已经开始实行。现在国家开放，与外国人接触会越来越多，英语地位也会越来越高，现在最缺的就是这样的人才，尤其是小学里。这位实习生你帮我多留意，以后有机会还要好好培养。"

教研员走后，许校长把刚才的话转述给周一，希望他能坚持自己的兴趣爱好，以后好机会在等着他。周一谦虚地表示仅仅是自己的兴趣，不够专业，语音也不一定标准，另外自己还想着保送的事，万一成了就有机会到大城市工作了。

简短的欢送会结束，实习生们各回各家做些适当准备，第二天就要返回学校继续完成剩余的学业。

这次实习，优秀学员评选由翠山完小和临水中心小学捆绑组织进行，由于临水中小有两位学生在实习期间参与了校外的赌博活动，受到了处分，所以名额向翠山完小倾斜,他们成了大赢家。周一因为默不作声帮助了村里的老人,品行鉴定得了优,秦泽猷由于是实习组长组织协调等管理能力得到了大家的肯定,宋诗旎课堂教学有自己的特色,童芯利用自身艺术特长美化了校园环境,四人都获得了优秀学员,对于保送有分可加。周一还是很在乎这次的荣誉,尤其是这已经到了最后一学期,就要见证自己的梦想了。还有在青春的懵懂里,他和宋诗旎在彼此的心里都留下了青春的萌动,这是最大的收获。他曾幻想着制造机会,在城楼诵诗表白,在飘雪时唱歌告白,入夜想法就像世上的灯星一样多,辗转反侧之际,想了又换,换了又想,翌日几次话到嘴边又生生吞回去。人前一句话,人后万遍磨,不承想自己欲说还休,却在不经意间靠近了彼此。

三七　弹错的键

久违了老师、同学,久违了校园、古城。大家一见面就天南海北聊起来,聊聊初为人师的窘迫与收获,更期待几个月后成为真正的教师,人类灵魂的工程师,兴奋洋溢在每个人的脸上。

一天过去了,只有柳叶舞的位置依旧空荡荡,大家猜测是不是路上遇到了啥不顺。隔壁班王曼过来,"不要乱猜,我班的唐生也没来。听说这次实习,他们二人在一组,只是没几天,又都请假了。"

"为何请假呢?"有人追问。

"还是我来说吧。"插话的是唐生的跟班李志强。他的一席话让人既震惊又惋惜。

原来柳叶舞得了一种罕见的心脏疾病,学名叫"冠脉起源异质综合征"。通常,婴幼儿罹患此病的95%活不过一年。只有少数患者可以度过儿童时期,即使活到了青少年期也会因为心脏功能下降,胸闷气促,心脏出现缺血性改变而导致猝死,治愈概率不足千万分之一,现在柳叶舞的病症已经到了膏肓,情况很不乐观。大家唏嘘不已,老天不公平吗?每人只有一次青春年华,甚至生命也只有一次。公平吗？你看柳叶舞美貌智慧兼具，惹多少人羡慕甚至嫉妒。可现在呢，不是关上一扇门又打开一扇窗，而是带走了一幢房，老天有时是残忍的。

很多时候光鲜的背后也有一段无法言说的抹泪经历。柳叶舞的母亲是艺术家，待人接物，都追求完美，也就十分苛责。而父亲是局里的一位科员，机关上的刻板无趣、谨言慎行落得一身。母亲似火，父亲如山，火可烧山，山亦可阻火，总之两人磨光了青春岁月里的激情，从互相看不惯，到指责，再熬到孩子读小学，终于分崩离析，孩子抚养权归母亲。

由于婚姻的变故，柳叶舞母亲性情也变得怪僻，把所有的希望和心血都寄托在孩子身上，教育方式也极端化。柳叶舞从小就开始练习形体，弹钢琴，似乎孩子的成长、成功，才能让她得到另类的满足与收获。柳叶舞也争气，每次的比赛都拿到金奖，这也让她母亲露出久违的笑容。她又超乎年龄地懂事，虽然很向往同龄孩子奔跑、戏耍于阳光之下，可是为了母亲那一丝笑容，她只能默默收起旁逸斜出的想法，去练习超越年龄的技能，自觉地给自己套上枷锁。也许，世上所有的不幸如同枷锁，而亲情是最好的开启钥匙。她记得，母亲有时情绪上来，无处撒气，逮着她弹错的当头，揪她的大腿。碍着这原因，那么好的身材，却很少穿裙子，爱美之心人皆有之，她也只能羡慕其他孩子。有时发现母亲脸色铁青，嘴唇翕张，手筋凸起，就知道病要犯起来了。柳叶舞故意弹错音符，让母亲惩罚自己，这样出了气情绪也得到了平复。

入夜，星光撒着欢儿地笑，那是柳叶舞最心静的时刻，再也不用练习，再也不用察言观色。夜深，她自己轻揉瘀伤，火辣辣的痛感却只能独自吞咽。似乎随着夜色的到来，大地趋于平静，母亲也随之不再躁动。看看女儿，她只能蒙上被子，躲在里面啜泣，她知道对孩子太过残忍，只是这种亏欠终究难以弥补。

同学们听了都沉默不语，大家无法把活泼阳光，甚至让人羡慕到要嫉妒的现在与她的过往联系起来。

人生总是会遭受或多或少的生活波浪，要么学会随波逐流，要么被无情淹没，柳叶舞总是把生活的皱褶抚平，向大家展示光鲜的一面，和她一起总能被她的青春活力感染。

那次庆香港回归文艺演出活动，她临时退演，是因为那段时间她频繁感觉胸闷气短，向学校请了假到县医院检查。只是当地医疗水平有限，仪器也不精密，一番透视、化验也没得出什么确切结论。医生只是开了些滋补品，然后叮嘱她要休息好。那次之后她很少出现相同的病症，也就认为是自己太过劳累所引起的，没有去大医院做进一步的检查。如果那时就到医疗条件好的大医院做一番全面检查，虽不能根治，但也能延缓病情的恶化。

李志强看大家情绪悲伤，停了停，欲言又止。

"那唐生和这件事有什么关系呢？"有同学继续问道。

"关系大着呢。"李志强当然最清楚来龙去脉。

原来柳叶舞和唐生早就建立起恋爱关系了，只是保密工作做得太好了，两人又低调，大家都蒙在鼓里。那次钢琴沙龙，两人都被对方的才艺吸引，后来两人心有灵犀都报名参加了校艺术社团。校园艺术比赛、外出宣传活动，他们俩经常被安排在一组，男弹女唱，女跳男唱，两人配合越来越有默契，才艺水平都有了进步，真正做到了做事高调，做人低调，而且爱情与学业两不误。

她理解他的梦想拥有自己的乐队，他支持她的艺术之路，因为相似的追求，两人相互支持彼此鼓励，越来越发现两人在心灵上也十分契合。没有表白，也没有花前月下，虽然一墙之隔，但还是靠着传统书信传情达意感受彼此字里行间的温度。公共场合两人除了台上合体抛头露面，平时很少见两人蝶花流连，自然大家不会把他们俩联系在一起。

这次实习报名前，唐生接到了父亲唐啸龙的电话，要求他毕业就回去接管公司。而唐生对企业管理并不感兴趣，只对做音乐有追求。父子观点不合，在电话里大吵一通，唐生心情郁闷，更不想回到家乡，就报名和柳叶舞一个学校实习，一来有精神寄托，二来可以互相照应，没承想会发生这样的事。

那天，阳光特别好，柳叶舞和几位女同学穿得花枝招展，给校园平添了许多春趣。柳叶舞听完课刚站起来就晕厥在地，旁边的唐生见状赶紧背起她往医院赶。医生一番急救，待各项指标稳定，建议他们立即送往省城，这里已经无能为力。可见病情当时多么地凶险，怕是凶多吉少。可惜啊，在春风荡漾下，万物萌动，生命正好，人间至美的时节，柳叶舞被病魔吞噬。一个人的痛，两个人的苦，最哀伤的莫过于唐生，除了守候啥也做不了，这就是所谓的眼睁睁。

三八　第一滴泪

岁月流逝，而日子是用来过的。班里少了柳叶舞，似乎也缺少了许多生气，虽说很想念，但是大家总得往前看。教室后面的墙上张贴着46张奖状，刚好人手一张。大家记得入学没多久，举行国庆合唱比赛，正是柳叶舞编排的节目。她为了给大家立目标，曾说希望到毕业时每人都能分到一张，如今鲜红的奖状，诉说着傲人的成绩，只是曾经的主人已经回不来了。临近毕业大型活动也越来越少，师生们只需站好最后一班岗，大家顺利毕业就是最大的愿望。

球场上少了唐生，周一抱着球在篮下，心里空荡荡的，有种独孤求败的苍凉。回想着昔日两人经常到球场切磋球技，输的人请客。每次几乎都是唐生赢，结果请客的是自己，买单的却是唐生，两人成为好兄弟，是他一生的幸运，只是兄弟在他乡不知过得怎样。人生未知的太多了，周一接连投三分球，算是对与唐生相识一场的致敬。

第二天，语文课铃声响了许久，小黄老师才推门进来。她抬起头，缓缓望向大家又沉默了片刻。同学们明显发现她的眼圈泛红，情绪悲恸，不祥的念头在大家心头徘徊。良久，小黄老师低沉又略带沙哑的声音让大家心间一颤，"同学们，告诉大家一个非常沉痛的消息，"她停下来，轻拭泪花，用恍惚的眼神望向大家，"我们亲爱的柳叶舞同学已经永远离开我们了……"教室里的空气本就沉闷，现在瞬间几乎凝固了。须臾，"呜呜呜"的悲戚声四起，悲伤笼罩着大家。好几位男生，紧握着拳头，紧咬着牙关，努力不让泪水流下。男儿有泪不轻弹，到了伤心处也要生生咽下去。

这样的消息无异于晴天霹雳，大家无法接受，也无法消化。那么灵动、那么活泼的一个人怎么说没就没了呢？似乎就在眼前刚晃过、飘过，留给大家的倩影，依然是那么清晰，难道就要成为永远的过去时吗？

可谁都知道，命运无常，人生就是一道生与死的选择题。只是一时要接受这毫无防备的消息，太过残忍。

"哪位同学来读下这封信。这是柳叶舞留给我们第一封也是最后一封信。"

环视一周,见无人响应,她打算亲自读。谁都知道这信太过伤感,哪有读的勇气。

"我来读。"宋诗旎上去接过信,因为明白,这是对好姐妹最好的告慰,她也一定有许多话想对大家说。宋诗旎稍稍平复了情绪,向上扬扬头,便开始念道:

"我最最亲爱的老师和同学们,当你们读到这封信的时候,我已经不在人世间了。我去哪里了呢?也许我到了我该去的地方,你们平时不是都叫我仙女吗?那我就不能辜负这美名。我已经足够幸运、幸福,能遇上你们。这三年,是我青春美好的记忆、回忆。我们一起快乐过、悲伤过、风里来过,雨里去过,留下美好足矣。虽然我的人生很短暂,但我拥有过、拥抱过,人们不是常说知足常乐吗,我很感恩。未来的日子我不会再想你们了,因为有那么多的美好回忆值得我珍惜,我的心里已经装不下了。你们也不要再想我了,未来还有好多好多美好的人、快乐的事等着你们……"

宋诗旎强忍着泪水把信读完,大家抽泣得更厉害了。柳叶舞啊柳叶舞,你真是为大家考虑到了极致,把孤独一个人带走,把深深祝福留给大家。

周一坐在位置上如坐针毡,刚才看见唐生从窗外走过,周一迫切想过去安慰兄弟。放学的铃声一响,周一飞一般冲出教室去找兄弟。刚出教室就看见唐生站在后门在等他。黑瘦了许多,也憔悴了不少,这事对唐生的打击可不小,两人未聊几句,宋诗旎和秦泽猷也都到齐了。唐生提议大家出去坐坐,其他三人都立马同意了。他心里一定有许多话想说,大家也有许多想问。

去的饭店还是两年前的那家,只是时过境迁,大家的心境也都不一样了。几人言少酒多,只要唐生举杯,其他三人就开始互敬,尽量减少他喝酒的次数,到最后三人快醉,唯他独醒。

"你们也不必刻意护着我,我没那么脆弱。"唐生闷了一口,"柳叶舞表面风光,其实挺让人心酸的。想追我的人很多,看中的无非是我家的钱,而和她一起,我能体会到真诚,如三江水一般的澄澈,不带任何世俗的沉滞,更没有人性的虚伪和狡诈。还有她的经历,激起我强烈的保护欲。也许男人天生就有一种保护弱小的悲悯之心。看到她被病魔折磨得日渐消瘦,是我内心最煎熬的时刻,就像一株花到了肃杀的季节,却不能乾坤逆转,只能眼睁睁地看着枯萎凋谢,生命随之消逝,那种无力感挫败感让人痛不欲生。她很坚强,反而常常宽慰我,说在生命的最后一站有喜欢的人陪伴足矣。是啊，人生有太多的无可奈何。最悲伤的是我束手无策，无论花多少钱，哪怕用我的生命置换也可以，只是这一切都是命中注定，我和她只能是彼此生命里的匆匆过客。我之前从未为女生流过泪，为己为他人，为喜为悲伤，送别那天是我人生第一次为女生流泪。我以为自己的伪装很坚固，可是当我看到墓碑上她那张照片上纯净无邪的笑容时，我费力浇筑的精神堡垒瞬间轰然倒塌。"

任凭他多么倔强，在情感面前都是不堪一击。三人见他醉意已浓，便叫了人力车把他驮回学校。

后来在校园里很少见到唐生，只是到了日落月升的交接之际，总会有一人在荷花池边吹起苍凉、凄婉的笛音，那曲调里诉说着他内心的无限哀愁。

三九　双塔凌云

把牵挂留给昨天，把热爱留给今天，把梦想留给明天，把所有的快乐留给每一天！只是人生的纵横交错里，有太多的喟然长叹。

柳叶舞和唐生的故事，更像一段神仙眷侣般的传奇。生命再漫长，如果平庸而过，何如精彩的短暂更永恒，哪怕烟火般猝然，也能辉映整个苍穹。他们的感情让人唏嘘，同时也让人明白，人生该争取就得去争取，不要留下遗憾。距离毕业只有不到三个月的时间，大家就要各奔前程，许多想说的话未来得及说，许多想做的事还未来得及完成，再不去实现就真要成为回忆了。

刘一道鼓起勇气向暗恋了三年的贾小柔表白了。因为贾小柔当众说过，她以后要嫁的一定是有事业心的人，刘一道明白学业是事业的基础，所以进入二年级他踔厉奋发，成绩也进入到了班级前五，还当上了班干部。自然也是符合贾小柔的择偶标准。

吴凯向王梅献上了一枝梅。这梅可是他从南云塔上采撷而来，花了他七七四十九天才成功。这梅树长在塔顶，吸天地之灵气，取日月之精华，这两天刚好黄梅成熟,他听说王梅喜欢吃梅子,经过返祖式的抱蹬、攀爬、钻挤、抻折才上得塔顶。感动是感情的快递,是光速打开心门的万能钥匙,自然两人也修成正果。

看着兄弟们个个都心想事成,周一觉得自己只能顾影自怜。虽然能感受到宋诗旎对自己比待别人更亲和,但是毕竟两人从未在这问题上揭开最后一层面纱,哪怕是实习期间也只能是借题发挥,当不得真。上次听她说要去爬南云塔,他觉得这是好机会,自己三年中也未有幸去爬过,可以择机向她认真地表露心声,即使没有机会倾吐,一起欣赏山川美景也幸甚至哉。他觉得身边的人表白方式都不适合自己,还是喜欢那些书上记载的文人们相知相长的心灵契合。

南云塔与北云塔隔江相望,双峰耸秀,林木清幽,两塔均建于北宋年间,后虽经历战火、雷击依然屹立不倒。历史上文人骚客都曾来此游历过,也留下诸多佳篇。南云塔为八面七级密檐式砖塔。塔内有梯,系夹道,单线,可逐层盘旋而上,可达顶端。北云塔北依青龙山,南临三江,外观七级,内分六层,中有攀登之阶。

双塔耸峙,风光独好,构成了一幅山水人文画卷,尤其是"双塔夕照"为三江十景之一。

宋诗旎去爬南云塔,其实也是早闻站在山顶能欣赏到三江旖旎风光,塔的倒影,夕阳的余晖,黛色的青龙山交相辉映,是写生的好素材。绘画是她的爱好,临近毕业她想画一幅值得日后留念与铭记的风景画,平时对江南水墨画情有独钟,而"双塔夕照"意境非常符合。

早上,宋诗旎正在准备写生的工具,周一进来见状,便过去帮她,"这么多工具,你一个人背去太不方便了,不如我帮你,可以当你的画童。"

"可以呀,只是要免费使用,我可雇用不起。况且我要去的是南云塔,那儿还是有点山高路远。"

"没问题,绝对免费。《西游记》里观音不是对唐僧说过,有缘者袈裟分文不取。我们有缘在一个班,所以就权当义工了。"

"我也去,那儿风景超好,我也可以帮你带些工具。"正在研究新发型的王晓雅插话道。

"我这里没问题,人多了热闹。"宋诗旎说无意见,可是周一不乐意了。这不是电灯泡吗?看来计划有变,昨晚权衡了一夜的台词要无用武之地。

三人收拾一番就出发了。

街面上热闹非凡，因为一年一度的"渔村文化节"要开始了。这是当地非常隆重的节日，前前后后一直要持续到九月份。

其实，王晓雅本来是见周一去才决定一同前去的，可是一路上周一对她的搭话有一搭没一搭，心思都在宋诗旎身上。她觉得与其当电灯泡，还不如逛街来得有趣，就在到码头坐渡船准备过江时，提出不去了。宋诗旎一番挽留也未能改变她的主意。周一没有客套挽留，他不想被她误解。

离船登岸，两人向山顶走去。周一扛着画板、坐凳，宋诗旎提着颜料、纸张，一路上说说聊聊、停停赏赏，不知不觉也到了塔座基。

极目远眺，连绵山脉如同雨后春笋破土而出，生命的张力让人赞叹连连，"好景致啊，不愧是三江十景之首。"宋诗旎说完开始摆开架势，要把刚才的景色永恒留存。

周一平时话虽有点多，见她这么专注，也安静下来，欣赏她作画。

"一幅好的画要动静结合，你这画其他都好，意境也不错，就是缺点生气。"

"那你有何高见？"

"你看我这么帅，把我画进去一定能提高品位。"

"你不觉得你很可怜吗？"

"为啥？"

"因为你连自己都欺骗，勇气可嘉。"

"好吧，我还是闭嘴，免得自讨没趣。"

话是这么说，可是周一还是很欣赏她的，尤其是她做事的那种认真状态，既可爱又迷人。

"坏了，坏了！"

"什么坏了？"听她这么说，周一赶紧从沉浸的迷蒙里出来。

"颜料带少了，这绿色的今天用得多，但是只带了半支，不够用了。"这要返回去拿，一来一回估计也得天黑了。不用吧，这画缺点生命力。宋诗旎沮丧之际，周一见旁边有几株青萌籽便有了主意。他拽了几枝，把籽叶在罐里捣碎，淬出汁液，这便是上好的颜料，而且带有天然的清香，在老家，以前可以用这个染色在麻衣上。刚才在捋籽叶时，周一被刺破了手指，殷红的血滴入绿汁，颜色慢慢渐变成了嫩黄嫩绿，色彩更加丰富。宋诗旎对他说这是她画的第一幅具有生命气息的画作，别具一格。

正在欣赏之际山风大作，抬头看乌云压城，似乎雨就要倒下来了。两人赶紧收拾，只是未等全部收拾妥当，雨已经倾盆而下。两人冒雨收拾好，周一把刚才的画藏在怀里，这样不被雨打湿。二人就近跑到塔里躲雨，只是雨越下越大，江面已经泛黄，轮渡也停了。天宇完全被黑暗吞噬，看这阵势，已经下不了山了。

本来今天天热，宋诗旎只穿了一件衣裳，现在已经被雨淋透，浑身哆嗦着，这样下去肯定要感冒。虽然没带火柴和打火机，但是周一看见旁边有白石头，小时候经常用它们敲击出火星，来引燃软草、纸张。况且他发现塔壁有白硝能助燃，这就更容易生出火来了。塔周围有附近居民砍伐的树枝，已经晒干刚好可以点起篝火。一切就绪，他转过身，让宋诗旎脱下衣服在火堆旁边烘干。周一站在口子上把门，有干柴也有烈火，周一内心的青春之火也在熊熊燃烧。他心里默念起古诗，这样自己会平静下来。可还没念两首，只听得宋诗旎惊叫起来，周一赶紧转身跑过去，原来是老鼠窜到她脚上了。他一脚把它踢飞，抬头正要安慰她，才发现眼前的她未着一缕，双峰挺秀，肌肤洁白，像一朵盛开的雪莲。他赶紧闭上眼退出去。

直到听见她重新穿衣的窸窣声周一才进去。火光映着两人脸庞，绯红绯红，刚才无意间撞到的一幕，两人心照不宣都没再提起。

漆黑的夜，两人用心守着也不觉得漫长。两人回忆起刚入学的一幕，还谈到了今后的理想。周一现在才知道，原来宋诗旎和自己一样，也有一个大学梦，为此这三年也一直在准备，希望自己通过优异的表现也能获得保送。宋诗旎问周一今后的打算，他并没有吐露自己真实的想法，只是表示希望可以做自己喜欢的事，世界之大，总有自己的好去处。

"一生一代一双人，争教两处销魂。相思相望不相亲，天为谁春。"纳兰性德不愧被称为写尽天下相思，这也是周一喜欢的诗人。今晚的自己就是词中人，即便无法倾吐自己的内心，扑闪的火苗已经调皮地将两人的心温暖。

四〇 热血青年

　　1999年3月24日,以美国为首的北约在没有得到联合国安理会批准的情况下,悍然发动战争,开始了对南联盟的大规模空袭。学校晚自修一直有规定,每晚七点到七点半为观看《新闻联播》时间,培养学生关注国内外时事政治的习惯。同学们最近讨论的话题也与此有关。同学们一边学习,一边关注战事讨论当前形势。在北约对南联盟轰炸了四十几天之后,5月7日,悍然轰炸了中国驻南联盟使馆,造成三名记者牺牲、二十多名中国外交人员受伤。北约这一野蛮暴行的消息传回国内,一时间激起了中国人民极大的愤慨。长城内外,大江南北,国人无不走上街头抗议谴责,许多大城市,尤其是有美国使馆的地方,中国人在门口游行集会,抗议美军暴行。

　　国际形势牵动着国内的变化,三江镇临街的墙面上都刷贴着宣传标语,"打倒美帝国主义""众志成城,发愤图强,化悲痛为力量",等等。鲜红的标语唤起了民众苦难的记忆。

　　一幅幅血腥的被炸图片传回国内,特别是许杏虎和朱颖这一对年轻战地伉俪的牺牲让许多女生当场流下热泪。学生会是学校宣传和活动开展的主阵地,学生会召集骨干力量在一起开会,讨论开展谴责暴行活动。周一、秦泽猷、宋诗旎自然不会缺席,难能可贵的是唐生也来参加活动,另外其他年级的精兵强将也充实进来。活动分为两组,一组上街到交通要道、人流密集处贴宣传标语,秦泽猷领衔;一组在校园里组织爱国诗朗诵,周一负责。

　　"我们两人合作一首诗朗诵,表达对祖国的声援对敌对势力的谴责,我写你诵,你看如何?"等学生会会议结束,大家都散去,只留下宋诗旎和自己,周一向她提议。因为他觉得自己写的这首诗,由她来朗诵最合适不过,既能读出磅礴气势,也能触动人心最柔软的部分。

　　三年中,他写过不下百首诗,甚至别的班学生都慕名来讨诗。有次三江镇举行"千年古城,情满三江"大型史诗朗诵会,赛事规格颇高,各路高手云集。有位学长出两百元买他一首诗,这是一般事业单位半月工资。当然这位仁兄也识货,他获得了一等奖，奖金三百元。据说那天大家朗诵的水平相差无几，声色、技法都是有板有眼。倒是朗诵内容，成了比拼的关键因素，周一写的诗脱颖而出，再加上朗诵者的感染力强，最终问鼎。

可惜的是自己写的诗始终没有与宋诗旎合作过一次，所以刚才向她邀约。当然，宋诗旎也曾想过和他合作，也是苦于没有机会。现在二人一拍即合，一个创，一个诵，配合得天衣无缝。

为了效果能够达到最佳，晚自修下课后，待主席台人渐稀少，二人便过来走台练习。

"这句要读得再悲怆些，可以用上颤音，带点沙哑，更能让听众产生共鸣。"寂静如水的操场，只有她的声音如磁如泉，给空洞洞的黑夜填充了青春的灵魂。

为了激发大家浓烈的爱国热情，把效果最大化，学校决定在国旗下演讲中加一个环节，便是当着现场千余人朗诵这首诗，这是莫大荣誉。宋诗旎一身素雅，在队伍前依然光华无限。

英雄的血，可以流干
我们的泪，可以流尽
而民族精神永不会倒
那一片殷红
异国的三位烈士
唤醒国人的斗志
不屈的炎黄子孙
荡涤五千年的风云
吾辈自强
生生不息
……

"打倒帝国主义！"
"中华民族万岁！"

在宋诗旎慷慨激昂的朗诵感染下,操场上响起了震天动地的呼号声。同学们的热血已然沸腾,中华民族是不可战胜的,操场周围的白杨越发昂扬挺立。

第二天上课,班主任到教室里,没有如往常一样开始讲课,而是结合时事谈了自己的想法,希望大家化悲痛为力量,学好知识报效祖国。当前首要是稳定,不要被敌对势力牵着鼻子走,要有定力。原来,朗诵结束后,有两位同学坐车到滨州参加游行示威。游行有些是发自内心的愤懑,有些是趁机挑弄制造混乱,以达到不可告人的目的,总之帝国主义亡我之心不死。维持秩序的警察很多,也没有出手阻止,其实他们也是个个热血沸腾,恨不得上前拆了美使馆,把这帮人渣一顿暴揍、狂踢,只是碍于身份、形象,不得不压制着心中的那座火山。群情越来越激动,为了不出大乱子,几位警察来到学生身边让他们做了登记,并把他们送回学校。当然也没有过多地为难学生,仅仅是简单一番劝诫,毕竟爱国主义情感植根于每个人的血脉里。

三江师范的学生会组织能力和战斗力还是很强大的。1998年长江流域百年一遇的特大洪灾,导致灾区家园湮灭,人们流离失所。学生会发动组织募捐活动。那时,周一他们已经是学生会干部,大家一通策划,到街上去募捐,不消半天,就募得1860元,主要是大家的演讲感动了过路人,所以纷纷慷慨解囊,一方有难,八方支援。

由于学生会活动组织得有声有色,所以周一、宋诗旎等同学也都评上了优秀学生会干部,对保送大学、就业择校都有帮助。

四一　渔文化节

又到周末,要安排人去临江小区照顾五保户,这个学期轮到967班照顾五保户王大爷。

他年轻时在外天南海北闯荡、漂泊,风光过,也落魄过。一生无子无女,年老以后患了眼疾导致双眼失明,生活起居也困难。幸亏现在的政策好,当地的居委会把他安置在临江的一幢老民房二楼独间。由于近江，所以比较潮湿，木柱长年累月在潮气中被侵蚀，已经发霉腐烂，一进门就能闻到一股朽气。居委会同志还算是考虑得比较周全且人性化。王大爷眼睛失明，腿脚也不是很便利，所以平时也不会走出房间，因此住在二楼对他而言是最佳的安排。周一到周五居委会派人来照顾。到了周末，因为学生放假，所以这两天经过区校协商，由三江师范学校负责安排人完成此项工作。主要是每天给他烧一顿饭菜。冷掉后他自己会用电炉温热。

人的机能很奇怪，越是恶劣的条件下，人的潜能反而更容易激发出超常的能量。王大爷的听力就很好，凭上楼的脚步声就能判断出是谁来了。记性也不错，班里的同学轮流来照顾，他能记住所有的学生名字，每周轮到哪组他也能记得清，就像活的行事历。感知力也不差，房间里的布局、物品摆放他都一清二楚。本来大家还担心他用电炉会带来消防隐患，所以特地在门口挂了灭火器，不过倒是从来没发生过火灾。周一有空就会过来帮个忙，哪怕轮到的是其他小组。因为听大爷讲讲年轻时的见闻、轶事，一来可以缓解他的孤独情绪，另外对周一自己来说也能获得许多写作素材。

阳光透过窗缝挤进教室，落到光溜溜的桌面又反射到天花板上呈现一派金碧辉煌。

本来今天轮到孙侯与王小芬一组去照顾王大爷。只是王小芬临时有事去不了，叫宋诗旎代替。孙侯见王小芬不去，自己也找了个理由不去了。他吆喝道："今天班花宋诗旎去照顾五保户王大爷，有谁愿意当护花使者，我让贤。现在开始竞拍，十元起步。"说着向周一望望。

"我去，钱加倍。"声音从角落传来。循声望去，原来是张士杰。这人，三年来好像既没掀起过什么大浪，但也不是消停的人，行踪不定，带点神秘色彩。家中条件好像比较殷实，平时穿的衣服都是名牌，也好面子。有时买件衣服两三百，其实已经很贵了，可是回到同学间还要把价格拔高到四五百，似乎这样才能满足其虚荣，体现出自己的优越感。平时吃食堂比较少，经常到外面下馆子。人际关系也不怎么好，因为有傲气，而且和人聊天喜欢在言语上争胜。孙侯喜欢的人很多，比较博爱，只要是异性都聊得开。要说有他不喜欢的人，那张士杰非坐头把椅。只见孙侯把头一歪,"本大爷不卖了,赠送有缘人周一。"周一喜欢宋诗旎,孙侯其实早就知道。而且他也乐见其成,毕竟人家郎才女貌,何况唐生和柳叶舞留下了太多遗憾。临毕业,大家都要各自飞散,能成全一对是一对,最好是皆大欢喜。只是他不知道,论单相思,张士杰对宋诗旎已经到了痴迷的地步,只是善于隐藏、伪装。刚才的一出,深深刺激了他的自尊,他是个要面子的人,也记仇,只是当着大家的面不好发作,只能隐忍默不作声。虽然周一和他来自同一个县,但平时交往并不多,两人的情趣志向不同,俗话说道不同不相为谋。

宋诗旎从门外进来,她已经准备好了要带给王大爷的食材,叫孙侯一起出发。

"今天我陪你去,也好让你见识下我的手艺——满汉全席。"周一抢先接话。

自从上次南云塔一行,宋诗旎每次见到周一还是会有些尴尬,所以每次交流总是把目光躲开。

"那我就看看你如何做出满汉全席。"

二人离开校门向目的地走去。

今天是"渔文化节"的重头戏——举行水上婚礼仪式,所以街上、码头边锣鼓喧天,格外喜庆、热闹。宋诗旎和周一也顾不上停留,因为照顾王大爷要紧,也只能朝那儿瞧瞧,过过眼瘾。好不容易挤过人群,终于来到王大爷家。

刚进门,王大爷就听出来的是周一,高兴地招呼道:"今天是本地最热闹的节日,你们不用烧好多菜,有一两个就可以了,烧完你们就去凑凑热闹。"

"要不要我背你到街上也感受下?"

"不用了,我都一把年纪了,不像你们年轻人喜欢热闹。不过,这水上婚礼的来龙去脉我还是知道些。"

洗菜、剥叶由宋诗旎完成,煮饭、炒菜则由周一掌勺,不多时饭菜的香味已覆盖了房间的霉腐味。

"满汉全席开席喽!"周一吆喝道。

"这也算满汉全席,不过两道菜而已。"

"小宋同学,你看这两道菜一道是满式烧法,一道是汉式做法,故叫满汉全席。"

"那你说说世界上有多少人？"宋诗旎顺势问他。

"这没法数。你说有多少人？自己也不知道吧。"周一把问题又踢给她。

"两个人——女人和男人。这可是用你的逻辑得到的最佳答案。"

"那按你的说法，我们这个房间里也是两个人了。那多出的人是谁？"周一辩驳道。

"当然也是两个人，好人和坏人，你是坏人，多余的喽。"

王大爷喜欢听他们拌嘴式的交谈，虽然看不见但他能感受到整个房间的生机勃勃。等到他们沉默下来，王大爷则饶有兴致地讲述起自己所知道的一些有关水上婚礼的故事。

原来这儿的水上婚礼也叫"八姓渔民水上婚礼"。故事久远，要从北宋年间说起。大家知道，那时发生了一件大事，就是岳飞蒙冤最终被迫害致死。他的后人及部分追随他的部将逃难至此。这儿水系纵横，虽然无田无地，但是藏匿船上还是能确保安全也能生存下去，何况岸上还有众多耳目，也能避开朝廷的追捕。他们不上岸，也不与当地人通婚，渐渐船为家，载客打鱼为生，八姓之间相互通婚。后来，新中国成立后，这一特有的民俗就成了非物质文化遗产。当地政府牵头、出资，每年六月初举行水上集体婚礼，把打算那段时间结婚的新人召集起来，按照传统方式举行婚礼。据说今年特别热闹，有三十多对，有几对为了赶上这个日子甚至将婚礼刻意延后。还有几对倒是提前，这还好理解，反正早晚都要结。

据说还有其他版本流传，说是与明朝朱元璋和陈友谅纷争有关，好像也不是八姓是九姓，这个版本是流传最广的。周一明白王大爷的版本是盗版，至于哪个真此刻都无关紧要了，周一不忍揭穿，大爷开心就好了。

王大爷饶有兴致地讲完，宋诗旎已经给他盛好饭。王大爷吃好就打发他们回去了。等他们下楼的声音消失，他赶紧大口喝水。刚才为了不耽误他们早点去街上感受这儿的文化盛事，饭还是很烫嘴，也硬生生咽下，眼泪差点烫出来。

二位来到码头，表演已经开始。锣鼓敲响，唢呐吹起，把人们的情绪也带动起来。披满红绸的小木船分四个方向列阵，新郎新娘在东西两头，双方父母在一南一北。新郎新娘所在船上都挂着灯笼，上面用斗笔写着各自的姓氏，两船相距十八米，划船师傅要一气儿把新郎所在的船划到位，刚好和新娘的船并排，意味着从一而终，双宿双飞。利市娘把新娘搀扶到新郎船上，司仪指引这对新人"一拜天地，二拜父母，夫妻对拜"。最后利市娘又向岸上的游客抛撒红花生、青柏籽和糖果，活动被推向了高潮。有些小青年吹着口哨在搞气氛。

四二　危机重重

水上婚礼结束，扎堆的人群如潮般涌向街市，喧闹声沸腾起来。周一和宋诗旎也随之到街上逛逛。

"祖传膏方，祖传膏方喽，男的吃了壮阳，女的吃了滋阴，吃了不亏，买了不悔，赶紧带盒把家归。"围观的人很多，掏钱的不多。

"卖玉了，上好的玉，白天戴了增食欲，晚上戴了为所欲为，走过路过不要错过。"吆喝声把两人吸引过去。摊位上玉佩形状大小不一，色泽深浅不同，周一挑出一块玉佩，刚要问，摊主立马伸出大拇指说道："这位小兄弟，好眼光。这玉佩可是上品，那是我从云缅边境倒腾来的。其他一些倒是些次赝品。"

"这玉的成色还是不错的，只是磨砣、打钻、透花这几道工序太过草率，也不够精美。"周一说这话是因为刚才用舌尖舔玉有涩感，拿起细铁钎敲敲清音悠扬，又对着阳光瞧瞧内里质如胶冻，温润细腻。这几种识玉方法他也是从书上学来，经过尝、听、看三部曲后，这是上好的玉确定无疑。国人喜玉，盈盈千载，于中国文化中，君子如玉，佳人似水，寄寓了太多的情愫。周一持老板的打磨工具，对这块玉磨磨挫挫，不多时一只小羊惟妙惟肖跃然眼前，又刻上了宋诗旎的名字。这只羊非常温顺，又略带灵气，况且宋诗旎属羊，送给她有不同的意义。

"好刀功，神来之笔。"摊主忍不住夸奖道。

"多少钱？"周一刚才只顾忘情地呈现一道艺术品，全然未顾询问价格，万一自己承受不起，那可就尴尬至极。几百块他还是可以承受的，不久前刚把三年来积攒的字画卖了也赚了点劳务费，本来就想给喜欢的人买点纪念物品。

"这要看你的选择。"

"怎么说？"周一不解。

"如果你把这里剩余几块像刚才那块玉一样精雕细琢一番，那你手上的玉就免费赠送。

"那你可要亏本了。"

"这块玉，我到手时花了五百多，但如果这几块玉经你的手化腐朽为神奇，到时身价翻倍，也有赚头。"生意人头脑就是灵光，付小惠赚大钱，好比虾米钓鳖。

周一不仅爽快地答应了摊主会再来帮他雕琢其他几块玉，还留下了地址，说等有时间就会过来，让老板放心。

美玉配佳人，周一把玉挂在宋诗旎脖子上，更显碧玉玲珑。

"光彩照人，仙气十足，这小兄弟眼光不错。"摊主又忍不住夸起他来。

"祝你生意兴隆，玉来玉好。"宋诗旎客套了几句，便和周一继续向其他摊位走去。

"这里有卖器乐的摊位，我们过去看看。"宋诗旎向前指指，周一也顺势瞧过去。

这个摊位上摆了许多笛箫，典雅别致，古色沉香，宋诗旎挑中了一把长箫，启唇轻吹，箫音清远，古意袅袅，不错，是正品。付了钱，交到了周一手中。

"啥意思，这是定情信物吗？"

"没这么夸张，这不要毕业了吗，你送我，我也送你，这叫来而不往非礼也。"虽然嘴上这么说，可她心里也不抗拒他的说辞。

"反正你说啥我也不会信，不过我会好好保存。"

"怎个好法？"

"人在箫在，箫在人在。"

"这么悲壮，真把自己当侠客了。"

周一吐吐舌头，表示认可。

街心的牌坊下，有人在卖"叫花鸡"，酥香四溢，围着很多食客。周一挤进去买了两份，一份两人享用，还有一份给五保户王大爷带去。

街市热闹非凡，而小巷子里则冷清了许多，二人穿过小巷向王大爷家走去。蜿蜒的小巷，逼仄的老墙，幽暗的光线，给人一种穿行在民国时代的感觉。

"你看我们俩像不像徐志摩和陆小曼行走在江南水乡,青石板,飞檐翘角,马头墙,古意禅意就差万事如意。"周一的问话打破一巷子的宁静。

"没觉得呀,冷冷清清,倒像是宁采臣与聂小倩,前往兰若寺。"虽说时值六月,可是迎面而来的阴森越发强烈,宋诗旎的感觉不太好,万一有歹徒出现,那可是叫天天不应,叫地地不灵。

"二位卿卿我我,好兴致啊。"刚拐过弯,一个壮汉扑到眼前,见他挥着木棒,叼着一根烟,逼近二人,木棒在墙上敲打,灰渣扑簌簌下落,杀气腾腾。"晦气,担心啥来啥。"宋诗旎见势不妙,拉着周一往回走。没两步,发现后路也被堵住,拦路的一个染着黄毛,双臂交叉挽在胸前,另一个染着蓝毛,一只脚抵在墙上,一看就是泼皮恶棍。他们身后还有两人在虎视眈眈,二对五,看来今天遇上硬茬了。

"小子,还不束手就擒,免得受皮肉之苦。"黄毛吼道。

"各位好汉,我们往日无仇近日无冤,大路朝天,各走一边。"周一不明就里,只能先应付着。

"少废话,留下这姑娘,你要么滚蛋,要么被我们揍成傻蛋。"对方喝道。

如果是他一个人面临险境,倒有办法脱身,周一刚才观察过,这儿的墙不过一人多高,他一个蹬踢就可以甩开这帮人。可是宋诗旎一个弱女子他不得不顾及,莫说心仪之人,哪怕萍水相逢,也会路见不平一声吼,何况为她粉身碎骨也愿意。只是一时想不出万全之策,只能继续和他们周旋。

对方仗着人多,从两头越逼越近,四周弥漫着紧张的气息。其中一个满脸络腮胡子的,突然举棒挥来,周一后仰弓腰,避过锋芒,对方紧接着又追一棒,周一一个侧闪,待对方过身,一脚踹他屁股上,对方扑个狗啃屎。周一刚收拢身体,只听得身后一阵风霍然而至,近身瞬间周一一个后鞭腿至对方咽喉,如罗家回马枪法,对方倒地扼喉打滚。几个地痞流氓见近不得身,剩余几人从两头同时冲过来,周一身处逼仄之处,借助半人高的墙一个蹬转,从上而下顺势死死盘骑在为首那人肩上,一发力,那人如风折麻秆跪倒在地苦苦求饶,其他几个宵小不敢轻举妄动。周一拉起宋诗旎往外奔去,刚拐过墙角,一通直拳打在他额上,瞬间扑倒在地。刚要起身,一把寒光闪闪的刀架他脖子上,宋诗旎也被几个追过来的泼皮按在墙上。原来这人才是这帮人的老大。在他的示意下,二人被套上黑袋塞进车内。一路颠簸晃悠，不出一刻钟他们又被拽下车，架到柱子上又被麻绳捆扎。在他们紧绑的时候，周一运了运气，把肌肉、胸腹腔撑足，其中一个地痞嘲笑道："这小子也不过如此，没那么厉害，你们看他手脚硬邦邦的像个僵尸。"

"是啊，他一个读书人，哪见过这阵势，等会儿要吓尿。"

哈哈哈，阵阵狂笑声在屋内回荡。在他们眼里，这二位已经是待宰的羔羊，只能任人摆布。

"各位好汉，你们看，我俩都被你们五花大绑了，就算插翅也难飞，把头套摘下来可以不？"

"少废话，小心我废了你。"回应他的是一声厉叫，如山上的豪猪踩到铁夹发出的怪声，哎，这帮禽兽不如的家伙也只能配此怪音。

等我找到机会非得废了你们不可，周一心里暗暗道。

"摘就摘了吧。我们有这么多人还怕他不成，传出去的话，我们以后还怎么在江湖混。"

头套被摘，睁开眼的瞬间，强烈的光线让周一差点窒息，他顾不得眼花缭乱，赶紧让自己从混沌中清醒起来。环顾四周，只见钢架林立，地上到处是锈迹斑斑的铁质模具。周一记得读中师二年级的时候参加过"保护母亲河"公益捡垃圾活动，他好像到过这儿。

以前这里是一个中型钢铁厂，后来因为环保的要求，已经弃用。原先建在这里就是考虑到郊区，不会影响到附近居民生活，现在废弃后，就更显荒凉，人迹罕至。要想得到过路人的搭救显然不现实，只能自救了。这帮崽子也真是会挑地方，看来这也应该是他们的老巢、据点。

用余光瞥向宋诗旎，周一眼神中充满了鼓励，分明在说："有我在，别害怕。"宋诗旎神情坚毅，她从来就不是一个弱女子，何况有他作陪。信任，才能放任，最终胜任，尤其是身处逆境，互相支撑足以渡过难关。只是两人始终不明白，他们为何会被盯上。"劫财，家里也没有万贯家财；劫色，倒是有可能，毕竟宋诗旎亭亭玉立，是娇嫩欲滴的鲜花。"这也是周一唯一担心之处。

夕阳西沉，大地又慢慢披上了黑衣。虽然是弃用许久的厂房，但里面的线路还是较为完好的，灯就在周一头上闪亮着。

厂房外传来脚步声，周一刚抬头，那人已经进来。此人戴着面具，看不出庐山真面目。

"是谁？为什么不以真面目示人？有何不可告人？"今天的疑惑太多了，充斥着他飞转的大脑。只是前面在街上挨的一拳现在还让他隐隐作痛，时不时会影响他的判断，这帮混蛋下手太阴毒。

几个地痞看见面具人都表现得比较恭敬，为首的和他一番耳语，转过身朝其他几个人挥了手就都退出去，只留下一句"好生享用"，麻溜地关上门。

掰掰脚指头也知道面具人的企图，气氛又陡然紧张起来。面具人朝宋诗旎走去，快接近猎物时，突然停下脚步回头看着周一。周一凝视着对方，想击穿面具看看后面隐藏的真实面孔。对方忙避开了他的眼神，似乎嘴角隐隐抽动，面具差点滑落，刚才的对视好像让面具人慌了心神。虽然戴着面具让眼神看起来更深邃，可是周一总感觉在哪里见过，具体又说不上。

面具人明显不想纠缠，径直走向宋诗旎，肆意欣赏一番，把手伸向她衣襟，宋诗旎剧烈挣扎，不让他得逞。

"你这畜生，给我住手。"宋诗旎破口大骂。"你有种和我单挑，欺负弱女子算什么好汉。"周一想激怒他，这样她就能幸免于难。不过，面具人都不为所动。

宋诗旎骂得竭力，两腮绯红，反而更有一番韵味。面具人停下其他动作，伸手去抚摸她的脸蛋。

"哎呦呦"尖叫充斥着耳膜，原来趁他不注意，宋诗旎咬了面具人手臂一口，他刚要反击，宋诗旎紧接着狠踢了他下体一脚，"嗷嗷嗷"像一只狗的尾巴被人踩了一脚，在地上痛得直打滚。

"到底是小伙子，里面的动静整得挺大，都爽得叫起来了。"外面几个地痞起着哄。

幸好之前这帮人在捆周一时，他留了个心眼，尤其是夹在胳膊下的那支宋诗旎送给他的箫，他们没发现。周一用嘴叼起箫，又向宋诗旎指指脖子上挂的玉佩，指引她把玉佩塞至箫的另一端。两人配合得完美，周一运足了气，对着灯泡用尽全力吹射出去。

"噗！"灯泡碎了，房内漆黑一片。

"呕吼，连灯都关了，看来里面的赤膊戏很精彩啊。"外面又响起了几位地痞的意淫声。

碎了一地的灯泡玻璃就在周一身边，他赶紧用脚夹起一块，开始用力割断绳子。抖落绳子他立马过去解开宋诗旎身上的绳索，带着她来到窗边爬跳出去。

等他们跑出几十米远，又被几个地痞发现了，眼看追不上，其中一个拿起猎枪瞄准奔跑的他们扣动了扳机，"砰——"枪声打破寂静的夜空。周一应声倒下，宋诗旎一看吓得不轻，子弹打中了他大腿，血流不止。几个地痞也不追来了，可能意识到这事闹大了，搞不好要会出人命，都逃之夭夭了。

宋诗旎扶起周一向城区走去，血流不止，哪怕他咬牙坚持，也感觉眼越来越花，腿越来越轻，扑通一声昏倒摔在地上。

四三　吉人天相

病房外拥挤着许多人，都是来看望他的。走廊上的"静"字在白墙的衬托下更显肃穆。躺在病床上的周一脸跟墙一样白，腿上的创口不大，但是流血过多导致一直昏迷不醒。此时的他多像静字，静由青和争结合，如果青春时不抗争，就真得一辈子静，静一辈子。医生的结论和多数小说情节类似，能否醒过来全靠他自己的意志，很多时候我们都有羡慕小说的情结，但当自己活成了小说里都不愿出现的情节，那注定是情劫。

医生没走几步，又被跑来的孙侯和陈管拦下，"医生救救我兄弟，我们可以献血，我血多，不怕抽。"二位连忙挽起衣袖，伸向医生。

"二位的心情和大家一样，我能理解。医者父母心，我们会尽力的，你们现在要有耐心等待。"其实刚才的场景已经是第三波了。主治医生清晰地记得，刚赶到手术室门口就被围得水泄不通，要求医生一定要医治好，不答应还不让走。手术中连院长都几次亲自进来传话，说务必要抢救过来。

班主任和学校领导正商量着是否要通知周一家长，以及如何告知，毕竟对一个家庭来讲，孩子是希望，家长往往可以为了孩子吞下世间所有的苦和难却依然乐在其中。学校领导的意思是，既然迟早都要面对，不如直接告诉周一家长实情，做好安抚。按理说小黄老师只需照办就行，也不用担负责任。可是她却希望暂时按下此事不表，缘由无他，她相信吉人天相，周一定会逢凶化吉。她也知道周一的家庭情况，父母年迈又爱子心切，假如真如自己所愿化险为夷，也就不必为他家人徒增忧愁。虽然有很多学生踊跃要求留下来照顾，但她还是觉得让宋诗旎留守更为妥帖，虽然不完全清楚他们经历了什么，但是一起经历过生与死，两人的心中磁场会有共鸣，这对病情的恢复有天然的助力。

作为一班之长，秦泽猷忙前忙后直到大家都散去，起身再三检查确保无虞，正准备辞别，窗外闪过一道黑影。两人心一惊，莫不是仇家找上门了？旋即去关窗、闩门，待他们转身却发现唐生站在面前，原来刚才闪过的身影是他。

自从柳叶舞出事以后，唐生像是变了一个人，话少了很多，校园里也很少见到他的身影，花自飘零水自流，也许答案只有留给时间。兄弟落难，自然不能袖手旁观，唐生拿出半根老参递给班长。

"这人参是我十岁生日的礼物，父亲从东北一个老板那里求得的参王，参龄已经上百年。这人参能增强机体免疫功能。"边说边走到周一病床旁给他牵了牵棉被，继续道："还有半根已经被我服用。读初中那会，我路过一条小巷看见有人贩子抢抱一小女孩，我见状就上前和他们厮打。他们落下风反而抽刀劈向孩子，被我挡了一刀，虽然血流了一摊，家人紧张得要死，但我靠这半根参一周就恢复了。"刀光剑影的事，被他说得如此风轻云淡，看来经历了许多也就看淡了不少岁月伤痕。

寒暄交接之后，班长和唐生都回去了。

病床边的长条椅上宋诗旎静静地坐着，可是她的心里如同院墙外的三江水翻腾。

他是第一次如此安静地像个孩子一样躺着。三年师范学习生涯，他留给自己的印象时而活跃时而调皮，像个不知疲倦的篮球一直蹦跶着，她甚至没想过静止的他是怎样的形象。琴棋书画，他精通，天文地理，也知晓，是老师同学眼中的佼佼者，除了自己几次阴差阳错对他的误解，也实在挑不出毛病，甚至半点儿瑕疵。很多时候自己有了情绪波动，最想倾诉的不是同寝室的好姐妹，而是眼前人，他总能给她不一样的见地和启发。

那次实习期间的月下对话，她何尝不知夜色中的浓情，人非草木孰能无情。和他一起总能感受到人类最质朴的真诚，从不掩饰自己，坦诚以待，所以连那么高傲的唐生对他也敬重有加。就说最近的南云塔之行，也许是两人迄今最知底细的一次，无遮无掩，一览无余。光明磊落，从不趁人之危，如果生活在古代他一定是位丹心侠士。自己也从不缺追求者，爱慕之信也收到好几沓，有本班的，也有外班的，跨年级的也有，只是真正让她动心动容的却绝无仅有。

橘黄的灯光映照在他脸上，依然苍白如雪。输液瓶里的药水已经所剩无几，按着心跳般的节奏滴进他血管里。江风拍打着窗户震出哐哐声，似乎要唤醒这位少年，无数次在城墙边望江吟诗的风华少年。

宋诗旎把被子压实以免他被夜风吹到。虽然时值盛夏，但江南烟雨，空气还是很潮湿。他的手纤长，是天生弹钢琴的，只是钻心地凉。宋诗旎握着他的手，用自己的体温暖着。往事依依，她又何尝读不懂他的心意。如果说人类的情感是浩渺的宇宙，在众多闪烁的星辰中，他们之间犹如两颗自带轨迹又若即若离的行星，哪怕借光也要闪亮周遭。

漫长的夜，等待天明是煎熬的，宋诗旎更加心怀愧疚。可现在也于事无补，一切又不可以重来，她只能祈祷他早点醒来，一起去实现理想、梦想。她内心对他的接纳、喜欢也想亲口告诉他。听人说，昏迷的人要是有他内心认可最重要的人在身边一直回忆生命里的重要时刻，会有奇迹发生。也不管是真是假，宋诗旎一晚就在病床边喃喃自语，以期唤醒他。

阳光从窗外射进来，新的一天上映了，酸甜苦辣，悲欢离合，剧本不尽相同。昨晚也不知怎的，迷迷糊糊间她就睡着了，可是梦里又很清醒，万丈悬崖边始终有人向她挥手，可是又看不清脸。她下意识看看周一的手，昨晚可能握得太紧了，指印还有。她去推开窗，让新鲜空气进来。

"你这样一直睡着，让我很担心，我还有好多话要对你说。其实你就是能陪我一起数星星的那个人。"宋诗旎边说边打开窗。

"你再说一遍。"微弱的声音从身后传来，宋诗旎赶紧转过身，可是没啥情况。

难道是幻觉？

也许是从外面传进来的吧。天一亮，小镇也就苏醒过来了，街上立马人来人往，车水马龙。宋诗旎用湿毛巾给周一擦脸，这样看起来会更精神。

常运动的人不容易受伤，但是一旦受伤就不容易恢复，况且是要命的重伤。宋诗旎知道这事急不得，又站在床边对着他自言自语。

"……经历了那么多，我们也算是患难与共，我也知道你的情意，如果你现在醒来，我还想对你说那三个字……"宋诗旎手撑着下巴，眼睛微眯着。

"不许反悔。"

"不反悔！"

"哪三个字，快说啊！"

"我爱……"

这声音不对啊，怎么就从身边传来，宋诗旎立马精神起来，看见周一正冲着他坏笑。好你个鬼家伙，竟然诓我话，虽然可气，不过还是很激动，一拍手却拍在他受伤的腿上，周一立马号叫起来，"还有一个字没说。"

"我爱书。你满意了吧。"宋诗旎斜睨他一眼，埋怨的眼神里更多的是惊喜和欢欣。

其他来看他的同学恰巧刚到，见到此景都开心得不得了。大家都争着要和他攀聊。现在他享受到了英雄人物般的待遇，大家对他的遭遇很好奇。后来警察来了，跟周一说一共抓到五个人，让他安心养伤，这些坏人一定会被严惩。周一知道还有一人漏网了，但不管怎么说，坏人被绳之以法总是大快人心。

四四 回力球鞋

要说年轻就是资本这话倒是一点儿不掺假。不到三天周一已经可以啃下五个大馒头了，俯卧撑一口气不下五十，一周时间已经出院返校，如同折翼的鸟又重新翱翔于无边的苍穹。

毕竟俩学生敢于和歹徒较量，表现出当代学子敢于抗争勇于智斗的一面，另外遇到险境同学间也表现出了良好的互助扶持的一面，小黄老师希望学校能给周一记上一功或者给个荣誉称号。但学校从警方得到的反馈信息是这案子仍在侦查期间尚未结案，而且通过侦查也已证实了周一的笔录，还有一人漏网未归案。从突击审讯来看，这案子让警察也觉得不可思议。起先警察也认为案犯悉数落网，后来现场脚印勘验发现还有一案犯，就是主使之人。只是无论如何审讯，抓捕归案的五人都提供不了有效信息。开始以为他们串供故意隐瞒信息，随着调查深入，发现这几个地痞也确实是蒙在鼓里。主使之人每次见他们都蒙着脸，从未见过庐山真面目。

要说这神秘人也是厉害，不仅给得起钱，还知道这些地痞的家庭信息，家里是否有老母，地有几亩，也都门儿清，感觉被拿捏得死死的，拿钱不办好事会有灭顶之灾。警局通过声音音色、脚印深浅、体格大小等线索研判，这幕后之人应该是位少年，而且大概率是个学生，只是没有得力的关键线索，所以案件又陷入僵局。

为了审慎起见，学校决定对两人进行校级的通报表扬，暂不做进一步的新闻宣传，虽然黄老师护犊心切，但是学校的考虑也是统筹全面的，所以也无异议。

学校永远不缺朝气，因为有了青年学子，哪怕百年老校依然闪耀着思想的光辉。周一倒是成了传奇人物，这段时间只要是个人开口闭口不提到周一这名字就好像没见过世面一般。在学弟眼里，他就像是武林中的喋血剑客，被一众冷血杀手围攻，血溅八尺外，身受重伤，依然凭着一口真气挑尽敌手。而在学妹们心中他被神化成了英雄救美的侠客，一袭白衣战袍，眉目清秀，帅气逼人，如果一起浪迹江湖那真是十分令人神往。

"学长周一我是见过，那叫一个帅，伸手不见五指的夜也能帅到地面雪亮雪亮……"一个不认识的学妹对着一群不认识的学妹在倾诉着桃花十里春风俏的故事，惹得听众哀怨又羡慕。

"自己还有了多功能用途。"不知是因祸得福，还是身在福中不知福，周一心里自嘲道。不过他没心情得意卖弄，甚至还有点心烦意乱。那双陪伴他三年的回力球鞋不见了。

这双球鞋包含的情感和故事不是一般人能体味的。他记得读初中那会，班里一个同学,老爸下海经商,家里除了钱还是钱,在物品奇缺的日子里,他家里天天大鱼大肉,还有一个姐姐也是打扮得花枝招展,天天焕然一新。他第一次见到回力鞋,就是在这位同学脚上。虽然鞋的工艺结构简单,但是结实耐用,而且白底红字,非常清爽、青春,班里多数同学穿的还是解放鞋,那是农民伯伯干农活的配置,颜色深绿带土灰,很土气,而且是单层,虽然也耐用,但柔软度不如回力鞋,很板脚。

他自己穿也没碍着别人啥事,可是这龟孙子为了显摆,坐在位子里,居然趁着其他同学上下讲台交作业突然把脚伸出,为此许多同学都被绊倒摔得鼻青脸肿。小花同学家里穷得快揭不开锅了,也被这恶少盯上。看她快走过来,故伎重演,小花躲闪不及踩在了他脚上,雪白的鞋子被她拓上了黑色的印子。

"赔,赔,赔,你这穷光蛋把你卖了赔。"这恶少如一条毒龙为害一方。小花被吓得瑟瑟发抖。虽然激起民愤,但是大家的声援如毛毛细雨荡不起丝丝尘灰。毒对毒,恶对恶,周一把一切看在眼里,决定出手治治他。数学老师有点烟瘾,喝水量比较大,而且喜欢喝热浓茶,为此,一只玻璃杯从不离手。那天讲完新课,问大家有无听懂,周一第一个举手,搞得大家都纳闷,学霸怎么也有名不副实的时候。老师捏着烟提着水杯过来亲自指导。

"会了吗?"老师望着得意门生。

总算等到这根烟燃得快差不多了,他继续拖延道:"还差一点,这个公式推导还没整明白。"

老师把烟头扔在地上,继续声情并茂地讲解。周一悄悄地把烟头弹踢到了旁边恶少的回力鞋上。那家伙正在和同桌玩"东南西北风",上面写着"波霸美女、豪华别野、山诊海味、高级桥车",这不学无术的家伙,四样里面三个错别字。不过刚吹到的是"波霸美女",所以一脸淫相,全然不知烟头快把他的宝贝鞋子烧着了。

"老师老师,那儿快烧起来了。"周一边说边指。

数学老师顺指一看,好家伙,鞋子冒青烟了都,赶紧拧开杯子盖,也顾不得刚才灌的热开水,一股脑儿全都汩汩汩倒在他脚上。烟火是灭了,可是这同学的脚被烫肿得像猪蹄子。好长时间再也做不了恶了,天下太平。第二天恶少挂着拐,拦住了周一。他做好了战斗准备,等恶少先进攻,再后发制人,让他这个废人三招也无妨。没想到，公鸡也会下蛋，恶少居然说感谢他昨天及时报告老师，不然脚真要被烧成烤猪蹄了。还拿出一包鱼皮花生感谢他。有这种好事，被人卖了还帮着数钱。见周一不为所动，又拿出十块钱嘴贱地说反正你家也穷，这钱就当是昨天的酬金。无功不受禄，可是劫富济贫他愿意做。接下钱，他转交给了小花。上次她踩到恶少脚上，本来让她赔新鞋，后来听说改赔了五元清洁费。现在刚好物归原主，还有赚头。

恶少啥也不会，对篮球倒是有点喜好，技术也不如周一。那次班里对抗赛，最后一球被周一掌控，他准备突破上篮，可是解放鞋胶底脱落，球场本来就是砂砾铺就，结果脚底被一颗尖利石子切进去导致他摔倒在地。这恶少穿着新的回力鞋，自然健步如飞，被他捡漏成功最终赢得胜利。这还不算，他走到周一跟前不但不拉一把，反而伸出脚在他面前晃晃，不可一世的样子如一把尖刀深深刺痛了周一。

母亲知道周一爱鞋心切，可是家底也如光头上的虱子——明摆着。这个心结也一直困扰着母亲，她为自己不能给孩子提供和别人一样的物质生活条件，而陷入了自责。每次看到孩子跨门远去的背影她都潜然泪下。如今孩子要去远方求学，各地的孩子聚在一起少不了攀比，虽说周一很懂事，但是十七八岁的孩子也是自尊心极强的时候，再穷不能穷孩子，天下父母的心同理。

无法忘却的是离家求学的那个早晨，当母亲把一双崭新的回力鞋放进旅行包里，周一感到异常地沉甸甸，他背负的母爱如家乡的那座山一样沉重。当破旧的老车拖着疲惫的身躯载着年少的他渐渐消失在腾起的尘土里，透过车窗他看见母亲挥舞的手上那枚外婆传给她的银戒已经不见。他明白今生每踏出一步留下的印痕都有看不见的温情，那方向朝向母爱。

陪着自己走过了三年风风雨雨，虽然胶底磨损的只剩蝉翼般稀薄，帆布也褪色了，但是他依旧把鞋洗得干干净净，等重要活动时再拿出来穿。好几次上台表演和领奖，他都穿着这双旧回力鞋，虽然母亲未能亲临现场，但他相信感应，相信母亲会欣慰。三年里寄托和承载了他太多的感情的回力鞋，如今找不到了，就好比身上掉了一件重要物件，浑身不自在。

几天不在校园里，这么重要的东西不见了，正在他沮丧之际，寝室门外高马大进来了。周一马上问他见到没有，高马大说没看见就去开自己的柜子。突然他转过身来说，好像前两天大扫除，看见负责物品清扫的张士杰拎着鞋说用不到了要扔掉，幸好吴天明制止了，说是不管物品如何破旧都应该由主人自己定夺留还是扔，何况当时你住院更不能擅作主张。后来张士杰把它扔到楼后的哪个角落了。

周一一听狂奔到楼后，在杂物间里找到了这宝贝，轻拍灰尘，又重新装进袋子。等他回到寝室发现张士杰也在，两人四目相对数秒，张士杰先挪开视线。周一觉得奇怪，这双眼睛尤其是刚才的眼神总感觉在哪里见过，可就是想不起来。周一眼下也不管那么多了，鞋找到了，心也尘埃落定了，不至于空落落。

三年时光很快到了说再见的时候。记得刚入校的时候，和父亲一起，两人三包也没啥东西，后来学习生活开始，学校也像半个家，东西越添越多，现在要回去了，东西该扔的扔，该留的留，慢慢的又跟当初一样。就像人生一样无非三个阶段，先做减法，再做加法，最后又做减法，一个轮回就是一段人生。

四五　推荐名额

风雨多经志弥坚，关山初度路犹长。哪怕万里长征，只要一步步往前走总能到达目的地。

学校召集三年级的八个班主任开会研究保送滨州师范大学的名额分配。跟往年一样，只有一个指标，但是根据校务成员事先碰头会的会议精神，为了调动全体学生的积极性，营造全员向学向上的氛围，今年作了适当的规则改变。往年是打捆选拔候选人，完全根据成绩排出年级前五名，最后由评审团综合各方面表现确定人选。现在把权限下放到每个班，每个班选出一位最佳候选人上报，学校评审团从八人中遴选。前者会出现一个班有多名学生入选撑死，有些班剃光头饿死，但是只能以成绩、荣誉这些可量化的作为衡量指标，其他方面无法兼顾似乎也有失偏颇。后者每个班综合各方面因素择优上报，但是优秀的人员比较多就会出现僧多粥少难以兼顾，似乎也难以两全。

未等及听完这项新政策的解读，黄老师已经坐立不安。按之前的选人标准，她班里至少可以五进三，而且三年来她的班是公认的年级优胜班，所以保送大学的名额大概率花落7班。现在她觉得这政策对她的班内学生来说有点残忍，尤其是周一和宋诗旎这两位学生的志向她是十分清楚的，甚至他们俩平时还憋着气互相较过劲，他们的自律更是代表了当代优秀青年阳光自信的一面，她实在无法浇灭他们对理想的信念。还有几位学生也很优秀，虽然不显山露水，但是难保他们没有此心思，有能力谁不想上进呢？

她碰碰紧挨她的杨柳青老师，"老杨，你不是说没去过我家，今晚上我家吃饭，父母不在，不过你不能犯原则上的错误。"

别说，说了别人也不信，和她谈恋爱两年多了，手还没牵上两次，更别提还想有深入了解动作。好几次梦里和她亲热，醒来却只能又多添一份懊恼。杨老师每次想有进一步实质性动作，都被小黄老师找借口化解掉，说时机未到，到了自然满足你所有的欲望。没想到今天她居然主动提起，看来有好戏唱。

"原则上的错误指哪些，鄙人不解，请下懿旨，夜色美好我怕会情不自禁。"

"良辰美景不可辜负，如果你要犯也不是不可以，不过你要拿原则上的东西弥补。"

"可以呀，连人都是你的，何止东西，南北也是你的。"为了一亲心上人芳泽，像杨老师这么文质彬彬的人也顾不上其他了，"不过你倒是说说用什么可换。我实在想不出还有你惦记的，不然也不至于如此。"

"你的就是我的，真没啥惦记来惦记去的，不过身外之物倒有。你班那个名额给我们，你也没啥损失不是吗？"黄老师第一次向他撒娇了。

"这么热的天，怎么感觉越来越冷，我一定是感冒了，你不能治，我要找药去了。"他跨出门又回头向她挤挤眼，分明在说你的学生是宝，我的也是，这买卖难做。嗯，恩师如父母，诚不欺也！

对于杨老师的举动，她一点都不责怪，老师维护学生天经地义。此路不通只能另寻他路，为了班里学生她也只能尽人事听天命。召集大家开会的王副校长见大家都散得差不多了也准备起身离开。黄老师赶紧过去拦着，"领导，我班能不能增加一个名额。"

"小黄老师啊,你带的班确实很优秀,学校领导也很赏识和认可你。可是学校也是站在整体发展来考量,希望你能体谅。"

"校长,你看学校打算推我为市优秀教师,我想把这荣誉请辞,只要给我班增加一个名额就成,就一个。"黄老师眼巴巴望着校长。

"这不是两码事吗?你这样想就有点不成熟了。"不等她接话校长就走了。

优雅知性的小黄老师有点失态了,为了给学生争取机会她也算是倾尽所有。她如此豁出去,无非是想给孩子们带去一点希望,但也明白,即使增加一个名额,最终也不能事事如愿,人人顺遂,毕竟只有一个保送指标,最终还是要面对一人胜出众人黯然退场的局面。

也许迟早都要面对,不如趁现在接受打击、锤炼,以后走上社会也能提前适应,她只能这样安慰自己,也打算这样开导学生。

第二天黄老师又接到了补充方案,大致要求是班里根据成绩及荣誉推出两名候选人报学校资格审核,无异议再到班里由学生票决差额产生一名报学校最终评审。这样做据说是防止教师一言堂,杜绝关系户,让所有学生都参与进来行使自己的权利。

荣誉上来看宋诗旎、周一、秦泽猷获奖次数都相同,总分则是周一第一,宋诗旎第二,秦泽猷第三,所以综合两者秦泽猷没有入围第一轮,很可惜,但是规则如此也爱莫能助。

晚上,校会议室灯火通明,资格审查团已经拿到了各班上报的候选人名单共计十六人。政教主任翻阅了一遍资料说道:"这届学生素质确实不错,每个候选人都很优秀,可惜上面给的指标实在太少。"说完便把资料交给校长。不过他又补充道:"这里面有位叫周一的同学,无论成绩还是荣誉上来看都是独一无二的,只是这位同学好像至少有两次在校外和人起过冲突,虽然错不在他,但是学生还是低调稳重,专注在学习上更妥当。"

夜本来已深已静,他这么一说空气似乎也凝固了,大家转向校长看他如何定夺。说实话三年来周一带给大家的震撼和冲击还真不少,给校园广大师生留下了难忘的印象。

校长看了看大家,站起来开口缓缓道:"从周一身上我看到了自己当年的影子,我当年读高中那会血气方刚,也和他年龄差不多,看见街上有个流浪汉被人欺侮,别人都袖手旁观,我上去就把欺侮人的统统教训了一遍。生而为人,都有父母疼家人爱,既然人家已经不幸,还要受伤害,我就看不惯要挺身而出。周一也是个热血青年,敢于斗争打抱不平,血液里流淌着真知、真理、真性情,我觉得没什么不妥。"校长的话引来了阵阵掌声,夜色越发迷人、沉醉。

这所百年老校,历经百年沧桑,却能与时俱进,毫无半点陈腐之气,与校领导团队思想开明有密切关系。所以慕名来求学的络绎不绝,深厚底蕴也将造就一批又一批栋梁之材,周一应该庆幸生逢其时。

四六 花落谁家

六月底的栀子花香气扑鼻,加上梅雨的浸润,校园里每年这时候都会下起香雨。因为即将放假,加上紧张的复习,其他活动都暂停或已告一段落,每学年最后一次活动就是轻松愉悦的"香雨赛诗会"。

依往年惯例,周一都会写一两首应应景,洗洗诗心晒晒诗意。这两天周一右眼皮一直跳,心神不宁,加上月初就收到父亲的汇款,一系列反常让他疑虑重重。莫说写诗,连课余时间大家谈论保送的热烈气氛也感染不了他,也无心顾及。十六位候选人的名字已经公示在学校的告示栏里,旁边还有几张他的书画作品在展示,而明晚就是班级票决的日子,二选一,明晚不能胜出也就没有后续。对于部分同学来说,这也是二次改变命运的机会,人生充满着选择,命运之钥要靠自己掌握。

午饭后,周一看见秦泽猷在教室里练书法,他向班长说了自己的困扰,希望能在最短的时间里了解到家里的实际情况。写信太慢,而且也不一定能知道真实情况,父母从不会在他面前提起遇到什么难处,电话也不行,村里还没有人装。寻求班长帮助,是因为他知道,秦泽猷家庭条件不错,而且家里资源比一般人也好很多,父母亲都是政府工作人员,人脉也广。

班长听闻后，二话没说就带上周一到学校附近的邮局打电话给他父亲，把周一家的情况向父亲详述了一遍。父亲告诉秦泽猷那边有熟人，不要担心，他马上打电话安排人上门去了解情况，先不要走开，一有结果就打电话来。

不到半小时电话就回来了，秦泽猷仔细地听着最后皱眉头挂掉电话。这一切都被周一看在眼里，他读懂了家里一定有事。事实也是如此，早在一个月前，他母亲上午在山脚收割晚季油菜，结果田埂湿滑没踩稳滚到了岸下，到傍晚被路过的人发现才送到镇医院，结果命是救回来了，但是长时间翻压血脉堵死，造成半身偏瘫。父母知道儿子一心想读大学，如今万事俱备只欠东风，没想到节骨眼上还出了此事，但是为了孩子的梦想，他们决定豁出去了。一是向孩子隐瞒这件大事不分他的心；二是如果孩子如愿保送大学，就把房子卖了，老两口就住后面的柴房，虽然房子破旧但也足以容身；三是家中两只老水牛虽说陪伴了近十年颇通灵性，但是也只能忍痛割爱卖掉换学费。还有就是提前把钱汇过去，万一儿子来信怕说漏嘴。

班长拍拍好兄弟的肩，把电话那头的意思原原本本地转达给他。周一情绪低落悲恸又自责，家里发生了这么大的事他浑然不知，知道了也无能为力，觉得自己很不孝，无能。

觉得他情绪不对，这人要犟起来也是几头牛都拉不回，班长赶紧打岔："你小子，可别打退堂鼓。别人羡慕还羡慕不来，你三年的梦想成败就在此一举，别犯傻。我都想摆一桌祝贺你！如果真为上学的钱发愁，我也可以帮你，怎么说我们也是好兄弟。"

经他一开导，周一心里也畅快多了。

第二天晚上，三年级教室灯火通明，气氛热烈，但是967班却异常安静。黄老师可能是今晚最难熬的人了吧。因为她深知自己班里选出的基本就能夺魁，毕竟这两位候选人实力已经甩开后面几位好几条街，比三江镇上的街甩得还老远。

可是手心手背都是肉，实在难以抉择，只能顺其自然。

"今晚就让我们自己决定一切，得票数多的一位推荐到学校评审团，也请大家抛开私人感情慎重投出你这庄严一票。"

老师话毕，大家就开始认真填写选票。周一望向右座的宋诗旎，她也恰巧看向他,两人的目光交汇,似乎都隐含着志在必得、舍我其谁的当仁不让,既然要比,就轰轰烈烈较量一番。

大家都填写好了选票,接下去就是唱票环节。秦泽猷和贾小柔一个计票一个唱票。

"周一、宋诗旎、宋诗旎、周一、周一、宋诗旎……"

全班同学屏住呼吸观看着两人的票数变化,大家发现两人票数非常接近,到后面,每唱一票同学们的心都会紧一下,虽然自己只是个旁观者。最终在大家注视下,票数统计完毕,两人票数一样。这一结果大家倒是没想到,看来两人都得到了大家的认可,不相上下。

根据规则,第二轮如果得票数还是相同,再投一次。孙侯对身边的陈管嘀咕道:"他们两位候选人如果还是选自己,那投票结果还是依旧,毫无疑问。"

其实他们哪里知道,实际情况恰恰相反。周一和宋诗旎两人都没投自己,而是投给了对方,刚才两人不约而同的表情不过是想让对方写自己的名字,都想把机会让给对方。同学们都以为在这关键时刻写自己名字才是天经地义,可他们两位当事人却偏偏没有按套路出牌,只不过两人不约而同,最后就不谋而合地互相成全了。

大家似乎都在等待第二轮投票,这时周一站起来向老师提议道:"再投一轮太麻烦,而且结果可能还是一样,不如抓阄,反正也是50%概率,公平。"老师让大家来定,结果多数同学都支持这一方式。周一自告奋勇,上去做签。他写好一张名字给大家看,上面写的是宋诗旎的名字,又写了第二张放进去。周一提议让黄老师来抓,抓到谁就是谁。黄老师表示,这事还是由两位当局者自己定为好。

一直未表态的宋诗旎提议让周一抓,无论什么结果她都认可。其实她心想,既然你做的阄,你当然能知道哪张是你的名字,你就可以抓出自己那张。

这当然正中他下怀。周一向四周扫视一番,两手搓搓,又往里看看,似乎在找有自己名字那张的感觉。最后又闭上眼,一副顺其自然的神情,伸手进去抓取一张,对着大家展开,上面写的是宋诗旎的名字。

结果揭晓了,同学们也掌声响起,宋诗旎和黄老师的眼神里分明蕴含着落寞。这不是最好的结果,但这是必须面对的结果。

周一和她握了个手表示祝贺,其他同学也向宋诗旎送去祝福,趁着人群的簇拥,他飞速离开教室。

突然间他觉得偌大的校园竟然一时又变得无处可去。阅览室吗,可笑,在那儿自己曾参禅般一坐半天整天,无非是汲取更多的知识实现自己的目标。操场吗,可悲,自己在这儿洒过的汗水也曾湿透每一寸土地。如今这一切都已枉然,都归于零,而且是自己亲手终结。默念着,走着,心散了才真散心。

抬起头,发现自己已经不觉走在荷花池边。夜风阵阵,这里也曾见证了他的成长历程,荷花荣枯了三载,依然那么窈窕,该不会是百花仙子附体了吧,不然自己怎么会挪不开脚步。清莲濯心,一汪夏池映春芳,明明心有不甘,可是他又觉得自己终于释然。宋诗旎,一个他早已刻在心上的人,是上天派来收自己的,还是翻越万重叠嶂寻找的灵山,说不清道不明,和她的故事,也许才刚开始。

"我该表扬你的自私,还是批评你的伟大,请你告诉我今晚这一切。"也不知她在身后站了多久。

沉默,还是沉默。也许他没答案,也许她多此一问。

"你看今晚你做的签。"两张签在宋诗旎手上。

今晚的结果是注定的,因为两张签上的名字都是她。之前抽签时的神情不过是障眼法,周一演给大家看的而已。一定是发生了什么,当初两人说过要公平竞争,凭真本事拿到保送指标。

他知道不说一个她信服的理由,她会一直追问,从夏天追到秋叶飘零,望望天,有流星划过,他避开她的目光,沉默充斥着夜幕。

过了好一阵,周一打破了夜色的寂静:"我来这里读书,已经很幸运了,家里付出了很多,我不能太自私。我们那边也缺老师,留不住人,从哪里来回哪里去,我回去能解决燃眉之急。况且把指标让给你,我心平,你有这个能力,所以谁去都一样。"

虽然他说的也是实情,但她觉得他追寻自己的理想是可以实现的,如今三年心血付之东流,未免可惜了。

四七 终将毕业

三年的青春时光浓缩于一天，未曾说出口的赶紧开口，未敢出手的赶紧出手，因为这是最后一天。明天太阳一样会升起，但我们终将告别。

三江师范的严，是出了名的。读书期间禁止谈情说爱、抽烟喝酒、打架斗殴，甚至细到男女同学间保持多少距离，也曾明确过具体数据。人有七情六欲，就免不了遭受世间苦和痛。规章是死的，人是活的，世间一切和情沾上边你就无法按常理解释。年纪轻轻，血气方刚，言语不中听也会撞出个火花四溅，拳脚相向也要当回真英雄；少年不识愁滋味，为赋新词强说愁，抽点烟喝些酒，仇和愁说走就走；窈窕淑女，君子好逑，此情此理古有之，无须赘言。亲情、友情、爱情……情情是关，关关难过。

能顺利毕业，走到最后，也是跨越了多少人世的雷，躲过了多少暗处的箭，总有些黑夜里独自抚平舔净了流血的伤，才成为生活的强者，才能到达胜利的彼岸。

上午全校毕业生在操场上合了影，背靠巍巍青龙山，寓意大家今后云龙腾飞，事业蒸蒸日上，青春常在。班级合影的背景则每个班都不尽相同，有些以教学楼为背景，常记自己曾经卧薪尝胆的学习生活；有些班级以植物园为背景，桃梅叶绿枝新，橘果含香，充满生机。967班与众不同，他们以大地为背景，全班同学组成三个数字：9、6、7，躺在操场的菁菁草地上，他们将脚踏实地走好今后人生的每一步。

两个集体照结束后，就是自由组合时间，大家愿意和谁留下永恒瞬间，谁也不会干涉，像2班的一位洪姓同学是位活跃分子，艺术细胞丰富，现在被别的班许多女同学争着合影，拉胳膊推肩就像唐僧被抓入盘丝洞。周一被邀请合影自然少不了，甚至连学弟学妹们也排队候着。

忙完这些合影的事，周一打算去和宿管大爷道个别。三年来处得有点像爷孙，多次给自己开过后门，提供诸多方便。记得有次月圆之夜，周一一时兴起，诗兴大发，在三江边流连一时忘记时间，待要返回才知校静门关，幸得大爷慈悲为怀,放其入门,否则要在街头流浪挨冻。

"学长好,请留步!"一阵清脆干净的声音从身后传来。

应声转过,他发现此人并不认识,但从校服上判断是位低两级的小学妹,扎着马尾辫,可爱又不失端雅。

"你好,请问有何指教?"周一一边应答,一边在大脑里飞速检索:此人姓甚名谁? 在没有搞清状况前,既不能太过热情,以免落入圈套,又不能太过冷淡,让人觉得清高,又或者曾有过交集自己忘记了。

"请恕我冒昧。你是我偶像,看过你的诗,我还摘抄了几首你的雅作。"

看她手中拿的摘抄本,也是当下最流行的硬皮笔记本,封面印着李白、杜甫的画像,不像其他同学贴的都是当红明星,"采蜜本"三个字娟秀清逸,最下面一行写着:当你孤独落寞的时候,文学可以点亮洗净世人的心口;当你遍体鳞伤的时候,读书可以缝补治愈所有的伤口。看来这也是位文艺女孩。那自己的几首诗是如何到她那里去的? 他很疑惑。这几首诗被她誊抄得工工整整,清清爽爽。

月心引力

我常常凝望深邃的夜空里

唯一又显眼的月球

清净、青衿

多么像你

这三十八万公里

依然无法深深摆脱你的

吸引力

因为我心似月

……

这是自己早期的作品,稚嫩、青涩,不过是青春懵懂时的无病呻吟,纯属自娱自乐。

小学妹已经没有了刚开始的局促，看看蓝天深吸一口气继续说："可能你贵人多忘事，之前我还得到过你的指点。现在我刚加入到校文学社，想着你马上毕业了，我就少了一个可以请教的人了，为诗消得人憔悴，争教两处销魂，伤感。"眼圈都有点泛红，看来是真心话，与文学沾边的人莫非情感都丰富些。

"不会的，三江师范卧虎藏龙，以后能指导你的大有人在。我这里有两本自己的诗集，一本送故人，这本就送你吧。今天我比较忙，以后有缘的话再和你畅聊文学，告辞了。"

望着远去的身影，这位小姑娘轻吟道："会的，此生我们还会再见。"

一天快过去了，大家似乎都很忙碌，也不知是想给不平凡的三年画个圆满句号，还是想奏出最后的华章，反正自从合影结束后班里同学都没怎么碰见过。

孙侯和陈管哥儿俩好，始终如一，本色不改，他们继续合作完成最后一单——把同学不要的物品收集起来，折旧卖给学弟学妹，开启了当铺商业模式，这两人没读商业大学可惜了，少了一对业界骄子。

刘一道向贾小柔表白了，憋了三年的话如窖藏的酒，打开了也就见底了。不过后者未置可否，只说了一句随缘。是啊，前路茫茫，未来如何谁又知道呢？

班长站好了最后一班岗，用他的话说是船到终点最后一个上岸，他用行动践行了他的承诺。有些人豪言滔滔不绝，如三江水浩浩荡荡，荡了也就没了，而他默言负重，似青龙山敦厚踏实，任劳任怨。

唐生也现身了，合照留影，赠送礼物，还专门和周一几个朋友叙叙旧。

傍晚时分是毕业班全年级聚餐，地点就在学校食堂，学校第一次提供酒水，是当地产的啤酒和五加皮。教师在包间，学生还是坐在原先划定的位置。其他班级都比较热闹，同学互敬，师生共饮，唯独7班气氛有点冷清。多摆了一份碗筷，大家都心知肚明这是留给曾经的好同学柳叶舞的。今天是最后一天了，也是个团圆的日子，在或不在都不重要，我们的心在一起，足矣。

对于毕业生而言总会多些离别的愁绪，举杯消愁也许就是最好的心灵抚慰。班主任黄依依端着酒杯来到班级队伍里，"同学们，听了我三年的唠叨也腻了吧。"

"黄姐姐，没有，我们喜欢听你的训示。"吴凯已经闷闷喝了三瓶，大舌头了，也不管老师有没有说完就开始插话了。

黄老师笑笑,点点头又示意大家安静,接着道:"今晚就两句话,一是祝贺大家顺利毕业,在今后的人生里每一步都幸福快乐。第二句就是我曾说过要带领你们每一个都顺顺利利、平平安安地度过三年,我们班的情况很特殊,我也食言了。千言万语汇成一句话,我对不住大家,我自罚一杯。"

话毕酒尽,大家第一次被班主任的举动惊到了。一时面面相觑,不知如何是好。

"黄老师,你不必自责,人各有命,无论我们今后如何,师生一场,我们永远感激您的教诲,对母校也永远心存敬意。"班长的话说出了大家的心声。

天下没有不散的筵席,对于学生来说结束意味着新的开始。聚餐结束意味着大家可以散伙了,可以各奔东西了。住得近的部分同学已经陆陆续续告别母校回家了,大部分同学第二天也会从哪里来回哪里去,今后开启自己别样的人生。967班的同学提前走得一个也没有,不知是事有未了,还是心有未了。

四八　花开有期

整齐如列兵的桌椅似乎还诉说着昨日青春的奋斗。窗外的香樟依旧挺拔吐翠,只是教室里已是人去室空,似乎在等待着下一批主人。

歌声袅袅彻清夜,月色涓涓染空山。离别的弦歌,是伤感的,唯有月色美矣不可辜负。周一来到三江边,这是最后一次了,江风习习,前面聚会时酒本就没多喝,现在已是全然清醒。

风里似乎都有诗意,反正四下无人,他张开双臂,要把所有的诗气收拢起来。

"你可不要犯第二次错误。被同一块石头绊倒两次才是真傻瓜。"这声音太熟悉了,今晚觉得还很亲切,至少比三年前的那次亲和。月色照在她身上,黑夜依然挡不住她熠熠光华。三年前的一幕,如此完美复制,也许是命数吧,事前两人可是从未互相暗示过,只能说是心有灵犀。

"寡人不指点江山,现在要跳江,卿可否拉一把。"

"跳吧,不,你反正会游,这儿有城楼,不如直接跳楼吧。"

"呜呼哀哉,三年过去了,卿依然冷若冰霜,你就不能心疼下我？"

"既是心疼,岂可用口说。"

两人的逗趣如夜空星辰调皮地闪着。

"二位好雅致,这情谈得比琴弹得动听多了。"城楼东侧闪出一个人影,一边拍掌,一边笑盈盈调侃着。

"好你个唐生,躲在角落偷听这么半天,太不够朋友,看我等会儿怎么收拾你。"周一率先认出他。

"今晚如此良辰美景,三年一遇,岂有不看之理。"

"那你既然要看戏,这戏票钱,你得先付,反正你不差钱。"

"周一兄啊,你看这媳妇还没过门,就想着如何挣钱补贴家用了。"

两人刚要接话,城楼西侧又移过一道影儿,还未看清是谁,对方一个箭步已然到身边,率先开腔:"什么好戏,我也想看看。"

来人正是秦泽猷,"哈哈,没承想,今晚我们四人又碰一起了。真不枉我们曾经的'一生由你'组合。"

如果来的是别人,周一可真想发飙了,还能不能让人好好在心上人面前表现了,本来这么千载难逢的机会,不用铺垫,直接敞开心扉就成了。唐生,看戏也就算了,还被他揶揄一番,现在倒好,又来一人还哪壶不开提哪壶。不过,对于今晚的重聚,四人都出乎意料,其实都想着夜深人静,独自一人来此走走,回忆三年里的快乐、遗憾,告别一段人生经历,收拾心绪,重新出发。

待大家话空,宋诗旎提议每人说一句诗表表自己的心迹。这得到了伙伴们的附议,不必像上次青龙山之行那样自己编作,可以选自己喜欢和应景的。

"莫愁前路无知己,天下谁人不识君。"宋诗旎说上次都是别人先讲,这次理应轮到她第一。她的意思是,认识面前三位各有个性的朋友是她幸运,今后各奔东西,还会认识许多人,可别忘了曾经的故友。

秦泽猷志向远大,怀有鸿鹄之志,丹心高洁,他的一句"洛阳朋友如相问,一片冰心在玉壶"是最好的印证。他的雅号"相玉"正来源于此。

"桃花潭水深千尺,不及汪伦送我情"唐生解释,桃红柳绿本一体,看桃及柳,睹物思人,而汪伦指的是三位好友。

再好的曲子,也会曲终人散,唯有余音萦心间。"孤帆远影碧空尽,唯见长江天际流。"周一明白,今晚的三江水就是明天的长江水,终会碧空尽。

四首离别诗,字字戳心,句句感怀,他们不约而同望着江水,每人的眼里都有不同的故事,都有不易察觉的异样。沉默之际唐生打了个响指,城楼下上来一人,是李志强。唐生让他为每人带来一份饮料。原来他父亲已经派车来接他回去,今晚就走。

"这儿对我来说值得怀念和遗憾的事同样多,你们可能不知道的是柳叶舞最后一刻其实是很开心的。"唐生主动提起。

"虽然我们是好兄弟,但你没主动说起,我们便不妄加打听,怕你伤感。"周一也表明之前的种种。

"她的最后一刻是在城楼上度过的。那天早上她身体状况很不好,话不能说,意识也是断断续续。她一直向我比划,我懂她的意思。她是希望我陪她看最后一轮夕阳。我们安排好救护车一路护送她到这里,就在这城楼上。她靠在我的怀里,直到夕阳西沉,她才闭上眼,却始终微笑向阳。我曾以为她像月亮一样清冷,其实她更像太阳总是把温柔、温暖的一面展示给大家,所有的苦都自己承受。"唐生的眼角已经湿润,这里有他太多的感慨。

"班长,现在还能最后叫你一次。你也说说自己的心路历程,老实说,谁入你的法眼了?"宋诗旎一是为了转移话题,二是好奇,三年了班长从未流露过情感方面的蛛丝马迹,今晚恰好可以八卦一下。

"人非草芥怎能无情,我自然也有中意之人。只是我觉得喜欢一个人就是要让对方快乐,距离的远近并不重要。哪怕就在身边,她不知晓,我默默守护着就可以了。"

班长的话说了等于没说。喜欢一个人当然希望她开心,距离也不是重要衡量标准,关键是入心否。其实她又哪里知道说者的苦。眼前人就是意中人。可他又以谦谦君子自居。自从明白周一爱慕的人是她,他就把对她的爱意深埋了。他也后悔自己为什么不能坦坦荡荡向她表明心意,也后悔自己为什么就做不到敢作敢为,敢恨敢爱,为何洒脱不起来做一个洒脱之人。

四人还说起了今后自己的志向和打算。

唐生表示他还会在音乐这条路上走下去,把对柳叶舞的怀念,用音乐表达出来。至于家族企业暂且放一放。

班长说自己以后打算从政,爷爷、父亲都是这个领域德高望重之人,勤政抱朴,亲民为民已根植于心,家风传承,到他这里不能断。

这两人也是截然相反,一个违背家族意愿,想做真我,一个遵从家训,家长的意识就是自己的意志。

唐、秦二人都有事要提前离开,分别前四人约定组合不能解散,做不到一年一小聚,那五年一大聚必须就位。

剩下周、宋二人,望着滔滔东去之水,他们心中也是思潮万千,细数起来,三年时光他们之间的巧合也太多了。

"说实话,你不读大学,从此耕耘在大山坳里太屈才了。"对于几天前的保送之事,她还是没有释怀。

"人生本来就是做选择题,可是每个人的答卷是不一样的,很多时候选项是没得选。我现在珍惜当下,享受和你一起的快乐时光。等你学有所成,我一定很开心,到时候你别瞧不起我这乡村教夫。"

"这儿风本来就大,你还说风凉话。"宋诗旎有点埋怨他。

"只有并肩时光却没有牵手的人生是遗憾。"周一期许地望向她。

"等着我,两年后我们的人生不会再有遗憾。"她的话轻而清飘向江心。

月儿高悬于苍穹,淡淡的幽光像薄纱,缥缥缈缈的,映在江面上,晶莹闪烁,又像撒上了一层银辉。

二人一夜倾吐,返回时走在蜿蜒的林荫小径,干净如镜,希望尽头通向彼此的心灵。

中篇　立业

四九　工作分配

八月的烈日如一盆炭火扣在头顶上。金塘畈里的早稻似乎也被烤得毕剥响。十分钟前,周一光着膀子已经割了三茬,本想把前面割倒收拢的几堆,在"搭斗"上甩完粒再休息。

"儿啊,日头太辣了快来休息下。"父亲的声音远远地传过来,带点嘶哑,但音量很足。

石岸里是良田,岸外是溪水,父亲找了棵乌桕树坐下正抽着旱烟。今年乌桕树叶层层叠叠密不透光,树荫下特别清凉,父亲心疼儿子,一直读书也没什么长力,只是偶尔有点猛力,所以方才唤他去歇一气。

这八分田,往年两夫妻一天半也能收割完。今年老伴遭祸,偏瘫在床,本以为今年这点稻子要难办,没想到儿子一介书生做起事来也有狠劲,也是好本事。只是本来儿子有更好的前程,要是家里没摊上这些事,读了大学就……父亲自责着,儿子打断了他思绪。

"爸,你多休息下,我去甩下稻粒。"

这种传统的作业方式,已经传承了好几千年。这正方体的木柜子,上宽下窄,齐腰深,农人双手扎起一束稻子,用力甩在板沿上,谷穗顺势脱落。当然条件好的人家已经用上脚踏的打稻机,速度快多了,人也轻松许多。

"不急不急,多喘下,现在日头正顶上,养好力再去割。"父亲刚才的话不响,有点像岸外的溪水默默流淌。

望着父亲斑白的两鬓,周一觉得自己应该承担更多,"爸,等我拿了第一个月的工资,我给你和妈买好吃好穿的。"周一有点心疼地说道。

"娃啊,爸妈不求你荣华富贵,只要你过得好,比啥都强。也不知这次的分配是怎么定的,最好分到方便点的地方。"

"听说今年有一个名额可以分到县城学校,我是学生会干部,优秀毕业生,而且在我们永安县这些毕业生中数我的荣誉最多,不出意外的话我会留在城里教书。毕业前班主任黄老师找我谈过话,跟我说虽然保送的事有遗憾,但是永安县有一个留城名额，说我的希望还是很大的。到时候我把你们接到县城里生活，那儿医疗条件好，方便妈就医。"

"我娃出息啦，这样你就是城里人，我们家祖坟冒青烟了，这可真是光宗耀祖了。"父亲难得笑了，黝黑的脸庞露出白牙，如山上的八月炸，开心溢于言表。生活的重担压得老父亲喘不过气，似乎笑一下都会无端耗费宝贵的精力。

天黑下来了，田畈里还有两个不知疲倦的身影在挥镰刀、甩谷粒。

两天后，新教师分配会。今年与往年不同，没有召开专门的集中分配会议。每位新教师自行到县人事科领取工作介绍信和八月份的半个月工资226元。早来的同学已经领取到这两样，有的已经打开信封知道自己分配在哪个学校。

拿到自己的介绍信，周一来到县府旁边的一处公园里，看见有个亭子，便想着过去坐下。

一大早从村里出发，坐了三个小时车才到县城，山路十八弯人也晕乎乎。加上昨晚其实一直失眠，对于自己即将成为一名光荣的人民教师，既兴奋又有点忐忑。自己即将开启全新的生活，由学生成为老师，这身份的转变只需一纸证明，不真实感让钻在被窝里的自己这里摸摸那里捏捏，也没啥长短粗细变化，角色怎么就变了呢？如果像太阳的东升西落就开启了一天的始与终，至少有分割线、临界点，可一个人的成长转变确实迷迷糊糊，虚虚幻幻，就这样越躺越清醒，直到快天亮才有睡意。

四下无人，大热天的都待在家里，街上一只狗都没有。"周一同志启"信封上的几个黑体字如跳跃的星星闪闪烁烁。第一次被称为"同志"，感觉十分良好，拿在手上的信封立马沉甸甸起来。这里面可是自己努力奋斗的结果，流了多少汗水、泪水，怕是无法计量。如今这一纸承载着自己的梦想，会是哪所学校呢？一小、二小、三小、四小，还是五小？镇上也就这几所小学，在永安县内都是殿堂级的存在，走在街上如果说是城里老师，大家都会高看一眼。关键是身份标签已是城里人，其实在哪所学校都无所谓。

多想无益，还是赶紧开宝要紧。他双手合十夹着信封，轻触嘴唇，就像赌场开宝，你对底牌虔诚，它也会有好运馈赠。折出一条剪线，拿出小剪刀沿线剪开，切口非常工整，如同在裁剪薄如蝉翼的云岫，双指撑开封口捻出介绍信，望向蓝天又深吸一口气，才把目光落在信上。

"瑶峰乡林峰小学"几个字如钢针直扎眼球，热气似乎也瞬间凝结，凉飕飕的。

正在沮丧之际，迎面走来了秦泽猷。按说好久不见，应该好好叙叙旧，而秦泽猷也已经察觉到了周一的面色，自然心下明了。

"出乎意料吧，这次新教师分配会是这结果。"

"对这一结果，我感到很失望。"周一沮丧道。

"这次确实有名额可以留城，但是只有一个，你能猜到是谁吗？"秦泽猷注视着他。

"我怎么知道，我也是放假后至今第一次进县城。"

"这次留城的名额，我是第一个知道，而且当时第一方案是留给我。只是我家人不同意，他们希望我先到农村锻炼，融入群众中去，积累经验为以后打好基础。本来你也是很有机会留城的，你的档案记载也很耐看，可惜了。我也不卖关子，这次的留城名额被张士杰拿到。这人不简单，以后与他接触长个心眼儿，不然你会吃大亏。"秦泽猷一如既往以大哥形象宽慰他。

秦泽猷分在文兴镇小，离城很近，只需二十分钟车程。周一分在自己家乡的一所村小。

真没看出来，三年名不见经传的张士杰居然摘取了胜利的果实，秦、周二人难以置信，也愤愤不平。尤其是周一，接二连三与幸运失之交臂，他想不出自己为什么这么背，今后也许还会有比这更糟糕的日子。只是这个世界是复杂的，不只有清风明月，只有让自己清澈起来，才能不被裹挟，只是在社会的洪流里要做一股清流又谈何容易呢？真的是希望越大失望也越大。

分别前，秦泽猷把BP机送给了周一。这是他用了三年的传呼机，依然完好如新，现在家人为他配了一只摩托罗拉手机，更加方便了。科技的发展，让很多曾经风靡的产品沦为烟尘。但是对于周一来说已经是奢侈了。秦泽猷给的这台还是属于高档的，可以发文字留言，他看到过师范学校里大多数的老师在腰间别的BP机档次差一点，只能发送数字留言。他再三跟周一说以后有事可以找他，说完就骑车回去了。

周一收拾好心情，到农贸市场给父母买了几件新衣服，三年里家人从未给他们自己添置过，现在自己有能力要好好报答补偿。

回到家，父亲问儿子分配情况。周一轻描淡写地说分在了乡里，今年没有留城的名额。这样做不是缓解尴尬，而是让他们安心。

晚上，星斗依然闪烁，周一从小就喜欢有事没事仰望它们。他总觉得它们是有生命的，远远地注视着自己的成长，它们也一定懂得自己的忧伤与快乐，不然怎么会时不时璀璨与黯淡，交相变化。虽然事与愿违，可是他相信通过自己的努力还是能走出大山，给家人带来更好的生活，这也是他接下去的奋斗目标。

五〇　初为人师

瑶峰乡，莽莽大青山，把村子与外界一刀两断。学校与乡政府所在地一山之隔，走路却要两个小时。如果坐车去学校，要经过邻近的县盘绕过来也需两个小时。学校两层楼却只有两间教室，还不如民房大，四个年级学生总共不到三十人，全村不到一百户，三三两两散落在两公里长的飘带上，就像一只摔断的蜈蚣，学校就在"蜈蚣"头上。村子处在永、长、歙三县市交界处，山上有山，山外还有山。

学校一共两位教师，还有一位是本村人，姓吴，年纪也蛮大了，要不了几年就退休了。看上去人很消瘦，就像农家晒在门口的豆角干瘦瘦长长，不过精神状态很好，中气也足。

八月底蝉鸣声渐息，学生开始喧闹起来。开学前一天，林峰村小的这位吴老师和村里负责管理学校财物的干部一起来接周一，在当地叫"接老师"，这与农村里造房子"接匠人"一样，有专门的仪式。一般至少会请一个德高望重的人作陪。

因为刚开学，周一所带的行李稍多些，夏冬两床被，师范学校里看过的书，绘画颜料，还有宋诗旎送的那支箫，所以他们包了一辆面的来接人。来接的人也是第一次坐车从岭前到岭后，途经长安县的一个小镇，连司机一起四人吃了个便饭。

到了林峰村，已是傍晚时分，最近连续受副热带高压影响，秋老虎已经发威，不过下车迎面扑来阵阵凉风。村子狭长，两山又夹得紧，林深峰削，故得村名，所以光照时间并不长，可以享受一番纯天然的清风，也解了大半舟车劳顿。

周一住的宿舍其实是由教室隔出来的，三分之一是他的宿舍，三分之二是村里的活动室，功能涵盖开会、值班等，两室之间又有小门相连，不过门闩在宿舍这头。周一刚把自己的行李安顿好，吴老师就来叫他去吃晚饭。一是远道而来给他接风，二是明天正式开学，边吃边聊开学工作。吴老师的爱人很和善，家里家外也操持得妥妥帖帖，房子算不上新，大概是90年代初的格式，沙灰墙，带点点内嵌阳台，但非常整洁。

饭席间，他们老夫妻俩总是把好菜挪到周一碗边，非常有诚意，让周一的情绪又泛上来。白天，桥头送客，周一在车上远远望见家里窗户边有晃动的身影，他料想一定是母亲强撑起来目送儿子踏上人生新的征程，走入社会也许更险恶，内心既不舍又疼惜。父亲在桥头久久站立，未曾离去，这位庄稼汉，如铸铁一般的外表，其实内心也十分丰富敏感。暑期分配会议结束回家的那一刹，父亲就知道儿子人生又遇到了坎儿。如果有好消息，儿子肯定会第一时间报喜，让欢歌笑语塞满破旧的墙缝。儿子那冷静又特别小心翼翼的举止，父亲早已读懂，知子莫如父。如今这吴老师如父亲般的照顾让他感动万分。

"吴老师，感谢您的盛情款待，让我有回到家的感觉。"周一感谢道。

"孩子啊，本来我应该叫你一声周老师，毕竟我们是同事关系，以后还一起共事。但从年龄上来讲，你和我儿子般大小，把这儿当家就对了。"吴老师和蔼地接道。

"我初来乍到，人生地不熟，全靠二位照顾指导，心里很是过意不去。"

"你就把这儿当成自己家，家远周末不回去，就到这儿吃。"吴老师的爱人接过话。

对于吴老师夫妇的热情关心，周一感受到了浓浓的温馨。虽说还是在自己的家乡工作，只是相当于出了趟不远的门，他诚意满满敬了两位，并干了一杯。等他回到宿舍已经九点多了。山里的夜特别地浓黑，像一床厚被压着人喘不过气。每走一步似乎都要用双手用力往前推去，才能撕开一条缝。

学校若隐若现的轮廓像一张虎口似乎要吞噬一切。周一壮壮胆,借着酒劲儿往学校楼上走去。他觉得这儿怪怪的,白天的场景浮现在脑海里。一位中年男子一直注视着教学楼,见到周一欲言又止,还有一位白发苍苍的老人家一直用怪异的眼神望着他。这儿莫非有什么问题?他又想起了刚才吃饭时,吴老师露出一句:如果住那儿不习惯或者害怕可以住到我家。莫不是暗示什么?但又不好明说。

不管了,硬着头皮也要到宿舍,自己一是唯物主义无神论者,二是也练过散打,不怕打。刚想着,一道黑影闪过,真邪门了,这么黑还能感觉得到。拿起电筒照照,啥也没有,可刚才的异样感觉又那么真切,他手心里不知不觉已经沁出汗,而整个村子已经被黑夜压实,路上不见一人,也没有一星灯光。

回到房间,周一把门闩紧,又搬来茶几抵在门上,这样就放心了,不会有什么东西进来了。还不放心,又把街市上淘来的小铃铛挂在床沿,这样就万全了。

明明很累可就是睡不着。心里有很多委屈又无法排遣,父母亲那里最不能倾诉,不然他们得担心死。好朋友秦泽猷刚开学,又在大学校,肯定更忙吧。宋诗旎自然是最佳人选,可是人家在大学里深造,毕竟离得更远而且还是学生身份,也不可能随时听候召唤。况且排遣了又如何呢?自己毕竟不是王侯将相,皇亲国戚,为何就不能在这儿安营扎寨,当一个人民教师?完小、中小,包括其他几所村小里都是本土的教师。有些是民办老师转正,也有代课老师转正,普师也有,比较少,他们默默守着乡村的孩子,一茬儿又一茬儿,在农村生根开花。自己虽然志在远方,鸿鹄之志岂是几座大山可以阻绝。只是眼下既来之则安之,等有机会再到外面的世界施展拳脚。

越想越清醒,又打开灯坐起来翻翻书。书有好长时间没翻了,内心有些荒芜了。可是喝了点酒还是有点迷糊,干脆不睡了。他爬起来,到脸盆架边取毛巾打算洗把脸清醒下。

取下毛巾,忽然他发现墙上不对劲,挂毛巾处怎么贴了张油纸?这是防止被墙毛巾沾湿,可这张纸明显与周围几张墙纸不是一个整体,是后来粘上去的,只是年头多了色泽有点相似,一下发现不了,可是错开的痕迹还是有的。这后面难道有什么东西?周一伸手过去把墙纸一角蘸了点水软化了些,然后捏牢这角用力往下一撕,"妈呀!"映入眼帘的是黑框白底的照片,这在农村是有人去世才挂的。吓得周一头皮发麻，连连往后倒退，气都快接不上了。

直退到另一头墙柱才停下来，心跳稍微正常了些。挂在这房间，说明此人一定住过。可他是谁？身份是什么？看这遗照，应该年纪不大，也就二十上下，因为何事殒命呢？想想又有点紧张起来。照片上的他眼睛似乎一直注视着周一，好像在说终于等到你了。幸亏看上去人还算清秀，面目也和善，不再像刚开始那般毛骨悚然。周一壮着胆过去，拜拜，又把墙纸重新粘上。不见也就平复了许多，可是这床他住过吗？这凳他坐过吗？感觉他又无处不在。

过一阵过后心静了许多，又拿起书看起来。

五一　初露锋芒

第二天同学们陆续报到了。两人分工，一人两个年级复式教学，周一教一、三年级，名单上有十三人。到中午还有两人未到，一个叫胡文邦，还有一个叫胡武定，真的是"文武双不全"。周一问吴老师是否了解情况，家里情况他了解，但没来上课的具体原因他也不知道。胡武定就住在村头，而胡文邦住在村尾螺蛳湾山上，那里有十来户人家，属于林峰村的一个小队。

未到的暂且先放放，坐在教室里的几棵苗先要管好。他到教室里把新书发放给学生，和孩子们互动介绍。一年级八人全到，三年级五人三缺二，未到的就是前面的"文武双全"。未到的两位后来让其他村民捎信来了，没大事，都在家里，明天就能来。

"同学们，今天是我们第一次认识，我也没有什么见面礼。这样吧，我就当电视机，遥控器就在你们手上，你们想让我表演啥，我均照做。"

"老惜，侬唱哈锅。"一个男孩用地道的瑶峰话提出要求。周一自然听得明白，毕竟在这样的乡音里浸染了好多年。

"没问题，老师我唱完了歌你得去把脸洗干净。"这男孩脸花得像只猫，黄泥巴抹在脸上，一定是在教室后边土沟里玩过泥巴来不及洗。

"走在乡间的小路上，暮归的老牛……"周一清脆透亮的歌声飘出窗外，在校前的小溪水叮叮咚咚轻和下，山后的松林沙沙作响，似乎有了交响乐的味道，几个好动的孩子也静静地坐着，连走路过的村民也放缓脚步细细聆听着。

班里学生数虽然不多，但是个个都是皮老虎。刚才进教室瞬间差点被娃们的声浪冲倒。爬到桌子上学《还珠格格》里的小燕子，钻到桌子下像土行孙，趴在地上脱下鞋子套在手掌上学蛙泳，山里的孩子从小就野，他自然能懂，不过再野的孩子他也有办法降服。

看着每个孩子都听得陶醉，他趁热打铁，让他们开开眼界。宋诗旎送的那支箫也刚好派上用场。"歌""曲"组合结束，他又耍了一通散打术，引得几个男捣蛋娃嗷嗷叫好。喝了水，喘喘气，他随手抓起一本书朗读起课文。毕竟师范学校里普通话测试拿到了一级乙等证书，用近乎播音主持般的水准朗读课文，他也是有意为之。几个小学生的普通话实在不标准，跟田里的蛤蟆呱呱叫也没啥区别，反正都整不明白，只能给他们熏陶一下正宗的普通话。

当晚，班里十几个小孩子像十几支火把点燃了整个村。

"哇，太厉害了，我们周老惜唱得比刘德华还好听。"

"我们周老惜会功夫，有八块腹肌，能翻筋斗云。"

"我们老惜普通话真标准，比永安县主持人还准。"

新来的老师，已经被他们传得神乎其神。几位老人还在桥头说这样的老师已经几十年没出现过了，除了那位老师。

村小老师一般到学生家里吃饭，由于林峰村域狭长，坎陡路远，两人商量后还是决定早中餐由家长送小孩上学时带来，中午老师自己热热。晚上再到学生家里去吃。碰上热心家长，下午点心茶也会做好临时送来，所以村小老师的伙食吃得都不会差。甚至有些上心的家里会提前一周开始筹划菜谱，有的会翻岭到集镇上买些好菜。有些好猎的家长也会到山上寻些野味来，给老师打打牙祭。每次全乡开教师会，村小老师坐在那最显眼，因为吃得好养得好，要么体格圆润像遇到敌情蓬开的母鸡，要么脸色红润好像吃了保健品。

吃过早饭，周一来到教室门口，看到一位"奇人"，头戴斗笠，身披蓑衣，腰系麻绳，斜插一截竹棍，像中原侠士又像日本浪人。

"在下胡武定,你是何人,休得进门,呀呀呸。""奇人"在他面前一通舞一阵喊。

"在下行不更名坐不改姓,周伯通的周,一休的一。"他选了两个大家听过的人物。

"妈呀,是老惜。"他赶紧把装备一扔跑回位置。刚才他以为是哪里来的小哥哥,这么年轻唬唬他。

看他这身打扮一定是位武侠迷。周一也不打算批评他,反而激将到:"武定同学,你刚才为什么不准我进来?"

"我以为你是坏人,从来没见过,我要保护班里的同学。"

看不出来这同学年纪小小,还是挺有担当。

"那你的梦想是什么呢?"

"当一位侠客。"

"侠客生活在古代,现在可没有哦。不过,你看警察叔叔除暴安良,护佑一方百姓,你也可以学学他们。"

"那我以后就当警察,保护大家。"说完咧开嘴冲大家笑笑,虎头虎脑甚是可爱。

"那你到讲台上把你看到的功夫给大家表演一番。"

后来他了解到,这个叫胡武定的同学还真是名副其实。昨天没来,就是待在家里看《笑傲江湖》碟片,这个怪异造型就是在学里面的人物装扮,令狐冲大战青城派,结果看得入迷把上学这一茬事忘得一干二净。

这小孩人是聪明,只是耐性太差,没有自制力,特好玩。下课十分钟也不消停,已经爬上树了。对于这样的学生,一味说教等于水里加冰一样没味道。看看校门口两棵树,周一眼珠转转有了主意。

"我们一起比赛,谁赢了以后听谁的。"

这买卖胡武定一点都不亏,赢了更好,输了也没啥损失,稳赚不赔,当即答应。

师生斗法,引得围观的人密密麻麻。有些老师还会担心学生万一掉下来就麻烦了,吴老师也不制止,因为他知道一万都不怕,还怕这万一,也加入到了阵营中。

现在是26比1,26位支持胡武定赢,只有一位吴老师支持周老师赢。

旁边干活儿的村民看学校里热闹非凡,都开心无比,学校好久没有这样有生机过了。

这胡武定爬树是能手,大家都见到过,可周老师一介书生,能行吗? 不要掉下来,大家还替他捏把汗。

"预备——开始!"吴老师一声哨响,两人都像猴子般往上蹿。光秃秃的树干部分两人不分伯仲,只是到了丫枝部分,胡武定变得像松鼠往上钻了。周一人高身长被枝叶遮裹,明显慢了。

这真要落败,就惨了,威信扫地。眼看胡武定快要登顶,周一使出了绝活,两脚用暗劲往横枝蹿,借助瞬间反冲力把他弹到了梢头,反败为胜。

胡武定也被刚才周老师的绝技惊到。愿赌服输,他对周老师保证以后再也不犯错误了。这野猴子被驯服不容易,刚才周一脚踝被擦伤,只是当着众人不好表露。

夜幕降临,田间地头干活的农民个个披着夜色回家了,整个村子被夜色吞没。结束一天的教学活动,周一回到房间却感到更空虚。这儿称得上穷乡僻壤,开门见山,关窗听风。漫漫长夜,青灯黄卷,现实与理想还是有差距的,就让明月千里寄相思,宋诗旎,你在他乡是否依然安好? 是否还记得我们当初的约定?

五二　夜访流生

村小的教学虽然有一定的自主性,但是复式教学还是要做好课程内容衔接。一般,一个年级教学,一个年级做作业,循环往复,环环相扣。但有时候教学内容深浅也会影响到进度和接续。这里没上完,那里作业做好没事干了,要么这里上完了,那边还在做作业。对于周一来说,这都不是问题。学校山环水抱,自然景色宜人,而现在已是入秋时节,惹得他频频向窗外眺望。

此时的山野则一片斑斓。红的、紫的、绿的,松树、枫树……小松鼠在林子里穿来蹦去,不禁感叹:人生弯弯曲曲水,事事重重叠叠山。有时看不见小溪,只能听见淙淙的水声不停歇地低低吟唱,像是仙人在弹着古风曲韵。秋风渐起,那是告别的声音,叶子挥挥手飘向了未知却也是一种重生,徒留红红的柿子挂在枝头,晶莹圆润,摘下来剥去皮咬上一口,酸甜流汁。站在山顶,这时你定会感到什么才是真正的春华秋实。

对于家乡人来说,秋的翩然而至意味着收获。

"白露到,竹竿摇,金银满山跑。"山核桃,又名小核桃,树皮平滑,灰白色,是一种落叶乔木,适合长在带石灰岩的土地上。

开竿那天,家家户户都会准备好一天上山的吃喝。天破晓就上山采收山核桃,其热闹程度堪比春节。

精壮劳动力只需三两步就爬上树顶,选靠三叉丫枝为佳,安全又省力,通过拨、挑、敲,山核桃就纷纷跳到草丛中、石缝里和你玩起捉迷藏。虽然劳作辛苦,可是想着能改善一家人的生活品质,人们脸上不时绽放出朴实的笑容,犹如秋日里的阳光,不带一点儿杂质,那是秋日里最美的风景。

只是窗外秋景虽好,周一却愁云上心头,这个胡文邦怎么老是请假不来上课呢?问他原因他支支吾吾又说不出个正当理由,别人对他家情况又不熟悉,住在山高路远的地方接触机会就少。明天礼拜六,本来打算回家一趟看看老母亲,也帮父亲干点儿农活,可是这位学生品性、学识都还是不错的,这让他想起在翠山完小实习时家访过的一位学生,现在该生已经是县级优秀生。他决定明天去胡文邦家家访一探究竟,掌握第一手资料。教人,跟看病一样道理,首先得把好病脉,才好对症下药。

他家住在海拔1650米的一座高山上,除去骑车的十五分钟外,还需爬近一个半小时的山路。

第二天他跨红石潭,蹚断水坳,穿黄皮源,攀旧庵山,先后翻过五道山梁,登上七座峰。走在云雾缭绕的山峰峡谷间,他总感觉自己不像教师倒像是个云游四海的道士。

远远就看见胡文邦在屋檐下收玉米棒子,看到周一立马跑进家里。所谓的家,不过就是残破、低矮的泥土房,在风中随时都有被吹倒的可能。走进去倒没有阴暗、潮湿的感觉，因为墙上裂开的缝，连兔子都可以跳进跳出了。他爷爷一看就是老实人，心里的事全挂在脸上，就像玉米棒子，全长在外面，一数就知。在交谈中得知，胡文邦的妈妈因为家里穷，在孩子很小的时候就离家出走。而他的父亲则常年在外打工，也已好多年没回家了。现在农忙季节，又是打山核桃又是掰玉米棒子，劳动力短缺，实在腾不出手来。

看着堆积的山核桃蒲，周一也替他们着急。因为堆压的时间长，肉皮会生热发酵就容易出芽，一磨就会出很多碎籽，卖不上好价钱。

对于这些农活周一是熟悉得不能再熟悉。他见墙角有木制磨壳机，就把它搬出来，木转手跟梁上挂下来的麻绳钩套好，让他们爷孙俩用畚箕把山核桃蒲倒入磨口。转轮一推，白籽混合着汁水从木齿缝里碾出来。个把小时已经把蒲磨软裂，周一把竹筛换上去，又一畚箕畚箕把碎壳和白籽筛离。

胡文邦爷爷一直催着他休息一下。在他心中，老师不过是一介书生，手无缚鸡之力，作为先生怎么可能长时间干粗活，很过意不去地说："周老师，我让孙子去上学就是了，你赶紧歇下，别累坏了。"他知道周老师此行的目的就是这个。

"不打紧，这些活我在自家也都干，没事的，大爷。"

其实怎么会没事，身上的雅戈尔衬衫是花了九十八元新买的打折款。心想着，刚当上老师，怎么也得注重下仪表形象，不能太不修边幅。自己之前从没买过近百的衣裤，顶多三四十元就打发了。

可刚才筛籽时浓汁溅到了衣服上，白衫污渍分外刺眼。本地人都知道这浓汁的厉害之处，要是手沾上了轻则没有一个月褪不了色，重则当场起泡脱皮。倒在小溪里鱼都会被熏到窒息而亡。至于衣服上被沾上是无论如何也洗不掉的。心疼归心疼，今天来劝学是大事。

门口的玉米棒子也面临着同样的情况，再不处理也要霉烂掉，周一帮着把玉米粒从棒子上划下来。

忙完这些已是傍晚时分，周一跟胡文邦爷爷聊了些孩子在学校的基本情况，希望孩子能继续学业，不读书就太可惜了。上一辈子守着大山，下一代还是在山里打转。

兴许是听了周一真诚的话，也兴许是被他前面的举动感动，总之爷爷非常爽快地打包票今后不会耽误孩子的学习，能读多远就读多远。

秋天的山里，气温低，天色暗得早。天气说变就变，还飘起了小雨。临行前，周一把身上仅有的八十元钱悄悄地压在了他们的水壶下，改变不了他们的生活，但临时接济一下也是一点心意。

告别后，他就匆匆返回。回到村里已是晚上十点半，不过村子里还有许多户灯光从窗里映照出。

五三　黾勉同心

今年隔壁长安县搞了个山核桃文化节，使得这一农产品被打响了知名度，许多上海、滨州人都喜欢上了这种坚果，香酥津口，补肾健脾，所以价格噌噌往上涨，干籽已经接近二十元一斤。一斤也就一捧手的量，生的一棵树可以打三四百斤蒲，干籽也折有百十来斤。长安县的老板经常过来收购，价格也不菲。

这个闭塞的村，人少山多，山多自然林多。有些农户年收入达到了十万元，少的也有四五万，由全乡最穷的村，一跃成为全县收入前三。饱暖思淫欲，一点没错。许多农户都买了DVD这种新型电子产品，碟片放出来更加高清。前几年都是放录像带，画面模糊，现在里面的人物连毛孔都看得很清晰。

也巧今晚就轮到他家管饭。吴老师因为家里有些农活未干好，一放学就回家帮忙去了。本村的老师在完成教学任务的同时，还可以帮衬下家里的农事，做到两不误，所以碰到有调完小、中小的机会，考虑到家庭，有些老师还是宁愿待在自己村里的小学，更加自由些。吴老师就属于这类。

可能今天活比较多，放学时吴老师对周一说起过，今晚不去学生家吃了，事情做好自家将就下。周一表示可以先和他一起干农活，这样早点歇工，依然可以一起去吃饭，也有个伴。吴老师认为，这些同学家里去吃过好几次，又是本村人，有事不去他们不会见怪。如果没有正当缘由不去，家长们面子上挂不住就会有意见。在农村有老师或客人来家做客吃饭是长面子的事。

晚饭晚饭，一般晚点吃，尤其是农村里下地干活，也不用手表之类的计时器，直到天快黑才荷锄而归。不过要是轮到家里管老师饭，都会早早生火做饭，以示郑重。

夕阳挨着螺蛳湾尖，差一口气就要入壳，徒留最后一抹也似乎威力尽失。周一觉得天色也不早了，况且还要找胡武定聊聊，不如现在就去他家。

穿过羊肠小路，呼吸着带着青草气息的山风，不到半刻钟就到他家了。

刚进门就闻到了饭菜香，二十刚出头的小伙子消化力强自然饿得快，周一咽咽口水，但不能表露出来，不然别人会怎么想，师道尊严还是要的。

堂前四下无人，看见里屋小房间有光亮从门缝里射出来，他心里咯噔一下，不会是这小家伙躲在里面看DVD吧，胆儿也太肥了，今天有老师到家也敢造次，要趁这机会好好教育他。他刚要过去，门打开了，面前的是一位姑娘，年纪和自己相仿。

"你是周老师吧，快请里屋坐吧。"

"你是？"

"我是武定姐姐，外公生了急病，爸妈赶到山那边去了，让我留下来给你做饭。弟弟说周老师辛苦了，去溪里抓石斑鱼给你开开胃。"

"你家有急事，跟我说就好，晚饭我可以自己解决，不用耽搁麻烦。"

"没关系的，外公是老毛病了，人赶过去就没大事。"说着就把他往屋内让。

书桌上放着《平凡的世界》，这也是他喜欢的一部书。

初次见面两人都略显拘谨，见她喜欢的书和自己相同，便问："看你这年纪应该还在读书吧。"

"没有，今年高考差五分。"说着语气黯淡下来。

"分差也不大，好生复习明年再战。"周一没读过高中不知深浅，不敢贸然发表意见，只能鼓励为主。

"之前学习我也算用心拼搏过，结果依旧差强人意，我觉得命中注定与大学无缘，或者说也就这点能量了。"胡武定姐姐摆弄着自己的手指，"况且，我家人也不会支持。我们这儿外出打工的很多，没有外出的也结婚生子了。我读高中时，很多村民对我爸妈说闺女嫁出去就是泼出去的水，要读书也是给人家读。"

从她的语气里明显感受到不自信，这与刚刚的第一印象判若两人。高考失利对于一个人的意志打击肯定是巨大的。三年努力付诸东流，有些人可能及时调整过来，也有些人从此一蹶不振。

"我读的是中专，文化知识储备单薄，我接下去准备参加自学考试，争取一年拿下大专，要遇到的困难肯定不会比你少，但我一定会坚持下去。我觉得我们互相勉励，共同达成自己的目标，是有可能的。"

"周老师，从你身上我看到了奋发拼搏的精神，让人感动。只是数学这门课我一直学不好，这次也是这门课拖了后腿。"

"这好办，虽然我学得也不深，但数学也不差，有不会的题我可以多琢磨也能解开。"

桌上有本数学试题，周一拿过来就开始试着演算起来。别说，高中课程的题目也真是难。周一绞尽脑汁加灵光闪现最终才找到解题思路。

"周老师，真的不好意思，你是来吃饭的，现在还让你不忘工作。我也知道大山里的孩子读书是最好的出路。接下去，如果有不懂的向你请教，你如果答应，我就继续复读。"

"这是好事，我当然答应。"

"什么好事，答应什么，快和我说说。"门口站的胡武定挽着裤腿，手里拎着一串鱼。两条筷子般长的黄刺鱼，十来条石斑鱼。

"你这小家伙，要注意安全，现在天太冷了，不要长时间泡在溪里，溪水凉易感冒。"周一佯装斥责。

"不要紧，山里猴子常规操作。"胡武定轻描淡写道。

他姐姐拿着鱼去烧了。不愧是农家孩子，不多时，鱼香四溢。

晚饭后，周一小坐了一会。聊天中他得知胡武定的姐姐叫胡雨婷。一般农村孩子有兄弟姐妹的都会带一个相同的字。这两姐弟倒没有同字。原来，母亲生她前一直下雨，直到她出生雨才停住，所以取名胡雨定。后来她读初中那会儿觉得自己的名字像男孩，而且没意境缺内涵，所以到派出所改成了现在的名字。从这里也能看出这姑娘也是会自己拿主意之人。

和他姐姐交谈中了解到胡武定在家的基本表现，这下放宽心了。不过胡武定姐姐说他平时除了爱看武侠电视,还喜欢画画,有时端着凳子到门口对着山水树木涂涂画画。他知道这叫写生,要是有专业的画板和老师指点,画技一定会突飞猛进。

小溪潺潺流着,水汽与夜色混杂着,路上的行人已经很少了,连土狗的叫声也稀疏了。

秋雨总是带着愁绪,徜徉在山野小径,夜色浓,故迷人。

周一向他们告别,只是回头望向她那一瞬间,像极了远方的她。她过得怎样了,是否也在想着自己。

顺着蜿蜒的山路,回到学校,夜色已深,而周一却思绪正茂:

盛夏是个难熬的季节,连日的蝉鸣和热浪令人焦躁不安,而秋日,自古就是夹愁带思的时节,回忆你的轻盈欢笑,就像一场荷塘雨,一阵轻柳风,万物众生,唯你化千愁。

五四　大学生活

滨州是浙海省省会城市,在历史上曾是古都。其城内有一名湖,称溪湖,溪深成湖,湖长为溪,历史上诸多文人骚客曾来此留下诗篇。滨州师范大学就坐落在美丽的溪湖畔。校内古木绿荫叠翠,楼宇鳞次栉比,也是浙海省十大名校之一,多年来为社会培养了许多栋梁之材。

刚踏入校园,宋诗旎就被"笃学、格致、弘毅、尚真"的校训鞭笞、激励。一段时间的生活和学习,这所大学最让人津津乐道的就是自由、包容。课上课下,校内校外,随时随地都可以发表自己的见解。也可以反驳任何人,包括教授的观点,只要有理有据。学校学术研究成果在本省,除了浙海大学这一国际知名大学外,也算是首屈一指。在东部五省市大学生辩论赛上,该校也拿过好几次冠军,成绩、成果斐然。宋诗旎觉得自己很幸运,能到这所高等学府深造,可是也有些许遗憾,要是他也在该多好啊。

不到一个月宋诗旎已经完全适应并融入到大学校园生活中,开启了新的旅程。除去了开学几天的好奇、兴奋甚至略带紧张,慢慢的生活如一片叶子经历着春雨滋润,夏阳促长,秋霜淬炼,不知不觉间已然人间秀无边。

大学里学业不再那么紧张,班主任一个月也见不到几次,也没有人来督促,完全靠个人自律。活动特多,几乎月月有大型集体展示活动,周周有才艺比赛项目。这对于培养学生的人际交往能力是非常好的,为今后打下了坚实的基础。

几次活动下来,宋诗旎的知名度一下就打开了,中文系、数学系、传媒系等众多高手都被她抢了风头。三年中师学习让她的素质得到了巨大的提升,而通过高考入学的学生文化课确实有优势,但是三年高中埋头于刷题,自然没有时间去研习艺术技能。舞台对于他们是陌生的,所以宋诗旎成了全校瞩目的明星。

吃完饭,宋诗旎常到教学楼后面的池塘边小坐。

这个小池塘和师范学校的荷花池差不多。坐在这儿一是人少清净,二是这里能勾起自己的许多美好回忆,他的形象又会清晰起来。

"你好,我叫程哲凯,想和你交个朋友。"宋诗旎刚坐下不久,从身后传来问候。

"我们难道不是朋友吗?"她望望眼前帅气的校友,"四海之内皆兄弟。"

"我说的不是这样的朋友,而是……"

"在我的认知里,人只有敌人和朋友之分。你看着不像坏人,所以就是朋友。"宋诗旎第一次未等别人说完,就打断了。

"那你对人的划分也太简单粗暴了,非白即黑。世界是复杂的,而我说的朋友指的是男女朋友。"

她早知道大学非常宽松、开放。但没想到这么灵验,一早就有人来告白,而且这么直截了当。

"不好意思,我有你所谓的男朋友。"

"没关系,我可以和他公平竞争。你告诉我他在哪个系就行。"

虽然这男孩帅气、阳光,可是这么单刀直入的谈判式对话,让她始料未及。

"我会让你真正认识我。你是属于我的。"宋诗旎未接话他已消失无影无踪。自信还是狂妄,宋诗旎只能摇摇头,世上怪人多,不差他一个,就这么想吧。

几天后，学生会召开艺术节筹备会议。宋诗旎已经是学生会文艺部部长，等她来到会议室，看见程哲凯早已坐在座位上冲她坏笑。座位签上两人的名字挨得很近，这是要并肩落座了。大学就是不一样，阶梯教室比之前师范学校里的整幢教学楼还大。学校也经常会邀请全国各地的教授、专家来校讲座，可以说这儿也是见证知识传递的地方。很多时候校园里见不到的老师、同学，在这儿还有可能相遇。

　　"你看，我们又见面了，你是摆脱不了我了。我组织部长，你文艺部长，今后有活动，我组织，你展示，你受我的安排。"

　　"我们好像是平级关系吧。"

　　"不管怎么说，我们今后合作的机会还是很多的。我们强强联手，珠联璧合，一定会成为一段佳话。"

　　"佳话往往是假话。因为现实中很难实现，人们才津津乐道，心驰神往，才能被载入史册。为什么学雷锋，因为现实中人们很难做到，如果遍地都是，就无须号召，这是一样的道理。"

　　"你一个文学系的，怎么搞得像哲学系的。虽然你说的，我深以为然，但我还是想为之奋斗。"

　　这真是一个不撞南墙不回头的主儿。虽然说话还是那么直接，但是这样的人往往不藏着掖着，有事都明着来。

　　程哲凯被后边的人叫去，临走前握着她的手说："祝我们今后合作愉快。"反驳、反抗的机会也不给你，伸手就握，握完就走。

　　这时，旁边一位叫余青的学生会干部问她："你和程哲凯很熟吗？他好像很喜欢你欸。"

　　"没有，我们连朋友都算不上，顶多打过几次照面。"

　　"那你可真幸运，他是我们学校的新晋校草，成绩出类拔萃，体艺全能，综合素质名列前茅，非常优质，是风云人物，家里条件不错，母亲是这所学校的教授。羡慕你。"

　　她当然知道他很优秀，可以说整个学校优秀者不乏其人，即使心中的周一也有相形见绌之处。也许路遥知马力，日久见人心吧，毕竟和周一曾经经历过的种种已经刻骨铭心，也许时间是最好的吸引力也是最好的劝阻力，知难而退和迎难而上是硬币的正反两面，只是很多人等不到抛起的那一刻便退出了舞台。

学校生活按部就班地行进着，不疾不徐，就像秋水静深，流水无痕。而思念就像缠绕茎，执念越深，缠得越深。大山深处的他不知过得怎样了，望向眼前拔地而起的高楼大厦，道路上来往的车流，脑海里常常浮现出层峦叠嶂，希望自己的思念能千里迢迢奔向他。

五五　鸿雁传书

"沧浪之水清兮，可以濯吾缨；沧浪之水浊兮，可以濯吾足。"沧浪之水温兮，可以寄吾心，每每读至此，宋诗旎总是心生感慨。

她记得暑期快结束时，通过朋友知道了周一的任教学校地址。打电话给他吧，他那儿山野僻乡也没有一部电话；去他那儿吧，山高路远一来一回时间也不够。她想倾诉的太多了，不一样的校园生活，不一样的人文环境，包括这里的一草一木、老师学生，几乎每一样都能说上三天两夜。嗯，还要讲讲这儿的图书馆，这是他最爱，篮球场也必不可少。还有最近自己喜欢上哲学著作，德国的古典哲学集大成者黑格尔的《精神现象学》，有许多的感悟和思考想和他交流探讨。不过这些倒不必像竹筒倒豆子——说得一干二净，来日方长，日后可以慢慢交流。眼下最想知道的是，他在大山里是否形影相吊、茕茕孑立，有思想却无处倾诉，还是超然傲立学会蘸云就雨成为诗人。

思君念君难入眠，一纸短书诉万千。执笔铺纸，本来胸有万汇想滔滔不绝，真要落笔一时又无从说起。窗外小雨滴答，触着思绪，笔尖沙沙，鸿雁传书会是何情何景。

修书一封，投到了校园邮筒，那几日她总是有些忐忑，能收到吗？会回吗？其实他又何尝不是呢。

村小的生活总是枯燥的，面对那仨瓜两枣总是感觉时间会停滞，无处安放的心总是要学会自我克制。

胡武定同学喜欢画画，他就利用周末，带领学生上山采伐杉木。借来村里老木匠的刨、锛，照着师范学校的写生板模样凿刻出八副。李素红同学喜欢舞蹈，他去废品站淘来生铁，上山砍来圆木，做成舞蹈把杆用来压腿。

资源少、硬件差是村小学校的通病，这些对于周一而言，物质上的都能够克服，只是随着时间的推移孤独感会更加强烈地侵袭而来。他有时也常怀疑自己这样守着大山的意义何在呢？

那天，望见小河里的水清澈见底，微风拂过，粼粼波纹摇碎了蓝天白云，水里的小鱼成群结队，好生惬意。夕阳悄然落下，天边的晚霞灿烂无比，周一觉得诗意翻涌，欣然写就《玉溪赋》：

玉溪，山野小乡之流，钟灵毕聚，涓自青冈。出深山而贯沃野，连村陌而泽民乡。破山障，过险峻，斗折蛇行，汇入云安江。

十里玉溪，无限风光。春时，夹岸落英缤纷，绿波荡漾；夏至，蜂蝶翩跹戏水，霞水流筋；秋分，层林尽点红妆，飘叶逐浪；冬日，涛息浪静寂寥，冰封凝霜。嘻乎！四时皆韵，群山逶迤入画，水歌鱼唱。晴雨交际，惠风和畅。岸柳烟笼，山漫漫分雾茫茫；光曜四射，水粼粼乎天朗朗。星垂乡村，月涌溪响。飘飘乎如蓬莱仙幻，恍恍分若瑶台轩昂。

水润性灵，故生生不息；河育肌骨，则体格健康。儿时亲水，伏夏竞浪，美好记忆，永记心上。自古华夏水决决，多灾多伤。及至涝季，水流湍急，洪声气壮宛雷鸣，如千军万马奔腾，势万不可挡。今徜徉岸堤，其固若城墙，保百姓无恙。沿岸满目苍翠，稻花飘清香，桃李吐芬芳。

……

只是写得再好无人欣赏徒奈何，羡慕钟子期与俞伯牙高山流水遇知音的佳话。要是宋诗旎在，一词一曲两人又可以聊上半天而不觉光阴已逝。

"同学们，今天我们唱一首《好事来》，大家听我的伴奏，不要抢拍，尤其是胡武定。"

"知道了，老师。"

快半个学期了，同学们普通话比之前标准多了，再也不会叫他"老惜"。两遍过后同学们已经掌握了旋律，哼唱自如，"好事来"在村子里荡漾开。

"周老师，好事来。"邮递员张师傅冲着教室喊。

听到教室外有人喊，周一走出去礼貌地打招呼："好事来。"本来是一句歌词，难道变成问候语了吗？那这歌的魔力也太大了吧。周一打完招呼就回教室。

"周老师，等等，好事来。"外面又响起来。

啥情况，好事要来喊一遍就够了，不来喊一万遍也不顶用。把别人晾着也不行，出去远远喊道："恭喜发财。"这下对方满意了吧。

"周老师，你误解了，我是说你有封信，你好事来了！你看这字娟秀端雅，一定是位女孩子给你写的。"

这位张师傅二十来岁就在这条线上送邮件报刊，大半辈子相伴于山水，各种各样的扉页封面、字迹记号他看一眼就大概知道背后的故事。当然也理解周一这么一个热血青年守着大山内心的煎熬和孤寂。所以看到这信封上温婉如水的字，自然而然明白这其中蕴含的信息，对他来说自然就是好事来了。

看见张师傅挥舞着信封，周一飓风一般奔去。这是宋诗旎的字迹，他只需一眼就辨认出来。说不出的激动，第一次感觉到校后的山、门前的水如此可爱，山会欢水能笑，今天歌唱得好，真的唱来了好事。

"第三节同学们自由活动。"周一扔了几个球给学生们，让他们自由发挥。

他找到一棵老松，靠在那儿，赶紧撕开信读起来。

一：

展信万佳！

三江一别数月已去，希望物非人是。我在滨州师范大学一切安好，如果说三江师范是一条河，那这所大学就是一条江。教授学识渊博，躬耕不辍；学生逊志时敏，攻苦食淡。你的最爱图书馆，典藏汗牛充栋，泡在里面可以废寝忘食，不知光阴飞渡。

每每看到落叶飞舞，总是让人好生怀念以前的时光，岁月缠绻，我不知道你在大山深处是否还记得自己的梦想——走出大山，闯出属于自己的一片新天地。但愿人长久，千里共婵娟，希望一轮明月牵着你我。希望落叶飘零，月满溪湖之时，你有机会来省城，我们一起可以合奏诗曲，定会是美轮美奂。

……

洋洋洒洒三千多字，周一一口气读完，还不够又读一遍。依靠松树，闭着眼睛把信笺盖在脸上，似乎能感受到她的芬芳。汲取了力量，一个转身，哼起小曲兴冲冲回到房间铺纸回信。

旎：

久别甚念！

山有多高，我思你多重；水有多长，我念你多久。这儿有青山绿水相伴，有清风斜阳相随，唯一遗憾是你不在身边，总觉少一人可心灵相恋。

三年时光，弹指一挥间，可你是我心尖唯一流不走消不褪的光。三江为证，日月为鉴，我始终记得当初的承诺，这也是我困笼于深山厚水而斗志未泯的根本。

没有大都市的繁花似锦，广袤的农村也是十分锻炼人的地方。师范里学校学的许多知识、技能在这儿还有用武之地，缺少教育器材，我就自制教具，还获得了全县一等奖。另外散文、小说在报纸杂志上我已经有文章陆续发表。我希望你有机会来这里亲身感受一下淳风民俗，洗涤一下心灵，体验一下返璞归真。

纸短情长，要说得太多太多，青春的奋斗终将不息，吾将砥砺前行。冬天已经到了，春天不会再遥远，期待你的学成归来。

……

不知不觉不下五千字的言为心声已经书就，字里行间要表达的意比门前的山重千钧。

几千年来，人们为了能解相思之苦，古人通过鸿雁传书。如今这一古老的方式仍然普惠着芸芸众生。两人通过信件保持联系，关山万重也阻挡不了朝思暮想。每天期待邮递员的出现，成了他的必修课。

五六　老友相聚

远方的来信着实让周一开心了好几天，通过信件可以源源不断地了解外面的世界，这对于一心想出去闯一片天地的他来说是最好的维系。连搭档吴老师也调侃道："你这几天的心情，比天上的太阳还灿烂。好事要分享，什么时候吃喜糖跟我说下。"

"早着呢，她还在读书，一切都还未知，我们只是投缘，聊得来也有共同的兴趣爱好。"

吴老师是过来人，还会不懂？既然没有公开，就不必追根问底。

前几日，全乡组织了期中考试，中小完小，加上其他村小共有十六所。周一教的学科总评排在倒数第三。一时间山那边就说开了，正规学校毕业的还不如泥腿子转正的老师教得好。村民也很关注，得到信息，有些就说嘴上没毛，办事不牢。跟学生嘻嘻哈哈，没大没小怎么教得出好学生。周一听着这些心里自然不舒服，当然他对自己的教育理念还是会坚守，也相信终究会拿出好成绩让别人闭嘴。好在宋诗旎的来信让自己的心情又豁然开朗起来。

上完课，还未进房门，就听到BP机的嘀嘀声响起。

"本周末来我镇上喝喝酒，叙叙旧，天长地久——秦泽猷。"

老班长相约，那得去把他吃空拿空，最好让他四大皆空。虽然烦心事不少，但最近好事也是一波接一波，除了得到两位挚友的消信，还有值得开心的是看到学生们在他的熏陶下越来越爱看书。农村的孩子虽然天性顽皮、粗野，但是他们善良、好学。有时利用出差的机会带回些童话、故事书、名著给他们看。最夸张的是有位家长叫孩子上山放牛，结果傍晚牛回家了，小孩不知哪去了。后来发动村里人去找，原来小孩就在后山的大树下看了一整天的《三国演义》。他相信事在人为，只要付出就会有收获，期末考试一定能证明自己的教育理念是正确的。

"吾尝终日而思矣，不如须臾之所学也。吾尝跂而望矣，不如登高之博见也。"自从他来了后，村里除了歌声嘹亮，经典美文诵读声也时常应和着轻风流水。

周末很快就到了，周一骑了十里路的自行车来到车站，坐上班车向老班长的根据地进发。

文兴镇，位置得天独厚，挨着县城的缘故，又临秀水湖，经济发展强劲，加上交通便利，当地百姓的生活水平还是不错的。一般想进城而又未如愿的人员，就会先想办法调到这里过渡，可以说这是通往好前程的跳板。

秦泽猷带他到镇上的一家"饿来饱去"餐馆下馆子。

"老板，这儿的特色菜放开上。"周一刚踏进门就大声喊道。

"哪有你这样反客为主的啊。"秦泽猷笑道。

"我今天就是要吃大户。在穷乡僻壤待久了，连肉味酒香都不知道了。"

周一刚落座，班长到柜台边拿来一瓶"伊力特"，又提了一筐"秀水湖新超爽"啤酒。"今天不喝爽，就不是兄弟。"秦泽猷看样子是要放开抢了，虽然他平时也是滴酒不沾。

不到一小时，酒菜被两人消灭得差不多了。吃饱喝足，两人面红耳赤，步履蹒跚地到学校里参观去了。

"哦呵，住的是套间，你们也够腐败的。"

"我们这要算腐败，那全国腐败分子还不得比秀水湖里的鱼还多。"听他这么说，秦泽猷一点儿也不见气。

"我们学校整个校园还不如你们一幢宿舍楼地盘大，好生羡慕。"

"我们这儿镇里的领导平时对教育事业还是很重视的。教师节别的地方只有精神鼓励，我们这儿每人一个五百元红包，比一个月的工资还高。你可以申请调到这儿，我们校长很惜才。你别跟我说，打算一辈子当一名光荣的山区人民教师。我可是知道你志不在此。"

"那是当然，知我者莫如你。走出大山，一直是我的梦想，只是现在一直没有合适的机会，所以只能蛰伏着。"喝着秦泽猷刚泡的高档茶叶，酒也醒得差不多了，还要接着说就被秦泽猷接过话。

"机会当然有，我准备明年考公务员，有没有兴趣一起参加？这也是本次邀你来的一个原因。"

"我的情况比较特殊，明年可能真的不行。"

"为啥，别跟我说你在那儿待出感情舍不得孩子们之类的。明年是个好机会，中专也可以考，从后年开始要大专文凭才能报考。我的消息一般错不了，你听我的没错，我们是好兄弟，才跟你透露。"

周一并没有马上接话，他记得上次在胡武定家里吃饭时，答应过他姐姐胡雨婷，接下去两人一起努力学习，争取一个考上大学，一个拿到大专文凭，说出去的话，泼出去的水，不能食言。

"你和省城的那位发展得怎样了，一件衣服算一层，攻到第几层了？省城可是花花世界，比你优秀的人不少。"见周一未接话，又补充道："如果需要进城慰问下，我这辆摩托车可以借你，雅马哈牌子名气与质量双硬。"

"顺其自然吧，能遇上比我好的她能幸福，我也会祝福。"

"什么时候变得这么高尚了？干脆当和尚去。俗话说树怕三摇，女怕三撩，还是盯紧点好。"

见他不怎么愿意接这话题，秦泽猷就岔开："我这儿有唐生的电话号码，有没有兴趣和他聊聊。"

"那当然求之不得，我们兄弟间也好久未见。"

秦泽猷拨通了号码，只听得对面"咚咚哒，咚咚哒"直灌耳膜。正当两人面面相觑，不明所以时，又传来了久违又熟悉的声音。

"不好意思了，刚才乐队在调试音响，为明晚的巡演做准备。"

"你等下，我让周一先和你聊一会儿。"他知道他们二人肯定有许多话要聊。自己平时可以经常打电话给他，毕竟两人都有手机，只有周一还在用自己淘汰给他的产品，平时来一趟也不方便。他把音量调到最大，两人都能听到。一来二去，两人轮番上阵和唐生聊了半个多小时才结束。

唐生毕业后没有去学校教书。当时，他父亲给了他两个选择，一是接手打理公司业务，二是到啸山市第一小学当校长助理。不过，他两者都未选，而是和几个朋友一起成立了乐队，乐队名就叫"舞生"，为舞而生。刚才他说是从柳叶舞和自己的名字里各取一个字组合而成，也是为了纪念她。

世上痴情的人多，像他这样长时间沦陷在里面的不多。他虽然可以率性而为，不过刚才也说了，这乐队到底能走多久多远，他也不知道。因为他父亲身体越来越不好，这一个公司里面有好几百号人，要真是没人打理肯定会出乱子。他现在也是过着今朝有酒今朝醉，明日愁来明日忧的日子，先打发时光再说。

今日也是周一心情甚为愉悦的一天。毕竟三位老友久未畅聊过。看着日头偏西，他就要告辞回去了。

临行前，周一拿出大号编织袋，可以装棉被的那种，冲秦泽猷晃晃。

"啥意思，不会是要把我也装进去吧？"秦泽猷问道。

"我又不会大变活人，装你干啥。赶紧的，把你这里好吃的罐头、夹心饼干、烤鸡，还有这几本书统统给我装好。我要带回去孝敬我那些小的们。"

"你这是周扒皮当强盗，又精又霸道。今天吃我的喝我的，还要拿我的。这么大袋子，你这是除了吃空、喝空、用空，还要拿空，让我四大皆空。好吧，谁叫我摊上你这么一个兄弟呢。"秦泽猷笑笑又无奈地摇摇头。

"没办法，你这儿前程似锦，我那儿也算是前程四紧，柴袋紧、米袋紧、油袋紧、盐袋紧，你就当向贫困灾区捐助了。等我当校长，用你的名字命名教学楼，你要有伟大的志向，崇高的理想，开仓放米，乐善好施，向邵逸夫、陈经纶学习。"

满载而归，周一刚到校就把学生们叫来，就像花果山的孙大圣，把吃的喝的分给一帮孩儿们。

五七　落雪无痕

清晨，推窗望去，远处巍巍群山遍身银装，比平日里显得更加高大、威严。而四周的茫茫田野则一片雪白，恰似绵延数里的银海。

一片、二片……周一数着窗外飞舞的雪花。看哪，可爱的雪花，时而左转右旋如彩蝶般炫目，时而似天女散花般飘然而至，时而又一泻千里似瀑布。江南小雪没有北国冬雪的磅礴气势，她更像是一个可爱的精灵，每一朵雪花似乎都有一个生命，哪怕是一个极为短暂的时光，她也会尽力地演绎着，表现着自己独特的人间感受。或狂喜，或悲壮，或跳跃，或平静。他惊叹于眼前的这一幕，更感慨于这一切。一朵不起眼的小雪花也有自己的生命价值，况乎人呢？

今日雪之大近二十年未见，许多老辈人叹道。这儿地势陡峻，气温低，两山夹得又紧，导致风来得迅疾。记得以前，在外求学三年，无论春夏秋冬也就一床棉被打发四季。他以为自己和当初一样也能适应，没承想低估了这儿的苦寒，天气诡异得很，温度上蹿下跳得厉害，人的机能远远跟不上外界的变化，再美的雪花也架不住心花的凋零。

幸好，今天又收到了宋诗旎的来信，信中诉说着她的新烦恼：我们踽踽独行是为了追寻什么？人生就像一趟单程旅行，总是会遇到各种各样的人和事，终究我们又会经历一场别离的伤感，记忆的伤疤又会揭开，如若这样，何必从前呢？

和谁交往，对方怎样，她都刻意隐晦。周一知道她一定是遇到难题了，具体什么他也说不出所以然来，但是她的任何想法决定自有她的用意。

无法穿透茫茫雪域感受那边的风花雪月，那就朝那边吹去雪花，如果你伸出手，飘落在你手心的那朵化成一滴水，那一定是我想你的泪。

相思泪

那朵朵雪花

如诗如画　盛开这千年

从大唐的诗里

翩翩然

带着书香

晕染了红尘

落于掌心

片片化作

相思泪

忽如一夜春风来　千树万树梨花开

一片雪花一片信

寄我人间一段愁

白雪纷纷何所似　未若柳絮因风起

一丝柳烟一丝轻

换我青春一声叹

落雪的夜依然黑无边

漫天飞舞

终究抵不过

心花

常开不败

……

日暮时分,气温骤降得更厉害,收到了远方伊人来信,心灵上暂时得到了慰藉,但是体感还是冷飕飕,房间里冷得跟地窖一样。

"咚咚咚,咚咚咚。"敲门声打断了他的思路。天色已晚,会是哪位不速之客敲门呢?打开门一张稚气又秀气的脸出现在眼前,原来是胡雨婷,微耸的胸部还停留着雪花,整个人如染雪荷叶,亭亭玉立。周一赶紧收回目光,请她入内。

"天气寒冷,我给你新翻了一床棉被,深夜冒昧而来,请周老师不要介意。"

"哪里,感激还来不及,这儿确实冷得出奇。"

胡雨婷麻利地把棉被在床上铺好。俏丽的身影从背后看去还真像宋诗旎,让他有一个抑制不住的念头闪过,可又很快把它掐灭了。

看见桌上的信笺,胡雨婷好奇道:"这名字好有诗意,一定是位气质出众的女孩吧。"

"是我的一位故友,也是同学。"

"能成为周老师的朋友,一定很幸福。"

夜深,窗外的雪花依然簌簌往下落,没有丝毫停歇之意。

两人只能围炉夜话,谈文学,谈人生,夜愈深而胡雨婷似乎意犹未尽。

"周大哥,请允许我这么叫,和你聊天总能让我明白人生的真谛。"

雪已没膝深,天黑路滑,送她回去路上危险,周一皱皱眉头,不送她回去更危险。雪困佳人,今晚两人该怎么度过呢?

"今晚你睡这张床,我刚好要写点文章熬夜没关系。"

"那怎么行呢?你明天还得上课,不好好休息没精神。"

"既然我是大哥,就听我的。"

这是第一次有女孩在自己的房间里过夜。虽然年轻气盛,可是单纯无邪的她如外面的雪一样圣洁,让人不忍去破坏。一室二人,孤男寡女,却没有实质性地进一步,说没事别人也不会信,真没事别人也会嗤之以鼻,除非你无能。

下雪天留客天,天意为上。胡雨婷正是二十刚出头的年纪,情窦初开。同龄女孩子嫁人生子的比比皆是。况且村里像样的小伙子也是凤毛麟角,像周老师这样年轻帅气,又有学识,关键是人品好,更是稀缺。她弟弟是个皮老虎,整天只知道舞枪弄棍,嘻嘻哈哈,读书一点也不上心。自从周老师来了以后,变化很大,明理好学,完全一副小大人的模样。周老师有人格魅力,能力强,是优质的相处对象。

自己虽然有目标——考上大学,可考上大学不也是为了找到好工作,择一位良人度过终生吗? 再说周边好多老师选择的也是农村姑娘。自己成绩不差,而且面容姣好,是公认的俊姑娘。要是周老师能垂青自己,就是三生有幸。可是她也知道,宋姑娘才是他的心上人,只能嗟叹命运没有眷顾自己。

迷迷糊糊到天亮,临走前,周一把那天到秦泽猷所在镇上特意买的两盒水粉、水彩颜料和一套高考复习资料送给她。其实昨晚他也是恍恍惚惚。清纯小妹近在咫尺,都能闻到少女独有的体香。他多少次想过去,可是想到远方的她,又生生断了尘念。

两人的目光一交汇,犹如短路的正负极瞬间火花四射。周一赶紧转身上楼而去。一个转身雪花成帘,终究要隔离成两个世界。

今年的雪大,持续时间又长,直到期末考试还在下。

虽然天寒地冻,但是学业为大,整个临水片举行联考。这次孩子们争气,考了全片总评第一,而且与第二名平均分拉开了足足6.2分。

之前的质疑、风凉话都如雪花被吹得七零八落。据说明年全片复式教学研讨会要邀请他上台作经验分享,这是非常光荣的事。许多老师穷其一生也没机会上这样的舞台。

这个结果,自然在周一的意料之中。他知道,好的教育就像谈感情,就如今年的这场雪一般,悄悄地润物而不着痕迹。

五八　千禧之年

学期一结束,就是新教师培训会,上课地点就在永安县教师进修学校。参会的大多是三江师范学校和本校毕业的学生,也有少部分来自滨州师范学校。授课内容也有针对性,"如何当好一名人民教师""教师职业素养""教育心理学"等等。

授课教师有些是进修学校的老师,当自己曾经的老师又来授课,这里毕业的学生掌声特别热烈,欢呼雀跃,似乎在宣告:这是我们的母校,我们熟悉这些老师。

外来的和尚好念经也不一定都正确。几个外地大学请来授课的教授,理念倒是很新,但是距离感太强,似乎纸上谈兵的居多。而本土的几位专家,上课的实操性比较强,充满激情,举的例子也接地气,受欢迎程度也不低。

由于新教师培训会只需签个到,也不用写什么心得体会,上交笔摘,所以整个活动还是轻松愉悦的。一些久违的同学凑到一起,大家都有聊不完的话题。晚上大家都呼朋唤友在学校周边海吃胡喝起来。

分在微平片的一位叫方之星的老师毕业于进修学校,看上去比较实诚,为人和善,和周一、秦泽猷聊得来,晚上三人到秀水楼相聚一番。记得读书时代,三江师范学校是滨州七县市师范类的总部,各个县市的教师进修学校则是它的分部。但是今晚和这位方老师接触,周、秦二人发现他谈吐不凡,学识渊博,对于永安教育现状也有自己独到的见地。周一频频和他互敬,除了敬酒还有敬佩之意,如若有机会日后还是要多接触有思想的人,也是对自己的一种促进提高。

培训会结束已是阴历小年,有些地方也称"交年""灶神节"。家家户户已经开始忙碌起来,扫尘、祭灶,准备干干净净过个年,表达了人们辞旧迎新、迎祥纳福的美好愿望。

周一回到家,想帮忙整理屋子庭院,迎接他的家已经被大扫除般擦拭得一尘不染。母亲虽然身体一直不太好,但是看着儿子出息,参加工作过的第一个年,还是抑制不住开心,支撑着气喘吁吁把家里家外打扫得干干净净。

家里那头大年猪也是等他回来才宰掉。农村杀年猪比较讲究,要挑日子。一般"猪"日不杀,家里有相关的属相会避开不然犯冲。农民养头猪不容易,杀猪也有诸多讲究,利市、祈福是农民一种美好愿望与寄托。

请人吃年猪,在农村是和乔迁之喜一样,需要热热闹闹才好。在林峰村,到了腊月家家户户就陆续开始杀年猪。那段时间轮到管老师饭的,也基本上形同虚设。哪家杀年猪都会叫上他们两位老师去吃。因为要挑日子,有时候几家就会挤在同一天。为了让老师能到自家来,有些会搬出有名望的朋友或领导发出邀请。有些认为自家面子不够,就把日子往后挪重新排。但还是会有重叠,连中午吃饭都被排上了,过几天就是立春,老辈人说过了立春不可杀猪,怎么办?

胡晓春的妈妈张荷花和他爸胡建华就在那里拌嘴。

"你这木头疙瘩,就不会想办法把老师请来?"边说边把铁勺在锅沿上敲得喤喤作响。在她眼里,这丈夫真不顶用,连老师都请不来。

"我也没办法,家家户户都养一两头,老师只有那两个,我总不能把他们绑来。"胡建华嘀咕。

"绑得来也是你本事。"

又是一阵喤喤直响。

第二天,两位老师去村头一家吃年猪肉,半道胡建华拦下两位老师,从旁边的双轮车上拿起竹编套环说道:"吴老师、周老师,看你们学校活动器材比较少,这是我给孩子们做的竹制玩具,叫跑竹马,可以一个人玩,也可以两人合作游戏,二位试试看效果怎样,方便我进一步改进。"

两位老师听他这么一说,为学校孩子们考虑,真是好家长。两人就把脚套进去,没想到这位家长绳子一抻就箍得紧紧的,怎么也褪不下来。胡建华把两人牵到双轮车上,运到家里。他是竹篾匠,竹器活做得数一数二,没想到为了请老师来家吃年猪肉开发出了新功能。平日总是嘲笑他银样蜡枪头,张荷花第一次对丈夫刮目相看。

在他们眼里,老师是文曲星下凡,来家吃吃坐坐吉利。这也是农村人最质朴的想法。

2000年,千禧之年,从此进入到了21世纪。庚辰龙年,按祖制,村里会舞龙灯,做大戏,尤其是这世纪年又遇上龙年,千年才出现一次,被称为千年龙。为了庆祝和纪念，烟花从腊月二十就开始放起来。那段时间村庄一直被硝烟笼罩，可奇怪的是，往年到年关气候阴冷，感冒咳嗽的很多，今年却特别少，也不知道是不是病菌、沉疴被硝烟熏灭。大街小巷张灯结彩，人们洋溢着幸福的笑容和满足。除夕当天，周一按惯例到小学王老师家里拜访，带去自己诚挚的问候。晚上回家，下厨做了一桌美味佳肴，感谢父母多少年来对自己无私的付出。

政府决策者们也与民同乐，年末进行了大范围调整工资，教师的工资、津贴大幅增加。从年初的传言工资大涨，到年中的杳无音讯，再到春节前终于落地，人们的期待也如过山车一般起起伏伏。

工资涨了但一时还不能发到手。因为工资不再像以前那样由学校会计现场发放人民币，都改为由银行打到存折或者银行卡上。然而计算机系统、自动控制芯片中，由于其中的年份只使用两位十进制数来表示，因此当系统进行跨世纪的日期处理运算时，就会出现错误的结果，进而引发各种各样的系统功能紊乱甚至崩溃。有些地方把它叫作"千年虫"，又叫作"计算机2000年问题"。

政府只要政策公布了都会落实，只是时间而已，这方面大家还是相信的。周一和父母商量了一下，打算买辆摩托车，平时工作、回家也会方便很多，还有更重要的就是假如去省城看宋诗旎也会方便很多。放假那几天周一和几个老师去临水镇上看了几款车子。几位年长的老师现场就购买了嘉陵、五羊、宗申等牌子摩托车，周一看中了钱江牌子的150型这款，如果父母同意就年后买，那时补发工资也到账了。

每年正月，村里都会请一些戏班来祠堂里"做戏"。祠堂两进，内进挂着先祖画像气氛肃穆，地势相对高些的是个现成的戏台。外进檐廊画壁，开阔敞亮，刚好容纳观众。

今年是特殊之年，正月初三就请来戏班子。天刚擦黑，村里的广播就会响起，老村长用带有浓浓土味的普通话发通知："该夜产里做戏，塔嘎都客出。"意思就是：今晚村里做戏，大家都去看。广播一完，烟花就蹿上空，再次提醒村民去看戏。

村民们带着自家的小板凳、条椅，依着先来后到的顺序找位子坐。天越发暗下来，村子就像窖里腌渍酸菜的缸口，已经被黑布蒙扎得严严实实，祠堂里人也越聚越多。生活的艰辛、无尽的劳作、精神的匮乏，使得全村没有人舍得放弃这样的看戏机会，即使忙碌得像陀螺也要歇下来，享受一年一度的"饕餮盛宴"。

"咚咚锵、锵锵锵，咚锵、咚锵，咚咚锵……"开场锣声一阵紧似一阵，把人们从四面八方吸引过来。

戏班子是由当地村民自发组成的，成员都是没有受过专业训练的民间戏曲爱好者，属于临时搭建的草台班子，平时务农，闲时磨戏，拿出家伙吹拉弹唱练练手、开开嗓。

开台戏一般先跳魁星，中间还会穿插"上银牌"环节，气氛渐渐被推向高潮。魁星戴兵帽，左手持墨斗，右手握朱笔；白脸头戴九龙相雕，身穿白蟒龙袍，手持阴阳板随着"台台、七台、匡踩踩"的节奏跳将上来。口中念念有词："东南西北拜一拜，来年风调雨又顺……状元笔横竖写一遭，魁星高中哩……"那咿咿呀呀的唱词打动了多少厚朴的心灵，那粉墨油彩里又涂抹着多少人们对五彩斑斓生活的憧憬！

要是宋诗旎在身边该多好啊！他可以和她讲讲自己在这里快乐的童年。

五九　别有好感

开学后，宋诗旎发现文学创作论这一课程的王爱红教授似乎对自己特别地关注。每次进教室总是对自己微笑，那笑容里包含着一种慈爱，是长辈对晚辈的喜欢。课堂上她总是把目光落在自己身上，别人没发觉，但宋诗旎自己总是能感受到一种异样。

这门课的班级课代表是周云菲，而王教授说："本学期我们将会进入创作实践环节，作业量会多起来，一个课代表任务重，到时忙不过来，需要增加一位。宋诗旎表现不错，文章写得有思想，也有灵气，她也来担任课代表一职。"也不管她什么想法，王教授已经决定了。同学们议论纷纷，因为没有这样的惯例，其他课程都只有一位课代表，其实任务重也不过是一个借口，哪有这么多作业，又不是高中时代。

宋诗旎也百思不得其解，自己是喜欢文学写作，可也从来没刻意向教授透露过，需要她特殊栽培。还有值得疑惑的是，王教授经常找借口让她到办公室，让她说说对课堂上的观点有什么自己的体会。关键是第一次去她办公室，她两眼紧紧盯着自己，看得自己心里发毛，心想这老师不会是有什么问题吧。

　　直到那天在学校的求真楼下才知道之前种种情形缘由。

　　"妈，你就别管那么紧，让我有自由空间不好吗？"

　　"小凯，常言道知子莫如母，既然你喜欢人家，就要大胆地去追求。"

　　"我有自己的计划和打算，你不用操心，从小到大我就被你管得像笼中鸟。"

　　"我就你这么一个儿子，不向着你向谁？再说优秀的女生总是稀缺，现在竞争这么激烈，你不捷足先登更待何时。"

　　两人的话被她听得真真切切，刚要转身离去，不料手机掉到地上，发出的声音把他们母子二人吸引过来了。三人六目相视，宋诗旎觉得很是尴尬，自己好像是摊位上一刀待卖的肉在让人评头论足。幸好上课铃响了，上课的上课去了，听课的听课去了。

　　第二天操场边，宋诗旎正在晨练。程哲凯健步跑向她，诚恳地招呼道："昨天不好意思了，我妈就那样的脾气。"

　　宋诗旎自然知道他也是故意过来找话题，淡淡道："你母亲对你挺好的，已经把你的未来铺得妥妥的。"

　　"我妈是特别霸道的人，以前我谈过一个女朋友，我妈知道后死活不同意我们交往，也没说什么理由。没想到前段时间她看到我的日记，知道了你的存在，却极力让我抓住机会，昨天是第二次催促。你有什么魔法吗？"说完，他的目光在她身上打量，"能让传统女性而且是见过众多美女的大学女教授认可不比上珠穆朗玛峰简单。"

　　"难怪王教授课上课后总是注视着我，我还以为自己出了什么问题。"

　　"这怎么会呢，我妈让我邀请你今晚到我家做客。"

　　"你妈让我去，我可以不去，因为她不是我妈。"宋诗旎拒绝道。

　　"好吧，那王教授让你去呢？"

　　"既然是王教授的身份，我是学生理应去，可是作为师生关系应该在课堂上或者课下的教学区,而不是在家里。"

"知生莫如师,被我妈一语中的。她就知道你会这么说。不过我妈说还有一个让你无法拒绝的理由。"程哲凯卖了个关子。

想不出有什么正当理由,宋诗旎开口道:"愿闻其详。"

"我家有许多孤本,有些是祖上传下来,我爷爷的爷爷是清朝翰林院大学士;有些是妈妈去各地旅游讲学购得的,我们大学图书馆里的藏书都不如我家多。"

与大多数女孩不同,宋诗旎还保留着读中专时的学习习惯。系里许多女生已经打扮得花枝招展,展示着自己的娇容、身材,充分挖掘自身天然资源,许多都有了男朋友,她反而成了另类。

其实她又何尝不知道,程哲凯说的孤本不过是幌子,看书是假,试人是真,只是自己再坚持就有点端了。做人坦然,对人自然,处世淡然,遇事泰然,一直是她信奉的教条。

到了傍晚,程哲凯已经早早地在宿舍门口等她。穿着运动服,骑着美利达在城市街道穿梭,青春活力像极了旋风小子里的林志颖。坐在后座的宋诗旎长发飘飘,白裙飞盈,如一株被吹拂的六月芦花在风中摇曳生姿。

面溪湖,背依南高山,程哲凯的家在滨州城属于地段繁华、风景独绝的风水宝地。房屋面积接近二百平方米,在这寸土寸金之地属于十分富庶的人家。家里布置得古色古香,学者气息充盈整个房间。

"这儿的书你可以随便翻阅。"程哲凯妈妈非常亲和地对她说道。

这是复式五居室,三间住人,两间书房,楼上隔成大两间分别收藏着国内和国外的各种书籍。程哲凯说比学校图书馆藏书还多确实有夸张成分,但是从书的收藏价值来说却一点不为过。许多线本、孤本,这儿都能找到,据说有些历史学家、考古学家还常登门借阅。

学术严谨、不苟言笑的王教授已经化身厨房里的厨娘,在做美味佳肴,儿子在旁边打下手。

"儿子,好眼光。这闺女不仅形象气质好,而且胸挺臀翘将来也好生养。"

"妈,你一个堂堂大学教授,怎么像个农妇,这都是迷信。"程哲凯驳道。

天下母亲脾性可能都不一样,但是对孩子的关爱却是相同。丈母娘总想择乘龙快婿,婆婆希望物色称心儿媳。饭桌上,教授一直给宋诗旎夹菜,各种美味佳肴,反正碗里的菜比饭多。程哲凯冲她挤挤眼,好像在说"我妈就差让你住我家了"。

"小宋啊,随时欢迎你再来,学校不习惯,住这里也可以。要是小凯欺负你跟我说,我这当妈的为你做主。"王教授依然热情地招呼着。

这当妈的,一语双关,宋诗旎当然能明白。

返回的路上程哲凯护送她回去。一路上宋诗旎感慨颇多,感觉自己得到上苍的眷顾太多了,有点贪了。程哲凯自身的优秀不说,家庭条件、地位也是一般家庭望尘莫及,周一的家庭跟他比就是几何量级的差距,对于多数女孩来讲这是金龟婿,攀上这样的高枝,可以少奋斗多少年,何况对方有意垂青,拒绝才是不可理解。

春暖花开之后,学校组织文学创作实践活动,地点在河盐市。每年系里都会有一个项目,只要立项,政府会拨款。这个项目是由程凯哲妈妈专门策划,活动由她和一个副教授带队,组员十人分五组,程哲凯和宋诗旎一组,这样的安排方便交流,增进感情,可以说是公私兼顾。

实践活动有一个多月的时间,了解当地的文化底蕴、历史沿革、名人轶事,拜访当地名人,名师讲座,活动安排得丰富精彩。当然也会安排些自由活动时间,这也是大家最期待的,可以选择自己感兴趣的事去做。程哲凯带着宋诗旎逛遍了整个河盐城,还爬了该市第一高峰羊角峰。山路崎岖,许多陡峻的地方都需要程同学拉着她的手才能上去。上山容易下山难,低断崖处只能他先下,她跳下再由他抱接住。

她说道:"今天的安排,你是故意的吧。"上山下山,他主动有意无意的身体接触比较多。

"文学创作就是要深入生活,需要有人的地方。"

"有人也不是非得到这儿,城镇里人不是更多吗?那你的创作源泉更加喷涌而出。"宋诗旎自然不信他的话,男人的嘴,听了后悔。

"对我来说,人不在多与少,正如山不在高有仙则名,你我一男一女就是最好的二人世界。还嫌不够的话,我们可以一起创造出一个新世界。"

城里的孩子自信,但刚才的表现有点自大了。这就是和周一的区别,虽然他也油腔滑调,但他真诚自然,就像眼前的这一片枫叶春绿秋红,既能融入这一片山野,也能木秀于林,自然而然,顺其自然。

实践活动充实、充盈,但她还有一个心结,就是人在外地周一寄来的信无法收到,也无法复信,不知道他过得怎样,是否挂念。

六〇 美丽约定

开学几周过去,班里没有出现过流生。几只皮老虎好像过了一年长了一岁,懂事了一些,其他的一切照旧。对于周一而言,现在就是期待每两周她寄来的信,这是他与外面广阔世界的联系,感受新鲜事物的途径。寄出去的信也没回音,他打算等过几周新摩托车到了就可以去城里看望她。

虽然一连几周都没收到远方的来信,他有些情绪低落,但开学后繁重的教学任务还是容不得他有更多的时间去长吁短叹。他来之前村小的教学成绩都不太耐看,基本上垫底得多,原因一是好的生源都到完小、中小去了,只留少部分孩子;原因二是好的教师也都往外调了,只剩老弱病残。现在周一老师名气打响了,学生和家长又有了信心,开了学后学生都互相较着劲。还听说今年会有几所学校要撤并,就看各校的教学质量如何。考得好,群众拥护,自然会考虑继续存在保留,反之就极有可能被"开刀问斩"。

上了大半天课。周一让孩子们自由活动,他拿着一本文学新著坐在旁边看起来。

"周老师好啊。"周一抬头看见两位村民在路边冲他打招呼。这两位村民,就是上学期开学没多久看见的怪怪的中年人和老者。周一也礼貌地回应。

在和两位聊天的过程中,他知道了一件让人震惊的事。中年人跟他说,学校门口的空地用来停放一些非正常死亡者的棺木,而且村里流传说学校阁楼有鬼手,有人很小的时候在那读书就从门缝里看到过。反正说得很邪乎。周一是无神论者,自然不会相信。但是有几个晚上,他躺在床上也确实听到整幢楼有踱步声,几次起来寻找就是不能确定声源,躺下去声音又随之清晰地响起,这声音也确实困扰了他一段时间。这世上也确实有些邪门的事,无法从科学的角度解释。

而老者的话也解了之前的疑惑。原来房间里那张遗照还有一个让人感动的故事。当年这里曾经有位和他一样年轻的教师,深受大家的爱戴,很多年过去了大家依然记得。

这位年轻的包老师当年读师范时年年拿奖学金,而且写得一手好文章,经常有作品发表在报刊上,其文风飘逸兼具古韵。他还是位丹青画手,笔下的山水、人物独具神韵。由于多才多艺,还是学生会骨干。每次活动结束,他都要把道具物品整理好才最后一个离开。总是和他最后走的还有一位小蔡同学。她父亲是一家公司高管,家境相当优越。小蔡同学皮肤白皙,气质出众,从来就是万众瞩目的焦点。追求者可以排成一个加强连。可这些都入不了她的慧眼,唯独被他独特的魅力所吸引。他身上的那种深沉、质朴,不像其他同学安逸、浮夸,有一种历经岁月洗礼般的底蕴,深深打动了她。两人从此一起谈理想,谈文学,谈未来,行走在校园里,同学们称他们为"包心菜"。

听说毕业前几天,他收到了省城几家公司的高薪邀请。女友竭力劝他到大城市工作,因为更有前途。是啊,作为年轻人谁不想拥有更大的舞台。眼前的繁华景象渐渐模糊,而家乡的样子日渐清晰起来,往事又一幕幕浮现在眼前。家乡的穷,根子在教育上,而教育离不开好的教师。

后来他决定回到家乡当一名乡村教师,而女友留在城里。为了给彼此时间冷静考虑,两人约定一年后再讨论彼此的未来。

这位包老师在这里任劳任怨,为乡村教育事业倾注了大量的心血,深得人心。只是,天妒英才,一天晚上,雷电交加,大雨如注。村里一个孩子肚子疼得在地上打滚,可是父母外出打工,家里只有一位奶奶。他得知后,马上背起孩子奔向医院,许是路上力用尽了,过桥时眼看要到了,却一脚踩空,掉入水中,瞬间没人影了。小孩在紧要关头被他推上了岸。第二天,人们在水里找到了他。

那场约定注定只是个美丽的泡影。后来他女友知道了他的事迹,也来支教了。

故事让人感怀，人物让人感动。这发生在90年代初，这是怀着热忱为人民教育事业鞠躬尽瘁的一代。难怪村里人见到周一都说太像了，又勾起了大家的回忆。

"再后来呢，那位女教师怎样了？"周一问道。

"后来，女孩的家人找到了这里，把她捆回去了，最后谁也不知道结局怎样了。"大家提起此事都唏嘘不已。

周一汗颜，他一直有个志在四方的梦想，时至今日还在想着要出去闯闯，与那时的前辈比起来自己的境界还是有不小的差距。那时很多乡村教师扎根山区培养了很多大学生，以另外一种方式走出了大山，圆了自己青春时的梦想。

周一觉得自己眼下最重要的不是考虑如何走出大山，实现自己的梦想，而是向这位前辈学习，助力乡村教育事业的发展，这才是首要任务。胡武定、胡文邦，都是学习的好苗子，虽然有时候还有点顽劣，但是在自己的引导关爱下已经有了人生目标。胡武定说要当军人，保家卫国，这也是当初和他交流的设想。胡文邦说他想当一位科学家，研究天文，这是从周老师自费买来给他们看的书籍中受到的启发。周一开玩笑地和他们说，要是以后老师遇到坎了，你们可得来保护。这俩家伙，虎头虎脑地说："老师一声令下，吾等冒死救驾。"

顽劣有时也不一定是坏事，周一明白自己小时候也是这么磕磕绊绊过来的。

六一　失之交臂

期待已久的摩托车终于到货了。钱江摩托这牌子还是不错的，质量绝对OK。本来打算车子到了就去省城见见宋诗旎。可惜，杂事太多只能把行程往后挪。

胡雨婷复考已经完成，从她的成绩来看，这次很有希望考上大学。周一的大专文凭自学考试，由于准备充分，考试也没怎么遇见难题，大概率是能通过。

一个闷热的下午，恍恍惚惚之际，周一忽然接到通知，让他去县人武部参加征兵体检和文化测试。来通知他的乡人武干事对他说，你是有工作的，虽然年龄符合，其实不用参加这次征兵。但是今年开始，国家对军队征兵进行了改革，以前注重兵员的体能体格，现在都是机械化装备，技术兵为主，这就需要一定的文化基础。上级部门对兵员的文化素质要进行考核，对于乡镇来说如果提供的兵员素质高，哪怕最终没有入选，也会加分，所以周一这次主要是撑个门面。

古人说，无心插柳柳成荫。体能和文化测试，周一在全县一百二十余名应征者中脱颖而出，两项第一，周一的素质也得到了这次主要负责人陆部长的青睐，认为他假以时日，在军营里淬炼后能成为精兵。周一也曾有过军旅梦，当年学历史看到南京大屠杀，看到日军烧杀掳掠就痛恨得咬牙切齿，近者北约轰炸我驻南联盟大使馆，恨不着戎装，空有一腔热血。如今机会来了，况且可以换一种途径走出大山，一举多得。

这位部长再三告诫他，三天后准时到人武部检兵处统一政审，逾期不候。这是大事，他回家和家人商量了一番，没想到家人也都同意，虽说又要分离，但是对孩子来说也是人生的一次机遇，过了这个村就没这个店。以后兵龄长了，也可以转业到地方，听说县里有好几位领导干部也是行伍出身，现在事业发展得也不错。对于长辈来讲孩子的前途永远是最重要的。

三天后，周一把资料准备妥当了。刚要出门，一位村民急匆匆跑过来，呼道："周老师，快帮帮忙，我爷爷心脏病犯了，已经昏死过去了，要赶紧送医院。你有摩托车，能捎我们一程？"

捎他们的话，今天的政审就会迟到。可是人命关天，见死不救良心也会受到谴责，转念之间，他就骑上摩托车去护送这位大爷。

送得及时，大爷很快脱离危险，可是等他到了人武部，已经静悄悄人去楼空。还剩一位干事在做收尾工作。看到周一在门口，叹叹气，"可惜了，这么好的机会，难得有军队领导对你这么赏识，要是到了部队你可就前途无量了，提干也是很有希望的事。"

虽然失去了一次"出山"的机会，有些可惜，但对于这次意外的机遇化为泡影，他也不算特别悲伤。他始终相信缘来了一切皆有可能。况且他已在盘算去省城见见朝思暮想之人，或许情绪也会振奋起来。人生路上有风有雨是常态，能保持一颗平常之心也许就是最好的心态。

去往省城的路有三条，其中两条最终又汇成一条入城，途经三个县市，另一条就是只途经长安县即可入城，相对而言路程短些。只不过沿途在修建高速公路，道路泥泞坑洼，路牌标识残缺，其实在他心里只要能早点见到她，这些问题都不过如尘埃般渺小。有人说，喜欢了，问题不是问题，不喜欢，答案也非答案。

他记得读师范时，她就很喜欢吃他带去的鱼干酱，临行前，他专门下溪抓了些小石斑鱼、沙鳅晒成干，再和豆瓣酱熬制一起做了四大罐，够她吃半个学期了。他一直觉得当地的土酱味道鲜美，开胃下饭，要是打出名气，有了好的销路，形成产业化规模就能增加当地百姓的收入，也是一条发家致富的好路子。秦泽猷这家伙不是一直想当公务员吗？等他当了领导，一定得和他好好建议建议。

一切准备妥当，周一看天气晴朗，气温也较适宜，就傍晚时分动身出发。他算过，到她的学校大约八个小时，加上途中有可能出现迷路、岔路，会耽搁点，到了那儿一般也在第二天7点前了。因为摩托车不能进入主城区，被交警拦到要把车子都扣掉，那样损失就重了，所以晚上出发，天亮前到就保险了。他感觉自己就像聊斋里的孤魂野鬼，见光死，只能成为夜行人。

前半夜还好，交叉路段不知如何选，看到许多班车都往哪个方向走，他就跟在后面。这么多的同方向班车，肯定就是前往大地方去的，如果去小地方连掉头都困难。但是两个轮子的终究跑不过四个轮子，后半夜车少了，他只能看路标。路段维修的地方，有些路牌是临时随意摆放，方向也就出现混乱。幸好路遇夜归人，问了才知道方向反了，路标被施工队放错了，幸亏发现早，不然又要南辕北辙。

长夜漫漫，星辰为伴。经过一宿的折腾，终于到了目的地滨州师范大学。虽说舟车劳顿，但是想着信中宋诗旎多次提起，他若来此定会好好带他畅游溪湖、文景胜地，诸多的疲惫顷刻间消失殆尽。

校门口人来人往，两边有许多摊贩叫卖，土特产、早点都有，虽有杂乱之嫌但也不影响行人的道。

周一把摩托车停在旁边的隐蔽之处，拎着四罐酱在角落观察着，准备等她出现给她一个惊喜。

嘀嘀嘀，一阵汽笛声覆盖嘈杂声，只见一辆黑色轿车缓缓停在一个早餐摊位边。车上下来一男一女，女的青春靓丽，男的帅气精神，在摊位上用餐。行人的目光纷纷被吸引过去，周一自然也注意到了。这一看不由得大吃一惊，这女孩不就是宋诗旎吗？他一只脚刚迈出，又收回来。这男的是谁？看他们之间无拘无束地交谈，虽不知内容，但从轻松愉悦的表情来看两人应该是超越一般的关系。莫不是男朋友？难怪这几个月都没收到她的回信，答案在这里！一股酸意瞬间涌上心头，又带些悲愤，枉我朝思暮想，还千里迢迢奔赴而来。

难受至极。

那男的，衣着笔挺，举止优雅绅士，一看就是富庶阶层。再看看自己一裤腿泥巴，凌晨两点骑过烂泥岗那儿施工场地水管破裂，满路段黄泥浆，无路可择，眼看快要过去，轮胎还是打滑，彻底翻了个朝天。城郊十里江畔晨景虽撩人，可是江风直冻人心，不得不套上棉衣御寒，只是手一哆嗦，周一的座驾拐进了灌木丛，衣服被划了许多道口子。现在只要轻轻一动，白棉絮就满天飞，唉，上破下脏，十足的叫花子。

什么马配什么鞍。

看着他们二人轻松惬意地上车，驶入校园，周一怔怔，又仰天苦笑，终于知道之前那些信为什么会石沉大海。这个城市的天空是蓝盈盈的，但是自己的心是灰蒙蒙的。有时候真想对着人群大喊："一群骗子！"溪湖扬名的好看，与自己也无关了，心里的愤懑、苦涩有谁能懂。

愤懑归愤懑，但他还是很清醒。自己一个乡下穷小子，有什么能力、资历去和他们抗衡，无非落得个鸡飞蛋打、世人嘲讽的下场。一天到晚被群山阻隔，只剩下一具空壳的梦想。

无论什么真实、诚实，都抵不过现实。

也罢，既然如此，他也不抱希望，干脆把手里的四罐鱼干酱，送给了刚才的摊主。做生意的人终究敏快，尝了后觉得味道不错，敦实的老板要给钱，被周一谢绝了。

"老板，刚才一对年轻人，看样子和你很熟，经常光顾这儿吗？"周一离开前又不甘心地打听道。人啊，面对情感，想法和行动往往难保一致，口是心非男女通用。

"小伙子啊，一看就知道你是乡下人。刚才这对在我们这一带非常有名，男的家境殷实,女的是这所学校的校花。女生来得不多,倒是这男生经常来我这买早餐,说是给这位女生带去。多么般配的一对呀……"老板未说完,周一已经离去。

"小伙子谢谢你了。你要是穿得体面点也不赖。"老板冲着远去的背影继续喊着。

对这个城市来说我是外乡人,从此不会再来。带着遗憾、失落,他又回到了自己的山水禁地。省城之行,就像南柯一梦,最终什么都没留下。

六二　十字街口

消息有时像一片随风飘舞的树叶,一会掀坏消息,一会翻好消息。

胡雨婷不负众望,考上了大学,超过本科分数线一百多分,选择自己心仪的学校专业就有了底气。他们一家专门请周一去做客,表示感谢。她清澈的眼里蕴含的情感,如那彻夜的雪花,晶莹净透,他自然能读出,只要自己点个头,她也许就会守在身边。只是这个如花似玉的女孩,如山上的红杜鹃一样有着绚烂的未来。而自己,可见的未来也就这样了,他不希望她重蹈自己的覆辙。就像当年读书时把机会留给了心仪之人,而自己选择了荆棘遍布的路。

自己的大专文凭自学考试也全部合格通过,证书也已寄到,周围和他一起参加考试的多多少少还有几门没有通过。他准备马上开启本科的自学考试,希望自己再接再厉用一年的时间拿到该文凭,虽然看上去像是雄心壮志,甚至有些癫狂到天方夜谭,但是奇迹不就是拿来创造的吗?又不是什么神迹,别人可以自己为啥就不行呢?

秦泽猷也实现了自己的人生抱负,他顺利通过公务员招考,分到文兴镇当镇长助理,成为领导身边人,前途无量。

虽然人"贵"了,但是和周一兄弟间的情谊一点也没打折扣。每次邀请周一过去玩,都跟之前一样吃不完再"兜"些走。有些时候开开玩笑,我这是上辈子造了什么孽,总是邀请你这耗子上门做客。村里的娃娃们最盼周老师外出,就像唐僧取些"经"回来。

省城那边，宋诗旎的文学创作实践活动早已结束，时间就是周一进城找她的那天返校。几天后宋诗旎来到校门口买早餐，还是那家摊位，要了一碗阳春面，五元钱，不贵而且正宗的家乡味道，不掺任何调味剂。

"姑娘，今天那位男生怎么没陪你一起来？我看你们郎才女貌，天造地设的一对。"老板热情地招呼道。

"您错了，我们只是同学而已，没有其他关系。"宋诗旎平淡地答道。

见她不怎么接这话题，老板拿来一罐酱请她自用。

"这味道不对，可又对……"这似曾相识的味道，她总觉得在哪儿尝过。

"老板，你这酱的味道跟之前的不一样，味道更鲜醇。"

"是啊，说来也巧，这酱还是前几天一位后生送给我的。他似乎也是来这里找人。"老板边下饺子边接道。

"那你能描述一下他的样子吗？"

"人其实挺英俊的，就是穿着打扮不咋的，和他闲聊中好像说是永安县瑶峰人。"

"是他，一定是他。他来了却不现身，这是为何？"宋诗旎觉得很是困惑，继续问道："那他有说什么吗？"

"临走前，他问起了你和那天陪你一起的男生的情况。不过没问几句，好像情绪不太好，就转身走了。这几罐酱也送给我了。"

难怪最近给他写信，一封都未回。他一定是误解了。山里的孩子其他都好，就是太过敏感，知道喜欢的也不去争取，只会选择逃避，这会儿肯定躲在哪里写诗避世。就这点来说，城里长大的程哲凯就比他好多了，至少敢爱敢为。本来外出这么长时间，自己的许多想念在信中需要细细倾吐，现在倒好，还要花力气去慢慢解释，对他的小家子气想来有气，可是这不也恰恰说明了他对她的在乎，这么一想气也就消了许多。

果然被她猜中，周一回来后，一直就打不起精神，除了正常教学，只能写一些伤感的文句打发时间。

起风的日子，也是想你的时刻。仰望星空，今晚没有找到那颗最亮的星，我失去了人生的方向。你不在的日子，我的心也是漂泊的。岁月匆匆中，人海茫茫里，总有些人刻骨铭心，总有些事潜然泪下。记住了许多，也忘了不少，遇见，有憾也不悔。拿起放下，愈是克制，思念愈甚。今夜风带雨，何处诉离愁？

宋诗旎的来信，也好几封了，就一直随意摆在桌上。虽然有几次总是手痒痒想去拆了看看她到底怎么解释，可是又能改变什么呢？

不念不嗔不痴，不怨不怒不喜。

这天上完体育课，口特渴，抓起茶杯刚要入口，却滑落开，连杯带水砸在了信封上。周一赶紧拿起信封把水抹去，只是有几封已经被渗透。他只好拆开，晾干。虽然心里还是有气，发誓不再去想了，可还是忍不住多看了几眼内容。

见信好！

你说世间最相爱的两个人该是怎样的状态呢？是人在咫尺心在远方？还是人在远方心在咫尺？

你说两人雪中行最大的遗憾是什么？是明知可以落满雪花白头到老，却脚步未曾停留。

在真相之前，任何的解释都是苍白无力的，但是事实却从来不以语言来洗刷。都说眼见为实，其实看到的未必就是真实……

他也觉得自己格局太小，内心深处也相信她不是一个见异思迁的人，只是真正面对那场景多少有些抑制不住，毕竟夜里千百遍的相遇场景还是多少有些诗情画意，世上哪对热恋中的不是这样。现在一切水落石出，他的心情似乎又分外朗润起来。有时年轻就是好，模式的切换也只在一念之间。有句话怎么说：一念成佛，一念成魔。间歇性正常与间歇性不正常，哪个更正常？其实都正常，只有这个问题不正常。尤其面对感情，不正常才是正常。很多时候，人都是立于理想化的现实派。妥协，往往是最妥帖的相处之道。

六三 村小撤并

两年的时光如流水般过去，计划终究赶不上变化。两周前还在县里参加了村小复式教学研讨会，县里分管教育的领导，教育局领导悉数到场，规格高配。其中有一项议程，就是周一作为复式教学优秀代表接受表彰并上台做事迹报告。一时风头无两，在同届毕业生中他还是第一位获得县级殊荣的。现在却有消息传来，为了集中教育资源，改变薄弱、零散的村小教学模式，全县要统一撤并村级小学，而且是一刀切，也就是说一步到位。

教师层面大家都不会有意见，到哪不是教书，到哪不是领着那点死工资。家长层面意见、阻力就大了。特别是瑶峰乡，因为山多，村寨分散，聚在一起交通十分不方便，而周一所在的村意见更甚，不光交通问题，关键是学校教学质量稳步提升，孩子们十分爱学习，家长们的观念最近两年也转变了，以前的读书无用论，变成了唯有读书才是最好的出路。他们担心学校合并以后分不到周老师班里，而且这是肯定的，毕竟他只有一人，而学校有六个年级，做不到雨露均沾。

乡领导、学校校长轮番来做工作，可是他们始终不松口，如果坚持撤并，他们就要集体上访。这对于乡镇、教育局年终考核影响很大，所以也不敢贸然行事，但这是全县一盘棋，势在必行，后续撤并的工作量十分巨大，学生教师的重新分配安排、校舍的扩建都迫在眉睫，所以如果前期的动员工作拖延或中断，到了临近开学之时就十分被动。

老话讲，解铃还须系铃人。他们就把这任务压给了周一。

周一深知，从情字上来说，老百姓的考虑也无可厚非，家门口的学校，不用接送，方便照顾，况且教学质量挺好，老师经检验也信得过。从理字上来说，学校合并后，规模变大了，学生接触的人群也多了，在人际关系、视野开拓方面，都是一种提升，何况人总是要到大地方学习、工作，从小就有这样的历练，以后就会不惧挑战。所以一种选择当下，精耕细种，一种选择未来，静待花开。对于有些人来说，做好当下就是最好的未来，当未来成为当下，依然是最好。

当然，他也明白这些村民其实都是善良、朴实之人。农民的本质就是喜欢守护住现实的利益，无关对错。当务之急就是安抚好他们的情绪，不聚闹，不上访。所以当村民问起撤并之事，他一律说没有的事，大家听了方放心离去。

另一方面，他也做两手准备，采用各个击破战术。老胡、老吴两家和周一非常熟悉，二位家长好酒。他就买上几瓶好酒约了个时间和他们开怀豪饮，等有八分醉意，再和他们打开天窗说亮话。这时候他们已经不叫他周老师了，而是兄弟相称。既然是兄弟事就好办了，周一拿出协议，二位干脆利落签上大名。

村头两位，他亲自登门拜访交心。这两家坐落的位置距村中心较远，还拐个弯，如一群南飞的大雁中掉队的两只。所以小孩的玩伴少，平时主要也是这两户孩子在一起玩耍。因此小孩的性格都比较内向，人也不太活泛。周一从孩子的性格培养、人际交往能力的锻炼方面，和家长沟通。最终家长也认可周一的理念，在大学校更能锻炼孩子。

特点的反方向就是弱点，还有几位硬骨头，他没有发现可以突破的着力点，可以说是油盐不进。周一只能请高人出山。这高人还真高，一是年龄高，快八十了。二是威望高，他是这个村的老支书，从"文革"起就担任书记。那个年代，"红卫兵""四人帮"一拨接一拨，但是老支书深明大义，从不折腾。所以无论是什么身份都对他敬爱有加。整个村子相对安稳，大家有精力去搞好生产，村里的各项建设也在稳步推进，生活变得更加美好。

他还带领村民修水泥桥，造电站，兴水利，可以说是做了许多实绩，因此他的话，村民无人不听，无人不从。

刚到这里教书，周一了解到这些情况，所以每年都会上门拜访这位德高望重的老支书。老支书对他的印象也很好。所以这次周一说明来意，老人当即就拍了胸脯，这事他来解决。

不到一周时间，周一已经取得了所有家长和相关村民的同意书，他也是全乡最早完成指标的。拿到村民白纸黑字的同意书，再也不怕到时候他们反悔了。周一的做法，也推广到了其他学校。

举行全乡教育会议的时候，有几位老师、领导夸奖了周一一番，说是只要他出手办事一定完成得漂亮。

不过他也确实值得骄傲，本科自学考试他也已经全部通过，毕业证书已经寄到中心学校，现在正在校长手里。他也破了一个纪录，不仅在全县，而且在整个滨州市也是唯一在两年时间里一举拿下大专、本科自学考试的在职教师。舆论哗然，许多人都十分惊讶，他是如何做到的。不吃不喝不睡不社交吗？散会后，校长走到他身边用力拍拍他的肩膀，分明是一种肯定与鼓励。

六四　伊人来会

临近毕业，两年未见上几次面的系主任通知宋诗旎去校会议室。等她到了，会议室里已经坐着好几位领导，包括王爱红教授也在。其中一位头发稀疏，面容和善的是副院长。曾在几次学校组织的大型活动上讲过话，所以她记得。副院长率先开口："小宋同学，两年来你的表现可圈可点，是品学兼优的毕业生。学校经过慎重考察和研究决定把唯一一个留校名额给你。今天找你谈话，是想征求你本人的意见。"说完大家都望向她。

能在这所大学殿堂里深造已经是十分幸运，如果能留下，她的人生轨迹将会大不同，每天接触的都是高知精英，至少起点就高了许多。说不心动是假的，可是她也明白自己终究也要兑现承诺，所以婉拒了。

气氛略显尴尬、局促，等她出来，王爱红教授也连忙跟着出来，不解地问道："你怎么会拒绝呢？这可是很多人梦寐以求的机会，合条件的备选人共三人，我也是动了关系才让你成为首选。你这不是让人措手不及吗？还有小凯怎么回事，没有说起你的想法，看这弄得啊！"她有点急，也有点疑惑。

"王教授，感谢您两年来对我的关心照顾，人各有志，只能说让您错爱了。我相信小凯一定会找到比我更好的。"

"好生可惜，只能说是我们没有这个福分。"王教授除了惋惜也没怪罪。

几天后，宋诗旎拉着行李箱从校门口出来，看见程哲凯已经在前面候着。

"你今天就不对我这个失败者最后说点什么？或者来点忠告。"程哲凯一如两人第一次见面时的语气。

"你怎么就成了失败者呢？你的才识、修养，都让人羡慕不已，何苦奚落自己呢。"她自然知道他话中有话。

仰仰天，摊摊手，程哲凯接道："两年了，我也没有打败远方的他，也没有攻下你心中最后一块堡垒，难道还不够惨吗？比点秋香里的小强还惨吧。"

"只能说我们有缘无分，但我还是很感激你这两年的照顾。"

"好吧，既然留不住你，这座城市也没有我可留恋的。从小到大我妈对我一直管得紧，我也很少有自己的自由空间。我也想换个环境。我已经决定到国外继续留学一段时间，开阔一下视野。既然相逢了，你就祝福我一下，让我在异乡能遇到一个和你一样可爱的人吧。"

程哲凯大方地伸出手，而宋诗旎也爽快地伸手过去握了握。彼此间的宽容与宽厚随着岁月的流逝而沉淀。

六月的江南被烟雨紧锁着。今年的雨季也特别，雨三天，晴两天，呼应着"三天打鱼两天晒网"的节奏。

雨和诗是一对恋人吧，雨生诗，诗化雨，彼此滋润着，无色无形中把一个人的喜欢蔓延到喜欢一个人。

晴也好，雨也罢，周一今天都是最开心的。因为宋诗旎要来他的学校。信中她说要看看自己介绍的比五行山还行的山，到底是啥样的。

早早起了床，外面飘洒着小雨，周一把宿舍稍稍整理一番，又把自己捯饬一番。女神摆驾而来，切莫随意。

一切妥当，周一发动车子正准备出发，一辆白色面包车停在操场边。车上下来的正是宋诗旎。

周一一阵惊讶，旋即惊喜地跑过去帮她拿行李。

"我……我……还想着去接你呢，没……没想到……"真面对她，一时有点窘迫。

"这包车费，你得给我报了呢。反正你是校长、主任、会计一肩挑了。"宋诗旎打趣他。

"都是我怠慢了。女王在上，我愿效犬马之劳，听候主子差遣。"

"哪敢劳驾你啊，牧羊师，周兽医。"她扑哧笑起来。

"我这些称号，你怎么这么清楚？"周一疑惑起来，感觉自己成了透明人。

"你现在可是名人了，连刚才的面包车司机都知道你的大名，简直是威猛先生。到底怎么回事，我要听听你这本尊说说。"

"都是机缘巧合罢了。有个学生家养了五六十只羊，每天的草料、饲料耗费很大。我看到本地一种植物叫壁斛，石斛科的一种，里面一种微量元素能促进羊的消化，所以按一定的配方比添加进去，结果他家的羊肉质口感十分滋嫩，而且羊膻味很少，从此销量大增，收入大增。至于"兽医"，那就是误打误撞。小时候，在农村里经常看到这种场景，所以耳濡目染也就看懂了，后来也关注过这方面的知识。老胡家的猪足斤两了，但是骟猪师到外地去要过段时间才来，因此我就去试试手，没想到成功了。"

"你也真是个乡土人才，还有什么你不会的？下次还可以弄个天师。"都说村小教师锻炼人，没想到他成了无所不能的超人。宋诗旎也不得不佩服眼前的男人。

他知道宋诗旎小时候在外婆家待过一段时间，等歇息得差不多，就带她到后山也叫五行山的地方转转找童年回忆。之所以叫五行山，因为这儿能找到金木水火土五元素。这儿山野开阔，清泉甘冽，草木齐腰深，两人瞬间就被绿色吞没。

"这真是大自然的气息，我闻到了泥土的芬芳，那是生命的味道。"宋诗旎大声叹道。

"我闻到了花的芳香。"周一接过话茬。

"这个季节哪有花，我怎么没闻到？"她让他指指。

"远在天边近在眼前，不用找了，你不就是最美的一朵吗？"

"好你个家伙，几年不见，依然这么油腔滑调。老实交代，骗了多少女孩。"

"英雄本色，英雄本来就色。"

宋诗旎听了，佯作要打他。周一顺势就把她拉了过去，拥在怀里。一男一女，一阴一阳，这才是全世界。眼前的景色才是绝美的景色。山峦峰谷，怎敌她的柔软。游龙飞凤，峰谷相合，从此日和月一起有了光明，山和川交融有了绵长。

惊风落雨之后，已是向晚。两人来到溪边，夹岸数十亩玉米长势喜人，周一顺手掰了几个。到河边搭好石灶，生好火，开始煨玉米。溪里石斑鱼肥硕，周一撸袖挽裤,下溪捞了好几条,用树枝串好放在火上烤。

一簇渔火,两人相偎,三生有幸。宋诗旎用树枝拨弄着火舌,火星在空中飞盈,她轻叹道:"男耕女织的生活,也能过得红火。"

"你是织女我是牛郎,酸甜苦辣一起尝。"周一道出了自己埋藏已久的心声,"没有路灯的道,你的笑容就是最亮的光。这两年我就是靠这一路挺过来的。心灵受伤,需要你缝补。"

"怎么缝补?"

"用布。"

"什么布?"

"任你摆布。"

两人相视一笑,虽然看不清,那份炙热却能穿透黑夜。小溪潺潺,似乎也在诉说着流向远方的故事。

六五 全新环境

暑气如霸气的君王尚未完全退位,而开学已日益临近。宋诗旎有两个选择,一是教初中需到乡下学校,二是留城但只能到小学任教。考虑到几个初中学校都在偏远地区,交通不便,加上父亲又刚做了肝脏手术,需要照顾,所以她选择了到城里当个小学老师,分在秀水湖镇一小。

这是一所全县规模最大的学校,生源多,达一千五百多人,教师也近百人,不过女教师占了三分之二,号称"百仙园"。对应的农村学校,几乎都是男教师的天下。即便如此,宋诗旎分到该校还是引起了轰动。一是小学教师里唯一的大学生,二是艳压群芳。还未开学就在学校教师间传开了,今年下半年学校来了位仙女级别的老师。开学前的全体教师会议,许多老师都早早到校,只为一睹芳容,反正天上的嫦娥是见不到了,但地上的娇娥还是想看看。一传十,十传百,轰动效应外溢,连其他单位系统也在谈论说某个学校来了位大美女,比电台主持人还养眼。

学校老师在街上行走,也能碰到有人打听新来美女教师的情况,一时间她成了焦点、热点。

被人当笼子里的动物般看待,虽然也给她带来了困扰,但好在学校里还有一位老同学,正是张士杰。她了解他,三年师范看上去还是中规中矩,后来不知凭借哪里的关系分到了城里。虽不说瞧不起他吧,但是总感觉两人不是一路人。张士杰还是很热情地给她介绍学校里人物关系,与哪些人接触要注意的一些禁忌。她自己有一套处世之法,但毕竟社会是大染缸,形形色色的人都有,小心驶得万年船总没错,从这点来讲还是要谢谢他。

"张同学,谢了。两年了你也没怎么变。"她顺手递给他一杯水。

"你不也是一如既往的漂亮吗?"

他这话就有水平了,潜台词就是说他自己也很帅。

两人还聊起了当年的学习生活,不过张士杰好像热情不浓,精神也飘忽,与刚见到她时两眼放精光不同。奇怪,按说青春里共同值得回忆的事物应该是如数家珍,滔滔不绝,除非是寡情之人。正当两人话淡时,已经有人来通知去资料室领取新书和本子。

宋诗旎教六年级语文,当班主任,领到任务后,她开始忙碌起来。

而另一头,周一也是忙得焦头烂额。室外骄阳似火,他也没闲工夫吹个电风扇凉快凉快。

他现在已经是校长了。

记得暑期接到教育局电话,说领导找他谈话。到了才知道,局里要提拔他到完小当校长。起初内心是激动无比,可他又纳闷了,为什么提拔他呢?无论从资历、资源上他都是弱势。

随着谈话的深入,他才明白原委。一是自己能在两年里连续拿到自考大专、本科文凭,说明在智商和意志两个方面都是佼佼者。另一个原因就是口碑不错,俗话说金杯银杯不如百姓的口碑。

谈话结束时,领导语重心长的寄语,以及对他的信任,让他第一次感到双肩沉甸甸的。在农村,一位好校长就是一所好学校。

他的学校就在青峰村,也是自己出生的村子。本梦想着走出大山,离开这里,没承想想又回到了这里。

青峰完小,二百二十名学生,十三位老师,其中两位女教师都是94级,一位毕业于湘江师范,另一位毕业于永安县教师进修学校,加自己是学校最年轻的三位。另有两位较年轻的老师,一位教自然,一位教数学兼学校会计,都是中专毕业,但不是师范类。90年代中后期除了师范、警察、医学类,中专里许多其他专业已经不包分配,像供销社、邮政等原先都是中专里很吃香的专业,现在已经成为冷门,这是时代的烙印,也是前进路上的脚印。

其他八位男老师平均年龄53岁,最小的48岁,最大的59岁,清一色的民办教师或者民办转正。在历史的长河中,共和国的教育事业中,他们也都为当地教育事业做出过不可磨灭的贡献,至少把自己的一腔青春热血洒在了这三尺讲台。在新的历史起点,在社会发展中,在教育理念革新中,他们年迈了,精力退化了,虽然有诸多的不适应之处,但也在努力追逐时代的列车。

学校存在两大亟须解决的问题。一是校舍陈旧,学校的两幢屋宇,教学楼建于80年代,宿舍楼临河由祠堂改建而来年代更久远,组合在一起像一个大写的"T"。教学楼坐北朝南,采光好,而宿舍楼则坐西朝东,共三层。一、二层学生住,第三层教师住,夏天如蒸笼,冬天似冰窖,冬冷夏热。墙体斑驳,部分已脱落,有点风雨飘摇。加上今年下半年六所村小撤并过来,教室就更显拥挤、紧张。厕所与厨房挨得很近,还是粪坑式,一到夏天蚊蝇滋生,在厨房里到处纷飞,卫生堪忧。这些问题要解决,也是迫在眉睫,但关键缺资金。有条件上,没条件创造条件也要上,也不可能等所有条件都到位才可动工,周一也在盘算着。

教学质量是生命线,这几年学校在这方面排名一直在全县倒数,这也是第二大问题。硬件不行,软件也好不到哪里去,无非就是水平不够态度凑,能力不好热情高。现在国家、社会推行素质教育,要改变之前的应试教育,更加注重人文关怀和素质提升,这就对教师提出了更严格的要求。教给学生半桶水自己得有一桶水,而且还是活水,打铁总得自身硬。几位年轻教师还过得去,琴棋书画都可以耍耍,但是年长的老师毕竟没有经过师范学校系统化、专业化的学习、训练,基本还是靠着传统的灌输法教学。其他地方新兴的合作探究学习方式已经如火如荼地推行起来了,这儿还像深山里的一潭水,掀不起一丝涟漪。

学校里有部电话，就在校长室，这样便于更好地与外界联系。刚刚前面还和秦泽猷通了电话，现在他已经调到县府办负责WTO的宣传和解读。今年中国加入了世贸组织，接下去会加速融入全球，经济发展也会更加快速。周一敏锐地意识到，教育更应该冲在前面，全球化是趋势，到时候和外国人的交流沟通也会越来越频繁。所以周一想除了课堂上要轻负高效，还要把课后兴趣小组开展起来，作为提升素质教育的另一个突破口。张老师参加工作前，曾做过油漆匠，花鸟山水方面造诣不错，就开设云溪画社兴趣小组。方老师年过半百，早年入行前，在戏班唱过戏，拉过二胡，所以他就开设了二胡课程。其他老师也都根据自己的特长和喜好开设了兴趣课程。以前市教育部门颁发的课程大纲上的课一直就开设不齐、不足，现在也都彻底得到解决。

六六　大兴土木

学校的实际困难，乡里和上级教育部门也都心知肚明，只是国家建设也急需大量财力支撑，所以对于一所偏远学校也很难在经费上给予倾斜。周一也深谙这个道理，从立项到审批、开工中间要经过冗长的流程。

有些事可以等，可是孩子们读书等不起，一茬接一茬，过了这个点再也回不去。

他把自己的想法和苦恼向村书记诉说，书记也是自己的二表叔周建华，他还兼任着村主任的职务。

他说："以前，我们村有人考上大学，家里有困难，村民都会捐款资助。现在学校建房子，这也算是福泽子孙的好事。我到时候发动大家捐款，有钱出钱，没钱到时候做工程就出力。"

村里以前的村风周一也知道。这是个大村，村里也有几股势力，互相较着劲。二叔说："村里有些人和我不对付，这件事不能打包票。万一不行，就再想办法。况且村里还有大会堂、育种室都可以变卖。当然，这些都要在村代会上表决。"

周一很感慨，家族也就出了自己这么一个读书人。参加工作也没给大伙带来什么帮助，如今还要村里人继续付出，实在于心不忍。可是不这样，这么些娃娃该如何安置呢？

村里开代表会那天，祠堂里十分嘈杂。不过周一到乡里去交接扩建事宜，并不在现场。

后来听说原先村里要集体表决一件事，没有四五轮下不来。那天却出奇顺利。当周建华提出要变卖村里集体资产资助建校的事，大家都没二话，就等房子一卖钱悉数交到他手里。乡里也同意在今年的乡财政预算里拨出一些资金到学校。很快一切准备就绪，工程也如期开工，放样、筑基、浇筑，周一看着楼房像雨后春笋般拔地而起，虽然身心俱疲，但也无怨无悔。

正当他庆幸工程可以如期完成时，突然听到消息，说是上面派人来调查村主任，也就是他叔，说是带头违规砍伐以及审批与实伐不相符，数量超标严重。他叔叔已经被带去调查，工程也被暂停。

这应该是被人举报，而且这人一定是与本家有过节之人，或者说是见不得别人日子好过。看似一潭平静的水，其实下面也是暗流涌动。

说什么话的都有，"叔侄一起利用工程赚大钱""说是兴办教育，还不是给自己家族贴金"。

没想到周一的雄心壮志就要在这流言蜚语中泯灭了。入夜，虫鸣风呼，周一坐在村里的桥头，也是感慨万千。自己从小在村里得到了乡里乡亲的眷顾，看到了人性的善良美好，哪知长大后在利益的世界里，大家都迷失了。自己仍是那个年少无知的村童，只是年龄随岁月增长，可是对村子、对族人那份感恩未曾改变。扩建学校本就是抱着造福子孙万代的想法，并未有其他非分之念，早知如此，还不如做一天和尚撞一天钟，得过且过。学校不是自己的，学生也不是自己的，他们看得过去，自己肯定也能睁一只眼闭一只眼。

桥底的溪水潺潺，似乎在诉说着往昔的美好。是啊，自己从来就不是一个遇事就躲的人，顶天立地，做一个铮铮汉子，是刻在骨子里的家族基因，也是从小到大就接受的精神熏陶。

清者自清，心如此溪水。个人的委屈算得了什么？既然选择了就一定要实现，相信人们最终能明白。

后来叔叔被放回来了，经查，并没有什么违法之举，甚至上面还对村里和乡里能竭尽所能兴办教育给予了肯定。

祸兮福之所倚，周一的坚持总算得到了回报，那几天有种与世界隔绝的感受，好在事过境迁。

当了校长后，会议自然就多了。有几次前往县城，周一就到宋诗旎学校看望她。

"燕子去了，有再来的时候；杨柳枯了，有再青的时候……"朗诵声犹春雨沾湿竹叶凝成珠又悄然滑落至青石苔。

清婉空灵的音色一听就知道是宋诗旎在指导学生朗诵。周一走到教室边向她扬扬手，敲敲窗。她背对着，没看见也没听见，几个学生倒是被他吸引过去。

"你们专注点，这次是参加县级朗诵比赛。我们要展示出自己的风采，为荣誉而战。"宋诗旎在给他们打气。

几个胆大的学生冲着周一挤眉弄眼。宋诗旎看了，也顺着目光转身瞧瞧到底是啥情况，可是啥也没有。周一刚刚蹲下去系了系鞋带，等他站起来，里面又开始练习了。他又朝学生示意去提醒他们的老师。

这帮学生今天怎么了？老是嬉皮笑脸，顽石也。刚要批评，看到一个学生朝外指指点点，宋诗旎刚要转过去，周一这边一位小娃娃抱着他的腿，奶声奶气地要他抱抱，周一只好蹲下去。

宋诗旎觉得奇怪，外面不是啥也没有吗？于是就走出来看看。

小娃娃被周一抱着，还开心地叫着"爸爸"。

"这个可不能乱叫，我不是你爸爸。"周一赶紧纠正。

可娃娃毕竟小，可能感受到他的善意，所以又叫了一声。宋诗旎出了门就听到稚气的声音。

"你可真厉害，几周不见已经当爸爸了，比复制粘贴还快捷。"

"你可别误会，又不是转基因，头天播种第二天收割。"周一急忙澄清。

正在这时，娃娃的妈妈疾走而来，边擦汗边谢道："小兄弟谢谢你，我找了半天了。刚才在校门口小店给孩子买吃的，一转身他就不见了，结果跑进学校了，再找不到就要报警了。"

周一向她摆摆手，表示不用感谢，心想要感谢的是我呀。你再不出现，我可要百口莫辩了，只能学小蝌蚪，带着小娃娃找妈妈了。

"你看刚才这位妈妈，身材火辣，浑身散发着女人味，长得也好看，你都没趁机和她握握手，亏大了。"宋诗旎继续调侃着。

"趁人之危，非君子所为。"周一斩钉截铁回道。

"得了吧，五行山你可不是这样的，算你行。"宋诗旎看他一本正经也扑哧笑了。

恋人不见念，见了黏。

这所学校的校长姓吴，周一也比较熟悉，去寒暄了几句，就和宋诗旎一起出去了。路上碰到了张士杰，宋诗旎邀他一起出去吃晚饭。张士杰找了个理由婉拒了，既然如此也就不勉强了。

东园广场非常热闹，那儿有大排档，生意十分火爆。这里原先是城中湖，旁边是一座山头，后来搬挖掉，土石方就近填在湖里。铲平的地块造了个新小区叫"丽珠花园"，就是房价有点高，1800元一平方米。沿街店面、商铺林立，人气很旺，生意也十分兴隆。点好菜，周一用宋诗旎的手机打了个电话给老班长秦泽猷。

"老班长，在哪里潇洒？"

"你是哪壶不提开哪壶，不不不，错了，是哪壶不开提哪壶。还潇洒个啥呀，快傻了，天天巡讲中，城乡两头跑。"

"那不正好，我难得进城，一起聚聚，你也可以放松放松。地点就在东园广场旁的大排档。"周一也不管对方那头的嘈杂声直接挂了。

秦泽猷本来晚上还要赶个稿子，但是兄弟到了，岂有怠慢之理，于是赶紧处理好手头事情准备赴约。

等菜上齐了，老班长也赶到了。

"其实我今晚比较忙的，要完成一个报告，结束后还有个酒局，有几位大领导也在。不过你来了，服从你，够铁吧。"秦泽猷边落座边喝了一口茶水，看得出这巡讲让他口干舌燥，幸好脾气好，人一点也看不出烦躁。

"这不是废话吗？你不来，就是一块废铁，就是用打火机点，也要把你熔化掉。"

席间三人回忆了许多读书时代的趣事，还畅谈了毕业后各自的经历。

"你这小子，不错啊，最近在大兴土木。"班长说着举杯和他碰了下干了。

"没办法，当个校长如当爹，总得为学生考虑。校舍紧张，现在是六个教室既用来上课，晚上也用来当宿舍安排一部分学生临时住下，就等工程结束，可以做到专室专用。"周一回敬了一杯。

"你搞得挺红火，资金、工程材料也能通过自筹和想点子，没等靠要，上级领导对你还是认可的，你小子好好干，往上的机会还多着。不过有个信息，你还不知道吧？"

周一抬头问道："什么信息？"

"当时定你们学校校长时，张士杰也是考虑对象之一。甚至一度很接近，后来说是快开学了他自己不愿去。真正原因谁也不知道。"

"那倒是没看出来。和他一块共事，他好像对工作上的事也不怎么上心，除了帮过几次我的忙，其他能力倒没发现。"宋诗旎也有点惊讶。

"他应该有特别的关系吧，虽说一个校长也不是什么大不了的职务。"周一也有意追问。

"其实也没特别的关系，就是家里有钱，有钱能使鬼推磨，特别有钱能使磨推鬼，他家属于后者。他父亲是搞房地产的，这个行业未来肯定很火爆，城镇化是大势所趋。现在地方经济要发展，就需要投资，现在都被奉为座上宾。"老班长在政府部门自然最了解信息，在别人那里是新闻，他们那儿早已是旧闻。

"不会是宋诗旎来了，他不愿意下去吧。"周一顺口一说。

宋诗旎刚伸筷子去夹菜，突然又停住了。也是啊，平时学校里他也不怎么热心，别人一般也叫不动他。但自己几次三番麻烦他，却从不推托。相反还经常想约她吃饭、看电影，被拒绝后很伤心的样子。但也不敢肯定是不是这原因，也许是看在老同学面上，或者同学情天然亲近些。没确定的事，她也不好现在就加以附和。

"哎呀，别人的事我们少掺和。我已经好长时间没和唐生联系过了，电话也打不通。"老班长说。

"对，前几天我也打过，一直是忙音，这家伙不会是当了大明星不屑联系我们这帮朋友了吧。"周一补充道。

"三缺一总感觉缺少点滋味,毕业时我们约定过要每年都一起聚聚,之前读书的读书,工作的工作,大家聚不到一块,现在应该可以实现了。"宋诗旎感慨道。

三人碰了一下杯,秦泽猷说道:"我明天有个会在省城开,刚好包车,我们仨一起去看看玩玩,你们夫妻二位意下如何?"

"去看看没问题,你刚才的'夫妻'二字可不妥。宋小姐你什么时候让我去你家登门拜访二老,直接叫你老婆大人得了。"说着不怀好意地望向她。

"那得看你表现,我还没跟家人说起过。"

"你们怎么这么磨磨蹭蹭,现在火车都提速了,你们也别这么烦琐,新时代也来点新式婚姻,直接上门一步到位。"班长也是话里话外向着自己。

曲终人散,酒阑宴止。结束后宋诗旎就回家了,参加工作后她父母亲规定她必须晚上九点前回家。秦泽猷邀请周一到家里住一晚,但是周一觉得不方便,也不自由,就到秦泽猷单位宿舍将就了一晚。

六七　唐家变故

三人一同出发去唐生家。

"到了那里,我们要吃好拿好,我们这是去吃唐僧肉。"周一在车上按捺不住兴奋。

"就像你在我这里一样的操作,净想着你的猴儿们。以前是管几个,现在是带着一大帮,天下粮仓也被你掏空。"秦泽猷顶上。

"我要他听唱歌,现在他有乐队了,我们也要感受一下大城市里的品质生活。"宋诗旎说。

"对,晚上把灯一关,点上蜡烛还可以吃个烛光晚餐,让唐生亲自在旁边奏乐,多浪漫啊。"周一附和道。

三人你一言我一语,杀气腾腾,开赴唐僧家开席吃唐僧肉的阵仗不小。

转上了绕城高速，不直接进入滨洲城，约莫半个小时就到了啸山市。进入地界后，高楼大厦鳞次栉比。

这儿的企业、厂房多如星辰，也是许多高新企业的总部所在地，前景十分广阔，居民生活水平也很高。道路建得特别宽阔，其他城市交通拥挤的现象这一点都不突出，街道也十分干净，人民的幸福指数比较高。

唐生家企业的经营与房地产和建筑装潢环保材料有关，效益也十分好，年产值达到了上千万。

他们根据唐生之前留的地址找到了唐氏优品有限公司。因为联系不上唐生，所以只能直接找到厂子，问明情况。

看见一位保安大爷正在打扫，秦泽猷连忙过去打招呼："大爷您好，向你打听个人，可以吗？"

大爷放下扫帚，走过来上下打量着三人，有点戒备地说："要打听什么人，跟公司有关的最好别问，我一个扫地的也不知道什么。"

"我们就想问下，这是唐生家的公司吧。"

没想到刚问完，这大爷脸色刷地变白，再也不接话了，又只顾埋头干活了。

刚才一切，周一都看在眼里，这里面一定有蹊跷。

"大爷，您先抽支烟，这是我们带来的一点土特产，先收下。"周一说着边递烟边给他拿上。

"看上去你们也不像坏人，和他什么关系？"

"我们是最要好的朋友，也是师范学校的同学。"

大爷向四周望了望，没见他人，他示意三人到旁边的角落坐下。

大爷眼神迷茫忧伤，缓缓把烟放进嘴里，抖着手找打火机，秦泽猷见状赶紧给他点上。吧嗒几口，大爷低沉地说道："我来这公司几十年了，主家对我不薄，给了我一个安身立命的地方。虽说保安职业让人瞧不起，可他们从来没嫌弃过我。唐生小时候特别皮，可每次见到我都十分有礼貌，家教好啊。本想着还有几个月就要退休，没想到他们会遭此变故。老天捉弄人啊，坏人世上逍遥，好人没善报。"大爷伤心流涕，看了让人也十分心酸。

众人从大爷口中断断续续了解到了唐家的变故。

一个月前唐生的父亲唐啸龙病重，等唐生到了他已经不能说话了，当晚唐生也随之失踪，至今杳无音讯，是死是活无从知晓。现在整个家族企业由他姐夫吴道在掌控管理。自从家里出事后，他姐姐也就没来过。现在对外的说辞是唐老爷子是被唐生气死的，落了个父亡子离。可是大家这多年跟随主家，自然不相信这些流言蜚语，这里面一定有隐情。公司的总部现在已经搬到市中心改名为"德道高新有限公司"，厂牌还未来得及更换。

气氛压抑，肃然，三人都觉得这事不简单。他姐夫才是最大获利者，连公司名都改了，就是要从法律上坐实，资产转移也一定在预谋中。可是一切都是猜测，没有证据。

"你到底经历了什么，唐生，真希望你历经九九八十一难还活蹦乱跳。"大家望向天空悲叹着。

关键是要找到唐生，只有当事人现身才能解开谜团。三人在这里干等着也无意义，只能打道回府。没承想高兴来，败兴归。

返回途中，三人想起当年在师范学校四个人一起度过的快乐时光，想来那时已是最幸福的。年少时常憧憬未来，等到未来已来，却蓦然发现过去未去才是人间值得。

秦泽猷顺道到滨州城里开会，宋诗旎和周一到溪湖边等他。这本身就是还之前的愿，在宋诗旎读大学时两人本可成行，只是中间有了插曲，最后泡汤。这次确实是个好机会，可是两人的心情都受到唐生的事情影响。

湖水碧绿，柳含花意，未至冬日时节远望山水交融，却有雾凇沆砀之意。湖上有两堤一长一短，一曲一直，是历史上两位名人在此为官所修。长堤旁的残荷擎于湖中，孤独地傲立着，似乎想证明自己曾经丰盈。干瘪的莲蓬歪折着脑袋，一派肃杀。历史上有诸多名家写过溪湖四季皆景，哪怕秋冬季节在诗人眼中也是有灵气的。境由心生，确实，何况平凡如宋、周二人。

本也想也附庸风雅来几首诗应个景，可惜一条堤快走到头依然毫无头绪。

唐生的事始终如一块黑云压在心头，二人刚回到起初下车的地方，秦泽猷会议结束，已经坐车过来了。

三人看天色渐晚，打算随便吃点再返程。

溪湖旁边的商铺林立,他们找了家面馆,各点了自己喜欢的面条。虽然身处繁华都市,但价格亲民,阳春面五元一碗,牛肉面也不过八元,确是实惠。只是大家都没有什么胃口,没动几筷。

"人生苦短,总是会经历种种。我们身上都有自己的责任,现在还不能倒下。"秦泽猷关键时候总能保持清醒,不会意气用事,说着就把剩下的面条全部吃完。

"当年,他可是我们最羡慕的人。谁知他才是命运最坎坷的。"周一惋惜地说。

"世事难料啊,唐生也算是继承了唐僧的衣钵,在渡劫。读书时代,眼睁睁看着心上人逝去,如今自己也是下落不明,生死未卜。"宋诗旎感伤地说。

失落、遗憾,总是人生常态,生活还要继续,只能克制忧伤又启程了。前路漫漫,等待他们的又是一言难尽。

六八　学校发展

一晃大半年过去了。2002年韩日世界杯上中国队终于冲进决赛圈了,虽然成绩、表现不尽如人意,但是对于球迷来说,终于不用半夜起来看球赛,也减少了许多家庭矛盾,甚至打麻将、扑克的也少了许多,治安也随之好起来。全球化趋势越发明显,国外发生的事情也经常牵动国内。

对于球赛,无论足球还是篮球,哪怕是带毛的球,周一都是铁杆球迷。可是这次他都没什么闲工夫去关注。

新的校舍已经竣工,食堂宿舍改建后缓解了拥挤的状况。只是由于资金有限,工程在原先的设计上做了瘦身,他竭力要求设计的连廊没有了,重要的是浴室也没有。一周回家一次,师生们中途弄脏或出了汗,黏乎乎,臭烘烘,既不卫生,也影响正常的学习生活。

只是学校的资金几乎都填到了工程上所缺部分窟窿里。学杂费、住宿费、柴费,包括上级部门拨的生均公用经费结余部分,还要维持学校的基本运转开支。

原先一个学期结束教师多少也能适当发点福利,现在也成为奢望。

开源节流,现在是开不了源,流也断了,只能另寻水源。

他发现原先装过涂料的铁桶,完好无缺,质量也不错,还有几根软管,顿时有了主意。

和几位老师一起把楼梯下的房间隔成里外两个小间,里间洗澡,外间烧水。然后在合适的位置安装一个淋浴喷头,并连接好水管,在角落可以放置一个简易的置物架,可临时放置些物品,这样一个简易的洗澡间就大致打造完成了。

特别是2003年初,北京、广东率先出现的非典型肺炎已经有了几百例死亡病例,治愈的后遗症很多,人们的恐慌情绪迅速蔓延开来。周一第一时间要求师生不要回家,等疫情平稳再解封,学校实行半封闭式管理,只出不进。新建的校舍和改建的浴室这时就大为提高了学习生活质量,也让诸多家长安心把孩子放到学校。

可他又陷入了沉思。

疫情说到底是一种病毒,肯定与人们的卫生状况有一定的关联。作为学校是群体集中地,卫生尤显重要。卫生要好,离不开整个社会的大环境,人们要重视环境保护才可。

现在很多学校都在进行校园文化建设,积极打造美丽校园。周一到外地学校参观时,发现学校在布置上确实做到了每一块砖、每一堵墙都张贴到位,但内容千篇一律,大同小异,说到底都是广告公司的创意和功劳。就像以前过年对联都是手写,现在基本上电脑制作,缺少个性、艺术性。

他觉得可以利用这个契机转变观念,把学校打造成原汁原味的绿色环保学校。学校里的每一件物品,都能在大自然里找到,只能通过手工制作,低碳增益。

班级、校园里每天产生的垃圾除了易腐垃圾和有害垃圾,其余的废品、废弃物重新分类并加以利用。本地竹子也很多,锯出的竹筒可以用来放粉笔、养花草;麦秆编出的蒲扇好看又实用。学校也因此被评为绿色学校。

学校教师的年龄、学历层次虽然没有优势,但是他们的觉悟都很高。在之前的兴趣课所有的老师也充分发挥所能,呕心沥血,可以说是结出了硕果。书画作品,包括环保手工制作,都有精品。

"这些作品可不比市场上的次，售卖的话也值几个钱。"潘老师啧啧称赞道，"我们学校像这样系列化、成批化拿出艺术作品在校史上还是第一次。临退休也让我们光荣了一下。"

老潘同志的话实在也有道理，周一若有所思地说："我们如果把学生作品运到城里义卖，获得的资金可以用来资助贫困生，学校如果要做点基建项目也能顶一下。"

看几位老师坐在山核桃树下的棋盘桌边，周一过去向他们征求意见，大家觉得可行，既能向外展示学校的知名度，提高了师生的成就感，关键是还能带来一笔创收，可谓名利双收。

周一向市场管理部门进行了备案，此外县妇联、儿童基金会、环保部门知悉这件事后，也都到场给予了关爱指导。

市民第一次听说来了一群山里娃在开交流展示会，也都纷纷来捧场，奉献自己的爱心。

活动结束后，盘点了一下竟然收到了数万元爱心款，有一位老板还另行捐了两万元。周一把钱款给会计让他入账。

"轰隆隆，轰隆隆"天气像小孩的脸，说变就变，雨下一阵停一会，淅淅沥沥，断断续续，等阳光刚从云里钻出来大家刚要钻出来沐浴，雨又骤然而至。

雨天潮湿路难行，周一在走廊上巡视安全，看见学生跑向厕所摔了一跤。他赶紧过去把他扶起来。学生全身被水浸透，地面湿滑，孩子为了避雨跑得又快，所以意外就时有发生。

要是学校每幢楼之间做个连廊该多好。雨天不淋，晴天不晒。关键是在连廊下上体育课，学生课外活动，不用受风吹雨打，抵得上城里学校的室内球馆，可谓一举多得。

现在资金比之前宽裕了些，有些建筑材料，村里也可以继续提供支持，条件可以说也水到渠成。虽然属于附属工程，但破土动工也是大事，他一人也定不下来，连夜召集老师开了全体大会，让他感动的是大伙儿都无怨言，很支持这项工程，俗话说众人拾柴火焰高，他真切地感受到了这一点。

会后几位老师就开始设计图纸，共需要三个连廊把四栋楼连为一个环形整体。水泥浇筑可以包给村里的施工队伍，其他需要涉及到的砖工、木工、油漆工，周一就交给老潘负责。他虽然年长，但自己家里也盖过两间房，施工人员调配、工程进度衔接，他有经验。

老教师们都快到退休年龄，安安稳稳等到领本"光荣证"，就算给革命生涯画了个句号，人生也无遗憾了。

可是看到这娃娃校长一心扑在学校的发展上，连县城的女朋友也没时间常去陪伴，大家也都感动。周一至少比前几任已退休的校长更懂得尊重他们，也更加无私无华。所以老教师们也都愿意听他召唤，群策群力，齐心协力。

几位年纪稍长于他的年轻老师，也佩服他，虽然年龄小，但是考虑问题全面，也懂得人情世故。

工程顺利完工后，摆上几盆山上挖来的兰花、杜鹃，引得喜鹊、画眉也时常来光顾，整个校园鸟语花香，更像个庭院式学校，花香、书香，香满山乡。

六九　山雨欲来

最近接到的电话中问询邵钰老师的比较多。他发现年轻的邵老师在校外的关注度颇高，确实农村女教师本来就少，而她又长得十分秀气，尤其是两只眼睛水汪汪的，如云溪水一般清澈，身段婀娜如柳，脸蛋红润，笑起来像熟透的山茱萸。今天有几次接电话，还是些校外人士打来找邵老师的。"肥水怎能流外人田呢？"那位教自然的黄老师也是位老实人，和邵老师年纪相仿，要是能走到一块可算是一段佳缘。还有一位章莉老师，已经和县医院的一位主治医生谈好了，就差摆酒了，好像是初中同学，也算修成正果。

只是这位黄老师不善言辞，也比较木讷，这个世道让女人主动不太现实，人家毕竟不缺追求者，挑都来不及。夜长梦多，也招架不住校外人士的惦记。周一想到了让他们加深感情的方法，就是要给他们创造接触的机会。于是周一在开会时布置了一些任务，学校布置教室，和迎六一文艺汇演活动，时间安排得紧凑些。而且教室布置必须用到农村里的石头、竹子、木材，这对女孩子来说体力上要求就高了。半夜了，邵老师还在布置，周一就怂恿黄老师去帮助她。

虽然感情是两个人的事，但旁人帮着吹吹风、牵牵线，也能促成百年之好。在大家的推波助澜下，两人进展也如预期般顺利。周一觉得自己像个月老，为别人牵线搭桥，到头来自己的大事却像是按了暂停键。父母亲也催了好几次，特别是母亲常对他说："娃呀，我这身体是越来越不中用了，你早点结婚，生个小娃，我也能含笑九泉了。"这事他也和宋诗旎提起过几次，来家里坐坐，认识一下父母亲。她答应了，只是一直就没碰到合适的机会，不是自己忙于学校的事，就是她忙于教学上的工作，就像两条射线射向两个方向。

宋诗旎的父母希望她能找个城里户口的，条件好，又在一块儿工作方便照顾。女教师数量不多，基本集中在城里学校，物以稀为贵，人和物也没啥特别不同之处。女教师基本上分来就很快名花有主，多数嫁给了公务员和其他系统的事业单位人员。也有些嫁给了官二代，上一辈是政府部门官员、领导，他们有资源，家庭的氛围好。

宋诗旎虽然隐约向父母透露了周一的存在，但是他们未置可否，没说欢迎也就意味着有待斟酌。因此，宋诗旎认为去她家的时机还未成熟，急事也得缓办。

奈何理想与现实总是脱节。

这天，宋诗旎刚完成作业的批改，吴校长让他去办公室一趟。

刚进门，吴校长就温和地说道："上了一天的课辛苦了，你先坐下。"说着就给她倒茶。

"不累，都是分内事，茶不用了，也不渴。"说话间茶已泡好，见状，她赶忙过去接着。

"今年有个培养市级骨干教师的名额，我打算推荐你，你可要把握好机会，好好学，我们今后还要仰仗你们这些年轻教师。"

有点惊喜，因为按惯例都是要工作三年以上才可以有资格，她马上感谢领导这样的安排。

"你和小周两人进展怎样了，什么时候可以摆酒。"吴校长意味深长地问。

"还没考虑到那么远，我们现在都忙着各自的事，谢谢您的关心。"宋诗旎觉得奇怪,这吴校长平时言语不多,在学校里一般也不关心私人的事情和话题。今天有点奇怪,好几次看他欲言又止。

"小周人不错,文武双全,相貌堂堂,能早点尽量早点。"他又若有所指地说道。

"一切都随缘吧。"宋诗旎相信情到深处自然浓。有缘千里来相会,何况两人距离也不远。

看着她离开,吴校长叹了口气,似乎觉得很惋惜。她来之前的那通电话让他不知所措,甚至有愧疚感。

打电话者叫郝仁,其父是副县级领导,而且是个实权派,他是名副其实的官二代。这位郝公子整日游手好闲,不务正业,有两大喜好——好色、好赌。永安县内被他摧残的良家妇女不下两手之数。郝仁不仁,坏事做尽,人称官少。只要被他惦记上的基本上逃不出他的魔掌,恶名在县城里几乎人尽皆知。刚才郝仁打电话给吴校长,就是要了解宋诗旎的情况。

作为校长保护教师天经地义,也是对自己曾经身份的认同,他也含蓄地告诉官少,她已经名花有主,只是结婚仪式没有举行而已。其实挂断电话他已经后悔,当场就应该跟官少说她结婚了,而且现在不在学校,哪怕欺骗也好。前面和她说的一番话也算作是一种补救,安排她出去培训也是为了避避风头。只是对方来头太大,最终怎样,只能听天由命。

等她来到办公室,已经人不多。整理好教辅资料,写好班级日志,再把今天的学生表现反馈给相关家长,她终于松了一口气,虽然班主任事务繁杂,加上班里的孩子有点调皮,但她依然乐在其中。

等她来到校门口,看见一辆黑色豪车停在正对门的道路上,严重影响了路人通行。宋诗旎刚从车头绕过去,一个男子挡在前面。见状,她往边上靠,男的也往边上靠,她又反方向让,他也如此。她感觉到这男子是有意为之,甚至有刁难之意,但还是有礼貌地说道:"这位男士麻烦你让一下,我要过去。"

"你就是宋诗旎老师?"他没接她的话,反问道。

"是的,请问有事吗?"

"果然是貌美如仙。"说完挥了下手,司机捧着一束花过来。他拿起花就要往宋诗旎手里塞。

"鲜花送佳人,豪车配英雄。我们俩可是天生一对。"男子继续说道。

"无功不受禄,何况我根本不认识你。"宋诗旎觉得这个人无理取闹,就像有些人说的脑子进水,就不想理他,转身往回走。

男子又追到她前面停下来,"你不收下,今天就不让你回去。"

"你怎么这么霸道,还讲不讲理?"宋诗旎愠道。

"哎哟,姑奶奶还发火了。老子就是理,霸道?我还要霸王硬上弓。"旁边围着的人越聚越多,他却丝毫不怵,一副玩世不恭的样子。

幸好学校里来了一位胡老师,帮她解围了。

"男大当婚女大当嫁,但这婚姻讲究的是缘分,你和她连最基本的感情基础都没有,即使得到人也得不到心,有意思吗?"胡老师的义正词严,好比给他当头一闷棍。

"我……我得到她的肉体就可以了。"官少似乎被震慑住了,一时说话结巴起来。

"那你跟畜生有什么区别?"周围的人群也骚动起来,嘲笑声如波浪席卷而来。

官少见气势上有点压不住,干脆不和胡老师纠缠了。

"以后我还会来,你是我的,逃不出我的五指山。"说着从车上拿出糖撒向人群,软中华烟现场一人一包发去,"这是我们的喜糖和喜烟,提前发了,大家记得祝福我们。"说完上车一脚油门,扬长而去。

"胡老师,感谢你帮我解围。"这算什么事?摊上算自己倒了八辈子的霉。这胡老师家里有个九个月的孩子,需要赶回去喂奶。今天为了自己的事耽误回家,宋诗旎更觉得不好意思。

"你认识这位男士?"胡老师不解地问。

"不认识,第一次碰到,你认识吗?"

"我有所耳闻,这男的是个官二代,品行不端。"看见她经历的这一遭,胡老师替她鸣屈。

回去后今天发生的一幕她没和家人说,也没告知周一。读大学时,程哲凯也是这么说的,后来两人还不是心平气和地成为知己朋友,所以她想当然地认为这位官少也不会有什么过格的举动。

七〇 特殊学生

浙海省在省委全体扩大会议上根据社会发展形势提出了"发挥区域优势和举措"的八个决策部署,率先开启了新篇章,人们的生活水平和幸福指数也都逐年提高。

随着社会的发展,将会有更多的农民进城务工,单亲家庭、隔代教育的现象比较普遍,首当其冲的就是留守儿童如溪中石一般多。

敏锐地发现这些新情况,周一要求教师对全校特殊学生进行摸底。汇总统计后,共有81名,其中留守儿童占63名。他们有一些共性:小偷小摸,不讲个人卫生,人缘差,不善交谈。特别是"双休日"制度实行以来,学生行为越发偏离正确轨道。教师实践中也常困惑于"二大于五效应"。双休日社会、家庭负作用大于学生在校接受五天的思想教育。农村留守儿童,由于父母出门打工,双休日回家他们基本上处于无人监管的状态,同时社会上存在各种不良风气侵蚀学生,使得问题学生越来越多。

农村留守儿童越来越多,这些留守儿童"双休日"如何度过?这关乎教育成败大事。周一专门为此事召开会议,和大家一起商量对策。大家踊跃发言,献计献策,有几条做法很有实际操作性。周一给老师们添了茶水,他喜欢大家知无不言言无不尽的气氛,会议室里暗黄的灯光此刻格外温暖,虽说山乡夜寒,但终究抵不过岁月长。

方日月老师,脸色黑红,常年风吹日晒形成的。由于双休日他在家里也经常去田地间劳作,是个好庄稼把式,不输当地的老农,所以学校的三分菜园地周一也让他负责管理,被他没日没夜整得四季常青,也得了个绰号"日月青老师"。他呷了口新沏的茶说道:"留守儿童的管理不能只靠守,也应该考虑流动起来。我们可以让他们参加有组织的活动,比如下田下地做些力所能及的事,也是一种锻炼和收获。"

"话是没错,可是现在学生安全抓得紧,要是出了事可就要吃不了兜着走。听说,城里有所学校一个孩子大扫除擦窗户时掉了下去,人到现在还昏迷着。家长天天在校门口讨说法,整个学校正常的教学秩序都乱了套。"吴老师说的也是实情。

这也是敏感的话题,其他老师也都没接话。生命大于天,安全重于泰山,个中的分量周一也明白,但是一所学校的发展,孩子的健康成长,不能囿于一规一章之中,那跟契诃夫笔下装在套子里的人有何区别?所以他的管理之下每年的勤工俭学照常开展,采茶叶、挖半夏子、捡野山核桃,自己小学时代就经历的这些他也要传承下去。他也知道,有些学校为了顾及安全,连春游野炊都禁止了,以前为了森林防火禁止师生去野炊只能远足。后来车多了又是考虑到交通安全,现在连远足也要上级审批还不一定批得下来,不过周一基本上是先斩后奏。所以他当着众人的面表态:"大家放手去做,责任我来担。"

会后大家根据会上的分工都开始忙碌起来。

现在每个村都有"村民之家"供村民开会、娱乐时使用,平时则很少用到。很多"村民之家"的软硬件建设标准都非常高,配备了电视、办公桌椅等。

周一与学区内最偏的一个村村两委协商,并征得同意双休日"村民之家"对学生开放。该村120余户,400多人口,地处1080米海拔的高山上,村民分散在十几座山中,甚至一座山上就一户人家。由于该村地理位置偏僻,加上交通不便,是本乡也是全县有名的贫困村。该村青壮年都外出打工,年长的也都到其他村干体力活赚钱。因此该村的留守儿童数量多,同时生存环境恶劣。曾经有位学生由于回家无人管理,在做饭时差点把房子烧了,幸好上山干活的人发现得早才没有酿成悲剧。

学校的方日月老师就住在该村,他主动担负起照顾孩子们的重任,把无人监管的23名留守儿童安置在"村民之家"统一管理,他根据实际制定双休日作息时间表。上午完成各项家庭作业,完成以后他进行检查,并对差生进行辅导,从现实来说他们要想改变贫困和命运,只有考上大学跳出农门,所以还是要以学业为重。下午带领他们到后山村留集体地进行劳动。地里种植着茄子、辣椒、青菜等时令蔬菜以及马铃薯、番薯、玉米。通过劳动既锻炼了他们的韧性和耐性,也解决了两天的吃饭问题。晚上看电视丰富他们的精神生活。

这些孩子虽然在童年里比同龄孩子少了许多父母亲的关爱,但在集体活动中他们的自理能力得到了发展。

学校教师大多是当地人,根据就近原则设立和安排联村教师。为了更好地对这些留守儿童进行监管,对联村学生实行家校热线制度。

年轻的章老师打算结合四季变化对留守儿童进行不同的训练。春天到百花盛开,她让留守儿童去野外,把看到的景物用相应的古诗说出来,开展"百花因我艳"的诗朗诵活动。以培养孩子们热爱大自然、勇于探索的精神。盛夏,烈日炎炎,孩子们都会去游泳。农村小溪由于水流湍急,水文情况不明,加上留守儿童无人监管易出现安全事故。章老师带领他们到河边进行游泳技巧训练,并讲解游泳的安全事项。中秋佳节,章老师让孩子们了解有关月亮的神话故事和古诗,开展"中秋话佳节"活动,收集不同节日故事。开展"八月中秋桂花香"活动,给外出务工的父母、亲人写信。冬日大雪纷飞,然而梅花却凌寒独自开。章老师让学生们赏梅花,画梅花,颂梅花,从中感悟到梅花不畏严寒的精神。

生活处处皆教育,这些乡村老师们因时、因地制宜,结合农村实际开展实践和体验活动,赋予现代感和生命力。

教师们个个都如八仙过海各显神通,周一觉得从他们身上看到了新的希望和未来。哪怕他不在学校,一切照常运转,这也是他自豪的地方。

为了更好更方便地开展留守学生的交流工作,周一买了人生第一部手机。波导、科健、诺基亚、摩托罗拉、迪比特,直板、翻盖的,各种牌子、款式比之前都有了优惠,电子产品更新得快降价也快,他这时候买已经属于平民价位。有点钱的已经开始买宽屏笔写和带有彩信功能的手机,他买的是最基本款白屏,只能打电话和发短信,即便如此,但也能随时随地和外界联系,他十分满足。

为了做到全覆盖以及应对突发事件,学校成立了医务室。章莉的医生男友,每周都会来学校看她,周一便和她商量,让她在县城的男友坐诊。章莉当即就答应了。

"你不征求一下你男友的意见？"周一问道。

"不用，我能做主。嫁鸡随鸡嫁狗随狗那是以后的事，现在我说东那就得东，东北东南都不行。"章莉也是快人快语。

"都说女人能顶半边天，现在这是顶大半边天了。那我得好好谢谢你们了，都说医生老师的结合是天仙配，羡慕你们。"

"那可不一定，你们两口子郎才女貌才羡煞旁人呢。"

想想也惭愧，忙于工作上的事，城里的她也好久没有见了。

七一　不速之客

"同学们，今天我们一起随着作者穿越到了烽火硝烟弥漫的战争年代，二万五千里长征是一部人类史上可歌可泣的伟大壮举。我们刚学的课文《金色的鱼钩》就是长征中发生的一个故事。最后请同学们说说文中最让你感动的瞬间。"

秀水湖镇一小阶梯教室正在进行全县语文青年教师阅读大赛，刚才宋诗旎教学的课获得了一等奖。宋诗旎所选的课文深情地叙述了红军长征途中，一位炊事班长牢记部队指导员的嘱托，尽心尽力地照顾三个生病的小战士过草地，而不惜牺牲自己的感人事迹，表现了红军战士忠于革命、舍己为人的崇高品质。一般来说女教师选择文质兼美的课文或者低段偏儿童化的课文，更容易激发情感，也有展示的空间。像高年级的课文，又是革命主题的文章，很容易上得枯燥，让学生听得睡着。不过今天这课，宋诗旎驾驭得很到位，知识与技能、过程与方法、情感态度价值观三维目标达成合理、和谐。最为关键的是课堂生成让人印象深刻。

课文刚讲到老班长牺牲，窗外一个晴天霹雳。众人随着"嘭"的一声都齐刷刷转过去一看究竟，学生自然也不例外。

"你们看，老班长的牺牲感动了上天，刚才的巨响就是对他的哀悼，他也去找真正的马克思了。"这一解说化解了尴尬。

毕竟面对这么多人，她的心里多少还是有点紧张，开始讲课前几分钟在黑板上把"钩"写成了"钓"。等她上了几分钟后,才有学生向她提出来:"老师,您有个字写错了。"

她转过身看见黑板上的字确实有误,略显慌乱,旋即缓过神说:"这位同学真不错,火眼金睛,一是基础扎实,二是敢于质疑。我刚才是故意写错的,就是要看看哪位同学最专注仔细。让我们用热烈的掌声对这位同学表示祝贺。"

课后,宋诗旎正和专家评委交流课堂心得,手机响了起来。一看是老妈打来的,她接起来,对面已经说道:"闺女,家里来了个男人,说是你的朋友,还带来了许多珍贵的礼品,你赶紧回来看看吧。"

挂了电话,向大家礼节性地告了别,她就往家赶去。也真是的啊,前几天周一还打电话来说最近乡里举行文化节,他要参与协助可能一下出不来,要她照顾好自己。没想到搞了个偷袭,直接上门见父母了,这也未免太过唐突了,两情相悦又岂在朝朝暮暮。也不知道他和父母之间话是否合拍,爸的身体刚恢复不久,受不了刺激。

自从为了创建五星级旅游城市,街上的出租车由大排量的面包车全部换成了小轿车,车速快,坐着更舒适。她打了个出租车,没几分钟就到了。

开门的不是父母,对方先是愣了一下,紧接着说道:"欢迎主人回家,请进。"来者不是别人,正是上次在校门口堵她的官少。他要去接她的包,宋诗旎用力撇开了。看父母亲的脸色都严肃,刚才的气氛应该有点紧张。

"你怎么跑到我家来了。我们连普通朋友都算不上,赶紧哪来回哪去,否则,别怪我翻脸不认人。"虽说不赶上门客,可他哪里是客,都快反客为主了。

"哎哟,几天不见脾气还是那么冲,气大伤身。"官少厚着脸没有走的意思。

"你管得着吗?跟你有关吗?"

宋诗旎父亲宋清康毕竟也是单位的领导,见过些世面。他制止了女儿的冷言厉色,又对官少说:"你前面说喜欢旎儿,非她不娶。常言道婚姻讲究的是门当户对。我们一是高攀不上,二是婚姻大事要由女儿本人定夺,你也看到她的态度了。"

这也相当于下了逐客令,官少霸道但不傻。

"岳父岳母在上,小婿今日暂且告退。青山不改,绿水长流,我们还会碰面。"

说完悻悻而去。

"你的东西带走。"宋诗旎赶紧把他送来的茅台酒、中华烟拎还给他。

"送出去的礼哪有收回的。"说着把它们扔在了路边荒草中。

"女儿啊,你是怎么想的,这人不是个善茬。"母亲忧心忡忡地说。

"我已经有男朋友了,一直想跟你们说,只是没有机会。他除了没钱,其他都好,我也是非他不嫁。"事到如今,她也就和盘托出。

"我想起刚才来的人是谁了。他的父亲是我的顶头上司。这男的口碑不好,正像你妈说的不是善类。只怕今后不太平。不过女儿的幸福最重要,不管你做怎样的决定我们都坚定地支持。"宋清康说话一般文绉绉的,但今天破例豪爽了一回。

这也算是今晚最开心的时刻了,一家人在一起有说有笑,有商有量。

第三天,宋诗旎回到办公室,一帮女老师马上如潮水般围过来。

"小宋,你看我们身上有什么变化不。"中年老师陈丽华,天生爱美,每天化点妆。陈老师说完在她身边转转,见她似乎有点儿摸不着头脑,又指指。

"挺好看的,珠光宝气,一看就是贵妇人。"宋诗旎对这些身外之物不感兴趣,一时也想不出什么好的词汇去形容,只好用些俗话搪塞过去。关键是昨天的赛课虽然得了一等奖,但是几位评委提的意见也很中肯,她打算花点时间再细细磨磨。结果重要,一件事情的最后反思提高也得跟上。她刚要坐下拿起笔记,早一年调到这学校的马艺涵老师又拉着她的手说:"你看看我的镯子咋样? "

奇了怪了,她放眼一圈,这帮女人平时并不是个个喜欢炫富的主,今天也不是什么三八节、情人节,难道是跑哪里去团购了?个个脖子上都挂着金链子,手上戴着银镯子,穿金戴银的。

宋诗旎刚想说你们貌美如仙,赛过貂蝉,听得门外有个大嗓门在广播:"今天这花可是真漂亮啊,是'新鲜的鲜'的鲜花,而且人手一束,我们要当百花仙子吗? "宋诗旎这才发现每个人桌子上还真都有一束鲜花。

"这可是你的功劳,宋妹妹。"陈丽华笑着对她说。

"我的? 我可没送,虽然我姓'宋'。"

"快别装了,你有这么个阔绰的男友还隐藏得这么深。"大嗓门不知什么时候又挤进来插嘴道。

"得了吧，我还怕被人暗算。"宋诗旎依旧疑惑。

马艺涵可不嫌事大，"宋妹妹，你快说说你和你的宝玉哥哥的精彩故事。"

一阵喧闹之后，还是陈丽华向宋诗旎说了实情。原来，在她来之前，先到校的女老师发现每人桌子上都摆放了求婚三件套：金项链、手镯、鲜花。都是官少带着两个小兄弟发放的，说是无偿送给大家，临走前还让大家多多关心照顾宋诗旎。上次帮她解围的胡老师告诉大家，宋诗旎好像没有承认过，所以请大家不要擅自处理这些物品。

"你看，我们这些包装都好好的，就等你发话了，你不认这亲，我们就会完璧归赵。"

这官少知道在自己这儿碰了壁，现在开始借助外围发动攻势，有"曲线救国"的意思。把这些平时一起的同事、闺蜜搞定，再让她们吹吹暖风，说说好话，提供信息，自然就差"瓮中捉鳖"了。

大家听了宋诗旎的内心想法，都坚定地站在她这边。

不过后来大家听说这官少停在校门口的车子，被人放了一半气，车胎半瘪的车子在路上摇摇晃晃撞上了水泥桩，人受了伤，估计接下去一段时间会消停些。

七二　牧守一方

"老周，周大校长，最近在忙什么大事？"周一接起电话，那端传来了班长熟悉的声音。

"嗯，是大事。"周一应付着。

"说说看什么头等大事。"

"纠正下，是口等大事。"

"愿闻其详。"班长好像来了兴致。

"不用闻，用口，正在吃饭，这没毛病吧。"周一也觉得两人有些时间没打电话瞎扯了。

"民以食为天,确实是口等大事。什么好伙食,怎么不叫上我这个老伙计。"

"呦呵,我在吃山珍海味,你过来不?"这老班长自己在县城吃香喝辣的,我今天就过过嘴瘾,周一想着。

"骗谁呢,你在吃牛肉吧,因为你在吹牛。"

"你这城里的公子哥,也太小瞧我们这些平民。有本事你过来。"

"来就来,你把门打开。"

"不开不开我不开,妈妈没回来。你今天既然有时间闲聊,我周大爷也好好和你聊聊天。"

"咚咚咚",响起了敲门声。周一对着电话继续说道:"老班,我不跟你扯了,有人在敲门,我去看看,下次聊。"

吱呀一声,推开门,站在面前的居然是秦泽猷。

周一大喜过望,立马边迎边说:"好家伙,竟然搞偷袭。"

放下几个袋子,拍拍周一的肩,班长打趣道:"我可是专程为山珍海味来的。"

"哈哈,你看,松毛菇长在海拔1200米的岗上,味道鲜美,一年只有一发,堪称山珍。这海带在海中,自带海的味道。没错吧,来一碗,还是一桶。"

"我本想着你以前净到我那里吃好拿好,怎么着也该让你出出血,没想到你这儿条件还是有点艰苦啊。"班长的语调也不像之前那样活泼。

"总体还是好的,比如学生是吃自家带的菜,中途有些家长骑摩托车送点新鲜的换下口味。学校食堂中途也会炒几个菜分些给孩子们接续下。"

"周大善人还真没改变。你这本色不改,是我的好兄弟。"班长由衷地敬佩这位知己。

"那你们老师呢,伙食怎样?"

"我们老师也会自带一些,有煤气灶的可以自己烧。由于教学任务重,时间上难协调,大伙商量,上午最后一节空课的老师会轮流烧菜。由于工资低,现在没人愿意来学校食堂工作,老师们自己先临时应付一阵子。要是资金到位,我还想着将师生的吃饭问题给彻底解决。从食材采购到营养烧制一条龙服务到位,大家都不用从家里自带,每天吃的都是新鲜又不重样的菜。吃梅干菜求学是我们那个年代的记忆,新世纪了最好能得到改变。"

"还有什么困难,再说给我听听。"

"怎么成了诉苦会了?老同学来了,我还没好好招待。到时候周一招待不周,岂不成笑话了。今天让你见识下老师中最好的厨师,厨师中最好的老师,双师合并,天下无双。"边说边挽起袖子,开始烧起拿手好菜。

不多时,已经做好了几个下酒菜。周一还叫上了几位空课教师一起趁机吃顿难得又名正言顺的大餐。山村教师的清贫,以及苦中作乐的精神深深感染了秦泽猷。好久没喝好酒了,自己平时也是杂务缠身不得闲,今晚也算是难得,畅饮一番自然少不得。没有官场上的觥筹交错,推杯换盏,只有真诚没有算计,不知不觉间已是酒浓意醋。

散场后,打开他带来的三个袋子,有一个是为学生准备的礼物,交给了总务处老师。一个袋子里是十几只台灯,环保护眼,老师伏案备课、批改,奋战几个小时都不会伤害到眼睛。最后一个袋子是一些滋补品,送给周一父母亲。

"今晚老班长光临寒舍,也只能将就下了。我的宿舍让给你,我到办公室将就一下就行。"

"你这确实是寒舍,干脆取名寒山寺。房间偏,阴暗潮湿,又在楼梯下,你这个校长没为自己行使特权,不容易啊。"

"老师们比我辛苦,至少有时我还能去县城开个会什么的,多少也能改善下食宿,他们就艰苦多了,所以在分宿舍的时候,我其实也是行使了特权——第一个挑,这个房间就是这么来的。"周一觉得自己这么做也是必需的,言语中没有丝毫怨气。

夜色沉醉,草叶香散发在空气中,透过窗户阵阵侵袭而来。秦泽猷好久没欣赏过草汁草味乡景,况且也没困意,就向周一提议到操场走走转转,马上得到了附议。

"你这次来有何目的,不会单纯就是来玩吧?"对于他的突然造访,周一觉得肯定有原因,具体哪个方面吃不准。

班长笑笑"先卖个关子,到时候你就知道了。你在这儿生活了这么多年,说说你对当地的发展有什么看法。"

"这儿吧,山多林多,自然资源还是丰富的。村寨的历史也悠久,人文历史丰厚,唯一不足的就是偏,离县城远制约了社会经济的发展。不过凡事都有利有弊,如何抓住本地的特色发展,也许细细斟酌还是会有突破的地方。"

"如果从全域角度看,一体化发展其实是这儿的优势。离长安县近,而该县被称为省会城市滨州市的后花园。如果能跳出当前其他地区的发展模式,找到这儿的路子,说不定会更具前景。说起这个话题,老同学啊,记得当年你的志向可是要走出大山,到大城市发展的,现在你的初心还在不?"

"当然未变,时机成熟我还是会走出去。"这坚定的语气似乎要把黑夜刺破。

"老同学,无论何时何地我都支持你,勇毅前行,我们一定会实现自己的梦想。"

"老班长,你这也有点假大空了,什么叫梦想,梦中想。正如有时候数字强国,在数字上实现强国,数字是人定的,那不就是随手一划的事儿。"周一有几次听报告,碰到有些领导讲的基本是一个调调,口号满场飞,不过内心深处还是把老班长与一些形式主义的官员区别开来。

"愤青,看来老同学依然血气方刚,眼里不揉沙子,好现象。不过你曲解了我的本意。还记得当年师范学校里常喊的口号:喝了三江水,随波不随流。调不同,意相同。"

"其实我也不是反感这一套,而是对于一小部分领导有点对付不来。比如前几年,我打了个宿舍改造的报告到片教办主任那里,没想到他睬都不睬。他叫吕守德,坊间云,啥都不缺就缺德。两张口,一张吃自家一张吃别人。我起初不信,一连送了三次报告,都石沉大海,后来才知道个中缘由。一般下面提个校长,都会由各片主任向上推荐,所以他们的权力就很大,这其中的利益关系是少不了的。而我是由教育局直接任命,这必然打断了利益链,所以业务上的对接一直就是磕磕绊绊。幸好,今年全市发文要简化职能机构,许多像中间商一般的机构都已经退出了历史舞台,像他这样的领导也退出了历史舞台。办事效率确实提高了。上面的领导和和气气,下面的领导阴阳怪气,格局不同结局就不同,古往今来莫不如此。"

"这就好比,酒不醉人人自醉,平台没错,关键是平台上的人要政治过硬。你遇到的也是一个缩影，其他部门或多或少也会出现此现象，关键在于人的素质和管理人的制度。”

一阵沉默，夜色也愈黑，这应该是黎明前的黑暗。

第二天，周一对班长说要不要进课堂露两手，把之前的技能再捡起来。

“我就不掺和了，你看那边老师在上体育课，我们过去投几个球，来一下现场教学。”

这主意不错，周一和他一起过去。

“周校长，看到我们新来的乡长了吗？”一位联村的乡干部一边擦汗，一边急促地问道。

“你们乡长，我怎么会知道。”周一不解地回道。

“有村民说，有个陌生人到你们学校，根据描述可能就是。”

“不用找了，我就是。”前面先走的秦泽猷回过头来说道。

“好个家伙，我就说嘛，你肯定有事而来，没想到直接到这儿主政了。搞得跟康熙微服私访似的，不过还是要恭喜你。”

原来昨天是新任乡长到乡政府报到的日子，本来有专车接送直达并进行交接，但是到本乡的第一个村他就中途下车了。一路走走看看，掌握了第一手资料，傍晚看到周一的学校就临时决定和老同学叙叙旧。

七三　大刀阔斧

对于瑶峰乡来说，今年人事任免透露着多重信息。新任乡长秦泽猷，是全县最年轻的县管干部，可以说是前途不可限量。党委书记赵明刚赴京脱产培训一年多，大小事务都由秦乡长一肩挑，一岗双职，尽显上级对他的充分信任。按例党政领导换届都是新老圈替，留一换一，或者以老带新，从未出现过这样两不靠的现象。

赴任第一天就打破常规。班子成员接到通知，新乡长上任，大家都如往常一般在门口迎接，只是等到天黑也未见踪影。再三确认已经进入乡界，却迟迟不见人影，大家一度认为是不是迷路或者出了什么状况，没想到竟然是就任途中就已经开始进入办公模式。

从学校寻回当家人，大家悬着的心刚放下，可是细思后心又悬起来。这位少壮派乡长的非常举动，预示着他的风格与前任的迥异。新官上任三把火，不知他会怎么放，是否会烧到自己的屁股上。

这不，说啥来啥，新乡长一到就召集各个部门、科室开会。

"大家好，还是很荣幸能和大家共事。组织安排我到这里开展工作，是对我的信任，也是对你们的信任，相信我们精诚合作，坦诚相待，一定能开创新的局面。我无论资历、经验都尚浅，今后还要请你们多多指教，指出不足，共同进步。"秦乡长的语调平稳，语气平和，可以说是少年老成。大家觉得这位乡长应该是行事周全之人，戒备心放下了许多，谦逊往往能适应和匹配各种人际关系。

一般而言到一个新任的地方，总是会先和老人沟通一下情感，得到他们的支持，今后工作开展起来就会少一些阻力。

想到又没想到，秦乡长直接开启了工作模式："大家说说自己所负责的工作近期要达成的目标，可以畅所欲言。"

往年工作也肯定有目标，但是更多的也是"流标"浮于形式，许多工作受到政策及上级部门的统筹。况且秦乡长的要求是"达成"，应和者就更不多了。

在基层，想干事的怕没权，有权的怕担责，所以秦乡长对于敢立敢为的给权，对于混日子的干部，他也有办法，在宣传栏里把每个干部的业务达标进度表进行公开量化，一石激起千层浪，工作氛围立马就不一样了。

"同志们，农业税都已经取消了，北京奥运会很快也将如期而至，这一切都印证了我们国家的强大，工业化强国也是指日可待。现在竞争越来越激烈，我们要有忧患意识，而老百姓更关注的是自身利益，生活水平有无提高。要想富先修路这是亘古不变的真理，我昨天途中下车走村入户，发现百姓对于发展的诉求是非常强烈的。我们现在就来个现场办公会。"

说完，秦泽猷带领大家到村头的机耕路，开始了办公。这条路往山内绵延二十余里，像一条纽带把沿线十二个村寨连接起来。山里毛竹、青松、杉柏资源丰富,奈何这条路"晴时一身灰,雨时一身泥"。资源出不去人们就富不起来。省里为了解决和改善农村山区道路交通设施简陋的问题,下文打造"康庄工程",由地方投入一半资金,上面拨付一半资金。其他乡镇已经开始破土动工,或者提上日程,而这里却纹丝不动。秦泽猷知道这些政策都是有时效性的,如果这个阶段不抓住机遇,往后想做也只能干瞪眼。还有对面的野牛岭,如果打通会让整个乡连为一个整体,人口流动起来,经济也能盘活。

"你说的都没错,设想也挺好的,之前我们也做过规划,只是资金一直到不了位,要不等上级拨款到位再考虑?"说话的是一位老干部。

"如果等到所有的条件都具备,捡个现成,我们永远无法抢占发展的先机,时不我待,要不想方设法抓住契机,我们只会更被动。机会不等人,我们要主动出击。"

其实来赴任前,秦泽猷就做足了功课。这儿天高皇帝远,偏于一隅,外面发生的大事到这儿都已经凉了,这儿整出的动静也过不了几座大山,许多乡干部的工作热情也慢慢地消退,能过则过,不能过心里也能过。所以他已经把刚才这项眼下急需做的项目,拟好了文书,让每位班子成员签好了字,形成了决议,当然他也和在外的书记沟通好了。接下去招标、动工也是水到渠成的事,甚至可以畅想不久的将来人们在这条幸福之路上日子越来越红火。"鲶鱼效应"用在这儿,方能成事,读过心理学的他明白接下去的工作才是真正的挑战。

回到政府办公楼,简单整理一番内务,秦泽猷就到办公室沉思起来。现在老百姓外流的越来越多了,农村青壮劳力已经很少,田地也荒芜了,处处显示着荒凉,偶尔几块种植着的水稻,也是上了年纪的在操持着。资源该怎么整合利用呢? 乡村如何振兴发展呢? 尤其是适合这里的路子到底是哪条呢? 一切似乎有答案,又似乎没有。

"乡长,可以吃饭了,今天阿姨有事请假,尝尝我的手艺。"说话的叫舒子卿,是乡里的办公室主任,早年也是中专毕业,现已取得本科学历。

她是乡干部里唯一的女性,也是之前唯一的年轻干部,双唯一,比秦泽猷小一岁。身形俏丽,脸若银盘,眼似水杏,唇不点而红,眉不画而黛,双目湛湛有神,颊边梨涡微现,青山绿水的映衬下,更显得柔美如玉,又像山野里的一株杜鹃花映得整个山谷红霞流飞。

其实刚来的时候，他就注意到了她，刚才现场办公也就数她最为专注。从侧面也了解到这位干部还是很有思想的一位，联村的工作也是做得比较有特色。

"这菜烧得不错，你还多才多艺啊。"秦泽猷由衷赞叹道，因为像她这个年纪能在灶头挥舞两下的真不多。

"属于多菜多益，阿姨不在，我有时候帮帮忙，其他人都比较忙，所以我有时间就来烧烧菜，给大家服务。说真的自己在家也是小公主，很少下厨呢。"被他夸了一番，她反倒不好意思起来。

"看来这乡镇工作也真是锻炼人。你在这儿待的时间比我长，能不能说说你对这儿今后的发展有什么好的想法。"

"我觉得既然在农村，肯定离不开农字。"

"怎个农字法，请细说。"见她说得也有理，他立马也认真起来。

"乡长，有几个上访户在你办公室，要不要去接待一下。之前主要领导都是回避，由分管领导接待，这几位也是老油条了，每年都会来几次。"综治办的章主任进来打断他们。

既然都来好几次了，说明事情没得到满意解决，秦泽猷扒了几口饭就去处理这事了。现在社会大家都能吃饱穿暖，也没空闲去挖墙脚拆台，过好自己的日子即可。他觉得此事还是亲自过问更为妥当。

一问缘由，原来是前几年村里统一修建生化池和拓宽山林硬化道，造成了部分村民的田地和经济林损失，但是补偿金一直不能足额到位。村民说村里出尔反尔，村里推这是上级统一安排协调的项目，资金应该上面出，村里根本就没钱，上面说别的村都能自己解决，变卖村资产或者到外面去拉赞助，你们也应该内部消化。这事一拖再拖，互相推诿，领导都换了好几任，新朝不理旧朝账，就这样无端耗着。站在各自角度似乎都有理，但是换位思考，又各有难处。但不管怎么说执政为民，为民请愿是公仆们的奋斗目标，所以秦泽猷按之前的协议先把补偿金全部足额发放到位，这才是迫在眉睫的事，剩下的由村乡两级慢慢解决，先要把干群关系调和好这是首要任务。为什么抗日战争、解放战争，党领导的人民军队能打胜仗，靠的就是融洽的干群关系。

把上访户送走，在会议室碰到舒子卿，这次他率先开口了："刚才来了个插曲，我们继续前面的话题。"

两人就在会议室坐下，聊起这个话题。秦泽猷发现她还是有自己想法的。"既然劳动力都外流，田地里靠种植传统农业已经无意义了。倒不如发展林下经济，比如种植些覆盆子、黄精、前胡这些药材，更有经济效益。瑶峰乡虽然离县城远，但是靠近长安县，而该县离滨州城很近，是它的后花园。那儿工业发达，而且已经发展了好多年，如果以此为发展模板，只会永远跟在别人后面，到时候可能别人吃肉，自己连汤都不一定喝得到。今年长安县已经要撤县改市，要不了几年就变成区了，到时候全国各地的人都到那儿淘金，人口会进一步聚集，条件也会更好，我们要抓住他们的辐射效应。田地可以通过流转，收归集体所有，让城里人周末都到这儿体验返璞归真的荷锄生活，这对大都市生活的人来讲一定会勾起童年回忆。他们的子女也会得到锻炼和教育。"

秦泽猷发现舒子卿很有自己的想法，所以后来两人也经常一起交流工作开展上的得失，慢慢的互相对彼此都有好感。

七四　　修旧如旧

不到一个月，秦泽猷主持召开了多次班子成员会，但是大家对于发展的定位始终意见不统一。有的说这儿自然资源匮乏没有先天条件，有的认为这儿地理位置偏，也不是交通枢纽没有后发优势，还有的一声不吭熬到班子一换届，累积到了资历，反正又可以提升一级。

发展是第一要务，以前也是当口号听听，听过了也就罢了。现在自己主政一方，感觉从没有过的使命感，肩上的责任沉甸甸。九个班子成员居然没有一人与自己观点契合。这也就算了，关键是大家对于今后的发展似乎都没有紧迫感，得过且过，在时代发展的大潮中不主动进取，一定会被淹没。他感觉自己很孤独，势单力薄，有时怀疑自己是否人生定位出了差错，这样坚持的意义在哪里，上面的安排到底是为了锻炼自己还是什么。

"秦乡长,要不要去走走,呼吸一下新鲜空气。"晚饭后舒子卿见他一个人在院子里看书,主动邀请。

"美女相邀,甚好甚好。"合上书,两人到乡政府东边也是村头的空旷田野上散步。

"不要叫我美女,太俗气,叫我小舒。"

"那你也不用叫我乡长,私下叫我大秦吧,反正我比你大。"

两人相视一笑,似乎都默认了对方的说辞。

不知不觉间两人来到了垄坎上,垄高路低,要跨上去不容易。但是站在上面能够看到整个村寨的全貌。

秦泽猷一步就跨上去,看看下方的她,伸出手去拉。她虽然穿着运动服,行动方便,但是女生毕竟气力弱,断然过不了,所以他主动出手。

她伸出玉手,秦泽猷虎口收紧还没上拉,她已经有痛感,只能两手缠握,十指相扣,肌肤的紧密接触使得热流传遍两人的身心。她脸上飞出的红霞似乎要敲亮落寞的夜色。

"我,我还是,第一次握男生的手。"平时落落大方的舒子卿此时也变得磨磨叽叽。

"我也是。"

"你这么优秀,没人追你,我不相信。"在她心中,他少年英雄,怎么可能感情一片空白呢。

"追求的是有,而且家人也给我介绍了好几位领导的女儿,不是她们不优秀,只不过我都没感觉。"秦泽猷望望远方,又看看她,似乎在告诉她生命中的灰姑娘就在这里。

"你要是答应的话,不是挺好的,政治联姻,对你的前途也大有帮助。"

"这要讲缘分,不是菜市场买卖。"

"那你喜欢怎样的女孩呢? 总有个标准吧。"舒子卿含羞问道,因为她知道孤男寡女在荒郊野外谈论这样敏感的话题,实属冒昧,可是她内心又非常渴望知道答案。

"像你这样的就是标准。"

单刀直入有时是解决工作难题的好方法,也是解决情感问题的好办法。

夜风冷冷,却吹不散刚升起的温度。

又一阵沉默之后,秦泽猷指着村庄道:"你看这些村庄依山势而修,楼阁望溪而建。村道砖石铺就,曲径幽连,古木阴翳,瓦窑四潲,八面玲珑。古居都是开井院落,四水归堂,徽派风格浓郁;祠堂梁栋檩板,鎏金漆工,绣闼雕甍,流檐翘角,在整个永安县也不多。"

"如果修缮一下,整体式徽派建筑,成规模,到时候可以以此为卖点吸引外地游客来这儿游玩。村里的农田可以租借给外地游客,让他们来体验田园生活,既能吸引人又能留住人,对当地的百姓来说有了人气也就有了一笔收入。"

"我们想到一块去了,回去我再把方案理一理,到时候班子会上再讨论完善。"其实秦泽猷明白,会上征求意见不过是例行程序,很多工作需要先牵牛下田,万事开头难,可是不开头万事难成,庆幸还有她可以与自己心灵相通。

黑夜总是会过去的,光明在前行中。回到宿舍他继续酝酿新的发展思路。

几天后,出差的部分班子成员都已返回,而接下去的发展规划也已经理得差不多了,秦泽猷再次召集大家开会讨论。其实在开会之前秦泽猷已经和有关干部进行了小范围的通气和研讨,现在拿出来的方案也比原稿更充实、详尽。

大体的发展思路就是把土地流转起来后,使用权收到乡里,成立一个专门负责管理的工作小组,开发"桃源农夫"亲子农场项目,对外招标认购。现在小孩子平时被埋在作业堆里,家长们也是忙于各自的事业,根本没有机会和地方去走进生活,融入生活。在"桃源农夫"农场里,每块地划分成大小不等,一分、半亩可以任意选择,地旁都有工具室,方便使用、存放。配备劳动保育员,客户在地里种植好水稻、大豆、芥菜等作物,如果没时间过来可以请他们代为管理,施肥浇水免费提供劳动力。寒暑假有时间也可以在村里入住,进行长周期生产体验活动。那些老的土坯房、徽派建筑进行适当的修葺修旧如旧,也有一番陶渊明笔下的意境。

在滨州城郊也有类似的项目叫"八仙田",不过那儿更多的是游玩体验式,这儿的项目打造的是生长式、成长式的体悟项目。不仅可以带孩子耕读黄土地、熟悉农作物、喂养小动物，还可以品味乡间清冽的空气、泉水。家长们可在丛林里、田间回归自然、回忆童年，关键是对于孩子们来说，可以通过劳动生产活动，去感受劳动之美，从而发自内心地尊重劳动、认同劳动，有助于塑造他们的健全人格，确立积极向上的价值取向。

大家在研究方案时，秦泽猷给几位老烟枪分分烟，提提神，虽然自己不抽，但是身上也总会备几包。舒子卿给几位正在交流得口干舌燥的干部续续茶水，像这样的讨论会在平时也常见，没有一时半会也结束不了。

总体来说大家都还是支持此方案的。很多东西荒着也就凉了，土地不咸不甜，更是如此，只是价格上还有些意见。有的认为价格高，会吓跑一部分人，有的认为太低，也就是图个热闹，啥也没捞着。

看大家讨论得差不多了，秦泽猷开口道："其实一个地方发展要么有人，要么有资源，我们两不靠，怎么办？啥也不干，只能凉拌。我们成立这个项目，眼光还是要放长远，通过土地的流转，最终吸引外地资源进来，从而带动其他产业投资，我们要的是抛此砖引其他的玉。"

会议结束后，大家就开始按部就班行动起来。

这场项目推介会放在滨洲城文林门广场，没想到的是，反响空前。第一期的三百亩地被认领一空，还有几位迟来的上海客户预约了第二期。

那几天他的手机被打爆了，有外地的客户询问项目合作的，也有本地同行祝贺的，现在瑶峰乡三个字已经名声在外。

秦泽猷知道这只是万里长征的第一步，后续的才是关键，他心中也在下一盘大棋。

这天正在办公室翻阅文件，舒子卿进来汇报："接待室有位操着外地口音的男子，约莫五十岁，说是想见你。"

外地口音的，估计还是与"桃源农夫"农场有关，他亲自过去看看。

果然不出所料，正是与此有关。原来他是广江省人士，他自我介绍道："姓许，许文强"他是一家大型电子产品上市公司老板，年产值十亿起步，他唯一不缺的就是钱。只是穷人有穷人的难处，富人也有富人的烦恼。他的儿子初中年纪，但是整日游手好闲，叛逆又不好学习，和一帮狐朋狗友瞎混。这位老板也算是有自知之明，知道现在的社会没有知识就没有未来，所以想让儿子到这儿参与到"桃源农夫"项目里，让其吃吃生活的苦，尝尝劳动的苦，从而能够走上正道。

许老板的儿子叫许志远，他开始死活不愿意，后来家人威胁不来就断了他的经济来源，好说歹说总算愿意来了，但有个条件——家人不准陪同。儿行千里母担忧，因此许老板希望在当地有人能照管他的基本生活。

听完他的来意，秦泽猷已经有了新的打算，当即一口答应。

七五　渐入佳境

"你对这件事有什么看法、办法？"办公室里，舒子卿进来送报表，秦泽猷当即问她，因为之前也隐约向她说起过这事，所以就直奔主题。

"这是一个机遇，如果许志远这孩子能够被帮扶过来，对这项目是一个极大的宣传，活广告。"

"还有，如果家长认可了，以他父亲的资源，到时候到这儿投资也不是不可能，这将极大促进本地的发展，带动产业升级。为了显示对此事的特事特办，需要专门安排一个人来负责。你觉得谁合适呢？"说完注视着她。

"我来吧，这里也就我年轻点，和孩子有共同语言。"

"另外村头的何文家里空着一间房，可以把他安置在那儿。最近上面检查也挺多的，有时你忙起来，那边就照顾不到，何文是退休干部觉悟高，以前接触的人多，人际交往的分寸拿捏得准，我们放心。我有时间肯定也会亲自参与进来，毕竟这是我们在黑夜里共同研究出的光明计划。"

她当然知道，"黑夜里的光明计划"指的是上次傍晚在郊外散步时两人对本乡未来的发展愿景。只是没想到，当时的话没有成为戏言，他还真的付诸了行动，说实话她已被深深折服。

一阵铃声响起，舒子卿见状先行出去。

秦泽猷边翻阅着报表边接起电话："第二期还要过段时间。"

"怎么还要过段时间,你不知道时间就是金钱的道理吗?"

听声音不对,怎么这么熟悉?抬头一看,这不是周一的号码吗。只怪最近接到的电话基本上都是问询"桃源农夫"项目的,加上刚才看报表太投入,接起来就回了。

"你这校长管着好几百未来的花朵,今天怎么有闲情逸致?"秦泽猷追问。

"这个季节也不是百花盛开的时候,怎么有些人就走了桃花运了呢?"周一笑道。

"我可没走桃花运,最近忙得头晕倒是真的。"

"你就装吧,办公室恋情,领导下属恋情,小说上写的你都占了,占山为王啊。小弟佩服。"

"没有这回事,都是别人瞎传的。"

"能传到我这儿,说明快天下皆知了。不过这女孩确实不错,有能力有颜值,关键心地善良。"

不管怎么说,两位当事人都没有实质性谈论过此事,别人怎么知道?看来旁边还是有许多双眼睛盯着,早年他就听说基层工作难做,一半精力在内耗,果不其然。不过身正不怕影子斜,他一般不屑于这些流言蜚语,因为有句话说得好:谣言止于智者。

"周大校长,你先别管我的事。我这有事相求。帮不帮老同学?"

"你这又不是选择题,我能说不帮吗?赶紧说啥事。"

他把许志远的事跟他交流了一番,希望他也能帮忙给点建议。

"这没问题啊。你这事我侧面也知道些,这孩子的素质还是好的,能唱能跳,知识面也广,只是被一些朋友带歪了。我学校里搞活动,可以请他来表演才艺,也可以让他给孩子们介绍一些外面的生活,扩大孩子们的知识面。他这个年龄的孩子有自尊,也是愿意表现的时候。"

秦泽猷觉得老同学说得很有道理,相信在大家的关怀下,许志远一定能脱胎换骨。

"还有件事,我要向你透露一下,为了提高教育办学的现代化水平,县里开了动员大会,我们乡里的两所学校打算合并为一所。这个地点还未定好,其他乡镇都是完小并入中小,我们乡里比较特殊,中小的位置太偏,我打算保留你们学校。你可要好好努力,做出业绩方能堵住悠悠众口。"秦泽猷道。

"这是好事,朝里有人好办事。"

"这话不对,我是站在全乡发展角度考虑,你是属于误打误撞。"

至于周一之前提到的事,秦泽猷倒是一点也不见气。清者自清,何况舒子卿也很优秀,真像传言那样,他也是愿意的,更多的是发乎情,止乎礼。

紧锣密鼓的日子,匆忙也充实。

下乡回来,秦泽猷看见舒子卿在图书室和许志远一起看书。

"小许最近感觉怎样? 还适应吗? "他边拿起书翻着边问道。

"秦叔叔,我之前答应来,只是为了避开父母一天到晚如蝇嗡嗡般的管教。后来通过劳动我发现自己感受到了'汗滴禾下土'的不容易。也被这儿乡民们的朴实、真诚所感动,不虚此行。"

"是啊,小许今天到周一的学校教孩子们唱粤语歌,孩子们都称他许哥哥,最靓的仔。"舒子卿补充道。

"我现在在查阅资料改进劳动工具。广江那边朋友寄来了马达,我打算改进一台耕地机,适合这里的地形。"许志远道。

"那你就是给当地的百姓带来了福音,可要好好给你记上一功! 你老爸知道了一定会十分高兴。"秦泽猷也感慨万千,现在的后生可畏,虽然顽劣,但终究是块璞玉。

"近朱者赤近墨者黑。在这里经历了许多令人感动的事,我也明白了人生的价值在于能给他人带来价值。"许志远连说话都有了大人的模样,这个变化也是肉眼可见的。

远在天边的许文强,知道了儿子的表现后也十分开心。他觉得这个地方是儿子的再造之地,当即打电话给秦泽猷,要在这儿投资,建厂房,为百姓带来经济效益,毕竟就业是最好的扶贫。

栽下梧桐树引来金凤凰。这当然是好事,凡事讲究趁热打铁,乡里成立了全县第一个乡级工业园区和农业园区,对土地、配套设施等都进行了政策上的倾斜。许老板还邀来了其他几位老板一同投资兴业。

园区里的材料加工和新能源设备并不会破坏当地的环境。农业园区主要是现代化种植、养殖,更加生态,可持续。

"现在都如你所愿,各个方面都向好发展,你的市优秀基层干部也评下来了,应该别无他求了吧?"秦泽猷和舒子卿走在乡间的小路上,两边是十里稻香。

"当然有所求。我得趁周一还在这里,好好地把教育搞上去,十年树木,百年树人,未来是人才兴国。在他走之前,我得好好'压榨'他一番。"秦泽猷扶起垂下的稻秆,今年又是个丰收年成。

七六　祸不单行

双校合并,继村小撤并之后教育史上又一大事。有些地方是完小并入中小,也有的开始探索集团化办学。瑶峰乡领导班子会上统一了思想,中小并入完小,校名去完改中,其他不变更。由于之前的扩建工程规模已经超越中小,加上生源减少,并不需要另外扩建就可以容纳两校生源。原中小的校长已经到了退休年龄,所以周一顺理成章成为校长。只是两校的教师似乎没有彼此融入,成为泾渭分明的两派。中小的教师本来就有优越感,有下嫁的不平衡,完小的逆袭,自然是新贵,地域归属感强。所以当领导的要一碗水端平,他在安排人事上除了唯贤,也尽量考虑两方人马都有一席之地。他觉得自己一直处在变革之中,换学校、并学校,规模越来越大,责任也越来越大,但他明白这是教育进步的体现,是社会发展的必然。

"周校长在吗?"听到外面有响声,正在思考的周一过去,看见两个陌生人站在门口。

"我就是,进来坐吧。"

"我们是纪委的,有件事要调查。"其中一个说。

纪委调查?周一脑袋里似乎堵塞,没听错吧,调查什么? 不会是假的吧。

见周一狐疑,另一个人拿出证件给周一看,确定无疑。

"那你们要查谁？"周一追问道。

"审查近几年的账目，尤其是你们创收的钱。"

周一知道，学校创收的钱分两笔，一是每年捡山核桃、采茶叶等勤工俭学的收入，还有一笔就是学生用手工环保制作去县城进行义卖的钱，但这些钱应该都账目清晰，无可挑剔。

两位纪委同志在周一的引领下来到会计办公室，取了历年账本，装在箱子里贴上封条带回县里审查。

对于今天发生的事，周一很是诧异。这无缘无故的一出，像块石头压在胸口让人压抑。会计也是摸不着头脑，按说审计一般是到学期结束再进行，现在来也就是说他们有一定的线索。可是线索哪里来？谁提供的呢？不得而知。

那边，宋诗旎刚回到家，看见父亲坐在那唉声叹气，便上前关心地问："爸，怎么了？遇上烦心事了？"

"别提了，说了也就这样。"宋清康愤愤道。

"爸，我们是一家人，有什么说出来，大家一起分担。"宋诗旎放下包和一叠打算今晚批改的试卷。

"庙小妖风大，池浅王八多，果不其然。"

"谁给你使绊子了？"

"这几周我就感觉不对，单位同事总是对我阴阳怪气，爱搭不理。之前大家有说有笑，见面打个招呼，关系也融洽。今天局长找我谈，让我换个岗位，还说把科长的位置让给年轻人小苏。我离退休还有好几年，年龄比我大的还在位置上，这不明摆着合伙欺负人吗？"说着把茶杯重重蹾在茶几上，"世态炎凉啊。尤其是小苏，还是我一手带起来的，欺师灭祖，忘恩负义之徒。"

宋诗旎知道父亲对于名声、气节看得很重，如今这样冷血的任免，是个人都会感到寒意阵阵。

"这不是欺负人吗，都是一些寡廉鲜耻之徒！"父女二人刚平复，只见母亲刚进门就牢骚满腹。

"妈，你又怎么了？"宋诗旎觉得今天太不寻常，似乎遭到了诅咒。

"这次评职称又没我的份儿。她资历比我浅，业务不如我精湛，居然评下高级职称。本来我俩就不对付，现在她还不得骑到我头上耀武扬威，真是没天理。"

本来家里已经愁云满布，没想到坏消息还没结束。

就在大家黯然神伤之时，宋清康手机响了。奶奶在那头急切地说道："儿啊，大事不好了。有块地和隔壁老李家交界，今天他们占过来四尺多。本来你爸打算忍让了，让他三尺又何妨，万里长城今犹在。但是对方一次占这么多跟明抢没区别。你爸实在看不过去了，前去理论，对方恶语相向，你爸一锄头过去，对方头破血流，现在你爸被公安局带走了。"

宋清康是孝子，连忙向公安局赶去。

今天是什么日子，一家人先先后后遭遇各种刁难，似乎有一双无形的手在推动，黑幕重重。

夜已静，宋诗旎感觉窗外黑色如同罩子把整个世界遮得严严实实，喘不过气。今天学校同事怪异的目光和校门口家长奇怪的眼神，让她似乎掉进了被镜子包围的圈中，分不清真实与虚幻。

她拿起电话打给周一，这是除家人外最大的倚靠。只是没想到，周一也快被飞来横祸淹没了，搞不好会有牢狱之灾，她不明白这是巧合还是天意难违。

你不明白，自然会有人明白。

宋清康回到家，对母女二人说，这事没这么简单。按理说邻居老李也是厚道人家，跟自家也没有什么过节，之前一直处得也融洽。为什么这次会戾气这么重？赔偿医药费、上门道歉都不肯私了，一定要打官司，况且伤得并不重，只是血流得凶，看上去唬人。

"是呀，我也纳闷，当时定的人选就是我，这一个月不到，到底哪个环节出了问题。"母亲也抱怨道。

而周一的日子也不算好过。账目审查结果出来了。问题可大可小，可这个节骨眼不会风轻云淡就过去。勤工俭学和义卖的收入确实入了账，校长和老师们也没有瓜分挪用，但是账目做在学校自己的小金库上。年初从中央到地方就在集中火力整治各个单位的小金库现象，推行阳光账目、公开账目，这次是结结实实撞上了枪口，好在资金的使用不是为了私利，所以性质上属于违规不违法，最终如何处理就看上面的意思，处分是逃不掉的。另外还有一项要协助调查，当初校舍扩建的主体工程是经过招标由外面一家建筑公司承建,而学校、乡政府支付的款项在对方账目上未能查到。纪委顺着这条线索又去查了该公司的其他工程账目,结果发现问题严重。

　　该公司的账目与许多工程的实际收支不吻合,也就是说存在着瞒报虚报的情况。而这家公司的法人是张士杰的父亲,他很有可能触犯了法律。因此,张士杰专门来请求周一在两者账目上能不能采取补救措施。账目上做手脚肯定是要承担风险的,况且技术上也实现不了,账户都已经被冻结。周一明白不管是谁,只要家里摊上事,每个人都不会好受,帮不上忙,但也不能落井下石,况且他自己也是泥菩萨过河。

　　起初张士杰还以为是周一在使坏,不然这工程都过去几年了也相安无事,怎么现在突然来这一出? 只有当事人或沾边的人才知道原委。可是周一没必要引火烧身,况且处理他的结果还没下来。

　　那是谁呢? 目的是什么呢?

　　疑团如同秀水湖上的雾氤氲缭绕,看不清,猜不透。

　　几天后,处理结果出来了,周一被谈话诫勉,暂停校长职务,这期间由上级部门派人下来全权处理一切事务。因巨额钱财去向不明,张士杰的父亲锒铛入狱。可以说兹事体大,哪怕再有钱,触碰了红线,钱也解决不了所有问题。

七七　无休无止

　　"小宋,你来我办公室一趟。"吴校长见宋诗旎在办公室批阅试卷,四下无其他人,又加了一句"你QQ有的吧? "

　　"有的,只是用得不多。"

　　"那好,现在就来我办公室。"

　　到了校长办公室,吴校长把电脑打开,不多时就听到"嘀嘀"两声,QQ上线了。

　　"小宋啊,你最近有没有得罪什么人啊? "吴校长关切地问,眼睛盯着宋诗旎,似乎不认识眼前人。

最近宋诗旎老是觉得大家的眼神怪异,刚才吴校长的举止似乎更加印证了这其中定有不可告人之事,况且自己家最近接二连三出状况。有事,是确定无疑了。

"我也不知道有没有得罪人,最近我家霉运连连。"

"你来我电脑上看一下,不过我得提醒你,看前做好充分的思想准备。"

还能有更糟糕的吗?宋诗旎不相信,就过去一看究竟。

"啊"宋诗旎不禁尖叫一声。只见画面上的一个女人赤身裸体,做着各种不雅的动作,而面容正是自己。

羞辱、愤怒一下涌上心头,她急切地对吴校长说:"这不是真的,这不是我,我从来就没有做过这种下作的行为。"一杯暖茶递到她颤抖的手中,吴校长从她的神情上也大概明白了事情的原委,便安慰道:"你不要激动,我不相信你会这么做,而且还传到网上。"

"可是这脸分明就是我。"宋诗旎委屈又戚然地说,眼泪不自觉地流下来,这霉运是无休无止了。

"这是P的,最新的技术,利用电脑技术合成。只是这组照片在网上流传比较广,有些老师、社会人员应该都看到了。学校也把这事向上级汇报了,得到的答复是毕竟影响已经造成,在没有全部弄清之前,你暂时不要来上班,在家待命,等这些恶劣影响消除再说。"

虽然宋诗旎不情愿,可也毫无办法,只能暂时回家。

可是即使回到家也不太平。父亲宋清康正火烧眉毛,她爷爷的事还是一团糟,老家的地被占了不说,人还被关了。这在农村就叫输钱又输人,怕是会被大家耻笑。

别人笑不笑话,已全然顾不得了。老人家快七十了,又有基础病,在拘留所无病也会关出病来,何况本来身体就不好。宋家想尽办法,但最终都无功而返,如果说这事背后没鬼那一定是有鬼了。

家里的事也够乱了,本想打电话给周一聊聊,放松一下心情,可是她也知道周一现在的处境也好不到哪儿去。

新来的校长叫严苞,正宗的大学毕业,在职研究生,学历可以说是相当亮堂。上面派他下来用意也很明显,培养、重用,到这儿锻炼,有了资本就进一步提升。人又年轻,外加学历高,升迁的机会更多。

这新任校长一来就搞出了大动静。把之前的作息时间表全部改换,跟城里的接轨,取消晨读。很多老师不解了,一日之计在于晨,况且农村孩子本身就住校,不晨读白白浪费大好时光。城里孩子那是没办法,都是走读生,没法这么做,是因为条件不具备,客观不允许。为了全力抓成绩,抓应试教育,把高中的一套照搬而来。中饭晚饭后,本来都会有一个小时的休息时间,统统加塞一节课。音体美劳在国家课程设置数上各减一节改上语数英,一增一减,本来校园热热闹闹,生机勃勃,一天到晚都会有孩子在操场上欢呼叫喊,像个动物园;现在冷冷清清,死气沉沉,跟霜杀后的植物园差不多,变化天翻地覆。

为了加强学生安全管理,每年的春游、秋游也都取消,就在校园里象征性半日游,还没屁股大的校园,还需要游半日?半个时辰都嫌多。勤工俭学也大刀一挥,砍了,理由无他——安全。为了增收,运转资金链不能断,改为由家长捐助。这新校长真是神了,以为这儿是城里学校,家长会为了择校,争破脑袋给学校捐个款,现实是这儿生源连年减少,恨不得快要倒贴给学生,吸引他们留下。

每次开会都把苏霍姆林斯基、亚米契斯、杜威、夸美纽斯挂在嘴上,先是来一通他们的高深教育理论,再来一通心理学理论外加他自己高考的辉煌经历。台下都是些中专生,只叹"曲高和寡",最后画一个大饼,我们要冲到全县教学质量前三。疯了吧!镇上的学校就有六所,集镇也有八所,你以为人家天天在学校放羊,你抓别人就不抓了吗?何况他们的软件硬件还好太多。

参照跨国公司的管理经验,对老师实行坐班制考核,安排学校中层去检查,老师不在的要扣分,年终绩效里扣除奖金。有的老师就说了,那你们来检查时,刚好要上厕所咋办呢?那只能怪你自己安排不科学。这又怎能安排得了,万一今天人不舒服呢?那还是要怪你自己。没法辩了,那有些人问,我去洗衣服可以吧。那也只能课余时间去,可是课余时间不是都安排上课了,哪里还有余?那就只能晚上洗喽。问题是以前晚自习就是唱唱歌,看看新闻,一般也就八点左右就可以就寝了。现在改上两节正课,不到十点学生入不了寝,小学竟然已经高中化管理了。

半夜三更你在那里哗哗啦啦洗衣服，大家都没法睡了。

对老师实行严格的考核，自己三天两头在外开会、培训，其他兄弟学校校长也不见这么忙碌。

那些教育专家哪个不是找到适合自己国情的教育理念，从实践中来，具体问题具体分析，符合那个特定时代？盲目照搬挪用成了邯郸学步。

老师不安宁，学生也被折腾得毫无生气。每次集会超过半个小时，就会有十几个学生倒下。平时缺少锻炼，身体素质还好得到哪里去。学生打个篮球轻轻一碰手居然骨折了，下雨了滑了一跤脚扭了。前两年周一带学生去县城参加全县中小学篮球比赛还连着拿了男子女子全县亚军的成绩，一下就全县轰动了。因为之前比赛只有县城与集镇上的学校才拿得到好成绩。农村学校学生缺少专业训练，就从来没有小组出线过的。但是周一以一个非体育专业老师带的球队，打破了他们不可战胜的神话。十几场比赛下来也没有出现哪个学生受伤，现在集个会倒下一大片，可见身体素质下降得多厉害。

对于这个只会纸上谈兵的校长，大家都私下叫他"草包"，苞，草加包。他姓严，也有的叫他"烟柴头"，一种柴，烧了不旺，灭了又浓烟不断。

七八　以德报怨

2008年美国次贷危机对全世界的影响是巨大的，许多经济体萎缩，并迅速蔓延成国际金融危机，而浙海省因之前两个战略的实施，可以说已经建立起了强大的应对外界经济波动的内生力和免疫力。而无与伦比的北京奥运会，也向世界展示了中华民族的雄心以及凝聚力和向心力，繁荣昌盛是最好的注解。

国家的政策导向总是会影响到地方的发展方向，历来就这样，导向决定方向，政策影响政绩。

又是忙于接待外来的投资商，又是规划新农村建设，现在的秦泽猷是恨不得一个人劈成两个拿来用，幸好舒子卿成了他的左膀右臂，分担了许多工作量。

而两人的关系也越来越亲密。

签完最后一个协议，今天总算得空了，这位勤政爱民的基层干部，也耳闻了最近周一身上发生的一些事。想着就给他打个电话："老同学，你没事吧？听说受了委屈。要不要来我这里喝几杯，我们哥俩好久没聚了。"

"也算不上委屈，就是压抑，酒就不喝了，你存着下次来一锅端。"其实还是很想和同学一醉方休的，只是他也是个大忙人，自己不好的情绪也没必要传染他人。

"要我说啊，你就别惦记校长这个小官了，你去考公务员，干脆我们兄弟俩联手开创一番事业，青史留名。你不是一直梦想着走出大山吗，不去周游世界也对不起你姓周。按现在的情形，你待在这里一辈子都实现不了梦想了。"

像自己现在这个落魄样子也只有好兄弟不嫌弃，细细想来他说的也不是没道理，变则通，有机会是得好好考虑自己未来的路了，不然连女朋友都保护不了。

和老班长通话结束不久，手机又响起，看了下是陌生号码，"你好，是哪位？"

电话那头传来的是浑厚的男中音："你好你好，请问是周一校长吗？"对方语气很客气。

"是的，周一。校长，不是。"这绕口令，自己也觉得好笑。当个普通老师最好，何必蹚这浑水呢。

"还记得我不，读师范时你还帮助过我。"对方没有明说，却提供了诸多提示，明显也是在确认。

"不好意思，我真想不起来。"读了三年师范，自己帮助过的人也不少，校内同学、校外社会人员、老人、小孩都有过。

"我直说了吧，当年你和一位女同学在江边救过我母亲，大恩大德没齿难忘。"

"噢，想起来了，是有这么回事，老人家现在还好吧？"周一关心地问。

"托你的福，还是很硬朗。她常提起你，说是要好好感谢你。"

"真不用客气，都是应该做的，何况也过去好几年了。"

"你毕业之后，我也托人了解了你的情况，由于种种原因都没能联系上。这次能联系到你也是纯属巧合。我现在换了个系统工作,是县里监狱的负责人。前段时间新接收一个案犯叫张德彪,是永安县的,所以我就留心看了一下。卷宗里记录的有一部分内容与你的学校有关,所以我又托人了解到你的情况。我有个想法,想征求一下你的意见。你这么优秀,现在又被人误解,不如到我单位里来,我们现在缺的就是像你这样综合素质强的人才。"

"多谢您赏识,您说得确实吸引我,但我暂时还没有这方面的考虑。"按说换个环境也是好的,况且也是从糠箩跳到米箩。只是自己也不明白,一直想着走出大山,可等到机会来了自己的愿望却又不那么强烈了。叶公好龙?还是有情未了,或许自己都没答案,"如果可以的话,在你不违反纪律的前提下,照顾下张德彪,他是我同学的父亲。"

互祝之后,挂断电话,虽然又放弃一个离开大山的机会,心里有点不是滋味,但是宋诗旎在身边是最好的。一周后有个小长假,他想约她出去走走。这几天他要忙着给这位新校长"擦屁股",因为他的能力实在不敢恭维,很多事情落实不了的又要自己出面。虽然这位严校长对自己也不怎么尊重,甚至瞧不起他,但是作为土生土长的本乡人,教育乃千秋之事,要是乱了,可是要成为罪人,被人戳脊梁骨。其他老师都不搭理这位校长,甚至像看到瘟神一般避之唯恐不及,自然他的话没人听,新政没人愿意执行。工作敷衍了事,学生也没人上心管理。

几天前,集会时一位学生晕倒了,没有及时送医,上了一节课病情陡然加重,呼吸困难,意识模糊,送到卫生院,卫生院不敢接收,又赶紧送往县医院。所幸最后孩子被抢救回来,要是晚一分钟后果都不堪设想。

许多老师开始议论纷纷,周校长管理学校,年年都去春游远足,上山下水勤工俭学,也从未有学生出现过意外伤害。现在好了,一天到晚讲安全,安全安全,反而一点都不安全。事情传到教育局,据说这位新校长被训斥了一番。

周一知道大家心里不服,有怨气,对着干,好让周一官复原职。可是周一明白,自己必须讲政治、讲团结,当好润滑剂,让干群关系和谐起来。

这严校长大概也察觉到了周一的善意,对他的言语、态度也不如之前那么刻薄,主动放下身段交流起来,学校也比之前的状态有了好转。

几天后到了和宋诗旎相聚的时光。

七九　蒙面之人

　　天气不怎么好,阴云密布,但是对于周一来说,和宋诗旎相会的时光就是好日子。她就是自己的阳光,可以穿透厚厚的云层,尤其是最近都过得不顺,这种想念就更强烈了。

　　不巧的是自己似乎得了病毒性感冒,高烧怕冷,浑身没一点力气。

　　电话里两人约好到在建的一家"舟迹大酒店"附近的湖边去欣赏风景,这是永安县一家集吃住玩为一体的豪华酒店。以前这儿是一处旅游景点,名字取得很应景,酒店处在高台上,背倚群山叠嶂,而眼前就是舟帆点点,波痕浪迹,故得此名。虽然还在施工,但来游玩赏景、拍婚纱照的还是不少。

　　农村学校因为学生住得分散,又很远,为了让学生安全、及时回到家,所以吃了中饭就直接正式上课,下午不到三点就能放学。周一这边放学了,宋诗旎那边还没到,虽然她现在还在家等待返校的通知,但也一直按在校的模式作息,她相信清者自清,会有真相大白的时候。

　　周一先到那儿,边欣赏风景边等待她的到来。湖风还是很大的,一阵接一阵直往他鼻孔里灌,感觉自己要窒息,感冒好几天了,但症状一点都没减轻,现在似乎有了嗜睡的症状,闭上眼就不想睁开,两腿也软绵绵的,别说迈一步,提一下都感觉困难重重。

　　不要她没到,自己先倒了,周一心想着,便要往山脚方向过去。

　　周一转身正要往回走,看见十几个彪形大汉手持武器围在自己身后,看阵势是冲着自己来的。跟当年读师范时被一群地痞围困有过之而无不及,这些人一看就是心狠手辣的黑社会组织,正凶神恶煞地注视着他。

　　要不是自己感冒虚弱,这些人怎会是他的对手,还不够一顿砍瓜切菜。只是今天有恙,再也没有之前轻舟已过万重山的写意。

　　为首的一个人穿着便装,看似随意,实则寒气逼人,皮笑肉不笑地首先开腔了:"行不更名坐不改姓,我叫郝仁,宋诗旎是我的了,你离他远点。否则,你们之前尝到的苦头都是小菜,接下去要给你们加餐。"话毕,身边的打手,把刀锋一翻刃口朝向周一。

周一明白了，自己和宋诗旎之前遭遇的种种，原来都是这厮的杰作。但是要把心爱的人夺走门都没有，怒道："你以为仗着人多就怕你们不成？天理昭昭，你们恶事做尽小心遭天谴。"说完连着数声咳嗽。

"你这病鬼模样，还嘴硬。看样子，今天不卸掉你一条胳膊，你就不知道爷爷的厉害。"

"士可杀不可辱，有种就过来。"

"上！"这官少大手一挥，十几号人把周一围得是水泄不通。

连日病恙，身虚力亏，可是周一咬牙挺立着，伺机而动。

对方先是从背后使冷招，伴随着嚯嚯声，刀风突至，周一一闪避其锋芒。正对着的宵小使一个撩地刀，他拆招蜻蜓点水，以柔克刚。两边贼人又同时发难，扬刀砍向他，刀锋近身，周一钳住两人的手腕，对方用力下压，周一死死举撑，奈何腹背空虚。对方又趁机一前一后夹击。这边僵持着，那边危险迫近。周一顺势左右一个牵叉，刀尖刺向他们自己双方，只听得"啊啊"数声惨叫，两人已在地上痛得打滚，周一抽身而起。

剩下的人，见状也不敢轻举妄动，包围圈缩得越来越小。周一紧盯着四周，只是气喘得越来越急，胸口如刀绞般痛，这该死的感冒，真会要了自己的命。他捂着胸口，而对方绕着他转起来，周一感觉眼越来越花，这官少开始重影了，三个、六个、九个，模糊一片。

"放。"周一听得一声令，却发现自己已经被他们突然甩来的网罩住了，如同一只鸡被网住，嘴、翅膀、爪都被死死缠住，动弹不得，只能待宰。

这官少从手下那里接过一柄尖刀，冲到周一身边，举起尖刀，纵身一跃，刀尖正对着周一。周一仿佛看见尖刀已经化身死神，在召唤自己。动弹不得的他，知道自己要和宋诗旎永别了，就要和这个世界告别了，抵抗已经毫无意义，只能闭上眼等待承受最后一击。

"嗷——"听得一声惨叫响起，一个黑影重重压在自己身上。周一一看竟是张士杰，背上还刺着那把刚才正对自己的尖刀。原来生死之间，是张士杰扑过来替他挨了这一刀。

"又来一个送死的,也好,黄泉路上有个伴。"

只见张士杰艰难又痛苦地起身对着官少说道:"你这无恶不作、人神共愤的歹人,迟早都会受到正义的审判。你这么缠着宋诗旎还是正人所为吗?"

"什么正人、歪人,成王败寇懂不懂。受死吧,宋诗旎永远都是我的。"

说着又嘿嘿两声,"把他们乱刀砍死。"这官少魔怔了,要大开杀戒。

"住手!"怒吼声从旁边传来,大家转身一看,不得了了,几百号建筑工人拿着竹竿、木棍、铁锹涌过来了。

这些黑衣人和官少见状,赶紧跳上车逃离现场,要是被围住,搞不好要被群殴。

大家赶紧把他们二人送往医院,经过检查周一伤势无碍,除了脚上、手臂有几道小口子。而张士杰就严重多了,背上的刀伤有七厘米长,深度也吓人,差一点要刺穿肺部,还有两根肋骨骨折,虽无生命危险,但是遭罪免不了。

走廊上大部分建筑工人已经散去,留下一位项目经理,周一过去向他表示感谢。从交谈中得知,这位项目经理年纪和自己相仿,中专毕业,当年报考的是建筑与装潢设计专业。今天是酒店封顶,他们在高空作业。老远就看到一群人拿着明晃晃的刀在砍人,要是不去制止,一是怕事情闹大,二是真有命案发生对酒店声誉也会造成重大影响,所以召集工人抄起家伙就过来解围了。周一想想也是后怕,当时情形,真是九死一生,自己也算是命不该绝。

送走他们,周一来到病房,张士杰已经清醒了。

"张士杰,你今天其实不必以命相救,没必要蹚这浑水。"周一歉意地说。

"我是赎罪,有件事埋在心里好久了,今天我也就坦白了吧。这几年我都没睡过安稳觉。"张士杰看着周一,眼神更加黯淡下去。

"没事,你说,我听着。"周一倒是异常平静地回道。

"还记得当年在师范学校,你和宋诗旎被关在江边废弃厂房里的事吧。"

"当然记得,一辈子都不会忘记。"

"你就不想知道那个蒙面人是谁?"

"当然想知道。"

"好吧,我说,那个人就是……"张士杰说到这里停下来,看看周一又把头低下去，"那人就是我。"

"还真是你。"周一仍旧波澜不惊。

"你难道早就知道了？"张士杰看看异常平静的老同学，语调中有了些许不安。

周一从袋子里摸出一颗玛瑙珠，递给他道："这是你当年脖子上常挂的，曾经给大家展示、炫耀过，自从那件事后再也没看见你戴过。我知道当年你会矢口否认，仅凭一颗珠子在其他人眼里也不一定会完全相信。何况我们同学一场，年轻时谁也免不了会犯错。所以证物我一直保存着，却没有揭发你。"

"当年我喜欢宋诗旎，加上自己家里有几个臭钱，因此才会一时铸下大错，现在我是看透了。我父亲在监狱里一切还好，没有人欺负他，监狱长也挺照顾他的。我后来了解到这其实都是与你有关，感谢你的宽宏大量。"

"那你今天怎么也会去那里。"

见他要翻身起来，周一马上把床头调成倾斜。

"这么说吧，宋诗旎刚分到我们学校我还是心动过一段时间，觉得可能还有戏，还想和你光明正大竞争一番。可是后来官少来了，我知道自己彻底没戏，你也悬。他的为人我是知道的，宋诗旎要是跟了他这辈子就得毁了，所以我反而又希望你们俩能走到一块。我也时常暗中跟踪保护她，前些日子，官少停在学校门口的车子，车胎被放气是我干的。阴差阳错，这次我听说那个在建的酒店的风景不错，想着过去踩个点下次好约宋诗旎。当时看到你被围攻，而宋诗旎也未到，我是想离开的，可是我的眼前总是浮现起当年的情形，我很愧疚，自然也想寻个解脱。只有成全你和宋诗旎才是最完美的结局。"

一切仿佛轮回，当年为了救宋诗旎，周一差点命丧黄泉，如今施恶之人为了报恩，又替他挡了一刀，差点成为刀下亡魂。角色互换，似乎又是冥冥之中注定。

八〇　藕断丝断

令人没想到的是宋诗旎在赴约的路上，刚好被落荒而逃的官少及手下撞见，他们把她掳去。

官少拿出智能手机，把刚才一群马仔和周一搏斗的场景给她看，并威胁道："这是今天给他的教训，你如果不离开他，下次就要他的命。如何选择，你自己定，还有之前你爷爷、你爸妈、周一账目的事、你的合成照，都是我一手策划的。你跟着我一切都相安无事，我现在只要动动手指就能让一切恢复如常，就看你的态度。"

把宋诗旎放回她家楼下，他们就扬长而去。

两天后，父亲下班回家开心地对宋诗旎说："女儿啊，今天是三喜临门啊。你爷爷已经回家了，对方也不追究了，我不但回到原来的岗位，你妈职称也已经报上去了，已是板上钉钉。总算是云消雾散了。今晚我们好好庆祝一下吧。"

宋诗旎知道这一切都是官少做的局，想让自己明白他能呼风唤雨。看着父母亲久违的笑容，宋诗旎明白现在到了人生最艰难的抉择时刻。如果不委身于他，刚才温馨的场景又将变得愁云密布，周一也会有生命危险。可是如果屈服了，那并不是自己想要的，没有真情感，只有利益交换。自己不能只考虑自己，而不顾家人的感受和恋人的安危，可是站在恋人的立场，考虑自己才是真正考虑对方，这是一个悖论，何去何从，何枝可依？

想到这些，宋诗旎淡淡地说："爸妈，我们就在家里简单庆祝一下吧，学校打电话来让我过两天复课，我还得准备。"

她不想和父母亲过多交流这方面的话题，以免让他们看出本心而担心。可是儿女都是父母心头肉，又怎么会察觉不到异样呢。

"孩子，我们就你一个女儿，你的幸福是我们现在最大也是压倒一切的家庭政治任务，如果你有什么想法可一定要说出来，你的决定我们都会支持。"一直没怎么说话的母亲现在也忍不住提醒道。这孩子什么都好，就是太为家里人着想，太过在乎别人的感受，从小到大就懂事得让人心疼。

"妈，我决定了。"

"好的，还是坏的？"母亲本想问农村的还是城里的，但是她也知道这事没得拖延了，也是对女儿善意的提醒。

"对大家都好的。"说完，宋诗旎跑回房间，关上门"呜呜"哭起来。

房间外,宋诗旎父母亲沉默地坐在沙发上。还是她父亲先开口:"我们女儿,这一关怕是过不去了。"

"坏人,就我来做吧。"母亲黯然道。

第二天,周一来到宋诗旎家楼下打电话让她下来。

几分钟后,宋妈妈出现在楼道口。

"孩子,你回吧,宋诗旎不在家,她知道你要来,所以事先让我转告你,今后不要来找她了。"

"这不可能,我不信,你让她下来亲口告诉我。"

"你怎么这么倔呢? 你也不想想哪个方面配得上我家女儿。你为了她的幸福就请放手。"

既然话说到这份上,再坚持也没意义,可是不听到宋诗旎亲口说出来,总是心有不甘。再不甘,她不出面也只能黯然离场。

宋妈妈看到他离去的背影,感慨道:"多好的后生,可惜了。你别怪阿姨棒打鸳鸯,这恶名只有我来背。"

回去后,周一收到了宋诗旎发来的一条短信:

"君心似我心,不负相思意。今生无缘,来世再续,前路茫茫,望君珍重。"

以前接到她的电话或信息都会激动好半天,就像车子关闭发动机,余热还有好一阵。现在看到这信息,心里咯噔一下,两人从师范学校相识,到现在相知相恋,这些年的情感被这几行字彻底打败打散,可悲可叹。

不信,她不是绝情之人,一定是有苦衷,一定要当面问清楚。

周一继续在她家楼下蹲守。

"亲爱的,以后要买什么尽管开口,天上的星星我都能摘下来给你。"

走来的正是宋诗旎和官少,手里提着各种高档物品。四目相对,大抵都明白了。宋诗旎把头撇向一边,形同陌路,漠然离去。等周一回过神,对方已然消失,无论如何争取也枉然,如同一丝清风吹过万峰,岿然不动,寂静无声。

俄顷,官少心满意足下楼,阔步走来,到周一身边突然刹住,歪头不屑一顾地看着。周一眼神死死咬住他,两人如同充满狂野、血腥的非洲大陆上的两头雄狮,在宣示自己的领地神圣不可冒犯,丛林法则决定一切。周一绷紧全身肌肉,收紧拳头,血液如同岩浆在燃烧,如果有十万重能量,他一定会全部击打出去,毫不保留。沸了,炸了,燃了,狂了,魔了,杀意灌满整个意志。

"你对我有多恨,我就对她有多狠。哼哼。"官少斜着眼神冲他冷声道。

退了,熄了,冷了,静了,清了,她是命门,是所有感性、理性的源泉,哭笑是她,爱恨是她。眼前人再有多可恶、可恨,也抵不过她的安危牵动自己的内心。此时,只能目送他嚣张地离去。

楼上,刚才这一幕她真真切切地尽收眼底,倚窗抽泣着,纵然前路有万般险恶,为了各自安好,只能硬着头皮走下去。

回到学校,严校长看周一神情似乎有些落寞,也不好贸然探问,只是接到一个通知,说之前学校报送的《关于农村学校特殊学生管理的实践研究》省里觉得很有推广价值,因此近期会来进一步调查论证,而且点名由周一全程汇报交流。

"你没事吧,在听我说吗?"严校长对周一提醒道。

"我知道了,有空了就开始准备。"周一答道。

"不要等有空了,现在就开始,省里来的专家,表现好的话对你也是个机遇,好好考虑下自己吧。"严校长不忍又提点道。

是啊,这些年为了学校的发展、学生的成长,忙东忙西,一切都朝好的方向发展,唯独自己什么也没有。有些同学论文课题搞得好的,高级职称早评下来了,有些有门路的转岗其他系统,而自己却还在原地打转,搞得灰头土脸。

"你们听说了吗?明天在县城新元度假村会有一场世纪婚礼,听说很多政要、土豪都会参加,凡是永安县有头有脸的几乎都到场。五星级的喜迓敦酒店的直升机也被借用过来,说是新娘新郎直接从家里空降到婚礼现场,比明星还隆重,好想去看看。"一位老师对另一位老师说道。

"现在不是说不能大办宴席,怎么也敢?"

"有什么敢不敢的,这就是实力。听说新娘也是位老师,叫宋诗什么来着,最后一个字不太常见,是这么写的。"

"这字读nǐ。"

"对对对,以前还记得,一时想不起来了。这位新娘就叫宋诗旎。"

两位老师从周一办公室门外走过,刚才的话一字不落全被他收进耳中。

"这新娘不就是我们原周校长的女朋友吗？"

"是哦，听说女孩很优秀，而且貌美如仙。"

"我们别八卦了，被他听到该有多伤心啊。"

新的一天到来，有人悲有人喜，悲悲喜喜，喜喜悲悲，一天，一年，一生就这样循环往复。

八一　众友劝慰

豪华世纪婚礼热烈而又隆重地进行着，贵客云集，鼓乐融融。宋诗旎今天化了淡妆，更加楚楚动人，犹如天仙落凡尘，而新郎豪气万丈，春风得意。

从来都是只见新人笑不闻旧人哭，而今天自己成了另一个主角。婚礼场地外的周一目睹了本属于自己的一切，已是肝肠寸断。靠在墙上，一只脚抵着墙根，又拿出烟盒哆嗦着抽出一支烟，在烟盒上戳戳，望望婚礼气氛已经达到炽热，新娘新郎开始互拜之礼。扭过头看看手中烟，如今只有它像不离不弃的好友赠与温暖的火光，夹起它直塞两次才被嘴叼着，掏出一块钱的火花石打火机，拨转了三次总算蹿出火苗，深深吸一口，继而屏住鼻口，让它们在体内乱蹿，直到"咳咳咳"再深深呼出，这一缕烟又像青面獠牙的恶魔一圈一圈幻化催命符，生死之间的来回切换，已经麻木的躯体，对他来说烟雨江南只有烟。脚底的烟蒂已经十来个，这最后的结局是不是就像它，只剩一地残渣。

灯是人间的星，指引了离人的归途；星是天上的灯，温暖了孤独的心。谁才是我生命中的那颗星？

学校里一切如常忙碌着。周一懊丧地回到自己的房间，椅子上靠靠，床沿上坐坐，始终无法定下波澜起伏的心境，窗外的夜色如铅沉重，让自己无法呼吸却又停不下胡思乱想。

"陋室一杯酒，独饮对孤灯。夜漫长，谁知我感伤，幸好还有一箱52度烈酒。撕开纸盒，拔出一瓶，用牙撬开铁盖，汩汩汩满上一杯：第一杯，敬我们青春里的相遇,干了;又一杯,敬我们曾经相知相守一场,干了;第三杯,敬我们相见时难别亦难,干了。这酒啊,今夜咋这么不经喝呢？那就再来一瓶。他又拎出一瓶。"

"周老师,真不够义气,自己一个人吃独食喝美酒。"推门而入的是潘老师,顾左右而言他,也是故意为之,怕周一太敏感产生抵触。这位老师平时滴酒不沾,可是他看见最近周一都是闷不做声,然后知道了周一的事,怕他情绪低落,故而留心,果不其然一个人在喝闷酒。

"坐坐坐,天涯沦落人,无美酒佳肴请君莫怪,莫怪啊。"周一的酒劲上来了,哪有这么喝的,这不是要把自己喝死吗。可这么劝怕是也没效果,那就舍命陪君子。潘老师说着接过酒杯,一饮而尽,生平第一次喝酒,第一次干一杯烈酒,破了自己的纪录。

他不喝酒,是因为喝了身上就会出现紫斑,心跳加速,面赤气促,手也会不受控地抖动。这时手机响了,手机在颤抖的手中像条鲫鱼在乱蹦乱跳。接起来是他夫人打来的,"你在干吗？"

"喝酒。"

"喝酒？你不要命了,你喝不得。"

"在周老师房间里。"

"今晚特批,放开喝。"电话那边挂了。

不一会儿,潘老师的夫人和好几位老师都端着自己烧的菜过来拼桌继续喝起来。这些老师平时都不怎么喝酒,今晚大家都敞开了,六瓶酒也被大家瓜分得差不多了。虽然大家来了之后,周一没再喝多少,但之前他一个人喝得太凶,一斤多下肚,现在已经酩酊大醉。大家把他扶上床,才安然离去。

潘老师和他夫人章老师是学校的一对夫妻教师。潘老师说:"如果大家不配合着演戏,这些酒说不定会被他一人喝掉,那可要出事情了。"

看着周一的状态让人心疼,他夫人接道:"这娃啥都不说,只知道自己扛,这样消沉着会垮掉的。世间所有的伤,情伤最伤人。"

第二天,老师们来到周一房间看他。他已经趴在桌上,脑袋压着手臂,手向前伸着,似乎在抓瓶子,地上滚着几个酒瓶,应该是半夜又爬起来找酒喝了。他还沉浸在痛苦的世界里。

问题是,省里来调研的时间快到了,他这状态怎么能去汇报呢? 大家商量着,先把汇报内容准备好。之前周一已经把汇报内容和资料整理了一些,大家分好工,撰写文字,做PPT,数据查验先初步完成。可汇报人是上面钦点他的,总不能冒名顶替。

严校长站出来说,他跟上面继续协调,要么换个人,如果不行,汇报那天就把周一锁房间里,谎称上医院推迟汇报时间。虽有不妥之处,但大家觉得这新校长总算干了件人实事。

忙到焦头烂额的秦泽猷刚空下来,又听说了周一的事,这事非同小可。他知道失去宋诗旎对周一来说意味着什么。签发了几个文件后,秦泽猷驱车来到学校看望老同学。校园里没看到周一身影,正在这时,一位老师走过来打招呼道:"秦乡长好,到办公室先坐坐,我去叫严校长。"

"不用了,我就来转转,你先忙去吧。"说完他就向周一房间走去。一开门,一股烟味、酒味往外冲。周一靠在床上,地上鞋子只剩一只,还有一只不知所踪。这个不信邪的家伙,现在头发凌乱,胡子拉碴,形如槁木,跟大街上的流浪汉没有区别,要说有的话,就是一个身体在流浪,一个心在流浪。

见是老班长来了,周一翻了下眼皮子,那眼神分明在说:老班随意坐吧。看到周一这"光辉形象"跟平时的意气风发简直判若两人。

"老同学,你可要振作,天涯何处无芳草。"班长知道这种安慰苍白无力,不知别人苦,莫劝走何路。可他还是要说,不想看到同学就此沉沦。

"老班长,你就不要劝了,容我一个人先静静。"

开车来三十分钟,交谈不到三分钟,但是老班长知道周一有强大的内心,一定能重新站起来。临走时本想把自己和舒子卿结婚的请帖给他,现在又默默地收回去。他们打算过几周就结婚,前些日子两人已经领了证,双方家长面也见过了,互相满意。可看着老同学的状态,秦泽猷有了其他想法。

回到乡政府,秦泽猷和舒子卿说了自己的想法。结婚毕竟是一辈子的大事,谁不想拥有一场让人难忘、值得终身铭记的婚礼。起初,也是打算在县城酒店把双方亲朋好友一起叫来,见证人生的高光时刻,分享快乐与甜蜜。但是现今挚友人生失意,自己却春风得意,恕难独享。苟无恒心,放辟邪侈,无不为己,况且现在自上而下提倡简办婚宴，不铺张奢侈，自己辖域内都已经做到移风易俗，自己作为号召者，更应以身垂范，从简从朴。

婚礼，对于女人意味着那是她一生中最美的时刻。舒子卿自然不例外，很多高中、大学同学已经结婚，她多次作为伴娘，见证了许多幸福的时刻。她也多次幻想自己的婚礼，那天她一定是最美的公主，在众人羡慕的眼光中缓缓走向自己的白马王子，集万千宠爱于一身。虽然婚后可能会为了柴米油盐而烦恼，无论怎么样，婚礼的仪式对于女人来说都是一个新的起点。

然而，对于秦泽猷来说，舒子卿很优秀，优点很多，但是最让他看重的，莫过于她的善解人意。秦泽猷提出两人旅游结婚，舒子卿虽没有表现出特别的兴奋，但也是照单全收，因为真正喜欢一个人就会迁就一个人。只是秦泽猷最近工作太忙，连最简单的仪式暂时也不能兑现，只能往后无限期推延。

人生何来等，一等，黄河已滚滚东流而去，草木荣枯又一年，奔奔向前，何物停留？唯有人，有了情愫，方可解缰而停。万物得其本者生，百事得其道者成，舒子卿愿意等，因为于她而言，人生是一场心灵之旅，而秦泽猷是可与之相伴一生之人。

八二　学妹来也

喜欢黑，因为闭上眼便拥有。

对于周一来说，经此一劫，犹如武功高强之人身受内伤，元气大伤，锐气大减。

入睡，不是双眼合上，而是内心卸下了伪装对你的不设防；睡醒，也不是因为双眼的睁开，而是黑夜里你依然闪烁光芒本未入睡。虽然最近一直在浑浑噩噩中度过，但是轻重缓急还是拎得很清。省里来的调研工作圆满结束，专家们对周一的汇报很是满意。返回前，其中一位领导对周一表示，如果愿意的话到滨州去发展，可以电话联系他，随时欢迎。

每次有机遇到更好的地方发展,接着总是会伴随着厄运降临,这次不知道会遇到什么牛鬼蛇神,周一明白自己的日子总不会一帆风顺。

父母亲也从儿子的神情里看出了他有心事。虽然周一已经竭力装得若无其事,可其实早已露底。

虽说分在自己的村里工作,但是也是和家人聚少离多。对于儿子的婚事母亲自然急在心中,尤其是儿子经历了这一遭,就更是挂怀,"儿啊,最近有位熟人向我介绍了一位姑娘,说也是位老师,而且父母也是老师,正宗的教师之家。你要是同意,就去见个面。"说完,母亲用期待的眼神望着他,又补充道:"你也老大不小了,三十出头,古人都说三十而立。"

"现在提倡晚婚晚育,再说比起我身边的还不算太大。我有自己的打算,你儿子这么优秀还怕找不到。"周一宽慰母亲,可是内心又苦笑自己:还优秀个屁,十几年的感情说散就散了,从今往后不谈风花雪月,只信草木无情。

"我家娃是顶好的,哪个姑娘家要是看中,一定是前世修来的福分。"在母亲眼中,自家的孩子都是值得夸的。可是看这儿子又好像无欲无求的样子,心里急啊,"娃,我和你爸年纪大了,天下父母都一样的,到老了都喜欢膝下承欢,就怕等不到那时候。"说着用衣角擦拭眼泪。周一最见不得这种悲伤的场景,找了个借口就和父母告别回学校去了。

刚进校门,就看见一位女孩站立在眼前,纤细的身材,罩一身红色连衣裙,像一串红,点燃了整个春天,那笑容甜美、阳光,未近其身已然感受到她的如火热情。不消说,自己是冷若冰霜,那对方一定热情似火。

"学长别来无恙。"女孩如泉似溪的声音打破了静寂。

"你好,你是?"叫学长肯定有渊源,可是自己却想不起来。

"忘了吧。"女孩笑笑一点也没生气的意思,"还记得当年师范毕业时你送我一本诗集吗?我就是那位小师妹。"

"想起来了,几年未见,当初的小学妹,成大美女了。怪我刚才眼拙,我叫周一。"说完伸手去握。

"周大哥的名字如雷贯耳,我叫慕容雪。师范毕业后,我又到滨州师范大学读了几年,本来我可以到滨洲市的一所学校任教,但是我还是喜欢这里的青山绿水,还有我们又可以一起讨论文学了。"女孩说得眉飞色舞,握住周一的手。

"欢迎优秀人才,来为我的家乡做贡献。"

"我可没你说得那么高尚,我是慕你的名而来,我不想做什么好人,只想做自己,纯粹的自己。正如这里的山山水水一样原始、纯粹。"

要说现在国家培养专业人才,也是有一定的道理。慕容老师来到没几天就适应了学校的节奏,课上起来也是有模有样,很有自己的特点,课堂活跃,课后和孩子们互动游戏,欢笑声充满了整个校园、山野。

"周大哥,这篇文章请帮我修改一下。"周一正在看书,沉浸在书里才是减轻思念最好的方式。慕容雪拍了下周一。她的话让他一时不知如何接。

"你太谦虚了,你都到大学里深造过,接受过专业培养,我可指导不了你。"周一羡慕地说。

"文章都是心灵的倾诉,引起读者共鸣感受真善美,没有专不专业一说,你丰盈的内心和对事物的独到见地是我最崇拜的。"学妹一针见血地击破学长的说辞。

学妹虽然长得娇俏,但是说话直言直语,像个小辣椒,周一拗不过她,在她面前的繁文缛节就是一棵树上的残叶败枝,碍眼又多余。

"好的文章就像一幅让人赏心悦目的画,也是有灵魂、灵性的,就像你说的,很多时候也是自己内心的倾诉……"两人并肩而坐,娓娓交谈、赏析,一抹夕阳把两人合染得像一幅画镶嵌在明翠的校园一角。

其他老师开心地看着两人倩影,想起自己曾经的校园生活,青春、向阳,他们的身影就是自己往昔的印记。

"真希望周一能从上一段感情里走出来,这个痴情汉,真像当年的自己。"

"慕蓉老师的性格真好,跟周一恰好互补。"

"谁的青春不曾迷茫过,走出一段感情的最好办法就是找到一段新的感情。"

旁边的老师们在议论着,直到夜色完全蔓延。

"伯父、伯母,你们好,我来看你们。"慕容雪来到周一的家里,看见他父母亲正在灶头忙碌,赶紧放下手中的礼品过去帮忙。

"姑娘,你是哪位?"周一母亲既惊喜又诧异,一是因为这么一位漂亮姑娘光临寒舍,让整个屋子都亮堂起来,二是因为从未有女孩来过家里何谈认识。

"我是周一的朋友,今天放学后,闲来无事,我就到村里转转,听说周大哥是本村的,我就过来看看,也顺便见见能培养出这么优秀老师的家长,冒昧打扰了。"

"不冒昧,不冒昧,快坐快坐。"从姑娘的眼神里也能看出对自家儿子的好感,这朋友应该就是女朋友吧,想着,周一父母亲对姑娘更生欢喜了。

这女孩的性格也真好,各种话题都聊得起来,从不冷场,而且一点都不嫌弃家里的寒酸和卫生状况,还帮着烧起菜来。现在的孩子,能做到这样真不多了,要是成为自家媳妇那真是祖上积德了,看她的性格也是这个家里的人。

"伯母,你再跟我说说周大哥小时候的事。"凡是跟她口口声声的周大哥有关的点点滴滴,她似乎都饶有兴趣。

这儿子本就是父母眼中最珍贵的宝,现在有这么一位可爱的姑娘愿意了解,周一母亲那个开心无法言表。"我家周一从小就懂事,特别孝顺……"可能天下父母都差不多,自家孩子是完美无缺的,都会拣最好的说。

"伯母,这周大哥优秀的一面我们都知道,能不能说说他不为人知的一面,或者小时候调皮的事?"慕容雪可跟一般女孩不同,喜欢猎奇。看得出对周一的喜欢,因为喜欢一个人就不会避讳不足的一面。天黑了,慕容雪还没有回去的意思。

"这有趣的事还真不少。小时候他经常玩捉迷藏的游戏,而且特别认真。有一次和小伙伴玩这个游戏,其他小伙伴都被找着了,只有他不见踪影。后来天黑了大家都回家了,他还没出现。半夜了没回家,我和他爸急得不行,就召集大家一起找,始终找不到。正当我们手足无措时,邻居老梗跑来说,我家猪栏里有怪声,要不去看下。大家过去一看傻眼了,这声音是从棺材里传出来的,正在唱聊斋的主题曲。大家推开棺盖,果然是周一。我们问他为什么还不回家,他居然说在玩游戏,又没被找着,弄得我们又气又笑。

咯咯咯,这爽朗的笑声,似乎也要把黑夜割破。慕容雪觉得这周大哥也是一根筋的人,这倒是真没想到,不过她喜欢。

八三 成人之美

一阵电话铃声打破了房间里的沉寂。

正在写小说的周一拿起手机一看是母亲打来的,赶紧接起来。只听得对方说道:"娃啊,你现在的女朋友性格真好,我和你爸很是喜欢,你长本事了,把我们瞒得这么辛苦。前段时间我和你爸还在说要叫你去相亲,看来是用不着了。"

周一明显感觉到母亲很开心,虽然不忍点破,让她失望,可是这感情的事岂是儿戏,一是一,二是二,含糊不得,只能如实相告:"妈,你错了,她不是我女朋友。我们俩互相都没表露过。"

"可是,从这女孩的眼神里,我们能感受到她对你是真心的,不然哪有一个黄花闺女会主动到男孩家去的,这不招人闲话吗?你别心多意多,城里姑娘我们高攀不起,你也不要辜负慕容姑娘。"

其实,周一已经知道慕容雪到家里去的事。因为她说过好几次让自己带她去家里看看,只是自己明白今生并不能给她承诺,所以就不能耽搁她。在他的人生哲学里,喜欢一个人就应该让她幸福,这样才会愉悦自己,解脱他人,不喜欢一个人也应该让她幸福,那样才会释怀自己,成全他人。

他自然能感受到她浓浓的慕意。她的内心正如她的名字,像雪一样圣洁、干净,两人也有共同的兴趣爱好,真的结为伉俪,人生路上也不会孤独寂寞。只是自己的内心没有定落,像浮萍随波逐流,诗和远方依然是自己内心的一种冲动。无数个夜里,他不知道自己要追寻什么,可是黎明到来自己就像一只飞蛾循光而行,直到下一个夜的到来,如此循环,是宿命也罢,是命运捉弄也好,自己扛下所有便是所有。

周围的同事、朋友都在劝周一,世上的好姑娘很多,可是适合的未必总能遇见,尤其是人家各方面都比自己还优秀,就不要再犹豫。放下,才能获得新生,周一也明白这道理。可是自己就从来没有举起过呢?无法举起,因为已经刻在心上。

这样下去,既耽误了自己也耽误了慕容雪。周一总是找机会想跟她说明白,可是每次开口,她听出此意要么岔开话题,要么转身离开,使得自己始终无法把话挑明。她就摆出了一副姿态：今生非你莫属，你不娶，我不嫁。都是红尘中的痴人，少不得一把辛酸泪。

这天又在想着如何向她讲明，来到校门口，周一抬头看见一个男孩，挺帅气的，只是皱着眉头一直在朝校园里张望。

周一过去刚要打招呼，男孩突然先开口了："周一老师，你能把门开开，让我进来吗？"

周一先是一愣，然后疑惑爬满脸颊，真是怪了，这男孩，今天自己是第一次见，怎么就知道自己的名字呢？疑惑归疑惑，还是第一时间过去把门打开了。

"你好，我叫周思文，和你一个姓，今天来认祖归宗了。"男孩热情地伸出手。

开什么玩笑，还认祖归宗，我们都不认识好吧。周一心里想着，可是嘴上却说道："小伙子挺爱开玩笑，我们都是周氏后人，谁是谁的祖宗还不一定，有何指教？"

小伙子也听出了话里有刺，知道刚才的话不妥，可是自己也有苦衷。于是又说："周老师，不瞒你说，我今天来是想向你请教和学习的。"说完又有点怯生生地看着他。

周一也看出来了，这男孩确实是有事，于是把他引到里面的石桌椅边坐下细聊。

这小伙子看上去确实斯文，跟名字差不多，话也讲得明白清楚，不多时，便讲明了来龙去脉。

原来这男孩和慕容雪在大学里就认识，两人相差一级，男大女小。读大学时，男孩就喜欢上了慕容雪，可是慕容雪压根就没瞧上他。她喜欢的是神武英雄，又有渊博学识的人，经常跟男孩说以前读师范时的周大哥，才是自己的白马王子。

无论他如何表现都未入她慧眼，即便如此，他还是相信精诚所至金石为开。毕业后男孩去了一家国企，月薪五千起步，一年后成为一个部门的负责人，工资待遇自然水涨船高。慕容雪毕业那年，也是大学生就业形势最严峻的时候。单位的职位报考率达到200:1，男孩所在部门正好缺人，就特意给她预留了一个名额，她却没领情。男孩以为她看不上，已经有了更好的去处。直到她发朋友圈男孩才知道原来她是因为周一的缘故才来这儿，当个普通的乡村教师。所以男孩就来看看，女孩开口闭口、一口一个的周大哥到底是怎样的三头六臂。

周一看得出这男孩只要提到慕容雪就两眼放光，是真的喜欢到骨子里，而且通过刚才短短交谈也发现，这男孩也有学识，懂得为人处世。

"周思文，我可以向你保证，虽然我近水楼台，但对她我只有大哥对小妹的感情。"

"你也是我大哥，感谢你的成人之美。"周思文反应也快。

"喜欢一个人，很多时候是要学会改变自己，但是你们现在山里山外，连一点交集都没有，仅仅靠一腔热血还是不行啊。"世上有多少对痴男怨女被距离打败，虽然也有"有缘千里来相会""两情若是久长时，又岂在朝朝暮暮"，毕竟是少数。

"为了她，我愿意放弃外面的一切。"周思文斩钉截铁地说。

冲动，很多时候是贬义词，会带来不可测的后果，可是历史上也有多少次揭竿而起、冲冠一怒，最终带来历史的进程变革，促进了社会的发展。对一个人来讲，冲动，某种程度意味着还年轻，有些时候是不计后果的。而周一明白，周思文经历的也是自己曾经的写照。只是如今有自己的事业不容易，尤其是在外打拼更不容易。站在男孩的角度，自己才是他的劲敌和情敌，所以他不远千里来这儿只为见上自己喜欢的人，可嘉可奖。只是他表错了情，会歪了意，自己怎么会横刀夺爱呢？愿天下有情人终成眷属才是本心。

"放弃外面的一切，我倒觉得你不必急于做这个决定。如果当初慕容雪接受你那你们早就有眉目了，也不至于走这一步。如果刻意的痕迹太重她反而会敬而远之，倒不如表现得自然而然，如果你真有心，我倒有个想法。"

没有直说，倒不是周一卖关子，而是有所顾忌，毕竟涉及感情的事都是微妙的。要是他主动提出自己顺势而为最为合乎情理，可是这男孩一时也没有更好的主意，所以只能靠自己的点拨，见他真诚溢于言表，才可照单下药。

"现在学校里最缺的是信息老师，现在都是信息化时代，你看手机更新换代多快，以前只能打个电话、发个短信，现在可以传送图片，还可以语音、视频。学校里的多媒体也是如此，以前是幻灯片，现在都是投影，据说城里学校更加先进。你来这里兼职，每周来上一两节课，一来可以看到你的心上人，二来也为学校的发展助了一臂之力，关键是经过潜移默化，慕容雪一定也会被感动。她是个心地善良的姑娘，对人对事的态度也会慢慢改变。"通过接触他发现慕容雪这个小姑娘对善良、高尚的人和事特别关注，对于如今的青年人来说是难能可贵的。

"感谢周大哥指点迷津，你是我的再造恩师，我知道怎么做了。"

这男孩也有悟性，平时有空也经常向慕容雪请教，有时候揣着聪明装糊涂，一来二去，谦逊、有爱的温玉品质也被她发现了。

周思文终于不再斯文，他勇敢地向她表露心意，慕容雪依然没有答应，但是至少不再像之前那样视若无睹，这无疑是朝理想的方向又近一步了。

八四　只剩归途

看到他们二位越来越融洽，周一内心也十分高兴。但是也有不对劲的时候，只要自己出现在公共场合，不管周思文在不在旁边慕容雪都会跑到自己身边问各种问题，其实明眼人都能看出来，这不过是幌子。周思文虽然也不生气，但明显失落。

只要自己在这儿，慕容姑娘是不太可能安心看到另一个世界的精彩了。秦泽猷曾劝自己去考公务员，也许能打开另一片天地，避免不必要的尴尬。

思来想去他就去报了名。经过一番准备，笔试有惊无险地过关。现在走进考场的基本上都是90后大学生，答题已经不是周一那个时代人的强项，幸亏自己毕业后也经常翻翻书，算是没有荒废。

面试环节倒是波澜不惊。一排五位面试官，正襟危坐，神情肃穆，像古时午门斩首的监斩官，两眼精光似刽子手手中闪着寒光的斩刀，室内气氛压抑。面试正式开始前，一个架着宽边眼镜的主考官问他："读了几本书？"

周一答道："一本书。"

"一本书？"一般回答都是多多益善，显摆自己爱读书，读得多，这人怎么不按套路，"一本什么书？"

"是'人生'这一本书,曾经走过许多弯路、错路,今天来此就是相信自己又找到了正确的路。"确实,人生是一本厚重的书,沉甸甸的书,那是要用一生去书写、去品读,一本足矣。

面试正式开始,周一以良好的素质从容应对,成绩也不错。

笔试面试两轮下来,周一以总分第一进入到体检环节,三天后进行,没问题的话基本就会录取。

这时,学校严校长打电话让周一来帮忙协助管理一下,因为他临时要外出培训两天。

这严校长其实本心不坏,就是太急于想出成绩,想证明自己,有点好大喜功了。对本校的校园文化建设,基本照搬外面,外出培训看到别的学校有点特色的就嫁接过来,没有因地制宜,挖掘本地文化底蕴,盲目让广告公司制作,费钱又没特色,就像全国各地的商业街都是一个模子出来。折腾来折腾去,学校那点公用经费早就入不敷出。

最近进入到江南多雨期,梅雨兼台风的光顾使得瓦片被吹落了好多,学校屋檐下的椽木腐烂,雨水顺着墙体漏下来有些地方已经冲刷得裂开,如果不及时修缮可能会出现墙倒屋塌的极端情况,对师生生命安全来说,像颗定时炸弹。现在留在村里的壮年都不多,能运输木料做椽木的人都没有。按说不在其位不谋其政,这事可以睁一眼闭一眼,做好了是别人的功劳,没做好还要担责,可是自己从来就不是事不关己高高挂起之人。

周一的父亲也知道了学校的情况,说运木料的活他可以去做。父亲说:"屋瓦、墙体、檩椽的修补技术我是村里最好的,叫别人要出钱还不一定做得好。"

周一去城里参加体检,他父亲则去运木料。同时出的门,俩人还互祝好运。

上午抽血化验之类的检完,周一吃了中饭,等待下午的体格、体能检查。

利用零碎的时间看看书,是周一保持多年的习惯。翻了几页,一阵急促的手机铃声打断了他。

拿起来一看是班长秦泽猷打来的电话,赶紧接起来。

"周一,快回家,爸妈出事了。"刚想细问,对方已经挂了。周一知道大事不妙,最近秦泽猷很忙,虽说是老同学,但平时也很少有空闲时间电话联系。今天他亲自打来一定是天大的事,而且没时间在电话里细说。周一马上打了的士回到家。

远远地看到家门口停着救护车,医生护士进进出出,周一感觉十分不好。秦泽猷一直在焦急地翘首张望,看到周一赶紧挥手让他跑进门。

周一大抵也明白了,悲痛地跨进门去,父母双亲都躺在板上,血渍已干。母亲已在弥留之际,周一赶紧爬过去,母亲艰难地抬着手又断断续续地挤出几个字:"我和你爸先,先走了,往后照顾好自……"未说完,手已经垂下。

"妈——爸——"周一撕心裂肺的哭喊似乎能把万千屋宇震碎。

众人无不默然拭泪。

"爸妈已经西去,你要保重啊。"老班长安慰道。

待到他情绪平复,秦泽猷和他讲了今天发生的事。周一的父亲从外面运两棵木材回来,快到坞口子,踩到了一块长青苔的石皮上,脚一打滑,跌落到了数十米高的崖脚下,当场就已经没有了生命迹象。过了中午还不见人影回家,周一母亲觉得事有不妙就拄着拐去找,路上还碰到了几个邻居,劝她不要去,待会儿叫几个邻居一起去看看。只是母亲预感到什么,等不及一定要亲自去。等大家赶到,两位老人都已倒在血泊之中。秦泽猷今天刚好来到青峰村检查溪流环境治理情况,知道了这件事,赶紧联系救护车来。本来是想送到县城急救,可是当时周一母亲坚决不同意,按农村的说法,最后一程要留在家中,她明白自己已经到了生命的尽头,唯一牵挂的就是自己的儿子。急救的医生诊断后说周一父亲当时就走了,而母亲也仅剩最后一口气。到县城要个把小时,山路颠簸,很有可能途中就……所以根据当时的特殊情况,秦泽猷当机立断要周一马上回家,总算见到了最后一面。

送走了双亲,周一恍惚了好几天。人们常说,父母在人生尚有来处,父母不在,只剩归途。脑海中总是浮起一家人温暖的画面。有时端杯喝口茶的瞬间,也能回忆起往事点点。

还记得读小学那年,父亲骑着自行车带周一去临水镇置办年货,同行的还有隔壁几位邻居和他们的孩子。本来是打算买好年货回家吃中饭,这样可以节省一点花费。可是邻居带上几个小孩去下馆子,其中一个和自己年龄相仿的,端着碗扒着大鱼大肉在向自己炫耀,似乎说你家没钱,穷光蛋。这一切父亲都看在眼里,也找了一家高档次的饭馆,两人好好吃上一顿。后来从母亲的口中才知道,父亲已经好多年没买新衣服,本来留点钱也想置办一件,可是看到孩子受委屈,父亲宁愿自己再苦点、累点,依然无怨无悔。

学校亲子活动,看到别的孩子骑在父亲身上,父亲不顾腿疾也像其他家长一样趴在地上让他骑,自己开心得不得了,老父亲却半天站立不起。

沉浸在回忆里是痛苦的事情。慕容雪是多么善解人意的女孩,话也不多,只是静静地陪在周一身边,像一株幽兰,不争不显。失去女朋友,又失去双亲,这次公考最终也是功亏一篑,这么多年落个孑然一身,而自己可以在他最需要的时候守护着,自己已然知足。周思文知道周大哥比自己更需要倾诉,那段时间他坚持来给孩子们上信息课。继续来上课是因为自己不想让别人认为只有功利的目的,而是确确实实被这些默默无闻的乡村教师感动。每个人都有自己的弱点,而慕容雪就是自己的命门,曾经自己是多么瞧不起乡村工作者、基层工作者,可现在自己彻底感悟感动,无论小雪如何选择,他都会尊重。

八五 移民下山

隔壁长安县已经改区,今后的发展将会进入快车道。永安县领导知道现在区域发展一体化趋势越来越明显,为了搭上这趟车,决定把全县的行政区域重新整合划分。瑶峰乡升格为镇,周边乡镇部分功能和区域一部分划拨给瑶峰镇,虽然这块区域离永安县城更远,但他们更靠近滨州市,未来的发展机遇更多。

县委研究瑶峰镇班子成员的搭配问题。秦泽猷去当乡长前,乡党委书记一直在外培训,后来又调到外县任职,书记一职一直空缺,幸亏秦泽猷能力也强,整个工作开展有条不紊。如今升格为镇,这书记一职如果由他出任,虽然有越级提拔之嫌,但如今是看重实绩的时代,任人唯绩,也算合乎情理,不过最终的人事任命还要等到下次的常委会上再投票表决。教育部门也在研究青峰中小升级为青峰镇小的相关事宜。

下山移民工程是县里重点工程,也是乡里一号工程,这是重大民生工程,既是关系到百姓的切身利益,也是有效统筹城乡发展空间、转换农村发展动能,并最终解决山区农民脱贫致富问题的有效办法。

这次的云峰村下山移民工程实施不是一般地不顺,而是状况百出。现在处于人事任命的调整期,一切可以说都很微妙,不管是留任还是外调,秦泽猷都希望把这件事做得尽量完美。

云峰村地处海拔1300米以上,常年云雾缭绕的峻岭之中,62户村民分散在5座山峰间,方圆20平方公里,气温低寒,山路崎岖,百姓生活常年在温饱线上下徘徊,有几户还要靠政府救济才勉强生活下去。

之前为了这项工程的顺利实施,他也亲自去云峰去调研过。其他人思想工作基本做通,只是有一户叫老掰的最为头疼,今年七十多岁,长得像晒干的茄子,黝黑紧巴,两只眼睛像火堆上的火星子飘飞,一看就是精明之人。

他也不管面前的是谁,统称为当官的,"你们这些当官的,一个村子的搬迁和建立除了你们说的因素外,还要考虑风水、会不会地震,你们都做过十足的论证吗?我们祖祖辈辈生活在这儿,虽然条件差了点,但是个个身体倍儿棒,你看我现在挑个两百斤担子不带喘气的。再看看镇上、城里人不是这儿痛就是那儿不舒服,就是风水不好,环境也没这儿的青山绿水养人。"

这老掰的绰号也不是白叫的,你看他掰扯得头头是道。只是这风水也是信则有不信则无。地震的因素更是没法考虑,有些地方几千年都安然无事,难道还要等到千年之后无事端再做打算?

故土难离这倒是能理解,毕竟家就是根的方向,中国人讲究这个。可是一个村庄的兴衰不也是从无到有,从有到盛的过程,从某种角度来说,作为历史进程的参与者应该是一种荣幸。

风起于青萍之末,浪成于微澜之间,如何破局呢?其实农村工作也没有什么特别的法宝,一是锲而不舍,二是心诚则灵。为此专门成立的工作组多次上门沟通交流,其他61户都同意按时搬迁下山,老掰的家属也通过外围的沟通,做通了思想工作。老掰一看自己成了孤家寡人,守着山头也没意义,也就答应下山移民。

第一步解决了，可是后续人员的安置、房屋的分选、邻里的和睦相处问题又接踵而来。让秦泽猷头疼的还有两件事：一是舒子卿怀孕了，而且反应很大，各项指标也都不是很正常，影响到了正常的工作，为此只能在家养一段时间，工作上少了帮衬自然不顺手。二是最近一段时间水流域生态进入了达标验收阶段。但是有几个村的问题比较突出，离标准还差好几个等级，明显就是工作上懈怠没有引起重视。有次下村突击检查指导，发现几位同志半夜还在胡吃海喝。本想发作，可是最终只是说了句："别的同志在五水共治，你们在这玩五酒共致，你们看看，白酒、红酒、黄酒、啤酒、米酒均已就位，接下去打算天长地久喽。"自己当过老师，他知道一味教育批评可能适得其反，教书的时候碰到问题学生，也不强势批评，有时指东道西、旁敲侧击效果反而更好。

　　办公室里，秦泽猷正在和几位乡干部开会研究下山移民房屋分配及附属工程的事宜。汛期就要到来，再不紧迫起来，山上的沟壑涨满水道路冲断就很难下撤，附属工程也会延期，时间长了难保人心不思变。

　　会议刚结束，保安对秦泽猷说有人在会议室等他，本想把此人挡在外面，但说是乡长认识的。

　　认识的？认识的人挺多，会是谁？等他来到会议室才知道是初中同学。

　　此人叫章仙凡，以前上学时不怎么喜欢读书，但是头脑灵光，大家叫他仙人下凡。现在当个包工头，这里揽点活，那里兜点生意，几年混下来也在城里买了房，添了车，本事也是有点的。

　　他这次来的目的秦泽猷也基本有数，想承包点工程。这次乡里对外招标的有两个，一是下山移民安居工程的污水及线管的埋设项目，工程的技术含量不是特别高，但是因为是样板工程，上级部门的拨款额度相当可观，可以说是一块大肥肉，盯上的人很多，电话联系、通过熟人打招呼的都有。

　　另一个是安居工程旁边不足十米的一处沿溪地质滑坡修筑项目。说起这个项目，其实也是遗留问题。前几届领导已经对这块坡底进行了一定的整治，而且验收也已通过，即使出了问题也跟自己无关。但是秦泽猷和几位干部在全乡安全生产月巡查中发现了这处隐患，浇筑的锥体往外倾斜，松裂。本来下山移民工程进度可以按时完成，但是考虑到安全因素，等采取了临时的加固措施才放心。毕竟是临时的,万一遇到百年不遇的恶劣天气,坍塌的可能性还是存在的,这一直是压在他心中的一块巨石。只是外表看上去隐患不明显,所以工程的预算很低,因此应标的人寥寥无几,搞不好要做亏本买卖,而且大家都知道这位乡长对工程的质量要求很高。

这位同学并没有自己的专业施工队,也不具备相应的资质,因此不能因为同学之情就网开一面,在这五家报名参与招标的公司中,有一家口碑不错,而且手续规范齐全,秦泽猷倾向于他们。章仙凡听出了这位同学领导的意思,只能悻悻而归。

秦泽猷也是觉得人与人之间差别怎么这么大。同样是同学,自己到这儿主政了数年,周一从来没有正儿八经求过自己办过什么人情所托之事,没有为了私人的事麻烦过自己,更不要说有什么利益关系了。不过感慨归感慨,既然章仙凡同学从事这个方面的工作,能帮还是会帮。县里有个工程承包方面的资质培训业务会,秦泽猷事先给他报了个名,要是取得相关的资质,以后还是有机会合作的。

八六　班长遇难

"乡长,那边出事了。"推门而入的是土管员黄土。同学刚走,本想稍微歇口气,却偏偏事与愿违。

看黄土着急的样,此事非同小可。大处不虚,小处不拘,这是秦泽猷的行事作风,给他泡上一杯茶,静静地听黄土讲明原委。

还是下山移民的事。当初为了让搬迁户更加积极配合工作,提出先签字的可以先选楼栋。但是这位老掰同志最后一个同意签字,他知道这个规则,就先下手为强,抢在新搬迁的楼栋编号之前把一栋朝向、阳光最好的据为己有,把部分家当搬进去。其他搬迁户自然不乐意了,哪有这样不讲规矩的,你这么干,我们之前觉悟高的反而吃亏,那我们也不干了。大家都把家当搬进自己看中的房子里,有几户同时看中同一栋的互不相让,结果扭打在一起。

黄土说到激动处，声音也哑了，秦泽猷赶紧又给他续些水，让他慢慢说。后来乡干部们都过去劝说，原先政策不变，让大家放宽心，可是老掰不干了，他非要见当官的头头好好说道说道。其他人见老掰不搬，也都有样学样，这会儿大家都僵着。

秦泽猷知道基层工作难做，但不可畏葸不前，自己平时待人处事比较严肃，这些同志们如老黄牛般在加班加点工作。有时候想想还是之前当个普通老师没有压力，可是自己也知道，一个家庭的影响是根深蒂固的，很多时候要学会把身不由己变成乐此不疲。

"你工作辛苦了，接下去就不用去了，我一个人去就行了。"秦泽猷让黄土在办公室里先休息。

"一个人怎么行？多少也带几个人一起去，那边黑压压一大片。"

"不用了，又不是去打群架，真要打架人多也没用。"

等秦泽猷到现场一看，倒吸一口凉气。留守的几位村干部，被村民围在角落，不解决问题，就要把他们捆起来。而老掰像是着了魔，拿着锄头在被他霸占的楼前挥舞着，还一直嚷嚷着："谁敢把我的东西拿走，除非从我身上跨过去。"那阵势没人敢轻举妄动。

似乎折腾得有点手酸了，老掰把锄头扔一边，开始一边左右横跳，一边拍着腿，朝着周围的人开骂。气一喘急一喘缓，喉咙中好像有颗圆石在打滚盘转，呼不出，吞不进，换气时仰着头朝天张圆嘴，如同一只老鹅在"曲项向天歌"，喉结、胸口的起伏又像生了腐锈的自行车链条因卡顿而随时可能罢工。

现在担心的已经不是房子会怎么样了，而是这位老同志万一因情绪激动出现啥状况，麻烦就大了，最后简单问题复杂化。

看见秦泽猷来了，老人家情绪平复了些，不过仍是坐在门槛上，对周围心存戒备。叼起一根烟，猛吸一口，剧烈地呛起来，缓过劲后说道："你这个官头头，你看这楼栋也没标牌，我先占着也没错。"

"老大爷，房子你会有的，不用急，我们已经安排好了。"秦泽猷缓着语气安抚他。

"你看我，都一把老骨头了，这楼阳光好，眼前也开阔，住在这儿身体也能好一点。"

"大爷啊，我们定的方案里也考虑了这点。凡是先签协议的，和家有六十岁以上老人的，都会优先照顾。"

"有这么好？我可不信。"

"你看，我手中拿的就是这次搬迁的安置方案。"说完，他把文件分发给大家。

"白纸黑字，还有公章，我们信得过。"其他村民有人站出来说道。

"我也觉得不错，比其他地方好，他们要么就是抓阄凭运气，要么就是补差价，谁出的钱多谁先挑。我们这方案好，考虑到了不同需求，信得过。"又多了一个人附和道。

"你们方案都是写得漂漂亮亮，可是执行起来了，谁敢保证不走样，不走歪？"老掰依旧不信任。

秦泽猷还想和他理论，周一来到他身边说道："老班长，是不是秀才遇到兵了？这事我来。"

老同学来助力，当然求之不得，秦泽猷感觉自己有点像姜子牙遇到魔妖，各路神仙都来相助。

只见周一来到老人家身边说道："大爷，还认得我吧，我是周一呀。"

"认得认得，你是我家大恩人。"老人边回话，边迎上前，"要不是你，我家孙子可就出大事喽。"

原来，有一年乡里举办美食节。老人带着孙子来赶热闹，一不留神，小孙子到河边玩，结果掉到河里去，等大家赶过来，小孩已经被刚涨起来的水冲远了。岸上都是老人、妇人居多，水性都不好，正当大家没主意时，周一毫不犹豫跳下水，奋力游过去，最终在百米之外救起小孩。孩子得救了，周一也被大家称为英雄，英雄的话自然还是有人听的。

老人不争不闹了，其他村民也散了，大家觉得还是按照乡里的方案最为妥帖。

对秦泽猷来讲，这件事得到妥善处理是其次，关键是看到老同学遭受接二连三的打击，还能出现在自己身边才最值得开心。

一波刚平一波又起。

今年的雨水很是奇怪。前几个月连续干旱，农田都裂开一道道口子了，最近一段时间却又是暴雨不断，关键是常常伴有雷电大风，这对永安县来说不是好兆头。因为这儿土质疏松，地质灾害频繁，瑶峰乡山势陡峭，山体滑坡也时常发生。

连续三天了，雷雨不断，河水暴涨。

县城里的舒子卿突然肚子不舒服，幸好这两天周末，秦泽猷可以在家照顾她。看着妻子豆大的汗如窗外的雨扑扑地往下落，秦泽猷自责不已。本来想给她一个完美的婚礼，可是由于种种原因，没办成。想和她一起来个旅游结婚，度个蜜月，也一直抽不出时间。两人已然是合法夫妻，可是连同事、朋友都蒙在鼓里，不像恋人，倒像是亲密的战友。

舒子卿的症状一直得不到缓解，这样硬撑着可不行，秦泽猷几次想送她去医院，可是舒子卿明白，自己的爱人很劳累、辛苦，难得回家就让他多歇歇吧，就对他说："不要紧，还能坚持，实在不行，等雨欠了点再去吧。你先靠下，休息下，我可不想我们的孩子没出生，你就未老先衰了。"

"要是还当个老师，虽然清贫，但是陪你的时间可能会多点，这条路也不知道走得对还是错。对你，对孩子，今后可能会亏欠更多，不多想了，一切都顺其自然吧。"这话说得自己都好生感慨。

"你今晚怎么了，老是长吁短叹。当老师也一样，你看你老同学周一，过得还不惨吗？亲人、爱人都离他而去，你们俩都是劳碌命，性格使然。"舒子卿也算是明白了，这男人没有事业心，一天到晚在外瞎混不着家；要是有事业心，一天到晚也是在外忙碌不见人影。不过现在来说，有没有事业心没关系，只要人好都好。

丁零零，一阵电话铃声响起，急促又尖利。

电话那头报告，瑶峰乡洪水暴发，已经接近警戒水位。部分沿河的村子低洼处，河水已经灌到房子里，雨如果不停，要马上转移。

事态紧急，他不得不赶回去，可是看看舒子卿的状况，他又放心不下。不能两全，只能狠心决断了。舒子卿太明白眼前这个男人了，哪怕下刀子他也是要到现场的。自己早就习以为常了，只是今晚的天气太过不寻常，闪电雷鸣就没停过。

等秦泽猷到达现场，河水已经越过警戒线，现在时间又是半夜，黑灯瞎火要转移很是困难。他和干部们一起冲到第一线指挥大家撤到高处，刚好有个大会堂可以暂时安置。

看大家转移得差不多了,秦泽猷对几位干部说到周边查看下,有没有地质灾害隐患。

洪水的撞击声充斥着整个黑夜。

秦泽猷来到河岸边见有几块滚落的石块,就过去搬。刚起身,轰的一声,一阵泥石流骤然而至,瞬间连人带石被冲到河里不见踪影。

村民听到巨响知道出大事了,一定是泥石流下来了。幸好大家及时转移,不然后果不堪设想。

"秦乡长呢?刚才出去了,半天不见回来。"有人突然想起。

"是啊,他说去排查下隐患,按说应该很快回来的。"

"不会就刚才……"没等说完,大家纷纷出去寻找了。

"秦乡长,你在哪?"人们找不到,只能沿河大声呼唤。

"快来,快来,这儿有双灌满泥浆的胶鞋。"声音打破了凝固的夜空。

人群朝这边聚集。其中一位村民突然跪下,双手颤抖地捧起胶鞋,哭喊道:"这是秦乡长的鞋啊。人呢……"这凄厉的声音刺破黑夜。

人们沿着河寻啊寻,唤啊唤,希望有奇迹出现。只是回应他们的只有咆哮的河水、无言的大山。

家里,秦泽猷走出家门的那一刻,舒子卿就已经打电话让自己的妈妈过来陪伴。

"妈妈,我今晚感觉很不好。不知为什么,我总担心秦泽猷会出事。"说完眼泪抑制不住地流下来。

"女儿啊,你别太担心,先要保重自己。"

"妈,你看我肚子一直在动,里面的孩子似乎一直在踢我,是不是有什么心灵感应?"

舒子卿的妈妈是过来人,知道女儿这情况很危险,异样波动很是明显。这肚子里的孩子动静闹得真大,似乎要出生了。

"妈,送我去医院吧。我现在真的担心秦泽猷会撇下我们俩。到医院,不管怎样,一定要把我们的孩子保住。"舒子卿哽咽着说。她不明白,刚才那一阵子自己为什么情绪会突然低落到极点,有种被人抽去筋骨的感觉,似乎经历了生死劫。自己一直是个坚强的人,今晚为什么表现得这么懦弱,特别需要呵护?就像小孩子回到童年母亲的怀抱寻求抚慰。

舒子卿妈妈一边安抚,一边连夜把女儿送到医院急诊室。她只能多次避开女儿的目光,因为自己已是泪光盈盈。手机上已经看到了实时新闻报道,几个关键词已经让人要崩溃。特大暴雨,山体滑坡,人员失踪,关键是这些都出自同一个地方,就是秦泽猷的工作地点。而且她已经悄悄地数次打电话给他,但都无人接听。

亲情血脉,心灵感应有时候也是莫名的灵验,可这时候宁愿一切都是假象。舒子卿妈妈看着自己的女儿还有未出生的孩子,心中一阵莫名的酸楚,这是只有为人父母才能体会到的感觉。

八七　魂归大山

天亮了。

雨渐小,伴着风,如诉如泣。

溪水东去,青山依旧,只是人们再也迎不来勤政爱民的秦泽猷。突遭百年不遇的洪水,人们什么也没失去,生命财产都安然无恙,可是大家似乎又感觉少了许多许多。

悲伤弥漫着秦泽猷生前工作的地方,他用生命践行了自己的承诺。会议室里,所有的干部员工全部到场。上级领导宣布了两个决定,一是瑶峰乡升格为镇,即日起正式挂牌展开工作。二是宣读一项人事任命,任命秦泽猷为瑶峰镇第一任书记,签发日期在三天前。第二项任命宣读完毕,全场响起了暴雨般的掌声,似乎要压制窗外无情的雨声。

本次追悼大会,依当地的要求沿用秦泽猷生前的称呼。地点就在他遇难的地方,会议主持上级会派人,悼词谁来读?经过讨论,大家觉得还是让周一来比较合适,一来他是文化人,二来他们是好兄弟,最后一程送送他更显得温馨、安心。

县城的产科病房里,气氛十分压抑。舒子卿妈妈刚才走到病房外,接听电话得知了明天追悼会的安排。到现在为止,女儿还不知道秦泽猷人已经不在了。但是纸是包不住火的,确实如此,今天护士进进出出都低垂着头,害怕被舒子卿看出端倪,不敢跟她目光接触,但是聪慧的舒子卿多少也感受到了一丝异样。手机落在家里,她暂时无法知道外界发生的一切。瞒着,终究是一时的。

舒子卿妈妈进到房内,看到正用期待眼神望着自己的女儿,那眼神分明在问:他还好吧。一阵悲痛涌上心间,缓步走过去,一把搂住孩子,哭腔道:"儿啊,我的儿啊,你要保重自己啊。"

沉默数秒,舒子卿紧紧抓着母亲,浑身颤抖抽噎着,"我要去见他,我要去见他。"

"儿啊,我可怜的儿啊,你要保重自己,保重自己的孩子啊。"母亲极力把她按在病床上,不让她起身。

护士们进来给舒子卿重新挂上盐水,戴好监护仪,刚离手,舒子卿用力一挥,瓶瓶袋袋撒落一地,针头穿肉而出。

"儿啊,你就好好护好腹中的孩子,这是你们唯一的念想,也是老秦家唯一的血脉。"舒子卿妈妈实在不忍心看到这样的局面,"小秦也不会希望看到你这样子,他会不安心的。"

其他几位护士转过身去,悄悄地抹着眼泪,秦泽猷因公牺牲的事已经传遍整个永安县,上级号召大家要向秦泽猷同志学习。

而同一个乡镇里的周一,已经完全被悲伤笼罩。当这个噩耗传来,他跌跌撞撞走出校门,往后自己再也没有班长了。他不懂,为何刚刚和自己一起送走双亲,安慰自己的情形还历历在目,现在秦泽猷却离他而去。失去了亲情、爱情,现在连友情也被剥夺了,如果说这世上有可怜之人,那一定是自己了。接二连三,真的是接二连三,他们都走了,只留下自己一个人踽踽独行……

同事章莉的丈夫说了秦泽猷的事迹,他大为感动。明天还要开追悼会,这现场一定是气氛悲穆沉重的,尤其得知秦乡长夫人已经身怀六甲,在现场悲恸过度很可能出现不测,所以他向县医院领导汇报了此事,领导得知后说:"不能让英雄流血又流泪,他骨血不能断啊!"马上安排全院医术最好的医生让他明天一早就去现场待命。

追悼会现场，全乡男女老少都来了，生前的同学、同事，认识的、熟悉的，现场黑压压一片，万人追悼。

灵幡飘舞，黄纸纷飞，寄托着人们无限的哀思。

雨经过了一天短暂的停歇，似乎又重新积聚了力量，这会儿，雷声四起，豆大的雨点砸向人群，撑着伞，戴着蓑帽，披着雨衣，人群默然不动。

舒子卿被人搀扶着，站在队伍的最前面。事前很多人都劝她不要参加，可是都拗不过她。他们是夫妻，更像是战友，这片土地见证了两人太多的情谊、往事。

秦泽猷生前也没留下重要物件，只有当晚找到的一双泥胶鞋，放在临时搭建的台桌上。那张黑框里的照片，也是他生前放在办公桌上最喜欢的一张：眼前是一片麦浪，他深情地望向远方。

周一悲痛地拿起稿子，雨水、泪水扑打在每一行字上，每读一句，似乎都要淹没在风声、雨声之中，人群静伫，惟声交响。

狂风裹石卷叶再度袭来，帽被掀翻，伞被打歪，雨衣被撩破，人群静默如雕塑。

"起灵——"

一声之后，人群低头默哀，曾经秦乡长如兄长般的谆谆教诲依然历历在目。老人放下拄拐，双手合十，默念着年轻的乡长曾经的促膝长谈，谦卑之风。妇人抱着孩子深深地鞠躬，希望自家的孩子能以他为榜样，秉承遗志。

"呜呜呜"阵阵悲恸声，山川动容，雷声隆隆，似乎能把这座座青山夷平，条条山溪哭断。

"老朽悔啊"送别后，一位老人哭道，"都是我的错，是我百般刁难，让你三番五次亲自上门做工作。"此人正是前几天横加阻拦的老掰，此刻已是老泪纵横。

人们从秦泽猷日记中看到他曾经写的一段话：我们当地有一种草叫珠兰，长在贫瘠的石皮子上。越是遇到干旱艰难的日子，根扎得越深。我对这片土地的思念，如同此草啊！越是无助的日子，思念如根越深。

后来，老人们说，秦乡长出事的那晚雨下得特别大，雷声一声接一声，闪电一道接一道。也有人说，那不是雨，那是苍天有泪，为秦乡长而泣。还有人说，他出事的地方珠兰长得特别茂盛。

衣冠冢就修在马路边，方便人们来瞻仰，碑石下种满了珠兰，馥郁芬芳。衣冠冢前，舒子卿迟迟不愿离去，整个追悼会从始至终她没有说过一句话，没有哭过一声。这样会导致心气郁滞，更容易出事，几位医生也没有因追悼会结束随着人群散去，而是一直关注着舒子卿的身体状况。

周一忙完，便和医生们一起送舒子卿回家。医生发现舒子卿十分虚弱，脉搏无力，如不及时急救后果不堪设想，便联系了最近的救护车直接护送到县医院。

八八　游戏人间

追悼会后，舒子卿身体一直状况不断，好在最终有惊无险，几周后生下了儿子。取名秦舒生，纪念秦舒二人曾经的美好时光；舒生叫起来谐音"书生"，像父亲一样儒雅、有学问；生，意为生生不息。

周一又重新当上了校长。说重新是因为他还是在这所学校当校长，但是又不一样，学校已经改为镇小，学区更大，生源更杂，而严苞被调往其他学校。县里新来了位分管教育的副县长，其实和周一也颇有渊源。他就是周一在翠山完小实习时来调研的人，后来提拔为教育局副局长。周一能从村小到完小当校长，就是他力排众议。后来到外地任职，这次回来擢升为副县长。他对传统文化情有独钟，看重真才实学，也一直关注周一的成长。

今时不同往昔，时代在发展，学生也在变化。镇小学生来自四面八方，存在地域差异，家庭背景、生活习惯都不一样，对教育管理提出了新的挑战。

科技大爆炸时代，网络发达的触角伸向了每个人的生活圈，就像一张蜘蛛网，大家都是其中一个节点，或远或近，牵一丝动全网。

各种游戏、各路打怪、各代穿越、电竞成了美味的精神食粮，造成了新时代的废寝忘食。

办公室里，周一也时感压力大。他发现最近很多学生都把手机带到学校，收缴了一部分但是总有漏网之机。许多藏在被窝里，半夜"三更灯火五更机"，夜深人静不是想家的时候，个个"机动不已"。有些藏在教学楼墙脚的缝里，见缝插机，真怕调成振动一不小心楼房就震裂，"机关算尽"。还有的藏在树洞里，那段时间松鼠满村跑，"机飞鼠跳"。

"天网恢恢，疏而总有漏"，老师们即使绞尽脑汁，也总是有漏网之鱼。哪怕一网打尽也无多少实际意义。双休呢？假期呢？总不可能学生回家了也跟着去，跟着去也无意义，那么多学生，跟得起哪一个？

何况现在城镇化以后，家中都是老人在带孩子，隔代教育弊端也很多。老人对小孩百依百顺，宠溺过度，对于小孩出现的问题要么睁一只眼闭一只眼，要么教育跟吃大锅饭一样，有上顿没下顿。小孩要玩手机，你不给，还不闹翻天。

以前农村孩子满山漫野地疯玩，等到吃饭了，都是家人揪着耳朵回家。双休日割猪草，下田插秧，都是一等一好手。现在天天捧着手机玩得乐不思蜀，父母在外辛苦打工，觉得亏待孩子，往往给小孩子寄来很多零花钱。小贩小店基本上也是老人小孩养着。

城里的孩子也颠覆了大家的认知。以前娇生惯养，弱不禁风，跟温室里的豆芽差不多，过着衣来伸手饭来张口的生活。现在不一样了，公园里锻炼，绿道骑行，"心安书屋"阅读，随处可见亲子活动。而农村的弄堂口、水埠边、祠堂里不见孩子撒欢，都待在家里玩手机游戏，吸着精神鸦片。

想到这些，周一就痛心疾首。以前还能寒门出贵子，现在寒门出废子。

会议室里，灯火通明。周一召集老师们开会交流，如何管理新时期的农村孩子，尤其是手机带来的负面影响如何降到最低。手机游戏容易让学生注意力分散，即使身在课堂，心也早就飞到了网络游戏里。

"依我说，就得高压政策，我读书时代都是棍棒敲出来。棍棒之下出天才，古今不变。"年长的罗老师说道。

"那可不行，现在时代不同了，小孩子金贵着呢，骂不得打不得，不然就被投诉，上次的事就是教训。"章老师对罗老师的话不敢苟同。

其他老师也开始议论纷纷。章老师指的是上周二晚上几个学生翻墙出去偷农家果子的事。班主任唐老师知道后，对几个顽皮孩子打了手板，结果家长打电话投诉，害得唐老师还要登门道歉。

老师们自然愤懑，翻墙出去多么危险的举动，搞不好有生命之忧，打几下长长记性，也是对孩子的负责。跟生命比起来，打几下手板又算得了什么，可是家长不干了。平时都是说得漂漂亮亮，孩子不听话你们放心打，我们没二话，可是真用规矩了，第一个不肯了。现在的教育搞得像是戴着镣铐在跳舞。

"玩是天性，如何玩得有意义，是我们需要破解的新时代课题。教育学生我们也要与时俱进，从心灵、心理上引导和构建，我们的观念和方式也要契合新时代提出的要求。"周一这样说也是有底气的。因为无论是之前的校舍扩建，还是留守儿童的管理，这些老师们都能发挥自己的聪明才智献计献策，而且事情也是一件一件办得很漂亮。

慕容雪给老师们添添茶水降降温，刚才的讨论、争论都比较激烈，气氛很热烈。大家对于慕容雪平时的工作表现都给予了很高的评价。她刚来的时候，很多老师都以为，这个追求爱情的小姑娘，做事情不靠谱，农村里也待不长。没想到短短几年，她各方面业务能力越来越出类拔萃，而且事业心也越来越强，把职业当成事业来做。她有时候也跟老师们开玩笑："本来是来追求爱情的，没想到爱情没追成，倒是在事业上越陷越深，真是无心插柳柳成荫。"

由于工作出色，待人真诚，慕容雪现在是学校的教导主任。听了刚才大家的交流她也发表了自己的想法："我觉得疏比堵要好，既然不能完全杜绝，我们就因势利导。无聊的手机游戏纯粹浪费时间，但是如果把知识点以游戏的形式呈现出来，进行闯关，一定能够激发孩子们挑战的兴趣。"

会上周一也顺着慕容雪的思路，提出了自己的想法，如何把游戏和知识巧妙有机地结合在一起。语文的阅读题、数学的应用题都是难点，有些孩子计算容易马虎，也有的英语单词记不住，如果把它们融合在游戏中效果会不一样。

"游戏情境设置要贴近学生的生活。游戏里的角色要充满正能量，匡扶正义，惩恶扬善。角色刚开始也是凡人，经过种种磨砺成为王者，从他们身上学到一种永不放弃、挑战万难的精神品质。"说话的是小李老师，刚入职不久，平时喜欢玩游戏，他有体验。

"可以设计成人的角色，也可以设置卡通形象。比如我们这儿是山核桃之乡，可以以'小核桃闯天山'为情节，金木水火土作为五关，最后一关赢得金核桃，每过一关发给玩家证书,玩家会有目标,有动力。"王老师是本地人,对这儿的山山水水非常熟悉。

"我们还可以面向全体学生征集山核桃卡通形象,让每位学生参与进来,激发兴趣和归属感。"

"语文可以从生字词语、成语歇后语、古诗词、文学常识、短篇写作五个方面设置通关的知识点。"语文老师章老师已经有了腹稿。

对于刚才的发言,周一也很满意,大家都积极地发表自己的意见,就是一种主人翁的态度。如果都不作声,事不关己高高挂起,那后续工作的开展阻力就会很大,也达不到预期效果。

说干就干,会后大家都像中军帐里列阵两边的将士,得了令牌,抱一拳转身跨马去。

八九　校内家教

学校老师们各司其职,把自己所教和擅长的知识体系架构好,建构好游戏难易梯度,现在万事俱备只欠东风,当然这东风,要把人整疯。因为游戏制作包含程序开发、画面设计。而这些都是需要专业人士才能胜任的。这些农村老师哪里懂得服务器端开发、源代码。而画面设计包括次时代、特效、动漫等部分,老师们平时flash都用得很少,顶多用几张PPT。

不过这事有戏,慕容雪想到周思文在这个方面可是很擅长的,就把这个任务交给他了,周思文欣然接受。大型游戏的开发,一般需要几十个人的团队制作几年,小游戏则可能只需几个人制作几天。周思文邀请了公司里其他懂行的,连续攻坚了数天,终于一款适合孩子们的寓教于乐的游戏诞生了。

学校测试了一个阶段,师生都很满意,学生们也朝着预想的方向发展着。之前人人谈游戏色变,沉迷电脑游戏的孩子被称为垮掉的一代,其实合理的引导,也会化被动为主动。

学生沉迷游戏的问题解决了,可是周一还是忧心忡忡,农村学校的问题多,既有特殊的校情,也有大环境的影响。记得上周末,在村班车停靠站看到好多学生在家长的陪同下坐车去县城。同村的吴大爷带着读三年级的孙子连续好几周都在等车进城。周一便过去打招呼:"看你们好几次都在赶车,是有什么重要的事吗?"

这些老人都是看着周一长大的,所以也就直呼其名:"周一呀,小孩父母在外面打工,看到城里好多孩子双休都在补课,上兴趣班。儿子儿媳说,不能输在起跑线上,农村也没这条件,所以只能利用周末去县城补习了。"

这吴大爷说的是实情,也是现今教育一大奇葩。现在教育内卷多严重?只要学不死,就往死里学。一天课结束,还没喘口气,有些学生就被家长逼着到辅导班里去补课到晚上九、十点钟,第二天上课无精打采打瞌睡的不在少数。周末,学生几乎都在兴趣班,多的上七八个,中饭都没时间吃,只能在转场的车上狼吞虎咽。更有甚者,周末假期,赶到百里之外滨洲城请名师补课。

对于农村孩子来说,资源、条件本身就处于弱势,加上城里孩子都已经打了鸡血般在狂奔,再不奋起直追,连人家身后的灰尘都快望不到了。不管怎么说,能往城里赶的都还算是上进、有想法的,只是靠这个方式也不是长久之策。

如何破解这一难题?周一觉得乱作为比不作为更可怕。自己是本土人,总要做些对得起父老乡亲的事,秦泽猷把自己的生命都献给了这片土地,他是为了自己的信仰而勇毅前行,相比之下,自己的使命感越发强烈。

县青少年活动中心主任也是刚从学校调过去,周一带航模队时和这位主任有过几次接触。当时周一带队取得了全县航模比赛团体总分第二,总共七个单项比赛中的三个单项第一,一时轰动赛场。航模比赛是一项技术含量很高的比赛,有些学校还专门出钱请滨州城里的专业老师来校脱产指导。按说农村小学能组队参赛就已经很不容易了,但是周一和几位老师没日没夜地琢磨,揣摩出了各个项目技术要领,加上起早贪黑训练,终于在赛场上一鸣惊人。除了一所县城里的小学以总分领先0.2分的优势获得团体总分第一,其他学校都被周一的学校远远甩在后面。新来的主任很开心,因为从来没有过农村学校团体和单项比赛进入前八的名次,这是一匹黑马。这也能看出周一的学校对这项工作的鼎力支持,对工作的支持，就是对自己最好的支持。所以这位主任对周一的印象很深刻，也很赏识他的工作作风。

　　周一便打电话给这位主任，说了自己的想法：想请青少年活动中心来学校开设兴趣班。这样学生就不必辛苦地每周赶来赶去。主任明白这是周一想为家乡做点实事，立马就答应了。这也是全县唯一的农村青少宫，近距离解决了大家的需求。

　　家庭教育是教育的重要组成部分，但是农村的孩子基本都是爷爷奶奶或者外公外婆在带，有些老一辈的还是文盲，如何指导得了作业。这边有需求，那边有资源，市场经济的典型特征就具备了，所以农村家长觉得还是出钱请家教或上兴趣班方便点。跟面对作业束手无策比起来，路上辛苦点也没怨言。

　　周一和老师们商量，一是周末作业精选，减少简单、机械的作业，二是成立周末作业辅导班，光明正大设在学校，来辅导的学生一律不收钱，自愿来辅导，也不动员全员参加。老师工资低，提高待遇也喊了好多年。老师的辛苦别人不知道，社会上不明真相的人又无端指责，别人不心疼，但周一觉得一味靠精神鼓励，要求老师奉献青春年华，实在于心不忍。这些优秀的老师在自己的麾下也没得到多少实惠和福利，感觉很是对不住，现在把家教的功能设立在学校，又增加了老师的许多工作量。

　　劳动的价值应该得到认可和回报。老师的工作不像工厂流水线上作业，可以量可以称。当年老师对学生讲的一句话，多少年后才触及学生的灵魂而改变其一生。如何维护老师正当的权益呢？周一看着眼前的校园，从完小到中小，又升格为镇小，规模越来越大，在扩建过程中，他把当地的高山茶叶、山核桃树作为学校的绿化。现在都已经长成壮年，师生通过采收，加强了劳动锻炼和生活教育，另外有了经济效益，还可以作为老师们加班加点的辛苦费，不用额外向学生收取费用，可谓是一举两得。

九〇　别来有恙

在界橘中小有一个教研会,通知上附参加名单,周一的名字赫然在列,之前有教研活动都是安排年轻老师去,想来也好久没参加教研类的会议了。

记得刚毕业那会,自己是学校里最年轻的老师,各种教学研讨会议,大大小小,远远近近,自己从不缺席。印象最深刻的是工作第三年,市里来校教学调研。局里要周一推出一堂优质课,当时讲的那篇课文要读出主人公说话断断续续、结结巴巴的感觉,为了呈现出更好的效果,事先周一在操场上跑了五圈,再进教室去上课。不知道的人还以为他是个体育老师,在那里狂跑。由于语气把握得恰到好处,一下就把学生带到了情境之中,最终这堂课得到了专家们的一致肯定。教研活动多参加还是有好处的,这也是接触外界和了解最新信息的治学育人的交流平台。

让周一心中期待的,还有名单上宋诗旎的名字。上次一别,到现在发生了多少事,感觉人生经历了好几个轮回。这次有机会一定要当面问清。

界橘乡在县城西面,以前去开会干什么的,都是坐轮渡花半天时间在船上,要是嫌慢就选择"先锋号"快艇。这儿的橘子甘甜如蜜,名满天下,村里一半是橘农。

这几年基础设施得到明显改善,营造了良好的投资环境,这里三面环水,景色宜人,人称"一江碧波绕山乡,天光云影美如画",也是一处幽雅休闲之地。

学校就在湖边上,环境幽雅、静谧。教研活动安排得满满当当,上午三节课,下午一个报告。一天快结束了,只见到宋诗旎一面,一句话都没交流,她明显是在躲自己。

傍晚,休闲广场悠扬的音乐响起,健身爱好者随着节奏翩翩起舞。老码头边散步的人三三两两,迎着湖风欣赏着美景。很多参会的老师饭后也加入到了健身大军中去。

村郊有一条武祥溪,也是永安县最有名的一条支流,溪不宽但历史上留下许多千古誉文。周一婉拒几位朋友逛街的邀请,奔向这条溪,一是图个清静,二是走走看看可以感受文化的熏陶。

远远就看到溪那头有一个人影,等他走近,那人也抬头看向这边,"是你?"两人几乎同时开口。短短两个字却如漫长的两个世纪,陌生?熟悉。惊讶?惊喜。复杂的情绪如同一滴清油溅在水面,旋即四处蔓延,遮住了清澄的本心。

四目相对,隔溪相望。一条奔腾不息的溪如同一把冰冷的剑,双刃朝向双方,无法抵近一步。

"你还好吗?"周一问道。

"好。"她轻轻地回道。

"他对你好吗?"

"好。"

"那你保重。"

"好。"

这声声好中又包含着多少不好,只有她自己知道。

他落寞地转身离去。

这一转身,还能再见吗?

树叶簌簌落下,泪如此溪。

结局是没有结果的结束,既然前尘往事如云烟,那么就记住最初的美好,开始就是最好的结局。周一满脸写满了沧桑,宋诗旎明白他曾走过一段怎样黯淡无光的日子。此刻他最需要的就是自己,哪怕一个安慰,一个懂你的眼神,都是他渴求的一束光,只是自己今生再也给予不了一份怜惜,只剩一别两宽。

宋诗旎依然如宋朝画像里的仕女,静美,可是清瘦,憔悴。她又经历了什么?之前的声声好,有多少是敷衍,是违心?回去后,周一也是一直难以入眠,两人为什么会不约而同到溪水边,难道两人的心境类似?她过得并不好,他这样推测,心里掠过莫名的一丝喜悦,这不就证明自己才是更好的选择?可是他又偃旗息鼓了,她过得不好,担心的却还是自己,放心不下的也是自己。见她之前明明痛恨无比,可是真正见到了却恨意全无。本想拦住她一定要问当年到底发生了什么,才让她如此决绝,可是话到嘴边又深深下咽。

烦躁起来更睡不着了。怎么办?心静自然凉没有体会,只知心凉自然静。

另一头，宋诗旎又何尝能安眠。她从他眼神里读到了深情与企盼，她自责，她后悔，可是都已时过境迁。周一双亲的离去，她一样悲痛欲绝，曾打好安慰的信息，还没来得及发送，就被恶少发现，连手机都被摔了。班长的意外离去，唐生的音信全无，让曾经的"一生由你"组合到如今名存实亡，只叹世事难料。她知道今生是注定无法与周一在一起，自己现在的状况也不值得周一念念不忘。自己已然不幸，曾经他的保护是自己最大的幸福，如今只希望他能好好地走好余生每一步。

会议结束后，两人坐不同批次的快艇回到县城。

到了县城，宋诗旎直接回家了。周一找了一家旅馆住下。村里有些家庭条件好、工资高的都已经到城里买房。周一从村小开始教书起，一直在以个人名义资助困难学生，所以囊中羞涩，自然没有能力买房。最近有许多新开的楼盘，小高层、花园阳光房、湖景房，交通便捷，配套设施齐全，排队购房异常火爆。周一虽然也想在县城拥有一套自己的房屋，可终究只能"望房兴叹"。

"躲进小楼成一统，管它春夏与秋冬。"窗外的繁华世界，遇不上有缘人，倒不如捧一本书，身处闹处心在书，心静自然净。

九一　时过境迁

"樱桃，卖樱桃，湖畔樱桃，人间仙桃……"小贩的吆喝声给整个山城增添了生趣。

"好吃到爆，不买亏掉……"此起彼伏，一声赛一声。

民间有俗语：拄拐种枣，起早种樱桃。这俗语是说枣树好种，老了种都来得及，而樱桃难种，要趁早。最近几年兴起绿色农业种植，技术瓶颈也得以突破，加上生态环境持续好转，水果的品相越来越好。

周一被这声音吸引过去。他想买些时令水果去看望舒子卿和她的孩子。孤儿寡母，虽然不存在生活困难，但是顶梁的不在了，家里少了许多生气。

"大娘，给我称几斤。"有好几个摊位都在卖樱桃，周一挑了位年纪大的摊主。

看她佝偻着身子，像犁弓，一定是被生活压弯了腰，不然也不会这把年纪还在这里讨生活。

大娘熟练地称好，还多抓了一把进去，知道眼前的顾客是为了照顾她的生意。

"你这樱桃，晶莹剔透，像珍珠玛瑙，我下次还来光顾。"周一知道这也是位善良的老人，大声赞道，给她拉点生意。

"你这孩子说的，跟那个女孩说得一模一样。"大娘开心又感激地说道。

"那个女孩，哪个女孩？"周一不解地问道。每天顾客来来往往这么多人，能被记住，一定是有特别之处，周一有点好奇，故继续追问。

"那个女孩，我也不确定是不是女孩，可能已经结婚了，也许应该叫女士。反正很漂亮，人说话也温温柔柔。"大娘微笑地看着周一，"好像是位老师。有一次她在我这儿买水果，有几个小孩叫她宋老师。"

"好像嫁给了有钱有势的老公。"旁边另一个摊主插话道。

"就住在旁边的碧波花园，那是富人区。"又一位接话。

碧波花园是永安县高档小区，里面住的非富即贵，这个位置靠近秀水湖大桥，还有许多有名的酒店、画舫、会所，周边高消费场所云集。刚才几位说的信息，都指向了一个人，那就是宋诗旎。

"可惜，可惜啊……"大娘一边给水果扇飞虫，一边叹气道。

"可惜什么，你倒是说全啊。"染着黄发的中年男摊主催问。

大娘摆布好水果，坐在折叠椅上，看大家都很好奇，也不卖关子，继续说道："你们不知道吧，我可是发现好几次了。这位宋老师付钱的时候我看到好几次，她的手臂上青一块紫一块，走路也有几次是一瘸一拐的，不像是摔的，倒像是被人踢打造成的。"

"光鲜亮丽的背后也有着许多不为人知的辛酸。"大家摇摇头，似乎能守着眼前的水果已经是最好的日子，那些遥远的生活、不可企及的圈子还不如每日的平淡来得让人平心静气。

听着他们议论纷纷，周一内心拔凉。这似乎印证了上次在五祥溪边的感觉，她一定在欺骗自己，可这又是为了什么呢？虽然疑惑越来越大，但是到了去看望秦泽猷家人的时间，只能暂时把它放一边。

来到舒子卿家,首先映入眼帘的是挂在墙上秦泽猷生前的照片。这么一个优秀的人说没就没了,实在难以接受,生前的点点滴滴在心间如潮水般反复涌现。可是为了不给他们再次带来痛苦的回忆,只能默默地压制对这一生挚友无限的怀念。

舒子卿依然憔悴,明显她并未走出悲伤,孩子已经会走路、会说话了。抱着周一的腿叫"爸爸,爸爸"。舒子卿见状悄悄转过去,擦拭着眼角的泪花。丈夫没了,她一定过得很苦,周一眼眶充盈着泪水,把孩子举起来用额头碰碰,让孩子跨在肩上"骑马",孩子被逗得哈哈大笑,室内也难得充满了阳光、欢乐。

"这孩子别人一抱就哭,可是你刚才又是举,又是抱,他反而很开心。"舒子卿说道。

"可不一样,这是我侄儿,兄弟的孩子,自然要亲近点。"周一边逗孩子,边接话。

"秦泽猷生前曾说过,孩子出生认你为干爹。"舒子卿望着周一说起了之前的事。

"那敢情好。我有干儿子喽!"周一拿出奥特曼玩具,和孩子一起玩起来,"我们打怪兽,保护妈妈。"

现在的玩具嵌入了芯片,声光电俱全,一会儿发出五光十色的光线,一会儿发出叮叮咚咚的声音,孩子一下就被吸引过去,自顾自地玩起来。

那边舒子卿在挪移一张实木方桌,周一见状赶紧过去帮忙。这桌子足有上百斤,两人抬抬挪挪半天才就位。

"这桌子是秦泽猷生前买的,本打算不要了,又重又占地。现在他人没了,我倒不想扔了,留着多少也是一个念想。"舒子卿抚着桌子满眼的思念。

"嫂子,你独自带着孩子也够辛苦的,今后有事跟我招呼下就好。这孩子可真像他爸,眉清目秀的。"

"这孩子吧,虽然小,可是又好像什么都懂。不管本子、杯子、鞋子,只要是他爸爸生前用过的他一碰到就会'爸爸、爸爸'叫不停。我只能骗他爸爸去打怪兽了。"舒子卿擦擦眼泪,"可这骗得了一时,瞒不了一世。"

"爸爸,爸爸。"周一看见孩子一手拉着自己的裤腿,一手拿着秦泽猷生前的日记本。周一连忙抱起他,仰着头不让自己的眼泪掉下。

"让你见笑了，刚才是我失态了。"舒子卿又把孩子接过去，"不说我了，你现在怎样了？你大哥生前常说你在事业和感情上失去太多了，替你抱不平。"

"也就这样，混日子，混着混着一辈子也就过去了。我现在无牵无挂，一个人也挺好的。"话一出口，周一就后悔了。怎么可能无牵无挂，兄弟的孩子不管了？前面听到宋诗旎的境况为什么担心？

"你们兄弟间的事我也都知道。秦泽猷也常和我说起当年读书时你们四人之间的故事。哎，时过境迁，你们这个'一生由你'组合没一个是让人省心的。"舒子卿见周一若有所思，就切断了话题。

九二　水深火热

从舒子卿家出来已经傍晚时分。

街上，车子行色匆匆奔赴下一站。这几年，买车的人明显多起来，街上已经有交通拥挤的迹象出现。周一的驾照已经考下来，只是要想买车还是遥遥无期，诸多同事已经两轮变四轮，自己只能羡慕而已。摸摸自己的口袋，瘪得像刚擀起来的粉皮。

想着，走着，不知不觉已经来到了小区门口，一看是"碧波花园"。这很蹊跷，怎么就走到这里来了呢？难道是心有所思，路随心走？宋诗旎到底过得怎样？传闻是真的吗？还是眼见为实吧。

小区门口凭证入内，管理得很严格、到位。周一无凭无据自然无法进入，如果强闯那要起冲突，破坏的是自己的形象。

来到小区靠近启兴花园一侧，借助昏暗的灯光，四下无人，周一后退几步，突然往前加速，一个箭步蹬在围栏隔挡上，一手攀住柱顶，身体顺势上拉，一个翻身轻落在小区里面，人已轻松进来。

小区里别墅成群，周一摸到宋诗旎家楼下无门的一侧。屋内灯火通明，宋诗旎在家里的一举一动看得清清楚楚。屋外一阵鬼头风吹来，树摇窗响，宋诗旎来到窗户边收衣服，周一见状赶紧躲避到树叶下。一阵刺眼的灯光直射而来，周一又往里贴贴，以免被发现。"叭叭"两声，车子停下来，官少醉醺醺从车上下来。待他走进屋内，车子才呼啸而去。

楼上，宋诗旎听到敲门声，便去开门。官少进来把包一扔，一拳就挥过去，宋诗旎一个趔趄撞到了桌角。刚起身，官少又是一巴掌扇过去，狂吼道："你还想着他，你这个贱人，看我不打死你。"

踢打的声音在外面都听得清清楚楚，可见这力道多大，这是下了死手。宋诗旎不辩，不躲，任由他发泄。

"你不反抗，不吭声是吧。跟以前一样像块冰对我，好，好，我就让你融化。"边说边把叼着的烟头往她身上烫去。

这一切，就像电影一样在他眼前呈现，周一怒火中烧，真想跨进去，掐牢这畜生的脖子，铁拳砸过去，把他摔到地上踹死他。可是一旦进去，不就被这恶少言中了，坐实了。两人之间堂堂正正，要是不忍住，宋诗旎的清白就要毁在自己手中，那这恶少更要不依不饶了，这只会带来更大的伤害。

待又待不住，进又进不去，周一心中有团烈火在灼烧，在狂窜，浑身颤抖，一拳拳砸在墙上。屋内，宋诗旎还在被恶少折磨，屋外，周一束手无策只得用脑袋磕墙，血渍都已经渗出。周一瘫软在地，悲恸地一把眼泪一把鼻涕。

"无能啊，无能，周一你算什么男人，连自己心爱的女人都保护不了。"周一扇着自己的嘴巴，"宋诗旎啊宋诗旎，你何苦呢，把所有的痛苦一个人扛。都是我害了你，是我误解了你。"

恶少不知是酒醒了，还是力乏了，也不再对宋诗旎拳打脚踢，只剩骂骂咧咧。

从始至终，宋诗旎都没吭一声，她已经习惯了三天两头这样的剧本，自己的心已死。哀莫大于心死，自从当初自己作出决定的那一刻，就已经猜到了结局。只是用自己一个人的痛苦换来大家的安生，又何尝不是一桩稳赚的买卖。这哪是一场婚姻，不过是赌局，自己就是赌资，愿赌服输。

第二天慕容雪看到周一拖着疲惫的身躯，颓唐地低着头，就知道这学长又让人放心不下了。

这次在界橘中小开的会议，她看过文件，知道宋诗旎也会去。以前有会议，哪怕指名道姓到周一,他也会找到推托的理由。而这次去参加会议,他对大家说是因为文件上有名字必须去。现在他这个状况一定和宋诗旎有关。哎,这学长以前读书时代多么潇洒飘逸,就像武侠小说里让人景仰的侠客。现在被生活摧残成沧桑、落寞的汉子,他还有梦想吗?

让人心疼的人,曾经也是很会心疼人的人。

本来是打算和周一告别,她要离开这里了,带着一份美好一份回忆要重新回到大城市去了。周思文已经苦苦追求了自己这么多年,即使是考验九九八十一难也应该修成正果了。可是看到周一这状态,着实放心不下。以前他像大哥保护大家,现在却像个无助的孩子需要安慰、陪伴。

慕容雪没有过多去打探,也没有去安慰,周一也没有把自己关在房内独自一人黯然神伤。学校里工作很多,上级单位的检查、考核一个接一个。慕容雪的业务能力越来越强了,工作安排得井井有条。

她把辞职信又悄悄地撕了。就当是前世欠他的,今生来还。

九三 家破人亡

无数个夜里,总有一双血迹斑斑的手伸向自己,每次梦里出现这个场景,周一总会被惊醒。

自从上次一别这梦境就不曾断过,周一明白一定是她,一定是她遇到了困境,在向自己求救。这不是迷信,应该是感应,周一第一次感觉到自己不知该何去何从。是置之不理,还是像江湖侠客一样挺身而出。不是不想,只是自己又有什么资格,名不正言不顺,纯属自作多情。

于人于己这是一段灰暗的日子,没有阳光,没有希望。

宋诗旎接到母亲的电话,说是要和父亲一起来家里坐坐。挂断电话,宋诗旎想把家里收拾一番。可这哪算一个家,所谓的丈夫,天天在外面花天酒地,要么不着家,要回家也是打人摔物。家里的瓶瓶罐罐也不知被打翻打飞多少次。宋诗旎爱生活,懂艺术,学会了插花、茶艺,可是每次买来的这些瓶瓶罐罐不是碎了就是被打破了缺口。现在也索性不再购置了,家里不像样就随他不像样。

结婚后父母亲也没来过,知道有这么一个混蛋女婿,只能眼不见为净,少见少烦。自己也很少回娘家,不想招人口舌,关键是自己过得并不如意,万一父母看到自己身上的累累伤痕,一定会伤心难过。这些年和父母亲来往得少,就跟他们没有自己这个女儿也没啥区别,想想自己也是很不孝。

父母亲到家后,看看家里的布置,神情立马严肃起来。

"女儿啊,你这家里也没什么摆设,没家的感觉,你没出嫁前的房间也比这温馨。怎么,他对你很不好吗?"以女婿的脾性,对自己女儿也好不到哪里去,是可以预见的,但总不该差太多,所以宋诗旎妈妈用了个"很不好"。说完很担心地看看宋诗旎。

"妈妈,你不要担心,我还好。"

"怎么能不担心,我们就你这一个女儿。我们俩最近总是睡不踏实,所以昨晚和你妈商量着一起来你这儿看看。从小到大,你是我们的骄傲,也是爸爸心尖肉,你要是受委屈了,到爸妈身边来,我们养你一辈子。"也许是久不见,父亲眼里都噙着疼惜的泪花,看着女儿比之前清瘦多了,不过女儿在眼前比什么都好都强。

"孩子,这是两副手镯,一副是给你打的,还有一副是给你们以后孩子的。"

母亲说完,就把手镯往宋诗旎手上戴。

"孩子他爸,快来看。"母亲给宋诗旎戴手镯的时候,把女儿衣服袖子撸上去,赫然看到手臂上遍布青淤紫凝,还有已经乌黑的血痂和猩红血口子。

宋诗旎赶紧捂紧,说这是自己不小心弄的。母亲掀开她的衣服、裤脚看见到处是斑斑血痕,一把抱住女儿止不住哗哗流眼泪。

"他可真不是个人,混账啊。这可是我的宝贝,我都舍不得打一下。"父亲越说越激动,越说越痛苦,突然面色苍白,呼吸困难,整个人摔在地上。

"爸,你可别有事啊。你别吓我啊。"宋诗旎边哭边摇,见父亲没反应,连忙哆哆嗦嗦拿出手机拨打120,救护车很快就到了。

医院里,宋诗旎和母亲在急诊抢救室门口焦急地等待着。

不一会儿,医生出来说道:"我们尽力了,你们节哀,准备后事吧。"

母女两人赶紧冲进去，父亲已经被盖上了白布。"爸，爸，你不要走，我还要你疼。"宋诗旎和母亲抱在一起痛哭流涕。她明白这个世界上最疼她的人走了。那个小时候给她举高高，保护她又迁就她的父亲，永远走了。那个在自己长大后，肆意发泄情绪时，默默倾听又递上一杯水的父亲走了，就像他不曾来过一样。

料理完后事，宋诗旎母亲像变了一个人，对着桌子自言自语，对着窗户自言自语，听又听不清楚，更像胡言乱语。

好端端的一个人，朝夕相处了这么多年，一下就没了，任谁也接受不了。宋诗旎母亲得了间歇性失心疯，对着一堵墙也能指手画脚唠叨半天，大白天把窗户遮得严严的，稍微有点异响，她就会狂扯自己的头发。家，就像没有了屋顶的泥坯房，今天倒一间，明天塌一堵，飘零破败，满目凄凄。

宋诗旎却越来越沉默，如孤独的一阵风，轻轻飘飘，来无影去无踪。以前那个浑身洋溢着青春气息，永远笑语晏晏的宋诗旎再也见不到了，取而代之的是眉头紧锁，脸色暗淡，似乎总有一张网粘在她身上，动弹不得。小区里再也听不到从她家传出的悦耳钢琴声，人们的驻足倾听，成了回忆。校园里再也听不到她清脆婉转的朗诵声，留下的只有行色匆匆的身影。

九四　难以两全

"不好，快来人，救救我们老师！"学生们有的大声喊着，有些跑去叫老师。张士杰听到学生的慌乱声，赶紧跑过去，看见宋诗旎摔在地上。赶忙和其他几位老师一起将她送往医院。

"你是病人家属吧，这是诊断书，你好好看看，这病拖不得了。"医生误以为张士杰是家属，就把诊断书递给他，"多好的一个姑娘，你们怎么照顾的，营养严重不良，睡眠也很差，没几个指标是正常的。"医生诊断宋诗旎患了重度抑郁症，需要长期住院治疗。而且身体各项指标很不好，伴随神经官能症状。

"医生们，辛苦了，我们接下去一定会好好照顾她。"目送着边走边摇头的医生们，张士杰第一次这么"静距离"望着她，这个曾经让自己着迷的女孩，让自己赌上所有前途命运的女孩。曾经年少轻狂的自己，如今疲惫不堪的女人；曾经风华卓绝的女孩，如今看穿世事红尘的自己，两人就没有同频共振过，那份同学情才是唯一的交集。

痴情还是痴呆，都不重要，喜欢就会风雨兼程，做一个红尘之中的痴人，又何妨。

等宋诗旎醒来，张士杰还靠在床边。守着她一夜，天快拂晓才睡。

"老同学，你回吧，感谢你的照顾。我也准备回家了。"宋诗旎勉强支起身体。

"老同学间就不要客气了，你不能回去，医生说了要静养，不然有后遗症。"张士杰拦住她。当年拦住她是想得到她，如今只希望她一切无恙。

"你不要管我，也不要来蹚这浑水。生死有命，命里注定的我都认了。"宋诗旎现在还有什么不能失去，这个世界留下的对她来说已经无意义，也许自己的留下才是多余。可是一想到母亲的状况，她又异常着急，夜不能寐。家人走的走，疯的疯，自己也只剩半条命，如寒风里的一片枯叶，随时都有可能飘散。

宋诗旎摇摇晃晃走出病房，张士杰紧跟着。楼梯口，宋诗旎突然转过来，像一只伸长脖子斗狠的鸡，瞪着血红的眼睛冲他吼道："别跟着我，不然……"她指指窗外。张士杰知道现在的她很烦躁，很容易做出极端的事来，便只能远远看着。

可当她真正跨下楼梯，才迈出一小步，又重重摔在地上，滚到楼下。医生、护士又赶忙把她抬到病床上。宋诗旎眼泪如断线的珠子，不断往下流，自己不争气，挣扎无果只能躺着，可是母亲又该怎么办？她默默叹着气。她也知道眼前这人的情意，只是自己已经对不住一个，不想再有人因自己而受到伤害，所以对他冷漠、斥责。

张士杰知道有一个人可以改变她目前的状态，便打电话给他，没想到接电话的却是一个女的。这女的是谁，女朋友还是他妻子？未明了前，张士杰客套地说是周一的老同学，好久未见，随便聊聊。电话那头说等下碰到周校长会和他说这事。张士杰知道这人并不是自己猜测的身份，也就放心了，连忙拜托她跟周一转述尽快回个电话，有急事，就说和城里的一位老同学有关。

张士杰觉得这辈子要说有对不住的人，可能就是周一了。刚才接电话的如果是他的女朋友或妻子的话,那这通电话会给他带来很大的困扰,所以一开始他尽量装得若无其事。

接电话的其实是慕容雪。她刚好经过周一办公室听到电话响声,本想忽视,可是这电话响了许久,怕有事被耽搁所以才接起来。虽然电话里含糊其词,但是她已经明白城里的老同学就是宋诗旎。

最近一段时间,周一总是一个人来到学校旁边的树下吹箫,那苍凉、凄婉的箫音诉说着无限的伤感和思念。他也许真的蜕变了,不像之前宋诗旎结婚时那样失魂落魄,现在人前他总是笑容满面,可是背后总是一个人默默地找个角落排遣自己的愁绪。这个样子,慕容雪看了更心疼。这段时间,他明显不排斥自己的善意与情意,要是把刚才的电话压下来,自己也许还会有机会。这学长啊,都21世纪了,还是那么痴情,那么单一,在如今情感泛滥,像玻璃般脆弱的男女关系中间,反而有那么一点点温暖。

"学长,可别怪我没提醒你,你的心上人现在正需要你的帮助。消息我带到了,接下去看你自己的选择了。"慕容雪把电话情况和他说了说。

刚才周一沉浸在被箫音带去苍远之处,享受了片刻安宁。这是宋诗旎送给自己的礼物,一直被珍藏着,见物如见人,可解相思苦。

周一赶紧打电话给张士杰,了解到了宋诗旎的状况。

自从和官少结婚后,大家就很少见到宋诗旎的笑容,如能见着那堪比是夜里见到彩虹。而自从宋诗旎父亲走后,大家就几乎没见她主动和人说过话,一直沉浸在悲伤的世界里而无法解脱。抑郁的症状越发重了。而现在最大的问题就是宋诗旎母亲病情更严重,可是宋诗旎自己住院已是自顾不暇。

宋诗旎母亲现在的情形最佳办法就是到专门的医院接受治疗,这样更专业,对病情的治疗和身体的恢复才更有效。母亲的病好了,宋诗旎的心结慢慢也会打开。她把所有的责任都自己挑,铁人也会垮。没想到当初一个保全大家的决定,如今既毁了自己也伤了大家,世事难料啊,难料!

宋诗旎母亲见到周一开心地叫道:"好女婿,好女婿,女儿真没看错。"周一知道她生活在过往最美好的时光不愿走出来,因此也顺着她道:"妈,今天我们去好玩的地方,过段时间你身体就好了。"本以为她会剧烈反抗,没想到,宋诗旎母亲连连点头,像极了做错事的孩子,在大人们的教育下变得唯唯诺诺。

周一联系好了滨洲城最好的专科医院,把宋诗旎母亲送到那儿进行康复治疗。

当周一安排好一切,转身返回时,突然听到身后传来热切的声音:"下次和我女儿一起来……"她使劲地挥着手,朝自己送出爽朗的笑容,她内心半清醒半糊涂,甚至不知道上一句自己说了什么。

那一刻,周一已是潸然泪下。天有时晴,而人间总有情。

九五　卖果女孩

张士杰告诉宋诗旎,周一已经把她母亲安顿好,她可以安心了。可宋诗旎明白,周一对自己越好,他面临的危险就越大,她实在不忍心再看到身边人受到伤害。

窗外的阳光如彩笔把世界勾画得绚美无比。宋诗旎的病情并不稳定,时好时坏。想着房内空气太闷,关键是隔壁床的也不知得了啥病,反正一天到晚要么不说话,要么就对着白墙"嘿嘿嘿"。这样的环境,正常的人也会被整疯。

宋诗旎看到医院外的几棵雪松傲然挺立,密密的松针吐着翠色,远远的就让人感觉到生机盎然。

等她来到院子里,发现还有一位约莫八九岁的女孩子正在那里卖果子。

"冰火果,冰火果……"叫卖声轻而有力,似乎胆怯中透露着坚毅。

这果子的名称好奇怪,水火不容又如何成为一体?宋诗旎细想着,走近一看,这小孩脸型有棱有角。脚边的篮子里堆着的果子,酱红的色泽,乒乓球大小,外壳如椰。

见宋诗旎过来,小女孩甜甜地招呼道:"姐姐,尝一个吧,不甜不要钱。"说完用一种渴望的眼神看着她。

这样年纪的孩子不是应该在家里享受着父母百般宠爱的吗?这么热的天

独自一人在外，家里一定有难言之苦吧。

可是看看自己，又有什么资格去怜悯他人，自己不也是可叹之人？也许是类似的处境，宋诗旎反而觉得这孩子很亲切。

"小朋友，你叫什么名字啊？"宋诗旎俯下身亲切地问道。

"妈妈对我说，见到陌生人不能随便透露自己的信息。"现在的孩子防诈防骗意识都很强，宋诗旎正在感慨现在的教育到位时，小女孩继续说道："可是我看你像好人，我告诉你吧，我叫才旦依玛，是蜀地天塘县人，离藏地只差五元车票。"

"那里离这儿好几千公里路，你怎么到这儿来了。"

"每年暑假，到这边爷爷奶奶家待几天，再回去。"小女孩一字一句朴实地回答。

宋诗旎觉得这女孩心思很单纯，很善。或许自己好久没去学校了，看到学生般年纪的人还是有天然的亲切感。

"你一个人在街上，那你的爸爸妈妈不担心吗？"现在哪有这么心大的家长，任由孩子一个人在街上。

"我没有爸爸，很小就没有，从来就不知道爸爸长什么样。"小女孩垂着头，摆弄着手指，语气也十分悲伤。橘黄的阳光照在大地上，似乎多了一层悲情。

宋诗旎自己刚失去父亲，所以小女孩的心境她能感同身受。

"宋老师，到时间打针吃药了。"远处一位护士向宋诗旎大声提醒道。

"原来你是老师，要是你是我的老师，就太幸运了。"

这个叫才旦依玛的女孩似乎和宋诗旎很投缘，两人就此热络地聊着。宋诗旎最近很是烦躁，昨晚天异常闷，加上又开始犯病，甚至有种厌倦人世风浪，想抛下远航的想法。可是和这女孩一起，似乎又感受到了生命的意义与美好。

"才旦依玛，我们回去吧，这么热的天，我们不卖了。"远处一个声音传来。

"妈妈，妈妈。"小女孩欢快地喊道。

来人正是她妈妈，她抱起女孩亲亲脸颊，疼爱之情自不消说。

"妈妈，这位是老师姐姐她要是我的老师多好啊！"小女孩对着妈妈再次说道。

"这位妈妈，你家女儿很聪明机灵，语言表达能力很强，好好培养一定能成才。"

这位妈妈向宋诗旎说起了家庭情况。原来这女孩的爸爸是铁路职工，那年修火车路轨到她家借住了一段时间。一个是当地一枝花，美丽大方，一位是建设队里的技术能手，两人彼此有了好感，慢慢地就走在了一起。可是就在工程快要完工之时，他指挥工人拆除钢架，突然间钢架倒向了他，当场人就没了。她哭得伤心欲绝，男孩父母也伤心得肝肠寸断。后来她发现自己怀孕了，本想打掉，可是想到往日甜蜜的情景又于心不忍，况且孩子的爸爸也是家中独子，可不能就此断了血脉。

可怜的孩子，从此少了为她遮风避雨的人，多了人生坎坎坷坷。母女两人相依为命，相互支撑，一路走来不易也幸福。每年暑假这边的爷爷奶奶都会打电话叫她来玩。这孩子很懂事，把家乡这时候刚成熟的特产冰火果带到这里卖，说是赚到的钱给妈妈买手镯。

这位母亲说到动情处忍不住掉下眼泪。

宋诗旎把这一篮子的果子都买下了，女孩回去时，一直转过头向宋诗旎挥手致意。

九六　一纸调令

望着女孩远去的背影，宋诗旎把刚才向女孩要来的家人联系方式紧紧地攥在手心。她感到自己就像生活在一个空气混沌，又不断翻滚颠簸的闷罐里，这小女孩就像小天使在不断召唤她，召唤她掀开罐盖去往自己不曾到过的神秘之地。

一个人的价值是什么？人生匆匆，又将奔向何处？

宋诗旎觉得自己活得很失败，毫无意义，倒不如一个卖果小女孩来得洒脱。她至少有憧憬，希望通过自己的努力买个礼物送给母亲，平凡又伟大。

第二天她看到女孩又在那边卖果子，便花了十五元钱给她带了一份肉丝炒面。因为昨天两人交谈得很热切，所以小女孩也不拘谨，直接就开始狼吞虎咽起来。

"姐姐,你们这儿的面挺好吃的,做得很精细。我们那儿的青稞面味道也不错,下次您去我们那儿,做给您吃。"小女孩吃得鼻尖都冒汗了。

"我们才旦依玛真不错,还会自己烧饭,了不起。"说着给她擦擦汗珠。

小女孩讲了好多她们家乡稀奇古怪的事,作为交换,让宋诗旎讲许多故事给她听。宋诗旎好久没有感受到当老师的乐趣了。自从自己得病,就办了病休手续。童真童趣就是天趣,和小女孩交谈宋诗旎感到特别轻松愉悦,这是久违的感觉。要说还有的话就是和周一在一起的时光,现在都已成了回忆。

每天和才旦依玛聊聊,成了最近例行的事。才旦依玛即使果子卖完了也照来不误。有一次等宋诗旎过去,看见她母亲正对才旦依玛说:

"果子都卖完了,以后不用来这里了,天这么热你会中暑的。"

"妈,你不知道,我来这儿不是为了我自己。这儿是医院,这些字我认识。这位姐姐病了,我发现我们一起的时候她特别开心呢。她是好人,我想让她早点康复,教我好多故事好多知识。"

刚刚两人的对话,宋诗旎听得很清楚。这真是善解人意的孩子,宋诗旎被深深地感动,躲在树后抽泣起来。薄凉的尘世还有人关心自己,替别人考虑,这样的感觉如同夏日里的一瓣雪花,稍纵即逝。

她现在需要帮助,需要倾诉,周一吗? 不行,他受到的伤害够多了。所谓的丈夫吗? 他不添乱已经足够,这一切还不是拜他所赐。厘不清,扯不断,也许离开漩涡的最好办法就是让自己成为漩涡。

而宋诗旎的境遇也深深牵动着周一的内心。他多想在她身边默默地保护着她,就像一件不起眼的斗篷随时飞过去为她遮风挡雨。

有时候,当你抱着很大期望时却实现不了,有时不抱希望了,愿望一下子就实现了。周一接到了调令,调往永安县城南小学任教,这是一所百年老校,历史底蕴深厚,教育教学独树一帜。

对于这项人事调动,周一十分称心。一是可以离宋诗旎更近一些,万一她有困难,可以第一时间出现。二是自己多年的夙愿、目标终于实现。上级部门要求在两周内完成交接。而新任校长就是慕容雪,周一知道她这也算是要真正扎根乡村教育事业了,这算不算是违背了她当初的愿望? 或者说是不是慕容雪自己也没想到。本想带一个人出去,没承想自己却留了下来。

"后悔了吗? 还是未曾料到是这样的结局。"周一对前来交接的慕容雪说道。

"后悔是有,我本想带你到外面的世界,哪怕你要走四方闯天涯,我愿意作陪,你要是找一隅当个隐者,我也愿意遁世。只是没想到,看着你经历了那么多人生至暗的时刻,你都没有倒下。我这又算得了什么。"慕容雪坦白道。

"那一直对你仰慕有加的周思文,你有何打算? 你们年纪也不小了。"

"如果他真的心里有我,一定会尊重我的选择,也会理解支持我。"

"没在说我什么坏话吧? "说曹操曹操就到。周思文还领着一帮兄弟来到他们身边。

"看你这阵势,不会是来抢亲吧? 这人事安排可是上级部门定的。"周一调侃道。

"周大哥言重了,我叫了一帮兄弟来,主要原因是他们都有一技之长。这不,听说慕容雪当校长了,我就让兄弟们以后来校给孩子们上上拓展课,也能维修各种故障设备,还能给学生讲解编程等方面的专业知识。"

慕容雪是幸运的,学校硬件设施现在已经有了极大改善,还有那么多人关心着,加上她是一个很有思想的人,学校在她的管理之下一定会越来越好。

她也终于放下,接受新的开始。周思文也算是守得云开见月明。

九七　人间消失

农村教师进城很难,一直以来,有教师退休或外调其他系统产生空缺,才会有农村教师调进城里的机会。这次两者都不具备,为什么自己有这么好的机会? 周一很纳闷。

那天周一正在整理办公室,突然听到有人敲门,扭头看到张士杰站在门口。

"你怎么来了? 事先也不打个招呼。"周一边把要用的书放进盒子里,边让他进来坐。

"我是来接你的班,不不不,别误会,不是来当校长,就一普通老师。"张士杰怕他不相信,把调令拿出来给他看。

之前的疑惑现在也解开了。张士杰自己主动申请到农村任教,空缺一个位置,刚好周一补上。

"你这又是唱的哪一出？"

张士杰没有马上回答,似乎在酝酿着什么,拿出一根烟塞嘴巴里,又拿出一根递给周一。见周一不要,把嘴里的烟也拿下,自嘲地说:"现在是无烟学校,把这茬给忘了。"

"这儿也有专门的吸烟室,学校虽然没有城里的大,但是基本功能都具备。"

"不用了,我也没有烟瘾。只是有时烦闷会抽几根。言归正传,当年我犯下大错,如今也是还债,世事无常,一切又回到原点。况且这留城的名额本来就是你的。"

"过去的事不提也罢,人总是要往前看。"周一平淡地说道。

"那可不一样,对我来说算是一种赎罪忏悔,我现在也算是从头开始。何况我们的老班长秦泽猷都已经把自己的生命献给了大山,我们都是喝过三江水的,血液里奔腾的都有一股向前的力量。你们都是值得我学习的楷模,还有更重要一点,那就是你在城里发挥的作用比我大,能更好地照顾宋诗旎。如果当年你分在城里,你们俩现在也成了,也不会经历这么多事。这件事上,我有愧于你们。"张士杰怀着歉意说道。

周一明白,这么多年,也印证了时间有时是最好的解药。无论你是年少轻狂,还是中年稳重,岁月里经历的对与错,岁月会给你答案。

周一本想就这么悄悄地走,可是慕容雪和老师们都不同意,一定要安排个仪式,才放他出山。

慕容雪快人快语:"你出去了,把我的心也带出去了,虽然我人在此,但是也相当于我也进城了。所以既是祝贺你,也是祝福自己。"

为什么大家都喜欢慕容雪这姑娘,就因为她敢爱敢恨,敢大胆地追寻自己的梦想和幸福。表里如一,真诚阳光,总能把一件伤感的事化解得风轻云淡。

年长的老师对他说:"从小看着你长大,从师生关系变成同事关系,又成为上下级关系,唯一不变的还是那份长辈对晚辈的期望。"

其他几位年轻教师则说道:"当初听说分到这个学校,内心有过挣扎,在这个除了山还是山的地方能实现自我价值吗?曾经也迷惘过,反思过,现在看来还是收获了许多人生旅途中的友情。"

这些老师平时不会花言巧语,都是从心底里发出的肺腑之言,让人感动。话到这个份上,周一也只有恭敬不如从命。

周一来到康复医院探望了宋诗旎母亲。医生说她的情绪比之前稳定多了。周一看她气色也好了许多,也就放心了。

可是他却听说宋诗旎不见了。来到她入住的医院,医生说她前两天就出院了。学校里也不见踪影。他再次来到宋诗旎妈妈身边,看见她床边有一封信,上面的收信人是自己。周一连忙拆开看。

"这是我写的第一封没有称呼的信。我不知该用怎样的称呼来界定,想来人生是如此地戏剧性,充满了不确定性。今天的结果都是我们所没有预料到的。在我结婚的头一天我来找过你,希望你带我远走高飞,都21世纪了,却像古代的痴男怨女为爱浪迹天涯。只是那天你不在,也许一切都是命中注定的,错过了,就是一辈子。还是很感激你曾经给我带来了许多快乐,也感谢你默默地照顾我母亲。无以为报,余生祝你幸福。当你看到此信,我已离开故土,去寻找诗和远方。若有缘,再相见,无缘,也曾留下刻骨铭心,足矣。"

周一问了许多人,都不知道宋诗旎去向何方,从此杳无音讯,人间蒸发一般。

九八　除恶务尽

为期三年的全国扫黑除恶专项斗争开始。

打掉一批涉黑涉恶组织,惩处一批黑恶势力保护伞,使黑恶势力违法犯罪问题得到有效遏制,滨州市第一时间完成了斗争部署。

深夜，山城公安局接到群众举报，有一伙不法分子在码头一所废弃仓库从事贩毒等犯罪活动。重案小组雷霆出击，数分钟后荷枪实弹的特警战士把仓库围得水泄不通。

警方几次喊话里面的人出来投降，得到的回应的是几声枪响。对于这些亡命之徒，只能毫不留情地打击。在警方的强攻之下，不法分子伤的伤，亡的亡，最终被一网打尽。

在突审中，挖出一条重要线索，这伙亡命之徒的首脑就是郝仁，所有的证据也都指向了他。

会议室里，几位领导正在研究该案的下一步行动。

"众所周知，这郝仁的背景不简单，要动他，我们也要权衡一下，不然会引火烧身。"其中一位发话。

"王子犯法与庶民同罪，古已有之。如今自上而下就是要根除这种特权思想，打击黑恶势力违法犯罪，使人民群众安全感、满意度明显提升。"另一位义正词严。

"黑恶势力保护伞得以铲除，才能使涉黑涉恶违法犯罪防范打击真正有效。如果在大是大非面前，我们有丝毫的仁慈之心，就是对黑恶势力的纵容，愧对百姓，也亵渎了我们肩上的徽章。这次的抓捕行动严格贯彻上级的意图，除恶务尽，由此出现的关系请托、敏感身份抗拒，而导致的后果我一人承担。"最后专案组长一锤定音。

兵贵神速，警方查到了郝仁的行踪，第一时间部署抓捕。不过郝仁被围困在一座楼内时，突然跳窗，逃进了密林丛山。

搜寻无果，便在各个交通要道布置了卡口。

三天后，在一处卡口抓到了他。因为过惯了锦衣玉食的生活，在山里东躲西藏没坚持住饥肠辘辘的逃亡生活，就想着出来找吃的，结果被逮了个正着。

在审讯室，一开始他拒不配合，嚷嚷着一定要见律师，一定要打电话给老爸。最后在确凿的证据面前不得不低下不可一世的头颅。

原来这厮所犯之罪罄竹难书。

为了圈地皮，强拆民房，垄断房地产；毒品交易数量巨大，毒害了多少家庭；欺行霸市，收取保护费，未交保护费的轻则受到恐吓，重则被打砸……

宋诗旎嫁给他实在是受尽委屈,甚至当着她的面把外面不三不四的女人带回家,简直畜生不如。宋诗旎知道他已无可救药,所以随他折腾,从不过问,眼不见为净。

这次的打击力度空前,对于与黑恶势力沾边的一律从重从快处置,在强压之下,郝仁编织的犯罪网轰然倒塌,最终经过公审,被判重刑。

几天后,一条消息传遍了山城,黑恶势力得到铲除,老百姓拍手称快,以前到处被搞得乌烟瘴气,如今在严厉打击之下社会已经和谐安宁了好多。虽然不可能一夜根除,但是犯罪分子再也不敢明目张胆,横行街头。

而郝仁的父亲自从儿子被抓以后,他也落得一个管教不严、约束不力的训诫。现在他已退休,被免去所有职务,孩子的不幸就是一个家庭的悲哀。

后来,这官少不知是不是良心发现,他发了一则声明,说是和宋诗旎解除了婚姻关系。这也算是他最后的善良,也让宋诗旎重获新生。

周一听到这消息,像是出了一口恶气,和他之间的明争暗斗,终究还是正义战胜了邪恶。只是可惜,一直找不到宋诗旎,不知道去往了何方。

九九　走出大山

自己终于走出大山来到县城里,读书时代就为之奋斗的目标终于实现。三年中专,品学兼优,本就可以实现梦想,却因种种原因与理想失之交臂。毕业分配本可留城,又是因为无法预知的原因擦肩而过。失去了双亲、挚友、女友,人生本该成长收获的阶段却一直在做减法。

命运在和自己开玩笑吧? 等自己终于到了县城,宋诗旎却不见踪影,难道这辈子真的要像彼岸花一样,花开不见叶,叶来花已谢,生生世世两不见。

过往的回忆不是生活的全部,可是每当夜深人静总是不经意间就会浮现点点滴滴,如瓢一样这头按下那头浮起。记得宋诗旎毕业分在城里,周一和她一起逛街,来到十字街百步云阶脚,点一碗十元面条。两人一根,一个这头一个那头嗦面,吃完了痴痴地看着她。

"干吗这样看着我,还没吃饱?"宋诗旎问道。

"没吃饱。"

"那再吃点。"

"还是不饱。"

"那吃点其他的?"她不解,大半碗都归他还不饱。

"不用了,再吃也不饱。"

"那吃什么才饱?"

"就吃你。"周一调皮地笑道。

"你这坏人。"严肃地谈不严肃的事情,你却不严肃地回答严肃的事情,她白了一眼,可内心却不抗拒。

夜深了,两人还兴致勃勃地在街上溜达。新闻里播报有位明星出家当尼姑去了。

宋诗旎不解地问他:"她歌唱得这么好,为啥当尼姑去呢?"

"因为她当不了和尚。"

每次听到周一调皮地对答,她忍不住就想用小手捶他。

教师群体并不是大家眼中只有如蝉只喝朝露的高洁,如禅清心寡欲的圣洁,也有缠缠绵绵,也有七情六欲的烟火。

美好的画面如山水画卷,晕晕染染,让人每次想起内心都会泛起波澜:昨夜无风雨,内心起波澜,伊人何所见,梦里泪潸然。

以前总相信事在人为,不计后果地去付出,因为相信努力了就会有好的结果,现在经过岁月的洗礼,明白任何事情有了期待总会伴随失望。可芸芸众生为什么还在尘世熙熙攘攘来,摩肩接踵而去?世间并无完美,缺憾常在,追求完美的过程本就完美。诚如班长,家境优越,素养又高,按说是完美无缺,可是他还要来到基层殚精竭虑,夙夜为公,遵从自己的内心,也许灵魂深处的呐喊,就是自己人生轨迹的指南。对他来说把生命献给自己喜爱的事业就是一种完美。

可自己呢?刚到村小,穷山僻壤,孩子们如猴子一般顽劣,家长对于读不读书抱着一种无所谓的态度。转变他们的观念思想是那时自己最花精力的地方。村小撤并,到了完小校舍扩建成了重中之重,为了给师生提供一个良好的住宿条件,自己也算是半个土木工程专家。双校合并,成了中小,为了学校的内涵发展、校园文化建设,也是经历了从百思不得其方到踏出符合校情独有的一条路子。升级镇小,学校发展遇到瓶颈,学生愈加难以管理,社会性的问题带来的冲击多如牛毛,但都已得到妥善解决。学校发展了,学生成长了,家长满意了,可是复盘这一切,唯独自己啥也没留下。职务、职称,自己已然落后,名和利双不沾,很好地诠释了两袖清风的内涵与外延。

为什么还要去追寻,还要走出大山?栽下的禾苗已成熟,到了收获的季节,为什么不坐享其成呢?是为了追求完美,追求自己的梦想。难道之前种种就不是吗?即使不是不也是后续追寻的踏板,也许自己的内心呼唤与冲动一直以某种形式被掩盖了,自己的过往终究没有让自己得到认可,哪怕全世界都满意,都未必。

如今自己终将离开这片土地,这片曾经不愿再来之地,又把自己青春都熬完的故土。

新的生活将开启大幕,对于自己来说又是一种新的体验。无论前路如何,自己当年的誓言犹在耳边,自己的梦想要靠自己的双手亲自实现它。

下篇 逐梦

一〇〇 人人为师

依山傍湖，闹中取静，城南小学的地理位置卓越，是一所九年一贯制学校。周一调到这里担任语文教师，虽说自己平时爱好文学，语文教学经验也有，但还是感觉多少有些不适应。

农村的孩子拘谨，课堂上很少会主动表达自己的观点，你得创设好情境，还要不断启发，而城里的孩子自信活跃过头，甚至课堂上你在说他也在说，你说一句他已经顶十句。习惯好的，一整堂课都能"站如松，坐如钟"，差的就是提醒一整节课也是"站成葱，坐成虫"，泾渭分明，好差平分秋色。有时上了半堂课突然发现怎么少了一个人，走去一看，这孩子在桌子下玩，太胖了钻不到位置下，只能屁股进去，像挂了倒挡的车。

早就听说城里的老师教得很轻松，家长基本上在家教一半，老师们只需扫扫尾。现实是天资聪颖的学生确实不少，但是后进生也不在少数。刚学过的知识点又忘了，忘了教，教了忘，天天如此，需要女娲补天，女老师们旗袍长袖一穿还有点像，男老师们只能学盘古开天地。对于习惯好的，你大可以"守株待兔"，反之你得"守猪待吐"。

城里的孩子有个性，见多识广，知识储备丰富，有些家庭教育到位，没两把刷子还真教不了。因材施教，有教无类，生本课堂，大单元教学，教研生态越来越丰富，理念也越来越标新立异，无论何种模式方式，最终都是培养孩子先成人再成才。

"同学们，你们知道怎样的人才能成为老师？"

"知识渊博的人为老师。"有同学答道。

"品行高雅的行事有范的为老师。"

"像老师这样有学问的人。"这是马屁精式的回答。

"像我这样帅得人见人爱，花见花开的。"这是自恋式回答。

"师者，传道授业解惑也。"有人引经据典。

周一看看大家笑而不语。同学们不知老师葫芦里卖的什么药，赶紧催促老师说说自己的答案。

"三人行必有我师焉。"

"切——"周老师这答案，同学们明显不买账。嘘声四起，这不就是引个名言而已，又没有什么见地。

"同学们一定在想，这算不上什么惊人之语吧。但是你想想，每个人的精力是有限的，不可能做到尽知天下事，每个人擅长的领域也不尽相同，只要有一技之长都可以成为人师。能者为师，懂者为师，师为师，生为师，教室里随意组合三人总有一人在某一方面值得我们学习，就应该尊他为师。万物万法，无道无形，大家不要拘泥于形式。"

教室里掌声四起，周一继续道："我们今后的课堂就叫'圆桌课堂，人人为师'。希望同学们积极展现自我，表达真我。"

周一把教室里课桌围成圆形不分主次，跟联合国的圆桌会议类似。四面墙上都挂上黑板，每位同学都可以上黑板表达自己的理解和观点。课堂结构为"五五模式"，即学生讲一半，老师补充一半。这样的形式说到底是以生为本，崇真尚思，充分发挥了学生的主人翁精神，调动了积极性。

平行班的老师也知道周一有魄力，敢于创新，都给予支持，说风凉话、拆台看戏的比之前少了许多。尤其是吴会清老师，也是周一的学姐，高他一届，经常给他提些中肯的建议，让他受益匪浅。这位长得像古典式美女的同事，常让他误以为是宋诗旎，她们眉目间堪称神似。秀发如青翠的柳丝，清眸似含翠涟漪，青衣转身，如碧波卷烟雨，那弯浅笑，如弯月清辉，通透内心，豁亮整个世界，活脱脱一个从画中翩然而出的凌波仙子。

初来乍到，幸得这位老师的悉心照顾，使得自己快速地进入角色。记得那次去滨州市上新锐课，磨课不下十几遍，但是吴老师一直倾力指导，毫无怨言，那敬业、专业的样子让周一内心感动不已。

城里学校注重团队协作，所以组内活动比较多，除了教研活动，外出采摘杨梅、橘子或者聚个餐增进友谊的活动也时常会有。大家年纪相差不大，聊得来，也聊得开。周一孤独的心似乎也得到了治愈。

年终学校举行团拜会，以年级组为单位表演节目，分学科展示才艺。大学校就是不一样,人才济济,能唱能跳的不少,专职艺术类的老师往往大放异彩。说实话周一很喜欢这样的活动,很容易受到气氛感染,可是又打不起精神,因为他始终惦记一个人。但是他所在的组没有音乐教师,节目不像其他小组那样已经准备得有声有色。可是放弃不参加,会让人觉得态度不积极,没有组织性,于是他主动提出可以演奏乐器,其他老师伴舞。

这支箫已经很久没有吹过了,自从宋诗旎人间蒸发以后,每次看到也是睹物思人,徒增伤悲,所以一般不会轻易示人。这次活动也不能扫大家兴致,毕竟大家都是抱着娱乐的心态,增进交流和感情。这箫声意缠绵,似乎勾起了大家青春的回忆,都沉浸在曲子里,以致一曲结束了大家还意犹未尽,周一又弹钢琴为大家倾情演绎了一首。早就耳闻周一多才多艺,能文能武,这次大家也算是开了眼,睹了真,对他就更加佩服。

活动结束后,周一正在办公室批改作业。数学老师章小伟把一本文学杂志放在他面前,说道:"周老师,了不起啊,省级刊物上发表文章了。"说完还把作者简介朗读了一番:

"周一,滨州市作家协会会员,书法协会会员,五星级文艺人才。精诚待人,精心施教,精准辅差,精工课堂,'精益求精'是他的教育准绳……"

其他老师听到了也都过来道贺。

"你可真低调,有好几把刷子,平时也不怎么拿出来给我们耍耍,藏得够深啊。"

"一篇小文,难登大雅之堂,各位见笑了。"周一谦虚地说道。

"平时看你又是打球,又是弹奏乐器,你怎么还有时间去咬文嚼字,我现在拿起书就要睡着。"另一位老师不解地问。

"我刚好和你们想得相反,因为总是感觉自己烦躁,所以想通过看看书、写写文章使自己静下来。其实写文章也没抱着一定要发表还是获奖的心态,随心而写,至少在这一段时间内自己是充盈的,心绪可以不受世俗的拘束。别人是静得下来写,我恰恰是通过写让自己静下来。"

"那你传授一下写作技巧,让我们也发表几篇,独乐乐不如众乐乐。"

"写文章其实也没什么特别的技法,有些人喜欢情怀打动情节,有些喜欢事故推动故事，不一而足。我自己则认为，好的文章，语言要骨肉相连，情节要蔓引株连，意境要藕断丝连。有时有明确表达的目的，有时形散神更散，要么不知所云，要么就是刻画的痕迹很重，好的文章，在风轻云淡里表露了心迹。实在不行，把自己写开心了就好。"周一倒不是经验所谈，言为心声，每次心境不同写出的文字也大相径庭。

"我们读的是同一所学校，你能写出来，我们却不行，当年读书时老师偏爱你。"高他两届的汪老师接道。

刚才的几位老师，周一和他们相处得都比较好，大家平时也都无话不谈。汪老师为人幽默，有次他在粽子里吃到蟑螂，别人都劝他投诉，他倒是慢条斯理地说："这是真肉粽。"

周一清楚，这些老师都是谦虚的说辞，自己写的不过是一点胡言乱语。

放学时，紧张了一天，同学们终于可以轻松一会儿，有些小孩忍不住吵闹起来，周一也不大声斥责，只是调侃道："这么吵，人还没到家，声音到家了。"同学们也就静下来，没人继续吵吵闹闹。

"同学们再见，路上注意安全。"放学的时候，周一在校门口一边提醒一边维持秩序。

叭叭，伴随着一阵刺耳的鸣笛声，一辆失控的轿车从不远处呼啸而来。不好，学生刚又放了一批出来，有一位小朋友正在过马路。危险骤然而至，周一见状，一个箭步飞奔过去，抱着孩子，车子直朝他的头轧来。周一一个滚翻，人是躲过去了，可是右手还来不及抽回，已经被轧。

小拇指当场被碾碎，大家赶紧把他送到医院，可是已经太迟，没有修复和缝合的可能。从此十指不全，再要去演奏乐器已经是十分困难。为救学生性命，周一失去了一根手指，代价颇大，可是他不后悔，与孩子的生命相比自己受点痛苦也值得。

只是似乎冥冥中总有一股力量让自己不安生，刚刚通过乐器表演征服了大家，偏偏伤害又一次降临，这是要打倒自己，要让自己认命。

一〇一　唐生再生

半生风雨半身伤,走出大山是目标的话,现在已经实现儿时起就深埋心中的梦想,等真正梦想生花了,却反而不知道自己追寻什么。无数个夜里周一问自己:这一生最留恋的是什么? 什么名气、利益,实的、虚的,所有的一切通通消弭无形,能让自己辗转反侧的还是那段放不下的情感,容得下万物消长,却忘不掉那人消匿。曾经很喜欢《少年行》:

> 新丰美酒斗十千,咸阳游侠多少年。
> 相逢意气为君饮,系马高楼垂柳边。
> 出身仕汉羽林郎,初随骠骑战渔阳。
> 孰知不向边庭苦,纵死犹闻侠骨香。
> 一身能擘两雕弧,虏骑千重只似无。
> 偏坐金鞍调白羽,纷纷射杀五单于。
> 汉家君臣欢宴终,高议云台论战功。
> 天子临轩赐侯印,将军佩出明光宫。

每次读起王维的诗,周一内心道不尽的慷慨悲歌。这四首诗用笔或实或虚,或显或隐,舒卷自如,从不同的侧面描写了一群急人之难、豪侠任气的少年英雄。他从小就崇尚游侠意气。

犁庭扫闾,封狼居胥,是年少时的英雄梦。如今身心俱疲,云游"思"方,才能真正逍遥"乏"外。现在高速高铁已经开通,进入到了双高时代,人们出行也大大方便,千里江陵一日还已经实现。

文化交融,五方杂处,现在社会上游学、采风等社会性活动很多,周一因为诸多领域都有研究,所以经常收到各类学术活动邀请函。上级部门也对他给予了特批,可以弹性上班,不拘泥于形式,支持他深入生活创作,走进社会调查研究。

出行前,周一买了许多水果和营养品去看望宋诗旎母亲。她情绪比之前稳定了,也不再自言自语或者一个人发呆,周一和院方商量,又为她换了个条件更好的病房。一个好端端的家庭,现在支离破碎,周一感到一阵苍凉。离开这里,去舒子卿家道别。秦舒生已经上幼儿园了,看上去知书达理又伶俐可爱,这几年舒子卿倾注的心血一定很多。周围的人劝她再找一个,不用那么辛苦,何况孩子的成长父亲的角色不能缺席,可是她都拒绝了,说暂时不考虑,以后也得看缘分,当妈又当爹着实让人心疼。

父母亲的坟头草已经被清理干净。这生他养他的双亲,日子刚好起来,还没享过福就走了,周一陷入到无尽的思念和深深自责中。为了山村教育事业一家可谓鞠躬尽瘁。只有自己优秀起来,过得开心,才能告慰二老在天之灵。

最后就是到老班长安息之处。等他来到那里,却远远看到有两个身影站立在那儿,其中一个身影似乎很熟悉。

等走近一看,他差点惊掉下巴。此人正是唐生,多年未见的好兄弟,只是当年帅气的脸庞,如今看去已经沧桑了许多,脸颊上的那道疤痕隐约可见。

兄弟相见,诉不尽的前尘往事,道不完的悲欢离合。

"这么多年你到底经历了什么? 当年我们三个专程跑到你家,却无功而返。"周一戚然说道。

唐生眼圈泛红,旁边的姑娘递来纸巾,他摆摆手。唐生走到周一身边拍拍他肩,意味深长地说道:"人生一劫,一言难尽,我的事等一下再细细叙来。我们班长怎么就英年早逝了? 他不是和你一样在学校当老师吗? "

周一把秦泽猷生前的工作情况和他一一道来,尤其是当了公务员后的那段经历。

"这也算是生得其名,死得其所。老班长从读书那会儿,就立志为民造福,这也算是践行了他自己的承诺,我们应该替他高兴。"

唐生取出一瓶水转身在墓前说道:"这是从当年我们读书的地方取来的三江水,这里面包含了我们的情谊,今天我就以水代酒敬你。同饮三江水,一生好兄弟。"

周一也连忙把自己带来的水果、花束摆好,敬上自己的哀思。

"你和宋诗旎是怎么回事? 我怎么听说她不见踪影了。当年你们都羡慕我,其实你们才是最有可能的。"唐生不解地问他。

看着周一落寞的神情,唐生基本也能猜出十之八九,老话说得好,人生一世风雨半世,顺风顺水的好事又有几人轮得到。

"我和她之间就像彼岸花,花叶不相见。曾几何时,我都感谢上天让我认识了她,弥补了我性格上的缺陷,也让我对未来有了美好的憧憬。然而,一切终究不过是繁华梦一场。"

"当年读书时,你们郎才女貌,我和柳叶舞神仙眷侣,但说实话你们二位的性格更般配。"

周一把这几年和宋诗旎的感情纠葛,以及自己所面临的种种遭遇,竹筒倒豆般告诉唐生。

对于周一来讲,经历的种种磨难都能承受,唯一后悔的就是当时阴差阳错和没有当机立断。他也是后来才得知,当初宋诗旎被官少纠缠,周一就动了念头想带她远离世俗,远离是非,奈何发短信给宋诗旎,结果她的手机在官少手里,被他删除了信息。后来官少威胁周一,以后胆敢再发一次,就会把怒火撒在宋诗旎身上,哪个男人愿意看到自己心爱的女人受到伤害,自此没有了下文。让人唏嘘的还有宋诗旎在结婚头两天也曾来找过周一,希望他带她远走高飞。可惜那天周一正带学生在滨州市参加活动,错过了。

"可能我们俩命中注定有缘无分,现在宋诗旎身在何处,天涯茫茫我又该去向何方?"勾起依依往事,周一明显感伤。

"我们真的是难兄难弟。读书时代,所有的人都羡慕我,家里有万贯家财,不愁吃不愁穿,十足的富二代,在校园里还拥有了完美的校花。其实我所经历的比你们所有的人都坎坷不知几倍,生命一度如芦苇般脆弱易折。无数个夜里,我都想自己放过自己,随风飘逝,就像不曾来过。可是我硬生生挺过来,那是因为爱和责任。感谢命运,这磨难是对我的馈赠。"

刚才唐生说这些话的时候脸上那表情无比坚毅,甚至有种经历过绝望后的不可一世。两人望向远山陷入长久的沉默。

一〇二 命不该绝

"那你身边这位姑娘一定和你的经历有关系吧？"周一看她，像翠竹那样挺秀，也像文竹那般清雅，不是那种惊世之艳，却有如冰山一样的剔透，由内而外散发的静谧之美。自始至终，这位姑娘未发一言，只是偶尔会意地一笑，这让周一很纳闷。

马路对面有石桌椅，三人便过去坐下。

唐生接着刚才的话题说："当然，如果没有她，也就没有今天站在你面前的我。你一定很想知道这些年发生了什么，我经历了什么。"

"我们这个'一生由你'组合，走的走，散的散，如今只剩下我们俩，自然是最关心彼此的。"

这段经历如同大剧一般惊心动魄。

当年父亲病重，唐生来看望，之后就人间消失了。那是因为唐生看望父亲时发现父亲嘴角的残留物和杯子上的残渣相似，而且有一股特别的异香。加上父亲之前身体虽然不怎么好，但病情也不会突然加重到如此地步，所以唐生留了个心眼，收集好这些黄色粉末，托人到专门的机构进行了化验，结果证实含有慢性毒药成分。最近都是他姐夫在照顾父亲，所以嫌疑最大，而且查了他姐夫的购物记录和公司账目来往，发现许多实质性的证据。

当晚唐生和李志强一起把姐夫吴道约到野外对峙。没想到这姐夫留有后手，知道事有不妙，叫了两个打手埋伏在旁边，眼见抵赖不成，居然丧心病狂叫人行刺。本来唐生考虑家丑不外扬，毕竟是亲姐夫，万一走法律程序，撕下他虚伪的面具，最伤心痛苦的还是姐姐，所以希望在外面商谈好，姐夫从此不再过问公司的事情，以后洗心革面，不再作恶。

没想到姐夫干脆一不做二不休，要杀人灭口，李志强挡了一刀掉下悬崖，唐生去拉他时也被两个打手刺了好几刀最终也坠落下去。

悬崖下是江水，也不知道过了几天几夜，唐生被冲到了一个小渔村。

那天这位姑娘在江边晒网，看到岸边有个漂浮物，过去发现是人，赶紧拖上岸。旁边陆续而来的渔民让她别管闲事。说这人身上中了这么多刀伤，伤口腐烂，筋断骨裂，一定是有隐情，贸然介入，会招来杀身之祸。

可这位姑娘不但不理这些劝言，还把唐生背回家救治。只是这重伤实属罕见，伤口一直不见愈合，人昏迷不醒但又胡话连篇，听说后山悬崖上有一种草药对这症，这姑娘冒着生命危险去采药。

这姑娘也是苦命之人。

早年，在渔村靠山一带，住着一对老夫妻。他们经营着一家早餐店。每天忙忙碌碌，弄得蓬头垢面，辛苦自不必说。虽不富足，且满身岁月的痕迹，但两人却很是满足于这样安顺的生活。

后来，他们老来得女，小孩取名姜语涵。希望她长大后既能说会道又有内涵，因为两夫妻都是木讷、本分之人，少不得被人耍奸。可现实与愿望往往总是相违。由于生育孩子的最佳年龄已过，小孩自然先天不足，加上家庭条件有限，他们的女儿打小就体弱多病，气血不足，即使这样但是人很聪慧，什么东西都是一学就会。六岁那年，有一次高烧不退，等送到医院，虽然捡回了一条小命，但是听觉受到了损害，无法清晰地听到外界的声音，时间久了语言的功能也退化，形同聋哑人。父母亲陷入深深自责中，最后郁郁而终，留下姜语涵孤苦伶仃地生活着。

村邻看到她自己生活步履蹒跚还要救治这位陌生人，大家也经常来慰问她，想方设法帮助她渡过难关。

在她的悉心照料下，唐生恢复得很快。可能是坠落时脸部被尖石划到，脸上留下一道长长的伤痕，就像一只清润的青花瓷上留下一道裂痕，突兀、刺眼。他的头部似乎也受到了撞击，人有时清醒，有时又失忆，记不清刚刚的举动。

唐生发现姜语涵除了外貌与柳叶舞不相似，性格、举止却很相似。在和村民一起生活的时光里，唐生学会了犁田。赶出一头老水牛，套上曲辕犁，一声"驾""起翘转"，牛就像听懂了号令向前奔去，同时完成翻土、灭茬等工序，最后耙田，将翻转过来的泥土，用铁制的犁耙，借助耕牛的力量将泥土打碎并整平，不久插上秧苗就可以向往金谷满仓的丰收。

渔民们的勾丝结网、驾船捕鱼，这些技术唐生跟着学了几遍也就会了，唐生也经常和他们一起结网捕鱼。

那些年和村民们享受着快乐无忧的时光，唐生偶尔出现头疼，每每这时候脑海里常常浮现出模糊的生活场景。可一旦头不疼，恢复了正常，又一切都不记得了。

村民们都觉得这个外来的人，虽然身世不明，但心地善良，而且和姜语涵也很般配。

一〇三　新仇旧恨

在渔村的日子是唐生最快乐的时光，没有悲伤仇恨，没有尔虞我诈。

不同于影视剧里那样，在一个特殊的场景或日子里，主人公突然就恢复了记忆。唐生突然记起自己是谁，之前发生了什么，就是一个很平常的日子，没有出现什么异象。

刚恢复记忆时，唐生显得很兴奋，可是看到脸上那道疤，心又灰死一半，如是这样，倒不如一直沉浸在忘却当中，不知道自己是谁，也没有烦恼忧愁。

他本想悄悄离开，但是平日里与村民们和睦相处的时光常浮现在脑海里，尤其是得知姜语涵的身世以及对自己的再造之恩，让他去而又返。

本想就此沉沦在一方小世界里，可是该来的还是会来。

姜语涵和唐生一起去街市上卖药材。街上人来人往，热气腾腾，摊子上琳琅满目的货物吸引着众多的人挑挑拣拣。唐生看到有一件头饰很不错，就想着买来送给她。以前读书时代，和柳叶舞一起逛街的画面还是不断浮现出来，奈何天不怜人，自己还没给她足够多的幸福，已经花殇叶落，天人两隔。现在为了不留遗憾，对于生命里重要的人要给予好好照顾。

唐生买好饰品，举目望去整个街上熙熙攘攘，目之所及不见姜语涵，他内心不禁担忧起来，万一遇上坏人就危险了。他赶紧挤开人群往前走去，快到尽头看见她在摊位上买一些布料丝线，这是用来做棉布鞋的料子。唐生流露过喜欢穿这样布料的鞋子，她不知怎么的就留了心，让他深受感动。

刚要过去，旁边走过两彪形大汉，唐生看他们身形很像当年行刺自己的人。唐生尾随他们而去，只听得两人在发牢骚："这吴道真不是个东西，老子为他卖命，居然这么精巴巴。"

另一个接道："就是嘛，他这小子坏事做尽，就他现在这个公司还不是从他小舅子那里抢来的，有什么好横的。这唐生也是死得冤，要是活着，看他姐姐被吴道折磨得这么凄惨，一定痛不欲生。吴道吴道真没道德，他不珍惜这女人，还不肯便宜我们兄弟俩，这吴道不得好死。"说完朝地上狠狠吐了一口痰。

这一丘之貉，当年把自己害得这么惨，害我也就算了，还要整我的姐姐，今天非得拆了他们！唐生怒不可遏。可是一想，不行，不能硬拼，这两人毕竟不是主谋，这事还得从长计议，只是可怜了自己的姐姐。

两个混混边说边拐到了小巷里。

"恶棍，拿命来。"一声厉喝。

两恶棍抬头一看，面前站着一个蒙面人，手里提着西瓜刀。两人刚想要抵抗，已经被结结实实打倒在地，蒙面人用刀逼着他们脖子。

"好汉饶命，好汉饶命。我们井水不犯河水，大路朝天各走一边。"

"什么水不水路不路的，我就是吴道派来索你们命的，你们知道的太多了。"

"这吴贼真不是个东西，自己干了那么多坏事现在居然要灭我们的口。我们不甘心啊！"一个喊道。

"是啊，不甘心啊，好汉我们掌握了他许多犯罪证据，你放了我们，我们一起把他扳倒，免得他继续害人。况且我们今天的下场，保不齐也是你日后的下场。"一个哭喊着。

这蒙面之人不是别人，正是唐生。刚才他看到有人卖布料和西瓜刀，他就想到了这招。

唐生让两人写下了吴道以前的犯罪事实。这两人知道自己罪恶深重，怕引来报复和灭口，随身带着U盘，里面有吴道的一些罪证，这下齐了，足以把吴道绳之以法了。

为了这一天，自己等了很久。当年父亲创办的公司没有被同行竞争对手搞垮，却被自己人惦记，落得个家破人亡。

后来唐生把这些罪证交给了司法机关，最终在大量确凿证据面前吴道只能供认不讳，公司又重新回到了唐生手中。

这些年的经历，吃过的苦，唐生已经看得很淡，自从柳叶舞走了之后他已经可以平静地接受世间发生的一切。

吴道把公司搞得乌烟瘴气，幸好父亲留下的资产雄厚，唐生打理了一段时间公司的经营状况恢复如初。

原先跟随父亲一起创业打天下的老职工，唐生重新把他们召集回来，虽然他们年老体衰，想法也与当今的管理经验模式有差距，但是公司还是对他们照顾有加。

李志强的妹妹已经读大学，自从哥哥出事，本不富裕的家里更是穷困潦倒，现在犯罪分子已经被抓获，也算是得到告慰。唐生把公司的一部分股份转给了他妹妹，今后的生活也有了保障。唐生觉得自己无法弥补对他们一家的亏欠，走的已经走了，只能尽力对活着的人更好一些。

唯独让他难过的是，自从坠落悬崖后，姐姐就被吴道软禁在家，不让她接触外面的信息，对她不闻不问，自生自灭。幸好姐姐抱着顽强的信念一直支撑着，相信一定会有转机。

唐生把企业交给姐姐打理。家族良好的经商基因在她身上得到了展示，整个公司的业务越做越大，涉及的领域也更为广泛，电商、IT行业、环保领域、新能源都有着不俗的业绩。

所有的一切都出乎意料，又都在意料之中。因为人的秉性使然，唐生安排好一切，总算可以做自己喜欢的事了。虽然有违父亲的意愿，但是人生不就是在出走和走出之间来回循环吗？至少自己是幸运的，经历了大风大雨，还有那么多人关心自己，不曾离开，足矣。

一〇四　行者无疆

对于唐生来说，经历了生离死别，这一路的坎坷，让他懂得了责任与担当，再也不是曾经率性而为的唐少，成长只是一瞬间。他将带着姜语涵，一边演唱，一边访遍天下名医，直到治好她的病。她的病不是先天的，还有恢复的可能性，只要有万分之一的希望，他都将奉陪到底。读书时代排练的迎香港回归节目，家破人亡、坠海逃亡的剧情，居然在自己身上真实发生，太戏剧性了。

"那你今后有何打算？"唐生见周一陷入沉默，便打断他。

周一苦笑道："哪敢有打算，走一步算一步，我的打算到最后基本打散。"

"这可不像是我所认识的周一，这么快就被生活打倒了，经此一劫，我已经通透了，不会怨天尤人，所有的磨难都是成长的垫脚石。珍惜身边人，不要等到真正失去了才后悔。"

跟唐生戏剧性的人生比起来，周一已经是幸运的了。"我知道你没有放下她。你们的故事可算是可歌可泣，你就不想改变这一切吗？别犹豫了快去寻找你自己的梦想吧，不惧风雨，为自己而活一次。"唐生再次劝慰道。

坚持音乐梦想是唐生对柳叶舞最好的告慰，带姜语涵寻医问药是报恩，也是活着的意义。他有了自己的梦想。

而自己呢？周一问自己。

如果说从大山来到县城，是身体的走出，现在世界那么大，出去走走，才是心的出发。

可是茫茫人海又如何去找寻。

告别唐生和他身边的姑娘，周一也踏上了自己的寻梦之旅。他和唐生约定各自去追寻自己的梦想，再见之时就是圆梦之日。

既然当初自己精心设立的目标，苦苦努力依然实现不了，这次周一也不给自己设置条框，一切随缘。

他买了一张南下的火车票。东南西北四个方向，为什么偏偏先买南下的呢？读书时代他就熟记汉代乐府民歌中的长篇叙事诗《孔雀东南飞》，与北朝的《木兰诗》为"乐府双璧"。这是一个凄婉的故事，控诉了封建礼教的残酷无情，刘兰芝和焦仲卿死后双双化为鸳鸯的神话，寄托了人民群众追求恋爱自由和幸福生活的强烈愿望。还有大雁南飞，这一路上会有多少神秘和奇观，自己一直以来就在畅想。

方向有了,但不设终点,自己觉得可以了就下车,上与下都在自己的一念之间。

高铁站里,人群密密匝匝如汪洋大海,周一就像一粒沙子湮没在浪潮中,人们行色匆匆,就像一阵风来去匆匆。周一一个人靠在椅子上,周围很嘈杂,他却像是入了定,其实他一直很清醒,在静听人们的交谈。有的用方言,有的用普通话,车站就像一个池子,容纳着从各处汇集而来的人流。

各种长腔短调里也有学问,有时候听不清具体在表达什么,但是从他们的语气里能感受到事情的轻重缓急。这一方车站,就像人生的江湖,每天演绎着百态故事。

"你在哪呢,'五光十色'?我没看到你啊……就在出口啊?这么多出口我也不知道哪个!"一个男人边打电话边四处张望。这么一个省会级车站,人头攒动,出口又多,当然一下找不到。他又继续道:"你网名怎么叫'五光十色',喊起来也拗口啊。哦,想起来了,你说过你是个有故事的女人,经历过的那些男人有五个光的,十个色的。"

我勒个去,正喝水的周一听到这话差点被呛死,这么私密的话大庭广众之下毫不避讳,也算是个人才。这还不算,电话里又继续:"你说我的网名为什么叫'精帼英雄',告诉你吧,我是来拯救你们这些万千妇女同志的,我发扬钉子精神。"

从这交谈中,基本断定这两人应该是网友,线上打得火热,今天是约线下见面。人的生命是有限的,要把有限的精力用在为人民谋幸福中,周一很想过去握着他的手深情地说一声:"同志,您辛苦了。"

周一想屏蔽这杂音,可是挪了位置,这厮又靠近过来,电话还不消停。

"快来人,救命啊……"一阵呼救声在站内响起,人群朝声音传来处涌过去。周一看见一位老人仰面躺在地上,旁边手足无措的女儿试图在唤醒父亲,一边摇晃一边哭喊。从症状来看应该是突发心脏病,这种病来势汹汹,不是专业人士除了干着急还真无法施救。正在大家着急之时,突然传来一声:"大家让让,我们来试试。"

大家让开道,一位穿白大褂的医生挤过来赶紧开始心脏复苏,接着,又一位医生过来,在两人合力抢救下,老人终于苏醒过来。和老人女儿交代好注意事项,病人家属还没来得及感谢,两位医生赶去乘车了。原来这两位医生是同事,去邻省参加一个医学学术会议。刚才听到呼救声,两人马上去急救。两人没留下任何信息,深藏功与名。

列车缓缓启动,车窗里一位男孩拼命挥着手,车窗外,一位女孩深情地目送列车远去,久久不肯转身。他们一定是一对恋人,那对视的眼神分明还残留着彼此的余温。为什么此刻别离,男孩去求功名,女孩来相送? 还是女孩在此工作,男孩来探望? 经年累月之后,他们之间是否依然热切,还是此情成回忆?

这一方车站,人生的道场。自己的故事,不过是他人故事里的一段插曲。芸芸众生,不过是一粒尘埃,即使如此也要堆积一段人生的高山。

以前的旅游大家挤在一辆车里,颠簸的路况,封闭的车厢,昏睡的旅途,如同一群猪仔被闷在罐里一般。而今高速铁路,如同血管把神州大地大好河山串通起来,这一方车站如同人体器官,流动的人群如同血液,在这里交织。

周一总能体味到不同的人生况味。

如果

如果

你是天上的云

云影徘徊　轻卷慢舒

请投影在我生命的领空

画出最美音符

我仰望天空

请在我心间停驻

如果

你是夏日的莲

娉婷婀娜　清涧摇曳

洗涤了凡尘　过滤了浮华

请唱一曲云水禅心

如果

你是渡口

请让我

找一处停靠

找一人摆渡

昨日的你

盈然飘逸

胜却人间无数

如果

你是如果

请给我一个

没有如果的结果

一〇五　酒吧驻唱

陌生的城市,陌生的人。

坐上南下的列车,周一一直在昏睡,等到醒来已是万家灯火。为什么偏偏到这个城市就醒了? 总有原因,总不会是巧合吧。不知道,没答案,既然醒了那就下车领略一番这儿的风土人情。

等他出站才知道,这是广江省的一个经济特区城市,这也是改革开放后第一批发展起来的新兴城市。

大都市就是不一样,即使到了深夜,整个城市依然活力无限,夜生活才正式开始。

道路的尽头,两棵老榆树下"7点9"酒吧,歌声不断传出,整条街似乎都在跳动,那是一颗城市跳动的心脏,展示出无限的青春活力。

酒吧里有酒有故事。

周一走进酒吧，想卸下旅途的疲惫，也想迷醉自己，让不堪的岁月在酒里化解。他找了一处角落坐下，服务员端来水果与啤酒。

酒吧装饰得富丽堂皇，吊着精致的金色水晶灯，天花板下一圈镭射灯橘黄的灯光柔和了白炽光，抛光的地面，映衬着狂欢的人影，上面的风光一览无余。爵士音乐悠扬地吹奏着，裙子飘起来，清脆的触地声音，伴以弥漫的雾气让人仿佛置身于瑶池，舞步越跳越快，叫喊声也越来越震耳欲聋。

舞池中央，一位女孩子唱着哀怨的歌曲，那忧伤的神情和忽闪的眼神与周围的一切显得格格不入。她的目光时不时落在周一身上，酒没喝多，他感受得到，因为自己也在觑视。

"唱的什么破歌，老子的兴趣都没了。"周围有几个喝得醉醺醺的在那儿破口大骂。一个壮汉摇摇晃晃地走上舞台，一把夺过话筒开始鬼哭狼嚎起来："妹妹你大胆地往前走……"这歌唱得像是被人捅了一刀，听得让人怀疑自己是不是来到了屠宰场。唱歌女孩则被刚才的壮汉一推，踉踉跄跄，扑在了周一身上。周一赶忙起身扶稳她，姑娘那清秀的脸庞和哀怨的眼神所产生的落差感，让周一感到很奇怪。来这儿的不外乎两种人，一种是来寻乐宣泄的，一顿喝一声吼，情绪得到了释放，还有一种是来借酒消愁的，生意失败，情场失意，一顿灌一身轻，管它东西南北风。

可这位姑娘明显两者都不是。她起身离去时还多次转身凝望着周一，这眼神里夹杂着的似乎有一种渴求，为什么会有这么奇怪的感觉。

被这壮汉搅和，这女孩也没法再唱了，不多一会儿，女孩背着包离开了。只是她前脚出门，后脚就有几个男士也跟着出去。这女孩不会有危险吧？是不是被人盯上了？周一从窗户缝往外望去，看见女孩上了一辆车子，跟着几个男人也上了同一辆车。

自己刚才的担心是多余的了，他们是一起的。他们是什么身份，这女的虽然嗓音不错，可是看得出来她不是专业的歌手，演唱技巧还很生涩，说明她的舞台经验并不足。临时来客串的？为什么呢？刚才壮汉搅局，她背后明明还有人，为什么不出头呢？

这一系列的问题如杯中的酒花,破灭一个又产生一个。

多想无益,自己算哪门子侦探? 柯南? 福尔摩斯? 不要自作多情了,你连自己喜欢的女人都护不了周全,逞什么强,除非你比铁还硬,比钢还强。无权无势,就不要当出头鸟,人生如一碗茶,人走茶凉,现在自己是冰红茶。

既然是寻梦就要随心而为,不要被俗世左右。情困荆棘,多动多刺;人处红尘,少动少伤。

又一个夜晚来临,又是"7点9"酒吧,周一知道这里的故事一定如江水面缓底疾。

"但愿人长久,千里共婵娟。"女孩一袭荷叶裙,在舞台的烟雾弥漫下,若仙若灵。轻歌曼舞,飘逸得犹如轻盈雪花,清雅得就像一枝清菊,舞蹈出诗句里的脉脉蕴意!

今晚舞池中央依旧是那位女孩,只是昨晚唱歌,今晚换作了先歌后舞。舞蹈比唱歌更娴熟,有几位主动上去想和她共舞,可是女孩都拒绝了。那女孩欢快的舞姿让人以为她有多么快乐,可是那哀怨的眼神逃不过周一敏锐的眼睛。那眼神如同黑洞又一次吸引着他。这里面一定隐藏着什么,周一深信不疑。

女孩跳至周一跟前,伸出玉手邀请他共舞。周一本想拒绝,自己一介书生,这女孩一定藏着故事,自己当不了那个救星,万一办砸了,可就成了扫把星。

话是这么说,可是路见不平拔刀相助的本性,诱使他怂恿他。他随着她的舞步移到舞池中。几个节拍后,周一大声斥责道:"你这姑娘怎么回事,竟然偷我的钱!"

随着一声呵斥,酒吧内一下子寂静下来。大家的目光都看向池中央,女孩颤抖地说:"没没,我没偷。"

"还敢嘴硬! 我就当场让你现原形。"周一说完,就从女孩兜里掏出了一叠钱,对着大家道:"我能说出这些钱的编号。"

大家起先都不相信,只是经过当场验证,所有钞票上的编号全部无误,大家只能深信不疑。没有哪个人能一下记住这么多的编号,除非是主人。

"看你这姑娘年纪轻轻,长得也像个弱不禁风的林妹妹,居然干这种事,知人知面不知心啊,走,我带你去公安局。"

说完，周一便强行拉着女孩向外走去，看见有辆的士经过，便拦下上车离去。

一〇六　校园裸贷

"老板，再给个五星好评。"司机师傅冲着二位又是点头又是哈腰，一个晚上只拉到两个小单，油钱都不够，别说还要付租钱。没想到准备换班之际接到了大单，由市中心打的到郊区，加上长途费，一单就把一天的挣出来了。

周一第一次被人称为老板，心里说不上的滋味。生活所迫，钱真的可以压弯一个人的腰板。所谓的尊严，在生活面前一文不值。

远离了城市的躁动，周围冷清了许多，偶尔有车经过，会把黑暗短暂点亮。两人看到有个小公园，便朝那边过去。

"你为什么要这么做？"这姑娘率先开口。黑暗里看不出她的喜怒哀乐，但是这语气不太友好。

"那你又为什么这么做？"周一反问道。这答案她有，直觉告诉他。酒吧里，她的眼神就是最好的暗示：救我。

"我知道你这么做是为我好，可是我不值得你同情和付出。"女孩心情很复杂，她既想眼前人救她又不想让他陷入水火之中。刚才酒吧里，周一已经观察到周围有好多双眼睛盯着两人。周一也用眼神告诉女孩两人演个双簧，诬陷女孩偷钱也是迫不得已，临时起意，连个像样的道具都不好找。而女孩柔柔弱弱的样子，和周一怒不可遏的神情，还真像是那么一回事，奥斯卡最佳表演奖可以提前预约了。

"现在说这些已经毫无意义，我想知道你为什么偏偏就选定我呢？"

"因为在场的人只有你看上去不像坏人。"

"看上去不像坏人的，没看到时往往是坏人。"周一觉得她识人标准好感性，可她偏偏是对的。当然，自己谈不上好人，也算不上坏人，哪有人自己给自己下定义的，做好自己的同时，别人愿意怎么想都碍不着谁。

"不，我不会看错。别人来酒吧喝的是酒，你喝的是故事，直觉告诉我你的灵魂在飘荡。你很茫然，似乎在寻找一个人，这个人对你很重要。"

女孩的话似乎戳中了他的痛点，又如黑板擦，擦掉了眼前的黑色，让他暴露在光亮里。也许，周一自己也没整明白追寻的意义，当局者迷，旁观者清。纠缠这些没意义，周一甚至连眼前人的名字也不知，她的过往也不晓，不计后果贸然出手，恰恰印证了她的话。

"在下周一，请问姑娘如何称呼？鄙人命不金贵，但也不想做个冤死鬼。"

"我叫欧阳慧子，读大一，就在广江传媒学院读书。"

"那些一直跟着你的又是什么人呢？"周一追根究底。既然撞上了，就要问个明白。

欧阳慧子沉默了片刻，一颗流星划过天际，而她随后说的话却像火星撞地球。

"其实你一直就是我们的猎物。"

"你们？"

"对，不止我一人。"

"猎物？"

"是的，包括现在你也是。"

周一似乎感觉掉入了黑色的深渊，今晚这女孩的话让他感觉如黑夜深不可测。难道刚才自己走在生死边缘？

虽然看不清他的脸，但欧阳慧子肯定感受到周一的诧异，她决定坦承一切。

"周大哥，你一跨进酒吧，就被我们盯上了。酒吧里鱼龙混杂，形形色色的人都有，就是一个小型社会场。你的气质谈吐不像其他人那样粗鄙，要么是有学识的人，要么是有钱人，要么是走官道的人。他们让我表演唱歌跳舞，就是为了物色一些有钱有势的人，通过观察你最符合标准。所以，我们接触你就是想让你陷入到我们的圈套里，最后让你钱财尽失。"

"你们抬举我了，我就是三无产品，无钱无势无学识。可是你为什么要这么做呢，看你优雅的气质下总是掩藏着忧郁。你是被迫的吧，真相是什么呢？"

"你以为他们会相信我们刚才的表演吗？其实都是戏。你以为你这是救了我,在他们眼里,你才是真正上了钩。他们现在已经在庆祝大功告成,庆祝你这条鱼彻底咬钩。"姑娘生无可恋地说道。

"不过他们还是失算了,因为你的临时改变主意。可你到底有什么难言之隐呢?"周一追问。

夜风吹来,还是有点冷。周一把自己的外套脱下披在她身上,为了吸引观众的注意,她们这些舞者都穿得性感,薄而透才能吸睛。

欧阳慧子抽泣起来,虽然夜色浓稠,但依然感受得到她的颤抖。

"对不起,周大哥,不介意我这么称呼你吧。"

"当然不介意,多个妹妹,更能激发我的保护欲。"

远的不说,慕容雪当时不也这么称呼自己,现在两人处得也很好。只是他觉得奇怪,她的名字很有特点,能取出这样的名字说明家里人对她一定呵护有加,一定对她有特别的企盼。

"周大哥,跟你说实话吧,我,我现在陷入到了危机中。我借了校园贷,现在还不上,被他们威逼才走上这条道。"说完,蹲在地上大哭起来。周一过去安慰一番,欧阳慧子终于把来龙去脉和盘托出。

原来这女孩,家里条件并不差,可是父母亲忙于工作,对孩子的教育也是压制比较多,要求她每次都要考高分,读名牌大学,平时关在家里不让她出去和同龄人玩。家里的游戏不准玩,不准和陌生人QQ聊天,零花钱也控制得死死的。

读了大学,没有了家长的约束,也没有了高考前的心无旁骛,现在接触到了精彩的世界,一下适应不过来,落差巨大。同班同学,同寝室的,都穿得靓丽亮眼,手机也都是高档品牌,许多同学谈起了恋爱,而自己仍旧被家长当高中生一样管理。看着同龄人个个青春靓丽,她自己也有了小心思。家里人那里无法沟通,她看到广告上有很多校园贷,她就动了心思。但是这个校园贷,要本人拿着身份证拍一张全身裸照,作为留档,她犹豫之后还是办理了这贷款。可是到期了还不上,所以就被这团伙安排到酒吧表演,一是赚钱还债,二是物色可以宰一刀的顾客。

一〇七 致命之约

如今陷入魔窟,后悔无益,如何逃离魔爪才是眼下当务之急。可这又谈何容易呢?

这是一个有组织有预谋的团伙,就像一张庞大的网,一旦沾上了就像一只小飞虫被粘住,等待他的命运只有被无情吞噬。

"你既然明白这其中的利害关系,为什么不早点退出?"

"迟了,这就像一个无底的深渊,一旦踏入,就甭想全身而退。况且,他们扬言只要每次上交的钱不达到标准,就把照片寄给家长、同学、老师,那我将情何以堪。"

这天杀的校园贷,利用一部分人的虚荣心,和大学生涉世未深的特点,大行其道,逼良为娼,如同一个毒瘤为祸一方。周一知道有个夸张但真实的案例。有一位女孩借了5000元的校园贷,结果一个月后,利滚利要还44.5万元,简直让人瞠目结舌,在欲望的丛林里留下的伤口触目惊心。可是要撼动这样一个敲骨吸髓的邪恶组织,何其难,不然也不会禁而不绝。

可眼前的欧阳慧子,如同一只受伤的兔子落入龇牙咧嘴的群狼之中,瑟瑟发抖,让人免不了心疼。她当然有错,抵不住诱惑,父母对她是一种真诚的爱,可能方式不妥。而她自己走错了一步,要用一生的前途来补偿,这代价太沉重了。古人言:不贵于无过,而贵于能改过。

可如何助她呢?据她说,该组织手里还有许多大学生的校园裸贷,像她这样遭遇的至少有几十位。有几位更惨,因为不能及时偿还,又不能给他们带来丰厚的不正当收益,天天被毒打。有几次逃脱不成,又被抓住关进了铁笼子,如同待卖的猪仔一般,尊严碎了一地。而她自己呢,也差点被侵犯,幸好现在还能给他们带来丰厚的回报,但也随时处于危险之境。

"既然你这么信任我,那我们接下去就把演戏进行到底,后续你得配合好。"

周一把自己的想法和她交流了一番。

"我觉得可行,但这样让你掺和进来,会面临巨大风险。"其实欧阳慧子心里很矛盾。当初他确实是自己的猎物,也是乖乖配合犯罪分子的安排。可是他身上藏着的睿智和英气,使她重新产生要彻底摆脱控制的想法,简单地说就是他给了她重生的希望,一种从未有过的信任和依赖。

"不入虎穴,焉得虎子。"周一不惧挑战,但也不会盲目行事。他要面对的是社会的阴暗面,是一伙亡命之徒,没有什么是他们不敢干的,只有你想象不到。周一也明白,自己不是超人,不是小说故事里有九条命的侠客,目的也不是替天行道铲除邪恶,应当有专门机构对付他们。自己的首要目的是想方设法拿到这些大学生的裸照和黑色档案,并销毁掉,让她们重新融入社会。如果没有确凿的证据,贸然行事只会打草惊蛇,要是他们狗急跳墙,最终受到伤害的还是这些花季少女,所以要悄悄地进行,最好能打入到他们内部,才能收集到罪证。

本来只打算在这个城市停留一两天就走,现在为了这事已经挪不开。

"唐生,你现在手头紧不?"周一需要这位老同学出手。

"你要多少,说个数字就行。"

周一说完,需要的金额就打过来了。唐生正带姜语涵外出治病,一位老中医对他说,这病可治,但需要时间。少则三年,多则三十年,也许一辈子,但不管结果如何,唐生说都会陪伴到最后。

依旧是那家酒吧。周一看欧阳慧子在台上表演,几杯酒下去,从包里抓出一叠钱扔向台上,"这姑娘今晚我包了,给爷来一段刺激的舞蹈。"旁边的人都狂叫起来,没见过这么出手阔绰的主,一定是有钱人。有人出钱寻刺激,台下的人都附带欣赏一番何乐不为。过来和周一敬酒的络绎不绝,其实他们敬的不是人,而是钱。

"这位老板好眼力,这位姑娘是我们的台柱子。"

周一抬头看到四五个壮汉杵在面前,中间那个只剩脑顶还有一撮黄毛,周围一圈被刮得像个光溜溜的西瓜,这应该是全国小老板的标准头型,这是他们的头儿。

见周一爱理不理的态度,头儿知道大老板一般都是傲慢无礼,自视甚高,依旧赔着笑,"老板好,鄙人姓朱,您叫我小朱就好。"

还小朱,要不要脸,腰粗得跟水桶一样,肥头大耳,油光发亮的脑袋,跟猪头没啥区别,不过礼尚往来嘛,逢场作戏,所以周一也笑容可掬道:"朱老板,鄙人姓龙名王,叫龙王,你可以叫我龙小弟。"

"岂敢岂敢,您大哥,龙大哥。"

"听说你的生意做得很大,本人也想搞点投资,一个亿的预算,你能消化吗?"反正是装,干脆猪鼻子插葱——装象得了。

这一票可要赚麻了。欧阳慧子这张牌可算是用对了,朱老板都忍不住嘿嘿笑起来了。她的校园贷照片,朱老板可是欣赏过好几遍,那绝妙的身体,让人口水直流。英雄难过美人关,这龙老板马上就要被我们抽筋剥皮了,先让你快活几天。

"那明天请龙老板到我们基地去实地考察一番。包您满意,就像欧阳慧子一样让您满意。"这一脸的诌媚,周一真想找个地方吐他个三天三夜。

第二天,周一来到了他们的基地。这个团伙倒不像其他传销组织那样,就一个空壳子。这儿还真有点看头。五十亩占地起码有的,主体厂房井字形排列不少于八栋,机器的轰鸣声,工人的进进出出呈现着一片繁华。

从他们的交谈中流露出来的信息,可以判定,这个团伙还是有野心的。通过校园贷等不法行为赚取非法收入,然后做点实体经济来洗白,黑白通吃,以黑养白。

周一找了个理由,要自己一个人转转,最好欧阳慧子也能陪同,那就完美了,一高兴还会增加投资。

这朱老板当即应允。

周一看看这些建筑物也没什么异样,可是那么多女学生总不会不翼而飞吧。抬头看见不远处有幢房子很奇怪,一般三四口人居住的农家房子般大小,可为什么外面有一圈铁丝网围着?周围杂草丛生,满目荒凉,可是周一发现这些杂草有明显的人踩过痕迹,也就是说这儿经常有人走动或进出。周一靠近这房子时,另一栋楼上面有个人影正悄悄地盯着他。

这房子很可能有秘密,周一刚想跨进去,朱老板哈哈哈笑着出现了。怎么这么巧,到关键时刻,这帮人就出现了,周一心里更加断定这房子一定有天大的秘密。

"龙老板,您看,您也参观半天了,我们的合约、协议什么时候签比较好?"

周一明白,现在肯定不能签,事情刚有眉目,签了就不能吊足他们的胃口,但是如果时间太长,怕夜长梦多,拖得越久反而引起他们的警觉。

"三天后,举行签约仪式。这个欧阳慧子姑娘善解人意,可否继续跟随我几天?"

"按说顾客有需求,我们一定答应,可是您也看到了,我们这儿缺人手,正是用人之际,还请龙老板海涵。"

周一其实明白,这帮老狐狸一定是把她当人质了。

一〇八　触目惊心

月黑风高之际,一个身影闪进了围墙内。跨过铁丝网,钻进了屋内,手电筒发出微弱的光在四下游走,忽然停在了墙上只有一根时针的老式钟表上。一只有力的手试着拨动时针,一圈后,旁边一堵墙缓缓移动,露出一扇小门。人影犹豫片刻,又迅速举步走进去。

循着里面传出隐隐约约的声音,身影摸索着弯弯曲曲的小道隐蔽前进。光线越来越明亮,不出一分钟豁然开朗。呈现在眼前的是一个巨大的房间,悬挂着十几个笼子,用铁链跟天花板连接着。里面都是一些赤裸着的姑娘,面如菜色,有气无力地或躺或靠着。

见有人来了,她们也只是机械地扭动一下。无非是拎点吃的喝的来,要么就是挑一个人出去替他们赚卖命钱,这样暗无天日的日子,已经麻木不仁,如同一块石头扔在烂泥里,激不起丁点水花。

周一看到这么多女孩为了校园贷被拍了裸照,甚至遭到如此惨无人道的折磨,倒吸一口气。墙上贴满了姑娘们的照片、家庭情况、社会关系,可以说这里的女孩个个都是透明的。即使她们想出办法,比如合伙杀死进来送饭菜的人,她们也无法逃出去,不着寸缕,身无分文,就像一只只待宰的羊羔,关键是她们已经心如死灰。自己进来好一会也没哪个姑娘发觉异样。

认命才是最致命的。

正值青春的美好时光,她们因为一念之差,走上了截然不同的人生,一世清白被毁让人唏嘘。

最左边那个笼子的人影很熟悉,周一过去一看居然是欧阳慧子。她看上去很是疲惫,毫无精气神。

"醒醒,快醒醒,我来救你了。"周一既不敢大声呼叫怕引来外面的人,可是声音轻了又怕听不见,只能用轻轻地不间断地试图唤醒她。

她翻身过来,看到是周一站立面前,眼里一下就有了光,激动地说道:"周大哥,您怎么找到这儿来了,我还以为再也见不到您了。"

"他们怎么如此待你,还有这么多的姑娘身陷囹圄,我得想个万全之策才行。"

"你走后,他们似乎发现了不对劲,尤其是当你到了这幢楼时,你的沉思被他们发现了端倪。他们后来严刑拷打我,让我说出你的底细,说实话具体我也不知道,即使完全知晓我也不会告诉他们。"

"他们只是怀疑,他们做这些见不得人的事,疑神疑鬼,这很正常。"

"你就不要掺和这些事了,他们已经恶贯满盈,不在乎多杀一个人,你赶紧走吧。你就当所认识的欧阳慧子,她,死了,完了,归西了。"

"不行,只要有一线希望,我都不会放弃。"这些姑娘的遭遇反而激起了他的好胜心。

其他姑娘终于发现不一样的地方,都爬过来乞求他带她们离开这儿。

这些姑娘大多数已经大学毕业,或临近大学毕业。这帮魔鬼也是精确算好了。虽然她们校园贷借了好多年,但是直到快毕业才来催收,这线放得够长。如果读书时代就这样对待她们,把她们软禁起来,肯定会被老师、同学发现,最终破坏他们的罪恶计划。所以等到快放假、毕业、找工作了再开始收网,可怜了这些涉世未深的姑娘,还未经历社会的打磨,已经彻底失败。

外面的狗吠声已经响起,看来他们已经有所警觉,危险正在临近。

"周大哥,有危险,你先走,去报警,留得青山在,不怕没柴烧。"姑娘们劝说周一赶紧离开。

周一确实想把她们都放出去,可是之后呢?怎么突破这些恶徒的围困呢?所以只能等待时机。

　　周一连忙辞别,从原路返回。可是等他走出房子,门外已经几十号人围着。

　　"呦呵,龙王,呸,我看你是乌龟,这么漆黑不开灯,喜欢干见不得人的事。白天我就发现你不对劲,还说投资一个亿,这算盘珠子拨得响,在东北都听得到。今天落入我手里,算你小子倒霉。"朱老板杀气腾腾地说道。

　　"老朱,别激动,杀了我也没用。你是要钱,又不图命。钱是好东西,有钱能使鬼推磨,你费尽心机不也就是图几个钱,我可以给你想办法。不过你要答应我,这些姑娘们我都要,不能伤害她们,否则我就报警。"

　　"还报警?你尽管试试,警车没到就叫他们变灵车,来收尸。是你车快,还是我刀快?劝你不要轻举妄动。"

　　周一可真有点后悔了,刚才就应该把这些姑娘们的照片、资料、信息都给带出来销毁,这样自己就可以放开抢了,没有后顾之忧,千算万算还是棋差一招。现在只能行缓兵之计,先答应他们的要求,再另寻良策。

　　约好明天中午前一手交钱,一手交人。这是自己能争取到的最后机会,周一连忙答应下来。这里加派了人手,想再来搞偷袭已经不可能成功。当时自己夜闯这个龙潭,本就是要偷取资料,没想到这么多花季姑娘被关在里面,让他一时都想解救出来,结果一样都未如愿。

　　要是欧阳慧子一个人在押,他都有办法,可是那么多姑娘,背后也是一个个家,要是孩子有什么事,这个家就算完了,所以周一忍不住想帮她们一把。

　　从这里离开已是半夜三更了。路上周一总感觉有个人影跟着自己,莫不是撞鬼了?也不应该啊,虽说是荒郊,但离市中心也不算太远,城里的光还是隐约可见。几次自己停下来,后面隐隐约约的脚步声也会停止,可是他不敢转身。因为好多影视镜头里都有这样的片段:一个人在荒山野外行走,夜晚听到后面有脚步声,一个转身,看见一个白衣女鬼挂着老长的舌头,伸着沾满鲜血的双手正要扑向自己。

　　但是直觉告诉他,后面还真是有人,不是鬼。但这人是敌是友倒不好说。如果要害自己老早就可以动手,因为刚才自己蹲下系鞋带,目的就是故意露出破绽,让对方误以为自己放松了警惕有机可乘。可如果是友,又何必大费周章,不露庐山真面目?

一〇九　神兵天降

中午前必须把钱送到,否则就要撕票了。

周一按他们要求准备好了一切,时不我待,打了的赶紧去赴约。只是路上比较堵,速度快不起来。

"师傅,在保证安全的前提下,越快越好。最好能跟上前面那辆车。"周一含蓄地催促道。

"哦吼,这有点像拍警匪片,保证完成任务。"司机激动地一脚油门到底,车子嗖地向前冲去。

这司机的表现,让周一哭笑不得。他一定是把自己当便衣警察在追凶。其实这道狭窄,让他跟得紧点,相当于前车在开道。可能自己说的跟警匪片里的台词差不多,让司机误解了。

"嘭嘭啪啪,叭啦啦……"前面的烟花鞭炮声震天动地,正在举行婚礼。路上挤满了人,两边停着的车子让道路更加拥挤不堪。车子移动得像蜗牛,时间一分分过去,就快接近中午,要是不能及时赶到,后果不堪设想。周一付了车费,下车往前跑去,与其待在车里等得焦急,还不如发动两条腿赶一赶。看见前面路边有辆自行车,也管不得谁的了,周一跨上去便奋力往前踩去。

"老板,这时间都快到了,这家伙不会失约吧?"一个手下开口道。

"再等等,稍安毋躁,有这么多姑娘在手不用担心。你多安排几个人去那幢房子外面放哨,要是跑掉一个唯你是问。要是时间一过,这小子还没到,你们就动手,成败在此一举,位置已经暴露,警察迟早会找上门来,我们得转移阵地。这次他肯定不敢报警,他那么自负,肯定觉得自己有能力对付我们。我们也不要把他逼急,不然也会狗急跳墙,何况我们最终目的是捞点钱,尽量不要搞出人命来。"

朱老板这个时候倒思路清晰,目的明确,江湖上飘的人脑瓢也是见过风风雨雨的。

风呼呼呼地在耳边刮,轮子骨碌碌飞转,周一已经死命在踩。"哐当"一声,不好!自行车前轮飞掉了。人车一个趔趄飞向路边,脑袋嗡嗡响,两眼直冒金星。周一艰难地爬起来,看看离约定的时间还剩下不到五分钟,可是这里望去还看不到那片园区,而身上数处伤口鲜血直冒,疼得牙齿直打颤。顾不得自艾自怜,咬着牙继续往前跑去。

"老板,还有一分钟,这小子该不会真报警了吧?我们要不要把她们一把火处理掉。"

朱老板看看手表,时间就要到了,"为免夜长梦多,先把欧阳慧子处理掉。她灰飞烟灭了,这姓龙的也就找不到线索了。"

"得令,我这就把她拉出来。"

不一会儿,欧阳慧子已经被拉出来绑在柱子上。

"啧啧啧,可惜了,这么一个如花似玉的姑娘今天就要香消玉殒了。你也别怪我们,要怪只能怪这位龙老板,不守信用。虽然你为我们曾带来丰厚的回报,但你知道的太多了。"朱老板假装仁慈道。

看看太阳已经在正头顶,阳光下却正上演着黑暗的一幕。

"动手。"一声令下,一个凶神恶煞的壮汉提着一把刀过来,然后高高扬起寒光闪闪的刀,运足气力正要砍下。

"住手,言而无信,算什么好汉。你们看时间刚刚好,一秒不多一秒不少。"

就在落刀之前,周一突然出现。

"朱老板,这是你要的钱,我现在给你,但是得一手交钱一手交人,不可反悔。"

"没问题。"朱老板示意手下把欧阳慧子送过去。

周一赶紧给她披上衣服。看着她的累累伤痕让人忍不住落泪,这该死的校园贷,害惨了多少花季少女。其他几位姑娘今天是没办法救出去了,只能从长计议。

两人刚要走,十几个壮汉齐刷刷围过来。

"老兄,既来之则安之,你觉得今天你还能走得了吗?"朱老板恶狠狠地说道。

"你这么不讲道义,必遭天谴。"

"什么江湖道义,狗屁!成王败寇懂吗?怪就怪你自己天真,太多管闲事。"

欧阳慧子知道,他带着自己两人都脱不了身,开口劝道:"周大哥,你赶紧走,别管我。这一生认识你足矣,来生还做你小妹。"

这几天被他们折磨得够呛,欧阳慧子也没多少气力可以逃跑,带上确实不方便,搞不好两人都要交待在这里。周一还想着安慰她,这时只听得"哎哟,哎哟"声四起。

四周也无人啊,可是有两个壮汉已经被打得鼻青眼肿,鬼哭狼嚎,可是谁也没看见被什么打到。

"我还不信邪了,把这两人宰了。"朱老板发疯一般下令。一群手下提刀举棍向二人冲杀过来,周一张开双臂把欧阳慧子护在身后,不让她受到丁点伤害。

好言难劝该死鬼。

"哎呦呦"又是一阵鬼叫。只见朱老板捂着眼睛在地上打滚,血从手指缝里喷涌而出。

"啊啊!看不见了,看不见了!"朱老板挥舞着双手,向四周乱摸,他眼已经瞎了。一帮爪牙都不敢轻举妄动。

最前面的一个壮汉,趁周一不注意,准备把手中的刀刺向他,刚提起来,一根针射向壮汉的手腕,他立刻疼得鬼叫。

"滋滋"声在大家头顶响起。几十架无人机在上方盘旋,刚才的针就是无人机射过来的。还有几个扎堆向北跑去,一架银色无人机飞过去瞬间弹射出上百颗钢珠,这帮人腿上、手臂上、背上都被密集击中,被打得落花流水,抱头鼠窜。

只见远处走来三位小伙子,手里正娴熟地操控着。三人几个指令一输,无人机都依序飞回了盒子。

一一〇 迷途知返

三人来到周一和欧阳慧子身边，其中一位笑着说道："周老师，好久不见，别来无恙。"

周一很想学古代侠义之士的做派，走过去双手抱拳，道一声："壮士，请受在下一拜。若不得壮士相助，万难功成身退。"可是这个人，分明不认识，为何还要叫自己老师呢？自己还没到桃李满天下的程度。

"周老师忘了吧，我是许志远，当年在瑶峰乡您可是点拨过我的。"

是有点眼熟，但又记不起来。那会他还在读初中，现在成了壮小伙，小孩子变化很快也很大，一晃小树苗就成了参天大树，容貌变化也大。

现在还顾不上叙旧，五人把这些团伙成员用绳子捆好，又到那幢房子里，把所有的姑娘解救出来，报了警，一切才尘埃落定。

这些姑娘们逃出魔窟重见光明，重获新生，感慨万千，纷纷表示，今后要好好珍惜生活，陪伴家人，不再任性而为，不再被浮华的生活诱惑。

恶人自有恶人磨，好人自有好人助。

当年的许志远就像一个纨绔子弟，到瑶峰乡去，是因为父母想让他通过劳动锻炼心志。那时谁也不知道今后到底会怎样，只是抱着试一试的态度，现在来看，他已经是非常优秀的青年。

"最可惜的就是秦叔，一个勤政爱民的好干部就这样突然没了，我当时看到这消息伤心了许久。当年若不是他对我的悉心照顾和引领，可能现在你们在街上看到的混混就有我一个。"许志远眼里噙着泪花，多年后想起来仍如此动容，可想当年他的内心受到多大震撼。

"一样的，百姓失去了好干部，我也失去了好兄弟。但是对他来讲，至少做了他喜欢的事业，也算是无憾了。人生的价值是什么，就是不把自己的价值当价值。"

"不错，人生的价值是什么，不是只顾个人价值，而是要创造出社会价值。老师，你还记得不，当年你对我说的这句话我时刻铭记在心。我现在不说有多优秀，但至少不会让您失望。刚才救你们的这些无人机,就是我国现在最先进的智能无人机,可以像变形金刚一样,根据需要变化各种形态,只是对付这些宵小,有点大材小用。"

改变很难,不改变更难。我们一直就在变与不变的痛苦抉择和抉择痛苦中碰撞与掉头,幸运的是许志远走上了人生的正轨。

自从在瑶峰乡磨炼了心志,他改变了许多。后来考上了北方一所非常有名的科技大学,读的是"材料成型及控制工程专业",当年以优秀毕业生身份分到了南方一家无人机公司成了一名技术人员。在公司的新产品设计、高分子材料、远程控制、画面成像与传送方面,许志远都有自己的见地和研究成果,也是公司核心技术的骨干力量。无人机是信息时代高技术含量的产物,近几年随着无人机研发技术逐渐成熟,制造成本大幅降低,无人机在各个领域得到了广泛应用,除军事用途外,还包括地质勘探、影视剧拍摄、农业植保等等,可以说未来可期。

"祝贺你,完成了人生的蜕变,我也由衷高兴。"作为老师,最开心的莫过于学生成人、成才,"那你又怎么会出现在这儿呢?"周一纳闷。

"哈哈,这还是无人机的功劳。"

原来,许志远公司要发布一款新产品,带有人脸识别功能,在人口追踪、精准定位方面也有不少的技术革新。为了验证技术的稳定性,他的团队在街上进行随机测试。他也是从无人机自动跳出的屏幕截图里看到周一在附近。

起先也是图好玩,把自己认为印象比较深刻的人的特征输入到无人机中控系统里。当时以为是偶然捕捉到,后来一连几天,无人机画面捕捉系统都发送相同信息过来,所以知道老师在这儿。

而且这一款安装了最新的智能"情测系统",它能预先感知人的情绪,通过扫描或捕捉到人体的声音、呼吸、动作,综合多维度传感而来的数据感知及预测一个人的情绪。那几天测试,系统传回关于周一的数据是:焦虑不安,精神迟滞,蹇淹留而踌躇,负性情绪状态。许志远知道周老师是个泰山崩于前而色不变,麋鹿兴于左而目不瞬之人,他一定是遇到自己不能完全控制之事,所以就进行了实时跟踪,万一真有事可以应下急,另外也是一次难得的测试机会,所以那天晚上跟在周一身后的人影就是许志远。不仅如此,这款无人机功能强悍,即使是夜晚它也测算出了这儿藏匿有多少不法分子,甚至有几位是在逃人员,因为这个系统可以和其他系统兼容、数据共享。

为了慎重起见,许志远和团队的另外两位好友商量后,一起携带了几十架无人机来到今天的现场进行测试。

"也是艺高人胆大,万一失败呢?"周一知道他们在拿自己做试验,却仍旧很开心。这说明这几位小伙子对自己的产品放心,技术也完全过关,初生牛犊不怕虎的闯劲值得赞赏。

"这一伙犯罪团伙被全歼,要感谢你们几位出手相助。"接到报警后赶来的警官说道。

"这都是我们应该做的,你们人民警察除暴安良,为我们撑起一方蔚蓝的天空更辛苦。"

"你们刚才说的这些技术,我们警方也很感兴趣,要是能在治安和侦查上发挥作用,那可是功德一件。"刚才的警官提议道。

看着许志远已经能为社会贡献自己的价值,周一由衷地感到高兴,谁能想到他曾经也是一个刺头,让老师和家长头痛欲裂。人生就是这样,未来充满了未知,也正因如此,未来也是充满无限可能。而人生路上相遇的人,基本决定了你走的这条路是坎坎坷坷通向光明,还是顺顺当当坠落黑暗。

"也许,到了我们说再见的时候,感谢人生的这一程相遇,天下没有免费的午餐,也没有白交的学费,有缘我们再见。"欧阳慧子明白,未来的道路终究还是要坚毅地独自走下去。

不管未来的道路是荆棘丛生还是鲜花铺地,迷途知返犹未晚也!

一一一　海生明月

生活在大山里的周一从小就对大海充满向往,希望拥有大海磅礴的气势和宽广的胸怀。小时候常把漫山遍野的枝蔓藤萝看作海,风过声响,那是波涛声声。

后来呢喜欢仰望天空,蓝天就是海,白云朵朵就是朵朵浪花。

向往大海,却从未见过真正的大海,记得小时候第一次来到秀水湖边,以为这就是大海,周一还冲着湖水瞎嚷嚷:"大海真大啊!"惹得路人哈哈大笑道:"这孩子没见过世面,要真见了大海,一口气不止说两个'大'了。"

广江省与福临省交界,这边过去也很近。

不过几次换乘周一就到了福临省。他乘坐快艇劈波斩浪,只见翠玉四溅,海风撩发,衬衣飘起,就像侠士快意恩仇。近海观岛,海面烟岚浩渺,青山巍峨叠翠,山环水,水绕岛。艇上除驾驶员工作人员可以容纳二十多人,其中大部分是自由行游客,也有部分是岛上居民。

上了岸,大家四下散去。没有预订房间,问了几家都已满客,现在旅游度假的人很多,不提前约,房间一般线下很难订到,不过周一倒也不着急。即使有房间,待在房间里倒不如先走走转转,良辰美景不可辜负。

蜿蜒的海岸线,飘向远方,浪花舔着脚心,粼粼波光,迷乱了眼,魅惑了心。沙滩上不时能遇到一些游客,各种腔调,来自五湖四海,虽然方言晦涩难以听懂,但在这儿波浪声就是大家共同的语言。这儿每一垛石和每一间房都写着故事,海岸线如同针线,而海岛就像一本厚厚的线装书。

如果宋诗旎在身边该多好啊,两人依肩看着潮起潮落,听着海浪歌唱,这是江湖侠影最美好的结局。你在哪呢? 哪怕追你到天涯海角,依然无悔!

周一拿出纸和笔记录着自己的内心:

也许吧,你嫣然浅笑,镌刻了我的岁月流年。从此我的迷梦里,心口间,记忆了春花秋月,凝成诗句,于是我的灵魂遍开心花一朵。别人的你,别离的我,海的两边,不疾不徐恰好,三生三世不多,一起走过四季。人啊,百万个精彩未来,不及湿眼的现在,只要你在,只要是海。你是海,海是你,你与海之间便是万千缕缕思念。

天色已晚,岛上走动的人已经稀稀拉拉。周一本想就在海边守到天亮,奈何海风越来越大,只能去找落脚的地方了。

远处有家民宿，还闪着灯火，不知还有房间不，周一便过去试试。窗外灰砖砌就的土墙，墙脊上爬满鲜花，护栏上装饰着绿植，哪怕入夜了，花蕊中的蜜蜂依旧辛勤盘桓着，让人感受着婉柔江南的温情软语。透过玻璃窗可以看到炉火灶、八仙桌、木梯，处处弥漫着怀旧的味道，让人仿佛回到了儿时的故乡，那一木一砖似乎还传来声声儿时的呼唤。整个民宿古朴浓郁和现代精致呈现完美结合。

"海生明月"四个橘红色的字吸引着周一的目光。这是一家濒海民宿，这四个字的后面还有"自助民宿"四个字。前四个字体大一号，金灿灿的，后四个字银闪闪，被一棵不知名的树木旁逸过来的树枝遮掉一半。

为什么取这个名字呢？如果取自张九龄《望月怀远》里的"海上生明月"，那说明这家主人应该是个文化人。对于文化，周一有天然的亲近感，于是决定过去看看。

进入民宿，典雅、清幽的装饰风格，与周边几家的风格完全不同。墙上张贴着操作指南，告知怎么自助办理入住，怎么退房，以及每个房间的特点、优缺点、适宜人群。既然是自助，就得自己动手丰衣足食，厨房里的锅碗瓢盆，一应俱全。冰箱里的冷藏、冷冻格子里空无一物，上面备注着：如果要吃新鲜肉类可以去钓海鲜，可以去后院围栏里抓鸡宰鸭，蔬菜在出门右转的菜园里，自行采摘。说是民宿，可更像是古代的驿站，提供歇脚的地方消除旅途的疲惫。

这个自助民宿可真是将自助进行到底，吃住玩自助一条龙。之前听说过自助餐、自助超市，可是自助民宿倒是第一次听说。

屏幕上显示还剩一间空房，周一按操作指南很快办理好入住手续。这是一间面朝大海的标间，让人不由得想起"面朝大海，春暖花开"的诗句。房间内的陈设及用品都是纯天然的，没有油漆、复合板或胶制品，床上用品的洗涤消毒均按高级酒店标准，给客人带来舒适、独特的住宿体验。最惊艳的就是可饱览海景的私人浴缸。在浴缸泡着舒适的热水澡，一挥手就能触摸到海水的灵气。

第二天傍晚，外出游玩的人似乎都回来了。昨晚周一到店入住已经很晚，不知道这个点店里的情况，现在看到一群陌生的人都在张罗着晚饭。有两个操着儿化音的，一定是北方人，因为读书时就知道那边的人儿化音很重。这两位晒得黝黑，估计是钓了一天的海鱼。因为北方少水少河，看到这里碧蓝的汪洋大海，心都被溺了。这一天他们的收获颇丰,各种海鱼几十条,清蒸、红烧、水煮、煎炸,不多一会儿全鱼宴摆齐了。

还有一家三口来自西部黄土高原地区,常年风沙侵袭,他们到菜园里摘来了许多鲜嫩蔬菜,对新鲜的蔬菜赞不绝口。边唱着《信天游》,边做着素食,可能平时牛羊肉吃腻了,想换种口味。

其他来自天南海北的游客,在厨房里展示着厨艺,不多一会儿不同口味、不同地域的菜品,齐刷刷摆满了长桌,如同苗寨的长桌宴。大家随意分列两边,吃吃喝喝起来。

"大家好,有缘相聚在'海生明月'这家民宿,我们给大家来一段舞蹈。"四位新疆姑娘说完,来到场地中间晃头移颈,拍掌弹指,让人眼前有辽阔的草原,万马奔腾的感觉。

"好,好!"一支舞蹈完毕,大家拍手叫好。

"那我们也来助助兴。"两位东北汉子,引吭高歌《乌苏里江》,应和着海浪翻滚之声,江海辉映。

"我也没有什么才艺,大家又难得聚在一起,为了不扫大家的兴,我有个提议,我唱首歌,让身边的这位大哥给伴个奏。"刚才说话的是一位姑娘,这位姑娘正是昨天一同乘坐快艇的那位。

"你怎么就知道我会乐器呢?"

"昨天艇上我就看你拿着箫,想吹而又未吹。今天我也借花献佛了。"

这次出行,周一其他物品带得很少,除了几本书,就是这支箫,在异乡,在旅途可以安抚自己的寂寥。既然姑娘钦点,自己再拒绝就会扫兴,周一配合这位姑娘,两人完成一曲。没想到两人即兴组合也得到了大家的热烈掌声。不知是歌好还是箫声好,抑或是两者兼具。

大家尽兴之后都各回各房间。周一独自留在海边觉得这里的夜色更加神秘,分不出海和天,有一种恍惚,自己就是在银河里缥缈。

正沉浸在夜色中,刚才的姑娘也来到周一身边。

"你怎么还没睡?"周一看见后问候道。

"你不也没睡。"

"海生明月,我在欣赏古诗里的这一奇观。这家民宿的老板一定是位文化人,这名字取得多有诗意。"

"除了古诗,也许还有故事吧。"

"说说看,你怎么想到这儿来的。"周一问她,因为一个姑娘家单独出行的总是不多见。

"没什么想不想的,反正想来就来。你呢? 我看你的故事和你这支箫有关系吧。"这位姑娘看到他对待这支箫总是小心翼翼地呵护着,生怕损坏,如同用荷叶捧着水珠。

"实不相瞒,我是为了一个人而来,只是这人身处何地我也不得而知。"说罢极目望向远处。天边的牛郎织女星,时而眨着眼深情凝望,时而躲进云层里互诉衷肠。微风吹拂树叶发出娑娑的响声,远处涛声依旧,草丛里不知名的小虫在"咕咕"地低声吟唱。这是一个多么充满诗情画意的海滨夜晚。岁月无痕处,暖一杯心茶,依栏而望,灯火阑珊处,闪动的是她的身影。泪水盈满深愁的双眼,远方的海岛模糊起来,而她却渐渐清晰。周一脑海中不断浮现曾经一起走过的点点滴滴。

周一陶醉于这一切。正在这时,一个人影出现,对身边的姑娘说道:"你家的那条渔船明天借我用用可以不? 我家入住的几位游客说明天想出海观光。"

"没问题,反正我家的游客没人提过这要求,你拿去用吧,注意安全。"说完把钥匙丢给了她。

"你是这家民宿的主人?"周一惊问道,"你怎么没说起过。"

"你不也没问吗。难道我还要向全世界宣布,还是挂个牌子在脖子上?"这姑娘驳道。

"好吧,我还以为你是和我一样来这里旅行的。你这民宿的名称我挺喜欢的,有诗意。"

"说实话吧,这跟古诗没啥关系。这是两个人的名字。一个叫海生,一个叫明月。我就是明月,姓苏,苏明月,你抬举我了。"

"那海生是谁? 在哪呢?"周一疑惑更大了。这里面一定有故事。

"他是我特别重要的一个人,现在在天上。"

"他是飞行员?"

"不，他，死了。"

周一看着苏明月，虽然夜色笼罩，但从她淡淡的话语中，依然能感受到她身上带着的海盐的味道，苦涩而又值得咀嚼。

"你一定想知道我们的故事吧，因为我能从你的箫音中品味出你也是一个有故事的人。"

"不错，同是天涯沦落人，相逢何必曾相识。"

苏明月向周一讲述了自己的故事。

一一二　梦断归途

一杯清茗，茶香袅袅，空气中弥漫着亦郁亦雅，舒散着如朋似友的久别问候。苏明月呷了一口茶，开始了她和他的故事。周一本想静听他们之间的故事，但苏明月却先讲起了海生的家族。

他，海生，姓徐，从小就与海结缘，海上出生，故得此名。掌舵劈浪，御风张帆，被誉为"人中张顺，海中蛟龙"，徐氏是当地的大家族。

徐海生祖上世代打鱼为生，虽辛苦，却也威名显赫一时。明清两朝，海患加剧，朝廷为固海防，制定以民为兵，闲时打鱼，战时打仗。每年六月，举行"海场打猎"比赛，受季风影响，风急浪高，千舟竞发，打鱼数量、种类甚者为当地渔老大，节制一切事务。徐海生这一支祖上，因船捕技术好又勇不可挡，年年拔得头筹，得到朝廷重赏，赐予牌匾，一时风光无两，家族显赫。不靠祖上庇佑，也不通过寒窗苦读，不是世家，也不是名门，却能光耀一方，时也，势也。

徐海生家族，也不知自祖上几代起，就与海有了不解之缘，生与死都离不开海。他太爷爷是在一次海战中壮烈殉国，长眠于大海。面对日寇的坚船利炮，官兵伤的伤，死的死，血染碧海，满目浮尸，打完最后一发子弹，战至最后一人，仍挡不住敌人的铁蹄。眼瞅着敌军即将登陆上岸，后果不堪设想。一旦登陆，必将被屠村。千钧一发之际，是海生太爷爷率领当地的渔民组成敢死队，驾着木船，点燃草把子和弹药义无反顾地冲向敌舰，与敌舰同归于尽，全村青壮年无一生还。那场战争何其惨烈。只见火光冲天，炮声隆隆。海生的太爷爷立在船头，挥舞鼓槌，狠击战鼓，指挥调度。弹片在他身上嗖嗖地划开数道血口子，鲜血迸流。头发、胡子浸着血渍在海风吹拂下凌乱地向后散去，像垂暮的老龙王，喊着"杀"，船只疯一般朝敌舰撞击过去。晨曦破晓，红霞染天，第二天人们找到了数具焦尸，已经无从辨认，悲恸天地，魂兮归兮，一个时代的落幕，也是最后的辉煌。

到海生爷爷、父亲两代，向海而生、因鱼而存的渔民，其职业已是日薄西山。

社会就像架在烈火上的一口鼎，通体殷红，里面各种佐料、汤汁上下翻滚，嗞嗞作响，那是别样的命运交响曲。

历史是人创造的，人却不能选择历史，而有些人注定是孤独的。

海生，西部省份读的大学，学的是土木工程专业，还找了一个当地的女朋友。叛逆，新潮，标新立异，当代年轻人身上的标签，他也无一例外。一个渔民的孩子，却想着逃离大海，剔去家族印记，不想青出于蓝，有些许苍凉，却也无奈。

西部地区，虽然远离了一年四季如刀割般的海风吹袭，但是阴冷、干燥的山风好似笤帚般划在脸上也是生生作痛。没有了大海的激情澎湃，只有大山的厚朴，没有了大海的滔天浪嚣，只有大山的寂寥。他毕业后刚开始几年事业落入低谷，面对大山充满了彷徨、迷茫。

而他的女朋友就是苏明月，两人相遇在一次产品推介会上。那天参展商有很多，海生从事IT行业，向他们推销自己设计的软件及企业新型管理生态系统，在东南沿海地区这已经是遍地开花，而这里还是刚起步阶段，所以运作得好还是大有可为。只是一个无名小卒，一个名不见经传的小公司，要得到青睐谈何容易呢？每每遇到困境、波折他总是想起小时父亲常对他说的话：海边长大的人，就应该拥有大海般的胸怀。生活如船，总有暗礁相随，遇到大风大浪要沉住气，你才能成为强者。

海生不放弃、不抱怨的品质就在她眼皮子底下一次次呈现。苏明月正是被他的执着精神打动。她利用自己的人脉，动用自己的关系给他牵线搭桥，介绍了许多客户。一个渔民的孩子有多大能耐，没资源，没机会，只有靠勤奋，但有时候酒香也得靠吆喝。好在毕竟产品过硬，后来公司慢慢有了起色。

海生明白公司能步入正轨,离不开苏明月的帮助,所以也非常感谢她。一来二去两人了解彼此的性情,两颗心越来越靠近,后来就成了恋人关系。

世上一帆风顺的事总是少的,在公司发展过程中也面临几次生死考验。一次就遇到了诈骗,对方伪装得很好,一副大老板的样子。结果,等钱打过去,对方就拉黑了自己,卷款而逃。还有一次,对方发过来的货,因为之前做过几次生意有过合作,所以没有仔细验货,结果是一批次品质量不过关。虽然法院判对方赔偿,可是后来了解到对方家庭遭遇了不幸,也根本拿不出赔偿款,海生说就当自己吃了哑巴亏,不予追究了。

苏明月家里条件不差,资源也有,家人看她这么辛苦打拼,都劝她另择良婿,可她却认准了他。

那是个起风的日子,海生接到一个电话,匆忙放下一切,回到阔别多年的家乡。父亲在这次出海中遇上风暴,结果船毁人伤,后半生只能躺着。

处理好父亲的事,海生没有着急回去。望着年迈的母亲,海生知道,游子该回乡了。无论是在外的日子,还是在家的时候,他都能感受到大海的磁场,他的心跳和大海的波动是一样的,也许是冥冥之中注定,大海的孩子终究是会回归的。远处翻滚的海浪声也许就是故乡深情的呼唤。

海生做出了一个惊人举动,把公司转手了,把一个蒸蒸日上、"钱"途似锦的公司转手了。

这是两人没日没夜打拼出来的,说没有感情是骗人的。可是他决定了,她也就决定了。

两人又回到了海生的故乡。苏明月的家人拗不过,只能尊重她的决定。只是最后留了一句话:"你跟着他,不要哭着回娘家。"

一一三　未曾离开

如今的海岛,投资环境、软硬件设施都有了质的飞跃,在这里也能实现人生的价值,他们决定重新扎根、散叶。

放眼福临省,海岛经济建设非常不错,尤其是外来的游客越来越多。他们决定成立一家以渔民文化为主题的自助民宿,让人们体会到当地原汁原味的渔家文化和返璞归真的生活。从庭院设计,到内饰布局,及广告宣传,事无巨细,亲力亲为,虽然心身俱疲,可是他们的内心却无比地澄澈和释然。无独有偶,当地在城镇现代化建设的进程中,也对原有的历史文化进行了保护,许多建筑,修旧如旧。蜿蜒逼仄的小巷诉说着亘古不变的情怀;青石板小路发出的嗒嗒声,是渔民曾经打鱼回来的丰收歌;古老的城墙诉说着一个又一个的渔家故事和远古传说……

有时生活并不是按部就班的程序,唯有梦想才是启动一切的精神按钮。

从东部到西部,又回到东部,人生就是从一个原点出发最终又回到原点的过程。苏明月陪伴他经历了一个又一个艰难困苦的时刻,事业经过多次的起起落落总算再次安稳下来。民宿的知名度也越来越广,之前贷的款也还得差不多了。

"那不是挺好的,一切向好,你们也算是苦尽甘来。"长时间没说话,如雕塑一般听她侃侃而讲的周一终于搭了一腔。

"我当时也觉得,命运之神对我是多么地垂怜。在父母心中,在别人眼里自己就是一个异途追梦的人,不顾一切地奔赴一场没有未来的未来。"苏明月说道。

"那他又为什么年纪轻轻就,就不在了呢?"周一不想说那个"死"字,因为不知道当时发生了什么,怕引起她的反感或伤感。

苏明月没有直接回答,而是起身又给周一添了些茶水。

"在海边喝茶,空气中带有盐的涩味,茶也就能喝出苦茶的味道。"苏明月示意周一试试。

周一尝尝,却并没有这样的味道,问题出在哪呢?只是为了不扫她的兴,周一没有明说,反正不置可否就是了。

"也不知是太劳累还是怎么的,我们两人都曾晕倒过,后来利用空闲时两人都去医院做了检查。那天是他收到的体检单,没给我看,他只是淡淡地说一切安好,我也没再过问。"

"后来呢?"周一凝视着她。

"后来出事了。他驾驶着小艇撞向了礁石,当场死亡。他死亡的那天,我做了手术,心脏移植手术。不错,就是他的心脏。你惊讶吧?"苏明月如同又一轮明月置顶,两眼突然闪亮。

"这确实很惊讶,因为心脏移植手术技术复杂,而且据说还要配型,这可是要长期准备的,怎么可能临时就能决定进行呢?"周一觉得他们之间的故事看不透,如今晚的海上夜空,空洞洞的。

"我也是直到医生出具了所有的化验单报告、他的签名、他的遗嘱,才知道。原来那天他收到的体检单表明,我有严重心脏器质性坏死必须换心才能活下去,而他自己的体检报告显示他已经到了绝症晚期,可医生说很奇怪,他的心脏很好,一点毛病都没有。他默默收起体检单子没跟我说起。后来他又去医院偷偷做了配型,发现我们俩非常匹配,但是医生说两人时间都不多了,而且要手术成功,必须在最短的时间完成。心脏移植的具体时间是他两周前就签好的。"抽泣声似乎要击破黑暗中从海边传来的浪涛声。

"难道那场灾难是人为的?"周一不敢往下想,世上有这等痴人。

"很有可能就是他自己策划的。后来种种迹象、证据显示他已经抱定必死之心,只为了让我得到重生。不然就算是一场简单的手术,也有那么多的手续要办,而那天所有的手续他都已经签好,就等医生顺顺当当地完成。"

海生,生于斯长于斯,终将归于斯。

"那天和你一同乘坐快艇,是我去市中心看望海生的父母后回来。自从出事后,我就承担起照顾二老的责任。我把他们安置在城里,更加方便照顾他们,现在民宿也不太需要我腾出太多时间来打理。"苏明月继续说道。

"你就没想过尝试一段新的感情?在这样一个感情如浮萍的时代,坚守还有意义吗?"周一问道。

"对我而言,我已经活了一世,现在心脏跳动的都是对他的思念。他未曾离开。"

初闻不知曲中意,再听已是曲中人。听了苏明月的故事,周一接下去要找自己的人生。欧阳慧子的事使自己身处漩涡中,而苏明月的事自己像是隔岸观火,听了一场故事,依然带给自己极大震撼。有时周一常想,自己这样追寻下去有意义吗?有结果吗?没想到她给了自己答案。

她的守是为了重新出发,而自己的寻也是为了更好地留下曾经的美好。

第二天,周一离开小岛,回到了对岸,转身望去小岛渐行渐远,直至变成一个黑点消失在海平面上。

一一四　一路向西

东边日出西边雨,道是无晴却有晴。周一决定一路向西,去寻找自己的梦想。

318国道被誉为"中国最美公路",横贯东西长达5000多公里,是一条呈现不同景致的景观长廊。

一人一箫一行囊,如同侠客踏上了茫茫天涯。

高铁如同贪吃蛇一般,从东部密集的站台一路吞吐着形形色色的旅客。或是举家出游,或是业务出差,或是拎着大包小包,或是轻装上阵,无论何种形式、模式,他们都有一个共同的称呼:旅人。

周一不是心理学家,不喜欢关注每一个人的神情状态,从而窥探其内心世界。他喜欢望向窗外,一排排行道树如列兵整齐划一地向后疾速退行,看不清树形,也不知道树种,反正这些树像是学了移形换影术,刚刚在眼前,眨眼的工夫只留一个远去的小点。列车穿过广袤的平原,一块块平整的大地,如同被施了魔法的飞毯,上上下下飘动,它不是真的在动,而是车速太快形成了视觉误差。

越往西去,隧道越多。短则几秒,长则几分钟,一明一暗,如同白天和黑夜在交替。周一常冥想,人的一生,如同现在一般可以把时间浓缩,可以捧在手心俯视,那一定不会有许许多多后悔时刻。

穿越六七个省,跨越三四条大江大河,到了蜀地。周一下了高铁换乘汽车。汽车在蜿蜒的公路上盘旋,如同一个小孩看到走在前面的父母,在蹒跚地往前摇晃而去。速度慢了不少,但是窗外的风光却尽收眼底,如同一帧帧风景画在眼前不断变幻着。路如河,车如船,有时平缓,有时疾速,这起起伏伏像极了人生的起起落落。

路抱着山,山挨着云,云镶着日,越往西,景色更加奇异,变幻。周一租了辆单车,骑行在画卷里。呼吸着山野的空气,渴了喝着清冽的山泉,累了自行车横在身边,人就倒在草甸上,有一种"采菊东篱下,悠然见南山"的肆意。格桑花已是满山满垄,给人们带来了幸福、吉祥,那是一种生命的美好。

路上像他一样,骑着单车大呼小叫的也不少。大家不熟悉,可是也会互相帮衬互相鼓励,一句问候,一个眼神,如同一只只无形的手在后面推着,在前面牵着。饿了,大家坐一块儿,把自己随身携带的干粮拿出来共享;渴了,一瓶水分一半给大家润喉。

最让周一佩服的是一对小夫妻。男的很精神,女的很端庄,车子上还贴着喜字。

那天周一正在欣赏着远处隐约可见的雪山,一个男生过来请他帮忙,给他们拍一张合照。拍照技术,周一不懂,但是很认真又耐心地从不同角度、背景给他们留下纪念。拍好后,他们看了很满意,说是迄今为止最好的照片。路上结伴行了一段。从交谈中得知他们也是来自华东地区,不过他们从那边一直骑自行车而来。他们都是文化工作者,刚结婚,既是旅行结婚,也是度蜜月。这倒是第一次听说,一般度蜜月都会坐个车,或者坐个船,像这样的从未听说过。他们此行就是要骑行祖国的山山水水,感受不同的地域文化,慢慢骑,慢慢感受当地的人文地理。

人很多时候都是这样,有想法是一回事,而付出真正的行动,又是另一回事。周一记得身边很多朋友、同事,平时落于烦琐的事务中,他们也常常规划出行,或者组织各种团队活动,但是更多的只停留在心动,而付诸行动的少之又少。来场说走就走的心灵旅行,要的不是金钱、时间,恰恰是心的出发。

山路崎岖,夹岸水流湍急,绕道又远又不方便,当地人发明了溜索,尽显古人的智慧与骁勇。周一看到这一特殊历史遗留下来的交通工具,改变了之前的路线,尝试着利用溜索到对岸去。

周一查过资料,所以知道溜索,中国古代称为撞,它以一条钢索或粗绳,连接山谷两侧,一头高,一头低,人可由高向低溜过河谷,常见于西部崇山峻岭或横断山脉。

当然,危险时刻伴随,如果岁月久远,钢索生锈,或者缆绳老化断裂,都有可能行至一半坠入滚滚江水之中，人瞬间荡然无存。

周一也尝试了一番。皮带斜缠双肩，交叉勾勒，最后盘到腰身抽紧，周一又拉拉提提，试了松紧度，一切无误。工作人员把皮带一端钩住铁索。再次提醒周一途中不要晃动，不然会出现缠绕，容易发生意外。

等一切就绪，工作人员把周一往后一拉，又快速借助反冲力，往前一推，周一如同飞碟一般平稳滑出，脚下的浪花如同地狱里的恶魔卷着舌头要吞噬上面的一切。

西部地区地广人稀，有时走个大半天也不见一户人家。周一过了峡谷，看见有几户人家，本想就近投个宿，可是看看前面的景色也挺美，又兴冲冲往前走去。等他欣赏得忘乎所以，天色已经等不及他返回便黑下了脸。幸好带着睡毯，找个崖壁将就一晚。只是这蚊子一直如影随形，困扰一夜，不得安宁。

睡梦中，恍恍惚惚，跌跌撞撞，总有一只无形的手在指引着自己向前、向前。云遮雾绕，山重水复，一会儿身处江南，感受着秀水的柔美，一个江南女子挥着云袖，在轻歌曼舞，伸手触碰，旋即如烟般消弭。一会儿又置身塞北，欣赏着大漠的豪迈，万马奔腾，尘烟滚滚，一位西域姑娘遮着面纱弹奏着琵琶，那苍凉声声，一切真实又模糊。一阵风沙暴过后，等遮掩的双手挪开，发现那二位女子已在身边，这二位身材、长相一模一样，似曾相识，刚要细问，远处似乎又有一位女子朝自己观望，那身形，那神情，很像一位熟人。等自己撇开二位，飘飞过去，她却已消失，四顾茫然之际，一阵金光直射而来。

等周一睁开眼，发现阳光已经照射在自己身上。为什么会做这个梦呢？是否有所暗示。不管怎么说，天已亮，可以重新出发，可以继续自己的梦想。

一一五　山中小城

沿途雪山、高原、海子、牦牛，最近几天如幻灯片一样不断呈现在眼前，这些带着神秘、圣洁意境的名词第一次近距离环绕在身边，可是周一却从未有过视觉疲劳,相反心灵一次次得到荡涤。

经过几天的跋涉、穿越,周一看到一块界石,只见上面镌刻着一段文字介绍,虽经风雨雪霜侵蚀,依然清晰可见:"蜀地天塘县高丘镇:地处西南地区,高山高原气候,海拔1300米至5200米,是全省唯一一个集高原与丘陵于一体的地理地貌。地质构造复杂,地貌复杂多样,全域辖6500平方公里,高原广袤与丘陵峻险对半,河谷幽深,壁垂千仞,高低悬殊,山脉多呈东西走向,岭谷相间,有盆地、丘陵、密林、高原等。因地形的复杂及大气环流的复杂多样性,气候既有东西差异,还有垂直差异,呈现'一山有四季,十里不同天,一镇看全省,山山有不同'的景色。地广人稀,历史上茶马古道……"

周一查了下资料,这儿离藏地也不远了。自己一路向西,是一场心灵与身形的出发。

与前几日一路上人烟稀少、鸟兽相伴不同的是,高丘镇上却是一片热闹与繁华,被誉为"边陲小香港"。

沿街尽是商铺、酒肆,人来人往,喧嚣与叫卖声如同烧烤架里的炭火一直散发着炽热。这儿能看到从浙海、广江等沿海发达省份批发来的工艺品、日用品,也能找到当地居民的手工艺品和本地农产品,凉帽、草席、毛毯、松针菇等。在更早以前,这儿就是当地汉藏两族物物交易的集市,更像是内循环的商业形式,毕竟群山叠嶂,高原缺氧气候,人们徒步要从这儿通到外地不走上数天,甚至数月,不可能见到这么大型的集市。慢慢地经过历史的积淀、文化的交融,这儿越来越繁华。如今交通整体比之前便捷了,加上外地游客去往藏地,经过长途跋涉,刚好在这儿可以落脚休整。

一些有敏锐眼光的商人,到这儿兴建了许多酒店、客栈,内部装饰异域风情浓郁,也多少吸引着人们来窥探神秘。房子越建越多,货物也越来越多,这儿成为高丘镇货物集散地,藏地那边有时也会有老板过来调拨物资。主干道通往这儿很方便,但是本镇道路建设还是较为落后。主要是因为这儿地形和地质太过复杂,乡道都未硬化,风沙吹袭,雨水冲刷,往往还会出现路断桥塌的极端情况。当地百姓条件好的,开着拖拉机、面包车拉些货到山脚,再用背篓一筐筐背上山,像旅游景点的挑山工。条件差的只能背着篓筐装上货物,徒步回家,如蚂蚁搬家一般,晃晃悠悠。

街上酥油茶、糌粑油香四溢。几家糕饼店、早餐店，店牌上桐漆黑得发亮，店内横梁上也已经被油气、烟气熏得乌黑发亮，岁月的厚重，让你入店就餐，食的是历史的烟火。你可以选择茶味重、酥油浓厚黏稠的，也可以选择清淡、香甜的，或者在酥油茶里加入核桃干、葡萄干等，边喝边添，可以抵御高原上的寒气，抗寒提神。

店面门口大铜锅里，一天到晚热气腾腾，羊血肠在黄汤汁里翻滚，空闲时将羊血灌进羊肠中，然后煮沸，夹一段，细嚼嚼，香气馥郁，口感嫩滑。面条筋道，汤水浓稠，面里带汤，汤里带料，味道堪称一绝。牦牛肉，纤维粗糙，野味冲，吃起来有点柴，但满嘴生香，五香风干肉是每家每店都在力推的，本地人、外地游客都围着品头论足或者称斤掂两，更多的还是撒点料一刀一刀地割着吃。

在高档酒店里还推出"三珍"——松茸炖雪鸡、虫草炖羊肉、酥油雪莲汤。因为酒店面向各地游客人群，所以也会有川菜、湘菜等菜式。当地汉族人的美食，与江南地区的差别不大，他们生活在高山密林、泉瀑纵横的山地，油条豆浆、腊肉饭粽是他们的日常。高丘镇的这条街，也是美食大杂烩，有点像满汉全席，神州大食堂，你在外地能见到的这儿似乎都能找到影子，主要还是跟这儿的历史有关，尤其是地理地貌所导致。人们为了生活下去，早已完全适应了当地独特风貌。

街道中心集中卖当地的传统工艺品。唐卡，色彩原料讲究，制作工序复杂，成本高昂，是非常珍贵的艺术品，并且带有神秘感。氆氇，是毛织品，高原上最有特点最普遍的穿着。

"扎西，来看下这里的工艺品，地道的纯手工制作。"正在流连欣赏的周一被这招呼声吸引过去。这是一家工艺品专卖店，周一看到里面带有藏族特点的物品都比较精致，上面还有当地文化的介绍。

"同学们，老师没骗你们吧，你们表现好，我就带你们来这儿逛吃逛喝，下次表现好我还带你们到大城市去玩。"宋诗旎对几位当地学生说道。

"耶，我们卓玛老师最棒。"一个学生说道。

"不，是宋老师，她们那儿，都以姓开头再带着老师两字。"另一个学生纠正道。

卓玛,是当地人对女性的统称,也是一种吉祥的意思。宋诗旎来这儿这段时间多多少少也了解了一些。

"同学们,前面有家工艺品店,我们进去看看,大家喜欢什么小玩意,老师都给你们买,这是对你们的奖励。"

宋诗旎带着学生来到刚才周一进去的店门口刚要跨进去,一位学生突然说道:"老师,我肚子好饿,想到前面去买点吃的。"是啊,他们从高丘乡到这儿要好几个小时,肚子早就咕咕叫了。

宋诗旎心疼孩子们,就带着他们往前走去,她回身看了下店區,里面似乎有一个熟悉的身影,未来得及细瞧,前面有孩子欢呼道:"老师快来,这儿的糌粑,真香甜。"

人来人往,宋诗旎怕和孩子们走散,顾不得刚才的疑惑,赶紧向前。

周一挑了一个银质的转经轮,包好后就付了款,继续往前走去。等他过了几家食品店,突然想起,等一下还要继续赶路,所以要买点路上吃的干粮,又转身回来。

宋诗旎见孩子们吃得差不多了,就带孩子们回到刚才看见的那家工艺品店。周一来到食品店前,刚才余光看到几个踊跃的孩子已经不见踪影,空旷了许多。他随意买了几样打算继续往前走,后面传来几声孩子们爽朗的笑声,他转身看到一个女子和孩子们一起进店。她的身影好像一个人,周一又擦擦眼瞧瞧,已经不见踪影。他摇摇头,不会这么巧吧,应该是自己眼花了。

一一六　云水小学

"大哥,这边有哪些特色的村落介绍一下,我想寻访当地的古文化和历史。"周一看到街头有一家"汉藏一家亲"生活超市,老板是一位汉族中年人,有亲切感,便上前问道。

"靠近藏地的高丘乡值得一去。高是高原,丘是丘陵,这个乡是全镇最典型的一半高原地貌，一半丘陵地带，汉藏居民平分秋色，涵括各种地形，是天然博物馆。"

刚才的话勾起了周一想去一探究竟的兴趣，便买了一份地图，按图索骥。

另一边，宋诗旎看着孩子们已经购买到了自己心仪的礼物，吃好喝足，便带他们回到高丘乡。

高丘乡南北走向，与蜀地境内的大山脉东西走向交叉。学校就建在山脉南麓，这儿也是全乡中心地带。地势如同一把椅子，高原区域是其椅背，山岭地带如同椅面、椅脚。说是学校，其实也就是一间土砖房。之前毛坯垒起来，后来风雨侵袭，年久破败，最近几年用砖头塞堵，远远观望如同一艘满是补丁的小舟在风雨中飘摇。

镇里曾有过方案，让孩子们统一到镇上学习，但因为路途遥远，而作为住校生，藏汉学生碍着生活习惯不一，加上学校也没有相应的硬件配备，开了几次会大家无法统一意见，也就不了了之。

高丘乡特殊的地理位置，带来了特殊的情况。生活在高原区的还是过着游牧生活，学生也随之迁徙，今天来读书了，明天可能随着家人外出放牧而辍学。生活在山岭地带的，由于上、下山的道路极其险峻，许多路段需要在密林里攀爬、沟谷里涉水，学生经常出现手划破，脚跌伤。宋诗旎在这儿待的这些时日里很少看到过一次学生是齐整的。

上级也曾安排老师来任教，但因为条件艰苦，留不长，最长的待过六个月，最短的逗留了六天。待得最长的是一位男老师，后来要去结婚，之后就没回来了，据说他妻子不同意再来这。如果要来，就分道扬镳，那真就是闪婚闪离。时间最短的是位女老师，整个学校一放学，入夜孤零零一个人，因为男友担心她的人身安全，后来就不同意她继续来校任教。

在宋诗旎来之前，这儿基本上采用了轮班制，一个周期三到六个月，每次两位老师，分别负责藏汉不同民族的学生学习。

宋诗旎来到高丘乡，也是无意间看到这所学校，和两位老师攀谈中了解到这儿的实际情况。她便主动要求承担学校的教育教学。

两位老师临走前，进行了交接。尤其是藏语的发音拼写，宋诗旎花了几个晚上突击学习,总算是找到了窍门,自己的发音与当地人也没多大区别。

教育部门了解到宋诗旎也曾是浙海省优秀教师,业务能力、教学水平都是佼佼者,况且她愿意主动留下,便欣然同意,待遇上也给予了一定优待。

这儿也算是特殊的双语教学,一共26位学生,藏族12位,其余是汉族学生。能保证每天到校的只有12位,藏汉各一半,能每天准时上学的7位,其中藏族3位,汉族4位,也就是说学校每天都是处于人员不断变化之中的,真应了那句话:铁打的学校,流水的学生。不过也不对,学校也是不断变化着。今天雪大,就会把屋顶压塌,哪天风大,又会把屋顶掀翻。校门上挂着的牌子"蜀地天塘县高丘乡云水小学",其中"天"字少掉上面一横,变成了"大","学"上半部分剥落,只剩"子",连起来成了"蜀地大塘县高丘乡云水小子",再看看火柴盒模样的学校,要是听到哪位读起来还以为到了古代的哪家少林寺。宋诗旎第一时间用毛笔重新神圣地描绘了一番。这里为什么叫云水小学?"云在上,水在下,云水相接一座山。"学校就在山上,故得名。

才旦依玛学习很刻苦,非常珍惜这来之不易的学习机会。只是家里条件艰苦,有时候会迟到。有几次要转到其他牧场,没人照料,她只能跟着母亲一起去,从而导致落学,才旦依玛向宋诗旎诉说心中的苦恼。宋诗旎让她和自己一起吃住,等母亲回来了再回家。才旦依玛母亲觉得不好意思麻烦老师,可是看到孩子求知的眼神以及老师真诚的邀请,最终如其所愿。

这儿地势高,云遮雾绕,天气诡异,手机信号时有时无,对于有些人来说,手机已经是身体一部分,如果哪天不带,或者信号不稳,如同丢了魂一样。而宋诗旎却觉得这是难得的清修之地,可以屏蔽许多外界纷扰,看看云起云落也是一种难得的享受。

也许吧,身形囿于一城一池,习惯了掌中手机朝闻天下,暮联世界,自然于形,泰然于行,长此以往,身既颓,心亦疲。心如流水,总是需要不断地前行,才能波澜壮阔。

宋诗旎明白,到这儿来,于己而言不为名不为利,是场牧心之旅。做过攻略,查过资料,该备的、带的也装满了行囊。似乎少点什么,人一旦陷入思考,多了顾忌,又把自己弄得像个囚徒。这里既有惊涛拍岸,也有雪域高原,适合自我放逐,没有教学任务的时候,宋诗旎也会行遍蜀地。

无论外界怎么评头论足,宋诗旎在这儿找到了属于自己的一方小天地,心灵也得到了寄托。

一一七 天梯古村

李白《山中问答》诗云:"桃花流水窅然去,别有天地非人间。"这诗的意境,就是周一现在来到高丘乡外围看到的丘陵轮廓,晴天也是水涧瀑飞,云蒸霞蔚,氤氲袅袅。

可是当他涉入密密夹林,黑潭阴瀑,阴森悚然,如《晋书·温峤传》所记:"至牛渚矶,水深不可测,世云其下多怪物,峤遂燃犀角而照之,须臾见水族覆火,奇形异状,或乘马车,著赤衣者。"

不到三尺宽的青石块铺就的台阶,崎岖地向山头延伸,两旁毫无规则的树枝张牙舞爪。挤过密林,树叶在面部肌肤划过,枯枝败叶掉落脖子贴在肌肤上,让人奇痒无比。树枝上倒挂着的毒蛇,时不时吐着蛇信子,有猎物靠近它会突然啄过来如鹰一般,躲闪不及。两旁的树梢绞缠,不见阳光,光线昏暗,树顶烈日当空,林内阴风斜吹终日如黄昏,让人头皮发麻。台阶一面临崖,飞瀑万丈,回声空绝,人若下去定当尸骨无存。

周一一身是胆,天不怕地不怕,可是碰到这样的地形环境,他也不敢多作停留,尽量憋着气使劲往山顶爬去。幸好他查过地图,确定此路无误,否则,走不了几分钟可得返回才安。

等他冲出密林,烈日直射,他眼前瞬间黑蒙蒙一片。因为长时间待在阴暗处,刚遇到强光,眼睛还没有适应。等周围事物逐渐清晰,方才发现人已至半山腰一小平台。周一环顾四周,这儿也没个村子,连屋子也没见到一间。抬头一看,峭壁陡如一把直插云霄的利剑。除了刚开始起坡的三十米左右是一段凿壁而出的斜石梯,剩下的近乎九十度垂直坡段都是需要攀爬藤梯才能徐缓上行,如同电梯直上直下，只不过一个是人站轿厢就会自动上下，一个是藤梯不动人上下。崖壁上镌刻着苍劲的古体字：天下第一梯。

周一在梯下舒缓了一口气，顺便把随身携带的旅行包扎得更紧，鞋带也重新系牢，便开始危险之旅。藤梯依着山倾斜的走势，一梯一梯接绑而上，大概二三十米为一节，犹如火车车厢，只不过一种是横着，一种是立着。就这样，周一像古代深山采药的人，背着药刀，冒着性命危险，在悬崖之间晃荡了近一个小时。

最后一段最考验人。地势突兀，如同鹰嘴直勾勾往下啄。前面的藤梯都可以斜靠崖壁，或者横贴凹槽，这一段虽不足百米但只能悬空浮挂。周一停下来蹲在梯下再一次休整，幸好高丘镇买的干粮还有一些，就大口大口啃几块糕饼补充能量。

周一抓着藤梯横档试着用力下拉几把，感觉无恙，便开始发力完成最后冲刺。行至一半，抓稳上档条，刚一用劲只听咔嚓一声，人顷刻仰翻而下，周一赶紧用脚夹紧下档条，如同杂技表演者在云梯上表演，几个翻滚后惊险地夹住梯子，但他们是专业人士，训练有素，而此时的周一靠的是本能的反应。整个世界倒悬，白云、山鹰就在眼前飘过。

幸好，幸好啊，平时经常练习鲤鱼打挺，腹部肌肉一缩，腰肌一提，人又重新挺立，紧紧抓住藤条用力往下拽。胜利就在眼前，一阵山风袭来，藤梯晃荡如秋千，周一紧紧用手绞住藤蔓，人梯合一，减少受力面。可峰上的山风越来越狂，整个藤梯开始上下错落，如同街舞里的耸肩，刚稳当点，又开始前后撞击。周一感到头晕目眩，往下一看，黑幽幽的峡谷，腿立马发软，心跳加速，赶紧闭眼，靠意识死死绞缠藤条。

上下不得，似乎只有等死一条路，周一心凉到极点。自己本来是寻找自己的梦想，没想到这梦只能成为梦。

绝望之际，想起包里还有一根之前玩野外攀岩留下的拴绳，周一小心地摸出来，几次甩向崖顶的凸石，终于套牢，再把锁扣扣在身上，作为保险主绳，牵引着并卸掉一部分力，踩稳一步上爬一段，最后总算登顶。周一瘫倒在地，刚才一段生死之旅，惊心动魄，连粗粗回想都觉得心有余悸。

待还过魂来，睁眼一看，好一片开阔平坦地，像一个高台，眼前豁然开朗，一个村子铺陈在眼前。近百户，土墙灰瓦，跟老家的村子其实差别也不大，无非是一个山上，一个山脚。村里有条小溪南北向穿过，过村就形成瀑布往下落。

一一八　看家护院

眺望四周，这个古村被周围群山生生隔断，如同茫茫大海上的一座孤岛。但是景色峻秀险奇，如同传说中道人修炼的仙山，隐匿在一方小世界里。

周一四下转悠，汪汪汪，一条中华田园犬追身而来。周一摆开架势，听说等狗近身时人突然下蹲，狗就会立马吓得转身而逃。

"三、二、一。"周一心里默念着，等狗靠近自己，一个深蹲，谁知这条狗不但没逃反而从他头顶飞跃过去。这条狗不是一般的家伙，训练有素，战斗力强悍，龇牙咧嘴，垂着口水，凶相毕露，准备下一波的进攻。

周一想着不能力敌只能智取，从包里拿出一根从集市上买的"热狗"抛过去，"热狗"VS"疯狗"不知道怎样？

这家伙闻了闻，又用爪拨了拨，就是不下嘴，周一看了半天，它也不中计。好吧，只能出大招了，包里还剩一个鸡腿，狼吞虎咽之后，手里还剩一根骨头，这倒是狗子们的最爱。在这块骨头面前就看这畜生有没有骨气了。虽然狗敌当前，但是周一还有闲情雅致在那调侃：吃，就说明有时候骨气还不如骨头硬。

周一把骨头往旁边奋力甩出去，越远越好，狗被诱开了，自己的安全系数就会更高。果不其然，狗朝着骨头飞出去的方向狂奔而去，周一沿着小径撒腿就跑。等跑到快接不上气，停下脚步躬着腰，两手撑着膝盖开始大口喘气。等他缓过劲，抬头看前方准备下一步行动，赫然看见那只狗杵在面前。真是阴差阳错，刚才绕了一个大弯，前面扔的骨头就掉落在这弯的前方。现在好了，后无追兵，但前有恶狗挡道。只能掉头反跑，这狗吃了骨头，相当于人类补了钙，速度快得很，一下就近身。周一赶紧抬脚去踢，没想到踢到了尖石上，血顷刻流出来。之前碰到地痞、流氓围攻都不惧怕，今天却被狗打败，真是虎落平阳被犬欺。当然，一是这田园犬是出了名的撕搏好手,二是,前面上山途中危机重重,自己已是疲惫之师,力量、反应也都随之下降了许多。现在人和狗缠斗在一起,明显狗占了上风。它龇牙再次扑来之际,从后边传来一声喝令:"阿黄,坐下。"

只见一位小女孩,约莫十岁,走上前,这狗立刻掖着尾巴,端坐地上。小女孩对它一阵叽叽咕咕的话,这狗来到周一身边,坐地上把脑袋蹭蹭他的鞋,变得温柔可亲,汪汪汪,似乎在为刚才的行为道歉,也没有了之前的凶残。

小女孩有点怯生生地说道:"这位叔叔,不好意思,我是阿黄的主人,你这脚受伤了,到我家先去坐一下,我们给你处理一下。"

这家的狗可真厉害,确实是护家一把好手。在自己的家乡,有些猎人也会养些中华田园犬,当地人也叫土狗。别看体型小,但是见到三百斤以上长獠牙的野猪也丝毫不怵。养上五六条土狗,猎人上山带着它们,看到猎物出现就会蜂拥而上,咬腿、啃脖子一番缠斗下来,猎物不死也得脱层皮,最后猎手只需补上一枪就能大功告成。周一明白,这狗也是护主心切,可能发现自己是陌生人,所以出现刚才的一幕。想着,气也就消了一半,周一看看脚上的血口子,这儿也没见到医院,人生地不熟,也就跟着小女孩过去了。

她的家也不远,就在前面溪的边上。石块垒成的墙体,屋顶是用一尺见方的青石片鳞状列铺,在自己的老家这样的房子存在于20世纪六七十年代,现今已经不多见。而这里随处可见,唯一的区别在于房子的大小不同,朝向不同。家乡建房的材料千差万别,造型也完全不一。当然这与地域有莫大关系,这儿与外界几乎隔断,外面的钢筋水泥等现代的建筑材料也运不上来,只能因地制宜,就地取材。虽然被高原环抱,但是这里的石材还是很丰富,便于裁制。

这小姑娘家庭条件应该是不太好,但家里应该是有些艺术气息。因为门口不大的小院种植着一些不知名的小花,其他一些家庭门口都种着一些瓜果蔬菜。

"阿妈,有位叔叔受伤了,给他看一下。"小姑娘还没进门就喊道。

应声而出的应该就是她的妈妈。但是看不出实际年龄,因为按她女儿的年纪推算,她应该三十多了,但看上去却像二十出头的姑娘。小女孩向她妈妈说了前面发生的事,她马上抱歉地说:"这位大哥,真对不起,都怪我们没看好这狗。"

"真没关系,见到陌生人,这也是它们本能的反应。"见她不好意思的神情,周一也有些过意不去，毕竟这狗也是尽职尽忠而已。

"像我这伤情，在山下一般会去医院治疗，你们这儿有医院吗？"

"我们村里没有专门的医院，一般小病小灾就用草药土方对付。大病才会下山找医院，我们这儿有草药，以前治过效果都还不错。就长在路边，我这就去给你采。".

周一心想，你说的路边，相对我们那儿已经是深山高岭了。不一会儿，孩子母亲已经把草药采来，经过捣烂、淬汁，再用碘伏给伤口消毒，周一肌肉一收缩，倒吸了一口冷气，疼是掩饰不了的。

"对不住了，刚才没处理好。"孩子母亲急忙道歉。

"不要紧，这点伤不算什么，就按你的方式去做吧。"

等把伤口包扎好，她已是汗涔涔了。汗水把她的衣服紧紧粘贴在肌肤上，整个身体的内部曲线勾勒得清晰可见，这哪算是生过小孩的，跟十七八岁的姑娘一样挺立。连日来见到的山民大都是轮廓粗犷，说话吼嗓，皮肤黝黑，干巴精瘦，哪像眼前孩子的母亲堪比江南水灵灵的姑娘。周一觉得自己刚才闪过的念头有点亵渎了此情此景，干脆把头偏向一边。

"这位大哥，已经包扎好了，你站起来走走看。"

"谢谢你，辛苦了。"周一站起来试着走了几步，还行就是不能发力，抬起来还是有点困难。看看家里陈设都比较简陋，周一继续问道："孩子爸爸呢，刚才怎么都没看到。下地去了吗？"

孩子母亲望向周一，沉默着，这时旁边的小姑娘说道："叔叔，我爸没了，只有我们母女二人相依为命。"女孩眼里闪烁着泪花，这应该是一种深切的怀念，这如水的眼神不会骗人。

相依为命，包含着多少认命，又包含着多少逆命。

"不好意思，是我唐突了。"周一很懊恼，自己不分青红皂白，不懂察言观色就打听这打听那，让人家又触动了伤心之处。

"没关系，这两年来，我们也从无法接受，到慢慢适应了，只是苦了这么乖巧懂事的孩子。没能给她和其他孩子一样幸福的童年，我这当妈的无能、自责。"说着抽泣起来。

一一九 苦命双花

看她们母女伤心的样子，周一一时又不知如何安慰，只能转移话题。问了问村里的情况。

"黄银花，去给叔叔泡一杯茶。"

"好嘞……"话未说完，她女儿已经蹦蹦跳跳地过去，从这身形脚步看得出女孩内心还是很开心的，陌生感、拘束感已完全消除。不一会儿茶香已经四溢。

周一呷了一口，连声赞道："好茶，茶中极品！你这茶是不是有什么特别讲究，我从没喝过这么香中带甜、甜中带醇的茶。山中一口茶，人间一极品。"

被周一这么一夸，孩子妈妈倒没有谦虚，"这茶料由山上的土茶种外加黄金花和黄银花共三种配制而成，所以喝起来会有一种绵醇的味道。据说能延年益寿，村里百岁老人有好几位，他们常年就喝这茶。"言语之间满是自豪。

黄银花，这孩子的名字也叫黄银花，那黄金花呢？莫非有两个孩子？如果是一个孩子，为什么不叫黄金花，至少一般取名的次序上选择从前往后排，意味着子嗣绵延不断，何况在大家潜意识里金比银高贵多了。

"冒昧问一下，你家是不是还有一个孩子，叫黄金花？"周一刚说完，孩子的妈妈脸色一下刷白，整个人也颤抖起来。

好一会儿，她对孩子说到里屋去做作业。黄银花也确实乖巧懂事，没顶一句就按妈妈的意思去做了。

周一从孩子妈妈的神情里也知道一定藏着事。而她也知道眼前这人非常机敏，人也充满善意，也就和盘托出。周一听完震惊又震撼，不由得对眼前女子肃然起敬。

孩子的妈妈叫黄静玉，而孩子的爸爸是藏族人，就生活在对面的高原上。在一次集市上，两人邂逅就一见钟情。但是黄静玉家里只有她一个女儿，只能入赘，结婚之后就生下了一个女儿取名黄金花，希望她如同此花一般美丽。同村的另一户人家也生了一个女儿。有一天两家结伴下天梯去镇上赶集。

可天有不测风云，鹰嘴岩下到一半，突遇冰雹大风，黄静玉第一个下到平台上。可是同行的夫妻和自己的丈夫还在藤梯上晃荡，两个男人背着竹篓，里面放着各自的孩子，在大风的狂拽下，背篓都快倾倒。就在这时又一阵鸡蛋大的冰雹砸来，同行的那家夫妻二人没抓稳藤条结果掉下悬崖。就在那一瞬间，黄金花爸爸接住了他们的孩子，可是自家的孩子却从背篓里滑落到悬崖之下。

孩子没了，黄静玉哭得死去活来。丈夫也很自责没能保护好孩子，可又有什么用呢？一切都已发生。同行的夫妇均已殒命，只剩下被救的一个婴儿。后来他们就把这孩子当自己孩子收养着，重新取名叫黄银花。

人们都说大难不死必有后福，可对她来说恰恰相反。

等到黄银花长到八岁时，爸爸带她去上学。也是同样的地方，又是一阵冰雹，但爸爸这次没得幸运之神眷顾，没抓稳藤条整个人倒栽到悬崖之下，就再也没回来了。

苦命的孩子到现在都不知道自己的身世。本想等她大了再告诉她当年发生的事，可是真到了那天，反而又隐瞒下来，让孩子生活在眼前的快乐里，不要过早去承受生命之重，反而是对她最善意地保护。村民们知道他们家遭了如此大劫，纷纷伸出援助之手。

狗通人性，它时常到黄银花爸爸出事的地方去。这条狗是她爸爸结婚时从家里带来的。这狗很聪明，那次到街上黄银花被人贩子盯上，幸亏这狗及时出现一直冲着人贩子撕咬，才没让他们得逞。有好几次黄昏之时，这狗都会仰天狂吠。这狗代替她爸爸在一直守护着这家，所以周一被追，大概率就是被狗当成坏人。

稼穑蓬勃，驰而不息。黄静玉虽然年轻，但是为了孩子的成长，和其他村民一样劳作。一次有个外地的游客来到这儿，知道了她的事情，甚为感动，就给她许多金钱，让她放弃孩子和他一起到大城市生活，可被她婉言谢绝。不管怎么说，她要守在这儿，等着孩子长大成人，这是她的梦想。

周一也是听得唏嘘，眼前人的坎坷经历也是可以写成一本书。本想着早日脱身离开这儿奔赴下一站，可是现在看来一时半会儿走不开了。

这几天在维修藤梯，所有的出山进山活动都暂停。老师布置了家庭作业，等路通了就可以继续去上学了。所以前面黄静玉让黄银花去里屋写作业，一是完成作业，二是避免两个大人聊天的内容被她知晓。

看小女孩在认真做作业，周一也过去看看。

"你们老师姓宋？"周一看到本子封面老师一栏填的是"宋老师"。

"她是唯一待在这里半年以上的老师，东部沿海省份来的，很漂亮，唱歌很好听，她一唱天上的鸟似乎都不鸣了，放牧的牛羊似乎也不再咀嚼。"黄银花开心地说。

"你观察这么仔细，说明老师课上得好，你也听得认真，她长什么样，描述一下。"黄银花刚要说，母亲喊她去屋外帮忙，孩子甩下铅笔一蹦一跳过去了。

一二〇　锦绣天成

周一也跟着出去，看见黄静玉正在拣枝拽叶，黄银花把妈妈撸好的枝条用石块压在木盆里，看动作很熟练，这活没少干。母女二人一递一压，不快不慢，也不卡顿，待到半木盆的量，倒入刚煮沸的开水，直至没过枝条便停。空气里顿时弥漫着草的馨香。再看盆里的水，已经有两种颜色混杂着，金色和银色像水墨画里的墨汁晕染又纠缠一起，最后全部积淀在盆底。

这作何用？周一的生活认知里从未见过。

见周一疑惑又有些好奇，黄静玉便介绍起来。

在蜀地西部地区流行一种民间工艺，叫"川绣"，与苏绣、湘绣、粤绣齐名，为中国四大名绣之一，是在丝绸或其他织物上采用丝线绣出花纹图案的传统工艺。

而在这一带还流传一种小众的绣法，针法不如川绣严谨，针脚也不讲究平整，但是变化丰富，富有立体感。其中针法分为直参针、横参针、钩针、孔针等，所用丝线从当地草本植物纤维中提取，有"植维细绣"之称。由于天梯古村家家户户都会一些传统技艺，再加上图案以日月星辰、飞鸟流云为主，故称"天绣"。绣工讲究"绣鸟能鸣叫、绣云能积雨、绣月能圆缺"。荷包、枕套、帐檐、手帕、腰带等日常生活用品都以自绣为主。

黄静玉和女儿现在要做的就是第一道工序叫泡沸，把丝线萃取出来，所用之料就是黄金花和黄银花。

黄金花，花色金黄，叶片掌形，花瓣金莹油润，杯状，向阳而生。含有皂苷成分，具有清热解毒、生津止渴等功效。黄银花，颜色银灰，喜阴而生，花形叶状雷同黄金花，因为含有茶多酚和钒元素有一定的保健作用。

这两种植物，一阴一阳，是当地人有病有灾最好的应急之药，被称为"生命之花"。黄静玉的绣工是村里最好的，她发现这两种植物提取的纤维绣成的衣物，人穿着益气提神，绵软贴肌舒适度也好，但是制作过程多有讲究。

黄静玉用手试试水温，说道："这水温如体温，刚刚好，需要捞出来沥干。植物也是有灵气的，它对温度是有记忆的，要想穿得舒适柔和，这温度必须控制得和体温一致，这是成败的关键。"

她女儿和周一也一起参与进来。捞出来的黄金花和黄银花两种植株已经被沸水煮糜烂，外表皮快脱落，里面的白色粗纤维清晰可见，这是第二道工序称沥干。待水沥干，黄静玉把纤维剥落下来，又撕成一丝一丝，如仙人手中的拂尘，待手中一把的分量，再又铺展到竹篾上，这是第三道工序为剥丝，每根丝要撕得粗细均匀，否则绣出来的品相就差。再把一篾纤维丝放到炭火盆上烘烤，等到不冒热气，同时摸上去还有潮气就停止烘烤，这是第四道工序名文烤，火候太大易焦，使用时易断，太小则易腐烂。

四道工序都要严格把关，否则最后会功亏一篑。这两种植物的纤维丝柔软如蚕丝，一旦遇到高温就会硬化，即使穿到针眼里在挑针、跳针、翻针时也容易折断。最大的门道就是，趁着纤维丝柔软绵韧时赶紧穿好线，进行刺绣，等完工后，纤维丝硬化，整个作品就成形了。这儿的最高温度常年在22度以下，只有原材料合格，最后绣出的图案才会浑厚圆润、色彩明快。因此，在古代其他地区很难见到以该植物纯手工的制作方式，多数以蚕丝或者鸟兽鬃毛，也有以粗麻为主要原料。虽然其绣出的成品也有各自的优点，但是这儿的天绣制作出来的成品含有纯天然植物精华，带有药草馨香，穿戴身上养身、养心。

这儿的花茶、刺绣都是纯手工制作，没有农药残留，天生天养，现在城里人都开始注重养生，要是能推销出去，也能增加当地人的收入。

都说寡妇门前是非多，周一自然深谙此理。天色已晚，他决定到村里空房里留宿。虽然黄静玉说家里还有一间空在那里可以住宿,她不在乎世俗的眼光,问心无愧就好。但是周一觉得自己来此也不过是路过而已,注定不会待很长时间,迟早还是要下山去追寻自己心中的梦想。到时自己拍拍屁股走人,给她留下一摊麻烦事着实无必要。

村里本打算留给黄静玉一家的房子在溪对面,饭后她和女儿送他过去,留下钥匙便打算返回了。女儿黄银花还想和周一多待一下,她想听这位和蔼可亲的叔叔介绍外面的世界。周一便把自己家乡的一些有趣的人和事向她道来,黄静玉便在一旁整理铺子。一切收拾妥当,看周一也有了倦意,就拉着兴致正浓的孩子要回去了。黄银花拗不过,只能噘着嘴跟着回去,约好明天继续讲。

山上天黑得快,也亮得快。也许是路上疲劳了,一觉睡到天亮,只是隐约记得后半夜做了个梦,一直寻找的她在梦里说就在他附近。周一也是觉得奇怪,自从到了蜀地,最近老是梦见她。

梦里的暂且不表,眼下他的梦想就是能帮助这些村民致富就是大功一件。行万里路,不就是要去体验不同的生活方式吗?

村民们秉承着勤劳致富,天刚放亮就下地劳作去了。留守村里的老人们在房前屋后的菜园地里操持着,看见周一在村里转悠,便邀请他到家里喝茶。村里老人介绍说,这个村子从秦汉时代就存在了,以黄姓居多。地里种植土豆、番薯、玉米作为主粮,自家食用为主,也会种些草药拿到集市上去卖。

村里平时难得有外人来,以前战火纷飞的年代,这里由于山高地险幸免于被战火摧残。自从黄静玉丈夫出事以后,村里为了安全起见,每年这时候都会对藤梯进行维护三四天。这期间门外断绝联系,只有全部检修到位才重新开放。

周一上山那天,刚好是封梯第一天。因为有些藤蔓已经纤维化,作为横档的木条也在风吹日晒之下失去水分,藤木相接的地方也有多处松动、脱落。那天周一在攀爬过程中突然发生断裂,就是这个原因造成的,最后能化险为夷也算是天大的造化。

这里民风淳朴。周一也不过刚来几天,大家都互相不了解,但是村民已经愿意和周一交朋结友了,只能说山里人实诚。

几位下地干活返回来的拎着毛鸡、野蛙,等煮好了叫上周一一起喝上几杯。

山里人多数好客，在老家那边也是如此，所以他就恭敬不如从命。没几杯下来就已经有了醉意。

黄银花还等着自己给她讲故事，讲山外的世界，他不能失约，多么淳朴的一家，能尽自己绵薄之力也是自我价值的体现。

还有梦想吗？不过是把梦想当作出逃的借口。这里村民的淳朴，治愈一切内心不流血的伤口。

为什么，这里的村民这么信任自己？自己的脸上也没写着好人两字。后来才知道，这里要进行修藤梯仪式。这段时间内外断绝，小孩读书就成了问题，村里也没几个人识得多少字，村民看他谈吐就知道是有学问之人，希望能给小孩辅导作业。

一二一　重修藤梯

修藤梯在天梯村是一件大事，仪式隆重程度不亚于古代的祭祀，全村老少悉数参加，两年一次。

人们到山里选取五年龄的青藤，这时韧性最好，太老容易松裂，太嫩容易折断。采来后要经过三浸泡三暴晒，藤在老林里吸收了灵气，似乎通人性，经过淬炼，就不再惧怕雨水的浇洒和烈日的炙烤，木质稳定。

脚踩的横档，要保证硬度，承受得住几百斤的重量，如成人的重量加上有时背篓里还要装上百来斤。所以要到林子里挑选质地致密的青紫树，这是一种纹理双色的树种，做家具、木桥墩、顶梁柱都是首选之木。

这天村民们穿着新衣，如同过新年一般，藤梯修成，意味着新的征程。

所有的人都换上新衣，唯独一人旧衣披身，这人就是今天的策事之人，也是主要的操刀手。他年近六旬，姓黄，精瘦精瘦，肤色黝黑，一看就是常年劳作之人。他指挥着大家忙碌而有序地进行着准备。

他提着斧子，来到藤梯边，先用两根百米长的绳索系住旧的藤梯，全村人紧拽着绳子如同拔河一般,见大家准备就绪,举起斧子劈断了旧藤梯固定在山顶的锁扣,同时大家喊起号子"哟嗬嗬,嗬嗬哟……"最终把它拉上崖顶。村民们把它盘成一堆,用火点燃,烧为灰烬,冷却后,把木灰撒入小溪,流向向往的远方。

"天灵灵,地灵灵,藤精树神,佑天梯……"黄策事一阵念念有词,村民们开始把数百米藤条左右两边拉伸直,再把之前裁制好的横档抱来,按五十厘米高度铺列好。几位壮年开始把藤条扭绞两圈,把它套进横档两端事先凿出的凹槽,抽紧并扣死,所有横档都如此操作。全村老少齐动手,不过一个时辰,鹰嘴岩这一段也是整个藤梯最重要的一段已经全部扎好。接下去就是最考验胆量和技术的活,大家把藤梯拖到崖边,把一端固定在崖顶的两个锁扣里,另一端系好绳子慢慢放下去。

正在这时,黄静玉带着孩子,提了一篮子馒头、糕饼分发给大家。这儿的人们基本上都是本村、本族通婚,也有一小部分外嫁。而像黄静玉丈夫从外地入赘的是唯一一例。虽然是入赘,但也有一些带来之物,所以当时村民们也是齐心协力帮助她一家把物品从山下一步一步抬上来。虽然她丈夫人不在了,但是感恩的心不能埋没。一个小女子也没多大力气,只能发挥自己的优势出一份力。

"这藤梯这么晃动,如同直升机上挂下来的软梯,怎么能上下?小孩怎么办?安全吗?"周一也不好冒昧问别人,只好对走近自己的黄静玉说道。

"这还仅仅是完成一半工程量。还要把它固定在山崖上的木桩上,你看那儿不是有木桩像钎一样扎在崖壁上。而这技术活只有黄伯伯能做"。她说的黄伯伯就是前面的黄策事。他坐在那里一直张望着天空,不时伸出手在摩挲,好像手中有一缕缕丝线。他在感受太阳的温度,要在一年里最热的一天,这天里最热的时辰,开始把藤梯和木桩绞索一起。这个时辰是藤梯水分最少的时候,才能让两者绞合达到最紧致无缝。

正细看之间,听得一声"起——",黄策事背上斜插着一把篾匠劈竹子用的黑铁篾刀,晃晃荡荡地从刚刚挂好的藤梯一步步退下,到有扎过木桩的位置停下,用事先带上的一米多长的藤索,把藤梯和木桩缠索好。除了固定外,还要检查每个锁扣是否松动,要有松动就把鬃毛填充进去增加阻力。全部检查无虞,顺着藤梯上去,最后把从山里石壁上采集来的泉水,用山鹰羽毛蘸上一些水,点洒到藤梯上,让它带有仙气,从而保护大家出行。

此时天空盘旋着山鹰,点点翅膀,又迅即扎入到鹰嘴岩一侧,村民说是好兆头。山鹰是他们的图腾,天梯古村的人生活在高山之上,每天穿梭在悬崖峭壁之间,飞檐走壁的,希望如同山鹰一样可以自由翱翔。

等黄策事一上崖顶,大家齐刷刷跪下磕三个响头,一磕山神保佑平安,二磕来年风调雨顺,三磕村子无妄无灾。

晚上,村子灯火通明,在大平台点起数堆篝火,大家围着唱唱跳跳,庆祝绣梯成功。村里宰了最大的一头肥猪,端出山泉酿制的土烧酒,大家尽情吃吃喝喝。明天只需要把剩下的崖梯检修更换一番就大功告成。

黄静玉从小生活在这里,喝着泉水长大,唱出的歌甜甜美美,大家都推荐她来一首助兴。周一见大家难得这么开心,就吹奏随身带的乐器,和着歌声,意境更加美不胜收。

周一看着朴实的人们,心里感慨万分。快乐的体验每个人都不一样,有的人住着别墅开着豪车,却愁眉不展,而这里的山民,喝着泉水就着清风,却很充实。

看着开心的村民,周一却陷入沉思,这黄策事年纪也大了,他之后谁来修藤梯?这技术也没其他人学会,要不,他这个年纪了也不会还在操持。自己毕竟是亲身体验过这藤梯的惊险之处,可以说村民每次都是冒着生命危险在出行。要是能把这些藤梯换成钢管支架,就会安全多了。

第二天,周一爬到山头,手机左伸伸右挥挥,嘀嘀嘀声不断,微信、QQ等消息提示都是99+,要是在之前,每天手机不掏出看十几次心里都会不自在,有什么通知,有谁发短信来,有谁怎么还没回复等,一只小小的手机就是现代人的江湖,里面记录了每个人的悲欢离合。到这儿倒是清静了许多,没有了那么多烦恼。

周一把来这儿的经历写成了《西行散记》发在网络上,他希望外面的人能来捐助。这儿的信号也不畅,要是有通信技术公司来建造信号发射塔,手机信号会稳定好多,这儿的人们和外界的联系沟通就方便多了,对带动当地的发展也有益处。

一二二　守心守行

天梯村靠着藤梯与外界联系着,就像脐带与大地母亲深深地相连。几千年来人们上上下下,如同一座山的血管输送着养分,掉落悬崖,半路摸黑,人们都习以为常。

在生命至上的年代,如何保障村民安全出行,在无法实质性改变交通方式的时候,尽量保障他们生命安全? 周一想起自己带的登山用的保险绳,要是在鹰嘴岩上下时系上此绳,安全系数会大大提高,况且现在物流方便,网上下单很快就能寄到。

周一把这个想法和黄策事讲了一番,没想到他是个认死理的人,对周一说道:"你一个外来路过的人,能为本村的发展献计献策,也是难为你了。你有所不知,我这门飞檐走壁之术,虽然算不上什么绝技,但也是几代单传。夏练三伏,冬练三九,从小就开始在崖壁上练习攀爬之术,也曾摔断过好几根肋骨,死里逃生过不下十次,就算猫有九条命也不够用。我年纪大了,家里只有一个独子,我知道这差事也是把命交给阎王,不知什么时候他一勾,也就没了。但是想着不能把这活在自己手中断了,就逼着儿子也学。可是这孩子天生反骨,处处忤逆我,就是不肯学。他十岁那年,我将平生所学攀岩爬壁之术传授给他,想着万一自己有不测,也会后继有人,整个村子进出之路也不会陷于瘫痪。可是这小子不但不学,还把各种工具扔到溪里。我用绳子把他绑在树桩上,用藤刺狠狠鞭挞,直到皮肉绽开,他也不讨饶。"说到动情处,黄策事已是老泪纵横。

"每个孩子都有自己喜欢做的事,以后也会有自己喜欢的人,有时放手也是一种爱。大人往往会以自己的喜好代替孩子的内心思想,这是大忌。"周一接道。

"不是你想的这样。祖命使然,我们村几千年来黄姓是本族,各个支脉都有各自的使命。有以耕种为主,有以狩猎为重,而我这一脉主要是负责藤梯的安全。大家各司其职,这样不至于因为大家都做同一件事,万一出现天灾人祸从而导致整个族群覆灭。虽然修筑天梯危险重重,可是为了全村的性命无虞,只能做出牺牲。"

"那你的孩子呢？这些天都未曾看到。"周一疑惑不解。

"他后来就南下去打工至今未回。我本想着出去找回孩子，可是自己一走开，这村里的大小之事可就没人打理，全村人的性命可都系于自己一人，只能作罢。所以今生自己生是天梯人，死是天梯鬼，只能守在这里。孩子的母亲，是外嫁而来，相夫教子，贤惠善良，可是孩子离村而去，她的精神世界就已坍塌。她也曾外出寻找，可是茫茫人海如何找得到？几次未果，她大病一场最后撒手人寰。如今只剩自己孑然一身。你说我是不是活成了一个笑话？一个不称职的父亲、丈夫。说实话，如果能早点遇到你周老弟，我一定会选择变通，而不是仅仅守着这一门手艺。"

周一明白，他守的不是艺，而是一种责任，哪怕父子反目成仇，他也要遵循祖制，这不是愚昧，而是一种职责、使命。华夏五千年，有多少效忠与愚忠的故事，只是对于这儿的人来说，祖传、祖方、祖制，都是一种传承，已经融入灵魂。就像黄静玉本有机会走出大山，去开始新的生活，但是为了内心的梦想，选择了坚守、守心、守行，就是精神上的新生。有时候，人的选择哪有什么对错之分，无非是适应自己的生活罢了。

听着他悲怆的语调，周一顿觉得他像个守村人，只能属于村子。这天梯古村的人，在过去虽然不像其他地方曾饱受战火袭扰，但是从古而今的保民护园职责从未懈怠过，在大家面前，小家从未让人失望过。

黄策事继续道："这儿的气候常年潮湿，低温，空气湿度很大，你这网上购来的绳子，看上去很牢固，但是时间长了极易腐烂。"

"那改为铁丝呢？"

"那也不行。刚才我已经说了，这儿的空气里水分很多，铁遇到水或水汽很容易生锈腐烂。不然藤梯接头的地方早就用铁丝来扎紧。这儿只有用土生土长的已经适应这气候环境的青紫藤最为安全。"

他的意思就是，用藤来作为保险绳，也未尝不可，毕竟安全要摆在第一位。黄策事明白，自己年事已大，而后继又无人，只能另寻他策，方能保护一方村民。

一山一藤一世界，一上一下一人生。没有什么慷慨高歌，只有默默守候，这就是他们这一代人的精神世界。

一二三 对面的山

　　村民指着对面若隐若现的山头，说那儿就是学校，"看看路不远，走走腿要断"。这里的孩子每天下山再爬山到那儿，放学了又重复一遍，可以说大部分时间耗费在路途之上。

　　周一顺着村民指引的方向望去，学校如火柴盒一般大小，看不清大致轮廓，也听不到那儿的琅琅书声。

　　但是对于学校他有天然的亲近感，所以时常站在崖边，望向山的那边。周一有时也觉得烦闷，就在这里吹起箫。箫声一起，山间雾茫茫，或浓稠，或清淡，不知真假，山那边好像有一个人在边舞边歌。箫声似乎穿过青峰莽岭，在峡谷断亘间来回撞击。

　　对面学校还真有人唱歌，不是别人正是宋诗旎。她见对面的山岭云遮雾绕，如仙如幻，一时歌兴正酣，便引吭高歌。这个村子里有几位就读的学生，曾经向自己介绍过，她感觉很神秘，总想去一探究竟。只是一直没有机会，今天看云雾润泽之下，更加神秘，便引起了自己的兴致。

　　才旦依玛和黄银花是她班里两位非常刻苦勤奋的学生，不分伯仲。虽然一个汉族，一个藏族，但两人情同姐妹，互帮互助，这一点是宋诗旎最为欣赏的，汉藏一家亲。这儿毕竟是个特殊的地域，由于历史的原因，两个民族杂糅在这一带，颇有渊源。而自己远离都市，远离世俗纷扰，高原雪水可以荡涤心灵，不虚此行。

　　这天中午，宋诗旎在批改作业，看到学生黄银花的作业已经批改过，上面的字迹似曾相识，便把黄银花叫来问她是谁帮忙检查的作业。黄银花说是一位叔叔，浙海省滨州市来的，以前在那边也是一位老师，刚要说姓周，突然教室门外一阵哭声传来。

　　她赶紧跑出去，发现一位学生的饭盒掉到地上，里面的饭菜撒落一地，学生已经泪眼婆娑。宋诗旎把自己的饭菜让给这位小同学，但她不愿接受，因为这样的话老师就得饿肚子了。学校这个位置虽然是全乡的中心地带，但是因为山势偏高陡，公路离这儿还是有点远，物资运到学校里还是要靠徒步搬运，所以教师自己也没有多少食物。

在老师的再三坚持下，这位同学才吃完填饱肚子。

饭后，宋诗旎和孩子们一起做游戏。老鹰捉小鸡、丢手帕、跳方格，自己小时候常玩的游戏，现在孩子们依然乐此不疲。不过孩子们最喜欢的还是听宋老师讲山外的故事，讲她家乡的故事。这二十来位学生多数是留守儿童，父母有一方在外务工的占了百分之七十，而父母双方都在外面务工的也有百分之三十。虽然有些孩子寒暑假也会到父母亲工作的地方去见见世面，但毕竟父母没有多少时间陪伴，顶多也就是去好吃好玩的地方转转。父母自己都来不及溜达，怎么有闲暇时间陪伴孩子呢？觉得亏欠孩子只能尽量满足好吃好喝，可是精神世界依旧贫瘠。

宋诗旎明白，世界不止一面，人要真正见过世面就得接触不同的人和事，才能让自己的生活变得有趣和精彩，否则只能算是见过一些表面的东西，并不能带来真正的见识和所谓的体面。讲到美食这边有青稞面，那边也有面，拉面、刀削面、炸酱面、方便面，各种面的不同做法、吃法、味道，听得孩子们垂涎三尺。讲到玩的，这边有赛马、射箭，那边有赛龙舟、摩天轮，还有许多的乐园、公园。还有许多历史名人故事，他们的故居，他们精彩的人生，孩子们听得如痴如醉，常嚷着让宋老师带他们出去见识一下。上次带着孩子们去高丘镇，就是利用维果斯基的"最近发展区"理论，让孩子们看到了自己通过努力就能实现梦想的可能，也为他们更长远的目标打下坚实基础。

一个学校就是一个社会场，哪怕这么偏远的一个学校也不例外。宋诗旎更欣赏的还是教育大家陶行知的赏识教育。

在这儿，有时学生因为语言、习俗不同，也会出现一些矛盾，宋诗旎并不简单指责，而是用赏识教育化解了小矛盾，让学生们重新荡起友谊的双桨。以前孩子们落学、翘课的情况总是出现，而现在许多家长发现孩子谈论学校、老师以及课本知识的时候多起来了。

一二四　见而未见

山中一日，虽没有天上一日、人间一年那么夸张，但是周一感觉到日子平实却不平淡。只是每次带着手机爬到村头那棵老桦树上，手机里的各种信息如雪花一般飘来。人终究还是社会人，免不了俗套。自己的梦想还是要继续去追寻，天梯古村治愈了自己的迷茫，是该重新出发，也到了告别的时刻。

刚下树，嘀嘀两声，一看是条信息。是自己老家一家知名的通信公司发来的，他们从网上知道了这儿的情况，愿意提供设备和技术，提高这里的通信能力。在当地这家公司以诚信、创新、高质的经营理念，保持着良好信誉。先进的管理理念、规范的业务流程与优秀的企业文化，得到了广大消费者的认可。

他立马如猴一般又蹿上树梢，赶紧回复：感谢贵公司伸出援助之手，发扬大爱精神，向有责任心与爱心的企业致敬。

对方回复，公司正在研究最佳可行性方案，一旦完成第一时间来对接。

叮叮咚，电话又响起，接起来却听不清对方具体说的内容，信号忽强忽弱，断断续续，只听到一个大意，有一家公司愿意帮助天梯古村改造出行的藤梯。这可是太好了！经过改造后村民的出行安全一定会得到进一步的保障。

可是自己已经打算要离开奔赴下一站，现在看来要等到这两项大事尘埃落定才能启程。另外一个心愿未了，就是对面山上的那所学校老师是她吗？

来到村里，听到黄银花正在哼唱着一首熟悉的歌曲："长亭外，古道边，芳草碧连天……"熟悉的歌词，深情的旋律，一下就把周一带到了荒凄郊外别离的场景。

在黄银花的描述中，云水小学这位老师简直就是全能之师。所有的课程她都会教，琴棋书画样样通，黄银花描述的外貌体形特征和宋诗旎还真是有相似之处。

"除了你刚才说的，还有没有其他什么细节？"周一向她继续打探。毕竟全国有十几亿人，总会有那么几个长得差不多的。

"我想想，哦，还有……"黄银花边说边大脑飞速地转着。

"还有什么，再想想。"周一急切又期待地催促着。

"嗯，她脖子上戴着玉，这玉是一只'羊'，上面还刻着几个字。"

"是什么字？"他激动地追问。这太重要了，因为知道是什么字，这神秘面纱就能揭开了。

"具体是什么字没看清，字太小。但我觉得这块玉对她很重要，有一次不知道为什么线断了，掉在地上，一下没找到。她顿时像是失去了魂魄，浑身颤抖，又很急躁，后来在墙角找到，老师小心翼翼重新接好戴上，像是呵护着一件极为重要的宝贝。我们从未见过她这么失态，那一定是她生命里最重要的东西。"

周一清楚地记得，读书时代，在一次集市上给宋诗旎买过一块玉，那只"羊"是自己亲手为她雕琢而成，上面还镌刻着她的名字。如此，便能对上号了，对面山上的那位神秘的老师，是她的可能性比较大。

眼见为实，耳听为虚。是，或不是，周一决定前去一探究竟。

第二天，周一顺道带几个孩子去那原上的云水小学。下藤梯，穿林道，上高原，这线路像个V字形。醉氧、缺氧，虽然周一身体矫健，但是到了高原上还是出现轻微的高原反应。几个娃娃一路有周一护送着，说说笑笑开心极了，加上他们已经适应了这儿多变的气候环境，等到肉眼可见到学校，他们飞奔而去。

牌匾上"云水小学"几个字隐约可见，周一有种莫名的激动，又有些许紧张。怎么说呢？他内心深处希望这希望不落空，可万一希望成真，面对突如其来的一切，自己准备好了吗？见面第一句话说什么好呢？

这真是一所袖珍学校，在自己老家已经见不到这样的学校了。小，充其量不过是一幢两层民房大小；破，墙上的破洞可以当窗户了；旧，用材、用料还是20世纪七八十年代的样式。

尽管掩饰不住内心的激动，他还是期待地走过去。看见教室里已经有十几位学生坐着，但不见教师踪影。问了后才知道，老师刚刚离开学校。原来有位叫德宗次仁的孩子在路上出了状况，是一位村民来报的信，宋老师赶紧去半道上接孩子了，临走时让孩子们先自习。

"同学们，说说你们老师有哪些优点。"周一干起老本行来。

"漂亮！"

"温柔！"

"多才多艺！"

"有时像老虎有时像老鼠。"这位同学的回答别具一格。

"怎么会差别这么大呢？"周一亲切地追问。

这位学生说道："有一次大雪，有段特难走的路，宋老师护送我们过去，突然遇到雪崩，她当时左右手各架一个，像老虎一样猛冲过去，不知她哪来的如虎气势。还有一次我们在高原上春游，一只土拨鼠窜到她脚边，她却像老鼠一样吓得撒腿就跑。"说完咯咯咯地笑着。

这爽朗的笑声恰恰是对老师莫大的敬爱。女子本弱，为师也刚。同学们还和周一分享了许多宋老师有趣的故事。教室头上那间房就是宋老师的住处，主人不在，周一也不好意思进去。透过窗户，看到里面非常整洁，摆设与师范学校读书的学生一样，这让他不由得想起了在三江师范那三年难忘的读书岁月。

叮叮咚，周一拿起手机，是当时和自己联系的那家通信公司打来的。说是技术人员带着设备已经在来的路上，只是天梯古村在导航上显示不清，需要派人到机场接送。周一知道这是一件重要的事，他进教室和同学们道了别，在黑板上写了几行字就出发接人去了。

前后脚的事，宋诗旎回到学校，看到同学们在认真地自学，非常欣慰。看见黑板上有四行字，她感觉这字迹很熟悉，问同学们是谁写的。黄银花第一个站起来说，就是指导自己做作业的叔叔。难怪这么熟悉，前几天刚看到过，她看看这四行字，不正是一首诗吗：

周游神州只为梦，

一山一水把卿寻。

来兮归去非陶公，

此情何堪如浮云。

怎么看这诗怪怪的？突然她明白了，这不就是藏头诗吗？"周一来此"难道真是他？这应该有意为之吧，不然哪有这么多巧合。同学们的描述也和他相差无几。既然黄银花说这位叔叔就在她们村，那就去会会，另外也算是家访。其他几个村都到过，唯独该村，她知道要登上天梯古村不比登天简单。此意已决，无可更改。

一二五 老师来访

要不是德宗次仁在路上遇到危险，也许今天就能见到庐山真面目了。这位叫德宗次仁的孩子，也是一位特殊的学生。他住的地方离学校最远，父母都是从事畜牧养殖业，需要经常转场，可是这孩子又喜欢读书，尤其是喜欢听宋老师上课。

路程遥远，又不固定，怎么办？家里人没时间接送，他就自己一个人骑着马上学。这可能是全国都为数不多的交通方式。

那天他骑马来上学，路上碰到一辆越野车，车上的人觉得这位同学上学方式好奇怪，少见多怪，就对着他一阵噼里啪啦不停拍照。他骑的马似乎受到闪光灯的刺激，像发了疯一般狂奔，结果摔到沟里，人仰马翻，都受了伤。幸好路过的村民都认识他，由于不懂医术，不敢动他，所以赶紧来告诉老师。宋诗旎带着医药箱赶过去给他包扎好，再回到学校，周一已经离开了。

而天梯古村的人听说老师来家访，都非常激动。如果来访成功应该是近几十年来第一次。三年前有位男老师说来家访，结果到了鹰嘴岩已经体力不支，只能望梯兴叹，打道回府。两年前，有位女老师也说来家访，结果密林流瀑穿梭到一半，被途中的蛇、蜥、蝗吓得不轻，只能半途而废。都说来家访，结果一个比一个离得远。

虽担心老师能否来访成功，但村民们还是和之前一样认真准备接待事宜。最肥的猪、最壮的羊都已挑好，只要老师一到，就开始磨刀霍霍，宰羊杀猪，全村老少就像过年过节一样热闹起来。在这儿有三件事，是集体行为，全村男女老少必须悉数参与。一是有孩子出生，新的生命新的气象，为整个村子的繁衍生息注入了源源不竭的生命力。二是整修藤梯，生命之道，全村命脉，没有一个人可以置身事外。三是教师来访，天地君亲师，文化启智，让文明散播，恩泽绵延。

前两件事已经常态化，而第三件事也只进行过一次。而那也是非常特殊的，因为这位老师就是本村人，在对面原上当老师。每日来回，鞠躬尽瘁，直至退休。为了感恩他的善举，全村人专门挑了个日子，让他从学校走到村里，然后又到每个学生家里坐一遍，如同教师家访一般，仪式感满满。

至此再无当年一幕。

如今有老师说来家访，村里自然是十分重视，不管最终能否成功，这天大家都不出活，就居家待客。

一路跋山涉水，穿林过草，又攀过石壁藤梯，最终来到鹰嘴岩。这一段既考验人的体力也考验魄力。往往上到一半，体力下降，加上悬在半空，恐高或者看到万丈悬崖，心里一紧张肌肉就会缩抖，导致整个藤梯剧烈晃动，危险也随之而来。

不过今天，宋老师出奇地顺，只是上到一半时，一阵山风刮来剧烈晃动了几下，其他危险情况都没出现。

等她一上崖，一地黄金花、黄银花铺在面前，金灿灿，银闪闪，走在上面堪比踏上星光大道。

老族长用地泉水在她身上点洒三下，一祛病，二祛灾，三祛邪。到了祠堂里，老族长发表了热情洋溢的欢迎词，随后就入户家访。

山民很热情，家里留到过年吃的也都拿出来待客。对知识的渴望、对老师的敬重，如山泉水一般不带半点杂质。

而到了饭点，全村人都集中到祠堂里就餐。每家每户都派出劳力帮忙煮饭、烧菜、做糕点。三户一桌，十人上顶，喝起来，敬起来。每家每户，不管有没有孩子读书或者即将送去读书，都过来敬老师一杯，今天老师就是全村最尊贵的客人。

对于村民自然的流露，宋诗旎也不矜持，和大家热情互动，交流交心。这个村子，虽然与外界隔绝，但隐蔽不隐避，村民淳朴，与人交谈坦诚。峻山俊美，是心栖神息的养生佳地。

气氛热烈，兴致浓郁，不过，宋诗旎也没忘了此行还有一个目的。可是观察了好久也没发现黄银花说的那个叔叔。她便问一旁的黄银花，那位叔叔咋没来呢？黄银花告诉她，叔叔昨天离开学校后就没返回到村里，大家都不知他去往何处。也许不告而别了吧，毕竟他在村里也待了些时日，可能回去处理事情了。

心里的失落感油然而生，可是她想这样也好，万一真是所想之人，自己真的做好准备面对一切了吗？毕竟这些年已过万重山。

有些村民问她，穿草林，爬藤梯时害怕过没。说不害怕，怎么可能呢？早前她知道这路上的一些特殊情况，所以她找了些蛇虫百脚等恐怖的图片进行视觉适应，至于爬天梯的体能储备早已不是个事。在这里的岁月里，她除了每天半道上接送学生练就了腿力，还学会在学校周边开垦一些地块，种植一些果蔬。除了拿粉笔头，抢锄头也不赖。

在享受了一番部落首领加冕般的隆重接待后，又在村民们十八相送般的仪式下，家访告一段落。大家送了她许多吃的，但是宋诗旎只带了两样——用盆栽好的黄金花和黄银花。

一二六　改编教材

天梯古村的人有传统的一面，他们注重仪式，看重人情交往，有大山一般的意志，也有泉水一般美好的心灵。这高丘乡虽然整体上来说气候恶劣，地势复杂，但是宋诗旎却感觉心灵有了寄托。

蓝得纯粹的天，白得透彻的云，再复杂的人性此刻也会通透起来。当时在永安县是被才旦依玛口中神秘的雪域高原所吸引。自己本来是抱着来放松一段时间就走的念头，可未曾想一来就是好几个月。更没想到的是，自己实在不忍孩子们中途辍学，又重新执起教鞭，走向讲台。在和不同孩子们接触中，自己也被他们无邪的内心治愈，抑郁症似乎也好了。现在更是重新找到了自己的价值，当一个支教老师，奉献自己的力量，不为名不为利，如同这儿的格桑花，把最好的一面留给大家。

不仅来了，还要想办法让这里的孩子走出去，所谓的出世、入世，不过是在坚守中寻找自己的梦想。她现在正在尝试着改编教材，藏语汉语通译本，她打算从生活化的角度编撰。虽然已经有了这方面的教材，但她还是想结合当地的实际情况，比如学生的语音、当地的人文历史和自然资源等，让课堂生活化，让课本生活化，学生才会更好地掌握，这是铁定的。

要编撰教材真的是浩大工程，她查阅资料，向人请教。指导思想、总体目标、课程原则等等规定动作少不了。另外还要寻访当地的居民，了解当地的文化历史，语言习惯，才能发挥教材最大的作用。虽然有现成的这类教材，但那多是综合各地的情况，最后折中而成，没完全体现地域的差异性，所以实际使用过程中还是存在着一些问题。

在当地举行的各类比赛活动，云水小学无一例外悉数参加。虽然硬件不如其他地方，但是对于孩子来讲，经历一次舞台，即使获不了奖，只是练练胆子、见识一下同类优秀的群体也是一种成长。

有一次天塘县举行"诵读家乡"朗诵比赛活动。获得一等奖的学校可以代表县里到市里参赛。学生们虽然都很有兴致，但是一直找不到适合的稿子。宋诗旎也尝试写了几稿，效果都一般。

要么不做，要做就一定要让孩子们展现最好的一面。沮丧之际，宋诗旎忽然想起才旦依玛家的故事。她父亲和母亲的故事，本身就是感人肺腑的事。还有天梯古村的村民们善良、淳朴的品质都是可以挖掘的点。

宋诗旎把这里的自然风光和感人故事提炼出来，采用双语诵读。大家每日刻苦排练，到了比赛那天，有几位学生面对台下黑压压的观众，说有些害怕，宋诗旎再三沟通鼓励才没有出岔子。

感人肺腑的故事，加上第一次看到汉藏两种不同语言在演绎，台下观众和评委都听得入心入情。最后云水小学不负众望，获得一等奖，还要到市里参赛。评委们也在舞台表现力上提出了一些建议，后期还要继续打磨争取到市里拿到更高的荣誉。

回来后，宋诗旎和同学们再接再厉，继续打磨文本，打磨细节。在市里的比赛中，虽然舞台更大，压力也更大，但是因为之前积累了经验，显然更放得开，舞台上收放自如，朗诵的感情恰到好处。在他们的渲染带动下，观众们听得热泪盈眶，那不是表演，而是真情所致。这次的成功，不仅仅是朗读技巧的取胜，更多的是真情打动人，情感的交流和共鸣是人类共同的语言。不出所料，最终问鼎全场，将走向更高层次的舞台。

还有一个捷报，宋诗旎编写的教材得到了肯定，本人获得了"蜀地优秀文化传承"先进个人。而周一从机场接到人后，并没有马不停蹄回到天梯古村。公司的人说,要到当地分公司调取这儿的地形地质等资料,因为在安装调试的时候用得到,另外一些通用材料在这里分拣打包好才能进山,只能在城里待几天。

恰巧宋诗旎和孩子们正在城里参加省级朗诵比赛活动。

周一看到一所学校门口挂着横幅,上面写着"欢迎参加'蜀地诵读家乡'朗诵活动的老师和同学们"。原来有比赛活动,难怪有很多学生和老师。

"周叔叔,你怎么也在这儿?"周一转身看到是黄银花在冲着自己开心地喊着,"我还以为您离开了,再也见不到您了。"

"我在这儿对接一些业务,还要回到你们村去的。那你怎么会在这儿?"

"我们参加朗诵活动。"她自豪地回道。

"那你们老师呢?"周一看看和她一起的只有二十来位同学。

这时一位藏族姑娘接过话,说她和宋老师一起带孩子们来这里参加比赛。她是县里的一位老师,这次比赛县里很重视,派她和宋老师一起来。但是到这里没多久,宋老师不知是水土不服,还是怎么了,一直又吐又拉,全身无力,这会儿在医院挂盐水。大家舞台踩点都还没进行过,另外她说自己对于这个级别的朗诵也没多少经验,况且普通话也不是特别标准,现在是群龙无首。看她急切的样子,周一安慰一番,便带着孩子们入场,指导他们彩排一下站位,又温诵了几遍,再把自己曾经带学生参加省级比赛的经验和大家一起分享,看同学们都已经胸有成竹了,他才放心。

这时,他的电话响起,原来是通信公司来电说一切准备就绪要进山了。等孩子们都上台了,周一便和他们告别。他刚离开,宋诗旎赶到了会场。

一二七　双喜临门

天道酬勤,这次省赛,云水小学的《无言的大山》一路披荆斩棘,获得了一等奖,超额完成了任务。孩子们经历了大赛的洗礼,也到大城市开阔了眼界,收获颇丰。

令在场的人没想到的是,来自边远地区的学校和孩子们最终获得了大奖,纷纷投来了赞许的目光。宋诗旎明白除了好的稿子和平时的训练,临场的表现也很重要。可惜自己身体出了状况,幸好有一起带队的老师在,宋诗旎对她说:"辛苦你了,又要训练指导,又要照应学生。"

　　她惭愧地说道:"受之有愧,多亏了刚走的那位老师救场。"

　　"那位老师,哪位老师?"宋诗旎看看旁边也没有其他人,何来老师。

　　"黄银花说是在她们村待过的周叔叔。"她把刚才的情况向宋诗旎大致介绍了一下。

　　"以前也听黄银花说起过,他有没有什么明显特征?听感觉有点像我的一位故人。"宋诗旎有点急切地想知道。

　　一起带队的老师沉思一会儿,说道:"谈吐有致,很有学问的样子,你说其他特征明显的也没留意,跟你我一样两眼两耳一张嘴。你说帅吧,也帅气,但是全中国帅的人也不是一个两个。说没有吧,我倒是发现他的右小拇指缺失,不知是天生的还是后天导致的。"

　　没有右小拇指,那就不是同一人,之前的种种类似的地方也纯属巧合,不管怎么说,还是要感谢这位素未谋面的陌生人。宋诗旎答应孩子们在城里面逛逛,今天得了大奖,择日不如撞日,就带孩子们犹如状元巡街一般浩浩荡荡地穿梭于大街小巷。

　　周一带着通信公司的技术人员经过一番艰难跋涉终于也上了天梯古村。

　　选址很顺利,一户居民的玉米地,是个上佳的位置,这里像个馒头山,中间高耸,四面开阔。村里和那户人家商量,起先他不愿意,为什么呢?为什么别家的地不征用,偏偏征用自家的。这块地向阳,土质肥沃,在以前生活困难、物资匮乏的年代这块祖传下来的地养活了一家好几口人,现在说要贡献出去情感上还是很不舍。技术人员和他分析这儿造塔的一些科学数据,他也只听得叽里呱啦,听不出个子丑寅卯。但是看着他们敬业的态度,不远千里来到这儿帮助村子,再加上其他村民都巴望着,最后只好忍痛割爱,把这块宝地奉献出来。毕竟通信信号强了,手机使用起来也方便多了,跟外界的接触也会紧密起来,百利无一害。

　　设备材料要运输上来,虽然要费点周章,但是这家公司还是很有技术实力的，他们安装了简易的电动索道，把货物拉上崖顶，至于电力的问题，可以不影响村里的用电，这儿瀑布群多，他们搭建了小型水力发电机，问题基本解决。

不几天，崭新的通信塔立好了，信号满格，人们交流沟通起来方便多了。

手机信号稳定了，没想到周一的第一个电话是一家公司打来的。就是上次在树上断断续续听了大概的那通电话。他们公司安排了一支专业的施工队伍过来对藤梯进行改建。该公司奉行以人为本的理念，坚持向阳、奋进、谦逊的行为准则和团队精神，努力实现共富、共美。

周一把这儿的地形地势发过去让他们进行评估。第三天，这家公司就派人来了。地势平缓的地方就利用镀锌合金钢管架起来，做上扶手，更加安全。鹰嘴岩这一带，就安装了室外防雨防晒的新型电梯，这样受自然环境影响就小很多，随之而来的就是安全、便捷。

从此，天梯古村告别了战战兢兢出门，开启了安安全全回家的生活，发生了质的变化。

一二八　民宿民俗

路畅通了，信号变强了，天梯古村与外界的联系更加方便、频繁了。村尾枸树下的黄大爷今年七十八，出村下山不到八次，自从上了年纪，特别是六十以后就没下过山。这次路改建后的第三天，他在家人的陪伴下，下了山，到集镇上好好消费了一番，可惜钱带了却不够用，扫兴而归。

他的见闻、认知还是停留在十几年前，那时手机没普及，轿车是稀罕物，高铁没有取代绿皮火车。从前吃碗面3元，现在已经奔向20元，当年理个发用洋钳嚓嚓嚓半个小时只需5元，如今电动剃刀几下一推剪，不到十分钟要20多元。黄大爷的生活和这个社会几乎有了断层，社会在飞速发展，而他后来的生活，就在这几十年如一日的偏僻山岭，如今又突然如穿越般来到了时代发展的前沿，如何接轨？只能是一阵手足无措的窘迫与叹息。

不过对他来说，有生之年还能再次看到外界的发展变化，已值得庆幸。这个村子，物产丰富，好山好水，从宜居养生的角度讲还是有看点卖点的，尤其是在这儿的一段时间，周一明显感到自己不再那么浮躁，在青山绿水间洗心洗肺，人也会通透许多。

在自己的家乡，人们已经用行动在践行"绿水青山就是金山银山"的理念。而这里有高原的广袤，也有山岭的独绝风光，可以说比作一个人的话就是属于有料有颜。

虽说自己是一介书生，况且到这儿来也算是巧合，为梦而来，可是如今自己的心念之人并未寻遇，迟早还是会再次出发。但是不管怎么说，这儿的山水及风土人情都是一张金名片。在自己的家乡有眼光的早就开始开发利用了，现在全国旅游搞得红红火火，尤其是乡村旅游和民宿发展已经如火如荼。

这儿的药材、野菜、民俗都是别具特色的，城里人、沿海地区的人，习惯了锦衣玉食，到这儿来回归淳朴、原始，一定能有不同的心灵体验。

小溪里的鱼银光闪闪，如银竹叶在飘飞，这是一种当地特产的鱼，叫"银天鱼"，银色的如天上的鱼，肉质极为细腻，锅里水煮开，鱼入锅，不到三分钟便酥软如银耳粥一般丝滑，即可入口。不用任何调料，已是鲜味十足。银天鱼粥便是这儿的一道传统佳肴。对于城里人来说，这是不可抗拒的诱惑。

山里作物常被野猪之类糟践，村里人便在地旁割来一捆捆黄金花和黄银花，搭成茅草屋，防雨防晒防蚊虫，由于有药用价值，所以人们劳作一天，第二天疲劳尽消，人充满无穷的精力。据说有些景点专门搭起茅草屋、蒙古包，夜晚可以望望星空，美其名曰星空房。可那种材质都是工业品，哪有这儿纯粹的药草来得环保健康。

所以这儿的一切在周一眼里都是宝贝，可是如何让外地人能慕名而来，这是当前要解决的首要问题。

不过周一还是有了法子。他自己还有一个作家身份，可以邀请一些同仁来这儿体验，采采风，有了灵感，创作一些宣传文字。他把这儿的一些情况发给了昔日的一帮文友们，没想到他们兴致很浓。没过多少日子，他们真来这儿采风了，对这儿的风景、人情风俗都赞不绝口。

对于如何开民宿，虽然周一涉足较少，这儿的人更无从知晓，不过周一想起在自己家乡有几家民宿开得红红火火。有位曾经的同事正在经营民宿。周一把自己的想法和她交流后，她非常热心地传授了一些开发的流程及有关经验。周一便把与之相关的资料都转发给了当地有意向的村民。没想到这儿的人，一开始看戏的多，真有行动的很少，好在几经宣传，有意向学习的也渐渐多起来了。并非因为他们确定能赚到钱，而是认识到现在民宿经济也是很大一块蛋糕。更让周一感动的是，自己认识的民宿主人知道了村里的实际困难，还向当地捐赠了许多物资，助力当地的脱贫致富。

靠山吃山，靠水吃水。网上发酵以后，慕名而来的游客确实多了好些。

一二九　走向新生

冰雪消融，万物竞秀。

村里的各项规划工作和建设工程已经上马，没有一阵阵机器轰鸣声，也没有腾起的朵朵尘云，这儿的发展建设还是走可持续发展道路，最大程度发挥自然优势，保持天然特色。

溪旁建起了村里第一家"枕水居"民宿。吃的食材全部是自家种植的蔬菜，老板搭建了十个大棚种植蔬菜。高山蔬菜已经运往省城和东部地区。

村里的小溪，通过生态养殖，一年长一寸的银天鱼已经成群结队，现在下河洗个脚都可能踩到一条。光是休闲垂钓已经可以为村里带来稳定的收入。

药茶沁人心脾，令人唇齿流津，现场采购络绎不绝，网上订购源源不断。黄静玉的刺绣更是名声大噪。主要是得益于所用丝料货真价实，原生态，二是她的刺绣技法炉火纯青，绵细熨帖，穿戴在身如金缕玉衣般柔润泽软，极为舒适。她这独特的技法，也在积极申请非物质文化遗产，一些想学的外地人组团来学习。

在众多学习者中有一位来自省城的小伙子叫刘承绣，最为虔诚，他的家族曾经经营当地最为强盛的纺织企业，只是在岁月的流转和不断变革的时代中慢慢没落。他这次就是专程来拜师学艺，焚香净手，三拜三叩，礼仪一个不落，只是黄静玉倒觉得他动静太大，表示学艺可以，但拜师不必，自己也没有官方认定，只是祖传技艺而已，能够广而传之也是一大幸事。在拜师学艺期间，刘承绣潜心习艺之外，也包揽了师傅一家的家务活，劈柴烧灶，垦地割草。俗话说，学徒三年，两年打杂。黄静玉对于这位和自己年纪相仿的小伙子倒没有什么"教会徒弟饿死师傅"之忧。看到他这么虔诚地学艺，她一是深受感动，二是希望他学成下山而去，自己生活又可以重归平静。

女儿黄银花和刘承绣倒也是很合得来，他经常跟她讲省城里的新鲜事，她也听得兴致勃勃。

有一天，周一和几位村干部一起商讨村头搭建文艺大舞台的事宜。黄静玉过来和他有事相谈。

"周大哥，我有事想向你请教，请您一定要为我指点迷津！"黄静玉眼巴巴望着他。

"你信得过我，定会知无不言言无不尽。"看她神情挺严肃，会是什么事呢？周一纳闷得很。

一交流才知道原委，原来，这刘承绣被黄静玉的美丽善良打动，尤其是知道了她的过往经历，更是被深深感动。他在她身上读到了贤惠、勤劳，这是比金子更珍贵的品质，在这浮华的社会更加弥足珍贵。而刘承绣之前的一段感情，就是家族联姻，对方贵为千金，可惜在自己公司陷入资金链断裂的绝境之际，她受不得清苦生活，弃他而去。如今公司重新有了起色，她又回心转意，只是再也回不到从前。在对生活失去信心时，是黄静玉让他重新燃起希望，所以希望她能到他公司进行技术指导，把黄银花也接到那儿生活学习。"这是好事情，况且这位兄弟虽然家境优渥，但依旧很谦逊好学。在大城市生活对孩子的成长终究利大于弊。"周一劝她接受，刚刚说的是一个原因，另一方面他觉得这小伙子人品没问题，值得信赖。

"可是，我觉得还是有不妥，毕竟在这儿生活了这么多年，一草一木都有了感情，也怕女儿不适应那儿的生活，会受委屈。"

之后遇到黄静玉，周一和她多次交流，虽然她没有明确未来的生活，但也慢慢不再排斥这方面的话题。后来，黄静玉和女儿一起告别了村民和周一，离开了家乡和刘承绣一道前往省城。

这个世界没有什么是一成不变的，思维固化算是不好的习惯，生活、情感，适合自己的就是最好的。只是周一一直在问自己，下一个路口在何方？

一三〇　声名远播

新的钢架梯方便了村民的出行，也让外地曾经慕名而来却无法登顶的游客一朝如愿。村长对周一说，为了安全起见，鹰嘴岩之前安装的藤梯想把它拆除，让它成为历史。

"生命大于天，安全重于泰山，村长所虑极是。不过现在很多地方的乡村游呈现出多生态、多方式的综合旅游，吃住玩一体。我们这儿的生态自然环境确实是得分点，但还是太单薄。有些地方自然资源不够丰富，就另辟蹊径，影视城、游乐园等项目也是方兴未艾。我们这儿其实也有这个潜力。"周一若有所思地说道。

"周老弟见多识广，为我们村的发展可是出了许多金点子，愿闻其详。"村里人包括村主任在内，对他还是信任有加，自从他来了后，村里的翻天覆地变化大家有目共睹。

"现在户外运动比如探险类的项目越来越红火，我们村就有得天独厚的资源。鹰嘴岩这里稍加改造就可以。原先的设备也可以利用起来，我们再派人出去学习专业的攀岩知识和技术就能水到渠成。"周一在来之前也曾学习过这方面的知识，户外运动已经越来越深受年轻一代喜爱。以前周末假日大家聚会吃吃喝喝，现在有时间了出游和走入自然的方式已经成了新风口。

"你这点子不错，虽然我不太经常下山外出，但是其他地方的发展情况我还是了解一些，还有我们这儿的山民劳作时经常攀崖走壁，身体素质都还是不错的，经过专业训练一定都能胜任。"村主任还是信心满满。

村里发了个通知，要招募一批从事攀岩有关的工作人员，没想到好几位青壮年都踊跃参加。周一联系了一家专门从事户外运动的专业机构，他们愿意来免费安装攀岩所需的一些设备，人员的培训和训练也可以来现场开班。毕竟不是搞慈善，他们只有一个要求，就是入股年终参与分红。有人投资，还帮着营销，这对村里来说可以避免风险。

趁热打铁，村里马上把这块业务纳入规划，马不停蹄地开展起来。几天后，设备、人员都已经齐备，周一也利用网络进行宣传发动。开张那天，有好几百号人慕名而来。带来了人气，也为百姓带来了收入。

入夜，村里的文化大舞台热闹非凡。山坤戏在这个村已经流传千年。表演者穿着奇丽的复古长袖装，脸上涂抹着油彩，在竹筒的敲击声中，铿锵地甩袖挥刀。这刀不是特制的表演道具，就是农家上山披荆斩棘的短柄柴刀。故事讲述的内容，大致是在远古时代，有山兽、妖瘴轮番来毁坏庄稼和吞吃村民，大家同仇敌忾，想尽办法都无法阻挡灭村的厄运降临。在危急之时，一个叫山坤的村民，为了拯救生灵，习练失传已久的歹毒之法"五蛊噬骨"，待到这些孽障围村之时，引颈洒血，但凡沾到一星半点都当场暴毙，当然故事最后，他牺牲自我成全族人。这个故事带有神话色彩，后来为了纪念他，人们就以戏剧的形式流传下来。这样的故事在各地都会或多或少存在，只是内容形式上有些差异，但教育意义都差不多。如果仅仅这样不足以让人耳目一新，山坤戏最叫座的地方，在于最后"换头术"。表演者用刀"割掉"自己的脑袋，一晃一摇，又长出一个，与"变脸"有异曲同工之妙，素有"山南变脸术，山北换头法"，精湛的表演惹得大家连声叫好。

黄静玉虽然离开了村子，但是她毫不保留把刺绣手艺传授给村里其他姑娘。有时还会回到这里指导大家，尤其是为了给外地游客带来视觉上的体验，还排练了云绣表演队。跟茶艺表演一样，大家现场表演针绣技艺，现场所制的绣品竞拍者络绎不绝。村里人对她说，你这样两头赶，很辛苦，但黄静玉常说："我是喝这里的水长大的，村里人平时也没少帮助我，如今也是我回馈大家的时候了。"

篝火燃起，大家围成一圈载歌载舞，山泉酿制的酒，药草的熏香，可以褪去一天的疲惫。山果子、五香仁、烤山鸡随便抓取。游客入住草屋，仰可观星辰交辉，卧可听清风吟唱。凌晨还可以看到旭日东升霞万丈的壮观景象。

现在的天梯古村，自然风光，山野文化，地道特产，都已经声名远播，从早到晚村里都有各种活动吸引着游客的兴趣体验。

窗外的满天星斗熠熠生辉。这次是真要告别了去往下一站，他相信天梯古村的明天一定如今晚的夜色，璀璨、光明。这里的人、这里的一草一木，改变了自己，洗涤了自己的心灵，周一明白为了追逐自己的梦，不应该停下前进的脚步。

一三一　缘来是你

"周兄弟，你要走，我们万般不舍，感谢你这段时间以来为村里献计献策，如今村民们的生活水平有了很大提高，村子的发展建设也越来越好。"村长领着一众人来相送。

"言重了，鄙人不敢贪此天功，主要还是得益于这儿的资源得天独厚，况且这些时日，和大家相处也是收获颇多，内心也是充盈，要说感谢的应该是在下。"虽然不至于如古代清官离任，百姓塞巷相送，还举着万民伞哭求留任的场景，但是大家自发的盛情溢于言表。

"送君千里终有一别，后会有期。"大家送他到山脚方才停下。周一不忍，劝说大家回去。

离开村子，周一本想去对面山上的学校再去会会那位宋老师。但是之前听说这位宋老师留着短发，不戴眼镜，这与之前她的形象完全不符，应该不是同一人。长发变短发有可能，可是她原先近视戴眼镜，不太可能视力恢复摘下眼镜。既然如此，就没必要再去一探究竟。

下一站去往何处？随遇而安吧！

满眼苍茫的高原景象，在蓝天里的镜像一切显得那么真实、厚重。走在天地间，如同上古时代拓荒者，孤独而又炽烈。

"哎呦呦，哎呦呦……"一阵痛苦的呼救声从路沟里传出。周一循声而去，发现是一个孩子，约莫十岁，不知什么原因掉在石沟里，脚上都已磕伤，头上有肿包，血迹似乎未干，似乎刚发生不久。

人命关天，周一立刻跳下沟去，小心地把孩子抱起来。看样子伤得有点重，站立都困难，动一下都疼得冒汗。没法子了，只能背着他，周一查了地图发现前面十里开外有村庄有医院，就往前走去。高原缺氧，孩子又疼得厉害，周一怕遇到不测情况，就一直和孩子聊天，希望他保持清醒。这孩子告诉周一，他在云水小学读书，名叫扎吉木措。周一说上次去过那儿，怎么对他没印象。孩子说家里住得远，有时候身体不好就请假不去上学。那次周一去云水学校，自己刚好生病请假，所以没见过。

看到有个亭子，周一过去坐下喘口气。这孩子说口渴得很，周一便去找水源，看远处坡下有条小溪，就过去取水。

而在云水小学，宋诗旎见扎吉木措迟迟没来学校上学，和家长取得联系确定他已经出门，宋诗旎心里难免紧张起来。学校里没见人影，而家里确定来上学了，那只能是路上出状况了。她便沿着这孩子上学的方向一路寻踪。高原上温度低，哪怕烈日当空也不会感觉很热，但是紫外线特别强烈，走得急真能有上气不接下气的窒息感。可是不见孩子踪影，心里不踏实，脚步就如雨点般来得及，以致多次滑倒在地。沿路偶尔经过的车子拦下来问问也都说没见，游牧的藏民也没说见到，这孩子到底咋了？宋诗旎心急如焚。可是有什么用呢？这儿荒凉、死寂，也时常有灾难性事故报道。越想越急，看到前面路旁有个亭子，便过去瞧瞧。

看见有人躺在那儿，近看正是苦寻的扎吉木措，宋诗旎激动得眼泪抑制不住地流下。看到老师出现，孩子也很激动，也有很多话要说。宋诗旎马上制止，让他少说话保存体力，见伤口还在渗血，她马上去采些药草来敷用。

周一取来水让他喝下，扎吉木措刚想告诉他老师来了，周一示意他少说话。等他喝完了水，周一说前面看到有几根枝条比较匀称结实，要去把它捡来做成椅架，背着会省力些。毕竟是农村长大的娃，扭藤绕结的技术还是多少会点，不多时结实的背椅捆扎好，等下让小孩坐立在上面，背上椅子就可以了。

在这儿生活的时日里，宋诗旎知道高原上有各种止血镇痛的药草，挑了一些药效好的洗净捣烂。宋诗旎采药回来正要给他敷上，周一背着背椅也到了。宋诗旎听到背后有动静转过来，两人一怔，随即手中的背椅、草药不约而同滑落地上。

四目相对,那一刻,日月静止,山川默立,有千言万语如火山般一触即发,可一时又无从说起。多少个日夜,人在时间的囚笼里,思念却已越过千山万水。

把扎吉木措送到医院,他的父母也已到场,经过医治已无大碍。

两人来到街头一座小楼,天色已暗,望湖楼上已是人去楼空。月深沉,一夜无语,山寂寥,水独绕,唯独他俩倚栏而立,他牵着她的手,无语凝视,惊喜夹杂着苦涩,多年后的重逢,历尽千帆,内心注定是波澜起伏。

一三二　往事何堪

他死死牵着她的手,始终不肯放下,怕她像一阵风又不见了,怕她似一朵雪花又悄然消失。

这是一双怎样的手? 生硬、冰冷,原先的细腻光滑早已不见。干涩得像老松枝,又像长满结疤的根结,青筋突暴,关节粗肿,厚厚的茧子如同高原上的土包,而手背上的皱褶像锉刀锉过一般。

周一颤抖地摩挲着,似乎想把她这些年的苦难统统如电流一般传到自己身上。白净、细腻的脸庞已经有了高原红,她经历了多少磨难的锤击他自是能体会。如果说之前宋诗旎是一朵芬芳的春花,馨香四溢,那现在更像是一片静美的秋叶,历经风霜的肃打烙印了绚烂的生命底色,铅华而又温敛。

"这些年你受苦了,当年要不是……"周一未说完,宋诗旎已是"哇"地一声痛哭起来。周一过去揽住她,宋诗旎靠在他肩上抽噎得更厉害,以致浑身颤抖着。这些年的痛苦、迷茫谁懂,谁又能体会?

自己不是没有绝望过,曾经是世界上最幸运的人,拥有别人羡慕的工作,可又何妨? 不能和自己喜欢的人在一起,和行尸走肉有啥区别? 如今孤身一人在这荒寂的高原上避世,这期间发生了太多太多,一眼千年红尘殇。

他来了,曾经的他来了,没有轰轰烈烈,就在不经意间他出现了,怎能不叫人激动得泪流满面。能说出来的苦从来都不是真正的苦,只有无法言说独自下咽的才是痛苦。

"秀水湖一别,恍如隔世,苦难的日子里思念是我唯一支撑下去的信念,你在万般皆好。"宋诗旎依旧没有平复情绪,但是啜泣声小了很多。

"人们说心安处是吾乡,一样的你在处便是吾心安处。我们再也不分开了,除非这高原成沧海桑田,我再也不会把你丢失了……"

高原上的夜风冷冷,可是他们却才开始感受到人间温好。

周一一定要宋诗旎讲讲后来的经历。宋诗旎知道眼前的男人对她的好才是深入骨髓。

原来,宋诗旎在秀水湖人间消失一般,其实她是到这儿来洗心涤面,虽然自己一直在反思,但是在这纷纷扰扰的世界何来对错。到这儿来更多的还是一种逃避,只是没想到历经世间万般,心灵反而得到了寄托与超脱。

刚踏上这块神奇的大地,高原反应随之而来,头疼欲裂以至夜不能寐,在适应期间体重急剧下降,似乎一阵山风也能把人扑倒。适应期过后,高原的强紫外线如一把钢丝刷在脸上来回划,让人生疼。地势高,空气稀薄,对日光中紫外线的隔离作用减弱,皮肤角质层损伤,导致皮下的毛细血管扩张、显露,所以白白净净的脸上也不例外地出现了高原红,皮肤的灼烧感持续了好长一段时间。

高原天气说变就变,明明还是烈日高照,一瞬间乌云压顶,狂风大作,鸡蛋大的冰雹打得人鼻青脸肿,砸得屋顶漏洞百出。这天气还好,毕竟来得快去得也快,但是到了冬天下雪季节,危险依然重重。冬季特别地漫长,冰冻、雪崩总是如影随形。

任教的学校如同茫茫大海上的一叶扁舟,在风霜雪雨的侵袭下日渐飘摇,漏风漏雨是常见之事。学会了和泥糊墙,学会了上墙翻瓦,纤嫩的手也日渐有力。语言不通,学、问、练,终于能说地道的方言,语言通了距离也就近了。

所有的打击和磨难是成功路上的垫脚石。苍茫的高原、雪山,却让宋诗旎的心灵得到了澄澈剔透。来之前的抑郁症也好了,再也不会无端地把自己囚困起来,山川不语,却把厚实示人。

周一听她细细道来,没有悲伤,没有抱怨,他听懂了她的内心,今生为人只为把君等。风轻云淡就让别人眼中的种种不堪烟消云散。

一三三　冰火神果

　　冰火果，冬日开花冻死一半，夏天结果掉落剩下一半，虽然经历了冬天的积蓄、春天的涵养、夏天的淬炼，其内含的营养价值极高，但产量太低，哪怕贵如人参，所带来的价值也有限，如何规模化种植，带动百姓增收，从而走向共同富裕，宋诗旎一直思考着。

　　现在周一的到来更加坚定了自己在这儿坚守下去的信念。昨晚的对话依然萦绕在彼此心间。

　　"你接下去有什么打算？"周一问宋诗旎。

　　"这儿没有世俗的冷暖淡薄，只有淳朴的百姓和无垠山花草甸，治愈了我的内心。你的打算呢？"明明能感受到他的内心深处的呼唤，可还是要多此一举，这是一种炫耀？还是一种撒娇？此刻她觉得自己是全世界最奢侈的。

　　"从小就向往着走出大山，读书时代、刚参加工作的时候，这愿望一直就很强烈，从未忘却过。等到自己真正走出大山到城里工作，却发现自己的想法是多么天真，身体的走出算不上真正的走出，只有心灵的走出才能让自己从迷茫的远航里日渐清晰地标记每一处港湾。曾经以为你就是我的港湾，现在明白，人生做有意义的事，追寻自己的梦想都是一种走出，走出心的桎梏。"

　　留下，也是走出。一直想走出大山，如今又回到了大山，终点又回到起点。宋诗旎和周一两人继续留在高丘镇，这儿更需要他们，也能实现自我的价值。

　　宋诗旎把从天梯古村带来的两盆黄金花和黄银花放在冰火果树下。

　　这冰火果对宋诗旎来说还是很有意义的。在永安县的时候就是因为才旦卓玛卖此果，她才巧遇到。后来到了这里发现其他地方树长得都很矮小，唯独这里树长得比较挺拔、疏散。她把这土质的样品寄到专门化验分析的机构，后来传回来的报告显示这土含的钾肥、氮肥以及微量元素都很丰富。关键的原因还有这土质特性稳定，不像其他的土，热容量小，夏天温度高，冬天又极寒，所以土质里的部分活性成分不稳定。因为这里被四周高原围罩着，热容量就更大，另外土质松软不板结，可成团可细铺。要是把这些土分散到各处，就可以大规模推广种植了。

果子可以吃,而叶子也可以喂给牛羊,当地许多牧民也不必辛苦随着季节迁徙转场,外出务工的也不必心挂两头,回来创业也是一样的。

学校后山坳有一片荒地,是以前牧民开垦后废弃的,宋、周二人购买了一批冰火果树苗,按照查阅的资料种植好。

要是把这技术推广给其他牧民,带来的价值会更加可观。虽然自己的技术没问题,况且也把这儿的实际情况向一些农保专家请教过,但是毕竟这儿的气候恶劣,加上不可控的因素,影响最终结果的条件还是很多的,保险起见只能自己先行试验。

"周老师,宋老师,你们好,我也想规模化种植冰火果树。这游牧生活风餐露宿不说,关键是孩子读书不安稳。一到转场或者忙起来就是好几个月照顾不到。要是能够学到这门技术,生活也能改善好多。"说话的是才旦依玛的母亲。周一和宋诗旎当然一百个乐意,无偿传授技术,运来的黑土也免费相送。不过毕竟是在试验期,还是存在着风险,所以也如实相告。

"我信得过你们,你们两位都是大好人。我们才旦依玛能有今天的表现离不开二位的悉心教育和照顾。"孩子母亲发自内心的感激,反而让两人有了一种使命感,牧民把希望寄托在自己身上,感到沉甸甸的,可不能让他们失望。

有专家建议用大棚技术提高产量和品质的稳定性,这确实是一种思路,何况现在到处都在利用大棚种植术推出反季节食物。但是这冰火果除了汁多味甜,还有明目清神、养颜固肾的作用。通俗讲就是滋阴补肾,也是一味天然的保健品。只有在自然界经历了漫长的孕育沉淀才能达到最好的品相和疗效。

虽然出发点是好的,但是冰火果一定要经过自然界风霜雪雨的轮番侵袭,最终才能从众水果中脱颖而出。好在,经周一的改良,现在的结果率和成果率都已经有了质的提升。才旦依玛家的那片果林已经瓜果飘香,冰火果在枝头笑靥靥,树下套种的甜瓜也是肚鼓腰圆,只等最后采摘胜利的果实。

一三四　重操旧业

　　别的地方生源在减少，这里学生却愈加多起来。一是教学质量不错，许多学生慕名而来；二是，当地经济发展前景越来越好，外出务工人员减少，部分生源回流了。原先的学校已经容纳不下了，只能扩建。记得自己刚调到完小也是面临着学校规模的老旧小，后来通过改扩建才使得学校发展蒸蒸日上，如今这里面临着同样的境况。

　　当然老问题有新办法，蜀地出台了文件要加强边远牧区的建设投入，也充分考虑到了这些地方孩子教育的实际问题，加大了政策的倾斜和资金的投入，不过还有部分缺口。周一和宋诗旎把这儿的情况发在网络上，引起了大家的关注，后来陆陆续续收到了一些捐助和汇款。

　　如果还是采用传统的土石垒墙的方法，时间久了还是会出现裂缝和风化，存在着安全隐患。要是采用框架结构即使发生地震等恶劣的自然灾害，也能确保无虞，只是要把这些原材料运上来还是不容易。

　　虽然宋诗旎一个弱女子但是她也和周一动员村民一同肩挑背扛，一根根钢筋，一袋袋水泥，如同蚂蚁搬家一样，被大家悉数弄到场。

　　其实这儿的大交通还是不错的，几条支路也是因为地质环境的原因无法进一步修缮，所以限制了进一步发展的空间。省里虽然出台优惠政策让牧民集中在一个地区生活生产，但是沿袭了几千年的生活生产方式也已经烙印在骨子里，所以很多牧民还是生活在历史的时空里。而这所学校就显得意义更加重大了。

　　宋诗旎说："我要建一所学校，花园学校，全中国最美的学校。不仅内在美，也要外在美。"

　　"满足你，我一定帮你实现。你当校长，我当笑长。"周一望着蓝天，心里规划着蓝图。

　　"哈哈，你当校长，我当你成功男人背后的女人。"

　　"我们两个穷开心，你看天上飞的神鹰似乎也在笑话我们两个。"

　　宋诗旎一个翻身，两眼直直地注视着他，问道："老实说，后悔吗？没有了名和利,离开了舒适区,也丢弃了当年走出大山的梦想。"

"对我来说,不后悔,因为有了你便是拥有了一切,有清风有明月还有你,不用贪得无厌,我已是世上最富有之人。"

都说女人很感性,正因如此她们才可爱。

经过七七四十九天的搬运搭架,又经过九九八十一天的挖基、扎钢筋、浇筑,框架式的校舍业已完工。墙体上画着蓝天白云格桑花,即使在万物萧索的冬季,让人看上一眼也会充满着向往和力量。

有段时间天不大亮周一便不见踪影,直到天色已晚才回来,神神秘秘,宋诗旎问他也不说。直到某一天,宋诗旎起床推开门看到整个学校周边种植着一簇簇格桑花、黄金花、黄银花、冰火果树。高低错落,绿叶红花,暗香浮动,一派勃勃生机。这简直就是花园学校! 这也是一所接近空中的学校,全世界海拔最高的学校。

眼前的男人,为了实现自己心爱的女人的梦想,哪怕遇到再大的困难也要实现她的愿望。这是爱,更是信任。

一三五　山海协作

周一和宋诗旎在苦寒之地,坚守本心,兴教育、助农牧、促发展,在当地受到了广泛的赞誉。后来,许多人像他们一样远离繁华都市,放弃外面的优越条件,加入到支教队伍,如蒲公英的种子四处飘散,涌现出"大山里的明灯""高原并蒂莲",成为青春最好的注脚。

当地电视台的一位记者听说了两人的事迹,约了个时间专门来采访。周一本想谢绝一切宣传和曝光,一是自己已然看淡了一切功名利禄,二是保护宋诗旎免受外界干扰,毕竟到这儿以后,淳朴的孩子和清净的环境才让她重新找回了自己,回到了从前。不过宋诗旎倒是表示,多宣传也是好事,能让大家都加入到"助学富民"的事业里来,毕竟个人的力量是有限的。要是能吸引一些来自发达地区的支教教师,带来先进的教育理念和教学方法,对当地的促进作用也会更加明显。

这儿的穷帽要摘除,落后的面貌要改变,必须首先从观念上突破,需要教育来助力,只有知识才能治愈愚昧、贫穷和落后。

那位刘姓女记者来采访那天,阳光特别灿烂,山上的格桑花一团团、一簇簇,加上阳光的打底更显流光溢彩,宛若质感很强的釉质。自由的空气,旷达的视野,刘记者对前来迎接她的周一说道:"这儿的环境真是太美了,宛如仙界一般,今天我就是来采访二位神仙眷侣的。"

周一笑笑,仅表示欢迎她的远道而来,看她打着遮阳伞,心想还真以为这儿是人间天堂,等一下有她哭的时候。倒是后面扛摄像机的大哥虽然累得气喘吁吁,但还是很敬业地把镜头聚焦这里的山山水水。

眼看学校就要到了,一阵狂风袭来,刘记者的伞没握好,伞架翻了个面。刚调整好,鸡蛋大的冰雹就砸下来。周一见状赶紧把两位引到一处崖下躲避,这儿附近上学的沿路都有这样的凹槽。周一和宋诗旎平时对这里变化无常的气候做过记录,发现冰雹天气还是比较多的,为了学生的安全,也方便牧民的躲避,两人平时就挖了这些凹槽。

不过周一没时间等这波冰雹过去,又冲向种植园去抢救冰火果树。幸好他做了防范,这段时间是冰雹多发期,所以在树上罩了一些防护网袋,被打落的果子虽然还有,但损失降到了最低。这边好了赶紧去学校,因为那些花花草草要搬到廊下,宋诗旎已经搬了一半,幸好及时赶到,不然得遭殃了。旗杆折断了,瓦片吹飞了,两人顾不得危险赶紧去补救。

两人刚才的举动都被摄影师记录了下来。刘记者也是很有感触,刚刚阳光灿烂还以为到了人间天堂,真想歌一曲《高原情歌》,没想到区区几分钟,就见识到了大自然怒威的一面。对周一和宋诗旎能长时间坚守在这儿,肃然起敬。

这里拍摄到的画面被传到网上,网友纷纷感动,甚至有好多人都想来体验和支教。

远在千里之外的滨州七县一市开了一个会议,为了响应省里的区域协调发展,实施"山海协作"工程,每个县市除了与本省欠发达地区结对,还与中西部贫困地区对口帮扶。定期派人蹲点支援,涵盖了教育、经贸、林业、农业、旅游等部门,互派挂职干部,可以说通过频繁的人员交流交往,促进对口地区的社会发展。

周一和宋诗旎的事迹也在永安县和明德市引起了轰动和关注。尤其是千年古府焕然一新，三江水奔腾不息，而曾经的三江师范已经升级为科技职业技术学院的一个校区，开明的学校领导号召全院学生向优秀学长学姐学习、致敬。英明的镇领导以及明德市领导把二位的事迹作为弘扬社会主流价值及个人奋斗的典型。曾经的同学、同事等都多年未见二人，他们似乎消失得无影无踪，如今才明白他们做着更有意义的事。在他们二人的示范带动下，很多人捐款赠物，报名参加支教活动。

一三六　前赴后继

宋诗旎在教室里给孩子们上绘画课，让孩子们画出自己的梦想。

"说说你为什么画一个医生和一辆救护车？"宋诗旎问的这位孩子是今年刚转来的学生。

孩子看看宋老师又继续画着，写下："我的梦想——当一名急诊室医生。"

"当医生可以救死扶伤，医治天下患者。"宋诗旎对他轻轻说道。

这位学生一来，宋诗旎就发现他很沉默，和同学们也不是很合群，就一个人画画写写。宋诗旎也不急，每天有机会就和他交谈，哪怕只有单向交流也无所谓。

"老师，知道我为什么要当医生吗？"

"你的理想无论是什么都一定有原因，老师都支持你。"

"我原来在沿海城市读书，爸爸妈妈在那里上班，一家其乐融融，那是我最快乐的时光。直到有一天，父母亲接我放学回家，路上发生了车祸，等送到医院已经只有冰冷的遗体。要是有急救医生在场，父母亲就会保住生命。"随后又呜呜哭着，"我想我爸爸妈妈了。"

宋诗旎把孩子搂过来轻轻说道："我和周老师就是你的父母，你的梦想很伟大，你父母在天上一定会替你开心的。"

周一在学校门口的场地和孩子们一起做游戏，孩子们爽朗的笑声跨过雪山，穿过云霄飞向山外,落于每一棵草、每一朵花,让大地生机勃勃。

中午吃饭时间,周一发现这几天这个点总是会少一个学生,他出来看见这个学生躲在墙角胡乱扒着饭。

这个学生叫杨小明,是周一和宋诗旎一起去外地参加一个研讨会议时遇到的孩子。当时这孩子正在街边的一个垃圾桶里翻找食物,满身污垢,衣衫褴褛。宋诗旎看见他起了怜悯之心,问他:"怎么不去读书? 一个人在街上多危险啊。"

孩子起先并不说话,宋诗旎把刚买的面包给他,待他啃完,觉得两个大人并无恶意,才放下戒备交流。

这孩子是真可怜,原本一家四口是个幸福之家。那个夏天,他哥哥说要吃肉,父母亲便去菜市场买肉。他哥哥突然提出要去一处带湖的公园玩,谁想到发生了意外,他哥哥掉入湖水中,等大家赶到已经溺亡。父母亲伤心不已,端着一碗肉,来到湖边哭天喊地:"孩子,你起来,起来吃肉……"再后来,双亲思念成疾又早早离开人世。杨小明和年迈旧疾缠身的奶奶一起生活,虽然有政府救济,但是没有了父母亲的教育引导,他常常混迹于街头,干过鸡鸣狗盗之事,也遭受冷眼、欺负。

看着孩子令人辛酸的模样,两人在征得孩子奶奶的同意后,把他带到了云水小学。

在慢慢地教育和感化下,这孩子也改变了许多之前的陋习,逐渐融入到集体之中。只是每次吃饭还是会躲到外面,看到同学吃肉就会勾起之前伤痛的记忆。周一知道,学校里每个孩子的背后都有一段让人心酸的故事,他和宋诗旎感到身上的责任沉甸甸的,唯有付出更多的关爱才能让这些祖国的花朵茁壮成长。

周一正陷入思考,一阵声音传入耳中:"周大哥,还记得我不?"

等他抬头,如花一般灿烂的笑容正冲着自己铺展而来。

"是你,欧阳慧子。你怎么来这里了?"周一非常激动,这个如小妹妹的女孩,或者说曾经与自己患难与共的女孩,青春靓丽地出现在眼前,说明她已经活出了自己曾希望的样子。是激动,也是一种欣慰。

"你是风儿我是沙,我这是追随你来了,可是跨越千山万水而来,你就不能来个正式的欢迎仪式,比如拥抱之类的?"她调皮道。

"哪有你说得这么夸张,我就是一个山野村夫。"

"哈哈,你都紧张了。别误会,你和嫂子的故事我都知道了,我现在大学毕业了,我也要来做有意义的事。"

"热烈欢迎你加入到我们队伍里来。"宋诗旎出来说道。

"这位就是貌美如仙的嫂子吧,百闻不如一见,难怪我周大哥念念不忘。"

"见笑了,都人老珠黄,人见人嫌了。"说着就把欧阳慧子往屋内引。

欧阳慧子大学毕业后,起初是想在城里找一份工作,可是看到了周一和宋诗旎两人的事迹,深深感动和震撼。尤其想到当年,是周一拯救了自己的人生,她明白今后人生的意义,就是学会感恩,最大的附加值就是做一个对社会有用的人。

所以,欧阳慧子报了名,选调到蜀北的一所偏远学校当一名支教教师。这次路过这边,所以就过来看望当年的恩人,另外也是来取一些经,方便自己更好地开展工作。

一三七　一语成谶

周一首部长篇小说也已经出版,写的是一个少年历经万般劫难最终实现自己的梦想,故事是别人的,写的却是自己。"春风自恨无情水,吹得东流竟日西。"个中的辛酸,周一却甘之如饴。故事里的人和事,总是与现实生活相反。文中最后寄读者箴言,如果你有幸读本书,那是我周一的三生有幸,最后送我最最亲爱的读者"三千万":

千万别看这书,看了你止不住流泪,费纸巾;

千万别看完书,看完你还想再看一遍,费时间;

千万别看这书,看了你又相信人间有情,费感情。

有人说如今时代人们不会再有单纯的情感,也不会有信仰,万化之道唯心,何必守形守行。周一写的小说,是一代人的记忆,也是记忆一代人。许多人看完泪流满面,看到了青春,看到了曾经的自己,让人们相信俗世浮华里也有真性情。作品一经问世,便如一块石子投入平静的湖面,激起了层层涟漪,私下订阅,单位系统团购，加急印刷，一时洛阳纸贵，一书难求。浙海省作协向他抛来橄榄枝，希望他加入组织为文学的繁荣作出贡献。当地的人文学院也向他发来邀请，希望他担任学院的名誉教授，为学生授课。可以说这一切都是他曾经梦寐以求都想达到的高度，如今就摆在眼前。

宋诗旎善解人意地对他说，去吧，那是你的梦想。在她心中，他犹如天上的一颗流星，在生命里划过，留下璀璨，本以为这只是一瞬间的绚美，不承想如今却像颗恒星晕染了自己。

而对于周一来说，曾经失去了一次次改变自己命运的机会，与其说是命运的不公倒不如说是上天的垂青。只是造化弄人，最终的结局往往与最初的设想背道而驰。

还记得在三江师范读书时，有一次和宋诗旎一起去清泉寺游玩，周一看见庙内有抽签问卦。在老家也有这类似的活动场景，人们也会隔三岔五去抽个签问个卦，寻求指点迷津。清泉寺的名号如雷贯耳，自然求神问道者更甚。周一也是觉得好玩，去求了个签。虽说不信神不问仙，但是这类事情谁又说得清道得明。他信手抽了一张，上面写着：云开日来天下白，成功之前尽磨劫，若问姻缘何人是，曲曲环环身边人。

生命里很多人的出现，不一定都是正确的，但一定是有原因的。珍惜身边人，便是最大的缘，曲曲环环身边人，这些年过去，吃尽了生活的苦，阅尽了世间的繁华落寞，原来还是最初的彼此，也算是一语成谶。

周一婉拒了许多赏识他的人发出的诚挚邀请，完成了必要的外出宣传交流活动，又重新回到了云水小学。在这里，虽然没有什么可成为炫世的焦点，也不会是名利的角逐场，但是在这儿他找到了自我的价值，也找到了内心真正挂念之人，一山一水一佳人，足矣。

"你都是大作家、大名人了，现在一览众山小，守在这里，可别埋没了。"宋诗旎打趣道。

"看来我得利用名号行走江湖，招摇撞骗，方不枉我一生修为。"

"说你胖还就喘了。"

"最好喘不过来，你给我人工呼吸。"

"想得美！"

虽说高原之上,渺无人烟,但是两人还是能把乏味的生活添油加醋从而点缀得活色生香。即便两人不再青春年少,曾经的读书生活已成为遥远的过去,但是两颗跳跃的心却历经千山万水,紧紧依偎在彼此最柔软的部分,从此山水不易,矢志不移,这便是一生的守候。

一三八　山水相依

叶翠果香,周一正在冰火果园里,对这一批准备上市的果子做最后的培管。这一批果子,卖相特别好,如果瓜果界也分出仙、人、妖三个等级,这些果子便是瓜果界的仙级。更重要的是这是他和宋诗旎两人共同的汗水浇灌而成,也承载着这一带农民脱贫致富的希望。现在唯一要考虑的就是如何销售出去。

望着果海叶浪,两人擦着幸福的汗水,这时,周一的手机响起。

"你好,是周一先生吗？"一个陌生电话打来。

"是的,你是哪位？"

"我是浙海省神鲜牌果蔬有限公司的销售经理,我从网上得知你们这边的果子营养价值高,品相也不错,有意想和你们签订战略合作协议。"

"这当然是好事,不过我这儿有几位农户也大面积种植了同一品种瓜果,能否定个一揽子协议助农富民？"周一知道对才旦依玛一家和其他几户来说这更是难得的机遇,如此可以解决他们的后顾之忧。

"没问题,有多少我们要多少,你们的品质我们信得过,也有市场效应。"

经过洽谈,公司过两天就会派人来签订协议。周一赶紧把好消息告诉了相关的农户,大家都很是高兴,看到了今后勤劳致富的希望。

通过山海协作,这几年本地工厂多了,道路交通等基础建设也得到了改善,外流人才和劳动力也逐渐回流,机遇多了,就业赚钱的途径也多了。

周一和宋诗旎,一个是追逐梦想到这里,一个是洗涤内心到这里,阴差阳错,却又在这儿重新相聚，都是遵循自己的本心而行事。浙海省相关部门把他们两人纳入到官方对口支教人员，并进行了表彰和宣传。

对于两人来讲也算是苦尽甘来，感慨良多。宋诗旎当初也是抱着来散散心的想法试试，治愈自己一团糟的生活，前路迷惘，并不抱有什么大希望。刚来那会确实被这儿的风景迷醉，身心愉悦。后来在教育孩子们时也曾打算放弃过，想要逃离过，只是看到淳朴、友善的孩子和牧民，如雪山一般圣洁，内心才慢慢被融化。放弃难，坚守也难，好在如今两人团圆。

"还记得在师范读书时说的那句话吗？"夜幕下，两人在学校门口仰望着星空。高原上的风轻抚着二人的脸颊。周一望着被星辉映得如圣女一般的宋诗旎，开口轻声地问道。

"哪句话啊，你说过的话挺多的，当年的那些，比今晚的星星还多。"宋诗旎反将一军，她其实知道他的深意，因为她有点像小姑娘一般忸怩起来。

"只有并肩时光却没有牵手的人生是遗憾。"

"经历了这么多，已经深深地铭刻在彼此的心上，比起牵手已经更近一步了。你看那天空中划的一颗流星就是我。"宋诗旎感慨道。

"这么悲壮吗？那我呢？"

"不，那是重生，是幸福的开始。"宋诗旎注视着他，一个未曾忘却过的人。

"何以为证。"流星的结局不都是悲壮的吗？他听得最多的说法就是一颗流星划过天际，代表一个生命的消逝。

"何以为证，明天领证。"

"噢耶，这颗星是我们结合的礼花。今晚是我一生中最美的最难忘的时刻。"

听完她的话，他像个孩子般欢呼起来，那情景像极了读书时代。一切变了，似乎一切还是从前的样子，也许只有心灵的刻画，才是真正的永"痕"。

一三九　地震来袭

周一本就起得早,今天大喜临门起得更早。他哼着自己改编的歌曲:"太阳没我早,它在睡大觉,花儿对我笑,小鸟说'早早早,你为什么不多抱一抱'。"

刮胡子,穿新衣,周一好久没认真打理自己了,今天是个好日子,刚想再唱一首《好日子》,宋诗旎也准备好了。

刚出门,走上大路口,看见山头黑压压一群群鸦雀在空中杂乱惊飞,密密匝匝以致遮天蔽日。狂风卷草,学校玻璃被穿堂风刮得当当作响,旗杆也拦腰折断。山上的草兔、灰鼠到处乱窜,如同见到了天敌一般,漫山遍野都是踪影。黑压压的云从西边涌来,白昼如夜,伸手不见五指,头顶的闷雷炸裂开来,那声响如同十万只战鼓齐擂,闪电如银色的剑在挥舞,照映得大地忽明忽暗。

"糟糕,天有异象,这是有大事要发生啊。"周一见这天气状况,是发生大灾大难的前兆,他曾经关注过这方面的知识,也查阅过相关的讯息,当年这儿发生过特大地震,山塌屋倒,路断桥毁,满目疮痍以及数万人众的死亡,惨绝人寰,留给了世人无法抚平的创痛。

"这是地震的前兆,如果没判断错,应该地震要来了。"周一对宋诗旎说应该早点做好防范。

"看来我们选的日子都是特别重要的时刻,这是要给我们留下深刻印象啊。"宋诗旎隐约感觉到等待二人的又将是一场未知的深渊,深深的,不见底。

两人随即返回,到学校,对一些设施进行加固。

"你待在屋里,不要到处走动。我去冰火果园转转,去加固那里的木架。这些果子如果卖个好价钱,我打算给孩子们和你每人买个礼物。等着我。"

"等着我"三个字刚说完,还没等宋诗旎接话,他已经切开黑色,顶着奔雷疾走而去。

满目都是东倒西歪的果树,在闪电的辉映下,如同葫芦娃被蛇精、蝎子精缠上了,个个危在旦夕。

"轰"一声过后,地动山摇起来,周一感觉那几秒好像喝醉了一般,天旋地转,整个人无法控制平衡。刚意识清醒一点，突然整个人被巨大吸力往下吸附，整座山也如被抽掉顶柱的楼宇瞬间垮下去。

学校的房子剧烈地晃动，宋诗旎被晃得左冲右撞，吊灯坠落，不偏不倚砸到她的头，眼前一黑，瘫软在地。

"不好，地震了！"人们纷纷呼喊着。这场地震又唤起了人们尘封已久的可怕记忆。躲的躲，逃的逃，噩梦降临，如影随形。

万幸的是，经过上次的大地震，政府投入大量资金改造的房子结构现都已抗震，所以除了震源地带，其他地方人员伤亡情况并不是特别严重。

各种应急预案迅速启动。电视新闻里也开始滚动播报灾情，全社会的目光都聚焦在这里。

经过一番抢险救灾，高丘镇多数地方情况已探明，伤亡人员及房屋、庄稼等受损情况也基本摸排统计好。唯独高丘乡，尤其是云水小学一带，受灾最为严重，房屋倒塌，交通中断，信号全无，如同一个孤岛。

"不放弃一个人员，不留盲区，全力救助每个受灾家庭……"上级下了一道死命令。

一四〇 生死营救

地震波过去不多时，宋诗旎已经从刚才的撞击中苏醒过来，无大碍，只是磕破点皮。幸好，周一来了后对学校进行了扩建加固，所以除了瓷砖、外墙漆有些掉落，结构都无恙。

他呢？ 想起来了，去果园了，不知人怎样。她赶紧爬起来，顾不得还有些迷糊，朝山那边跌跌撞撞跑去。

可是等她到了，却傻眼了，哪里还有什么果园，连山都已经塌陷，整座山的塌陷，足足有数十万方。

"不——"宋诗旎绝望地哭喊道，整个人剧烈地抽搐着。上天为什么这么残忍地对待我们？为什么要活活拆散我们？好不容易跨越千山万水才重逢，一夜之间又生死相隔，难道注定要孤独一生。

挖呀，不停地挖，指甲翻盖，指尖血淋淋，手心手背已然血肉模糊，钻心剧痛却不停歇。可这也徒劳，这是蚍蜉撼树，叫天天不应，叫地地不灵。

山外救灾抢险工作组已经靠前指挥，指挥部就设在高丘镇。各地的救援队伍如同一股股洪流，向这里汇合。得知周一和宋诗旎就在被困之地，全国各地曾经的朋友、同事、学生等都赶到这里，希望能助一臂之力。

塞北，苍茫大漠，一支神兵在锤炼。领头的是一位伞兵营少校营长，叫胡武定，曾经是周一的学生。刚才接到军部打来电话，要执行一项艰巨的任务，就是空降到云水乡云水小学一带，打通道路，并把最新情况发送出来，为后续的救援提供信息，黄金救援时间越来越少，只能采取非常手段。虽然之前那场大地震已经用相同方式操作过，但是这次的地理地貌更加特殊。当地的气象条件不佳，能见度极低，另外山体滑坡还持续发生。

胡武定得知自己的老师就困在那里，生死不明。时间就是生命，他决定亲自带队参与救援。

灾情就是命令，出击必须神速。战机呼啸而至，在指定位置盘旋着，下面雾茫茫，下着雨，不具备跳伞条件，只能另觅良机。云雾翻滚如巨浪要吞噬一切，胡武定经过现场综合研判，当即决定实施机降。艺高人胆大，一路下降一路应对各种突发情况。螺旋桨结冰，机体失控，飞鸟撞击，虽然险情不断，但是凭借着高超的技术和救人心切的坚定意志，最终安然降落灾区核心地带。

房屋受损严重，山体坍塌触目惊心。胡武定和战友们架设好通信设备，向外界实时传送救援情况和进度。组建的队伍里有工程兵、通信兵、医护兵等，马上投入战斗。经过奋战，通向外界的道路已被疏通，救援人员和设备终于能抵达现场展开施救。经过惊心动魄的救援，现在只剩下被深埋山体之下的周一。经过测算，塌方的山体三十万方以上，生命探测仪反复探测，始终显示不出有生命迹象。当然，专家说如果埋在很深处，探测距离远，也存在不灵敏的可能性。如果不能定好位，盲目开挖，一个是时间上不允许，另一个就是怕机器的挖铲会带来二次伤害。

如何抉择，一时陷入迷茫，救援工作也停滞下来。

现场的人越聚越多,大家都很牵挂周一的情况。天南海北不远千里赶来的,有交集的,有渊源的,也有被他的故事感动的,而附近的天梯古村在这次大灾难中却安然无恙,没有房屋倒塌,没有人员伤亡。听说了周一的遭遇,整个村的人都来到现场,有的说就是一锄头一勺瓢也要挖到人,生要见人,死要见尸。许多新闻媒体也在报道救援进展,指挥部已经记不得接了多少个询问情况的电话。

指挥部向宋诗旎说明了现在遇到的实际情况,现在只有她能站出来拿主意。宋诗旎也做好了心理准备,无论结局怎样,她都会守在离他最近的地方。

一四一　自乐治愚

废墟,残阳,尽显悲壮。

疼痛,如同电流传遍了身体的每一处末梢神经。周一睁开眼,看到的比闭了眼还漆黑。等意识逐渐清醒,他知道大事不妙,发生地震,自己被压在废墟下,腿被大石块挤压在狭小空隙之中。

周遭漆黑又无声的世界,如同地狱一般,绝望、孤独很容易让人放弃抵抗。颠沛一生,刚好重新遇到宋诗旎,生活刚好安稳点,一切刚好,却又遇到了这灾难,命运是和自己杠上了,"杠杠好"。

大腿已经被利石划开,血就像一个被割了一刀的水袋,一直在渗漏。放弃很难,不放弃也难,越是如此越不能被命运打倒,自己的字典里从来就没有"服输"二字。

幸好两只手还能腾挪,摸摸索索解下皮带,扎好受伤的腿部。在摸索中触到棉絮状的物体,这应该是冰火果的干花。收拢起来,压到伤口吸血止血,直到明显感觉不到血渗出来。

用石粒丢向周边,从声音上判断,空间还是比较空荡,这就好,氧气相对充足,但是也不能挥霍。他小口呼吸,尽量不做大运动,以减少耗氧量。

旁边摸到一根长树枝,刀柄粗细,他利用杠杆原理,把卡住脚的石块撬开。

缩回腿,想翻身,却感觉腰胸部疼痛难忍,应该是肋骨断了或开裂。感觉自己已是千疮百孔,万念俱灰的绝望似乎又要涌上心头。自己就是一只秋后的蚂蚱,垂死挣扎。可是就这么无声无息地消逝,心有不甘。

好不容易支起半个身体,靠在石头上,人感觉舒服点。摸到手机就在身边,完好无损,可是打开发现电量不足,已经红色闪烁,只好又关机,不到万不得已不可用。可是这里没有半点信号,即使充满了电也毫无用处。

好久没吃东西了,又饿又渴,这样下去等不到救援就已经倒下了。能摸到枝条,说明这儿有冰火果。周一依稀记得这果子还有一部分没有采摘完,应该是连人带树一起埋到下面了。他拖着伤残的腿在黑暗里摸抓,还真有奇迹,被他摸鱼一般,摸到了一个。

这冰火果可是能救命的,他不敢学猪八戒吃人参果,一口闷。只能吃一小口,保持体力,哪怕再饥饿也得从长计议。他想起读小学时,有一篇课文,说的是战争年代,战士们缺衣少食的情况下,得到一个苹果,大家都舍不得吃,只能一小口一小口传递下去。故事很久远,但是给了自己动力和希望。

在恍惚之际,他似乎听到有滴水声,从旁边微弱地传来。他顿时明白了,自己掉到了溶洞里。这和当时利用溶洞里的水流,从天梯古村运来黑土是一个地形。有溶洞就会有水,刚才的不是幻觉,而且,这溶洞给了自己一定的腾挪空间,命不该绝。

通过仔细辨听,他确定了滴水源位置。可是那水滴,并不落在自己所在的平面,两者之间似乎有一个断层,而自己无法直立起来,张开嘴巴,水也滴不到。

人挪活,树挪死。对了,利用树枝可以解决问题! 他把衣服撕扯成条状,系在树枝一端,抖抖索索伸向滴水处,等水慢慢吃透布条,最后形成水珠滴落下来,周一赶紧把布条另一端塞在嘴里,干裂的嘴唇、冒烟的喉咙被滋润后,也稍微缓解。

可是,毕竟受了重伤,加上得不到救治,身体机能已经开始下降,全身无力。眼皮一直想合上,他知道只要睡过去,就不会再醒了。一定要坚持到底。

"不能睡,不能睡,和宋诗旎还有好多话没说,还有好多愿望没有实现,要坚持下去,一定要坚持住。"周一一边想着,一边用石片在自己身上用力割,为的就是刺痛自己,让自己保持清醒。

在黑暗里,什么也做不了,等待是可怕的,数得清割了几刀,听得到自己的心跳。突然之间明白了自己不是神,只是凡人,人和机器一样有使用寿命,这心跳莫不是越数越少了？生命是脆弱的,只是以前从未考虑过自己,自己神化了自己,关爱别人胜过自己,慕容雪、欧阳慧子、苏明月、黄静玉等,莫不是如此。

周一还有最后一点意识,万一等不到救兵到来,总得留下点什么。他打开手机输了几行字。

想想自己这一生,真的是愚不可及。为了自己的梦想,把命搭上了,这样也好,一辈子想走出大山,临了临了,自己一辈子包括下一辈子都得守着大山,回归大山。

就这样了,自乐吧,这样可以治愚,真是"自愚自乐,自乐治愚"。

不见一点光明,不闻一声人响,只有自己如同被圈点了性命,等待结束,一切剧终,命如蝉翼般薄弱,回天乏术。

一四二　生生不息

地上,忙乱的人们立即让开一条道。

听说国内最顶尖的空间力学专家来到现场了。等他一走过去,人们又合围上去。

"请你救救他,这是一位好人。"人群中有人说道。

"只要救出他,我们给你跪下也愿意。"又有人说道。

"大家别急,我一定会尽力的,他也是我的恩师。"这位专家不是别人,正是周一在完小教过的学生胡文邦,现在他是一家研究所的首席科学家,荣誉满身,成果斐然,在空间力学、地震学等方面有很高的造诣,在学术界,虽然年纪轻轻但已达到了他人仰望的高度。

如今恩师有难,他也是除了胡武定外第一个赶到的学生。两位学生,当年读书时代少不得顽劣,但幸运的是遇到了兄长般的周老师,在人生道路上引领成长。现在"文武协作",无论多大阻碍也要使出平生所学救老师于危难。

胡文邦调取了这一区域遥感卫星绘制地震前与地震后的三维图,宽慰大家周老师幸存的几率还是有的。幸好这一地带是极为罕见的溶岩地貌,废墟下的窝状空间还是很多的。他立即和助手们一起绘制出了挖掘线路图,以钻隧道的作业方式进行,挖掘的力度和角度都已计算好,在作业时保证不会出现坍塌的情况。

唯一的遗憾就是要边掘边用生命仪探测,这样会影响进度。

在紧张有序的作业现场,又来了一支队伍。带队的正是许志远,周一没教过他,不是他老师但胜似老师,毕竟在他迷茫的时候点拨过。现在,他带着团队来助一臂之力。他研究的新款智能无人机,蜂鸟一般大小,可以在极为狭小的空间飞行、攀爬,可以定位,可以探测生命迹象,适应各种强度、烈度的地震和火灾场景。

有了这款设备简直如虎添翼。随着机器传来的画面显示,生命迹象越来越强烈,这意味着就要接近目标了,大家都激动不已。

大家看着这黑漆漆的隧洞,如同地狱一般深不见底,周一怕不是如孙猴子一般被压在五行山下,这一日日,他是怎么度过这一生的劫难? 人们唏嘘不已。

人们在外焦急等候,几位专业人士随着无人机和挖掘机开掘出来的线路前进。要说他悲哀吧,也是,被整整一座山压在最底层,十个十八层都不止,这大自然有大威力。可他也是幸运的,在两位得意门生精彩绝伦的配合下,他还是有了九死一生的希望。

"目标找到,目标确认……"里面传来了实时画面。不多时,周一被进去的工作人员背出来了。

大家都欢呼雀跃起来,纷纷围上去。在旁的医护人员赶紧展开救治。

可是血压、脉搏、心跳都非常虚弱,整个人也是处于深度昏迷。全身受到的外部创伤有许多,但这不是致命的,多处部位被山体撞击和挤压而导致的内伤才危险致命。从临床症状来看,已经没有了救治的意义,但是从医学的理论及奇迹来说,坚持就会有希望。

看了医生护士们忙碌地抢救,以及凝重的神色,人们刚刚放松的心情又悬起来。有些已经在念叨着:"老天保佑,保佑他平安无事……"

"山朗水润,花郁草翠,我们一起踏山河,万物可弃,唯君在心。"宋诗旎哭诉着,人们把哭得伤心欲绝的宋诗旎从周一身边拉开,现场的人都很悲痛,医生们徒劳地坚持着按流程救治。

　　按说被厚厚的山体埋压、挤撞,这会儿人们看到的他应该面目全非,现在周一虽然伤势严重但是身体还是得以保全,加上缺氧、寒冷的环境下能坚持到现在已经是很了不起。从地下的痕迹来看,他自救的方式很给力,求生的欲望也很强,这给了医生们莫大的信心,自救者才能获救。

　　现场医疗组李组长突然接到一个电话,旋即露出了轻松的笑容,按照刚才对方的指导,指挥医护人员施救。经过一番救治,周一的各项指标有了一定向好迹象,这为赶赴专科医院赢得了时间和先机。

　　胡武定向上级的请示已经得到批准,飞机载着恩师飞向东经116°北纬39°。以前无论执行多么艰巨的任务,他都不惧挑战,凭着出色的技术面对一个个困难化险为夷,所有的任务都没有这次让他感到沉甸甸,他知道身后有无数双眼睛瞧着,那是无数的期盼,他平稳地操控着仪器,飞机破障穿云向目的地飞去。

　　在担架抬起的瞬间,宋诗旎捡到了从周一身上掉落的手机,打开后,显示电量不足,但是上面的那行字却很清晰:

　　"诗旎:认识你三生有幸。一生未必有你,由你,便是我一生。"

　　悲从中来,不可断绝。宋诗旎明白那山是他的不屈的身躯,那风是他的奔跑的英姿,那水是他深情的泪。生活坎坎坷坷,遇见形形色色,又缝缝补补,哪堪零零碎碎,满地殇。故事是自己的,传奇是他人的,心酸甚辛酸,一切迟了却又刚刚好。

　　学生接力为恩师赢得了宝贵的时间,生生不息的力量。

一四三　一生由你

"叮铃铃——"一阵急促的铃声打破了慵倦午后的沉寂。

张晓刚接起电话，熟悉的声音传入耳中："主任，一切安排妥当。"

"好，继续待命，飞机一到，立马转接。"挂断电话，他推窗远眺。雨后的山格外明净，未散尽的雾气在山谷、沟壑隐约可见，就像一支神奇的笔肆意挥洒在天地间，或山水，或禅意，湖山蒙上了一层神秘的色彩。

人啊，如能像天际的云儿，无拘无束，悠悠然然，该是多惬意啊。

张晓刚的思绪，不由得回到了从前，往事历历在目。

从小就是奶奶一把屎一把尿把自己拉扯大，父亲山上砍树时被倒下的树压亡，母亲外出打工至今未回，只留下祖孙二人相依为命。自己从小十分顽劣，不肯学习，直到遇见实习老师周一，在他的关心和引领之下，才立下自己的人生目标。残缺的家庭虽然没能时时为自己挡风遮雨，也少不了风击霜打，但幸运的是在自己成长的过程中，可没少得到资助。虽然短暂的实习时间很快就过去了，但是周老师对自己的关爱从未间断过，他的爱护就像窗外的溪长又深。

更让他铭记在心的是上大学那年收到录取通知书的时刻。那会家里快揭不开锅了，就算咬碎牙也上不起大学，虽然国家也有相关的资助，可是家里的底子实在太薄。他清楚地记得那晚，橘黄的灯光下他打算把录取通知书撕毁，断了念头，幸好周老师及时赶到，让他有了底气和信心。

师恩大于天。本来这次有一个出国学术深造活动，对于自己的专业成长是一个千载难逢的机会。虽然自己已是国内最为顶尖的一批主治医师，但是艺无止境，关键是如果有一次出国学习经历，对于自己的职称评选和行业地位都是极大的加分项。许多人终其一生也难以企及的高度，他近在咫尺。

回忆老师给予的教诲，他已是泪眼蒙眬。自从得知老师被困山底，他的心就无时无刻不被揪悬着。他一直关注着前方传来的救援画面，前面地震现场李组长接到的电话就是他打的，通过现场连线进行了远程技术指导。

手术室，所有的人员、设备均已准备妥当，张晓刚和强大的医疗团队也已经到位就绪,伤员一到可以立刻展开抢救。

医院门口聚集了许多社会人士,也有许多和周一有交集的人都到了现场。

唐生和姜语涵早已在此等候。本来今天是姜语涵治疗的最后一个疗程,她的视力在一位名医的精心医治调理下已基本恢复。为了这一天,唐生花了太多的精力和心血,这也算是茫茫黑夜里总算看到了曙光。可是今天对他来说同样意义非凡,好兄弟命在旦夕,如果自己不能守在身边也是终身遗憾。姜语涵知道他们兄弟情深,当即表示第一时间赶到医院。

人潮汹涌,生而为人,总是免不了俗,总是少不了遗憾。遗忘有时成为遗憾的良剂,相忘成为相守的发端,便是终极之道。

一人牵动万人心,千里关山共此时。

肃穆的医院,忙碌的医生,焦急等待的人群,经过持续近十个小时的手术,周一被送往重症监护室。结论就是暂无生命危险,陷于深度昏迷,能否苏醒、何时苏醒就看他个人意志。和第一次被枪击的情形类似,再次遭受噩运,时也,命也。

那之后,医院里的人进进出出,但是始终有一批人每天坚守着,直到他苏醒。

……

几个月后,古城墙外的三江口灯光球场,球赛正酣。

唐生正准备持球进攻,前面一个瘦弱的身影正在贴身防守,他就是周一。夕阳的金辉把两人染得英气袭人,那潇洒飘逸的动作充满了青春的味道。

场下,舒子卿对儿子说:"场上的两位叔叔是父亲的同学,你父亲当年和他们一样充满活力、帅气。"

"那我也要像他们一样优秀,妈妈,你放心,我一定会努力。"孩子懂事地说道。

这些年,舒子卿无时无刻不想念着秦泽猷,精神上的折磨最是难以承受,可是看到孩子一天天成长,所有的痛苦和思念又都烟消云散,她相信此生遇到他是幸运,哪怕只有短短的相拥时光,却值得一生相守。

而旁边的宋诗旎对姜语涵说:"你挺着个肚子真不容易,赶紧坐下。"说着搬来一张椅子。

姜语涵的视力已经恢复得和正常人差不多了。更大的惊喜是,她已经怀孕,而且检查发现是双胞胎,可谓是双喜临门。这一辈子,吃了那么多苦,都是为这最后的甜蜜铺垫,现在算是值了。

舒子卿过来对宋诗旎说:"别只顾着别人了,你和周一得生个三胞胎,你们一起经历了那么多分分合合,三生三世都不能再分了,所以至少生个三胞胎。"

宋诗旎笑笑,"你这个大嫂好会当,你生一个,姜语涵生两个,我生三个,再加上当年我们'一生由你'组合四个人,那就凑成了一二三四,生生世世,永不相离。"

"你们在说什么呢?这么开心。"周一和唐生打完球,勾肩搭背走过来。

夕阳西下,流尽一天最后的辉煌,场下每个人都被染得熠熠生辉。那场景仿佛又回到了三江师范读书的年代,那份青春的记忆,无法抹去。